世界传世藏书 图文珍藏版

世界十大名著

马松源◎主编

线装书局

世界十大名著

巴黎圣母院

（法）雨果⊙著　兰银春⊙译

线装书局

图书在版编目(CIP)数据

巴黎圣母院/(法)雨果(Hugo,V.)著;马松源主

编.—北京:线装书局,2012.11

(世界十大名著)

ISBN 978-7-5120-0671-3

Ⅰ.①巴… Ⅱ.①雨… ②马… Ⅲ.①长篇小说-法

国-近代 Ⅳ.①I565.44

中国版本图书馆 CIP 数据核字(2012)第 235453 号

巴黎圣母院

原　　著：(法)雨果

主　　编：马松源

责任编辑：高晓彬

封面设计：博雅圣轩藏书馆

出版发行：线装书局

地　　址：北京市西城区鼓楼西大街 41 号(100009)

　　　　　电话：010-64045283

　　　　　网址：www.xzhbc.com

印　　刷：北京彩虹伟业印刷有限公司

字　　数：3160 千字

开　　本：710×1040 毫米　1/16

印　　张：280

版　　次：2012 年 11 月第 1 版第 1 次印刷

印　　数：1—3000 套

书　　号：ISBN 978-7-5120-0671-3

ISBN 978-7-5120-0671-3

定　　价：1980.00 元(全十卷)

目　录

世界传世藏书

世界十大名著

·目录·

图文珍藏版

1

世界传世藏书

世界十大名著

·目录·

图文珍藏版

导　读

　　《巴黎圣母院》发表于 1831 年,是法国浪漫主义文学奠基者——雨果的第一部具有重大思想意义和艺术价值的长篇小说,被誉为浪漫主义的代表作。

　　小说通过吉卜赛女郎爱斯梅拉达,被巴黎圣母院副主教孚罗洛诬陷迫害致死的悲惨故事,深刻地揭露了教会的黑暗、僧侣的虚伪和封建贵族的残忍。

　　小说描写的是 15 世纪的巴黎社会,贬斥的却是作者所处时代的社会现实,通篇充满了反封建、反教权和反社会黑暗的浪漫主义战斗精神。

　　1957 年,法国巴黎电影制片公司和意大利罗马电影制片公司共同合作,将雨果的名作《巴黎圣母院》搬上银幕。影片中的爱斯美拉达是真、善、美的化身,她的出现唤起了巴黎圣母院副主教孚罗洛埋藏多年的欲火。当他得知爱斯美拉达另有所爱,且不屈服于他的淫威时,便想尽办法置她于死地。奇丑无比的敲钟人加西莫多舍命保护这位美丽的姑娘,当他看到美丽的少女被送上绞架时,终于看清了主人的险恶之心,愤怒之至把道貌岸然的副主教从塔顶推了下去。半个世纪过去了,人们似乎仍然能听到巴黎圣母院雄浑的钟声在诉说着这个令人回味的故事。

第一卷

一　大厅

距今天 348 年六个月一十九天,巴黎老城、大学城和新城三重城郭里,一清早群钟便敲得震天动地,吵醒了全市居民。

然而,一四八二年一月六日,这一天并非是一个在历史上值得纪念的日子。一清早便使群钟轰鸣、万民齐动的事情,也是无关紧要,不足记取。既不是庇卡底人或是勃艮第人来攻城,也不是抬着圣物盒的巡列仪,也不是拉阿斯葡萄园的学子起来造反,也不是"我们称之为无比威赫之主国王陛下"进城,甚至也不是在巴黎司法广场对男女扒手们进行赏心悦目的绞刑,更不是十五世纪司空见惯的身着奇装异服,头饰羽冠的某外国使者,忽然而至。最后一支这样的人马,弗朗德勒御使们,抵达巴黎还不到两天,他们是前来为法兰西王储和弗朗德勒的玛格丽特公主缔结婚约的。这叫波旁红衣主教大人绞尽脑汁,可为了取悦国王,只好对这帮吵吵闹闹、毫无品味的弗朗德勒市长们笑脸相迎,而且还在他的波旁府邸里招待他们观看"很多精彩的寓意剧、傻剧和闹剧"。可惜府邸门口的华贵帷幔全部被一场倾盆大雨浸透了。

一月六日那天,如约翰·德·特洛瓦所说的,"使得全巴黎民众激动的"是这一天是从远古以来恰逢两个隆重节日,即主显节和狂人节。

这一天,将在河滩放焰火,将在布拉克小教堂栽种五月树,将在司法宫演出圣迹剧这是习俗。府尹大人穿着华贵的紫红驼毛布衬甲衣,胸前缀着两个白色大十字的差役,头一天晚上就在十字街头吹着喇叭,高叫吆喝过了。

大清早,住家和店铺就关上门,成群的市民,男男女女,从四面八方向指定的三个地点涌去。人人早已心中有个谱,有的去观看焰火,有的去观看种植五月树,有的去观看圣迹剧。不过,真正称赞的是巴黎爱凑热闹的游闲之辈那种自古就有的见识群众中绝大多数人都去看焰火,因为这正合时节;或者去观看圣迹剧,因为是在司法宫大厅里演出,上面有严严实实的屋顶,四面有紧闭的门窗;而看热闹的人都不愿意一顾,那棵可怜的五月树,花儿稀稀拉拉,听任它在一月寒天下,孤独在布拉克小教堂的墓地上颤抖。

民众们知道,要来观看圣迹剧的演出的还有,前天抵达巴黎的弗朗德勒的使臣们也观看将在同一个大厅里举行的狂人教皇的选举,因此人群主要涌往司法宫的各条大街。

司法宫大厅在当时被誉为举世无双的大厅(当然,索瓦尔那时候还没有丈量过孟塔吉城堡的大厅),这一天要挤进去却不是件容易的事。往下一望,只见挤满人群的司法宫广场,宛如汹涌大海,通往广场的五、六条街道各似河口,每时每刻都涌出一股股澎湃的人流来。广场好像参差不齐的一片水域,而四周这儿那儿突出宛若一个个海岬的墙角,被不断壮大的人流,浪涛汹涌,一阵阵冲击着。司法宫宏伟的峨特式正面的中央有一个高大的台阶,两股人流不停穿梭。这是因为人流在居中的台阶底下冲散后,又以波涛翻腾之势,向两侧斜坡扩散开来。这样,我说呀,那个大台阶有如淌水,不断注入广场,好似一道飞瀑泻入湖泊一般。叫声,笑声,无数人的跺脚声,汇成了巨大的声响,巨大的喧哗。不时,这声响,这喧哗,随人流的折回、混乱或旋转,益发震耳欲聋。这是因为府衙的一名弓箭手在推人,或是一名捕头骑马横冲直撞,拼命维护秩序。这种令人叫绝的传统,由府衙传给统帅衙门,由统帅衙门传给骑警队,再用骑警队传给今日的巴黎警察总队。

家家户户门口上,窗户上,天窗上,屋顶上,密密麻麻聚集着成千上万张市民们的面孔,和颜悦色,安详质朴,凝望着司法宫,凝望着嘈杂人群,也就心满意足了,因为时至今日,巴黎还有许多人乐于观看那班爱看热闹的人,再说,令我们感到非常有趣的是,在一堵人墙的后面正发生着什么事。

假如我们这些生活在一八三〇年的人在想象中厕身在十五世纪这群巴黎人中间,跟他们一起被拉来扯去,被撞来撞去,跌跌撞撞,挤进司法宫宽阔无比的大厅,在一四八二年一月六日这一天却显得那么狭小,就不会觉得眼前景象索然无味,不会觉得没有吸引力,正好相反,我们周围所见事物尽是如此之古老,反而觉得十分新鲜。

如果承蒙看官同意,我们不妨就竭力开动脑筋,想象看官跟我们一道,随着穿着短上衣、半截衫、短袄的嘈杂人群,跨进大厅时就会有什么样的感觉。

第一,耳鸣,眼花。我们头顶上是尖形双拱屋顶,木雕贴面,天蓝色彩绘,装饰着金色百合花图案;黑白相间的大理石地面在我们脚下。几步开外有根高大的柱子,一根继续一根,再继续又是一根;大厅纵深一共竖着七根大柱,支撑着双拱屋顶落在横向正中的拱底石。几家店铺在头四根大柱闪烁着玻璃片和金属箔片的亮光;后三根大柱的旁边摆着几条橡木长凳,被诉讼人的短裤和代理人的袍子已经磨损了,磨光了。大厅四周,沿着高墙厚壁,门与门之间,窗与窗之间,柱和柱之间,摆着一长列从法拉蒙以下的法兰西历代君王的塑像;双臂大垂的是昏君,眼睛低垂;昂首挺胸,是明君的双手高举,直指着天空。还有,一扇扇尖形长窗,尽是光怪陆离的彩色玻璃;一个个宽大的大厅出口,都是精雕细刻的富丽门扉。而且所有这一切,圆拱,大柱,垣壁,窗框,护壁镶板,门扇,塑像,从上往下双目中流溢着湛蓝与金黄,色泽斑斓,光彩照人;我们今天看见时色泽已略显暗淡了,公元 1549 年德·普勒尔根据流传还对它赞美不已,其实那时几乎已经被尘灰和蛛网所埋没,已失去了往日的灿烂光彩了。

我们来假设一下:这座长方形的宽阔大厅,在一月某一天,光线暗淡,涌入了一大群人,衣着五颜六色,吵吵闹闹,沿墙游荡,绕着七根大柱转悠,这样一想,整个场面有个模糊的印象。下面再更确切地说一说一些有趣的细节。

毫无疑问,拉瓦伊阿克刺杀亨利四世,才会有拉瓦伊阿克案件的卷宗存放在司法宫档案室里,才会有他的同谋犯处心积虑要把本案的卷宗毁掉;因此才会有纵火犯由于别无良策,只好放火焚烧档案室,好把卷宗烧毁,才会只得放火焚烧司法宫,好把档案室烧毁。总而言之,就才会有1618年那场大火。若不是那样的话,古老的司法宫及其古老的大厅也就矗立如故,我也可以奉告看官:您亲自去看吧!于是,咱们俩都不必多此一举:我免得如实进行描述,您也就省得阅读了。——这样的一条新真理就被证明:一切重大事件必有不可估量的后果。

不过这也许是真的:首先,拉瓦伊阿克没有同谋者;其次,即使万一有,他的同谋者也可能与1618年那场火灾毫无关系。这样,就有其他两种解释那场大火的起因,都是合乎情理的。第一种解释是:有颗熊熊燃烧的大星,一尺宽,一肘高,如众所周知的,三月七日半夜后从天上坠落,正好落在司法宫里。第二种解释是见诸于泰奥费尔的四句诗:

诚然,那是悲惨的游戏,
正义女神在巴黎,
吃了太多香料,
自把宫殿焚为平地。

这是1618年与司法宫那场大火从政治的、自然的、诗歌的三个角度的三种解释,无论人们对此想法如何,不幸地火灾是千真万确的事实。因为这场灾难,更由于连续修建把幸存的东西也毁了,所以时至今日也就所剩无几,这座法兰西最早的王宫也就所剩无几了。堪称是卢浮宫长兄的这座宫殿,早在美男子菲利浦时代就已很老了,有人还到里面去寻找罗贝尔国王所建造的、埃卡迪斯所描述的那些华丽建筑物的遗迹。几乎一切荡然无存了。想当初,圣路易院完婚的枢密,洞房今安在?他在御苑审理案件,“身着羽纱短袄,无袖粗呢上衣,外罩披风,脚趿黑绊拖鞋,同儒安维尔卧在地毯上”,御苑今安在?西吉斯蒙皇帝的寝房现何在?查理四世的呢?无采邑王约翰的呢?查理六世站在楼梯上颁布大赦令,那座楼梯今何在?马塞尔在太子面前,杀害罗贝尔·德·克莱蒙和香帕尼元帅,那现场的石板今在哪里呢?从一道小门宣布的废除伪教皇贝内迪克的训谕,他的那班传谕使者们给人丑化,身披袈裟,头戴法冠,也是从这道小门出去游街,走遍巴黎大街小巷,向民众赔礼认罪,现在这道小门又在哪里? 还有那座大厅,金碧辉煌的装饰,扇扇尖拱窗户,尊尊塑像,根根大柱,镂刻成块块图案的宽阔拱顶,这一切如今又何在? 还有那金灿灿的卧室呢? 那只守门狮子,就像所罗门座前的狮子那般;耷拉着头,夹着尾巴,显出暴力在正义面前那副卑躬的模样,这石狮子又在哪里呢? 还有那一扇扇绚丽的门扉呢? 那一扇扇斑斓的彩色玻璃窗户呢? 还有那叫比斯科内特望而生畏的房门上镂花金属包皮呢? 还有德·昂锡打制造的精美木器呢? ……岁月流逝,时过境迁,这些稀世之宝最终成了什么呢? 人家为了取代这一切,取代这整个高卢历史,取代这全部峨特艺术,塞给了我们什么东西呢? 取代艺术的,无非是德·普罗斯大人那种笨重扁圆的穹顶,如圣热尔韦门那种蠢笨的建筑物;至于历史,我们听到许多对粗大柱子喋喋不休的忆述,巴特吕之流唠唠叨叨的声音还在回绕。时至今日。

这很一般。言归正传,我们还是回头来说这座名不虚传的古老司法宫的这间名不虚传的大厅吧。

这座呈平行四边形、宽阔无比的大厅,一头摆着那张名闻遐迩的大理石桌子,又长又宽又厚,根据古老的籍册所云,世上如此偌大的大理石,真是前所未见,这样一种说法可叫卡岗蒂亚垂涎欲滴;另一头是小教堂,路易十一曾经叫人给自己在教堂里雕刻了一座跪在圣母面前的塑像,他还把查理大帝和圣路易——认为这两位作为法兰西君王是得到了上天无比信任的圣人——的塑像搬到小教堂来,毅然不顾大厅里那一长列历代君王塑像中留下了两个空墙凹。这座小教堂建成差不多才六年,还是崭新的,建筑雅致,雕刻奇特,镂錾精湛,一切都妩媚无比;这种风格正是我国峨特时代末期的象征,并一直延续到十六世纪中期,表现为文艺复兴时代仙境一样的种种幻想。小教堂门楣上那镂空的蔷薇花瓣小圆窗,纤秀而优雅堪称一件杰作,宛如一颗用花边做成的星星。

大厅中间,有一座铺着金色锦缎的看台,面对大门,背靠墙壁,并利用那间金灿灿卧房走廊上一个窗户,开了一道特别的人口。这看台是专门为弗朗德勒使者们和其他大人物应邀来观看圣迹剧而搭设的。

按照惯例，那边大理石桌面是用以表演圣迹剧的。一清早便把桌子布置妥当了。那厚实的桌面，年长日久，被司法宫书记们的鞋跟划得全是道道痕迹，如今已搭起一个相当高的木架笼子，上端板面整个大厅都看得见，到时候就作为舞台。笼子四周围着帷幕，剧中人的换衣室里面就在里面。外面，明摆着一张梯子，联结着舞台和换衣室，演员上场和下场都从那结实的梯阶爬上爬下。随意编派的角色，机关布景，剧情突变，都是被安排从这梯子上场的。这是戏剧艺术和舞台装置结合的新生儿，多么的天真，多么的可敬！

司法宫典史的四名捕快，都不得不在节日或行刑之日看管恣意行乐的民众，这时正分立在大理石桌子四角。

演出要等到司法宫的大钟敲响正午十二点才开始。对于演戏来说应该是迟了，可是得照顾使臣们的时间呀。

可是，从一大早就在等着许许多多观众。这些老老实实爱看热闹的观众当中，不少人天刚亮就在司法宫大台阶前等候，冻得打哆嗦；甚至有几人说他们为了一开门能抢先进去，已在大门中间歪着身子熬了一夜。人群每时每刻都在增多，就如超过水位的水流，开始沿着墙壁升高，向各柱子周围上涨，漫上了柱顶、檐板、窗台、建筑物一切凸出部位和雕塑物所有隆起部分。可是，群众感到浑身不自在，急躁，烦闷，何况这是可以我行我素，恣意胡闹一天，要是谁的手肘尖碰一下，或是钉了掌的鞋子踩一下，动不动就大动肝火，加上长久期待而疲乏不堪，这一切都使得群众很不满意，更何况他们被关禁在这里，人挨人，人挤人，人压人，简直要窒息，所以没等到使臣们到来的预定时刻，群众的喧嚣声早已变得尖刻而辛辣。只听见一片埋怨声和咒骂声，把弗朗德勒人、府尹大人、波旁红衣主教、司法宫典史、奥地利玛格丽特公主、执棒的捕役、天冷、天热、刮风下雨、巴黎主教、狂人教皇、柱子、塑像、这扇关着的门、那扇开着的窗。总之，把一切全部骂遍了。听后畅快极了的是散布在人群中的一堆堆学子和仆役，遂在心怀不满的人群中捣乱，挑逗促狭，挖苦讽刺，简直是火上浇油，更激起普遍的恶劣情绪。

还有另一伙捣蛋鬼，先砸破一扇玻璃窗钻进来，大胆地爬到柱子顶盘上去坐,居高临下,东张西望,嘲笑里面大厅里的群众,揶揄外面广场上的人群。看着他们那滑稽的动作,听着他们那响亮的笑声,以及和同伴们在大厅两头相互取笑的呼喊声,一下子就能够知道这些年轻的学子并不似其余观众那样郁闷和疲倦,他们为了取乐很机敏地从眼下的情景挖掘出好戏,借此打发时间,耐心等待着另一出戏的上演。

"我发誓,是你呀,约翰·弗罗洛·德·莫朗迪诺!"其中有一个叫道,"你叫磨坊的约翰,真是名副其实,你的四肢活像四只迎风旋转的风翼。——你来多久了?"那个被称作磨坊的是个金黄色头发的小鬼,漂亮的脸蛋,淘气的神态,攀在一个头拱的叶板上坐着。

"上帝保佑,已经四个多钟头了!"约翰·弗罗洛回答道,"希望将来下了地狱,这四个钟头能计算在我进炼狱的净罪时间里。西西里国王的八名唱诗班童子,在圣小教堂唱七点钟大弥撒,我赶上听了第一节哩。"

"那倒是有名的唱诗班,"那一位继续说,"声音比他们头上的帽子还尖!不过,国王给圣约翰大人举行弥撒前,还应该先打听一下,圣约翰大人也许不太喜欢听用普罗旺斯口音唱的拉丁文赞美诗。"

"国王弄这名堂,还不是为了雇用西西里国王的这个该死的唱诗班呢?"窗下人群中有个老太婆尖声厉气地喊道,"我向大家请教一下一次弥撒就得花一千巴黎利弗尔!这笔款还是从巴黎菜市场海产承包税中出账的呢!"

"闭嘴!老婆子。"有个站在这卖鱼婆的身边一本正经的大胖子,捂住鼻子,接过话头说道,"不举行弥撒怎行,你总不希望国王再欠安吧?"

"说得好,吉尔·勒科尼君,你这个专供皮货给国王做皮裘的大老公!"那个攀在斗拱上的小个子学子叫道。

可怜皮货商这个滑稽的名字,惹得所有学子都哈哈大笑起来。

"勒科尼!吉尔·勒科尼!"有些人连声喊道。

"长角和竖毛的!"另一个人继续叫。

"嘿!"柱顶上那个小淘气鬼仍不依不饶,"姓勒科尼有什么好笑的呢?尊贵的吉尔·勒科尼,是御膳总管约翰·勒科尼公的兄弟,樊尚林苑首席守林官马伊埃·勒科尼公的公子,个个都是巴黎的市民,从父到子,哪个不是成了家的呢?"

大家听了更是乐不可支。肥头胖耳的皮货商没有搭理他们,拼命要躲开四面八方向他射过来的目光;尽管挤得汗流浃背,上气不接下气,但只是白费力气:好像一只楔子深陷在木头里,越用力反而越卡得紧,大脑瓜随着挣扎越发紧长在左右旁边人的肩膀中间。他又气又恼,充血的大脸盘涨得紫红。

最后这伙人当中有一个出来替他解围,此人又胖又矮,同皮货商一样令人起敬。

"罪孽呀罪孽!有些学子竟对一个市民如此不敬!想当年,要是学子敢如此不敬,就得先挨柴火棒子打,再用柴火棒子活活烧死。"

那帮学子一下子气炸了。

"嗬啦啦!是哪只晦气的公猫在唱高调呀?"

"嘿,我认得,他是安德里·缪斯尼埃老公。"有个人说。

"他是哪个在大学里宣过誓的书商。"另外个人插嘴道。

"我们的那所杂货铺里,样样都成四:四个学区,四个学院,四个节日,四个学政,四个选董,四个书商。"还有一个人说道。

"那么,就应把这一切推翻!"约翰·弗罗洛继续说。

"缪斯尼埃,我们要烧光你的书!"

"缪斯尼埃,我们要把你的听差全揍扁!"

"缪斯尼埃,让我们好好揉一揉你老婆!"

"肉墩墩的可爱的姐姐乌达德呀!"

"比小寡妇更娇媚、风骚!""你们全部见鬼去吧!"安德里·缪斯尼埃嘀咕着。

"安德里老公,不要再放屁了,要不,看我掉下去砸在你的脑袋上。"约翰一直吊在柱顶上,接过话头说道。

安德里老公抬起眼睛看了一会儿,仿佛在算计一下柱子有多高,促狭鬼有多重,再默算一下冲重,然后就不敢作声了。

约翰成为这战场的主人,便乘胜追击:

"我虽然是副主教的弟弟,但还是要这么干。"

"尊敬的先生们,学堂的学人们!像今天这样的日子,我们失去了应该得到的尊重!其他的姑且不说,你们看看,新城有五月树和焰火,旧城有圣迹剧、狂人教皇和弗朗德勒的使君,可是我们大学城,有个什么呢!"

"可是我们莫贝尔广场够大的了!"一个趴在窗台上的学子叫道。

"打倒学董!打倒选董!打倒学政!"约翰大声叫着。

"今天晚上就用安德里老公的书,在加伊亚广场放焰火吧!"另一个继续喊道。

"烧掉学录的书桌!"旁边的一位补充说。

"烧掉监堂的棍棒!"

"烧掉学长的痰盂!"

"烧掉学政的食橱!"

"烧掉选董的面包箱!"

"还有学董的小板凳!"

"打倒!"小约翰附和地继续喊,"打倒安德里老公!打倒监堂和学录!打倒神学家、医生和经学家!打倒学政、选董和学董打倒他们!"

"世界末日到了!"安德里老公堵住耳朵嘀咕道。

"噢!学董来了!正在走过广场。"有人在窗台上忽然喊道。

人人争先恐后扭转过头向广场望去。

世界传世藏书

世界十大名著

·巴黎圣母院·

图文珍藏版

"真是我们可敬的学董蒂博大人吗?"风车约翰·弗罗洛问道,因为他被攀附的里面一根柱子,挡住看不见外面的情形。

"对,对,是他,就是他:学董蒂博大人!"

果然是学董及所有学官列队前往迎接使团,这时正穿过司法宫广场。挤在窗前的学子们,冷嘲热讽,鼓掌喝倒彩,向他们表示欢迎。走在最前面的学董,先碰到一阵谩骂,骂得可凶呐。

"您好,学董先生! 嗬——啦——嘿! 这厢有礼了,您好哇!"

"这个老赌徒,跑到这儿干吗来啦? 他居然肯丢下骰子不赌了吗?"

"瞧,他骑着骡子小跑的神气模样儿! 骡子的耳朵还没他的长呢!"

"嗬——啦——嘿! 您好,蒂博学董先生! 赌徒蒂博! 老笨蛋! 大赌棍!"

"上帝保佑您! 昨晚上赢了不少吧?"

"唔! 瞧他那张衰老的面孔,铁青,消瘦,憔悴,这全是爱赌如命、好掷骰子的缘故!"

"掷骰子的蒂博,您屁股转向大学城,向新城跑,这是上哪儿去呀?"

"当然是去蒂博托代街开一个房间过一过瘾啦!"风车约翰叫道。

大伙儿一听,拼命鼓掌,雷鸣般重复着这句俏皮的双关语。

"学董先生,魔鬼赌局的赌徒,您是到蒂博托收街去开一个房间过把瘾,对不对?"

其余学官挨骂了。

"打倒监堂! 打倒执杖吏!"

"你说,罗班·普斯潘,那个人到底是谁呀?"

"吉贝尔·德·絮伊,吉贝尔·德·絮伊奥坦学院的学政。"

"给你我的一只鞋:你的位置比我的方便,拿去狠扔到他的脸上。"

"今晚上就叫你尝个够!"

"打倒六个神学家和他们的白道袍!"

"那些人就是神学家吗? 我原本以为是巴黎城的圣日芮维埃芙送给鲁尼采邑的六只大白鹅呢!"

"打倒医生!"

"打倒那些无休止的胡说八道般的教义辩论和神学争论!"

"给你,我这顶帽子,圣日芮维埃芙的学政!你徇私,叫我吃了大亏——这是真真切切的!他抢去了我的位置给了小阿斯卡尼奥·法尔扎帕达,就因他是意大利人,是布尔日省的。"

"真不公平!"学子们齐声喊道。"打倒圣日芮维埃芙的学政!"

"嗬——嘿!阿尚·德·拉德奥老公!嗬——嘿!路易·达于尔!嗬——嘿!路易·达于尔!嗬——嘿!朗贝尔·奥特芒!"

"让日耳曼学区的学政被魔鬼掐死吧!"

"还有圣小教堂里的那班神父和他们的灰毛披肩;灰毛披肩!"

"以及,让魔鬼掐死那些穿灰毛裰裟的!"

"嗬——啦——嘿!艺术大师们!清一色的漂亮黑斗篷!清一色的漂亮红斗篷!"

"就像尾巴一样!"

"好比一个威尼斯大公去参加海上婚礼!"

"你看,约翰!那不是圣日芮维埃芙主教堂的那班司铎!"

"司铎统统去见鬼吧!"

"修道院克洛德·肖阿院长!克洛德。肖阿博士!您是不是去找那个骚娘儿玛丽·吉法尔德?"

"她在格拉提尼街。"

"她正在给您这个好色的大王铺床哩。"

"她要四个德尼埃。"

"有一大群蜜蜂来了。"

"要不要她当着您的面卖呀?"

"学友们!庞卡底的选董西蒙。桑甘老公来了,他带着老婆,就是骡子屁股上的那个。"

"骑马人的身后坐着黑色的忧愁。"

"不要害怕,西蒙老公!"

"早上好,选董先生!"

"晚上好,选董夫人!"

"这一切让他们很开心吧!"磨坊的约翰叹道,他一直高踞在拱顶的叶板上。

这会儿,大学城宣过誓的书商安德里·缪斯尼埃老公欠身,贴着王室皮货商吉尔·勒科尼老公的耳朵低低地说:

"先生,我告诉您,这是世界的末日。从未见过学子们这样越轨行为。这都是本世纪那些该死的发明把一切全毁了,什么大炮啦,蛇形炮啦,臼炮啦,尤其是印刷术,即德意志传来的另一种瘟疫!再也没有手稿了,再也没有书籍了!刻书业被印刷术给毁了。世界末日到了!"

"这从天鹅绒的日益发达,我也的确看出来了。"皮货商回答说。

就在此时,正午十二点到了。

"哈!………"整个人群不约而同叫了起来。学子们也默不作声了。随后一阵激烈的骚乱,一阵乱哄哄的挪动脚步和摇动脑袋,一阵爆炸似的咳嗽和擤鼻涕声;人人设法抢占一个好的地形踮起脚尖,聚集成群;继续一片寂静;个个伸长脖子,张开嘴巴,所有的目光都射向了大理石台子。依然空空荡荡,台子上只有典吏的四名捕快一直站在那里,身体笔直,一动也不动,好像四尊彩绘塑像。大家的视线便转向留给弗朗德勒使臣的看台。看台的那道门还紧闭着,台上空无一人。这人群从清晨就眼巴巴等候三件事到来:晌午、弗朗德勒使团和圣迹剧。唯有晌午准时来到而已。

真让人无法忍受。

一分钟、两分钟,三分钟,五分钟、一刻钟过去了,还是没有一点动静。看台上仍然没有一个人影,戏台上仍然空空荡荡。这时,愤怒随着烦躁接踵而来,带火药味的话儿在人群中散播开来,当然声音还是低低的。"圣迹剧!圣迹剧!"大家低低地这么嘀咕着,脑子逐渐发热起来,一场风暴尽管还只是轻轻咆哮,却在人群上面震荡。磨坊的约翰带头煽动起来。

"圣迹剧！弗朗德勒人见鬼去吧！"他用浑身劲儿,大声吼叫,同时像条蛇似地绕着柱头扭动着身子。

观众一块鼓掌,也跟着吼叫:

"圣迹剧！弗朗德勒去死吧！"

"马上给我们演圣迹剧,否则,我们就演一出喜剧和寓意剧希望把司法官典吏吊死。"风车又说道。

"说得好极了！"民众吼叫起来。"那就先吊死他的几个捕头。"

话音刚落,一阵欢呼。那四个可怜虫面色煞白,面面相觑。人群向他们拥去,中间隔着一道不十分坚固的木栏杆,眼看这道围栏在群众挤压下扭弯变形,就要冲破了。

情势实在是太危急了。

"砸烂！砸烂！"四面八方高声叫着。

就在这会儿,前面描述过的那间更衣室的帷幔掀开了,出来了一个人,大伙一见,忽然站住,似中了魔法一般,顿时愤怒变成了好奇。

"肃静！肃静！"

这人提心吊胆,战战兢兢,毕恭毕敬朝前走,越往前走便越近似卑躬屈膝,就这样走到了大理石台子的边上。

这时渐渐安静下来了,只有轻微的嘈杂声从安静的人群中传出。

"市民先生们,"那个人说,"市民太太们,我们将十分荣幸地在红衣主教大人阁下面前,朗诵和献上一出非常精彩的寓意剧,名为《圣母玛利亚的公正判决》。在下扮演朱庇特。大人阁下此刻正陪着奥地利大公派来的尊贵的使团在博代门听大学学董先生的演讲,等尊贵的红衣主教大人一到,我们就开演。"

用不着什么别的办法,朱庇特这一席话,便确实挽救了司法典吏那四名倒霉捕头的性命。即使我们不胜荣幸,构了这样一个千真万确的故事,因此应在批判之神圣母面前承受责任,人们或许在这种场合会引用"众神不要来干扰",这么一个古老箴言:并非来刁难我们的。况且,朱庇特老爷的服装那么华丽,吸引了全场的注意,对于安定观众的情绪也是起了一定作用的。朱庇特身着锁子铠,外面披着金色大纽扣的外套,头戴镀金的银扣子的尖顶头盔;如果不是他脸上的胭脂和浓须各遮住面部的一半,如果不是他手执一个缀满金属饰片、毛刺刺布满金箔条子的金色纸板圆筒——明眼人一看就知道它代表霹雳,如果他那两只光着脚没有按照希腊方式饰着彩带,那么,他那身威严的装束,真可以同贝里公爵禁卫军中布列塔尼的弓箭手相提并论了。

二 皮埃尔·格兰古瓦

然而,随着他夸夸其谈,被他那身装束激起的欢乐和赞叹,逐渐消失了。等到最后他说出"等显贵的红衣主教大人一到,我们就开演"这句不合时宜的话时,他的声音被雷鸣般的喝倒彩声淹没了。

"马上开演! 圣迹剧! 马上开演! 圣迹剧!"大众吼叫着。在这吼叫声中,风车约翰的嗓音盖过一切,好像演奏中的尼姆乐队嘈杂的短笛声,刺透了喧嚣。他尖声叫嚷:"马上开演!"

"打倒朱庇特! 打倒波旁红衣主教!"罗班·普斯潘和高坐在窗台上的其他学子大吵大闹。

"马上开演圣迹剧!""立刻! 马上! 群众连连喊着。否则吊死演员! 吊死红衣主教!"

可怜的朱庇特惊慌失措,魂不附体,涂满脂粉的红脸蛋变得煞白,丢下霹雳,拿下头盔,频频鞠躬,战战兢兢,口里语无伦次道:"红衣主教大人……御使们……弗朗德勒的玛格丽特公主……"连他自己都不知道说些什么。其实,他害怕成了吊死鬼。

民众因为期待而要吊死他,红衣主教因为他不等待也要吊死他,他反正都得死,两边各是万丈深渊。换句话说,都是绞刑架。

幸亏有个人来替他解围,把责任包揽下来。

这个人一直站在栏杆里边,大理石桌子旁边的空地上,谁都没有看到他,因为他又长又瘦的身子靠在圆柱上,柱子的直径如此之大,以至于它能挡住所有人的视线;这个高挑个儿,消瘦干瘪,脸色苍白,头发金黄,额头和腮帮上都有了皱纹,但还很年轻,目光炯炯,满脸笑容,身上穿的黑哔叽衣服旧得都磨破了,磨光了。这时,他走近大理石桌子跟前,走向那位正受着痛苦煎熬的可怜人儿,那可怜虫吓晕了,并没有发现。

这个新出现的人再向前迈了一大步,叫道:"朱庇特!亲爱的朱庇特!"

此时的朱庇特什么也没听见。

末了,这个金发大个子不耐烦了,靠近他的脸大喊一声:

"米歇尔·吉博纳!"

"是谁在喊我?"朱庇特如从梦中苏醒,问道。

"是我!"黑衣人回答道。

"啊!"朱庇特叫了一声。

"快开始吧。"那一位说。马上响应群众的呼声,我去让典吏不要过于发火,典吏再去请红衣主教大人不要生气。"

朱庇特松了一口气。

观众还在不满的嘘他,他使出浑身劲儿叫道:"市民先生们,我们马上就要开演了。"

"欢呼您,朱庇特!鼓掌吧,公民们!"学子们叫道。

"绝啦!绝啦!"观众叫道。

继续,掌声震耳欲聋。朱庇特早已退到帷幕后面,欢呼声仍在大厅里回荡。

这时候,正如我们那个亲爱的老高乃依所言,那位神通广大的无名氏,化狂风暴雨为风平浪静的人物,也谦虚地早已退回到那根柱子的阴影里去;如果不是前排观众中有两位姑娘注意到他刚才同朱庇特米歇尔·吉博纳谈话,硬把他从阴影中拉出来,或许他还像原先那样无人看得见,一动也不动。

"长老!"一个姑娘叫了一声招手让他过来。

"错了!亲爱的莉叶娜德。"她身旁的那位俊俏,娇嫩的姑娘,再加上盛装艳服,越显得好看的了,说道。"他不是神职人员,而是在俗的;不应称长老,该叫相公。"

"相公。"莉叶娜德说。

无名氏靠近栅栏,用讨好的口气问道:

"小姐,您们叫我有何贵干?"

"哦!没什么。"莉叶娜德脸红着,忙说。"我身边的这位漂亮姑娘吉斯盖特,芳名叫让茜安娜,是她想跟您说说话。"

"没有的事。"吉斯盖特低着头说。"我告诉莉叶娜德不应称呼你长老而应称为相公。"

两位倩女慢慢低下眼睛。无名氏,巴不得跟她们攀谈,遂笑眯眯瞅着她们直看,说道:

"小姐,你们的确没有什么要跟我说吗?"

"哦!什么也没有。"吉斯盖特回答道。

"没有。"莉叶娜德说。

高个子金发青年退了一步,准备离去,可是那两位充满好奇心的姑娘哪肯罢休。

"相公,"吉斯盖特赶紧说,语气急促,就像水闸打开了似的,或者说,就像女人横下了心。"您认识那个在剧中扮演圣母娘娘的大兵,对吧!?"

"您是指那个扮演朱庇特的吧?"无名氏顺下来说。

"哎,可不是!看她多笨!那您认识朱庇特吗?"莉叶娜德说道。

"米歇尔·吉博纳吗?"无名氏回答道。"我认识那个人,夫人。"

"看他那胡须多神气!"莉叶娜德说。

"他们马上要上演的戏,很精彩吗?"吉斯盖特不好意思地问道。

"十分精彩,小姐。"无名氏毫不犹豫地答道。

"戏的名字叫什么?"莉叶娜德问道。

"《圣母娘娘的公正判决》,是寓意剧,小姐。"

"啊!那可是不同。"莉叶娜德继续说。

片刻沉默。无名氏先开口说:

"这是一出还没有上演过的崭新的寓意剧。"

"那不是两年前教皇特使大人入城那一天演的那一出了,剧中有三个靓女扮演……"吉斯盖特说道。

"扮演美人鱼。"莉叶娜德说。

"而且还全身赤裸哩。"那个青年补上一句。

莉叶娜德立刻红着脸地垂下眼睛。吉斯盖特一看,也马上低眉垂目。那青年却满面笑容,继续往下说:

"那真是好看呀! 不过今天是一出特意为弗朗德勒的公主编写的寓意剧。"

"有唱牧歌吗?"吉斯盖特问道。

"喏! 寓意剧怎会有牧歌!"无名氏应道。"剧种是不可混淆的。要是一出傻剧,里面会有唱牧歌的。"

"真可惜。"吉斯盖特说。"当年那一天,一群粗俗的男女在蓬索泉边打架,而且高唱赞歌和牧歌还露几手哩。"

"适合教皇特使的剧,并非一定适合公主。"无名氏的口气相当生硬。

"还有,在他们眼前,几件低音乐器竞相演奏可有趣啦,乐声那才悦耳哩。"莉叶娜德继续说。

"还有,为了给行人缓解旅途困顿,从三个泉眼喷出葡萄酒、牛奶和肉桂酒随人吃,"吉斯盖特说。

"还有,就在三个泉那儿,蓬索下面一点,有人扮演耶稣受难的情景,但没有台词。"莉叶娜德接着说道。

"我记得可清楚啦!"吉斯盖特叫起来。"上帝钉在十字架上,一左一右两个盗贼!"

说到这里,两个的姑娘想起教皇特使入城的情形愈发激动起来,你一言我一语,一同说开了。

"还有,就在画家门那里,还有其他的一些穿着艳丽的人。"

"还有,在圣婴泉,有个猎手追杀一头母鹿,猎狗狂吠,号角齐鸣!"

"还有,在巴黎的屠宰场搭起了用来演出"攻克第埃着城堡的高台!"

"还有,吉斯盖特,你清楚的,剧中当教皇特使经过时,人们就大举进犯,英国人统统被杀了!"

"还有,有许多盛装艳服的人站在小堡门前!"

"还有,兑换所前的桥上也都是人!"

"还有,教皇特使经过时,桥上放了两百多各种美丽的鸟儿腾空飞翔,场面壮观极了,莉叶娜德!"

"今天还会好看得多!"那个青年好像听得不耐烦了,终于插嘴道。

"可你说今儿的圣迹剧更好看"吉斯盖特说。

"没问题。"他答道,继续用某种夸张的口气又加了一句:"小姐,本人就是剧作者。"

"真的?"两位美女齐声说了一声,嘴张得大大的一句话也说不出来。

"不错!"诗人有点洋洋自得地说道。"就是说,我们有两个人:约翰·马尔尚,他负责锯木板,搭戏台,铺板子;我呐,负责写剧本。在下叫皮埃尔·格兰古瓦。"

即使《熙德》的作者自报姓名皮埃尔·高乃依,也不会比他更加牛气冲天的了。

看官也许已注意到,从朱庇特回到幕后那个时刻起,一直到新寓意剧的作者忽然这样公开了自己的身份,使吉斯盖特和莉叶娜德天真地赞叹不已,中间早已过了一段时间了。值得关注的是:全场的观众几分钟前还吵开了锅,这时却听信了那位演员的承诺,大度地期待着。这正好证明了让观众耐心等候的最妙方法,就是向他们宣布马上就要开演。这样一个永久的,而且天天还在我们剧院里得到证实的真理:

可是学子约翰并没有睡过去。

"嗬拉嘿!"他在混乱之后的期待戏开演的静寂当中,突然吼叫起来。"朱庇特,圣母娘娘,你们这班要鬼把戏的!你们拿大家开玩笑是不是?演戏!马上开始,演戏!要不,我们可要重新开始了!"

这一招简直是灵丹妙药。

立即从戏台里面传出高低音乐器的乐声;帷幕升起,走出四个人来,穿着五颜六色的戏装,脸上涂脂抹粉,爬上通向戏台的陡峭梯子,在观众前站成一排,向群众深深鞠了一躬。此时,交响曲戛然而止,圣迹剧开演了。

这四位角色的鞠躬,赢得了观众的掌声,然后在全场肃静中,他们开始朗诵序诗——我们情愿略去,免得看官受罪。何况,观众更感兴趣的是演员的服装,而不是他们扮演的角色,这一点时至今日依然如故。事实上,这是很对的。他们四个人身上穿着的都是半身黄半身白的袍子,不同的只是质料而已。前面一个穿的是金丝银线的锦缎,第二个是丝绸,第三个是毛料,第四个是帆布。第一个角色右手执着一把利剑,第二个人手里拿着两把金钥匙,第三个拿着一杆天平,第四个抄着一把锹。这些标志的含义显而易见,不过,为了帮助那些可能还看不懂的思想懒汉们,特地在每个角色的袍子下摆上绣了几个大黑字:锦缎袍子下摆上的字样是:"我是贵族";丝绸袍子的下摆上:"我是教士";毛料袍子的下摆上:"我是商品";帆布袍子的下摆上:"我是耕作"。任何有判断力的观众都能从四个人的衣着准确无误地看出这四个人物的性别:两个身上袍子稍微短一点的是男性,头上戴着披风帽;两个穿的袍子稍长一点的是女性,头上都带着帽兜。

除了缺少诚意,才会有人听不明白序诗的意义:耕作娶了商品,教士娶了贵族;这两对幸福夫妻共有一个俊美、金贵的儿子,他们觉得非给他娶个绝代佳人不行。于是他们浪迹天涯海角,到处寻找这样一个天香国色的美女。但像戈孔德的女王,特雷比宗德的公主,鞑靼大可汗的千金,这些漂亮的女郎等等,等等,他们都没看中,接着,耕作和教士,贵族和商品,一起来到司法宫这张大理石桌子上面休息,面对老实的听众,口若悬河,警句格言不绝。当时要是有人捡一点他们台词去应付文学院的考试,诡辩也罢,决断也罢,修辞也罢,行文也罢,一定能捞到学士帽戴一戴的。

这一切确实非常有趣。

可是,这四个寓意人物竞相采用了大量的隐喻,滔滔不绝,观众中没有一个人耳朵的专注,心脏的急跳,目光的慌乱,脖子的伸长,比过了作者本人,即那位诗人，皮埃尔·格兰古瓦，就是刚才忍不住把自己名号告诉两个漂亮姑娘的那个人儿。他早就回到原来的地方，离两个姑娘几步开外，在柱子后面静静听着，紧紧望着，细细品味着自己的作品。序诗刚开始，就博得了观众的亲切掌声，这掌声到现在还在他的五脏六腑里回响。他心荡神驰，浸没在冥想之中，这是一位剧作者在广大观众的寂静中，眼见自己的思想——坠落于演员嘴里那种心醉神迷的心情。了不起的皮埃尔·格兰古瓦！

但是，我们真是不好意思开口，开始这种飘飘然的心情很快便烟消云散了。格兰古瓦刚把嘴唇靠近那令人心醉的欢乐、凯旋之杯，就有一滴苦汁掺进了杯里。

有个混身在群众当中，衣服褴褛的叫花子，却没能捞到什么油水，就是伸手到身旁别人的口袋里，大概也得不到足够的补偿，遂灵机一动，心想何不爬到某个显眼的位置，好吸引众人的目光和施舍。因此，开场序诗刚念头几句，他就利用看台的柱子，爬到了一个下部连接栏杆和看台的檐板上，并坐了下来，故意露出其破衣烂衫，显露其一道盖满整只右臂的丑恶伤疤，以引起观众的注意和同情。此外，他什么话也没说。

他保留沉默，朗诵序诗倒没有遇到什么麻烦。倒霉的是学子约翰从柱顶上发现了这个乞丐及其装腔作势的招数，如果不是如此，也不会出现什么过错的。这个捣蛋鬼一见到他，突然一阵狂笑，一点不顾会不会打断演出，会不会扰乱全场的肃穆，开心地嚷叫起来："瞧！那个讨饭的病鬼！"

谁要是曾投下一块石头到蛙塘里，抑或是向一群飞鸟开过一枪，就可以想象出在全神贯注的观众中，这叫人反胃口的话语会产生什么样的后果。格兰古瓦像触了电，浑身不由一阵颤震。序诗霍然中止，观众纷纷把头转向那个乞丐，而这叫花子并不感到难堪，相反觉得此事倒是一个良机，正好借机可以捞一把，遂眯起眼睛，装出一副可怜相，张口说道："行行好，请行行好吧！"

"活见鬼，你不是克洛潘·特鲁伊甫吗！"约翰继续说。"嘀拉嘿！朋友！你的伤疤是在胳膊上的，你的腿怎么倒不灵活了？"

看见伸着带着伤疤的手臂，手拿着油腻的毡帽叫花子的等人施舍，约翰遂边说边往毡帽扔过去一个小钱币。乞丐没有动弹一下，接住布施，接着悲哀地叫着："行行好，请行行好吧！"

序诗朗诵中的插曲使观众非常开心，突如其来插上这个即兴的二重唱：一边是约翰的尖叫声，另一边是乞丐不露声色的单调吟唱。以罗班·普斯潘和神学生为首的众多观众，对此报以热烈的掌声。

格兰古瓦十分不快。首先是一下子愣住了，等他一清醒过来，马上扯着嗓门向台上四个角色叫喊："继续！见鬼，继续！"不理睬那两个家伙。

就在这时候，他发觉有人在拉他大氅的下摆，心里相当生气，掉过头去一看，好不容易才露出笑容。拉他的是名叫让茜安娜的美人儿吉斯盖特，她的玉臂穿过栏杆，用这种方式来唤起他注意，说：

"先生，还接着演吗？"

"当然演。"格兰古瓦被这么一问，相当生气。

"太好了，相公，您可不可以给我说一说……"

"他们下面要说什么，是吗？"格兰古瓦打断她的话，说。"那好，您听着！"

"我不是这个意思。"吉斯盖特说。"而是他们一直都在说些什么？"

格兰古瓦不由一震，仿佛一个人被抠了一下新伤口。

"该死的笨丫头！"他悄声说道。

从这时起，吉斯盖特从他心目中消失了。

话又说回来，他那一声令下，台上几个演员不敢抗命，又再说话了，观众一看，也重头再听，只是完整一出戏一下子被砍成两段，现在重新被连在一起，丢失了许多美妙的诗句，格兰古瓦不由感到心酸，悄悄进行思忖。好在渐渐平静了下来，学子们不再作声了，叫花子数着毡帽里几个铜钱，听众们终于把心思重新放在戏上。

说实话，这倒是一出十分美妙的佳作，即使今天看来，我们只要略做调整，仍可照样演出。展开部分，除了稍嫌长了些，空洞了一些，倒也简单易懂，难怪格兰古瓦在其心灵深处的真诚殿堂里，也为这出戏的简洁明了赞赏不已。正如人们所预料的那般，那四个寓意人物跑遍了世界的三大部分，有点疲乏不堪，没能找到能般配他们那金贵的嗣子的佳偶。在此,剧中对这条美妙的鱼赞颂,通过许许多多巧妙的影射,暗示这就是弗朗德勒的玛格丽特公主的未婚郎君,而他此时正怀着满腹忧伤,隐居在昂布瓦兹,当然更想象不到耕作和教士、贵族和商品刚刚为他跑遍了天南海北。总而言之,上述这嗣子风华正茂,英俊潇洒,强壮矫健,尤其他是法兰西雄狮之子(这正是一切王德的辉煌源泉!)。我郑重地说,这一个着实令人钦佩的隐喻,既然正逢一个大喜的日子,就应当妙语连珠,礼赞王家婚庆,故这种戏剧形式的博物志,就一点不会对狮子生个海豚儿子而感到不安了。证实了作者的激情的,恰是这种稀奇古怪的杂交。但是,如果也能考虑到评论界意见的话,诗人本可以用不满两百行诗句就把这美妙的思想发挥得淋漓尽致。只是府尹大人有令,圣迹剧必须从正午演到下午四点钟,再说,观众还在耐心听着哩。所以总得说点什么。

当商品小姐和贵族夫人吵得不可开交的时候,正当耕作老爷诵读这句美妙得难以置信的佳句:

林中从未见过这样威风凛凛的野兽;

忽然间,专用看台紧闭的门一下子打开了——这道门本来一直关闭着就很不合时宜,此时此刻打开了就更不合时宜了——监门猛然大声地宣布:"波旁红衣主教大人驾到!"

三　红衣主教大人

可怜的格兰古瓦! 在这令人激动的庄严时刻,即使圣约翰教堂全部特大鞭炮同时炸响,即使二十张连弓弩同时发射,即使往昔巴黎被围攻时,1465年9月29日星期天,一炮炸死了七个勃艮第人的那门有名的比利炮台蛇形炮再显神威,即使储存在圣殿门的所有弹药同时爆炸,也比不上从一个监门的嘴里说出"波旁红衣主教大人驾到",更猛烈地把格兰古瓦的耳朵震裂了。

皮埃尔·格兰古瓦不是害怕或小看红衣主教大人。他不卑不亢。正如现在人们所说的,"真正的折中主义者",为人崇高坚毅,温和恬静,一贯恪守中庸之道,富于理智而又充满自由主义的哲学思想,但十分重视四枢德。他出生于一个高贵的、源远流长的哲学世家,智慧好比又一个阿里安娜,好像给了一个线球,他们便从开天辟地起,穿过沧海桑田的迷宫,这线球一任他们怎么绕也绕不尽。不论沧海桑田,世事如何变迁,这种人无时不在,并且依然如故,换言之,始终能审时度势,见风使舵。假如我们费尽心机能恢复皮埃尔·格兰古瓦应得的荣耀,他或许是十五世纪这类哲人的代表。姑且不论我们的皮埃尔·格兰古瓦,那肯定是这类哲人的精神在激励着德·普勒尔,他才在十六世纪写出这样真诚而卓越的词句,值得世世代代牢记:"从祖籍来说,我是巴黎人;从言论来说,我是自由派,因为 parrhisia 在希腊文中的意思是言论自由:我甚至对孔蒂亲王的叔叔和弟弟两位红衣主教大人也运用言论自由,每次却对他们的尊严敬重之至,而且从不冒犯他们的侍从,尽管他们侍从多如牛毛。"

因此说,皮埃尔·格兰古瓦对红衣主教大人驾临的不愉快印象,既无怨恨,也不藐视。恰好相反,我们的这位诗人对人情世故懂得太多了,多次碰壁,长了许多经验,不会不格外重视他所写的序诗里那许多暗喻,特别是对法兰西雄狮之子——王储——的颂扬,能够让万分尊贵的大人亲耳垂闻。可是,在一切诗人的崇高天性中,并非私利占支配地位。我假设:诗人的实质以十这个数来表示,那么毋庸置疑,一个化学家若对其进行分析和剂量测定,如同拉伯雷所言,便会发现其中私利只占一分,而九分倒是自尊心。可是,在那道专用的门为红衣主教大人打开的当儿,格兰古瓦的九分自尊心。被民众的赞誉之风一吹,一下子就膨胀起来,肿大起来,其迅速扩大的程度简直不可思议,刚才诗人气质中私利微量分子,仿佛受到窒息,逐渐消失了。话说回来,私利是宝贵的成分,由现实和人性构成的压舱物,如果没有这压舱物,诗人是无法触及陆地的。再说每当格兰古瓦的婚庆赞歌各部分一出现华丽,大胆的宏论,全场观众——固然都是贱民,但又何妨!——没有不为之张口结舌,呆若木鸡,简直个个像活活被闷死一般,格兰古瓦感觉到、目睹到、甚至可以说触摸到观众的这种热烈的情绪,他醉了,完全陶醉于其中。我可以说,他自己也在消受全场这种无尚的欢乐;假如说,拉封丹在看见自己的喜剧《佛罗伦萨人》上演时,问道:"这部乌七八糟的东西是哪个卑鄙无耻下流的小人写的呀?"那么与此相反,格兰古瓦倒乐意问一问他身旁的人:"这部杰作是谁写的呀?"所以,红衣主教忽然大煞风景的驾临给格兰古瓦造成的效果如何,我们现在便可想而知了。

他所担心的事情真的发生了。主教大人一进场,人人把脑袋转向看台,全场于是混乱起来。不约而同再次喊道:"红衣主教!红衣主教!"别的再也听不见了。可怜的序诗再次霍然中断了。

红衣主教在看台的门槛上停留了片刻,慢慢环视着观众,目光相当冷漠,全场的喧闹声益发强烈了。个个争先恐后,伸长脖子,好超出旁人的肩膀,把他瞧个明白。

这真是个了不起的人物,在观看他的喜剧都不能阻挡人们对他们瞩目。他,查理,波旁红衣主教,里昂大主教和伯爵,高卢人的首席主教,其弟皮埃尔是博热的领主,娶了国王的大公主。故此红衣主教大人与路易十一是姻亲,其母是勃艮第的阿妮丝郡主,故此与粗鲁,残暴的查理也是姻亲。可是,这位高卢首席主教的主要特点,独具一格的明显特征,还在于他那种善于阿谀奉承的品性和对权势的顶礼膜拜。我们可以想象得到,这种双重的裙带关系给他招了数不清的麻烦,而且他那心灵小舟不得不顶风逆浪,迂回曲折行驶于尘世形形色色的暗礁之间,才可能避免撞到路易和查理这两座如同夏里德和西拉险礁,重蹈内穆公爵和圣波尔统帅的后尘而身败名裂。谢天谢地,他总算在这种惊涛骇浪的横渡中相当顺利地得以脱身,平安抵达了罗马。不过,假如他已抵港,而且正因为他已停泊在岸,回想自己如此长期担惊受怕。历尽艰辛的政治生涯中都能次次侥幸逃生,不免心有余悸。因而,他常说一四七六年是他黑白的一年。意思是说这一年里他丧失了母亲波旁内公爵夫人和表兄弟勃艮第公爵,而且在这两个丧事中,任何一件丧事都可以给他因另一个丧事而带来安慰。

话说回来,这是一个好人,过着红衣主教那种轻松快乐的日子,乐于享受夏伊奥的王家美酒佳酿,逍遥自在;并不仇恨丽莎德·卡穆瓦兹和托玛斯·萨伊阿德这些烟花女子;宁可布施妖艳的少女,不愿施舍老太婆;正由于这种种原因,巴黎小民百姓觉得他挺讨人喜爱的。他走动起来,总有一群主教和住持缠在身边,个个出身名门望族。风流倜傥,放荡不羁,随时吃喝玩乐;何止一回,奥塞尔圣日耳曼教堂的虔诚老实的信女们,晚上经过波旁府邸灯火辉煌的窗下,听见白天给她们念晚祷经文的那些声音,此刻正在交杯碰盏的响声中朗诵教皇伯努瓦十二那句酒神格言,不由感到气愤,正是这位教皇在三重冠冕上又加了第四重冠:让我们像教皇那样畅饮吧!

可能正是由于这种如此合情合理所取得的威望,他走进场来,刚才还嘈杂的人群才静了下来看着他,尽管他们刚才是那样的不满,尽管就在即将选举另一位教皇的这个日子,他们对一位红衣主教并没有多少敬意。不过,巴黎人一向极少记仇,再说,红衣主教还没到就擅自迫使开演,好心的市民们已经灭了红衣主教的威风,对这一胜利也就心满意足了。而且,波旁红衣主教大人仪表堂堂,穿着一件华丽的大红袍,整整齐齐;换句话说,他给在场的所有女士的印象很好,因而等于得到了观众中最优秀一半人的拥护。一位红衣主教相貌出众,大红袍又穿得规矩,只由于他耽误了演出而去嘘他,当然有失公正,而且太没品位了。

于是,他入场了,脸上露出了大人物天生对待平民百姓的那种微笑,向观众表示致意,并若有所思地缓缓地走向他的座椅。他的随从们——要是在今天,可称之为主教和住持组成的参谋部——跟着一齐涌入了看台。正厅的观众不由更加喧闹,益发好奇了。人人争先恐后,指指点点,指名道姓,看谁能认出其中的人来;指出的是马赛主教大人阿洛代,假如我没记错的话;哪一位是圣德尼教堂的教务会会长;哪一位是圣日耳曼一德一普瑞教堂的主持罗贝尔·德·列皮纳斯,就是路易十一的一位情妇的放荡不羁哥哥。这些名号说出来,都对错了人,怪腔怪调。至于那帮学子,骂不绝口。今天本来是他们的好日子,他们的狂人节,他们寻欢作乐的日子,法院书记和学堂学子一年一度的狂欢节日。所有的事情在这一天都是合法的,神圣的。何况人群中还有不少疯疯癫癫、爱嚼舌头的女人,比如绰号叫"四个利弗尔"的西蒙娜啦,阿妮丝·卡迪娜啦,萝比娜·皮埃德布啦。既是一个令人心旷神怡,随心所欲的日子,又有这般令人高兴的教会人士和烟花女子为伴,起码也得顺便骂上几句,咒骂上帝两声,难道不应该吗？所以,他们是不会坐失良机的。于是,就在喧闹声中,亵渎神圣的脏话,荒唐不经的粗话,乌七八糟,嘈杂声不绝于耳,可怕极了:那帮教士和学子,由于害怕圣路易打火印的烙铁,一年到头都把舌头锁得紧紧的,难得今天可以随便发言,七嘴八舌,嘈杂不堪。可怜的圣路易,他们在你的司法宫里是怎样愚弄你的呀！他们各自在刚刚进入看台的人当中选一个对象进行攻击,或是穿黑道袍的,或是穿灰道袍的,或是穿白道袍的,或是穿紫道袍的。至于约翰·弗洛罗·德·莫朗迪诺,因为是副主教的弟弟,便放胆攻击穿红道袍的,放肆的目光紧盯着红衣主教,放开喉咙唱着:道袍浸润了美酒！

我们这里不厌其烦,详尽的叙述这些细节,目的是为了给看官以启迪,其实在当时,全场一片嘈杂声,压过了教士和学子们的叫骂声,所以叫骂声还没有传到专用看台,便已消失了。何况红衣主教听到了也不会被此打动,这是习俗,这一天可以放开口舌随便说。再说,从他心事重重的神色上便可以看出他另有揪心的事,它像影子紧跟着他,随他一起步入了看台。这揪心事,就是弗朗德勒使团。

并不是由于他是思想成熟考虑久远的政治家,也不是由于他在担心表妹勃艮第的玛格丽特公主和表弟维也纳的储君查理殿下的这桩婚事会有什么样后果。奥地利大公与法兰西国王这种徒有其表的亲善关系能维持多久,英格兰国王怎样看待别人瞧不起自己的公主,这一切红衣主教大人并不搁在心上,每晚依旧畅饮夏伊奥的王家美酒,却没有料到正是这种酒(当然是经过库瓦蒂埃医生稍加查验并改变其成分),日后路易十一热心地赠送了几瓶这样的美酒给爱德华四世,忽然某天早晨它竟替路易十一把爱德华四世清除了。奥地利公爵大人万分尊敬的使团并没有给红衣主教带来任何这类的忧虑,而是从另一方面使他感到心烦。不如我们已经提到过的,他,波旁的有理,却不得不欢宴和盛情款待这些无名之辈的小市民;他,红衣主教,却不得不欢宴和盛情款待这班芝麻绿豆官;他,法兰西人,生性快活的座上宾,却不得不盛情款待这些卑鄙穷乏的只喝啤酒的弗朗德勒人;而且最尴尬的是这一切都在大庭广众之间众目睽睽之下进行的。以上种种,叫红衣主教大人怎么受得了！诚然,这也是为了讨好王上,最令他倒胃口的装模作样罢了。

当监门洪亮的嗓门通报奥地利大公的特使大人们驾到，红衣主教旋即转身朝向那道门，摆出高高在上，无人能比拟的神态，说有多么优雅就有多么优雅（这正是他的拿手好戏）。不用说，全场观众也都回过头望着。

这会儿，奥地利的马克西米连的四十八位御使莅临了，代表之中为首的是笃奉上帝的十分可敬的神父、圣贝廷教堂的住持、金羊毛学院的学政约翰，以及根特的最高典史雅克·德·古瓦即多比先生；他们两个两个走进来，个个都是满脸的庄严的神态，恰好与波旁的查理身边那班活跃的教士随从成为鲜明的对比。大厅里顿时一片寂静，但窃笑声不断可听见：这些宾客一个个都不露声色地向监门自报姓名和头衔，他们的姓名和头衔再被监门胡报一气，再经群众七口八舌一传，完全牛头不对马嘴；大家一听到那个个稀奇古怪的名号和种种小市民的头衔，忍不住都悄悄笑了。他们是：鲁文市的审官卢瓦·罗洛夫先生，从布鲁塞尔市来的审官克莱·德·埃杜埃德老爷，弗朗德勒的议长保尔·德·巴欧斯特老爷，即瓦米泽尔先生，安特卫普市的市长约翰·科尔甘斯先生，根特市法院的首席审官乔治·德·拉莫尔先生，还有该市监察院的首席判官盖多夫·旺·德·哈热先生，以及比埃贝克的领主先生、约翰·皮诺克、约翰·狄马泽尔，等等，等等；典史，判官，市长；市长，判官，典史；个个装得一本正经，身体挺着，目不斜视，举止生硬呆板，身着丝绒和锦缎的盛装艳服，头戴黑天鹅绒的披风帽，帽顶上饰着用塞浦路斯金线做成的大络帽缨。总之，一个个都是弗朗德勒人善良的相貌，一脸严肃的面孔，活像伦勃朗在他那幅名画《夜巡》中以黑色背景为衬托，用那样强烈、那样严肃的色调。所突出刻画的那一类弗朗德勒人的相貌；一个个额头上仿佛刻着马克西米连即奥地利大公在诏书中所说的话：他有理由完全信任他们，坚信他们的理智、勇敢、经验、忠诚和高尚品德。

可是有一人是例外。此人长着一张兼有猴子般精明嘴脸和外交家狡猾面貌的一种面容。红衣主教一见，趋前三步，深鞠一躬。事实上，此人的大名只不过是根特市的参事和靠养老金过活的纪约姆·里姆。

当时很少人知道。这人是什么角色，此人可是稀世之天才，若处在一个革命时代,一定会光芒四射,成为叱咤风云的头面人物。可是在十五世纪,只能是偷偷摸摸搞些诡计罢了,如圣西蒙公爵所说,在破坏活动中生活。另外,欧洲第一号破坏家很欣赏他,同路易十一合搞阴谋是家常便饭,经常染指王上的秘密勾当。所有这一切,当时的观众全然不知,只是看见红衣主教对这个病容满面、酷似弗朗德勒典吏的人物那样恭敬有加,感到十分惊讶。

四 雅克·科珀诺尔君

根特的那位领养老金的使节和红衣主教大人低弯着身体相互揖拜,又用更低沉的声音问候了几句。这时出现一个人,高大魁梧,同吉约姆·里姆并肩走进来,就好比一条猛犬走在一只狐狸旁边。他头顶尖顶毡帽,身穿皮外套,被周围绫罗绸缎一衬托,如污渍似地显得十分惹眼。监门认为这是谁的马夫走错了门,便立刻把他拦住:

"喂,朋友! 不许过!"

穿皮外套的大汉把那魁梧的身体一挤,把监门推开了。

"你这个家伙想干什么?"他张大嗓门喝了一声,全场观众都侧耳听着这场奇异的对话。"你没长眼,没看见我是跟这些御使们一起的?"

"尊姓大名?"

"雅克·科珀诺尔。"

"尊驾身份?"

"卖袜子的,商号三小链,住在根特。"

监门退后了一步。通报判官和市长,这倒行,但是向观众们通报一个是卖袜子的御使,可真难办。红衣主教如坐针毡。全场民众都在听着,看着。两天来,主教大人耗尽心机,尽力调教这些弗朗德勒狗熊,好让他们能够在大庭广众面前稍微可以见得人。可是,这里出现了一个这样糟透了的纰漏。然而吉约姆·里姆,始终带着狡黠的笑容,走近监门跟前,悄悄地给他提示道:

"您就通报雅克·科珀诺尔君,著名的根特市判官的书记。"

"监门,"红衣主教继续话荏高声叫道,"快点通报雅克·科珀诺尔君,著名根特城判官的书记。"

这下子可出了差错。要是吉约姆·里姆独自一个倒可把这件事遮掩下去,可是科珀诺尔已经听到红衣主教的话了。

"不对,他妈的!"他声如雷鸣的吼叫着。"我,雅克·科珀诺尔,卖袜子的。你听清了吗,监门?不多也不少,货真价实。他妈的!卖袜子的,这有什么不好的!大公先生不止一次到我袜店来买他那高贵的手套哩。"

全场爆发出一阵笑声和掌声。在巴黎,一句俏皮话总是立即得到理解,因而总是受到捧场的。

我们还应趁机插上几句:科珀诺尔同他周围的观众一样都是平民,因此,他们之间思想沟通有如电流之迅速,甚至可说意气相投,同一个鼻孔出气。弗朗德勒袜商当众给宫廷显贵们脸上抹黑,这种傲慢的攻击激起了所有平民百姓心灵中的某种难以言明的自尊感,这种感觉在十五世纪还是模糊不清的。这个袜商刚才竟然敢顶撞红衣主教大人,可真是一个势均力敌的对手!有些可怜虫习以为常,连给红衣主教擎衣牵裾卑躬屈膝的圣日芮维埃芙住持的典吏的几个捕快的那班奴仆,也都对他们毕恭毕敬,俯首贴尾,所以一想起来心里挺愉快的。

科珀诺尔骄傲地向主教大人打躬,主教大人忙向这个路易十一恐惧的万能市民施礼。随后,正如菲利浦·德·科米纳所称之为贤人和滑头精的吉约姆·里姆,面带讥诮和优越感的笑容,凝视着他俩各自走到自己的位置上去,主教大人满脸晦气深怀心声,但科珀诺尔泰然自若,踌躇满志,也许还暗自思忖,说究竟他那袜商的头衔并不比其他头衔逊色,而他前来替其议婚的玛格丽特公主的母亲玛丽·德·勃艮第,宁愿少得罪主教也不愿得罪袜商,因为能够把根特人煽动起来反对鲁莽汉查理的公主的那班嬖宠们,并不是什么红衣主教;当弗朗德勒的公主自己跑到断头台下哀求民众宽恕他们时,用言语来煽动群众的意志,不被她的眼泪和恳求所打动的,也不是什么红衣主教;可是,袜商只要抬一抬他穿着皮外套的胳膊肘,就可以叫两个人头落地:吉·德·安贝库和吉约姆·于果内两位恶名昭著的老爷!

可是,对于可怜的红衣主教来说,事情并没有到此结束,与这般没有教养的人为伴,看来这件事非得做究竟不可了。

看官也许还没忘记那个厚颜无耻的叫花子,就是序诗刚一开始,便爬到红衣主教看台边沿上的那个乞丐吧? 即使这些显贵光临,他也没有偷偷溜走;当上层教士们和使臣们纷纷入座,活像弗朗德勒鲱鱼一般紧紧挨着坐在看台的高靠背椅上,他摆出一副怡然自得的架势,索性把两条腿交叉搁在柱顶盘下楣上面。这种行为是极其无礼的,但当初并没有人发觉,大家都把注意力转向别处去了,然而他,对大厅里发生的事情也全然不明白,只见他摇头晃脑,一副那不勒斯人无忧无虑的表情;好像机械不停的,在喧阗中不时一再喊着:"请行行好吧!"诚然,在全场观众中,也许只有他独自一个人不愿掉头去瞅科珀诺尔和监门的争执。然而,说来也真凑巧,根特这位成为众目注视中心的袜店老板,正好走过来坐在看台的第一排,不偏不倚正在乞丐头顶上方。这位弗朗德勒的使节,仔细察看了一下眼皮底下的这个怪物,亲热地拍了拍他破烂衣服下的肩膀,大家一瞧,太令人吃惊了。乞丐猛然一回头,两张脸孔顿时流露出不胜惊讶、心领神会、无比喜悦的神态。随后,竟然不顾在场的观众,袜商和病鬼手拉着手,低声细语攀谈起来。此刻,克洛潘·特鲁伊甫的破衣烂衫和看台上的金色锦缎相互映衬着,就像一条毛毛虫爬在一只橘子上一般。

看见这种新鲜的奇特情景,大厅中充满了观众欣喜若狂的声音,红衣主教立即感觉到是怎么一回事了。他稍稍欠了欠身,但从他的座位上只能隐约看到一点儿特鲁伊甫身上那件见不得人的宽袖衣衫,自然而然以为是胆大包天的乞丐在乞讨,教红衣主教气炸了,叫道:"司法官典吏大人,赶快给我把这个怪物扔到河里去!"

"他妈的! 红衣主教大人!"科珀诺尔依然紧紧握着克洛潘的手,说道:"这是我的一位朋友。"

"绝了! 绝了!"喧闹的群众喊道。从此,如同菲利浦·德·科米纳所言,科珀诺尔君在巴黎也像在根特一样,广受民众的尊敬,因为这样有如此目无法纪气概的人,一定深得民心的。

红衣主教一听，气得紧咬嘴唇。他侧过身对身旁的圣日芮维埃芙教堂的住持低声说：

"这就是被大公殿下派来的给玛格丽特公主议婚的令人感到滑稽可笑的使节！"

"大人阁下同这班弗朗德勒猪猡讲礼节，那是白费心思。"住持应道。"珍珠摆在猪面前。"

"还不如说，猪摆在玛格丽特公主的前面。"红衣主教微笑地回答。

听到这些文字游戏，所有身披袈裟的朝臣们个个心里美滋滋的。红衣主教马上心情稍微轻松一些，总算同科珀诺尔扯平了，他的调皮话也得到了一些称道。

现在，我们不妨用今天时髦的说法，不妨问一声看官中间那些有能力归纳形象和意念的人，当我们打断他们原先的注意力时，他们对司法宫平行四边形大厅里的情景是不是有个清楚的印象。大厅中间，背靠西墙，是一座铺着金色锦缎的华丽大看台。在监门高声通报下那些样子严肃的人物，从一道尖拱形小门，一个接一个地步入看台。看台的头几排长凳上，已坐着好多贵人，头上戴的帽子或是貂皮的，或是丝绒的，或是猩红绸缎的。在肃穆庄严的看台四周、四面八方，到处是黑压压的人群，到处是一片喧闹。民众的千万双眼睛注视着看台上的每一张脸孔，千万张嘴巴交头接耳说着看台上每个人的名字。这是值得观众注目的稀奇的情形，然而，在那边，大厅的尽头，那上排有四个五颜六色的木偶、下排也有四个木偶的台子，究竟是什么玩意儿？台子的旁边，那个身穿黑布褂儿、脸色苍白无力的人，究竟是谁呢？唉！亲爱的看官，那是皮埃尔·格兰古瓦及其演出序诗的戏台。

他被大家丢到脑后去了。

而这正好是他所担心的。

红衣主教一进场，格兰古瓦就一直心绪不安，千方百计想挽救他序诗的演出。先是嘱咐已停顿下来的演员接着演下去并提高声音，可是眼见没有一个人在听，索性叫他们停演了。停演已有一刻钟了，他一直不停地，不停地奔忙，不停地呼喊吉斯盖特和莉叶娜德,不停地鼓动周围的人要求序诗演下去。可是这一切努力全付诸东流了。没有一个人把视线从红衣主教、御使团和看台上挪开:看台成了众人瞩目的中心! 我们还得遗憾地指出,在红衣主教大人驾到时,把大家注意力都可怕地分散开的时候,序诗的演出已开始叫观众有点腻烦了。说究竟,看台也罢,戏台也罢,演的都是:耕作的和教士的冲突,贵族和商品的冲突。而且,格兰古瓦给打扮得怪里怪气,穿着黄白相间的大褂,涂脂擦粉,不伦不类,不适合地用诗句说话,许多人与其观看古板,呆板的演员,老实说,还不如看一看在弗朗德勒使团中,在小教廷中,在红衣主教的红袍下,在科珀诺尔的外套下,那班在呼吸、在活动、在相互碰撞的有血肉的大活人。

话说回来,我们的诗人看到观众稍许恢复了安静,就计上心来,想要借此机会来挽回观众。

“先生,要是从头开始如何?”他转身对身边一个神色看上去很有耐心的大胖子说道。

“你在说些什么哟?”那个
胖子说。

“喔! 圣迹剧呗。”格兰古瓦回答道。

“您乐意怎么就怎么。”胖子说。

听到这种虚伪的赞同,格兰古瓦觉得足够了,于是亲自上阵,尽量把自己与群众混同起来,高喊起来:“把这出剧再从头演起!”

“见鬼!”磨坊的约翰说。“那边,顶里头他们究竟在叫唤什么?”(因为格兰古瓦嗓门特响,听起来像好几个人在叫似的。)“朋友们,剧已经演完了,他们还要从头演,这不行。”

“不行! 不行!”所有学子全叫起来。“不要看圣迹剧! 不要看!”

格兰古瓦使出浑身解数,喊得更响了:“从头演! 从头演!”

红衣主教注意到了这些叫嚷声,便朝向几步开外一个穿黑衣的大汉说:

"典吏先生,那些鬼家伙莫非被禁闭在圣水瓶里,才哇啦哇啦叫得那么凶?"

司法宫典吏是一种身兼两任的法官,一种司法界蝙蝠,既属老鼠,又属鸟类;既是判官,又是武士。

典吏走到主教大人跟前,提心吊胆,心里忐忑不安,害怕大人不高兴,结结巴巴向大人解释民众失礼的原委:大人尚未驾光临,但正午已到了,演员迫不得已,只好没等尊驾临便开演了。

红衣主教一听,大笑起来。

"说句老实话,即使是大学学董遇到这种情形,也会这样做的。您说呢,吉约姆·里姆君?"

"大人,"吉约姆·里姆回答道:"我们总算沾光免除了半出戏的罪,也该知足了。"

"可让这些下流坯把戏演下去吗?"典吏问道。

"演下去,演下去。"红衣主教应道。"我没什么。在这个时间我可以用来念念日课经。"

典吏走到看台边,挥了挥手叫大家安静下来,高声喊道:

"市民们,村民们,百姓们,有两种人,一部分要求从头演,一部分要求不演,为了满足这两部分人的要求,主教大人命令从刚才停顿的地方接着演下去。"

确实只能迁就两部分人。可是红衣主教招来了作者和观众的痛恨。

于是剧中人又开始大发议论了,格兰古瓦希望观众至少能好好听一听他剧作的剩下部分。可是这指望,很快就消失了。观众倒是勉勉强强静下来,但格兰古瓦原本却没有发觉,就在红衣主教下令接着演下去的时候,看台上远没有坐满,所以在弗朗德勒特使们驾到之后,在他们之后又来了一些待从。这样,在格兰古瓦大作的对白中间,断断续续穿插着监门的尖叫声,通报他们的姓名和身份,严重地干扰了演出,真是一场灾难。大家不妨想象一下,一出戏正在演出,就在台词的中间,有个监门忽然尖声喊叫,老是像在插话,诸如:

"雅克·夏尔莫吕老爷,王上宗教检察官!"

"哟翰·德·阿莱,王室马厩总管,巴黎城夜巡骑士侍卫!"

"加利奥·德·热努阿克大人,骑士,普鲁萨克的领主,王上炮兵统领!"

"德霍一拉居埃老爷,王上的全国暨香帕尼省和布里省的森林水利调查官!"

"路易·德·格拉维尔大人,骑士,王上的辅臣和近侍,法国水师都统,樊尚林苑的禁卫!"

"德尼斯·勒·梅西埃老爷,巴黎市盲人院的总管!"

诸如此类,举不胜举。

这些越来越让人难以容忍。

这种离奇古怪的伴奏,使得戏难以再演下去了。但使格兰古瓦格外感到愤怒的是,他无法装作视而不见,虽然他的作品非常精彩,但无人愿听。事实上,结构之巧妙,情节之曲折,真是无以复加。当开场四个剧中人悲叹不已,狼狈不堪之际,维纳斯身着绣有巴黎城战舰纹章的华丽披褂,真是以女神的轻盈步伐,亲自来见他们,要求嫁给那个嗣子。此时,从更衣室里传出了霹雳的轰鸣,朱庇特表示支持这门婚事。眼看女神就要胜利了,直截了当地说,就是要嫁给嗣子为妻了。想不到来了一个穿着雪白的花缎的少女,手拿一朵雏菊(显而易见,这是弗朗德勒公主的化身),来与维纳斯争夺嗣子。剧情突变,曲折跌宕。经过一番争辩,维纳斯、玛格丽特和幕后的人们一致同意由圣母来决定这件事。剧中还有一个美妙的角色,即美索不达米亚国王堂·佩德尔。可是,演出被打断的次数那么多,这个角色起什么作用也说不清了。所有这一切都是从那张通向舞台的梯子爬上去的。

可是,一切全完了。这种种精妙之作都无人问津,无人体会。红衣主教一走进来,好像就有一根看不见的魔线,一下子吸引了所有人的视线,听凭使出什么解数,也无法使观众摆脱这种魔法的操纵。所有目光仍旧盯着那里,那些新来的人,他们该死的名字,连续不断叫观众分心的长相,服装。这真令人伤心呀!除了吉斯盖特和莉叶娜德,格兰古瓦拉拉她们袖子,有时掉转过头来以外,除了他身边那个极富耐心的大胖子以外，人们把这出可怜的圣迹剧完全被遗弃一边，谁也不听一句，谁也不瞧一眼。格兰古瓦所看到的只是观众的一个个侧面。

眼见他赖以流芳万世的戏台，他赖以使其诗篇永远传颂的戏台，一块又一块坍塌，这是何等辛酸苦楚呀！再想一想民众原先迫不及待要倾听他的大作，差点起来造典吏大人的反！可是就这同一出戏，开场时是受到全场那么一致的欢呼呀！现在戏演了，但无人理睬。民心起落，真是变化无常！想一想典吏的那几个捕快，差点送掉小命！唉！要是能换回那甜蜜的时刻，格兰古瓦宁愿去赴汤蹈火！

监门那粗暴的独白终于停止了。大家全到齐了，格兰古瓦松了一口气。演员们正准备惟妙惟肖地演下去。可是万万没有想到，霍然站立起来那个袜商科珀诺尔君，格兰古瓦遂在众人聚精会神之中听到了他罪恶昭彰的演讲：

"巴黎的市民绅士先生们，我不知道我们他妈的坐在这里干什么。不用说，我当然看见那边角落里，那个台子上，看上去有几个人像要打架。我不知道这是不是你们叫作的圣迹剧，这可真没有劲！他们只在那里磨牙，就老是不动手。我等他们打一个拳头已等了一刻钟，什么也没等着。那是胆小鬼。就只会骂骂咧咧伤人，应当把伦敦或鹿特丹的拳斗士叫来，那才过瘾哩！你们就可以看到一拳拳重击，响声连广场上都听得见。可是瞧瞧这儿几个，好不可怜！他们起码也应该给我们跳一个摩尔人舞，或者随便什么假面舞！这玩意可不是事先告诉我的。原来答应我的是什么狂人节，是选举狂人教皇。我们在根特也有选狂人教皇，在这事上我们并不比其他人落后，他妈的！在这里可以说说我们的做法。大家乱哄哄的一大群，聚集在一起，就像这里一样。尔后每人轮流把脑袋从一个大窟窿钻出来，向其他人做鬼脸。哪一个鬼脸最丑陋，就会得到众人的欢呼，他就当选为狂人教皇了。就是这样子。有趣得很！你们要不要选你们的教皇，就像我们家乡的方式那样？这总不会比听这些唠唠叨叨的家伙那么叫人倒胃口。谁愿意从窗洞伸头做鬼相的，谁参加就是了。市民先生们，你们说怎么样呢？这儿男男女女怪模怪样的有的是，我们尽可以用弗朗德勒方式大笑一场。我们的长相都是够丑的了,可选出一个最出众的怪相还是可能的。"

格兰古瓦恨不得回敬他几句。可是由于吃惊,气恼,愤慨,他一时说不出话来。何况,这般市民被称为绅士心里乐不可支,都热情地对于深孚众望的袜商的建议表示同意,任何反对都是没用的,只有随大流才是。格兰古瓦双手捂住脸孔,恨不能像提门忒斯笔下的阿伽门农那样,有件斗篷可以用来蒙起头。

五 卡齐莫多

一瞬间,一切准备妥当,按照科珀诺尔的主意便做起来了。市民们、学子们和法院书记们一齐动手。选定大理石桌子对面的小教堂为表演怪相的舞台。把门楣上面那扇漂亮的花瓣格子窗的一块玻璃砸碎,露出一个石框的圆洞,约好每个竞赛者从这圆洞伸出脑袋。马马虎虎摞起来不知从何处弄来两只大酒桶,只要爬上桶去便可能够得着那个圆洞了。为了保留怪相新鲜和完整的印象,还规定每个竞选人——无论是男或是女(因为可能选出一个女教皇来),先得把头蒙起来,并躲在小教堂里面,不到正式露面不得去掉蒙头。没有一会儿,小教堂里挤满了参赛的人,小教堂的门随即关上了。

科珀诺尔在座位上命令一切,指挥一切,安排一切。在喧闹声中,红衣主教也不好受,也狼狈不堪,推说有事要张罗,还得去做晚祷,便带着他的全部人马,提前退场了。他驾到时,全场群众激动不已,大家对它的离去却无动于衷。只有吉约姆·里姆一个人觉察到主教大人的溃逃。民众的注意力,如太阳运行一般,始自大厅的一端,在正中停留片刻,如今已移到另一端了。曾停留于大理石桌子和锦缎看台的注意力,现在该轮到路易十一小教堂了。打从这时起,可以在这里肆意胡闹了。全场只有弗朗德勒人和贱民而已。

怪相竞赛正式开始了。第一张露出窗洞的脸孔,眼皮翻起,呈现出血红的颜色,张着血盆大口,额头皱得像我们脚上穿的帝国骑兵式的靴子,大家一瞧,爆发出一阵难以抑制的狂笑,这帮村镇百姓会把他当成神仙哩。话说回来,这座大厅不正是奥林匹斯山吗,就这一点,谁都没有格兰古瓦笔下那可怜的朱庇特更明了的了。接踵而来的是第二个、第三个，尔后又是一个，继续又再一个。笑声，快活的跺脚声，一阵高过一阵的始终不绝于耳，这情景给人某种飘飘然的特殊感觉，具有一种令人陶醉和迷惑的力量，并且只能意会，无法言传，是难以向我们今天的读者，我们沙龙的读者宣讲的。请诸位看官想象一下：接踵出现的场面，形形色色，奇形怪状，从三角形直至梯形，从圆锥体直至多面体，各种几何图形，不一而足；这一连串面相的表情，从悲愤直至淫荡，占尽世上所有的表情，应有尽有；这一连串面相所体现的年龄，从皱巴巴的初生婴儿到老纹纵横的垂死老太婆，各种年龄都有；这种种面相还表现了一切宗教上的神怪幻影，从农牧神到鬼王别西卜；表现一切动物的古怪形状，从咧嘴至尖喙，从猪头至马面。请诸位看官想象一下，巴黎新桥的所有柱头像，即在日耳曼·皮隆手下化为石头的那些梦魇，个个复活过来，轮流走到您跟前，用凶狠的眼睛盯着你看；也想象一下，威尼斯狂欢节的各种各样假面具，一个个连续出现在您的夹鼻眼镜底下。总之，这是一个人间面相万花筒！

纵情狂欢愈来愈弗朗德勒式了。即使特尼埃来作画也不能详细地加以描述。请诸位再想象一下萨尔瓦多·罗札所做的酒神节大战的场面吧。什么学子，什么御使，什么市民，什么男人，什么女人，全都烟消云散；克洛潘·特鲁伊甫也罢，吉尔·勒科尼也罢，"四个利弗尔"玛丽也罢，罗班·普斯潘也罢，全无影无踪了；只见一片乌烟瘴气，放荡不羁，一切全都消失了。整个大厅乱七八糟，乌烟瘴气的场所，张张嘴巴狂呼乱叫，双双眼睛电光闪闪，个个脸孔丑态百出，人人装腔作态。一切都在吵吵闹闹，一切都在狼嚎狗叫。狰狞怪异的面孔，一张接一张来到花瓣格子窗洞，咬着牙，张着许多怪模怪样的面孔，就好比有多少根丢入熊熊烈火中的柴棒。从这鼎腾的人群中，有如锅炉中的蒸汽，冒出一种嘈杂声，刺耳，尖锐，凄厉，就像蚊蝇振翅那样嘘嘘作响。

"哇！真可怕！"

"看一看那张脸孔！"

"一点也不稀罕！"

"下一个！"

"吉尔梅特·莫若尔皮,看看那个公牛头,如果少了两只角就跟你老公一样了!"

"又来了一个!"

"畜生!这有什么奇怪的呢?"

"嗬啦嘿!这是弄虚作假!只要露出他本来的面目就行了!"

"这个死鬼佩瑞特·加尔博特!她也真能做得出!"

"绝了!真绝!"

"我快窒息了!"

"看这一个,耳朵都伸不出来了!"

等等,等等。

不过,此时也该给我们的老友约翰说句公道话。在怪相竞赛中,只见他还在柱子顶端上,就像一个见习水手待在角帆上一般。他怒不可遏,身子乱摆乱动,嘴巴张得很大,发出一种人家听不见的叫声,叫声并非被强烈的喧嚣声所遮盖,而是其叫声大概达到了尖锐声可闻的极点,按索弗尔的算法是一万二千次振动,按照比奥的算法是八千次。

至于格兰古瓦,经历了一段伤心之余又泰然地挺直了腰杆,不向厄运低头,第三次对那班演员,对那些会说话的机器说:"接着演下去!"继续便在大理石台子前大步地踱来踱去,甚至心血来潮,想到教堂的窗洞炫耀一下自己身手,哪怕只是为了向这帮忘恩负义的民众做做鬼脸、讨个开心也好。可转念一想:"那可不行,这有失我们的脸面,别去计较了!我们要斗争究竟!"他反复地劝告自己:"我要用诗对民众的影响力把他们夺回来。等着瞧吧,看谁压倒谁,是鬼脸呢,还是文学?"

唉!只有他自己在孤芳自赏了!

甚至比刚才还更糟,他现在看到的只是人们的脊背。

我说错了,那个颇有耐性曾接受过他的询问的胖子,依然面朝着戏台待在那里。至于吉斯盖特和莉叶娜德,早已经逃之夭夭了。

格兰古瓦被这唯一观众的忠诚感动了,遂走近他跟前,轻轻摇了摇他的胳膊,并跟他说话,因为这位大好人靠在栏杆上有点困了。

"先生,真是谢谢您。"格兰古瓦说道。

"先生,谢我什么?"胖子打了一个呵欠,回答道。

"我看得出来,是那些嘈杂的吵闹声使你恶。"诗人继续说。"不过,不要着急:您的大名将留传万代!请问尊姓大名?"

"雷诺·夏托,巴黎小堡的掌玺官,随时愿意向你提供帮助。"

"先生,您在这儿是诗神缪斯的唯一的代表。"

"您太见外了,先生。"小堡的掌玺官回答道。

"只有您赏脸听了这出戏,您感觉怎么样?"格兰古瓦继续说。

"嗬!嗬!"肥胖的掌玺官迷迷糊糊的答道,其实有点信口开河。

这种赞赏,格兰古瓦只好也就满意了,因为他们的谈话忽然被一阵雷鸣般掌声和地动山摇的欢呼声打断了。狂人教皇终于被选出来了!

"绝了!绝了!绝了!"四面八方民众一齐叫着。

果然,此时从花瓣格子窗的圆洞伸出来的那个怪相,巧夺天工,举世无双。狂欢激发了民众的各种想象力,什么才算是最理想的荒诞面相,他们心目中都有个谱,可是至今从窗洞钻出来的那些五角形、六角形、不规则形状的面相,不能符合他们的心理要求,此时忽然出现了一个奇妙无比的丑相,把全场观众看得眼花缭乱,一举夺魁是十拿九稳的了。科珀诺尔君亲自鼓掌喝彩;克洛潘·特鲁伊甫参加了比赛,他那张丑得无可比拟的脸,也只好甘拜下风。我们也是自愧不如。我们不想在这里向看官描绘那个四面体的鼻子,那张马蹄形的嘴巴,那只被茅草似的棕色眉毛所堵塞的细小左眼,一个大瘤完全遮住了右眼,那上下两排残缺不全、宛如城堡垛子似的乱七八糟的牙齿,那沾满浆渣、上面露着一颗象牙般大门牙的嘴唇,那像开叉似的下巴,特别是面部充满应有的所有的表情。如果可能,请诸位看官把这一切综合起来想一想吧!

全场一齐欢呼。大家急忙向小教堂涌去,高举着狂人教皇抬了出来。这时,大家一看,惊讶的无以复加,叹为观止:原来这副怪相竟然是他的真面目!

更恰如其分地说,他本人就是世上所有丑相的组合体。一个大脑袋,红棕色头发竖起;两个肩膀之间耸着一个偌大的驼背,与其相对应的是前面鸡胸隆凸;大腿与小腿,七扭八歪,不成个架势,两腿之间只有膝盖才能勉强并拢。从正面瞧去,就像两把只有刀把接合在一起的月牙形的大镰刀;宽大的脚板,巨大无比的手掌;并且,却有一种难以描绘的体形存在这样一个身躯中:精力充沛,矫健敏捷,勇气非凡。力与美,都来自和谐,这是永恒的法则使然,但这是例外,例外得出奇! 这就是教皇,狂人们刚刚选中的教皇。

这简直是打碎后又胡乱焊接起来的一个巨人。

这样一个独眼巨人一出现在小教堂的门槛上,一动也不动,体宽与身高不相上下,敦敦实实,如同某一伟人所言,底之平方,穿着那件一半红一半紫的大氅,缀满银色钟形花纹,尤其是他那尽善尽美的丑相,民众一下子认出了他,大声喊起来:

"是卡齐莫多,那个顶呱呱的敲钟人! 是卡齐莫多,圣母院那个响当当的驼子! 独眼龙卡齐莫多! 瘸子卡齐莫多! 太妙了! 太妙了!"

可见这可怜家伙的绰号多如牛毛,随便挑就是。

"孕妇们一定要小心啊!"学子们叫道。

"想当孕妇的也得当心!"约翰跟着叫道。

那些婆娘们害怕得掩住了脸孔。

"哎哟! 这只丑八怪猩猩!"一个女人说。

"又大又恶又丑!"另一个女人道。

"简直是恶魔一个。"第三个添上一句。

"住在圣母院近旁太倒霉了,整夜整夜都听到他在屋脊上转来转去的声响。"

"还带着成群的猫。"

"总是在别人家的屋顶上。"

"他从烟囱给我们施魔法。"

"前天晚上,他从我家天窗上向我做鬼脸,我以为是个男人,险些没把我吓死!"

"我相信他是去赴群魔会的。有一回,他把一把扫帚丢在我家屋檐上了。"

"丑恶的驼子!"

"哎哟! 卑鄙的灵魂!"

"呸! 呸"

但是男人却个个欣喜若狂,拼命鼓掌。

成为众人谈论的中心的卡齐莫多,一直站在小教堂门槛上,神情阴沉而严肃,一任人家欣赏。

有个学子——我想是罗班·普斯潘——走到他跟前,对着他的脸大笑,未免凑得太近了。卡齐莫多只是把他抱起,轻轻一抛,把他扔到十步开外。他这么干,一言不发。

科珀诺尔君,惊叹不已,也凑过去。

"他妈的! 圣父啊! 你真是世上最美的鬼。你不但在巴黎,就是在罗马也配得当教皇的。"

说着说着,把手伸出去放在他肩膀上,看见卡齐莫多一动也不动,又乐呵呵接下去说:

"你真是一个怪家伙,我心里痒痒的,真想跟你去大吃大喝一顿,哪怕要我破费一打崭新的十二个图尔银币也没关系。你认为这件事如何?"

卡齐莫多没有回答。

"妈的! 难道你是聋子?"袜商说。

他确实是个聋子。

可是,他对科珀诺尔的亲密举动不耐烦了,牙齿咬得咯咯响,猛然一转身,把那个弗朗德勒大汉吓得连连倒退,像是一条猛犬抵抗不住一只猫似的。

因此,科珀诺尔满怀崇敬,围着这个怪物绕了一圈,半径起码有十五步距离。有个老妪向科珀诺尔君连连解释说,卡齐莫多是个聋子。

"聋子!"袜商发出弗朗德勒人特有的粗犷的笑声,说道。"他妈的!他真是绝妙的教皇。"

"嘿!我认识他。"约翰叫起来。他为了能就近看看卡齐莫多,终于从柱顶上滑下来了。"他是我哥哥的敲钟人。——你好,卡齐莫多!"

"鬼人!"罗班·普斯潘说道。刚才被他摔了一个跟斗,到现在全身还酸痛哩。"他出现,是个驼子;他走路,是个瘸子;独眼龙;聋子。——唉!他的舌头哪里去呢,这个波吕斐摩斯?"

"他愿意的时候还是说话的。"老妪说道。"他是敲钟时被震聋的。他不是哑巴。"

"他的欠缺的就是这个啦。"约翰评论道。

"而且,还比瞎子多了一只眼睛。"罗班·普斯潘加了一句。

"不对。独眼比瞎子更不完美,缺少什么,他心中是有数的。"约翰颇有见解地说道。

此刻,所有的乞丐,听差,扒手,都集合起来跟学子们一道,列队前往法院书记室,翻箱倒柜,找来了狂人教皇的纸板三重冠和滑稽可笑的道袍。卡齐莫多一任打扮,眼睛连眨都不眨一下,一副既顺从又高傲的样子。尔后,坐在一副五颜六色的担架上,狂人帮会的十二名头目马上把他扛起来。这独眼巨人放眼一看,畸形脚底下尽是人头,个个眉清目秀,昂首挺拔,五官端正,一种苦楚而轻蔑的表情出现在他那阴郁的脸上。继续这支衣衫褴褛、吼声不断的游行队伍开始行进,依照惯例,先在司法宫各长廊转了一圈,然后再到大街小巷去乱窜。

六　爱斯梅拉达

我们很高兴地要告知看官,在以上整个过程中,格兰古瓦和他的剧本始终坚持。演员们在他的督促下,滔滔不绝地朗诵着台词,而他自己也在津津有味地倾听。既然无法阻止，那场喧扰，只得忍受了，但他决意坚持究竟，丝毫不泄气，希望群众会把注意力再转移过来的。当他看到卡齐莫多、科珀诺尔和狂人教皇那支的随从行列走出大厅时，心中希望的火花又燃烧起来。群众等不及地都跟着跑了。他想："行了，所有捣乱的家伙全走了！"不幸的是，所有捣乱的家伙就是民众。不一会，大厅中就空无一人了。

说真的，大厅里还留有一些观众，有的零零落落，有的三三两两围在柱子四周，都是老幼妇孺，他们喜欢清静。有几个学子仍然骑在窗户的盖顶上，向广场眺望。

"也罢，"格兰古瓦想道。"好在还有这么一些人，能听完我的圣迹剧也就够了。他们虽然没有几个人，却都是非常优秀，有文学修养的观众。"

过了一会儿，当演到圣母登场时，本来应该演奏一曲交响乐，以造成最宏伟壮丽的戏剧效果，却被卡住了。格兰古瓦这才发现乐队走先了。他只好认栽了，说道："那就作罢！"

看上去有一小群市民像是在讨论他的剧本，他便遂凑过去。下面是他听到的片言只语：

"施纳托君，您知道德·纳穆尔老爷的纳瓦尔府宅吗？"

"当然知道了，就在布拉克小教堂的对面。"

"那好，税务局近来把它以每年六利弗尔八个苏巴黎币的租金租给了圣画家约姆，亚历山大。"

"房租又涨得那么厉害！"

"算了吧！他们不听，其他人会听的。"格兰古瓦叹口气想道。

"学友们！"一个捣蛋鬼忽然在窗户上嚷起来。"爱斯梅拉达！爱斯梅拉达在广场上呐！"

此话一出口，居然产生魔术般的效果。大厅里剩下来的所有人全冲到窗口去，爬上墙头去看，嘴里不断喊着："爱斯梅拉达！爱斯梅拉达！"

同时，外面传来一阵鼓掌的轰鸣声。

"爱斯梅拉达，什么意思？"格兰古瓦呐呐着，伤心地合起双手。"啊！我的天哪！好像现在该轮到窗户露面了。"

他掉头向大理石桌子看去，发现演出未经允许私自中止了。正好此时该轮到朱庇特拿着霹雳上场，可是朱庇特却站在戏台下呆若木鸡。

"米歇尔·吉博纳！"诗人生气地喊起来。"怎么一回事？该你上场了？快上去！"

"咳！梯子被一个学子刚拿走了。"朱庇特回答道。

格兰古瓦一瞧，果然千真万确。通向舞台的道路被中断了。

"那混账小子！"他低声说道。"他干吗拿走梯子？"

"去看爱斯梅拉达呗。"朱庇特可怜巴巴地应道。"他说：'看，这儿有梯子闲着没用！'说着就搬走了。"

这真是屋漏偏逢连阴雨，格兰古瓦只好忍受了。

"统统见鬼去吧！"他对演员叫道。"要是我得了赏钱，你们也会有的。"

于是，他无精打采地走了。不过他最后一个才走，就像一位大将在英勇奋战之后才撤离的。

他一边走下司法宫弯弯曲曲的楼梯，一边嘟嘟哝哝："这些如蠢猪般的巴黎佬，道道地地的乌合之众！他们本来是来听圣迹剧的，却什么也不听！他们对什么人都留意，什么克洛潘·特鲁伊甫啦，红衣主教啦，科珀诺尔啦，卡齐莫多啦，魔鬼啦！可偏偏对圣母玛利亚一点也不留心！这些浪荡汉，我早知如此，就塞给你们一群处女玛丽！而我呀，是来对观众进行察言观色的，结果看到的只是人家的脊背！身为诗人，只抵得上一个卖狗皮膏药的！难怪荷马在希腊走村串镇，四处讨乞为生！难怪纳松流亡异邦，客死莫斯科！可是，这帮巴黎佬口口声声喊叫的爱斯梅拉达，到底是啥名堂，谁能告诉我，什么条件我都会答应！这到底是个什么词？肯定是古埃及的咒语了！"

第二卷

一 险情丛生

一月，天早早就黑了下来。格兰古瓦从司法宫出来，街上已是一片昏暗。这降临的夜幕，倒让他感到高兴；他巴不得立即钻进哪条阴暗寂寥的小巷，好无拘无束地进行思考，让他这哲人先包扎一下他这诗人的创伤。而且，他不知何处安身，唯一能让他栖身的是哲理。初次涉足戏剧就惨遭夭折，他不敢回到草料港对面的水上谷仓的寓所去；原来指望府尹大人会给他的祝婚诗一点赏钱，好把欠了六个月的房租还清，一共十二巴黎索尔，相当他所有东西价值的十二倍，包括他的短裤、衬衫和铁面盔都算计在内。他暂时躲在圣小教堂司库那间监牢似的房子的小门洞里，在心中估算了一会儿，既然巴黎所有马路随他挑，得选一个过夜的窝。他想起上星期曾在旧鞋铺街发现吏部某咨议的家门口有块供骑驴用的脚踏石，并曾私下想过，这块石头需要时倒可以给乞丐或诗人充当枕头，那是再妙不过了。感谢上帝给他这样的办法！他便准备动身穿越司法宫广场到老城去，那里一条条宛如姐妹的古老街道，比如桶坊街，老呢布坊街，旧鞋铺街，犹太街等，横竖交错，盘根错节，真是曲曲折折的一座迷宫，至今那些十层楼房还屹立在那里哩。可是正在这时候，他忽然看见狂人教皇的游行队伍也从司法宫出来，大喊大叫，火把通明，还由他——格兰古瓦——的乐队奏着乐曲，浩浩荡荡蜂拥前进，挡住了他的去路。这一见呀，他自尊心所受的创伤又剧痛起来，遂拔腿躲开了。他惨遭不幸的遭遇，苦不堪言，凡能使他回想起这天有关节日的一切，心在受煎熬难以承受。

他打定主意，取道圣米歇尔桥，不料那儿有成群的孩子拿着花筒和冲天炮到处乱跑。

"该死的烟花炮仗！"格兰古瓦说道，赶忙回来，直向兑换所桥跑去。桥头的一些房屋上悬挂三面旗帜，分别画着王上、王太子和弗朗德勒的玛格丽特公主的肖像，还有六面小旌旗，上面的画像分别是奥地利大公、波旁红衣主教、博博热殿下、法兰西雅娜公主、波旁的私生子亲王，以及另一位什么人。这一切被火把照得通亮。群众面对这些作品赞叹不已。

"约翰·富尔博画家真是走运！"格兰古瓦长叹一声，说道。话音一落，立即转过身去，不再看那些大小旗子了。面前有一条街道，黝黑冷清，正好是避开节日一切回响和一切辉映的好去处。他钻了进去，过了一会儿，脚被什么东西一绊，打了一个趔趄，跌倒在地。原来是五月树花束。司法宫的书记们清早便把它拿来放在吏部尚书的家门口。为了庆祝这隆重的节日，这新的遭遇，格兰古瓦一言无语，忍住了，随后爬起来，走到塞纳河边去。民事法庭小塔楼和刑事法庭的大塔楼全被抛在身后，沿着御花园的大墙向前走，踏着泥泞的河滩，来到老城的西端，望了牛渡小洲一会儿。这个小洲今天已不见了，就在那座铜马和新桥下面。当时，他感到小洲像一堆乌黑的东西出现在微白色狭窄水面的那一边，就着微微的灯光，隐约可见到一间蜂房似的草屋，那是给牛摆渡的艄公过夜之处。

"幸运的船夫呀！"格兰古瓦思索着。"你不盼望荣华，不必写庆婚诗！什么王室结婚啦，什么勃艮第女大公啦，全部与你无干！你除了知道四月的草场上雏菊盛开，供你的母牛作饲料外，不知道世上还有其他什么雏菊！但却是个被喝倒彩，冻得打哆嗦的诗人，负债十二个索尔，而且鞋底磨得透明，可以给你做灯罩玻璃。谢谢！摆牛渡的船夫！你那小茅屋擦亮了我的眼睛，让我把巴黎丢在了脑后！"

忽然间，从极乐小屋那边传来圣约翰教堂巨大双响炮仗的响声，把他从近乎诗情画意的消魂荡魄中惊醒过来。原来船夫放了一个炮仗来欢庆节日。

这个炮仗把格兰古瓦炸得毛骨悚然。

"该死的节日!"他喊了起来。"你到处和我形影不离吗?啊!我的上帝呀!你一直追到这船夫的小屋里!"

话刚说完,望了一眼脚下的塞纳河,忽然产生一个可怕的念头:

"噢!要不是河水这么冰凉,我宁愿投河自尽!"

于是他横下一条心来。既然无法摆脱狂人教皇;无法摆脱约翰·富尔博的旌旗、五月树的花束、炮仗和爆竹,那还不如放大胆子投入狂热的节日中去!

"到河滩广场去,起码有焰火的余焰可以暖和身子;为全市公众提供的冷餐,想必已架起摆满国王甜点心的三大食品柜,至少可去讨点残羹冷,权当晚餐。"

二 河滩广场

昔日的河滩广场,现在已依稀难辨了。今日所见到的只是广场北角那座雅致的小钟楼;就是这小钟楼,几经胡乱粉饰,已被破坏得破烂不堪,其雕刻的生动棱线也变得臃肿粗糙,兴许很快就像巴黎所有古老建筑的正面,迅速被那涨潮般的新房屋所吞噬那样,也将被淹没得没有踪影了。

这座被夹在路易十五时代两幢破房子中间的小钟楼,任何人经过河滩广场时,都会像我们一样,不会不向它投过去同情和同情的目光;谁都可以很轻易勾画出他的原貌,并可从中再现十五世纪这峨特式古老广场的全景。

那时的广场就像今天的一样,呈不规则的梯形,被塞纳河和一半阴暗高大屋宇所围着。白天,可以欣赏广场周围多种多样风格的建筑物,全部是用石块或木头雕刻而成,中世纪各种住宅建筑风格的样式都能在这里找到,从十五世纪可上溯到十一世纪,从开始取代尖拱窗户的格子窗户,直到尖拱窗户取代罗曼式的圆拱窗户,样样齐备;这种罗曼式圆拱窗户,在广场凭临塞纳河的一角,紧靠鞣革作坊的那一边,罗朗塔楼那座古老房屋的二楼,在尖拱窗户的下边,仍保留着这种风格。夜里,所有建筑投下锯齿状的黑影,好像一条由许多锐角组成的链条围绕着广场。因为昔日都市与现今都市最根本的差异之一，就在于今天的都市都是房屋的门面朝向广场和街道，而以往却是房屋的山墙。两个世纪来，只是房屋变了方向。

广场东边的中央矗立着一座建筑物，笨重而混杂，由三个宅所重叠组成。这座庞然大物有三个名称，可以说明其沿革、用途和建筑风格：储君院，因查理五世居住得名；商业厅，因为它曾经作为市政厅；柱子阁（domusadpiloria），由于整座四层楼由一系列粗大的柱子支撑着。这里拥有巴黎所需的：有一座小教堂，可以供祈祷上帝；一大间辩护堂，可供接见、或必要时顶撞国王派来的人；而且在阁楼上有一间装满枪炮的兵器库。这是因为巴黎的市民都知道，在任何情形下，光凭祈祷和上诉是无法保障巴黎市民权利的，所以在市政厅的阁楼上才一直储藏着很多生了锈的某种精良的弩炮。

从那时起，河滩便是这种凄凉的景象，持续至今日，一方面是由于它令人产生一种厌恶的想法，另一方面也是因为多米尼克·博卡多建造的阴森森的市政厅取代了柱子阁。应当强调一下，铺着石板的广场正中央，长年累月并立着一座绞刑台和一座耻辱柱——当时人们称作"正义台"和"梯子"，也起了不小的坏作用，叫人惨不忍睹，它强迫人们把视线从这可怖的广场移开。在这里曾经有多少生龙活虎般的健儿断送了生命！也是在这里，五十年后发生了所谓圣瓦利埃热病那种断头台恐怖症：这是所有病症中最叫人毛骨悚然的，因为它不是来自上帝，而是来自人。

这里提一句，这里三百年前充斥着死刑，到处仍是铁碾，石条绞刑台，深陷在石路面上常年被闲置在那里的形形色色的刑具，这一切阻塞了河滩、菜市场、储君广场、特拉瓦十字教堂、猪市场、阴森可怖的鹰山、捕头哨卡、猫广场、圣德尼门、尚波、博代门、圣雅各门、这还不包括那些府尹、主教、教士会教士、住持、修道院院长在这里伏法的数也数不清的"梯子"；还不算塞纳河中的溺刑场；所有这一切如今已不复存在，每想到此，多少感到安慰。今天，死神已破攻击的体无完肤，其排场阔绰的酷刑、异想天开的刑罚、每五年在大堡重换一张皮革床的严刑拷打，全部已相继被废除了；死神这封建社会的老霸王，几乎从我们的法律和都市中逐出,一部又一部法典加以追究,一个广场又一个广场加以驱赶,现今在我们广大的巴黎,只剩下河滩广场上一个可耻的角落还存在一座可怜巴巴的断头台,鬼鬼祟祟,惶恐不安,丢人现眼,仿佛老是提心吊胆,生怕干坏事被人当场逮住——因为它每次干完坏事后就马上逃走,所有这一切叫人怎能不感到安慰呢!

三 "以吻换揍"

(Besos Para Golpes)

皮埃尔·格兰古瓦来到河滩广场,全身都被冻得没感觉了。为了避免碰上兑换所桥上嘈杂的人群,免得再看见约翰·富尔博所画的旌旗,他故意取道磨坊桥;可是主教所有那些水磨轮子都在旋转,他走过时,还是溅了一身水,连粗布褂儿都湿透了。而且他觉得,由于剧本演砸了,益发怕冷了。于是,他急忙向广场中央燃烧得正旺的焰火走近去。然而,焰火四周人山人海,围得水泄不通。

"该死的巴黎佬!"他自言自语。作为真正的戏剧诗人,独白是他的拿手好戏。"他们居然把火给我挡住了! 可我迫切需要站在哪个壁炉角落里烤一烤火。我脚上的鞋子喝足了水,那些该死水磨哭哭泣泣,浇了我一身! 巴黎主教开磨坊真的是莫名其妙! 我倒真想知道一个主教要磨坊有什么用! 莫非他能期望从主教变成磨坊老板吗? 如果他因此只欠我的诅咒的话,我马上就给他,给他的大教堂和磨坊! 请看一看这班闲人,他们是不是挪动一下位置! 我倒要请教一下,他们在那儿干什么呢! 他们在烤火取暖,妙哉! 在望着千百捆柴火熊熊燃烧,多么壮观呀!"

走近仔细一看,才发现群众围成的圆圈比取暖所要求的范围要大得多,而且除了柴木还有别的吸引观众。

原来是在人群与焰火之间一个空旷的空地上,有个美丽少女在跳舞。

这位少女简直是仙女或天使,格兰古瓦尽管是怀疑派的哲人,是讽刺派的诗人,一上来他也拿不准,因为那令人眼花缭乱的情景使他心醉神迷了。

她身材不高,但苗条的身段挺拔,显得修长,所以他好像觉得她个儿很高。她肤色棕褐,可以料想到,白天里看上去,大概像安达卢西亚姑娘和罗马姑娘那样有着漂亮的金色光泽。她那纤秀的小脚,也是安达卢西亚人的样子,紧贴在脚上的优雅的鞋很自由。她在一张随便垫在她脚下的旧波斯地毯上翩翩舞着,旋转着,涡旋着;每次旋转,她那张容光焕发的脸蛋儿从您面前闪过,那双乌黑的大眼睛把闪电般的目光向您投来。

她四周的人个个目光定定的,嘴巴张得大大的。果然不假,她就这样飞舞着,两只滚圆净洁的手臂高举过头上,把一只巴斯克手鼓敲得嚓嚓作响;只见她的头部纤细,柔弱,旋转起来如胡蜂似那样敏捷;身着金色胸衣,平整无褶,袍子色彩斑斓,蓬松鼓胀;双肩裸露,裙子不时掀开,露出一对纤细的腿;秀发乌黑,目光似焰;总之,这真是一个巧夺天工的尤物。

"毫无疑问,这是一个精灵,一个山林仙女,一个女神,一个梅纳路斯山的酒神女祭司。"格兰古瓦私下想着。

正在这时,"精灵"的一根发辫散开了,发辫上的一支黄铜簪子从头上滚落下来。

"哎!不对!这是个吉卜赛女郎。"格兰古瓦顺口而出,说道。

所有的幻觉忽然间便无影无踪了。

她重新跳起舞来。从地上拿起了两把剑,把剑端顶在额头上,接着把剑朝一个方向转动,而她的身子则朝逆方向转动。千真万确,她的确是个吉卜赛女郎。话说回来,尽管格兰古瓦幻觉已经消失了,可这整个如画的景观仍然不失其迷人的魅力。焰火照耀着她,那红艳艳的强烈光芒,富丽堂皇,在围观群众的脸盘上闪烁,在吉卜赛女郎褐色的脑门上闪烁,而且向广场深处投射过去微白的反光,只见柱子阁裂纹密布、黝黑的古老门面上和绞刑架两边的石臂上有人影来回晃动。

在千万张被火光照得通红的脸孔中间,有一张似乎比其他所有的脸孔更加聚精会神地凝视着这位舞女。这是一张男子的面孔,严肃,冷静,阴郁。他穿着什么衣服,因为被他周围的群众挡住看不出来,年龄至多不过三十五岁;但已经秃顶了,只有两鬓还有几撮稀疏和已经灰白的头发;额门宽阔又高轩,布满了一道道皱纹;可是,那双深凹的眼睛里却迸发出非凡的青春火花,炽热的活力,深沉的情欲。他把这一切情感不停地投向在吉卜赛女郎;当他看到这个16岁、如痴似狂的少女飞舞着,旋转着,把众人看得魂飞魄散时,他那种想入非非的神情看起来更加显得阴郁了。他的嘴唇时不时掠过一丝微笑,同时发出一声叹息,只是微笑比叹息还痛苦十分。

少女跳得气喘吁吁,最后停了下来,满怀爱戴之情的民众们,热烈鼓掌。

"佳丽!"吉卜赛女郎叫了一声。

就在此时,格兰古瓦看见跑过来一只漂亮的小山羊,雪白,敏捷,机灵,油光闪亮,角染成金色,脚也染成金色,脖子上还挂着一只金色的项圈。格兰古瓦原先并没有发现这只小山羊,因为它一直趴在地毯的一个不引人注目角落里,看着跳舞的主人。

"佳丽,轮到你了。"跳舞的女郎说道。随即,她坐了下来,风度翩翩,把手鼓伸到山羊面前,问道:

"佳丽,现在是几月了?"

山羊抬起了一只前脚,在手鼓上敲了一下。果真是一月份。观众们于是给予它热烈的掌声。

"佳丽,今天是几号了?"少女把手鼓转到另一面,又问道。

佳丽抬起金色的小脚,在手鼓上连续敲了六下。

"佳丽,"埃及女郎一直用手作鼓耍,又翻了一面再问道。"现在几点钟啦?"

佳丽敲了七下。与此同时,柱子阁的时钟正好敲了七点。

"这里面肯定有巫术!"人群中有个阴沉的声音说道。这是那个始终盯着吉卜赛女郎看的秃头男子的声音。

她一听,不禁打了个寒噤,便扭过头去;可是掌声再起,压过了那人阴郁的惊叹声。

这阵掌声完全把那人的声音从她思想上掩盖住了,她于是接着朝山羊发问：

"佳丽，在圣烛节游行时，城防手铳队队长吉夏尔·大勒米大人是个什么模样儿？"

佳丽听后，遂站起后腿行走，一边咩咩叫了起来。走路的姿势既乖巧同时又正儿八经，围观的群众看见小山羊把手铳队队长那副充满私欲的虔诚模样儿模仿得栩栩如生，无不放声哈哈大笑。

"佳丽，"少女看到表演越向着成功发展，便放大胆子又说。"王上宗教法庭检察官雅克·夏尔莫吕大人又是怎么布道来的？"

小山羊旋即站起后腿开庭，又咩咩叫了起来，一边晃动着两只前足，模样儿极其古怪，可以说，除了它不会模仿他一口蹩脚法语和拉丁语外，举止、声调、姿态，却模仿得惟妙惟肖，活生生就是雅克·夏尔莫吕本人。

群众一瞧，掌声更热烈了。

"亵渎神明！大逆不道！"那个秃头男子大声说道。

吉卜赛女郎又把头转过来。

"唔！又是这个坏家伙！"她说道。刚一说完，把下唇伸得老长，轻轻噘了噘嘴，看上去像是习惯性的矫揉造作之态，随即转过身去，托着手鼓开始向观众要钱。

白花花的大银币、小银币、盾币、刻有老鹰的小铜币，落雨似的纷纷落下。忽然，她走过格兰古瓦面前。格兰古瓦糊里糊涂把手伸进了口袋里，她赶紧停了下来。"见鬼！"诗人一摸口袋，发现实情，原来一文没有。可是俏丽的少女站在那里不动，一双大眼睛盯着他看，伸着手鼓，等着。格兰古瓦大汗淋漓。

他口袋里如果有一座秘鲁金山，一定也会掏出来赏给这舞女的。可是格兰古瓦并没有秘鲁金山，何况那时美洲还是未知的大陆。

幸好一件意外的事情替他解了围。

"你还不滚开，埃及蚱蜢？"从广场最阴暗角落里一个尖锐的声音喊道。

少女猛地吃了一惊，慌忙转身。这回不是那个秃子的声音，而是一个女人的声音，伪善而又凶狠。

再说,这喊叫声吓坏了吉卜赛女郎,但叫一群在那里乱窜的孩子大为开心。

"是罗朗钟楼的隐修女。"孩子们乱哄哄大笑,叫起来。"是麻衣女大发雷霆! 莫非她还没有吃晚饭? 我们拿点残羹剩饭去给她吃吧。"

大家赶紧向柱子蜂拥而去。

这会儿,格兰古瓦趁吉卜赛女郎心神不定之机,躲开了。听到孩子们喧闹声,猛然想起自己也还没有吃饭,随即向冷餐桌跑去。可是,那些小淘气鬼比他跑得快,他跑到的时候,冷餐桌上早已一扫而空了,甚至连五个索尔一斤的没人要吃的野菜也一点不剩。唯有墙上挂着马蒂厄·比泰纳1434年所画的几株苗条的百合花,夹杂着几株玫瑰。拿它当晚饭吃未免太寒碜了。

不吃饭睡觉固然是讨厌的事儿,而不吃饭又不知到哪里去睡觉,那就更不是愉快的事情。格兰古瓦的处境正是如此,没有吃的,没有住的。他觉得自己倍受生活的煎熬,因而更感到生活急需的严酷。他早已发现了这一真理:朱庇特一时产生了厌世之感,才创造了人,可这位圣人整整一生,其命运却一直围攻其哲理。至于格兰古瓦自己,从未见过如此严密的封锁,迫使他走投无路;他听得见自己的饥肠辘辘,肚子正敲着投降的鼓号,厄运用饥馑手段来迫使其哲学缴械,这就太失体面了。

他越来越忧郁了,沉浸在这种悲天悯人的沉思之中。这时,忽然传来一阵充满柔情却又古怪的歌声,把他从沉思中唤醒过来。原来是那个埃及少女在歌唱。

她的歌喉,也像她的舞蹈、她的姿色一样动人,无法用语言来形容,叫人销魂荡魄。可以这么说,这歌声清纯,响亮,空灵,悠扬;旋律如鲜花不停开放,音调抑扬顿挫,节奏千变万化;再说,歌词句子简短,中间夹着尖声和嘘声的音符;再者,音阶急速跳跃,连夜莺也要甘拜下风,却始终保留着和谐;还有八度音唱得那么缠绵荡漾,就像这年轻歌女的胸部那样,时起时落,忽高忽低。她那张美丽的脸孔,随着歌声万般情愫的变化,其表情也从最狂乱的激情直至最纯真的尊严,变幻莫测飘忽不定。她时而像个疯女,时而又像个女王。

她唱的歌词,是格兰古瓦以前没有听过的一种语言,看样子她自己也未必

懂得,因为她唱时的表情与歌词的意思并没有什么联系。因此下面这四行诗,从她嘴里唱出来,却显得快活得发狂:

> 一只箱子价值连城,
> 躺在一个水槽里。
> 里面还有新的旗帜,
> 饰着一些凶恶的图案。

一会儿后,又唱出这一诗节:

> 骑着马的阿拉伯人,
> 手拿剑,支架在肩,
> 投石器连成一大片,
> 切莫相互厮杀摧残。

格兰古瓦听着听着,眼泪都快要流出来了。事实上,她唱歌目的是表现快乐,她好比一只鸟儿,唱歌正是由于宁静安适,由于无忧无虑。

吉卜赛女郎的歌声扰乱了格兰古瓦的遐思,不过就像天鹅扰乱了平静的水面。他用心听着,心旷神怡,忘却了一切。好几个钟头以来,这是他头一次忘记了痛苦。

但这种时刻的确是太短了。

刚才打断吉卜赛女郎跳舞的那个女人的声音,又来打断她的歌唱了。

"地狱里的知了,还不给我闭嘴?"她一如既往地从广场的那个阴暗角落里嚷道。

可怜的知了戛然停止。格兰古瓦连忙捂住耳朵。

"哦!该死的残缺锯子竟来锯断竖琴!"他喊叫起来。

不过,其他的观众也像他一样嘟哝着:"麻袋女见鬼去吧!"许多人都这么说。这个隐身不见、叫人扫兴的老妖婆，一再向吉卜赛女郎进行侵犯，险些儿要追悔莫及；如果不是此刻看见狂人教皇的游行队伍走过来，分散了他们的注意力，那么老妖婆就有苦头吃了。那游行队伍走过了许多大街小巷，高举着火把，吵吵嚷嚷，走进了河滩广场。

这支游行队伍，看官已经看到从司法宫出发的情景，一路走来，并渐渐变得大起来，凡巴黎街头所有的贱民、无事可做的小偷、一路上碰到的流浪汉，都纷纷加了进来，所以到达河滩时，声势浩大，极为壮观。

率先走来的是埃及。埃及大公骑马走在最前头，他手下是些步行的伯爵，替他牵缰执镫；后面是男男女女的埃及人，混乱不堪，肩上带着他们乱嚷乱叫的小孩；所有的人、公爵、诸位伯爵、小老百姓，全都衣破烂衫，或是华丽俗气的旧衣裳。其后是黑话王国，即法兰西形形色色的盗贼，按品位的高低进行排列，品位最低的排在最先。就这样，四人成一排，带着他们各自在这奇异团体中所属等级的不同标志，浩浩荡荡行进着，他们当中大多数是残疾人，拐的拐，断膊的断膊，有矮墩墩的，有冒充香客的，有夜盲的，还有疯癫的，对眼的，卖假药的，浪荡的，平庸的，胆小的，病弱的，卖劣货的，诡诈的，没爹没娘的专爱帮凶的，伪善的，等等，即便荷马在世也难以胜举。在那班帮凶和伪善者的核心圈子中央，极不容易才识别出黑话王国的国王，那魁梧的丐帮大王，只见他蹲在由两只大狗拉着的一辆小车里。跟着黑话王国的是加利利帝国。这帝国的皇帝吉约姆·卢梭，穿着尽是沾满葡萄酒迹的朱红袍，威风凛凛地走着，前面有相扑和跳庆祝舞的江湖艺人开路，四周是皇帝的执仗史、帮亲和审计院的小书记。随后，压阵的是司法宫小书记们，身着黑袍，拿着饰满纸花的五月树，奏着配得上巫魔夜会的乐曲，燃着芮色大蜡烛。而在这人群的中心，狂人帮会的大臣们抬着一个担架，上面点满了蜡烛，它的数量太多了连瘟疫流行时圣日芮维埃芙教堂的圣物盒担架也不能比拟。就在这顶异舆上，顶冠执仗，身着大袍，灿烂辉煌，端坐着新当选的狂人教皇圣母院的敲钟人、驼子卡齐莫多！

这队令人古怪的游行行列，各部分有各自独特的乐曲。埃及人满怀兴致地敲着非洲的木栃和手鼓。黑话帮的人向来不谱音律，也拉起了弦琴，吹起了牛角猎号,弹起十二世纪的峨特手琴。加利利帝国也不见得高明多少,人们在其乐曲中还模模糊糊的分辨出音乐处于幼年时代所使用的某种简陋的三弦提琴,乐音仍被禁锢在 re — la——mi 这三个简单的音符中。可是,集当时音乐精华之大成,五花八门,竞相纷呈,演奏得最起劲的是在狂人教皇的周围:清一色的最高音三弦提琴、次高音三弦提琴、高音三弦提琴,此外加笛子和铜管乐器。唉! 看官当然记得,这原来是格兰古瓦的乐队。

从司法宫到河滩广场这一路上,卡齐莫多那张丑恶的充满悲伤的面孔,是如何得意扬扬、目空一切的,那种容光焕发的顶点,真是难以描述。这是他生平第一次尝到自尊心的乐趣。在这以前,他尝到过的只是由于地位低贱而处处遭受侮辱和歧视,只是因为他的外表而遭受厌弃。因此,尽管耳聋,他向来觉得受到群众憎恨因而也憎恨群众,这时却作为名副其实的教皇,慢慢品尝着受群众欢呼的滋味。即使他的庶民是一堆疯瘫者、盗贼、乞丐,那又有什么关系呢! 反正他们永远是一群庶民,而他,永远是一位教皇。对于那阵阵含讥带讽的掌声,对于那种种使人哭笑不得的尊敬,他倒看得很顶真,不过还得说一句,这当中也混杂着群众对他有点实在的敬意。这是因为这个驼子身强体壮,因为这个瘸子灵活敏捷,还因为这个聋子心肠歹恶这三种资质把滑稽可笑冲淡了。

再说,这狂人新教皇自己也认识到他所体验到的感情,也认识到别人由他而发的情感,这倒是我们万万没有想到的。藏在这个残缺躯壳里的灵魂,必然也有不完善和迟钝之处。因此,他此时此刻的感受,对于他来说,是极其含混、模糊、紊乱的。只是喜上心头,踌躇满志,那张阴郁而倒霉的脸孔才容光焕发了。

当卡齐莫多如痴似醉,得意扬扬经过柱子阁时,人群中猛然闯出一个人来,满脸怒气地把他手中作为狂人教皇标志的金色木头权杖一下子夺了过去,大家一看,无不大吃一惊,吓坏了。

这个胆大妄为的家伙,正是那个秃脑门、刚才夹杂在看吉卜赛女郎跳舞的人群中间对可怜的少女恶言恶语进行恐吓的那个家伙。他穿的是教士衣裳。格兰古瓦原先并没有注意到他,此时看他从人群中冲出来,马上就认出他来了。

格兰古瓦忍不住惊叫起来,说道:"怪哉!这不正是赫尔墨斯第二、我的老师堂·克洛德·弗罗洛副主教吗!他要对这个独眼龙丑八怪搞什么鬼把戏?这独眼龙会把他生吞活剥的。"

果然一声恐怖的叫声由天而生。可怕的卡齐莫多急忙跳下了担架,把妇女们吓得连忙移转视线,不忍看见副主教被撕成碎片。

卡齐莫多一跳,跳到教士眼前,看了他一下,随即跪倒在地。

教士一把扯去他头上的教皇冠,折断他的权杖,撕碎他身上那缀满金箔碎片的袍子。

卡齐莫多仍旧跪着,把头低下并合起双掌。

继续,只见他俩用暗号和手势进行奇特的交谈,因为两人都没说话。教士站着,气急败坏,张牙舞爪,不可一世;卡齐莫多跪倒在地,贱声贱气,苦苦哀求。话说回来,卡齐莫多只要愿意,用大拇指就可以把教士碾碎,那是毫无疑问的。

最后,副主教狠狠地摇晃着卡齐莫多强壮的肩膀,示意他站起来,并跟着他走。

卡齐莫多站了起来。

此时,狂人帮会在开头一阵惊愕过去之后,决意起来保护他们这位顷刻间被拉下马的教皇。埃及人,黑话帮和所有小书记们都跑过来围着教士大声喊叫。

而卡齐莫多过来站在教士前面,两只有力的拳头紧握,把青筋都裸露出来,像一只被惹怒的猛虎那般磨着利牙,紧紧盯着来围攻的人。

教士恢复了那副阴沉而又严肃的神态,向卡齐莫多打了个手势,随即默不作声地转身走了。

卡齐莫多在他前面开路,从人群中间硬挤过去。

他们穿过了人群和广场,一大群爱凑热闹的和游手好闲的人紧随其后。卡齐莫多于是过来殿后,倒退着尾随副主教,矮墩墩的,恶狠狠的,奇形怪状,毛发倒竖,抱紧双臂,露出野猪般的獠牙,发出猛兽般的咆哮,一举手投足,一闪目光,群众就被吓得东摇西摆,纷纷躲闪。

人们没有办法，眼睁睁看他俩钻进一条漆黑的小胡同，谁都不敢冒险再尾随他们，卡齐莫多咬牙切齿地魔影，就足以堵住小巷的入口。

"真是再妙不过了，可是我到什么鬼地方去混顿晚饭呢?"格兰古瓦说道。

四 夜晚在街上盯梢倩女的种种麻烦

格兰古瓦不顾一切跟上了吉卜赛女郎。他瞧见她牵着山羊走上了刀剪街，也跟了上去。

"为什么不呢?"他暗自思考着。

格兰古瓦这位巴黎街头的实用哲学家早早已注意到，跟随一个俊俏的女子而不知道她往哪里去，没有其他什么能比这样做更令人想入非非了。这是心甘情愿放弃自主自专，把自己的离奇的想法隶属于另一个人的奇思异想，而另一个人却连想都没有想到；这里面是古怪的独立性和盲目服从的混合体，是在奴性与格兰古瓦所喜欢的自由之间某种无法用语言表达其妙处的折中。格兰古瓦自己基本上正是这样的混合体，既优柔寡断，又思想复杂，应付各种极端得心应手，总是悬挂在人性各种倾向之间，使各种倾向彼此中和。他经常愿意把自己比作穆罕默德的陵墓，被两个磁石向相反的方向紧紧吸引住，永远徘徊于高低之间,苍穹和地面之间,下坠和上升之间,天顶和天地之间。

格兰吉瓦如果活在我们今天,他会毫无偏向地站在古典派和浪漫派的正中间!

可是他没有原始人那样健壮体格,可以活上三百岁,这可真是遗憾!他的去世,时至今日,更使人感到是一个空白。

不过,要这样在街上跟踪行人(尤其跟踪行路的女子),这正是格兰古瓦愿意干的事儿,既然不知到什么地方投宿,没有什么安排比这里更好了。

于是他沉思默想跟在那个少女的后面。她看见市民们纷纷回家去,看见这节日里唯独应该通宵营业的小酒店也纷纷打烊,便加快步子,赶着漂亮的小山羊一路小跑。

“反正她总得住在某个地方吧;而吉卜赛女人一向心肠好——谁知道呢?……”他这么揣摩着。

在这种想说又说不出口的省略中,他内心当然盘算着某种相当文雅却又无法说出的主意。

他走过最后一些正在关门的市民家门前,时不时听到他们交谈的片言只语,打断了他美妙盘算的思路。

忽然两个老头在交谈。

“蒂博·费尼克勒大爷,天已冷了,知道吗?”

(格兰古瓦从冬天到来之时就早已知道了)

“对的——知道,博尼法斯·迪佐姆大爷!今年冬天会不会又像三年前,就是80年那样,每捆木柴能卖到八个索尔?”

“唔!那没什么,蒂博大爷,要是比起1407年冬天,那一年,从入冬前的圣马丁节一直到圣烛节都冰封地冻呀!那么寒冷,吏部的书记官坐在大厅里,每写三个字,鹅毛笔就要冻一次!审讯的记录都写不下去了!”

稍稍远处,是两个街坊邻居的女人站在窗口,拿着蜡烛;烛火在雾气中噼啪作响。

“布德拉克太太,您丈夫跟您讲过那桩悲惨事故了吗?”

"没有。究竟是什么原因,蒂尔康太太?"

"小堡的公证人吉尔·戈丹先生骑的马,看见弗郎德勒人及其行列,受了惊吓,撞倒了塞莱斯坦派修士菲利波·阿弗里奥大人。"

"真的?"

"一点不假。"

"一匹市民的马!这有点过分了!如果骑士的马,那就太妙了!"

说到这里,窗户关上了。格兰古瓦的思路也就此中断了。

值得庆幸,他很快就找了回来,毫不费力便接上了;这可全仗着吉卜赛女郎,凭着佳丽,因为她俩一直在他前面走着。两个一样清秀,优雅,楚楚动人,她俩那娇小的秀脚、标致的身段、婀娜的体态,格兰古瓦赞赏不已,瞧着瞧着,几乎把她俩合二为一了:对聪明和友善来说,他认为双双都是妙龄少女;要说轻巧、敏捷、步履轻盈,但觉得两个都是雌山羊。

街道越来越黑暗,越来越冷清了。宵禁的钟声早已敲过,偶或在街上能碰到个把行人,在住家窗户上能瞅到一线灯光。格兰古瓦紧跟着埃及女郎,走进了那纠缠不清的迷宫,来到从前圣婴墓四周那数不清的小街、岔路口和死巷,十分杂乱,仿佛是被猫挠乱了的一团线。

"这些乱七八糟的街道,一点也不合理!"格兰古瓦说道。在那千百条绕来绕去的罗盘路中,他迷失了方向,但是那个少女却顺着一条似乎很熟悉的路走下去,不用思考,而且步子还越走越快。至于格兰古瓦,如果不是在一条街的拐弯处,偶然瞥见菜市场那块八角形耻辱柱的镂空尖顶的剪影,醒目地托映在韦德莱街一家还亮着灯的窗户上,那么,他真还不知道自己在哪里哩。

有一阵儿,他引起了吉卜赛女郎的注意;她好几回心神不安地掉头望了望他,甚至有一次索性站住,眼睛直愣愣地把他打量一番。这样瞧过之后,格兰古瓦看见她又像原先那样噘了噘嘴,随后便不理睬他了。

她这一噘嘴,反倒引起格兰古瓦的深思。毋庸置疑,这娇媚的作态中含有轻蔑和揶揄的意味。想到这里,他低下头来,脚步慢下来,离少女稍微远一些。就在这会儿,她拐过一个街角,他刚看不着她,就听到她尖叫一声。

他忙赶上去。

那条街道漆黑一团。可是，拐角圣母像下有个铁笼子，里面燃着油捻，格兰古瓦靠着灯光，看见有两个汉子正抱住吉卜赛女郎，竭力堵住她的嘴，不让她喊叫，她拼尽全力挣扎着。可怜的小山羊吓得魂不附体，拉着双角，咩咩直叫。

"快来救救我们啊，巡逻队先生们！"格兰古瓦大喊一声，并勇敢地冲上去。抱住少女的那两个男人中一个刚好把头转过来，原来是卡齐莫多那张恐怖的面容。

格兰古瓦既没有逃跑，也没有再向前走一步。

卡齐莫多向他冲过来，用手一推，就把他抛出去四步开外，摔倒在地；继续，反过身拔腿就跑，一只手臂挟着吉卜赛女郎，就好似卷着一条舒卷的纱巾一下子消失在黑暗之中。他的另一个同伴也跟着跑了。可怜的山羊在他们后面紧随着，悲痛地咩咩叫个不停。

"救命呀！救命呀！"不幸的吉卜赛女郎直喊着。

"站住，恶棍！把这个荡妇给我放下！"忽然霹雳般一声吼叫，一个骑士从邻近的岔道上忽然间冲过来。

这是御前侍卫弓手队长，戴盔披甲，手中拿着一把巨剑。

卡齐莫多给吓呆了，骑士从他怀里把吉卜赛女郎夺了过去，横放在坐鞍上。等到可怕的驼子清醒过来，扑过去要夺回他的猎物时，紧跟在队长后面的十五六名弓手，手执长剑出现在面前。这是一小队御前侍卫，奉巴黎府禁卫长官罗贝尔·德·埃斯杜特维尔大人命令，前来检查宵禁的。卡齐莫多一下子受包围，遭逮捕，被捆绑起来。他像猛兽似地咆哮，口吐白沫，胡乱咬了一气。如果是大白天的话，单单是他那张因发怒而变得更加丑恶不堪的面孔，就足以把这小队人马吓得四处逃窜，这是没人会怀疑的。但是，黑夜夺去了他最可怕的武器：他的可怕面容。

在搏斗中，他那个同伴早已逃走了。

吉卜赛女郎娇滴滴地在军官的马鞍上坐起身来，两手往年轻军官的双肩上一搭，眼珠一动不动地瞅了他一阵儿，好像对他红润的气色，也对他刚才的搭救

搞得心醉了。继续,她先打破沉默,甜蜜的声音变得更加温柔了,说道:

"警官先生,请问您的尊姓大名?"

"弗比斯·德·夏托佩尔队长,愿意为您效劳,我的美人!"军官挺直身子回答着。

"谢谢!"她说道。

话还没说完,趁着弗比斯队长捻他勃艮第式小胡子的功夫,她如箭坠地,一下子溜下马背,逃走了。

即使是闪电也比不上她消失得那么快。

"教皇的肚脐眼!"队长抽紧捆绑卡齐莫多的皮带,说道。"我宁愿扣住那个荡妇!"

"有什么办法呢,队长?"一个警卫说道。"黄莺飞跑了,蝙蝠留了下来!"

五 麻烦接踵而至

格兰古瓦被摔得懵里懵懂,一直躺在街道拐角圣母像前,才渐渐苏醒过来。最开始有好一会儿觉得轻飘飘的,有点迷迷糊糊,似睡非睡,倒也不无甜丝丝的感觉,只看见吉卜赛女郎和雌山羊两张轻盈的脸孔与卡齐莫多沉重的拳头交错在一起。这种情形很快就消失了。他的身体与路面接触的部分,觉得冷飕飕的,他遂猛醒过来,精神也好多了。忽然间,他想道:"哪来这股凉气呢?"这才认识到自己差点全倒在阴沟里了。

"驼背独眼巨人这鬼家伙!"他低声嘀咕着,并挣扎着要爬起来。可是头晕眼花,也摔得太重了,只得躺在原地不动。好在手还能伸缩自如,便捂住鼻子,硬忍住了。

"巴黎的污泥浊水,"他想道(因为他肯定阴沟将是他的住处了,除非是一场梦,谁住在这里?)

"巴黎的污泥浊水特别臭!里面一定含有挥发性的硝酸盐。何况,这是尼古拉·弗拉梅尔大人和一般炼金术士的看法……"

"炼金术士"这个词忽然使他联想起副主教克洛德·弗罗洛来。他回想起刚才看到的暴力场面，吉卜赛女郎在两个男人之间挣扎，卡齐莫多有个同伙，格兰古瓦大脑里顿时隐隐约约闪过副主教那张阴郁和高傲的面孔。他想："这事真有点奇怪！"于是，根据这已知条件，并以此为根据，开始构造种种假设的荒唐大厦，纯粹是哲学家用纸糊的楼阁。然后，猛然一震，又回到现实中来："哎呀！冷死我了！"他喊叫了起来。

的确，这地方越来越叫人受不了啦。沟水的每一分子掠走了格兰古瓦腰部散发出来的每一分子热量，他的体温和阴沟的水温之间慢慢建立一种平衡，这种滋味真是难受呀。

瞬间又有另一种烦恼来打搅他。

一群小孩，也就是那些不论刮风下雨光着脚丫在巴黎街头流浪、从古至今被叫作流浪儿的野孩子，也就是我们小时傍晚放学出来，发现我们的裤子没有撕破，朝我们大家乱扔石头的那班小野人。这样一群小捣蛋鬼此时一窝蜂似的，一点也不管左邻右舍是不是在睡觉，笑的笑，叫的叫，向格兰古瓦躺着的岔路口跑来。他们身后拖着一个莫名其妙的似袋非袋的东西，仅仅是他们木鞋的响声连死人也会被叫醒。格兰古瓦还有点气，不禁半挺起身子来。

"哦喂！埃纳甘·当贷舍！哦喂！约翰·潘斯布德！"他们拼命喊着。"拐角那个卖铁器的老家伙厄斯塔舍·莫朋才去世了。我们拿来他的草垫子去点个焰火玩玩。今天莫非不是欢迎弗朗德勒人的日子吗！"

说干就干，他们走到格兰古瓦身边，但没有发现他，顺手一扔，不偏不倚，草垫正好扔在他身上。就在这时候，有个小孩抓起一把稻草，刚要去圣母像座下燃着的油捻上借个火。

"死基督！这下子我不就又太热了吗！"格兰古瓦嘟哝道。

情形十分紧急，他将处于水火夹攻之中！他一急，就像制作假钱的人眼看要被扔入油锅而拼命挣扎一般，用浑身不可思议的力量，一跃而起，抓起草垫往那些顽童掷去，拔腿逃走了。

"圣母呀！"孩子们惊讶地叫起来。"卖破铜烂铁的还魂了！"

他们也被吓得一哄而散。

那张草垫子一时成了沙场的主宰者。推事老爹贝尔福雷，还有科罗泽，到目前还坚定地说，出事的第二天，该街区的教士以隆重的仪式把草垫捡了回去，并把它送到了圣福运教堂的圣库去，从那天起一直到1789年，管圣库的人赚了一笔相当可观的钱，就是由于莫贡塞伊街拐角的圣母像在1482年1月6日那个难忘的夜里，大显神灵，一下子就驱逐了已故的厄斯塔舍·莫朋的灵魂，这个人为了同魔鬼开个玩笑，死时故意恶作剧，把阴魂藏在草垫子里。

六 摔破的罐子

没命地跑呀跑呀，跑了好一阵子，但不知要跑往哪里，多少回脑袋撞在街角上，一路上跨过许许多多阴沟，穿过许许多多小巷、许许多多死巷，许许多多岔道，从菜市场那条七弯八拐的古老石道上寻找逃窜之路，恐惧万分，就像文献里美丽拉丁文所说的那样，勘察一切道路，大街小巷，然后，我们的诗人忽然停住了，最先是由于喘不过气来，其者是因为脑子里刚出现一个两难的问题，仿佛忽然间揪住他的衣领。他一只手指按住额头，私下里说道："皮埃尔·格兰古瓦大人呀皮埃尔·格兰古瓦，我觉得您这样瞎跑就像没脑子似的。小鬼们怕您，并不比您怕他们来得轻些。听我说，我认为，您刚才往北边逃，您一定听到了他们往南边逃跑的木鞋声。可是，二者必居其一：或者是他们溜掉了，那么他们一时害怕，一定把草垫子丢了下来，这恰好是您从清早一直找到现在所要的可投宿的床铺，您献给圣母娘娘一出圣迹剧，得到了大家一致的喝彩声，热闹非常，她显灵送您草垫子作为奖励；或者是孩子们并没有逃跑，若是如此，一准把草垫点燃了，而这正是您所想要的那种妙不可言的火堆，您可以尽情享用它，烘干衣裳，暖暖身子。在这两种情形下，好火也罢，好床也罢，反正草垫子是上天赏赐的礼物。莫贡塞伊街拐角处的慈悲圣母玛利亚也或正是为了这个原因，才使厄斯塔舍·莫朋死去的。您这样跑得屁股颠颠的，好比一个庞卡底人见着一个法国人就急忙逃命似的，结果把您在前面要寻找的反而扔到后面去，您这难道不是胡闹吗！您真是一个大笨蛋！"

这么一想，便转身回去，摸索着方向，东瞧瞧、西望望，仰着头，竖起耳朵，竭力要找回那张给人幸福的草垫子，可是没有找到。只见房屋交错，死胡同、交叉路口盘根错节，他进退维谷，犹豫不定，在那错综复杂的漆黑街巷里进退受阻，举步不前，就是陷入小塔府邸的迷宫也不会这么狼狈。到后来了，他忍不住了，煞有介事地喊叫起来："该诅咒的岔道！是魔鬼照他脚爪的模样造出来的！"

这么一叫喊，心里略微轻松一些。这时，正好瞅见一条狭长小巷的尽头有一种淡红色的光在闪烁，他的精神一下子振作起来了，说道："该赞美上帝啦！就是在那儿！那就是我要找的草垫子在燃烧。"于是他把自己比作迷失在黑夜里的船夫，虔诚地又说："致敬，致敬，导航星！"

这片言只语的祷文是献给圣母还是献给草垫子的呢，那我们就不知道了。

这条小巷是斜坡的，路面没有铺石子，并且越往下去越泥泞，越倾斜，他刚走了几步，便发现某种非常奇怪的现象。这小巷并非荒凉的。一路过去，到处都有什么模糊不清、奇形怪状的东西在爬行，都向着街尽头那摇曳的亮光爬去，就像夜里笨重的昆虫向着牧童的篝火，从一根草茎吃力地爬到另一根草茎。

世上最让人敢于冒险的，莫过于不必常摸他的钱包是不是还在身上。格兰古瓦接着向前走，不一会儿就赶上了一个爬得最缓慢、落在最后头的毛毛虫了。靠近了才看清，那正在蠕动着的东西不是别的，而是一个无腿的可怜虫，上肢撑地，一挪一挪地蠕动着，活像一只受了伤、只剩下两条长腿的蜘蛛。当他从这只人面蜘蛛旁边走过时，听到一个悲痛的声音向他传来："行行好，老爷，行行好吧！"

"去见鬼吧！要是我听得懂你说什么，就让魔鬼把我同你一起抓去吧！"格兰古瓦说道。

话音刚一落，头也不回地走了。

他又赶上了另一个这种蠕动的东西，仔细一看，原来是一个断臂缺腿的残疾人，既没臂又没腿，整个人靠拐杖和木腿支撑着，那构造太复杂了，简直就像泥瓦匠的脚手架在蠕动一样。格兰古瓦满脑子里尽是古色古香的典雅比喻，心

·巴黎圣母院·

图文珍藏版

里就把他比做火神伏耳甘的三足活鼎镬

当他路过时,这只活鼎向他脱帽致敬,可是帽举到格兰古瓦的下巴跟前便停住了,仿佛托着一只刮胡子用的盘子,同时对着他大声喊叫:"老爷,给几个小钱买块面包吧!"

"瞧这样子这个也会说话;"格兰古瓦说道。

"但这是一种难听的语言,他如果明白,那他比我好过得多了!"

忽然灵机一动,他拍了拍脑门,说:"对啦,上午他们老喊着'爱斯梅拉达',究竟是什么鬼意思?"

他要加快步伐,但第三次又有什么东西挡拦住去路。这个什么东西,或者更明白地说,这个什么人,原来是个瞎子,个子矮小,一张犹太人的脸盘,长着大胡子,手中的棍子向四周乱点,由一只大狗带路,只听见他带着匈牙利人的口音,带着很重的鼻音说道:"行行好吧"

"好呀! 究竟有一个会说基督教语言的。"格兰古瓦说道。"肯定是我的样子看起来很好善乐施的,所以不管我一文钱也没有,他们才会这样求我施舍的。朋友(他转头向瞎子说),前个星期我把最后一件衬衫也卖了,既然你只会说西塞罗的语言,这话也就是说:'上星期刚把我的最后一件衬衫卖了。'"

一说完,他转身接着赶路。但瞎子也同时开始跨大步伐,一不注意那个瘫子,还有那个无腿人,也匆匆赶上来,钵子和拐棍在石路上碰得震天价响。于是三个人紧跟在可怜的格兰古瓦的身后,互相碰撞着,向他各唱起歌来:

"行行好!"瞎子唱道。

"行行好!"无腿人唱道。

而那个跛子接过乐句,一遍一遍地唱道:"买几块面包吧!"格兰古瓦连忙堵住耳朵,叫道:"哦! 巴别塔呀!"

他拔腿就跑,瞎子、跛子、缺腿人也跟着跑。

接着,他越往街道深处里钻,缺腿的、瞎子、跛子,越来越多,成群围着他;还有许许多多断臂的,独眼的,满身是疮的麻风病者,从房子里出来,有的从附近小巷子出来,有的从地窖气窗里钻出来,狼嗥的狼嗥,牛叫的牛叫,兽啼的兽啼,个个跌跌撞撞,一瘸一拐,奔命似的向亮光拥去,而且像雨后在泥浆中滚来滚去的鼻涕虫一样。

那三个人一直对格兰古瓦穷追不舍,他深知这样下去不会有好下场,吓得魂不附体,在其他那些人中间乱窜,穿过瘸子和缺腿的双脚陷入这蚂蚁窝似的成群畸形人堆里,就如那个英国船长陷入成群的螃蟹中间一样。

忽然灵机一动,心想倒不如想法返身向后跑。可是太迟了。整个一大群人已经拦住了他的退路,那三个乞丐纠缠住他不放。这样,他不得不往前跑,这是因为后面那不可阻挡的波涛推着他走,同时也是由于惧怕和晕眩,晕晕沉沉中觉得这一切好像是一场噩梦。

到后来,总算换到了尽头,前面是一个宽阔的空地,只见许多星星点点的灯光在茫茫夜雾中摇曳闪烁。格兰古瓦一头冲了过去,只想跑快点,以希望甩掉三个魔鬼。

"家伙,看你往哪里跑!"那个断臂缺腿的吼叫一声,丢下双棍,迈开两条举世无双的大腿,其精确均匀的步伐是巴黎街头以前从未见过的,紧追了上来。

此时,无腿人已经站了起来,把沉甸甸的铁皮大碗扣在格兰古瓦的脑勺上,而瞎子瞪着灯笼一样的眼睛,直瞪着他看。

"我这是在哪儿呢?"诗人吓坏了,问道。

"在奇迹宫廷。"跟随着他们的第四个幽灵答道。

"我发誓,我确实看到了瞎子能看、瘸子能跑,但还是没求救世主。"格兰古瓦自言自语道。

他们一听,都恐惧的笑了。

可怜的诗人环视了一下周围,确实置身在这个可怕的奇迹宫廷里,从来就不会有一个好人会在这样的时辰到这里来的。这是魔圈,小堡的军官和府衙的捕快胆敢贸然进去,便会被粉身碎骨,化为乌有;这是盗贼的渊薮,脓疣在巴黎脸上;这是阴沟,各国首都大街小巷那种司空见惯、到处溢流的罪恶、乞讨、流浪的沟水,每天早上从这里流出,每天夜里又流回这里滞留;这是使人毛发悚然的蜂窝,一切扰乱社会秩序的胡蜂每晚都带着采集到的胜利品回来;这是欺骗人的医院,这里集中着吉卜赛人,还俗的修士,失足的学子,各个民族的流氓,诸如西班牙的、意大利的、德国的,各种宗教——犹太教、基督教、伊斯兰教、偶像崇拜者——的痞子,身上满是伪装的疮疤,白天乞讨,晚上成为强盗。天壤之别。总而言之,这是广大宽阔的化妆室,现今巴黎街头上演的偷窃、卖淫和凶杀这种万古长存的喜剧,其各种角色早已在中古时代就在这里上妆和卸妆了。

这是一个开阔的形状参差不齐的空地,地上铺的石子高低不平,跟昔日巴黎的所有广场一样。这儿那儿,火光闪烁,周围堆着一堆堆怪异的人。飘忽不定,纷攘。只听见一阵阵尖笑声、孩子的啼哭声、女人的说话声。这人群的手掌和脑袋,映衬着亮光,黑黝黝的,显现出万千奇特动作的剪影。地面上,火光摇曳,掩映着许多模糊不清的巨大黑影,时不时可以看见走过去一条与人无二的狗,或一个与狗无二的人。在这巢穴里好像在群魔殿,种族的界限,物种的界限,似乎都消失了。男人、女人、畜生、年龄、性别、健康、疾病,这共同的东西存在于这群人中间。一切的一切都是相互混合、掺杂、重叠的,成为一体;每人都具有整体的特性。

微弱的灯光下,格兰古瓦在心神未定中,看出这片广大空地的四周尽是破旧丑陋的房屋,那些虫蛀的、皱褶的、萎缩的、窟窿中百孔千疮的门面,他仿佛觉得这些门面儿在黑暗中活似许多老太婆的大脑袋瓜,排成一个圆圈,怪异而乖戾,眨着眼睛在注视这群魔乱舞。

一个前所不知,闻所未闻的新的世界。奇形怪状,麇集着爬行动物,怪诞不经。

格兰古瓦越来越惊慌,那三个乞丐活似三把钳子把他牢牢抓住,周围又有一群其他的面孔起伏不定、狂吠不止,把他震得都耳聋了。虽然他身遭不测,不是还是振作起来。回想今天是不是礼拜六。可是他的努力是徒劳的,他的记忆和思路的线索中断了;他怀疑一切,在所见和所感觉之间飘来忽去,难题,不能回答,一直在他心中飘荡。"假设我存在,这一切是否存在?如果这一切存在,我是否存在?"

正当此时,一声清晰的叫哪喊人乱哄哄的人群中响起。"把他带去见王上!

把他带去见王上!"

"圣母呀!这里的国王肯定是一只公山羊!"格兰古瓦喃喃自语。

"见王上去!见王上去!"大家不约而同地喊道。

大家都来拖他,争抢着看谁能揪住他。然而那三个乞丐不肯松手,硬是从其他人的手里把他夺下,吼叫道:"他是我的!"

这么一争一夺,诗人身上那件本来已病歪歪的上衣也就呜呼哀哉了。

走过这可怕的广场,他马上不觉得头晕目眩了。走了几步,他感到又回到现实中来了。他渐渐适应了这地方的气氛。最初,从他那诗人的头脑里,或者简简单单、直来直去地说,从他那空空的肚子里,升起一道烟雾,可以说是一股水汽;这水汽在他与物体之间扩散开来,因此在那噩梦的杂沓迷雾中,在那梦幻的重重黑暗中,他只隐隐约约看见周围的物体,由于阴影重重的幻觉,只见一切的轮廓都在晃动着挤眉弄眼的形状。一切的物体都壅积为巨大无比的群体,一切的东西都膨胀为影影绰绰的怪物,各个人都膨胀成幽灵鬼影。在这种幻觉之后,目光慢慢不再那么迷惘,也不再把一切放大了。真实世界在他四周逐渐出现了,碰撞着他的眼睛,撞击着他的脚,把他以前自认为身陷其中的整个可怕的诗情幻景一片又一片拆毁了。这才确实发现,他并不是涉行于冥河,而是行走于污泥;盗贼和他擦肩而过;攸关的并不是他的灵魂,而就是他的生命(既然他缺少那种在强盗与好人之间进行有效撮合的难能可贵的调停者:金钱)。最后,他就近更冷静地观察一下这里狂欢纵饮的情景,不禁从群魔会一头栽入了小酒馆。

宫廷神奇之处就是小酒馆,不过是强盗们的酒馆,血和葡萄酒染成了红色。

终于到达终点,那班衣衫褴褛押送他的人把他放了下来。此时,映入他眼帘的景象是不会把他再带回到诗境里去了,哪怕是地狱里的诗境也不行!眼前是小酒店,这是比任何时候更明明白白的严峻事实。我们如果是生活在十五世纪,那就可以这样说:格兰古瓦从米开朗琪罗一下子滚落到了卡洛。

一块宽阔的石板上,燃烧着一堆熊熊烈火,火焰烧红了此刻空着的一个三鼎锅的三只脚。火堆四周,几张破桌子随便的摆着。没有任何一个稍懂几何学的听差愿意费点心思,把这些桌子摆成对称平行的两排,或者稍稍加留意,至少不使它们交切成稀奇古怪的角度。桌上闪亮着满溢葡萄酒和麦草酒的罐子,醉汉的脸孔齐凑了上来。由于火烤,也由于喝多了,一张张脸孔都紫膛膛的。有一个大腹便便、喜形于色的汉子,正在搂住一个肉墩墩的妓女亲来亲去弄出好大声响来。还有一个假兵,用他们黑话来说,就是一个滑头精。他吹着口哨,绷带正在从伤口中被解开,舒展一下从早晨起就千裹万缠紧绑起来的健壮的大腿。对面,是一个病鬼,正在用白屈菜汁和牛血擦洗次日要用的上帝赐与其的腿。再过去是两张桌子,有一个假扮香客的强盗,一副朝圣者的装扮,费力地念着圣后经,当然没有忘记采用唱圣诗的那种调子,也没有忘记哼哼唧唧、另外一个地方有个小叫花子正朝一个老疯癫请教假装发羊痫风的方法,后者向他教授如何咀嚼肥皂、口吐白沫的诀窍。旁边,有个患水肿病的正在放液消肿,四五个女拐子捂住鼻子,她们本来围着一张桌子正在争夺着傍晚偷来的一个小孩。所有这种种情景,如同二百年后索瓦尔所说,宫廷觉得十分滑稽可笑,便搬来供王上消遣,还作为王家芭蕾舞团在小波旁宫舞台上上演的四幕芭蕾舞剧《黑夜》的起曲舞。1653 年有个看过这场演出的人补充说:"奇迹宫廷里那种种忽然的变形,今天表现得最惟妙惟肖。邦斯拉德还为我们撰写了非常优美的长诗。"

四处传来野蛮的狂笑声和淫荡的歌声。大家指桑骂槐,骂骂咧咧,根本不理会别人在说什么。酒罐和酒罐碰得直响,但响声一起,便是一阵争吵,摔破的酒罐片把破衣服划得稀巴烂。

一只大狗望着火堆坐着。有几个小孩也来凑热闹。那个被偷来的孩子,哭哭啼啼,吵吵嚷嚷。另一个,四岁的大胖小子,坐在一张过高的板凳上,双腿挂着,下巴只够得着桌子边,闷声不响。一个好像懂事的孩子,用手指头把大蜡烛流下来的油脂涂抹在桌上。最后一个,小不丁点儿,蹲在泥里,整个身子差不多都钻进一口大锅,用瓦片刮的声音可以使马斯晕死过去。

火堆旁边放着一只大桶,桶上坐着一个叫花子:这就是坐在御座上的花子大王了。

押着格兰古瓦的那三条汉子把他带到酒桶前面,狂欢纵饮的人群一时哑然无声,只有那个小孩仍旧在刮擦大锅。

格兰古害怕得头也不敢抬。

"伙计,快摘掉你的帽子!"三个抓住他的家伙当中有一个说道。格兰古瓦还没弄明白他说些什么,格兰古瓦头上的帽子被一个人摘去了,虽说帽子破可是遮遮太阳,挡挡风雨,还很不错的。格兰古瓦叹息了一声。

此时,大王从宝座上居高临下对他发话:

"那混蛋是谁?"

格兰古瓦不由打了一个寒噤。那声音,虽然带着威胁而加重了,却使他想起另一个声音来,那就是今天早上在演出中间用很浓的鼻音高喊"行行好吧",从而第一个破坏他的圣迹剧的那个声音。他抬头看见了克洛潘·特鲁伊甫。

克洛潘·特鲁伊甫佩戴着大王的徽记,身上破衣烂衫依然一样,一件不多,一件也不少。胳膊上的烂疮却已经不见了。他手拿鞭子,用白色条绞成的。就是执棒捕头用来逼迫群众的那种叫作布列伊的皮鞭。他头上戴着一种从顶上加圈并收拢的帽子,但很难分别它是儿童防跌的软垫帽呢,还是王冠,两者竟是如此相像。

可是,格兰古瓦认出奇迹宫廷的大王原来就是上午演出大厅里那个千刀万割的乞丐之后,不知道为什么,一丝希望在心中升起。

"大人……阁下……陛下……"格兰古瓦结结巴巴,声调越说越高,高到了顶点,再也不知怎样上升和下降,终于问道:"我该如何称呼您呢?"

"阁下、陛下或者伙计,你爱怎么称呼我都可以。不过,得快点!你为自己辩护什么吗?"

"为自己辩护!"格兰古瓦思考着。"我不喜欢这个说法。"他结结巴巴继续说:"我就是今天上午那个……"

"魔鬼的指甲儿!"克洛潘打断他的话,说道:"叫什么名字,混蛋,别的不要再啰嗦!听着!坐在你前面的是三个威武的君子:我,克洛潘·特鲁伊甫,狄纳之王,丐帮帮主的传人,黑话王国至高无上的君主;头上裹着一块破布的黄脸膛老头,名叫马西亚·恩加迪·斯皮卡利,埃及和波希米亚大公;还有那个大胖子,没听我们说话,正在抚摸一个骚娘们,是吉约姆·卢梭,加利利皇帝。审判官便是他们三人。你不是黑话中人而潜入黑话王国,侵扰了我们城邦的特权。你应该受到严厉惩治,除非你是'卡蓬'、'弗朗一米图'或'里福德',用正人君子的黑话来说,就是小偷、乞丐或流浪汉。你是不是有点像这种人?你承认吧究竟是干什么的。"

"唉!"格兰古瓦道。"我可没有这种荣幸。我是作者……"

"这就足够了!"特鲁伊甫插了嘴,没让他讲完。"你要,被吊死!正派的市民先生们,这道理是简单不过的了。你们那里怎么对付我们,我们这里也就怎么对待你们。你们对付流浪汉的法律,我们也用来对付你们。如果是这个法律太狠毒,那是你们自己的错。应当不时看一看正人君子在麻索项圈里挣扎,做出一副鬼脸才好哩。这才算说得过去。来吧,好人儿,心甘情愿把你身上的破烂衣服分给这几位小姐吧。你要让流浪汉把你吊死而高兴;你再把身上的钱分给他们,让他们去喝喝酒。如果你还有什么花样儿要做,那边石臼里有个非常精致的石头上帝老子,是我们从圣彼得雄牛教堂偷来的,你还有四分钟的时间,把你的灵魂去巴结巴结那老头儿吧。"

这席话确实叫人毛骨悚然。

"说得太好了,我打赌!克洛潘·特鲁伊甫布道就像教皇那个圣老头儿一样。"加利利皇帝一边敲破酒罐去垫平桌子,一边叫道。

"皇上和王上陛下,"格兰古瓦平平地说道(因为不知怎么样,他又决定下来了,语气斩钉截铁)。"你们不会想到,我叫皮埃尔·格兰古瓦,诗人,我写的司法官大厅的圣迹剧。"。

"啊!是你呀,大人!"克洛潘说道。"我也在那里,我可以用上帝的脑袋发誓!好吧,兄弟,你说就因为你上午把我们烦透了,难道就能成为今晚你免得被吊死的缘由?"

"我脱不了身。"格兰古瓦心想,不过还是再做一次努力,说道:"我不知道是不是流浪汉。如果说流浪汉,伊索就是一个;乞丐,荷马就是一个;小偷,墨尔库里就是一个……"

克洛潘打断他的话，说道："我想你是想用魔语来戏弄我们。他妈的！我们该吊死你了，别这样装蒜啦！"

"对不起，狄纳国王陛下，"格兰古瓦驳斥道，他是寸金不让的。"这倒是很值得的……请稍候片刻！……听我说……您总不至于不听我辩解就判我死刑吧……"

实际上，周围的喧嚣声淹没了可怜的声音。那个小男孩也更加起劲地刮着大锅。不但如此，最要命的是一个老太婆刚刚在那烈火熊熊的三脚架上放上一只盛满油脂的煎锅，火一烧，噼啪直响，就仿佛是一群孩子跟在一个戴假面具的后面吵吵嚷嚷。

此时，克洛潘·特鲁伊甫看上去仿佛在同埃及大公和加利利皇帝——他已经完全醉了——商议着什么。继续，他大声喝道："静一静！"然而，大锅和煎锅非常麻烦，接着它们的二重唱，他一下子跳下大桶，狠狠地踢了大锅一脚，只见大锅连同小孩滚出十步开外，又一脚把煎锅踢翻，油全泼在火堆上了。然后，他又神情严肃地登上宝座，全然不理睬那孩子抽抽噎噎的哭声，那老太婆嘟嘟哝哝的抱怨声：她的晚饭也泡汤了。

特鲁伊甫打了个手势，大公，皇帝，还有那些穷凶极恶的帮凶，以及那班伪善的家伙，都朝这边走了过来，在他四周排成马蹄形半圈，格兰古瓦一直被粗暴地牢牢扭住，成了这马蹄形的中心。这是半圈破衣烂衫，半圈假金银首饰，半圈叉子和斧头，半圈散发着酒气的大腿，半圈肥胖的赤膊，半圈污秽、憔悴和痴呆的面孔。中间的乞丐圆桌会议中，克洛潘·特鲁伊甫俨然像元老院的议长、贵族院的君主、红衣主教会议推选的教皇，坐在那高高的酒桶上，居高临下，发号施令，那种神气真难以形容，傲慢，暴躁，凶残，眼珠子骨碌碌直转，野人的面容填补了无赖汉种族那种猪狗般的特点，不愧是群猪嘴筒中间的猪头——高出一筹。

"你听着，"他一边用长满茧子的手抚摸着畸形的下巴颏，一边对格兰古瓦说道。"我还看不出为什么不可以把你吊死。这倒不假，我最恨这样做，那是再容易不过的了，你们这群市民，对吊死这种做法不怎么习惯，总是把这事想得太玄乎。事实上,我们并不恨你。有一个办法你可以暂时脱身。你愿意加入我们一伙吗?"

　　格兰古瓦原来看见自己性命难保,开始放弃努力了,现在忽然听到这个建议,其作用是可以想见的。他抓住这个机会,回答道:

　　"当然,非常愿意!"

　　"你愿意加入这个明火执仗的好汉帮?"克洛潘又继续问。

　　"千真万确,加人好汉帮。"格兰古瓦回答道。

　　"你是不是自由市民?"狄纳王再问道。

　　"对,自由市民的一员。"

　　"黑话王国的庶民?"

　　"黑话王国的庶民。"

　　"流浪汉?"

　　"流浪汉。"

　　"一心一意的?"

　　"全身心的。"

　　"我得告诉你,不论怎样,我都得处死你。"大王继续又说。

　　"活见鬼!"诗人不满道。

　　"不过呀,"坚定不移的克洛潘接着说下去。"我们应该隆重一点,迟些日子把你处死。由好心肠的巴黎城出钱,把你吊在漂亮的石头绞刑架上,并由正派人来执刑。这也算是对你的一种抚慰,可以死得瞑目。"

　　"但愿如此。"格兰古瓦答道。

　　"还有其他一些好处哩。作为自由市民,你用不着交税,什么清除污泥捐、救贫民捐、灯笼税,而巴黎一般市民都是必须上缴的。"

　　"但愿如此。"诗人说道。"我同意你说的。我就当流浪汉,黑话人,自由市民,好汉帮的好汉,你想怎么样就怎么样。事实上我早就是了,狄纳王大人,因为我是哲学家;哲学中包含一切,一切人都包含在哲学中,如同您所知道的。"

　　狄纳王皱了皱眉头。

　　"朋友,你以为我是什么人?你胡说八道,说的是匈牙利犹太人的什么黑话吧?我可不是希伯来人。做强盗,用不着是犹太人。我并且不偷窃了,这种玩意儿不过瘾了,我要杀人。割喉管,干;割钱袋,不干。"

他越说越生气,这短短的一席话也就越说得断断续续,格兰古瓦好不容易才插进去表示歉意:"请宽恕,陛下。这不是希伯来语,而是拉丁语。"

"你给我听着,"克洛潘勃然大怒,说道。"我不是犹太人,我要叫人把你吊死,犹太人肚皮!还有站在你旁边的那个犹大,那个卖假货的小矮子,我巴不得有一天能看到他像一枚假币似的被钉在柜台上,他本来就是不中用的!"

他边说,指着犹太人、匈牙利的、留着满脸胡子。也就是原先对格兰古瓦说行行好吧的那个人;他不懂什么外文,只有惊慌地看着狄纳王把满肚子怒气都撒到他身上。

末了,克洛潘陛下终于安静了,又对我们的诗人说:

"混蛋!你究竟愿不愿意当流浪汉?"

"非常愿意。"诗人回答。

"光是愿意还不行。"性情粗鲁的克洛潘又说。"愿望虽然善良,并不能给汤里增加一片洋葱,只有进天堂才有点好处;可是,天堂和黑话帮是两码事。想要被接纳入黑话帮,你必须能干才行。所以你得去掏模拟人的钱包。"

"你要我做什么都行,"格兰古瓦坚决说道。

克洛潘一挥手,几个黑话人便离开了圆圈,不一会儿又回来了,搬来两根木桩,下端装着两把屋架状的刮刀,可以很容易地使木桩站在地上。两根木桩的顶端,架着一根横梁,就这样,一个可以挪动的、漂亮非常的绞刑架便做成了。格兰古瓦看见转瞬间一个绞刑架就竖立在他面前,不由感到心满意足。一切具备,连车风也不缺,它正在横梁下面以婀娜的身姿摇来摇去。

"他们究竟要怎么样呢?"格兰古瓦心里有点疑惑,反问自己道。正好在这当儿听见一阵铃响,他也不着急了。原来那班无赖搬来一个假人,索子往假人的脖子一套,就把它吊了起来。这假人类似吓唬鸟儿的稻草人,穿着红衣裳,身上挂满大小铃铛,足可以给三十匹卡斯蒂利亚骡子披挂的了。这千百只铃铛随着绳索的晃动,轻轻响了一会儿,随后逐渐低下去,最后无声无息了。与此同时,随着代替了滴漏计和沙时计的钟摆的运动规律,假人不动了。

此时,克洛潘指着假脚下的一只摇晃的旧凳子,对格兰古瓦说:"站上去!"

"天杀的!"格兰古瓦表示不同意。"我会折断脖子的。您的那只板凳的脚就像马尔西雅六八诗行一样跛,一行是六韵脚,另一行是八韵脚。"

"赶上去!"克洛潘又说。

格兰古瓦往板凳上一站,身体摇摇晃晃的,好不容易才站稳了。

"现在,你把右脚勾住左腿,踮起左脚站直!"狄纳王继续说。

"陛下,你难道真的让我残废吗?"格兰古瓦喊道。

克洛潘摇了一下头,说道:

"听着,朋友,你说的太多了。几句话就可以给你说清楚的。你踮起脚跟站直,照我说的那样去做;这样你可以够得着假人的口袋;你就伸手去掏,想尽办法去偷一只钱包。你这一切办成了而不听到铃响,那就好了,你就可以成为流浪汉。我们今后只要揍你八天就行了。"

"上帝肚子呀! 要是我不当心,把铃铛碰响了怎么办?"格兰古瓦继续问道。

"那你可就得被吊死。明白了吗?"

"什么也不懂。"格兰古瓦应道。

"再讲给你听一遍。你要掏假人的口袋,摸出他的钱包来;这样做只要有一声铃响,你就得被吊死。这下子你听明白了吗?"

"知道了,然后呢?"格兰古瓦应道。

"你要是手段高明把钱包偷到,而大伙没有听到铃响,那你可以是流浪汉,但你应该挨打几天。现在,听明白了没有?"

"不,陛下,我又不懂了。这样做我可没有好处可言? 一种情形是被吊死,另种情形是挨打……"

"还有成为流浪汉呐?!"克洛潘继续说。"当流浪汉,这可不是小事情? 我们要揍死你,那是为了你好,让你经得起毒打。"

"非常感谢。"诗人回答。

"行了,快点。"大王边说边用脚踩着酒桶,响声发出来了。"快掏吧,掏完就完事了。我再一次警告你:要是我听见一声铃响,那就轮到你去代替假人罗。"

听到克洛潘这些话,黑话帮大声喝彩。遂走过去围着绞刑架站成一圈,发出一种冷酷凶残的笑声,格兰古瓦一下子顿悟:是他让他们这样开心的,这不能不对他们的一切都害怕起来了。所以,他再也没有任何希望了,只能碰运气了,希望自己在被迫去干这种可怕勾当中能马到成功。他横下心来,决定冒死一试,当然难免先对他要偷的那个假人热忱祈祷一番,或许它会比这班流氓无赖容易受感动些。那无数的铃铛连同它们的小铜舌,在他看来像是无数蝰蛇张开的血盆大口发出嘶嘶响声准备咬人。

"哦!"他暗自说道。"我的生命难道果真取决于这些铃铛当中任何一只轻微的颤动吗!"他合起双掌,默默祷告:"呵!小铃铛呀小铃铛,千万别响了。小铃铛呀小铃铛,千万别晃;小铃铛呀小铃铛,千万别动!"

他不想就此等死,尝试再做一次努力来左右特鲁伊甫,然后说道:

"要是忽然刮一阵风呢?"

"照样要把你吊死。"克洛潘没有商量余地地应道。

后无退路,又没有缓刑,搪塞又搪塞不了,遂毅然决然把心一横,抬起右脚勾住左脚,踮起左脚,挺直身子,伸出一只胳膊;可是,正当他的手碰着假人时,身体被一只脚支撑着。在那只只有三条腿的小凳子上晃动了一下;他不由地想把假人拽住,一下子失去了平衡,结果重重地一头栽倒在地上;与此,假人经不起他的手一推,先旋转了一圈,随后在两边绞刑柱中间威严地晃来晃去,身上千百只铃铛也就催魂索命似地响了起来,格兰古瓦完全被震晕了。

"晦气!"他叫着摔下来,倒在地上,死人一般。

可是,他听见头顶上可怕的群铃齐鸣,听见流浪汉们魔鬼般的狂笑声,还听见特鲁伊甫的声音:"给我把这兔崽子拉起来,狠狠地把他吊上去!"

格兰古瓦站了起来。大伙们已经解下了假人,给他腾出空间。

黑话帮一伙人强迫着他站到小凳子上。克洛潘走过来,把绞索往他脖子上一套,拍拍他的肩膀说:"永别了,朋友!即使你有的是鬼点子。现在也再休想溜掉啦。"

格兰古瓦要喊饶命,可这话到嘴边卡住了。他举目环视四周,一丁点儿希望也没有：大家都在大笑。

"星星贝尔维尼！"狄纳国王喊着一个大块头的流浪汉，他站了出来。"你爬上横梁去。"

贝尔维尼身手敏捷，一下子就爬了上去。过了一会儿，格兰古瓦抬头一望，只见他蹲在他头顶上的横梁上，这把他吓得尿都尿了出来。

"现在，"克洛潘·特鲁伊甫继续说道。"我一拍手，红脸安德里，你就用膝盖把小凳子弄倒；弗朗索瓦·尚特一普吕纳，你就抱住这混蛋的脚往下拉；还有你，贝尔维尼，你就扑到他的肩膀上；你们三人一起出发，听清楚了？"

格兰古瓦不由得一阵哆嗦。

"准备好了吗？"克洛潘·特鲁伊甫问三个黑话帮伙计说；这三人正准备向格兰古瓦猛冲过去，就如三只蜘蛛扑向网上的一只苍蝇。受刑者只能期待一阵子，害怕极了。这时克洛潘正不慌不忙用脚尖踢踢火堆里没有烧着的枝蔓。"好了没有？"他又问，并张开双手，准备击掌。再有一秒，就一了百了啰。

可是克洛潘停住了，好像忽然想起了什么，说道："等一等！我倒忘了！……我们要吊死一个男人，我们得问一问有无女人要他。这是我们的惯例。——伙计，这是你最后的机会了。要么你就娶女乞丐，要么就上绞索。"

吉卜赛人这条法律，千奇百怪、奇怪得很。事实上，今天依然原原本本被记载在古老的英国宗教法典里。各位可参阅《柏林顿的注疏》一书。

格兰古瓦吁了一口气。这是半个钟头以来的第二次死里逃生了。因此，他不敢太自信了。

"噢，喂！"克洛潘再次登上他的宝座，喊道。"喂！女人们，娘儿们，你们当中不论是女巫或是女巫的母猫，有没有女人要这个男人？科莱特·夏萝娜！伊丽莎白·特露琬！西蒙娜·若杜伊娜！玛丽·皮埃德布！托娜·隆格！贝拉德·法努埃尔！米歇勒·日娜伊！克洛德·隆日一奥蕾伊！马杜琳·吉萝鲁！喂！伊莎博·蒂埃丽！你们过都来看呀！白送一个男子汉！谁要？"

格兰古瓦正在魂不守舍之中，那模样儿大概是不会吊人胃口的。这些女叫花子对这门亲事显得无动于衷，那不幸的人儿只听见她们叫道："不要！不要！吊死他！我们大家都可以凭此乐一乐！"

　　不过,也有三个从人群中走过来嗅一嗅他。第一位是个长着四方脸的胖妞,仔细察看了哲学家身上那件破旧的上衣。这上衣已经百孔千疮,窟窿比炒栗子的大勺还多。姑娘对他做了一个鬼脸,嘀咕道:"破旧布条!"继续对格兰古瓦说:"看一看你的斗篷,好吗?"

　　"丢掉了。"格兰古瓦应道。

　　"你的帽子呢?"

　　"被人家偷走了。"

　　"你的鞋子呢?"

　　"快没有鞋底了。"

　　"你的钱包呢?"

　　"唉!"格兰古瓦支支吾吾应道。"我一分钱也没有了。"

　　"那你就让吊死,道谢吧!"女叫花子回嘴说,掉过头走了。

　　第二个又老又黑,满脸皱纹,长得比猪八戒还丑。她绕着格兰古瓦转来转去,他被吓得魂不附体。生怕她要了他。不过,她压低声音说道:"他太瘦了。"一说完就转身离开了。

　　第三位是个少女,相当妖艳,也是不太难看。可怜低声向她哀求道:"救救我吧!"她以同情的神情把他端详了片刻,继续垂下眼睛,揉着裙子,举棋不定。他关注着她的每一个动作;这是最后一线希望了。少女终于开口:"不,不! 我会被吉约姆揍的。"一说完也回到人群中去了。

　　"伙计,轮到你倒霉!"克洛潘说道。

　　话音刚一落,立即在大桶上站立起来,喊道:"没有人要吗?"他模仿着拍卖估价人的腔调,逗得大家乐呵呵的。"没有人愿意要吗? 一-二-三!"于是转向绞刑架,点了点头:"拍卖了!"

　　星星贝尔维尼、红脸安德里、酒鬼弗朗索瓦遂一齐凑近了格兰古瓦。

　　就在这会儿,黑话帮中响起了喊声:"爱斯梅拉达! 爱斯梅拉达!"

　　格兰古瓦不禁打了个寒噤,转头向传来喧哗声的那边望去,人群闪开、一美人儿走了进来,真是纯洁如玉,光彩照人。

　　这就是那位吉卜赛女郎。

"爱斯梅拉达!"格兰古瓦自言自语,惊呆了,兴奋不已,这一天的许多回忆竟被咒语般的勾起来的。

这个世间罕见的尤物,奇迹宫廷也被姿色和魅力迷住了。她一路过去,黑话帮男女伙计都乖乖地排成两列;视力范围之内,一张张如花似开,容光焕发的脸。

她步履轻盈,走到受刑人面前。她后面跟着漂亮的佳丽。格兰古瓦吓得半死不活,她静静地看了一会儿。

"您要把这个人吊死吗?"她认真地问克洛潘道。

"是的,妹子。"狄纳王应道。"若他能成为你的丈夫,就另当别论。"

她撅起下唇,稍稍做了个惯常的娇态。

"我要了。"她说。

格兰古瓦至此确信:一场梦进行了一上午,眼前这件事就是梦境的继续。

实际上,这梦境的高潮固然令人叫绝,但未免太过分了。

活结解开了,诗人从小凳上被抱了下来。他激动得坐下起来了。

埃及大公一句话也不说,拿来一只瓦罐。吉卜赛女郎把瓦罐递给格兰古瓦,对他说道:"把它摔到地上!"

瓦罐立刻成了四片。

"兄弟,"埃及大公此时才开口,边说边把两手各按在他俩的额头上。"兄弟,她是你的妻子;妹子,他就是你的丈夫。婚期四年。行了!"

七　新婚之夜

一会儿后,我们的诗人在一小房间里暖暖融融的。坐在一张看上去像巴不得从挂在附近的食品橱里借点东西来的桌子跟前,还有一张可以想象得到的舒服的床,而且独自跟一位美丽的少女在一起。这般奇遇就像中了魔法似的。他不由把自己当真看作是神话中的人物了。他时不时环视四周,好像在寻找那由两只喷火兽拉着的火焰车是不是还在这里,因为唯有这火焰车才能这样风驰电挈地把他从鞑靼人那里送到了天堂。有时候他也一个劲地看着自己短衫上的一个个窟窿眼，目的是紧紧抓住现实，省得脚完全不踏实地。他的理智，在这想象的太空中飘忽，现在只靠这根线来维系了。

那少女一点也不在意，走来走去，有时绊到某只小矮凳，有时跟她的小山羊说说话儿，有时这儿噘一噘嘴，那儿又噘一噘嘴。末了，她走了过来在桌旁坐下，格兰古瓦这下子可以自由自在地打量她了。

看官，您也曾是儿童，或许您乐于现今仍是。您可能不止一回（我自己就曾经整天整天那样度过，那是我一生中最幸福的时光），在阳光明媚的日子里，在急流的水边，从一个草丛到另一个草丛，追逐美丽的绿蜻蜓或蓝蜻蜓，它翩跹飞舞，急转之时，吻了一下枝梢。您还记得，您怀着何等的爱意和好奇，聚精会神凝视着它那沙沙营营作响、轻轻旋转的朱红和天蓝的翅膀；在这急速的旋转中，飘忽着难以捉摸的形体，正是由于飞翔极其快速，整个形体看上去像蒙着薄纱。透过翅膀的震动，模模糊糊勾画出来的那轻飘飘的生物，在您看来，好像是一种幻觉，纯属想象，摸又摸不着，看也看不见。可是，一旦蜻蜓栖歇在芦苇尖上，您可以屏息观察那薄纱长翼，那斑斓长袍，那两颗水晶眼球，您怎么能不感到惊诧万分！怎能不担心这形体重新变做影子，这生物重新化成幻觉！请您回忆一下这些印象，就不难理解格兰古瓦这时凝视着爱斯梅拉达的感受了。在此之前，他只是透过歌舞和喧嚣的旋涡隐约瞥见这个爱斯梅拉达，现在，她能触摸的形体就在他面前，把他看得心醉神迷了。

他更加遐思瞑想了，目光模糊地注视着她，心里讷讷着："这样说来，这就是那个所谓的爱斯梅拉达罗？一位下凡的仙女！一个高贵而又低微的舞女。上午最终搅扰了我圣迹剧的是她！今天晚上救了我一命的也是她！她是我的丧门星！也是我的善良天使！——我敢说，还是一个漂亮的娘儿！而且一定发狂地爱着我，才会那样把我要了来。"想到这里，怀着一向作为他性格和哲理基石的那种真情实感,忽然站立起来,说道:"喔,对了! 我还弄不清楚到底是怎么一回事,反正我成了她的男人啦!"

这种念头在他脑子里目光中都闪现着,遂走近少女的身旁,模样儿又雄劲又色相,把她吓得直后退,叫道:

"您想怎么样?"

"这还用得着问我吗,亲爱的爱斯梅拉达?"格兰古瓦应道,语气是那样的热情,听了连他自己也不禁吃惊。

埃及女郎瞪着一双大眼睛:"我不明白您想说些什么?"

"怎么!"格兰古瓦又说,浑身越来越发热,心里想毕竟他所要对付的不过奇迹宫廷中一个贞操女子罢了。"难道我不是属于你的吗,漂亮的人儿? 你不也是属于我的吗?"

事情既然挑明,他索性把她拦腰抱住了。

吉卜赛女郎的紧胸上衣就像鳗鱼皮似的,一下子从他手中滑脱了。她纵身一跳,跑到房间另一头去了,低下身子,随即又挺起身来,一把匕首已经拿在了手里,格兰古瓦压根儿没来得及弄清这匕首是从哪里来的。她既愤怒又高傲,嘴唇翘着,鼻孔鼓着,腮帮红得像红苹果似的,眼珠里电光直闪。与此同时,那只白山羊跑过来站在她前面,两只金色的漂亮的尖角向前抵着,摆开决一雌雄的阵势。这一切只是一瞬间的工夫。

蜻蜓变成了马蜂,正巴不得螫人哩。

我们的哲学家惊呆住了,目光呆滞,看看山羊,瞅瞅少女。

"圣母啊! 看一看这两个泼辣的婆娘!"他惊魂未定,能够开口了,终于说道。

吉卜赛女郎也不再沉默了。

"想不到你是一个放肆之徒!"

"对不起,小姐!"格兰古瓦笑容满脸,说道。"可是,既然这样,您为什么要嫁给我呢?"

"难道非看着你被他们吊死不成?"

"这么说来,您只是想救我一命才嫁给我,并没有其他的想法?"诗人原本满怀爱意,此时有点大失所望了。

"我会有什么其他的想法呢?"

格兰古瓦咬了咬嘴唇,说:"算了吧,我演丘比特并不像我自己想象的那样成功。不过又何苦将那只可怜的瓦罐打破呢?"

可是,爱斯梅拉达手中的匕首和小山羊的犄角一直严阵以待。

"爱斯梅拉达小姐,我们互相妥协吧!"诗人说道。"我不是小堡的文书录事,不会找您碴儿,告您藐视府尹大人的谕示和禁令,这样握着一把匕首在巴黎招摇。我想你一定知道,一个星期前,诺埃尔·列克里万就因为带着一把短剑,结果被罚了十个巴黎索尔。话说回来,这与我毫不相干,我还是言归正传吧。我用我升天堂的福分儿抵押,向您发誓:如果没有您的许可和允准,绝不靠近您。不过,赶快给我晚饭吃吧。"

其实,格兰古瓦跟德普雷奥先生一样,"很不好色"。他不是那种专向姑娘进攻的骑士和火枪手。在爱情上也像对其他任何事情那样,倒情愿主张水到渠成和折中办法。在他看来,好好吃一餐,又有个可爱的人儿作陪,特别当他饥肠辘辘的时候,这就好像是一出爱情奇遇记序幕和结局之间有妙不可言的幕间休息。

埃及女郎没有回答。只见她满脸轻蔑的神情,撅了撅小嘴,把头像小鸟似地一扬,纵声大笑起来,随即那把小巧玲珑的匕首,如同出现时那样突如其来,倏忽又无影无踪了,格兰古瓦没有能够看清蜂刺被这只蜜蜂藏到哪里去了。

过了一会儿,桌上摆上一块黑面包,一薄片猪油,几只干瘪的苹果,一罐草麦酒。格兰古瓦开始狼吞虎咽地吃起来,铁的餐叉和瓷盘碰得咣咣直响,好像他爱欲都已全部化作食欲了。

少女坐在他前面,默默看着他吃,很明显她另有所思,脸上时不时露出笑容,温柔的小手轻轻抚摸着懒洋洋地偎依在她膝盖之间的那只山羊的聪明脑袋。

一支黄蜡烛照着这一幕狼吞虎咽和沉思默想相掩映的情景。

这时候,格兰古瓦头肠胃一阵子咕咕直叫过去之后,看见桌上只剩下一只苹果了,不由觉得有点难为情。"您难道不吃吗,爱斯梅拉达小姐?"

她摇了摇头，沉思的目光盯着小房间里的圆柄顶。

“她有什么鬼心事可想？”格兰古瓦想道，并顺着她的视线看去：“如此吸引她注意力的，总不会是拱顶上那个石刻的小矮人在做鬼脸吧。活见鬼！我可以同它相提并论么！”

他提高了嗓门叫了一声：“小姐！”

她仿佛并没有听见他的话。

他更大声喊道：“亲爱的爱斯梅拉达小姐！”

白费劲。少女的心思在别处，格兰古瓦声音还没有把他召唤来的威力。幸好山羊来干预了，轻轻拽了拽女主人的袖子。埃及女郎连忙问道：“这是怎的，佳丽？”

“它饿了。”格兰古瓦应道，能同她攀谈起来心里却很高兴。

美人儿爱斯梅拉达动手把面包掰碎，佳丽就着她的手心窝吃了起来，样子非常可爱。

可是，格兰古瓦不再给他想入非非的时间，便放大胆子向她提了一个微妙的问题：

“您真的不要我做你的丈夫吗？’”

少女瞪了瞪他，应道：“不要。”

“做您的情人呢？”格兰古瓦继续又问。

她噘了噘嘴，回答说：“不要。”

“做您的朋友呢？”格兰古瓦又问。她又瞪了瞪他，想了想，答道：“或许可能吧。”

或许这个字眼向来是哲学家所珍贵的，格兰古瓦一听，胆子更壮了。

“您知道友谊是什么？”他问道。

“知道。”埃及女郎应道。“友谊，就好比是兄妹俩，两人的灵魂相互接触而不混合，又似一只手的两个指头。”

“那么爱情呢？”格兰古瓦又追问。

“喔！爱情，”她说道，声音发抖，目光炯炯。“那是两个人却又只有一个人。一个男人和一个女人融合成为一个天使。那就是天堂！”

说这话的这个街头舞女,此时,那样妩媚艳丽,深深震撼了格兰古瓦的心灵,而且他觉得,这花容月貌与她言语中那种东方式的韵味十分相配。两片纯洁的玫瑰色嘴唇半启,笑盈盈的;纯真和爽朗的额头,由于思考而时不时显得有些不那么清澈,宛如一面哈了一口气镜子上似的;又长又黑的睫毛低垂,时时流露出来一种不可言语的光华,赋予她的容颜一种芳香沁人的姿色,也就是后来从纯洁、母性和天性这三者神秘的交点上拉斐尔所能够找到的那种尽善尽美的姿色。

格兰古瓦并没就此罢休。

"那男人必须怎样才能取得您欢心呢?"

"必须是一位真正的男子汉。"

"那我呢,我是真正的男子汉吗?"

"我心中的男子汉要头戴铁盔,手执利剑,靴跟上装有金马刺。"

"得了,照您这么说,男子汉就一定得有马骑啦。"格兰古瓦说道。"难道您爱着一个人吧?"

"恋爱吗?"

"恋爱。"

她沉思了一会,尔后带着奇特的表情说:"我很快就会知道了。"

"为什么不能是今晚上?"诗人又深情地问道。"为什么不能是我呢?"

她用严肃的目光,看了他一眼。

"我只能爱一个能够保护我的男子汉。"

格兰古瓦霎时涨红了脸,但也只好作罢。显然,少女指的是两个钟头以前在那危急关头,他并没有怎么援救她。这一晚,其他许多险遇太多了,结果以上这件事他倒忘记了,这时才又想了起来,便拍拍额头,说道:

"对啦,小姐,我本应该从那事谈起,却东拉西扯说了许多疯话。您到底是如何逃离卡齐莫多的魔掌的呢?"

吉卜赛女郎一听,不禁打了个寒噤。

"喔!那可怕的驼背!"她说着用手捂住了脸;浑身直打哆嗦,好像冷得发抖。

"确实可怕!"格兰古瓦毫不松懈,要打破砂锅问究竟:"可您究竟是怎么逃脱的?"

爱斯梅拉达嫣然一笑,叹了口气,不再说话了。

"他为什么要追踪您呢?"格兰古瓦竭力采用迂回的办法,再回到他原来提出的问题。

"我不知道。"少女应道,紧继续又说:"不过您也跟着我的,您又为什么要跟着我?"

"不瞒您说,我也想知道。"

一阵沉默后,格兰古瓦用餐刀划着桌子。少女微笑着,好像透过墙在望着什么。忽然间,她用含糊不清的声调唱起来:

> 当羽毛绚丽的小鸟
>
> 疲倦了,而大地……

她戛然而止,并抚摸起佳丽来。

"您这只山羊挺漂亮的。"格兰古瓦说道。

"这是我的妹妹。"她应道。

"您为什么被人叫作爱斯梅拉达呢?"诗人问道。

"我一点也不知道。"

"真的?"

她从胸襟里取出了一个长方形的小香囊来,它挽在脖子上用一串念珠树果子的项链连着。这个小香囊散发出一股浓烈的樟脑气味。外面裹着绿绸子,正中间有一大颗仿绿宝石的绿玻璃珠子。

"或许是因为它的原因吧。"她说道。

格兰古瓦伸手要去拿这个小香囊,她急忙往后一退,说:"别碰!这是护身符。你一碰,就会破坏它的法力的,否则,你会被它的法力困住。"

诗人越发好奇了。

"是谁给您的?"

她把一只手指按在嘴唇上,随即把护身符再藏回胸襟里。格兰古瓦设法问些别的问题,然而她几乎不搭腔。

　　"爱斯梅拉达到底意味着什么?"

　　"不知道。"她答道。

　　"是哪种语言的?"

　　"我想,是埃及语吧。"

　　"我早已就料到了。"格兰古瓦说道。"您不是法国人?"

　　"我对此一无所知。"

　　"您有父母吗?"

　　她轻声哼起一首古老的歌谣:

　　　　我的父亲是雄鸟

　　　　我的母亲是雌鸟,

　　　　我过河不用小舟,

　　　　我过河不用大船,

　　　　我的母亲是雌鸟,

　　　　我的父亲是雄鸟。

　　"真好听。"格兰古瓦说道。"您来到法国时是几岁?"

　　"一丁点儿大,"

　　"那么巴黎呢?"

　　"去年。我们从教皇门进城时,我看见黄莺从芦苇丛里飞上天空;那肯定是八月底;我还说:'今年冬天会很冷的。'"

　　"去年冬天的确很冷。"格兰古瓦说道,并为又开始谈起来而高兴。"一冬天我都往指头上哈气。这么说,您天生能未卜先知罗?"

　　她变得不愿搭理了。

　　"不"

　　"那个被你们称呼为埃及公爵的人,他是你们部落的首领吧?"

世界传世藏书

世界十大名著

·巴黎圣母院·

图文珍藏版

"是"

"那可是他给我们成亲的呀。"诗人有意指明这一点很不好意思。

她又习惯地噘了噘嘴,说:"我连您的名字都还不知道呢!"

"我的名字? 如果您想知道,我这就告诉您:皮埃尔·格兰古瓦。"

"我知道有个名字更美丽。"她说道。

"您真坏!"诗人继续说。"不过,也没关系,我不会因此生气的。喂,今后您对我了解多了,或许会爱上我的。还有,您那样的相信我,把您的身世讲给我听,我也得向您谈一点我的情形。谅您知道了,我叫皮埃尔·格兰古瓦,戈内斯公证所佃农的儿子。二十年前巴黎遭受围困时,我父亲被勃艮第人吊死了,母亲被庇卡底人剖腹杀死了。六岁时就成了孤儿,一年到头只有巴黎的碎石路面给我当鞋穿。从六岁到十六岁这段时间是怎么熬过来的,我自己也不知道。到处流浪,这里某个卖水果的给我一个杏子吃,那里某个卖糕点的丢给我一块干面包啃;夜晚就设法让巡逻的把我抓进监狱里去,在那里能找到一捆麦秸垫着睡觉。尽管这样,我还是长大了,瘦骨峋嶙,就像您看到的这个样子。冬天我就躲在桑斯府邸的门廊下晒太阳。我觉得,非要等到三伏天圣约翰教堂才生火,实在可笑! 十六岁时,我下决心找个差使,所有的行当都试过了。先是当了兵,可我不够勇敢;继续当过修士,却又不够虔诚;而且,我也不擅长喝酒。走投无路,我只好跑去大木工场当徒弟,却又身体单薄,力气太小。从本质来说,我更适合当小学教师,当然啦,那时我还不认得几个字,这是事实,不过这理由并不能难倒我。过了一阵子,我终于发觉自己无论干什么都缺少点什么;看到自己没有一点出息,就心甘情愿地当了个诗人,写起诗文来了。这种职业,谁都可以随时随地干,这总比偷东西强吧,不瞒您说,我朋友中有几个当强盗的小子真的劝我去拦路打劫哩。有一天,我真走运,遇到了圣母院德高望重的住持堂·克洛德·弗罗洛大人。承蒙他的关照和细心照顾,今天我才能成为一个真正的文人,通晓拉丁文,从西塞罗的演讲词到塞莱斯坦教会神父们的悼亡经,只要不是经院哲学、诗学、韵律学那类野蛮文字,也不是炼金术那种诡辩,其他的我都无所不通。今天在司法宫大厅演出圣迹剧,观众人山人海,盛况空前,在下便是这出戏的作者。我还写了一本书,足有六百页,内容是关于一四六五年出现的那颗曾使人们为之疯狂的大彗星。此外我还有其他一些成就。因为我勉强还算得上是个制炮木匠,所以参加了约翰·莫格那门大炮的制造,您知道,就是试放的那天,在夏朗通桥上爆炸,二十四个看热闹的观众一下子被炸死了。您瞧,我作为结婚对象还不错吧。我还会许多有趣的戏法,可以教给您的山羊,比如说,我可以教它模仿巴黎主教,就是那个该死的伪君子,他那几座水磨,谁从磨坊桥经过,都得溅一身水。再说,我可以从我的圣迹剧赚一大笔钱,人家定会付给我的。最后,我本人,还有我的智慧、我的学识、我的文才,一切完全听从您的命令,我已做好准备,愿和您一起生活,忠贞不渝或欢欢喜喜和您生活在一起。小姐,悉听尊便,您若觉得好,我们就做夫妻;如果您认为作兄妹更合适,那就作兄妹。"

格兰古瓦说到这里停住了,看看这番话对少女的作用如何。只见她的眼睛盯在地上。

"弗比斯,"她低声说道。然后转向诗人,问道:"弗比斯是什么意思?"

格兰古瓦不明白这个问题与他的话之间有什么联系,但能借机炫耀一下自己博学多才倒也不错,就神气活现地答道:"这是拉丁语一个词,意思是太阳。"

"太阳!"她紧继续说道。

"这是一个非常英俊的射手、一个神的名字。"格兰古瓦又补充道。

"神!"埃及女郎重复了一声,语调里带有某种思念和热情。

正在这时,恰巧她的手镯有一只脱落下来,格兰古瓦连忙弯腰去捡。等他直起腰来,少女和山羊早已经不见了。他听见关门的声响,是那扇可能通向邻室的小门从外面反锁上了。

"她至少得留下一张床吧?"我们的哲学家自言自语。

他围着房间转了一圈,没发现可供睡觉的家具,只见一个很长的木箱,箱盖还是雕了花的。格兰古瓦往上一躺,感觉,就像米克罗梅加斯伸直身子躺在阿尔卑斯山顶上。

"算了!"他尽量随遇而安,说:"能忍则忍吧。不过,这真是一个奇怪的新婚之夜。真可惜呀! 摔罐成亲,具有一种朴素的民风,本来我还挺高兴的。"

第三卷

一　圣母院

毋庸置疑,巴黎圣母院到如今依然是一幢雄伟壮丽的建筑。然而,尽管它不减当年的风采,但当您看到岁月和人力共同对这令人肃然起敬的丰碑给予无情的损坏,全然不顾奠定给它第一块基石的查理大帝和安放最后一个石块的菲利浦一奥古斯都,您不慨然长叹很难的,感慨万千。

在这个堪称所有大教堂的年迈王后的脸庞上,每一道皱纹的旁边都有一道伤痕。时毁人噬,我情愿将这句话这样译:时间有眼无珠,人则愚不可及。

如果我们有时间同您一起,一一察看这座古老教堂所遭受的破坏,发现这一切将不算:时间所造成的破坏很小,而人为的破坏却极其严重,特别是艺术家的破坏。我之所以要说艺术家,那是因为近二百年来他们有不少人成了建筑家。

假如要举几个最严重的例子,首先要数圣母院的正面,那是建筑史上少有的璀璨篇章。那三道尖顶拱门,雕刻着二十八座列王雕像神龛的锯齿状束带层,巨大的花瓣格子窗户在正中,两侧有两扇如同助祭和副助祭站在祭师两旁的侧窗,以及用秀气的小圆柱支撑着厚重平台的又高又削的梅花拱廊,还有两座巍然屹立的钟楼,石板的前檐,上下共六大层,全部是那雄伟壮丽整体中的和谐部分,所有这一切,连同依附于这庄严肃穆整体的那无数浮雕、雕塑、镂錾细部,都相继而又同时地,成群地展现在眼前而又有条不紊。可以说,它是一曲用石头谱写成的雄壮的交响乐;是一个人和一个民族的伟大杰作,它既杂乱又统一,正如它的姐妹《伊利亚特》和《罗芒斯罗》;是一个时代的所有力量通力合作的非凡产物,每块石头上都可以看到在天才艺术家熏陶下,那些娴熟的工匠迸发出来的奇思妙想。总而言之,它是人类的创造,雄浑,富饶;仿佛是神的创造,窃取了神造的双重特征:永恒性和多样性。

我们在这对这座建筑物的正面所做的描绘,应适合于整座教堂;而我们对巴黎这座主教堂的描述,也应适合于中世纪基督教的所有教堂。艺术之中一切都包含在这来自造化、逻辑严密、比例精当的。只要量一下足趾的大小,也就是掌握了巨人的身高。

言归正传,再说一说圣母院的正门吧。这座令人惊诧雄伟庄严的主教堂,正如它的编年史学家所说:见到它的宏伟,游人无不目瞪口呆。而当我们虔诚地去瞻仰时,它呈现在我们面前是个什么样子,我们在这里再做些描述吧。

现在这个正面缺少了三样重要的东西。首先是原来把那十一级台阶从地面上加高了;其次是三座拱门神龛里下方的一系列雕像;还有装饰着二楼长廊、神龛上方从前历代二十八位法兰西国王的一系列雕像,从希勒德贝尔起,到手执"皇柄"的菲利浦——奥古斯都。

那座台阶的消失是光阴所致,因为在缓慢而又不可抗拒的过程中,老城的地面上升了。然而,随着涨潮般的巴黎地面上升,那十一级把主教堂增高到如此巍峨的台阶一级接一级地被吞没了。尽管如此,时间给了这座教堂的,也许远比取自它的要多得多,因为时间在主教堂的正面涂上了一层多少世纪以来风化所描绘的深暗颜色,把那些古老纪念物经历的悠悠岁月变成了其光彩照人的年华。

可是,是谁拆毁那两列塑像的?是谁留下了那一个个空空的神龛?是谁在中央大门的正中又凿了那道新的独扇门?又是谁居然给这道笨重而单调的木头门安上门框,并且在毕斯科内特的蔓藤花饰旁边给那道独扇门刻上了路易十五时代的图案?是人,是伟大的建筑师,是当代的艺术家!

还有,我们一走进教堂的内部,都不由要问:圣克里斯朵夫巨像是谁推倒的？这座巨像在一切塑像中是有口皆碑的，正如司法宫大厅在一切大厅中、斯特拉斯堡的尖塔在一切钟楼中都是令人交口称誉一样的。还有前后殿堂昔日充满各个圆柱之间的无数雕像，或跪，或站，或骑马，有男，有女，有儿童，还有国王、主教、卫士，石雕的，大理石刻的，金的，银的，铜的，甚至蜡制的，所有这一切，把它们粗野地统统拆毁是谁呢？当然不是时间。

又是谁偷梁换柱，把精工细作的堆满圣骨盒和圣物盒的峨特式古老祭坛去掉，换上了刻着天使头像和云彩的有些笨重的大理石棺材，好像是圣恩谷教堂或残老军人院的一个零散的样品？是谁愚蠢地把那块不同年代的笨重石头硬砌进埃尔康迪斯的加洛林王朝的石板地里呢？难道是路易十四执行路易十三遗愿吗？

那些彩色玻璃窗，曾令我们的祖先目不暇接，叹为观止，徘徊于大拱门圆花窗与半圆形后殿尖拱窗之间，把这些"色彩鲜明"的玻璃窗换上了冷冰冰的白玻璃又是谁呢？十六世纪的一个唱诗班的少年，要是看见我们那些专门破坏文物的大主教胡乱把主教堂涂上美丽的黄灰泥，他会做何感想呢？他会想起，那是刽子手用来粉饰恶贯满盈建筑物的颜色；他还会想起，由于叛变的陆军统帅，小波旁官邸也被全部粉刷上了黄色。索瓦尔说："黄色毕竟质地很优良，又是那样受推崇，涂上了，上百年都不可能褪色。"唱诗班少年准会认为这圣殿已经变成了脏乱不堪的地方，他会立刻躲得远远的。

如果我们往主教堂上面去，不停下来观看那成千上万的野蛮玩意儿，那座迷人的小钟楼矗立在交叉甬道交叉点上，轻盈而又奔放，绝不逊色于邻近圣小教堂的尖塔（也已毁掉），比其他塔楼更高地刺向天空，高耸，尖削，空灵，回声洪亮。这座小钟楼的命运又如何？在1787年一位自命风雅的建筑师把它截肢了，并且认为用一张像锅盖似的铝制大膏药往上一贴，就可以把伤疤掩饰住了。

中世纪奇妙艺术，几乎在任何国家，尤其在法国，其遭遇大多如此。从这座艺术的废墟上，可以发现不同程度地毁坏了艺术有三种因素：首先是光阴，岁月不知不觉地侵蚀着它的外表，留下了稀稀疏疏的缺口和斑斑锈迹；其次是一连串政治宗教革命，就其本质来说，这些革命都是盲目的，狂热的，不分青红皂白，一味发起向中世纪艺术冲击,撕去了其雕塑和镂刻的华丽衣裳,拆毁了其花瓣格子窗户,打碎了其蔓藤花纹项链和小人像项链,一会看不惯教士帽,一会不满意王冠,于是索性连根拔除塑像;再次是时髦风尚,越来越怪诞,越来越丑陋,从文艺复兴时期种种杂乱无章和富丽堂皇的风尚开始,层出不穷,导致建筑艺术的衰败。时髦风尚的毁坏,比起革命尤甚。各种时兴式样,肆无忌惮地对这建筑的艺术进行阉割,打击它的骨架,砍的砍,削的削,瓦解的瓦解,从形式到象征,从逻辑直至美貌,活生生的整座建筑物只有任其肢解了。而且,花样翻新,经常一改再改,这至少是时间和革命所未曾有过的奢望。时之所尚,甚至打着风雅情趣的旗号招摇过市,厚颜无耻地在峨特艺术的伤口上敷以时髦一时实则庸俗不堪的各种玩意儿,饰以大理石饰带、金属流苏,装饰显得形形色色,卵形的,涡形的,螺旋形的,各种各样的帷幔、花彩、流苏、石刻火焰、铜制云霞、胖乎乎的小爱神、圆滚滚的小天使,总之,真正的麻风病! 它先是开始侵吞卡特琳·德·梅迪奇斯小祈祷室的美丽容颜,两百年后,又在杜巴里夫人小客厅里肆虐,使其在经受折磨和痛苦之后,建筑艺术终于咽气了。

于是,综上所述,今日破坏着峨特建筑艺术的有三种灾祸:表面的皱纹和疣子,那是时间的业绩;万般作践、肆虐、挫伤、砸碎,那是从路德直至米拉博历次革命的业绩;肢解、截肢、四肢脱臼、修复,那是维特吕维于斯和维尼奥尔的倡导者们所进行的希腊式、罗马式或野蛮式的工作。学院派把这一由汪达尔人所创造的宏伟艺术给扼杀了。数百年岁月和历次革命风云所造成的破坏,至少是没有偏心的,磊落光明的,然而接踵而至的那多如牛毛的各种流派的建筑师,却都是,曾经宣过誓的,许过愿的,他们对低级趣味趋之若鹜,竭尽破坏之能事,竟用路易十五时代菊苣纹饰去代替巴特农神庙里最大光轮上峨特式的花边饰带。这可真是蠢驴对垂死的雄狮猛踢了一脚。遍体鳞伤的老橡树,还要遭受毛毛虫的摧残,蛀呀,啃呀,撕呀。

想当年,罗贝尔·塞纳利曾把巴黎圣母院比做埃费索斯的著名的狄安娜神庙——被古代异教徒奉若神明并使埃罗斯特拉图斯名字留传于世——,认为圣母院这座高卢人大教堂"在长度、宽度、高度和结构上都技高一筹"。抚今追昔,真有天壤之别!

　　况且,巴黎圣母院也不是可称之为形态完整、风格确定、归入某类建筑艺术的那种纪念性建筑物。它不属于罗曼风格,和峨特风格。整座建筑算不上是一种典型。巴黎圣母院不像图尔纽寺院那样,不是以开阔穹窿为构架的建筑物,一点也不见粗实的拱腹,浑圆的拱顶,冰冷的风格,庄严的气概。圣母院也不像布尔日大教堂,不是尖顶穹窿的建筑物,轻盈,千姿百态,布满尖形饰物,如花盛放。既不能把圣母院列入那类阴暗、神秘、低矮、似乎被圆形拱压碎似的教堂的古老家族;这类教堂除了平顶有自己的特点之外,几乎都是埃及式样的;它们所有都是象形文字式的,所有都用于祭祀,都具有象征性;在装饰方面,更常见的是菱形和曲折形,而不是花卉图案;但花卉图案又多于动物图案,动物图案又多于人物图案;与其说这一切是建筑师所创造的,毋宁说是主教所建筑的;这类教堂是建筑艺术的初期形态,无不烙着来自始于拜占庭帝国、终止于征服者吉约姆的那种神权军事纪律的痕迹。也不能把我们圣母院列入那类高大剔透、饰满彩色玻璃窗和各种雕塑的华丽教堂家族;这类教堂形状尖削,姿态奔放,作为政治象征,具有村社和市民的色彩,作为艺术品,却带有自由、任意和狂放的特点;这是第二个阶段的建筑艺术演变,不再是象形文字式的了,也不再是不可逾越的并仅限于祭祀的了,而是富有艺术魅力的,深孚众望的,始自十字军归来,终止于路易十一时代。总而言之,巴黎圣母院既不属于第一类纯罗曼血统,也不属于第二类纯阿拉伯血统。

　　巴黎圣母院是一种过渡性的建筑物。当中殿最初的大柱被撒克逊建筑师将竖起时,十字军带回来的尖拱式样,已经以征服者的姿态盘踞在原来只用于支撑圆拱的那些罗曼式的宽大斗拱之上。尖拱因此后来居上,构成这座主教堂的其他部分。然而,初出茅庐,还有点胆怯,所以显得有时放大,有时加宽,有时收敛,还不敢像以后在许许多多主教堂所展现出来的那样像箭似地直刺天空。这可能是因为它感觉罗曼式的粗笨柱子就在近旁。

　　再说,从罗曼风格到峨特风格的这类过渡建筑物也值得好好研究,绝不亚于那种纯粹的建筑类型。这种过渡建筑艺术所表现出来的微妙之处,这些建筑物如果没有保留,那就会荡然无存。这是尖拱式样嫁接于开阔穹隆的一种风格。

巴黎圣母院尤其是这种新品种的奇特样品。这座丰碑的确令人敬仰,无论其每个侧面或每块石头,不仅是我国历史的一页,而且是科学史和艺术史的一页。因此,不妨在这里略举主要的细节以资证明:那小红门几乎达到了十五世纪峨特艺术精美的巅峰,而中殿的柱子,由于凝重粗大,可以回溯到加洛林时代的圣日耳曼—德—普瑞教堂。小红门和中殿那些柱子之间,大概相隔六百年。甚至连炼金术士,也无不认为从那大拱门的种种象征中,发现了一本满意的炼金术概要,认为炼金术最完整的象形符号是屠宰场圣雅各教堂。这样,罗曼教堂,炼金术教堂,峨特艺术,撒克逊艺术,使人回想起格列高历七世时代的那种笨重柱子,尼古拉·弗拉梅尔创先于路德的那种炼金术象征,统一的教皇帝国,教派分裂,圣日耳曼—德—普瑞教堂,屠宰场圣雅各教堂,将所有巴黎圣母院这一切兼收并蓄,将其熔铸、组合、糅合在它的建筑中。这座中心、始祖教堂,在巴黎所有古老教堂中,可说是一种神话中的怪兽,头部是这一教堂的,四肢又是那一教堂的,臀部又是另一座的;总之,每座教堂都汲取点什么东西。

我们再说一遍,艺术家、考古学家和历史学家,对这种混合建筑物都很有兴趣。人们可以从中品味到建筑艺术是何等原始的东西,并从这种混合建筑物所显示的事实中,也如同蛮石建筑遗迹、埃及金字塔、印度巨塔所呈现的事实中,品味到最伟大的成果建筑艺术绝非纯属个人的创造,而是社会创造的成果;与其说是天才人物的妙笔生花,不如说是劳动人民孕育的宁馨儿;它是一个民族留下的沉淀物,是历史长河所冲刷形成的堆积物,是人类社会不断升华的结晶,总之,是多种多样的生成层。冲积土被时间的每一波涛堆放起来了,每一种族都将其沉淀层安放在文物上面,每个人都添上一块石头。海狸是这样做的,蜜蜂是这样做的,人也是这样做的。被誉为建筑艺术伟大象征的巴比塔,就是一座蜂房。

建筑物的伟大,如同巍峨的山峦,是需要多少世纪的时间才形成的。艺术变化了,建筑物犹存,这是常有的事:停顿招致中断;建筑物根据变化了的艺术而接着延续下去。新艺术一旦找到了建筑物，便将其牢牢揪住，紧紧依附，将其同化，随心所欲加以发展，一有可能就把它了结。受某种平静的自然法则的控制，这个过程不会引起混乱，无须付出努力，没有任何反作用。这是一种突如其来的移植，是一种循环不已的元气，是一种周而复始的再生。事实上，多种不同的艺术以多种不同的高度先后焊接在同一建筑物上面，其中肯定有许多材料可供写出一部部巨著，甚至可供写出人类的通史。人类，艺术家，个人，在这一座座庞然大物上没有作者姓名的都消失了，唯有人类的智慧却包括在其中，总结在其中。时间是建筑师，人民是泥水匠。

　　这里只要考察一下欧洲基督教建筑艺术—东方伟大营造艺术的妹妹，便可一目了然。它像一个广大的生成层，分成既分明又重叠的三个层带：罗曼带，峨特带，文艺复兴带——我们宁可称之为希腊一罗马带。罗曼带最古老、最深层，为半圆穹窿所占据，而这种半圆穹窿通过希腊式圆柱，又重新出现在最上面的现代层即文艺复兴带中。两者之间是尖形穹窿。分别各属于这三带之任何一带的建筑物，都各自界限清晰，统一，完整。朱米埃日寺院是一个例子，兰斯大教堂是一个例子，奥尔良圣十字教堂也是一个例子。然而，这三带的边缘又相互混合浸透，就像太阳光照的各种颜色那样。由此产生了复合式建筑物风格，产生了过渡性的、有细微区别的建筑物。其中有一座，脚是罗曼式的，身是峨特式的，头是希腊——罗马式的。之所以如此，是因为用了六百年时间才建成。这种变化是罕见的。埃唐普城堡的主塔便是一个例子。可是两种更常见的生成带融合的建筑物。那就是巴黎圣母院，尖拱建筑物，但从其早期那些柱子来说，深深根植于罗曼带，圣德尼教堂的正门和圣日耳曼一德一普瑞教堂的中殿也都如此。这种情形还包括博舍维尔那半峨特式的迷人的教士会议厅，罗曼层一直到它的半腰上；还有卢昂主教堂，如果其中央尖塔的顶端不沉溺在文艺复兴带的话，那将会是完完全全峨特式的。

　　话说回来，这一切所有细微变化，所有这一切差别，都只不过涉及建筑物的表面，是艺术蜕了皮而已。基督教教堂的结构本身依然完好无损。内部的骨架总是一样的，各部分逻辑布局也总是一样的。一座主教堂的外貌不论如何雕琢、如何装点,在外貌的下面总是罗曼式长方形中堂,起码处于雏形和萌芽状态。这种形式的中堂始终按照同一规则在地面上蔓延。中堂永远一成不变地分成两个殿,交叉成十字形,上顶端圆弧形后殿是训练唱诗班的地方;下端两侧总是供教堂内举行观瞻仪式,设置偏祭台,好像两侧可供散步的某种场所,主殿由柱廊与两侧这种散步场所相通。假设这样后,小祭台、门拱、钟楼、尖塔的数目多少,那是根据世代、民族、艺术的奇思妙想而变化无穷。只要保证崇拜仪式所需的一切,建筑艺术就可自行其是。塑像、彩色玻璃窗、花瓣格子窗、蔓藤花饰、齿形装饰、斗拱、浮雕之类,建筑艺术可按照它认为合适的对数,尽情发挥想象力,加以排列组合。因而这些外表变化无穷的建筑物,其内部却井然有序,浑然一体。树干始终不变,枝叶变化多端。

二 巴黎鸟瞰

巴黎圣母院这座令人叹为观止的教堂,我们在前面曾试图为读者尽力使其原貌恢复,简要指出了这座教堂在十五世纪时诸多美妙之处,而这些妙处恰好是今天所见不到的。不过我们省略了最美不胜收的一点,那就是从圣母院钟楼顶上一览无余的巴黎景观。

厚厚墙壁上的钟楼,垂直开凿着一道螺旋形楼梯,只要顺着这黑暗的楼梯拾级而上,经过漫长摸索之后,就会来到两个高平台当中的一个,只见阳光普照,清风徐徐,一片向四面八方同时舒展开去的美景尽收眼底。如同自身生成这样的一种景观,我们的读者如果有幸参观一座完整的、清一色的峨特城池,例如至今尚存的巴伐利亚的纽伦堡、西班牙的维多利亚,或者甚至小一些、却只要保有完好的样品,例如布列塔尼的维特雷、普鲁士的诺豪森,便可想见一斑了。

三百五十年前的巴黎,巴黎的十五世纪,已经是一座大都市了。我们这些巴黎人,对于从那以后所取得的发展,普遍抱有错误的想法。其实,从路易十一以来,巴黎的扩展顶多不超过三分之一,而且,其美观方面的损失远远超过了在范围扩大方面的收获。

　　众所周知,巴黎诞生于形似摇篮的老城那座古老的小岛。巴黎最早的城郭就是这小岛的河滩,塞纳河就是它最早的沟堑。以后若干世纪,巴黎依然是个岛屿,一南一北,有两道桥有两个桥头堡,既是城门又是堡垒,右岸的称为大堡,左岸的叫作小堡。后来,从第一代诸王统治时期起,由于过于狭窄地方,再也没有回旋的余地,巴黎才跨过了塞纳河。于是,越过了大堡和小堡,最早的一座城郭和塔楼开始侵入塞纳河两岸的田野。这座古老的城郭直至上世纪还有一点遗迹,今天只留下了回忆,不过,这儿那儿还偶尔有从前流传下来的东西可以发现,例如博代门,又称博杜瓦耶门,即 PortaBagauda。渐渐地,房屋像洪流一直从城市中心向外扩展、泛滥、侵蚀、损坏和吞没这道城廓。为了阻挡这股洪流,菲利浦——奥古斯都造了一道新堤坝,建起一圈高大坚固的塔楼像铁链似地把巴黎捆绑起来。以后整整一个多世纪,密密麻麻的房屋就在这圈子里互相挤压,堆积,在水库里的水不断上涨,因而开始向高空发展,楼上加楼,层层叠叠,宛如液流受压,不停向上喷射,争先恐后,看谁有本事把脑袋瓜伸得比别人高,好多呼吸点空气。越来越深街道,越来越窄;所有空地都填满了,消失了。房屋终于跨越了菲利浦——奥古斯都圈定的城垣,兴高采烈地在平原上展放开了,就像逃犯一样,混乱不堪,到处乱窜。它们在平原上安顿下来,在田野上开辟花园,生活的日子过得很舒服。从 1367 年起,城市向郊区竭力扩张,以致后来不得不再建一堵围墙,尤其是在右岸。这堵墙是查理五世建造的。可是,像巴黎这样一个都市总是持续不断的发展,只有这样的城市才能成为京城。这种大漏斗似的城市,一个国家地理的、政治的、精神的、智力的所有词流,一个民族的所有自然词流,统统流到这里汇集;可以说是文明之井,又是阴沟,凡是商业、工业、文化、居民,一个民族的一切元气、一切生命、一切灵魂,都一个世纪又一个世纪,一滴又一滴,不断在这里过滤,在这里沉淀。因此查理五世的城郭也遭受菲利浦——奥古斯都的城郭的命运。早在十五世纪末,那城郭就被跨越,被冲破了,关厢也跑得更远了。到了十六世纪,乍一看城垣好像后退了更加深入到旧城里面,因为城外一座新城已经很可观了。因此,我们就以十五世纪暂且来说吧,那时巴黎就已经突破那三道同心圆的城墙了,远在叛教者朱利安时代,大堡和小堡就可以说是这三道城墙的胚胎了。生机勃勃的城市连续撑破了四道城箍,就像一个孩子长大了,撑破前一年的衣裳了一样。在路易十一时代,到处可见在这片房屋海洋中有旧城郭若干从正在坍塌的钟楼群露了出来,如同是洪水中冒出水面来的山巅,也仿佛是淹没在新巴黎城中的老巴黎城露出来的若干岛屿。

之后,不断变化的,只是对我们并不是什么好事。不过,它以后只跨过了一道城墙,就是路易十五建造的。这道用污泥和垃圾筑成的可怜城墙,倒是与这位国王很相称,与诗人的歌唱也很相称:

环绕巴黎的墙垣　叫巴黎不胜其烦

到了十五世纪,还是分成三个完全分开、截然不同的城市巴黎,各有其面貌、特色、风俗、习惯、特权和历史。这就是老城、大学城、新城。老城在河洲上,最古老,范围也最小,是另两座城市的母亲,夹在她俩中间,用一个较不恰当的比方,就像是一个老太婆夹在两个高挑个儿的美女中间。大学城在塞纳河左岸,从小塔一直延展到纳勒塔,这两个地方分别相当于今日巴黎的酒市场和铸币坊。大学城的城郭相当深远地伸入那片朱利安曾建造其温泉浴室的田野。包括在其中也有圣日芮维埃芙山。这道弧形城墙的中心顶点是教皇门,即大体上相当于现在先贤祠的方位。新城是巴黎三大块中最大的一块,位于塞纳河的右岸。沿河的堤岸,虽然冲垮了,或者说有几个地段中断了,还是沿着塞纳河而下,从比利炮台一直延伸到树林炮台,换言之,从今日丰登谷仓所在地直至杜伊勒里宫所在地。京城的城郭破塞纳阿切成了四个点,左岸为小塔和纳勒塔,右岸是比利炮台和树林炮台,这四个点被誉称为巴黎四塔。新城伸入田野的程度远超过大学城。在圣德尼门和圣马丁门是新城城郭(即查理五世城郭)的顶点,这两座城门的地点至今没有变动过。

正如上述,巴黎这三大块,每个都是一座城市,只是过于特别,反而不完整了,任何一座都不能脱离另两座而独立存在。因此面貌迥然不同。老城,教堂林立;新城,宫殿鳞次栉比;大学城,学府比比皆是。这里暂且不谈种种次要老巴黎城的特色,也不谈那随心所欲的过路税,只是从一般的观点和整体上来看看市政管辖的混乱情况。大致来说,小岛归主教管辖,右岸归府尹管辖,左岸归学董管辖。巴黎府尹是王室大臣而不是市府官吏,统管一切。老城有圣母院,新城有卢浮宫和市政厅,大学城有索邦学堂。新城还有菜市场,老城有主宫医院,大学城有神学子草场。学生在左岸犯了法,必须在小岛上的司法宫受审,却要在右岸的鹰山受惩罚。除非学董认为学府势努力比王势力强大,出面进行干涉,那是因为在校内被吊死是学生们的一种特权。

(顺便提一下,大部分这种特权,以及比这一条更好的别的特权,都是靠造反和叛乱强行从国王手中争夺来的。这是从古以来的传统。只有人民去夺取,国王才舍得舍弃。有一份关于效忠国王的古老文献就直言不讳地写道:"市民对国王的效忠,尽管有时被叛乱所打断,还是产生了市民的特权。")

在十五世纪,在巴黎城郭内塞纳河流经五个河洲:鲁维埃洲,那时树木葱郁,如今只剩下柴火了;母牛洲和圣母院洲,都是一片荒凉,只有一间破屋,两洲均是主教采地(到了十七世纪,两洲合并为一,在上面大兴土木,现在叫作圣路易洲);最后便是极其尖端的牛渡小洲老城,后来这个小洲沉陷在新桥的土堤下面了。老城当时有五座桥,右边有三座,即圣母院石桥、钱币兑换所石桥、磨坊木桥;左边有两座,即圣米歇尔木桥和石头小桥,桥上都有房屋。大学城有菲利浦——奥古斯都建造的六座门,从小塔作为起点,就是圣维克多门、博代尔门、教皇门、圣雅各门、圣米歇尔门、圣日耳曼门。新城有查理五世兴建的六座门,从比利炮台起,便是圣安东门、圣殿门、圣马丁门、圣德尼门、蒙马特尔门、圣奥诺雷门。所有这些门都是既坚固又美丽,美丽并不影响其坚固。有一道沟堑,又宽又深,冬汛水涨,水流湍急,环绕着整个巴黎的城墙根;水来自塞纳河。夜里各城门紧闭,全城两端用几根粗大铁链拦住沟面,巴黎便可安然入睡了。

俯瞰之下,老城、大学城、新城这三镇,都是街道纵横交错,乱七八糟,像一件编织的毛衣,拆也拆不开。不过,我们第一眼便可看出,这三大部分还是形成一个整体的,有两条平行的长街,不断延伸,毫无阻碍,几乎笔直,从南向北,正好与塞纳河垂直,一起贯穿三城,把三城加以连接混合,把这一座城市的人流不停地注入和移入另一城内,三城由此合而为一。第一条长街从圣雅各门至圣马丁门,在大学城称之为圣雅各街,在老城称之为犹太街,在新城则叫作圣马丁街。这条长街跨过塞纳河两次，一次名叫小桥，另一次名叫圣母院桥。第二条长街在左岸，名为竖琴街，在老城河洲上叫作箍桶街，在右岸叫作圣德尼街，它在塞纳河两道河汊上也各有一座桥，一座叫作圣米歇尔桥，另一座叫钱币兑换所桥。这条长街起自大学城的圣米歇尔门，止于新城的圣德尼门。不过，名称尽管不同，街道始终只有两条。这是两条母体街，是两条繁衍街，是巴黎的两条大动脉，向三座城池的一切大小血管输送血液或回收血液。

除了这贯穿巴黎全城、为京都所共有的两条主干道之外，新城和大学城都独自各有一条特别的大街，纵贯各自城区，并与塞纳河并行，而且延伸开去，正好与那条动脉大街交叉成直角。这样，在新城，从圣安东门可以一直地到达圣奥诺雷门；在大学城，可以从圣维克多门直至圣日耳曼门。这两条大道与上述两条长街交叉，形成总网络，巴黎那迷宫似的路网，四面八方，密密麻麻，盘绕结节，这个路网就基于那总网络之上。然而，只要留神观察，从这难以分辨的网络图中还可以清楚看出两束大街，一束在大学城，另一束在新城，就像两束鲜花，从各座桥到每座城门竞相开放。

这个几何平面图如今仍依稀可辨。

现在，我们要问，1482年从巴黎圣母院钟楼上俯瞰全城，是一幅怎样的景象呢？这是我们就要详细描述的。

游客气喘吁吁地爬上了那钟楼顶上，首先看到的是一片数不尽的屋顶、烟囱、街道、桥梁、广场、尖塔和钟楼，令人眼花缭乱。一切一齐涌至眼前：石砌的山墙、尖角的屋顶、墙拐角悬空的小塔、石垒的金字塔、十五世纪石板方碑、城堡光秃秃的圆形主塔、教堂装饰精细的方形塔、大的、小的、粗大厚重的、小巧玲珑的，纷至沓来，叫人目不暇接。目光深深沉溺于这迷宫里，叫人看得出神了。在迷宫里，从那门面雕梁画栋、外部屋架木头结构、大门扁圆、楼层悬垂的最末等的房舍，直到当时塔楼如柱子林立的富丽堂皇的卢浮宫，无一不是匠心独运，美不胜收，无一不是艺术的精品。然而，当我们的眼睛逐渐适应这纷繁的建筑物时，还是可以区分出一些主要群体来的。

首先是老城。用索瓦尔的说法，叫"城岛"，在他杂乱的著作中有时也有一些文笔优美的词句:城岛好像一艘大船顺流驶向塞纳河中央,结果陷入泥沙而搁浅了。我们刚才说过,在十五世纪时,这只大船由五座桥梁系泊于塞纳河两岸。这种大船形状也曾引起纹章记述家的震动,因为,据法万和帕斯基埃说,巴黎古老城徽之所以以船作为纹章,原因就在于此,而并不是由于诺曼底人围攻巴黎。对于擅长破解纹章的人来说,纹章始终是一个难解之谜,纹章是一种难以读懂的语言。中世纪后半期的全部历史都写在纹章中,正如前半期的历史都写在罗曼教堂的象征符号之中。这是继神权政治象形文字之后的封建制度象形文字。

因此,老城首先映入眼帘的是船尾朝东,船头向西。你一转向船头,出现在面前的是一片无边无际的古老屋顶,仿佛是一群铺天盖地的牛羊,而浮现在其上面的是圣小教堂后殿的铅皮圆屋顶,远眺过去,好像一只大象后背上驮着教堂的钟楼。这里不妨略带一句,这钟楼的尖顶如箭矢直刺天空,是所有钟楼尖顶中最大胆求新、最精雕细刻、最玲珑剔透的,透过其网眼似的塔锥,碧空一览无余。圣母院前面,有三条街道像三条河流似地注入教堂广场,这是有着古老房屋的美丽广场。广场南侧,侧立着主宫医院那皱巴巴、阴沉沉的正面屋墙,以及探头探脑仿佛长满脓疱和疣子的屋顶。右边,左边,东边,西边,在老城如此窄小的城池内,矗立着二十一座教堂的钟楼,年代不一,形状各异,大小不同,从被称为"海神狱"(carcer Glaucini)的隘口圣德尼教堂那罗曼式低矮、腐蚀的风铃花形的钟楼,直至牛市圣彼得教堂和圣朗德里教堂那些细针状的钟楼,形形色色,应有尽有。圣母院后面,北边是峨特式长廊的隐修院,南边是半罗曼式的主教府邸,东边是"场地"荒芜尖岬。在那层层叠叠的房屋中,还可以从当时屋顶上高耸的那种中空的石烟囱帽,辨别出各宫殿最高层的窗户,辨认出查理六世在位时巴黎府赠给朱韦纳·德·于尔森的那座官邸。稍远处,是帕吕市场那些涂了沥青的简陋棚屋;再过去是老圣日耳曼教堂崭新的半圆形后殿,1458年延伸到费弗的一段街道;还有,到处可见人群拥挤的十字路口,某街角的耻辱柱,菲利浦——奥古斯都时代留下的一段漂亮的石板路,正中划明供驰马的箭道,不过到了十六世纪改成乱七八糟的碎石路,名为同盟路;还有一个荒凉的后院,楼梯上有着十五世纪常见的、如今在布尔多内街还可看到的那种半透明的角楼。最后,在圣小教堂右边,是司法宫坐落在水边的朝西的群塔。老城西边是御花园,古木参天,把牛渡小洲遮住了。至于塞纳河,从圣母院钟楼上俯瞰,几乎只能看见老城两侧的河水而已。塞纳河隐没在各座桥下,而各座桥又隐没在房屋下面。

放眼远眺,这些桥梁的屋顶是碧绿的,塞纳河的雾气使它们早早地长满了青苔。若向左边大学城眺望,映入眼帘的第一座建筑物,就是小堡那有如花束的粗矮塔群,小堡张开大口的门廊把小桥的一端吞没了。假如再纵目从东向西,从小塔向纳勒塔远望,只见长长一带房舍,雕梁画栋,彩色玻璃门窗,层层叠叠,突出在石路上方;还可以看见一溜市民房舍的墙壁,曲折绵延,望不到尽头,常常被一个街口所切断,也不时被一幢石墙大楼的正面或侧面所切割;大楼四平八稳,连同庭院和花园,厢房和主体,夹在那一个接一个紧挨着的狭窄民舍当中,犹如一个领主老爷夹在一大堆平民百姓中间。沿河街道上有五、六座这样的大厦,如与贝尔纳丹修道院共用小塔旁边大院墙的洛林公馆,又如纳勒公馆,其主塔正好是巴黎的标界,那黑色三角形的尖形屋顶一年当中有三个月把血红的夕阳遮住了一角。

不过,塞纳河的这一边远不如那一边商业繁荣,这一边学生比工匠多,因此更喧哗,人群也更多,真正说起来,河沿街只从圣米歇尔桥到纳勒塔这一段而已。河岸其他部分,或者如过了贝尔纳丹修道院都是光秃秃的河滩,或者如两座桥梁中间都是些屋基浸在河里的拥挤不堪的民舍。洗衣女的喧闹声惊天动地,她们从早到晚叫呀,说呀,唱呀,狠捶衣服呀,跟现在的情形一样。这算得上是巴黎人一件不小的乐趣吧。

大学城看起来是一个整体。从这一头到那一头,都是清一色的整体。那成千上万的屋顶密密麻麻,有棱有角,黏附紧贴,几乎都是由一几何原理构成的,俯瞰之下,好像同一物质的晶体状态。横七竖八的街道,并没有把这一片房屋切成大小过于参差不齐的碎块。四十二所学院相当均匀地分布在大学城,到处都有;这些漂亮建筑物的屋顶,形式多样,非常有趣,都是与它们所凌驾的普通屋顶全出自同一艺术,终究是同一几何图形的平方或立方的乘积罢了。因此,这些屋顶只是使整体趋于多样化,而没有扰乱整体的统一;只是使整体臻于完美,而没有变成累赘。几何学的精髓,就是和谐一致。在其中,还可以看见若干漂亮的府邸,金碧辉煌,凸起在左岸那些美丽的顶楼之上,如现在已不复存在的内韦尔公馆、罗马公馆、兰斯公馆,还有克吕尼府第,至今犹存,让艺术家感到欣慰,不过几年前有人竟然愚不可及地把它的塔楼砍掉了。克吕尼附近,有座罗马式宫殿,开着几道样式别致的圆顶拱门,那就是朱利安所建的温泉浴室。还有许多修道院,跟上述官邸相比,更带有一种虔诚之美,并兼有一种庄严之气,但其雄伟壮丽绝不亚于官邸。首先引人注意的是那座带有三座钟楼的贝尔纳丹修道院;还有圣日芮维埃芙修道院,它的方形塔尚存,但其余的全荡然无存,令人唏嘘叹惜。还有索拜学堂,半是神学院半是寺院,只保存下来令人感慨不已的中堂,即圣马太教派那四边形的美丽隐修院;这隐修院的旁边是圣伯努瓦隐修院,在本书出版第七版和第八版之间,人们在隐修院的墙上马马虎虎造了一个戏台;还有三道巨大山墙并列的结绳派修道院,以及奥古斯都教派修道院,其姿态优美的尖塔形如齿状,在巴黎这一边,从西数起,位于纳勒塔之后,算是第二个这种形状的尖塔。各个学院实际上是修道院与人世之间的过渡环节,在府邸和寺院之间这一建筑系列里位居其中,严肃而又优雅,雕刻不如宫殿那么潇洒,建筑风格不像修道院那样严肃。峨特艺术恰好不偏不倚地在华丽与朴素之间保留了平衡,不幸的是这些文物几乎已不复存在了。大学城里教堂众多,座座光彩照人,从圣朱利安的圆拱穹窿到圣塞维兰的尖拱穹窿,建筑艺术各个时代的风格无所不有。这些教堂都凌驾一切之上,而且,仿佛在这和声组合中又增加了一种和声,教堂那如箭穿空的尖顶,那刺空的钟楼,那像针一样的塔尖(这种针状的线条不过是屋顶尖角一种绝妙的夸张而已),不时把一面面山墙犬牙交错的边缘刺破了。

大学城,丘陵众多。圣日芮维埃芙山像一个巨大圆瓶隆起在东南边,这倒是很值得从圣母院顶上瞭视一下的:只见那许许多多狭窄弯曲的街道(今天的拉丁区),那密密麻麻的屋宇,从山顶上向四面八方分散开来,径直地沿着山坡向下俯冲，直至河边，有的像要摔倒，有的像要再爬起来，但又都似乎彼此相互扶持。还可以看见像蚁群一样黑点，熙熙攘攘，络绎不绝，在街上擦肩而过，叫人目不暇接。那便是从远方高处所看见的市民。

这无数的房顶、尖塔、高高低低的屋宇，把大学城的外廓线，折叠的折叠，歪曲的歪曲，蚕食的蚕食，真是千奇百怪。从它们的缝隙中，最后可以隐约看见一大段爬满青苔的院墙、一座厚实的圆塔、一道状如堡垒的有雉堞的城门，那就是菲利浦—奥古斯都修道院。再过去是一片碧绿的草地，再过去是一条条在远方消失的道路，沿途还稀稀拉拉分布着几间近郊房舍，而且越远房舍越稀少。这些关厢村镇有些还是很大的。首先是从小塔作为起点的圣维克多镇，那里有一座在比埃弗尔河上的单拱桥，一座可以看到胖子路易墓志铭（éPitaPhiuml-ludivici Grossi）的修道院，还有一座有着八角尖顶、尖顶旁有四个十一世纪小钟楼的教堂（这样的教堂现在在埃唐普还有一座，还没有拆毁）；其次是圣马尔索镇，那里有三座教堂和一座修道院。然后，左边越过戈伯兰家的磨坊和四道白墙，就到了圣雅各镇，那里交叉路口有座雕刻精美十字架，那里有一座上隘口圣雅各教堂，当时是峨特式的，尖顶十分可爱；还有十四世纪圣玛格鲁瓦教堂，拿破仑曾把它漂亮的中堂改做草仓；还有田园圣母院，里面有拜占庭风格的镶嵌画。最后，我们的视线越过平原的夏特赫寺院——与司法宫同时代的富丽堂皇的建筑物，有着分隔成格子状的小花园——，再越过人迹少见的沃维尔废墟，向西望去便是圣日耳曼-德-普瑞教堂的三座罗曼式尖形屋顶。圣日耳曼镇已算得上一个大市镇，有十五到二十条街道。圣絮尔皮斯修道院的尖顶钟楼就在镇上的一角。在其近旁，可以看出圣日耳曼集市场的四边形围墙，至今，仍然是个市场；继续是寺院住持的耻辱柱，那是漂亮的小圆塔，塔顶有个铅皮的塔锥。砖瓦坊和通往公用烘炉的窑炉街，都在更远的地方，磨坊在街尽头的土丘上，还有麻风病院那座孤零零的偏僻小房子。然而，特别引人注目，叫人目不转睛地，还是圣日耳曼-德-普瑞修道院自身。当然，这座寺院，落落大方，既像一座教堂，又像一座领主府邸，称得上是修道院宫殿，巴黎历任主教都以能在此留宿一夜为荣；还有那斋堂，建筑师把它造得非同凡响，其气势、美观、花瓣格子窗的壮丽,都像是主教堂似的;还有那供奉圣母的精巧的小教堂,那宏大的僧舍,那宽阔的一个个花园,那狼牙闸门,那吊桥,那看上去像是把四周绿茵修剪出的一个个缺口的墙垛子,以及那常有武士的甲胄与主教金光闪闪的道袍交相辉映的座座庭院,所有这一切都环绕着那坐落在峨特式后殿的三座半圆拱顶的高尖塔而联系在一起,犹如一幅金碧辉煌的图画挂在天边。

在大学城长久留连之后,最后,您再转向右岸,放眼远眺新城,景色立刻改变了。其实,新城比大学城面积大得多,却不像大学城那样浑然一体。一眼便可以看出,新城分成好几大片、景色决然不同。首先,在东边,新城的这一部分今天依然沿用加缪洛热纳诱使恺撒陷入泥潭的那片沼泽为名。在十五世纪,那里宫殿如林,这一大片房屋直抵河边。儒伊公馆、桑斯公馆、巴尔博公馆和王后行宫这四座府第几乎紧挨在一起,其石板屋顶和细长的角楼都倒映在塞纳河中。这四座大厦都坐落在诺南迪埃尔街和塞莱斯坦修道院之间,四座府邸的山墙和雉堞在修道院的尖顶的衬托下,轮廓线越发显得优雅别致。这些豪华公馆的前面,尽管有不少暗绿色的破房子濒临水边,却挡不住公馆正面的美丽棱角,遮不住公馆宽大的石框方形格子窗、堆满塑像的尖拱门廊、棱角总是那样分明的墙垣的尖脊,也遮不住所有这一切美妙的建筑奇葩。正是这些建筑奇葩,才使得峨特艺术又重新与每座宏伟建筑物联系在一起。这一座座华丽公馆的后面,是巧夺天工的圣波尔行宫的围墙,它伸向四面八方,广阔无边,形式多样,有时看起来像一座城堡,有着断垣、绿篱和雉堞有时看起来像一座女修道院,隐没在大树之中。圣波尔行宫规模宏大,法兰西国王在这里足可以冠冕堂皇地安顿二十二位诸如王太子或勃艮第公爵这样身份的皇亲国戚,以及他们成群的仆役和侍从,更不用说那班大领主了;皇帝来巴黎观光时也在这里下榻;还有社会名流在这行宫里也各有单独的府邸。这里不妨说一下,当时一个王爷的寓所起码不少于十一个房间,从金碧辉煌的卧室直至祈祷室,应有尽有,姑且不谈一道道长廊,一间间浴室,一个个炉灶房,以及每套寓所必备的其他"额外空地";更不用说国王的每位嘉宾专用的一座座花园;也不必说大大小小的厨房、地窖、配膳室、家人公共膳堂;还有一些家禽饲养场,设有二十二个通用实验室,从烧烤到配酒都研究;还有上百种娱乐,什么曲棍球啦,手网球啦,铁环球啦;还有养禽栏,养鱼池,驯马场,马厩,牛羊圈;图书室,兵器室和打铁场。这就是当时一座宫殿、一座卢浮宫、一座圣波尔行宫的情形。一座城中之城。

从我们所在的圣母院钟楼上眺望圣波尔行宫,它虽然被上述四座公馆几乎遮住了一半,但仍然很宏大,看起来美不胜收。可以很清楚分辨出那三座被查理五世合并为这座行宫的大厦,尽管它们由几道带有彩色玻璃窗和小圆柱的长廊与行宫主体建筑巧妙地紧紧联结在一起。这三座大厦是小缪斯府邸、圣莫尔神父府邸和埃唐普伯爵府邸。小缪斯府邸,屋顶边缘装饰着花边形栏杆,姿态优雅;圣莫尔神父府邸,地势起伏像一座碉堡,有一座大炮台,还能看到许多箭孔、枪眼、铁雀,撒克逊式宽阔大门上端,在吊桥的两边槽口之间,刻有神父的印章;埃唐普伯爵府邸,主楼顶层已经坍塌,看起来呈圆形,有无数个缺口,好似一个鸡冠;老橡树三三两两,疏疏落落,仿佛一朵朵偌大的花菜;个个水池,池水清澈,光影掩映,涟漪粼粼,有几只天鹅在戏水;还有许多庭院,可以看见其中一幅幅如画的景色。社会名流公馆,尖拱低矮,撒克逊式柱子粗短,狼牙闸门一道道,仿佛狮子吼叫个不停;穿过这一切可以望见圣母玛利亚教堂斑驳的尖塔;左边,还有巴黎府尹公馆,两侧是四座精工镂空的小塔;正中深处才是真正的圣波尔行宫,门面一再增多,自查理五世起屡次对行宫进行装扮修饰,画蛇添足,杂乱无章,两百年来建筑师个个随心所欲,在各座小教堂随意增添半圆后殿,在道道长廊上随意砌起山墙,在屋顶上任意竖起无数随风转动的风标;行宫的两座高塔相连,圆锥形顶盖的底部围着一道垛子,顶盖看起来就像卷边的尖帽。

我们的目光接着朝这向远处延伸的圆形行宫一层层向上攀登,视线跨越新城圣安东街那条在鳞次栉比的屋顶之间的峡谷,就可以看到——我们总是只谈主要的文物——昂古莱姆府邸,一座经过好几个时期才建成的庞大建筑物。其中有些部分簇新雪白,在整体中显得有些格格不入,就好像一件蓝色短外套补了一块红补丁。然而,这座现代式样的宫殿,屋顶又尖又高,显得很奇怪,而且屋顶上布满镂花的沟堑,又用铅皮把屋顶覆盖住,铅皮上有着许多闪闪发光的镀金的铜镶嵌细作,形成千姿百态的花藤装饰,曼妙舒展。这如此奇妙镶嵌的屋顶,就从这座古老建筑物的暗褐色残败景象中脱颖而出,显得格外飘逸。这座古老建筑物的那些肥大塔楼,由于年代久远而中间凸起,好似大酒桶由于腐烂而倾倒下来,从上到下裂开,看上去就像解开纽扣而袒露在外的一个个大肚皮。后面矗立着小塔宫,塔楼尖顶林立。看遍世上的任何地方,不论是香博尔,还是阿朗布拉,也比不上这里那么神奇,那么虚缈,那么引人入胜。那一片林立的尖塔、小钟楼、烟囱、风标、螺旋梯、螺栓,还有许多像是一个模子做出来的穿孔的灯笼,以及连片的楼台亭阁,成簇的纺缍形小塔(当时把小塔 tourelle 这个词称为 tournelle),形状各种各样,高低大小不一,风貌千姿百态。整个昂古莱姆府邸,就仿佛是一个巨大的石头棋盘。

小塔宫右边,是一座座黝黑的高大炮台,沟堑环绕,像是用一根绳子把它们捆绑在一起,彼此吻合。只见那座主楼上枪眼比窗户要多得多,那个吊桥总是高高吊起,那道狼牙闸门总是关闭,这就是巴士底城堡。从城垛子中间伸出来一个个黑喙,远远望去以为是承溜,其实都是大炮。

在这座可怕的城堡脚下,处在其炮弹的威胁之下,那便是圣安东门,隐藏在两座炮台之间。

走过小塔宫,直至查理五世兴建的城墙,展现在眼前的是一片片庄稼,一座座林好似一张松软的地毯,只见这里绿树成荫,花影婆婆。在林苑中央,树木繁茂,幽径曲折,一看这树林和曲径的迷宫,就可认出这就是路易十一赏赐给科瓦蒂埃的那座著名的迷宫花园。这位大夫的观象台高踞于迷宫之上,好像是一根孤零零的大圆柱,柱顶盘却是一间小屋。他就在这间小药房里进行了不起的星相学研究。

如今这里是王宫广场。

如前所述,我们只提到了王宫几处杰出的建筑物,目的是想让读者对宫殿区大致有个印象。宫殿区占据着查理五世城墙与东边塞纳河之间的夹角。新城的中央是一大片平民百姓的住宅。实际上,新城通往右岸的三座桥梁就是从这里开始的。一般说来是桥梁先产生民宅,然后才产生王宫的。这一大片市民住宅,仿佛蜂房似地拥挤在一起,却也自有其美观之处。一个京城的屋顶大都在此，好像一个大海的波涛，颇为壮观。首先，大街小巷，纵横交错，在这一整块群体中景象纷呈，十分有趣。以菜市场为中心，街道向四方辐辏，犹如一颗巨星辐射出万道金光。圣德尼大街和圣马丁大街，岔道难以胜数，就像两棵大树，枝丫交错，紧挨着往上猛长。还有许许多多弯弯曲曲的线路，如石膏坊街，玻璃坊街，织布坊街，等等，蜿蜒于整个区域。还有不少美丽的房屋，拔地而起，刺破那一片山墙海洋的石化波涛：那就是小堡。小堡屹立在钱币兑换所桥头，而桥后，塞纳河河水在水磨桥的轮扇下翻滚；当时的小堡，已不是叛教者朱利安时代那种罗马式样的炮楼，而是十三世纪封建时代的炮台，石头异常坚硬，就是用铁镐刨三个钟头也啃不下拳头大的一块来。除了小堡，还有屠宰场圣雅各教堂的华丽方形钟楼，各个墙角遍布雕像，尽管十五世纪时尚未竣工，却已经让人称赞不已了。当时钟楼甚至还没有那四只直到今日依然蹲坐在屋顶四角的怪兽，这四只怪兽看上去像是四个狮身人面像，要人看见新巴黎时非去解开旧巴黎的谜不可。雕刻家罗尔只是到了一五二六年才把它们安放上去。他的这一番呕心沥血只挣得二十法郎。再有，就是面向河滩广场的柱子阁，我们在前面已向读者稍做介绍了。然后是圣热尔韦教堂，后来扩建了一座高雅的门廊，把教堂糟蹋了；还有圣梅里教堂，它古老的尖拱建筑几乎还是半圆拱腹的式样；面圣约翰教堂，其华丽的尖顶是众所周知的；还有其他二十来座古建筑物，并不在意让自己巧夺天工的英姿湮没在这一片混乱的、窄小的、阴暗的街道之中。此外，还可以加上十字街头那些多过绞刑架的饰有雕像的石十字架；越过层层叠叠的屋顶远远可瞥见其围墙的圣婴教堂的公墓；从群钟共鸣街两座烟突间可望见其顶端的菜市场耻辱柱；竖立在始终挤满黑压压人群的岔路口的特拉瓦十字教堂的梯道；小麦市场一排环形的简陋房屋；还可以看见菲利浦—奥古斯都古老城墙的片段；散落在房舍当中，塔楼爬满常春藤，城门破败，墙壁摇摇欲坠，面目全非；还有沿岸街，店铺星罗棋布，屠宰场的剥皮作坊鲜血淋漓；从草料港到主教港，塞纳河上船只络绎不绝。说到这里，新城的梯形中心地带在 1482 年是什么样子，想必您一定有个模糊的印象吧。

除去这两个街区——一个是宫殿区，另一个是住宅区——以外，新城还有一个景观,那就是从东到西,一条几乎环绕全城四周的漫长的寺院地带。这个地带位于那围住巴黎城的碉堡城郭的后面,修道院和小教堂连片,构成巴黎第二道内城墙。例如,挨着小塔林苑,在圣安东街和老圣殿街之间,有圣卡特琳教堂及其一望无际的田园,只是由于巴黎城墙挡住了,其界限才没有再扩展开去。在圣殿老街和新街之间,坐落着圣殿教堂,矗立在一道筑有雉堞的宽阔围墙中间,一簇塔楼高耸,孤零零的好不凄凉。在圣殿新街和圣马丁街之间,又有圣马丁修道院,坐落在花园中间,筑有防御工事,塔楼连成一片,钟楼重叠,仿佛教皇三重冠,这座教堂雄伟壮丽,坚不可摧,仅次于圣日耳曼-德-普瑞教堂。在圣马丁和圣德尼两条街之间,是三一教堂的一片围墙。最后,在圣德尼街和蒙托格伊街之间是修女院,旁边是奇迹宫廷的腐烂屋顶和残垣断壁。这是混迹于这一由修道院组成的虔诚链条中绝无仅有的世俗环节。

在右岸层层叠叠的屋顶中,独自呈现在我们眼前的还有第四块区域,位于城墙西角和塞纳河下游的河岸之间,那是拥挤在卢浮宫脚下一个由宫殿和府邸组成的新地带。菲利浦-奥古斯都所建的这座老卢浮宫,巨大无比,其庞大主塔的周围簇拥着二十三座好似嫔妃的塔楼,其他许多小塔就更不用说了。这座宫殿远远望去,好像镶嵌在阿郎松府邸和小波旁宫那些峨特式的尖顶之间。这些连成一片的塔楼,仿佛希腊神话中的多头巨蛇,成了巴黎城的巨大守护神,始终昂着二十四个头,端部屋面大得吓人,或是铅皮的,或是石板为鳞的,全都闪耀着金属的亮光,这巨蛇出人意外地一下子刹住新城西部的外形。

这样,古罗马人称之为岛(insula)的这一片浩瀚的市民住宅区,左右两边各有一大片密集的宫殿,一边以小塔宫为首,另一边则以卢浮宫为首,北边是一长溜寺院和围起来的田园,纵目远眺,浑然一体。这万千华厦的屋顶有瓦盖的,也有石板铺的,重重叠叠,勾画出种种奇怪景观,而呈现在这些华厦之上的则是右岸四十四座教堂的钟楼,全部是纹花细镂,有凹凸花纹的,有格子花纹的;无数街道纵横交错;一边的界限是竖立着方形塔楼(大学城城墙却是圆形塔楼)的高大围墙,另一边则是横架着座座桥梁和穿行着无数船只的塞纳河。这便是十五世纪新城的概貌。

城墙外面，城门口紧挨着几个城关市镇，但数量少于大学城那边，也比较那边分散。巴士底城堡的背后，有二十来所破旧房屋躲在那有着新奇雕塑的福班十字教堂和有着扶壁拱垛的田园圣安东修道院的周围；然后是浸没在麦田里的博潘库尔镇；小酒店比邻的库尔蒂伊欢乐村庄；圣洛朗镇，远远望去，它教堂的钟楼仿佛和圣马丁门的尖塔连接在一起；圣德尼镇及圣拉德尔辽阔的田园；过了蒙马尔特门，是白墙环绕的谷仓——艄女修道院，修道院后面，便是蒙马尔特，石灰石山坡上当时教堂的数量大致与磨坊相当，以后只剩下磨坊了，因为社会如今只需要满足肉体的粮食而已。最后，过了卢浮宫，牧场上横着圣奥诺雷镇，当时规模已十分壮观；还有树木葱茏的小布列塔尼田庄；还有小猪市，市场中心立着一口可怕的大炉，专门用来蒸煮那些制造假钞的人。在库尔蒂伊和圣洛朗之间，您可能早已注意到，在荒凉的平原上有一个土丘，顶上有座类似建筑物的东西，远远望去，仿佛一座坍塌的柱廊，站立在墙根裸露的屋基上面。这并非一座巴特农神庙，也不是奥林匹斯山朱庇特殿堂。这是鹰山！

我们虽然希望可能简单，却还是逐一列举了这么多建筑物。随着我们逐渐勾勒出旧巴黎的总形象时，如果这一长串列举并没有在读者心目中把旧巴黎的形象弄得支离破碎的话，那么，现在便可以用三言两语进行总结了。中央是老城岛，其形状就像一只大乌龟，覆盖着瓦片屋顶的桥梁好似龟爪，灰色屋顶宛若龟壳，龟爪就从龟壳下伸了出来。左边是好似梯形的大学城，巨石般的一整块，坚实，密集，拥挤，布满尖状物。右边是广大半圆形的新城，花园和历史古迹更多。老城、大学城、新城这三大块，街道纵横交错，像大理石上密密麻麻的花纹一般。流经全境的是塞纳河，德·普勒尔神父称之为"塞纳乳娘"，河上小岛、桥梁、舟楫拥塞。巴黎四周是一望无垠的平原，点缀着千百种农作物，散落着许多美丽的村庄；左边有伊锡、旺韦尔、沃吉拉尔、蒙特鲁日，以及有座圆塔和一座方塔的戎蒂伊，等等；右边有二十来个村庄，从孔弗兰直至主教城。地平线上，山岭逶迤、环抱，仿佛一个面盆的边缘。最后，远处东边是樊尚林苑及其七座四角塔楼；南边是比塞特及其尖顶小塔；北边是圣德尼及其尖顶，西边是圣克鲁及其圆形主塔。这就是1482年的乌鸦从圣母院钟楼顶上所见到的巴黎。

　　然而,像这样一座都市,伏尔泰却说在路易十四以前只有四座美丽的古迹,即索拜学堂的圆顶、圣恩谷教堂、现代的卢浮宫和现已无从考证的另一座,或许是卢森堡宫吧。幸运的是,尽管如此,伏尔泰还是写下了《老实人》,仍然是空前绝后最善于冷嘲热讽的人。不过,这也正好证明:一个人可以是了不起的天才,却可能对自己缺乏天资的某种艺术一窍不通。莫里哀把拉斐尔和米凯朗琪罗称为他们时代的小儒,难道他不是认为很恭维他们吗?

　　言归正传,还是再回到巴黎和十五世纪这上面来吧。

　　当时巴黎不单是一座美丽的城市而已,而且还是清一色建筑风格的城市,是中世纪建筑艺术和中世纪历史的产物,是一部岩石的编年史。这是只由两层构成的城市,即罗曼层和峨特层,因为罗马层除了在朱利安的温泉浴室穿过中世纪坚硬表皮还露出来以外,早已消失了。至于凯尔特层,哪怕挖掘许多深井,也无法再找到什么剩余的东西了。

　　五十年后,文艺复兴开始,巴黎这种如此严格,却又如此丰富多彩的统一性,掺入了华丽的气派,叫人眼花缭乱,诸如各种别出心裁的新方法,各种体系,五花八门的罗马式半圆拱顶、希腊式圆柱、峨特式扁圆穹窿,十分细腻而又刻意求精的雕刻,对蔓藤花饰和莨苕叶饰的特别喜好,路德的现代建筑艺术的异教情调,不一而足。这样,巴黎或许更加美丽多姿了,尽管看上去和想起来不如当初那么和谐。然而,这一光辉灿烂的时间并不长久。文艺复兴并不是无私的,它不仅要立,而且要破。它需要地盘,这倒也是实话。因此,峨特艺术风格的巴黎,完整无缺的时间只是一刹那而已。屠宰场圣雅各教堂几乎尚未竣工,就开始拆毁古老的卢浮宫了。

　　从此以后,这座伟大城市的面貌日渐变得难以辨认了。罗曼式样的巴黎在峨特式样的巴黎的淹没下消失了。到头来峨特式样的巴黎自己也消失了,谁能说得上取代它的又是怎么样的巴黎呢?

　　在杜伊勒里宫,那是卡特琳·德·梅迪西斯的巴黎;在市政厅,那是亨利二世的巴黎,两座大厦还是优雅迷人的;在王宫广场,是亨利四世的巴黎,王宫的正面是砖砌的,墙角是石垒的,屋顶是石板铺的,不少房屋是三色的;在圣恩谷教堂,是路易十三的巴黎,这是一种低矮扁平的建筑艺术,拱顶呈篮子提手状,柱子像大肚皮,圆顶像驼背,要说都说不来;在残老军人院,是路易十四的巴黎,气魄宏大,富丽堂皇,金光灿烂,却又冷若冰霜;在圣絮尔皮斯修道院,是路易十五的巴黎,涡形装饰,彩带系结,云雾缭绕,细穗如粉丝,菊苣叶饰,这一切都是石刻的;在先贤祠,是路易十六的巴黎,罗马圣彼得教堂拙劣的翻版(整个建筑呆头呆脑地蜷缩成一堆,这就无法补救其线条了);在医学院,是共和政体的巴黎,一种模仿希腊和罗马的可怜风格,活像罗马的大竞技场和希腊的巴特农神庙,仿佛是共和三年宪法模仿米诺斯法典,建筑艺术上称为穑月风格;在旺多姆广场,是拿破仑的巴黎,这个巴黎倒是雄伟壮观,用大炮铸成一根巨大的铜柱;在交易所广场,是复辟时期的巴黎,雪白的列柱支撑着柱顶盘的光滑中楣,整体呈正方形,造价两千万。

由于格调、式样和气势相差无几,各有一定数量的民房与上述每座独具特色的历史古迹紧密相连。这些民房分散在不同的街区,但行家的目光还是一眼便可把它们分别开来,并确定其年代,只要善于识别,哪怕是一把敲门槌,也能从中发现某个时代的精神和某个国王的面貌。

所以,今日巴黎并没有整体的面貌,而是收藏好几个世纪样品的集锦,其中精华早已消失了。如今,京城一味扩增房屋,可那是什么样子的房屋呀!照现在巴黎的发展速度来看,每五十年就得更新一次。于是,巴黎最富有历史意义的建筑艺术便天天在消失,历史古迹日益减少,仿佛眼睁睁看这些古迹淹在房舍的海洋中,渐渐被吞蚀了。我们祖先建造了一座坚石巴黎,而到了我们子孙,它将成为一座石膏巴黎了。

至于新巴黎的现代建筑物,我们有意略去不谈。这并非因为我们不愿恰当加以称赞。苏弗洛先生建造的圣日芮维埃芙教堂,不用说是有史以来萨瓦省用石头建造的最美丽蛋糕。荣誉军团官也是一块非常雅致的点心。小麦市场的圆顶是规模巨大的一顶英国赛马骑手的鸭舌帽。圣絮尔皮斯修道院的塔楼是两大根单簧管,而且式样平淡无奇;两座塔楼屋顶上那电报天线歪歪扭扭,起伏波动,像在不断做鬼脸,煞是可爱!圣罗希教堂门廊之壮丽,只有圣托马斯·阿奎那教堂的门廊可相媲美;它在一个地窖里还有一座圆雕的耶稣受难像和一个镀金的木雕太阳,都是奇妙无比的东西。植物园的迷宫之灯也是巧妙异常。至于交易所大厦,柱廊是希腊风格的,门窗的半圆拱是罗马风格的,扁圆的宽大拱顶是文艺复兴风格的,无可争议地这是一座极其典范、极其纯粹的宏伟建筑物。根据就是:大厦顶上还加上一层阿提喀顶楼,这在雅典也从未见过,优美的直线,到处被烟突管切断,雅致得很! 还得补充一句,凡是一座建筑物,其建筑艺术必须与其用途结合得天衣无缝,以至于人们一眼见到这建筑物,其用途便一目了然,这是司空见惯的,所以任何一座古迹,无论是王宫,还是下议院、市政厅、学堂、驯马场、科学院、仓库、法庭、博物馆、兵营、陵墓、寺院、剧场,都令人叹服得无以复加。且慢,这里说的是一座交易所。此外,任何一座建筑还应当与气候条件相符合。显然,这座交易所是特意为我们寒冷而多雨的天气建造的,它的屋顶几乎是平坦的,就像近东的那样,这样做是冬天一下雪,便于清扫屋顶,更何况一个屋顶本来就是为了便于打扫而建设的。至于刚才在上面所提到的用处,那可真是物尽其用了;在法国是交易所,要是在希腊,作为神庙又有何不可! 诚然,建筑师设计时把大时钟钟面掩盖起来是煞费一番苦心的,要不然,屋面的纯净优美的线条就被破坏了。话说回来,相反地,围绕整座建筑物造了一道柱廊,每逢重大的宗教节日,那班证券经纪人和商行掮客便可以在柱廊下冠冕堂皇地进行高谈阔论了。

　　毫无疑问,上述这一切都是无与伦比的壮丽的宏伟建筑。此外,还有许多漂亮的街道,式样繁多,生趣盎然,里沃黎街便是一例。我可以满怀信心地说,从气球上俯瞰巴黎,总有一天它会呈现出丰富的线条,多彩的细节,万般的面貌,简朴中发现某种难以名状的伟大,优美中见某种有如弈棋般的出奇制胜的绝招。

　　然而,不论您觉得如今的巴黎如何令人叹为观止,还是请您在头脑中恢复十五世纪时巴黎的原状,重新把它建造起来;看一看透过那好似一道奇妙绿篱的尖顶、圆塔和钟楼的灿烂阳光;瞧一瞧那一摊绿、一摊黄的塞纳河河水,波光粼粼,色泽比蛇皮更光怪陆离,您就把塞纳河端起来往这宽大无边的城市中间泼洒,就把塞纳河这一素练往岛岬一撕,再在桥拱处把它折叠起来;您再以为蓝天的背景,清晰地勾画出这古老巴黎峨特式样的剪影,让其轮廓飘浮在那缠绕于无数烟囱的冬雾之中;您把这古老的巴黎浸没在沉沉夜幕里,看一看在那阴暗的建筑物迷宫中光与影的追逐游戏;您洒下一缕月光,这迷宫便朦胧浮现,那座座塔楼遂从雾霭中伸出尖尖的头顶来;要不,您就再现那黑黝黝的侧影,用阴影复活尖塔和山墙的无数尖角,并使乌黑的侧影突现在落日时分彤红的天幕上,其齿形的边缘宛如鲨鱼的颌额。——然后,您就比较一下吧。

您要是想得到现代的巴黎所无法给您提供的有关这古城的某种印象,那么您不妨就在某一盛大节日的黎明,在复活节或圣灵降临节日出的时分,登上某个高处,俯瞰整个京城,亲临其境地体验一下晨钟齐鸣的情景。等天空一发出信号,也就是太阳发出的信号,您就可以看见万千座教堂同时颤抖起来。首先是从一座教堂到另一座教堂发出零散的叮当声,好像是乐师们相互告知演奏就要开始了;然后,忽然间,您看见——因为似乎耳朵有时也有视觉——每一钟楼同时升起声音之柱、和声之烟。开始时,每口钟颤震发出的声音,清澈单纯,简直相互孤立,径直升上灿烂的晨空。随后,钟声渐渐扩大,融合,混合,相互交融,共同汇成一支雄浑壮美的协奏曲。最后只成为一个颤动的音响整体,不停地从无数的钟楼发出洪亮的乐声来;乐声在京城上空飘扬,荡漾,跳跃,旋转,然后那震耳欲聋的振幅渐渐摇荡开去,一直传到天外。然而,这和声的海洋并非一片混杂;不论它如何浩瀚深邃,仍不失其清澈透亮。您可以从中发现每组音符从群钟齐鸣中悄然逃离,独自起伏回荡;您可以从中聆听木铃和巨钟时而低沉、时而高亢的合唱;还可以看见从一座钟楼到另一座钟楼八度音上下跳动,还可以看见银钟的八度音振翅腾空,轻柔而悠扬,望见木铃的八度音跌落坠地,破碎而跳跃;还可以从八度音当中欣赏圣厄斯塔舍教堂那七口大钟丰富的音阶升降往复;还可以看见八度音奔驰穿过那些清脆而急速的音符,这些音符歪歪扭扭形成三、四条明亮的曲线,立即像闪电似的消逝了。那边,是圣马丁修道院,钟声刺耳而嘶哑;这边,是巴士底,钟声阴森而暴躁;另一端,是卢浮宫的巨塔,钟声处于男中音和男低音之间。王宫庄严的钟乐从四面八方不停地抛出明亮的颤音,恰好圣母院钟楼低沉而略微间歇的钟声匀称地落在这颤音上面,仿佛铁锤敲打着铁砧,火花四溅。您不时还可看见圣日耳尔——德——普瑞教堂三重钟声飞扬,各种各样的乐声阵阵掠过。然后,这雄壮的组合声部还不时略微间歇,让路给念圣母经时那密集应和的赋格曲,乐声轰鸣,如同星光闪耀。在这支协奏曲之下,在其最悠远处,可以隐隐约约分辨出各教堂里面的歌声,从拱顶每个颤动的毛孔里沁透出来。——诚然,这是一出值得人们倾听的歌剧。往常,从巴黎散发出来的哄哄嘈杂声,在白天,那是城市的说话声;在夜间,那是城市的呼吸声;此时,这是城市的歌唱声。因此,请您倾听一下这钟楼乐队的奏鸣,想象一下在整个音响之上弥散开来的五十万人的悄声细语、塞纳河亘古无休的哀诉、风声没完没了的叹息、天边山丘上如同巨大管风琴木壳的四大森林那遥远而低沉的四重奏;如同在一幅中间色调的画中,您再泯除中心钟乐里一切过于沙哑、过于尖锐的声音;那么,请您说说看,世上还有什么声音更为丰富,更为快乐,更为灿烂,更为悦耳,胜过这钟乐齐鸣,胜过这音乐熔炉,胜过这许多高达三百尺的石笛同时发出万般铿锵的乐声,胜过这浑然只成为一支乐队的都市,胜过这曲暴风骤雨般的交响乐!

第四卷

一　善良的人们

　　这个故事发生前十六年,卡齐莫多星期日清晨,圣母院举行弥撒过后,人们发现在教堂广场左边砌在地面石板上那张木床里,有人放了一个婴儿,正对着圣克里斯朵夫那座伟大塑像。1413 年,曾有人想把这位圣者和骑士安东尼·德·埃萨尔老爷的石像一起推倒时,这位信徒的石像一直屈膝仰望着这位圣者。遵照当时的风俗,凡是弃婴都放在这张木床上,求人慈悲为怀,加以收养。谁肯收养,尽可以把孩子抱走。木床前面有只铜盆,那是让人施舍扔钱用的。

　　公元 1467 年卡齐莫多日早晨,这躺在木床上的小生命,看来激起群众极大的好奇,木床周围密密麻麻挤了一大群人,其中绝大多数人是女性,几乎全部是老年妇女。

　　前排低身俯视着木床的就有四个老太婆,从她们穿着差不多如裂裟的无袖披风来看,可以肯定她们是某个慈善会的。史书为什么没有把这四位谨慎、可敬的嬷嬷的姓名传给后世,我百思不得其解。她们是阿妮斯·艾尔姆、雅娜·德·塔尔姆、昂里埃特·戈蒂埃尔、戈榭尔·维奥莱特,这四人全是寡妇,全是埃田纳一奥德里小教堂的老修女,这一天得到她们院长的允许,根据皮埃尔·德·埃伊的院规,出门前来听布道的。

　　然而,就算是这四位诚实的奥德里修女暂时遵守了皮埃尔·德·埃伊的规章,却违背了米歇尔·德·布拉舍和毕泽的红衣主教极不人道地规定她们严禁开口的戒律。

"这是什么东西,嬷嬷?"阿妮斯问戈榭尔道,一边端详着那个小东西,他看见那么多目光盯着他,吓得放声大哭,在木床上拼命扭动着身子。

"这怎么得了,要是他们像现在这样生孩子?"雅娜说道。

"生孩子的事我可不在行,不过,看看面前这个孩子,就是一种罪孽。"阿妮斯又说道。

"这哪里是一个孩子,阿妮斯!"

"这是一只不成形的猴子。"戈谢尔说道。

"这简直是一个奇迹!"昂里埃特·戈蒂埃尔又继续说。

"可不是呐,从拉塔尔星期日到现在,这已是第三个了。"阿妮斯指出。"我们上次看见奥贝维利埃圣母显灵惩罚那个嘲弄香客的狂徒,那奇迹至今还不到一个星期哩。这是本月第二个奇迹了。"

"这个所谓弃婴,真是一个可怕的妖魔。"雅娜接着说道。

"他这样哇哇直哭,连唱诗班少年的耳朵也要被他吵聋的。"戈榭尔接着说道。

"可以说这是兰斯大人特地把这个怪物送给巴黎大人的!"戈蒂埃尔合掌补充了一句。

"我想,"阿妮斯·艾尔姆说,"这是一头畜生,一头野兽,是一个犹太男人同一头母猪生的猪仔。反正是与基督教徒无关的玩意儿,应该丢进河里淹死,要不,就抛进火里烧死!"

"我真希望没有人认领才好哩。"戈蒂埃尔继续说道。

"啊,上帝呀!"阿妮斯忽然尖叫了起来。"沿着河边往下走,紧挨着主教大人府邸,那小巷的尽头有座育婴堂,说不定有人会把这小妖怪送去给那些可怜的奶妈喂养的! 换上我,我宁愿喂养吸血鬼呐。"

"可怜的艾尔姆,瞧您多么天真!"雅娜继续说。"难道您没有看出来,这个小怪物起码四岁了,对您的奶头才不会像对烤肉叉子那么有胃口哩。"

实际上,"这个小妖怪"(就是我们,也难以给予别的称呼)的确不是初生的婴儿。这是一小堆形状非常分明,蠕动也十分有力的肉体,裹在一个印有当时任巴黎主教的吉约姆·夏蒂埃大人姓名缩写的麻袋里,脑袋伸在麻袋外面。这个稀奇古怪的脑袋,只见一头浓密的棕发,一只眼睛,一张嘴巴,几颗牙齿。眼睛含着一汪泪水,嘴巴哇哇大叫,牙齿看上去只想咬人。整个这一切在麻袋里拼命挣扎,把周围不断扩大、不断更新的观众看得目瞪口呆。

富有贵妇阿洛伊丝·德·贡德洛里埃夫人十分富裕,头饰金角上拖着一条长长的纱巾,手牵着一个六岁左右的漂亮女孩,正经过这里,就在木床前停了下来,把那个可怜的小东西细看了好一会儿,而她那个可爱的小女孩百合花·德·贡德洛里埃,凌罗绸缎从脚到头,用美丽的手指头指着木床上常年挂着的木牌子,拼读着上面的字:弃婴。

"说真的,我本来以为这里只陈列真正的小孩呢!"贵夫人厌烦地扭过头去,说道。

话音一落,随即转过身去,同时往铜盆里扔下一枚弗洛林银币,碰得小钱币发出响声。埃田纳—奥德里小教堂的那几个可怜的老修女一看,眼睛瞪得老大。

过了片刻,王上的枢密官、庄重而博学的罗贝尔·米斯特里科尔恰好从这里路过,他一只胳膊挟着一大本弥撒书,另一只胳膊和他妻子吉勒梅特·梅蕾斯夫人相挽,这样他两边各有一个调节者:一个是调节精神的,另一个是调节物质的。

先仔细观察那东西然后说道"弃婴!看来是被遗弃在冥河岸边上的!"
枢密官。

"只看见他有一只眼睛,另一只眼睛上长着疣子。"吉勒梅特夫人提醒说。

"那不是疣子,而是一个卵,里面藏着一模一样的另一个魔鬼,那里面还有一个卵,卵里又有一个魔鬼,依此类推,无穷无尽。"罗贝尔·米斯特里科尔继续说道。

"你知不知道?"吉勒梅特·梅蕾斯问道。

"我一看就知道了。"枢密官回答。

"枢密官大人,您看这个所谓弃婴预示着什么?"戈榭尔问道。

"大祸临头。"米斯特里科尔应道。

"啊！我的上帝！"听众中有个老太婆说道，"由于这个孽障，去年瘟疫横行，现在听说英国人就要在阿尔弗勒大批登陆了。"

"这样，即使到九月王后也不可能来不了。"另个老太婆继续说道。"生意已经坏透了。"

"我的意见是，"雅娜·德·塔尔姆叫道，"巴黎的百姓最好是让这个小巫师死在柴堆上，而不是在木板上。"

"最好在熊熊燃烧的柴堆上。"又有个老太婆补充道。

"那样做会更妥当些。"米斯特里科尔说道。

有个年轻神父站在一旁有好一会儿了，听着奥德里小教堂几个修女的评论和枢密官的训示。此人面容严肃，宽阔的额头，目光深邃，不声不响地拨开人群挤向前去，仔细看了看小巫师，伸出手去保护他。他来得正是时候，因为所有的老太婆都已经沉浸在替熊熊燃烧的美妙柴堆拍马溜须了。

"这孩子我收养了。"神父说。

他用袈裟一裹，把孩子抱走了。观众茫然地目送他离去。不一会儿，只见他走进那个曾经从教堂通往隐修院的红门，随后无影无踪了。

开头一阵惊诧过去之后，雅娜·德·塔尔姆咬着戈蒂埃尔的耳朵说：

"嬷嬷，我早就跟您说过，这个年轻的教士克洛德·弗罗洛先生是个巫师。"

二　克洛德·弗罗洛

的确，克洛德·弗罗洛不是平凡之辈。

上个世纪，中产家族通常笼统称为上等市民阶层或小贵族。克洛德便是出身于这样的一个中产家族。这个家族从帕克莱兄弟继承了蒂尔夏普采邑，这个采邑原属于巴黎主教所有，为了采邑上的二十一幢房屋，教会在十三世纪法庭争论不休。如今作为该采邑的拥有者，克洛德·弗罗洛是巴黎及各城关有权享有年贡的七乘二十加一位领主之一，因此他的姓名长期都以这种身份登记在田园圣马丁教堂的档案中,排列在弗朗索瓦·雷兹君的唐加维尔公馆和图尔学院之间。

克洛德·弗罗洛早在孩提时代,就由父母做主,决定为神职献身。家里从小就教他用拉丁文阅读,教他低眉垂目,说话轻声细语。还只一丁点儿大,父母便把他送到大学城的托尔希学院去过着幽居的生活。他就是在那里靠啃弥撒经文和辞典长大成人的。

而且,这孩子生性严谨,庄重,忧郁,学习勤奋,领悟力很强。娱乐时从不大声嚷嚷,福阿尔街举行酒神节狂欢时也几乎不去凑热闹,对什么是打耳光和揪头发一无所知,在 1463 年那场编年史学家郑重其事冠之以"大学城第六次骚乱"的暴动中从未露过一次面。他很少说笑,很少揶揄别人,不论是对蒙塔居学院那班可怜的神学生,他们老是穿着一种叫卡佩特的短头篷而得了卡佩特学子的美名;也不论是对多尔蒙神学院那班靠奖学金过活的学子,脑袋剃得精光,身着深绿、蓝、紫三色粗呢大氅,四圣冠红衣主教在证书中称之为天蓝色和褐色。

相反,他出入约翰-德-博维街大大小小学堂是非常勤快。瓦尔的圣彼得教堂的主持每次开始宣读教规,总是有个学生被发觉最先到场,就坐在他讲坛的对面,紧挨着圣旺德勒日齐尔学校的一根柱子,那就是克洛德·弗罗洛。只见他把角质文具盒还在身边,咬着鹅毛笔,垫在磨破了的膝盖上涂涂写写,冬天里还对着手指头不断哈气。每星期一早晨,歇夫-圣德尼学堂一开门,教谕博士米尔·德·伊斯利埃老爷总是看见一个学生最先跑来,气喘吁吁,上气不接下气,这就是克洛德·弗罗洛。所以,神学院的这个年轻学生才十六岁,却在玄奥神学方面可以同教堂神父相比敌,在经文神学方面可以同教议会神父争高低,在经院神学方面可以同索邦大学的博士相媲美。

刚一学完神学,他便急忙开始研读起教谕来,从《箴言大全》一头栽入《查理曼敕令集成》,以强烈的求知欲,如饥似渴地把一部又一部教令连续吞了下去,诸如伊斯珀尔的主教泰奥多尔教令,伏尔姆的主教布夏尔教令,夏特尔的主教伊夫教令;随后又生吞活剥啃下了继查理曼敕令之后的格拉田敕令、奥诺里乌斯三世的《论冥想》书简和格列高利九世敕令集。从 618 年泰奥多尔主教开始,一直到 1227 年格列高利教皇结束的那个时代,是在混乱不堪的中世纪中民权和教权相互斗争并发展的时代,他对这波澜壮阔的动荡时代,了如指掌,烂熟于心。

把教谕消化之后,他又一头扑向医学和自由艺术,钻研了草药学、膏药学,一举成为发烧和挫伤、骨折和脓肿的专家。雅克·德·埃斯珀尔若在世,必定会接受他为内科大夫;里夏尔·埃兰若健在,也承认他是外科大夫。在艺术方面,从学士、硕士直至博士学位所必读的书籍,他都一一浏览了。还学习了希腊语、拉丁语、希伯来语,这三重圣殿当时是很少人涉足的。他在科学方面博采众长,兼收并蓄,真是到了狂热的程度。到了十八岁,他的四大智能都考试通过了。在这个年轻人看来,求知是人生唯一的目标。

大概就在这个时期,1466 年夏天异常酷热,瘟疫肆虐,仅在巴黎这个子爵采邑就夺去了四万多人生命,据约翰·德·特鲁瓦记载,其中有"国王的星相师阿尔努这样聪慧而诙谐的正人君子"。大学城里流传,蒂尔夏普街发生了惨重的瘟疫。而克洛德的父母恰好就住在这条街上自己的采邑里。年轻的学子惊慌万分,急忙跑回家去。一进家门,得知父母亲在头一天晚上已去世了。他一个尚在襁褓中的小弟弟还活着,无人看管,哇哇直哭地躺在摇篮里。这是全家留给克洛德的唯一亲人了。年轻人抱起小弟弟,满腹心思,离家走了。在此之前,他全心全意只做学问,从此才开始了真正的生活。

这场灾难是克洛德人生的一次挫折。他不可是孤儿,还是兄长,十九岁就成了家长,觉得自己霍然间从神学院那种种沉思默想中醒悟过来,回到了这人世的现实中来。于是,满怀怜爱之心,对小弟弟疼爱备至,尽心尽力。在过去只管迷恋书本,现在却充满人情味的爱意,这可真是感人肺腑的少见的事儿。

这种情感发展到某种离奇的程度,在他那样不谙世故的心灵中,这简直是初恋一样。这可怜的学子从小就离开父母,从不认识双亲,被送去隐修,被囚禁在书籍的高墙深院里,主要是如饥似渴进行学习研究,直到此时只一心一意要在学识方面发展自己的才智,想在文学方面增长自己的想象力,所以还没来得及思考把自己的爱心往哪里摆的问题。这个没爹没娘的小弟弟,这个幼小的孩子,忽然从天上坠落在他怀里,会把他变成一个新人。他顿时发现,世上除了索邦大学的思辨哲学之外,除了荷马的诗之外,还存在别的东西;发现人需要情感,人生若是没有温情,没有爱心,那么生活只成为一种运转的齿轮,轧轧直响,干涩枯燥,凄厉刺耳。可是,在他那个岁数,代替幻想的仍然只是幻想,因此只能想象:骨肉亲,手足情,才是唯一需要的;有个小弟弟让他爱,就完全填补整个生活的空隙了。

于是,他倾其全部的热情去爱他的小约翰,这种热情已经十分深沉、专注了。这个孱弱的可怜的小人儿,头发金黄、眉清目秀、鬈曲,脸蛋红润,这个孤儿除了另个孤儿的照顾,别无依靠,这叫克洛德打从心底里为之激动不已。既然他秉性严肃而爱思考,就满怀无限的同情心,开始考虑如何培养约翰了。他对小弟弟关怀备至,全心全意照顾,好像这小弟弟是个一碰就破的宝贝疙瘩似的。对小家伙来说,他不仅是大哥,而且成了母亲。

小约翰在吃奶时便失去了母亲,克洛德便把他交给奶妈抚养。除了蒂尔夏普采邑之外,他还从父业中继承了磨坊采邑,它是附属于戎蒂伊方塔寺院的。这磨坊在一个小山岗上,靠近温歇斯特(比塞特)城堡。磨坊主的妻子正抚养着一个可爱的孩子,而且就在大学城不远处。克洛德便亲自把约翰送去给她喂养。

从此以后,克洛德觉得自己有牵连,对生活极其严肃认真。想念小弟弟不但成了他的娱乐,并且也是他学习的目的。下决心把自己的一切都奉献给他对上帝应负的某种责任,决心一辈子都不讨老婆,不要有孩子,而他的孩子、他的妻子就是弟弟的幸福和前程。所以比以前任何时候都更专心致志于他的神圣使命了。因为他的才干,他的博学,以及身为巴黎主教的直接附庸,所有教会的大门都对他敞开着。就由于教廷的特别恩准,刚二十岁,成为神父,并作为巴黎圣母院最年轻的神父,侍奉着因过晚举行弥撒被称作懒汉祭坛的圣坛。

这样，他比以往更一头埋在所心爱的书本里，偶然放下书本，只是为了跑到磨坊采邑去个把钟头。这种孜孜不倦的探索欲望和严于律己的刻苦精神，在他这样的年龄真是太少了，所以他很快就博得了隐修院上下的尊重和称赞。他那博学多识的美名早已越过隐修院院墙，流传到民众当中，只是稍微有一些走了样——这在当时是常有的事——，得到了巫师的雅号。

每到卡齐莫多日，他都去懒汉祭坛给懒汉们做弥撒。这座祭坛就在唱诗班那道通向中堂右侧的门户旁过，离圣母像不远。这时，他刚做完弥撒要回去，听到几个老太婆围着弃婴床纷纷谈论，喋喋不休，这些引起了他的注意。

于是便向那个如此惹人憎恨、岌岌可危的可怜小东西走了过去。一看到这小东西那样凄惨，那样畸形，无依无靠，不由联想起自己的小弟弟来，顿时头脑中产生一种幻觉，仿佛看见同样的惨状：如果他死了，他亲爱的小约翰也会遭受此种厄运。悲惨地被抛在这弃婴木床上。这种种想法一齐涌上心头，同情之心油然而生，就一把把小孩抱走了。

他把小孩从麻布口袋里拖出来一看，真的奇丑无比。这可怜的小鬼左眼上长着一个疣子，脑袋缩在肩胛里，脊椎弓曲，胸骨隆兀，双腿弯曲，但看起来很活泼，尽管无法知道他咿咿呀呀说着什么语言，却从他的啼叫声中知道这孩子身体还算结实。克洛德看见这种丑陋的样子，益发同情怜悯，同时缘于这情愫，暗自下定决心，一定要把这弃婴抚养成人，将来小约翰不论犯有多么严重的错误，都会由他预先为小弟弟所做的这种善行作为补偿。这等于他在弟弟身上某种功德投资，是他预先为弟弟积存起来的一小桩好事，以防备这小淘气有朝一日缺少这种钱币之需，因为通往天堂的买路费只收这种钱币。

他给这个养子洗礼，取名卡齐莫多，这或是想以此来唤起那个值得纪念的收养他的日子，或者是想用这个名字来表示这可怜的小东西长得何等不齐全，几乎连粗糙的毛坯都谈不上。卡齐莫多独眼，驼背，罗圈腿，只是凑足了人的模样而已。

三 猛兽的牧人自己更凶猛

却说,到了一四八二年,卡齐莫多已长大成人了。由于养父克洛德·弗罗洛的保护,当上了圣母院的敲钟人有好几年了。他的养父也靠恩主路易·德·博蒙大人的推荐,荣登上了若扎的副主教的位置;博蒙大人于一四七二年在吉约姆·夏蒂埃去世后,靠他的后台、雅号为公鹿的奥利维埃——由于上帝的恩宠,他是国王路易十一的理发师——的保举,升任巴黎主教。

卡齐莫多这样就成了圣母院的敲钟人。

随着时光流逝,这个敲钟人跟这座主教堂构成了某种无法形容的亲密关系。身世不明,面貌又丑陋,这双重的厄运注定他永远与世隔绝,这不幸的人从小便幽禁在这双重难以逾越的圈子当中,依赖教堂的收养和庇护,对教堂墙垣以外的人世间一无所知,这早已习以为常了。随着他长大成人,圣母院对他来说相继是卵,是巢,是祖国,是宇宙。

的确,在这个人和这座建筑物之间存在着某种难以名状的默契。他还是小不丁点儿,走起路来歪歪斜斜,东颠西倒,在教堂穹隆的阴影中爬来爬去,看他那人面兽躯,就仿佛真是天然的爬行动物,在罗曼式斗拱投下许多光怪陆离的阴影的潮湿昏暗的石板地面上匍匐蠕动。

然后,当他头一次无意间抓住钟楼上的绳索,身子往绳索上一吊,把大钟摇动起来时,他的养父克洛德一看,似乎觉得好像一个孩子舌头松开了,开始咿咿呀呀说个不停了。

就这样,卡齐莫多始终顺应着主教堂渐渐成长,生活在主教堂,睡眠在主教堂,几乎从不走出主教堂一步,时刻承受着主教堂神秘的压力,终于活像这座主教堂,把自己嵌在教堂里面,可以说变成这主教堂的组成部分了。他身体的一个个突角——请让我们用这样的比喻——正好嵌入这建筑物的一个个凹角,所以他似乎不仅仅是这主教堂的住户了。而且是它的天然内涵了。差不多可以这么说,他具有了这主教堂的形状,正像蜗牛以其外壳为形状那般。主教堂就是他的寓所,他的洞穴,他的躯体。他和这古老教堂之间,本能上息息相通,这种交相感应异常强烈,又有着那么强烈的磁气亲和力和物质亲和力,最终他在某种程度上黏附于主教堂,犹如乌龟黏附于龟壳那般。这凹凸不平的圣母院是他的外壳。

我们在这里不得不运用这些修辞手法,只是要表达一个人和一座建筑物之间这种奇特的、对称的、直接的、几乎是无细缝的结合,因此不用告知看官切莫从字面上去理解这些比喻。同时也不必赘言,在这么长期和如此亲密的共居过程中,他早已对整个主教堂了如指掌了。这座寓所是他所特有的,其中没有一个幽深的角落卡齐莫多没有进去过,哪一处高处没有他的脚印呢?他一让又一让地只靠雕刻物凹凸不平的表面,就攀缘上主教堂正面,有好几级高度哩。人们常常看见他像一只爬行在笔立墙壁上的壁虎,在两座钟楼的表面上攀登。这两座孪生的巨大建筑物,如此高耸,那样凶险,叫人望而生畏,他爬上爬下从容有余,既不晕眩,也不畏惧,更不会由于惊慌而摇摇晃晃。只要看一看这两座钟楼在他的手下那样服服帖帖,那样容易攀登,你就会觉得,他已经把它们驯服了。由于他老是在这巍峨主教堂的深渊当中跳来跳去,爬上爬下,游戏,他或多或少变成了猿猴、羚羊、好像卡拉布里亚的孩子,游泳先于走路,一丁点儿的小毛娃跟大海嬉戏。

再说,不仅他的躯体似乎已经按照主教堂的模样溶入其中了,且他的灵魂也是如此。这个灵魂是怎样的形态呢?它在这种包包扎扎下,在这种粗野的生活当中,究竟形成了怎样的皱褶,构成了什么样的形状,这是难以捉摸的。卡齐莫多天生独眼,驼背,跛足。克洛德·弗罗洛以很高的耐性,费了九牛二虎之力,好容易才教会他说话。然而,厄运却始终紧随着这可怜的弃婴。圣母院的打钟人十四岁时又得了一个残疾,钟声震破了他的耳膜,他聋了,这下子他的残缺可就一应俱全了。造化本来为他向客观世界敞开着的唯一门户,从此永远不给他一丝缝隙了。

这门户一关闭,就切断了本来还渗透到卡齐莫多灵魂里那唯一的欢乐和唯一的一线光明。于是精神世界蒙上了黑幕。这不幸的人满腹悲伤,如同其躯体的畸形一样,这种悲伤到了无以复加的地步,难以医治了。我们还得再说一句:

他耳朵一聋，在某种程度上也就哑了。因为，为了不让人取笑，他从发现自己耳聋的时候起，就打定主意，从此沉默不语，除非当他独自一个人时才偶尔打破这种沉默。他的舌头，克洛德·弗罗洛费了好大气力才把它松开，如今他自己却心甘情愿结扎起来。于是，当他迫不得已非开口不可时，舌头麻木了，笨拙了不听使唤了，就像一道门的铰链生锈了那样。

如果我们现在想办法透过这坚硬的厚皮一直深入到卡齐莫多的灵魂，假如我们能够探测出他那畸形躯体结构的各个深处，如果我们有可能打起火把去瞧一瞧他那些不透明的器官的背后，探测一下这个不透明生灵的阴暗内部，探明其中每个幽暗的角落和荒唐的盲管，忽然用强烈的光芒照亮他那被锁在这兽穴底里的心灵，那我们大概就可以发现这不幸的灵魂处在某种发育不良、患有佝偻病的悲惨状态，就如威尼斯铅矿里的囚徒，在那犹如匣子般又低又短的石坑里，身子老弯成两块，很快就老态龙钟了。

身体残破不全，精神也一定萎靡不振。卡齐莫多几乎感受不到有什么按照他的模样塑成的灵魂，在他体内盲动。外界事物的印象先得经过一番巨大的折射，才能到达他的思想深处。他的大脑是一种特殊的媒体，穿过大脑产生出来的思想都是变态的。经过这种折射而来的思考，必然是杂乱无章，偏离正道的。

由此产生许许多多视觉上的幻象，判断上的谬误，思想上的偏离，胡思乱想，时而疯狂，忽而痴呆。

这种命中注定的形体结构，其第一种后果是他对事物投射的目光受到干扰。他对事物几乎接受不到任何灵敏的感知。外部世界在他看来好像比我们要遥远得多。

他这种不幸的第二种后果，是使他变得很凶狠。

他的确很歹毒，因为他生情野蛮；而野蛮是因为他长得丑恶。他的天性如同我们的天性一样，也有他的逻辑。

其力气，发展到那样非凡的程度，也是他狠恶的一个因素。霍布斯曾说，坏孩子身体都强壮。

话又说回来，应当替他说句公道话，或许他的天性不是歹毒。他自从起步迈入人间，便感到、尔后又看到自己到处受人嘲笑、侮辱、排斥。在他看来，人家一说话，都是对他的揶揄或诅咒。慢慢长大时，又发现自己周围唯有仇恨而已。他便接过了仇恨，也染上这种普遍的恶性。他捡起人家用来伤他的武器，以怨报怨。

总之，他把脸转向人家，总不是心甘情愿的。他的主教堂对他就足够了。主教堂到处都是大理石雕像，有国王，有主教，有圣徒，至少他们不会冲着他的脸嘲笑，他们总是用安详和蔼的目光望着他。其他的雕像虽然是妖魔鬼怪，却对他卡齐莫多并不仇恨。他太像它们了，它们是不会恨他的。它们宁愿嘲笑其他的人。圣徒们是他的朋友，是保佑他的；鬼怪也是他的朋友，必然是保护他的。所以，他常常向它们倾诉衷肠，推心置腹。有时一连几个钟头，蹲在这些雕像随便哪一尊面前，一个人同它说话。一有人来，急忙躲开，就像一个情人悄悄唱着小夜曲时忽然被撞见了。

再说，在他心目中，圣母院不光是整个社会，且还是整个天地，整个大自然。有了那些花儿常开的彩色玻璃窗，其他墙边成行的果树了再也不是他向往的对象了；有了撒克逊式拱柱上那些鸟语花香、绿荫如织的石刻叶饰，他不用幻想其他树荫了；有了教堂那两座巨大的钟楼，他幻想其他山峦了；有了钟楼脚下如海似潮的巴黎城，他无须追求其他海洋了。

这座慈母般的主教堂，他最热爱的就是数那两座钟楼了：钟楼唤醒他的灵魂；钟楼使他的灵魂把不幸地收缩在洞穴中的翅膀展开飞翔；钟楼也有时使他感到快乐。他爱它们，抚摸它们，对它们说话，对它们的言语也明白。从两翼交会处那尖塔的排钟直到门廊的那口大钟，他对它们都满怀深情。后殿交会处的那钟塔，两座主钟楼，他觉得好像三个大鸟笼，其中一只只鸟儿都由他喂养，只为他一个人歌唱。尽管正是这些钟使他成为聋子，然而天下做母亲的总是最疼爱那最叫她头痛的孩儿。

诚然，那些钟的响声是他唯一还听得见的声音。唯其如此，他最心爱的才是那口大钟。每到节日，这些吵吵闹闹的少女在他身边欢蹦乱跳，但在这家族中他最喜欢的还是这大钟。这口大钟名叫玛丽，独自在南钟楼里，妹妹雅克莉娜在陪伴她，这口钟小一点，笼子也小一点，就摆在玛丽的笼子旁边。这口钟之所以取名为雅克莉娜，是因为赠送这口钟给圣母院的让·德·蒙塔居主教的妻子叫这个名字的缘由——尽管如此，他后来还是逃脱不了身首异处上鹰山的后果。第二座钟楼里还有六口钟，最后，另有六口更小的钟和一口木钟在交会处，在复活节前的星期四晚饭后，直至复活节瞻礼前一日的清晨才敲这口木钟的。卡齐莫多在其后宫里一共有十五口钟，其中最得宠的就是大玛丽。

钟声轰鸣的日子里，卡齐莫多那兴高采烈的样子，是难以想象。只要副主教一放他走，说声"去吧！"他便连忙爬上钟楼的螺旋形梯子，速度快过任何人。他气喘吁吁，一头钻进那间四面悬空的大钟钟室，虔诚而又满怀爱意地把大钟端详了一会儿，柔声细气地对它说话，拿手慢慢摸了摸，好像它是一匹即将驰骋的骏马一般。他要麻烦它，感到心疼。这样爱抚之后，随后呼喊钟楼下一层的几只钟，让它们先动起来。这几只钟都悬吊在缆绳上，绞盘轧轧作响，于是那帽盖状的巨钟便缓慢晃动起来。卡齐莫多，心跳的厉害，两眼紧盯着大钟摆动。钟舌一撞青铜钟壁，他爬上去所站着的木梁也随之微微震动。卡齐莫多随大钟一起颤抖起来。他狂笑，喊叫道："加油呀！"这时，这声音低沉的巨钟加速摆动，随着它摆动的角度越来越大，卡齐莫多的眼睛也越瞪越大，闪闪发光，像火焰燃烧。钟乐轰鸣，整座钟楼战栗了，从地基的木桩直至屋顶上的三叶草雕饰，砌石啦，铅皮啦，梁木啦，一齐发出轰轰声响。这时候，卡齐莫多热血沸腾，白沫飞溅，从头到脚跟着钟楼一起抖动。大钟像脱缰的野马，如癫似狂，左右来回晃动，青铜大口一会对着钟楼这边的侧壁，一会对着那边侧壁，发出暴风雨般的叹息，在很远的地方都能听到。卡齐莫多就站在这张开的钟口面前，随着大钟的来回摆动，时而蹲下，忽而站起，呼吸着那让人丧胆的大钟气息，一会儿望了望他脚下足有两百尺深那人群蚁集的广场，一会儿又瞧了瞧那每秒钟都撞击着他耳膜的巨大铜舌。这是他唯一能听到的话语，唯一能为他打破那万籁俱寂的声音。他心花怒放，在如鸟儿沐浴着阳光。霍然间，巨钟的疯狂劲儿渲染了他，他的目光变得异乎平常，就跟蜘蛛等苍蝇一样，等候着巨钟晃动过来，猛然纵身一跳，扑到巨钟上面。于是，他悬吊在深渊上空，随着大钟可怕的摆动被掷抛出去，遂抓住青铜巨怪的护耳，双膝紧夹着巨怪，用脚后跟猛踢，加上整个身子的冲击力和重量，巨钟响得更狠了。这时，钟楼震撼了；他，狂呼怒吼，棕色头发倒

图文珍藏版

竖起来,牙齿咬得直响,胸腔里发出风箱般的响声,眼睛喷着火焰,而巨面钟在他驱策下气喘吁吁,于是,圣母院的巨钟也罢,卡齐莫多也罢,全然不复存在了,只成了梦幻,成了狂风暴雨,成了旋风,成了骑着音响驰骋而产生的眩晕,成了紧攥飞马马背狂奔的幽灵,成了半人半钟的怪物,成了可怕的阿斯托夫,骑着一头活生生的青铜神奇怪兽飞奔。

有了这个非凡生灵的存在,整座主教堂才有了某种难以形容的生气。好像从他身上——至少群众夸大其词的迷信说法是如此——散发出一种神秘的气息,圣母院所有大小石头这才有了活力,古老教堂的五脏六腑才振动起来。只要知道他在那里,人们就立刻好像看见走廊里和大门上那成千上万雕像个个都活了起来,动了起来。这大教堂宛如一个大活人,在他手下服服帖帖,唯命是从,他可以为所欲为,令它随时放开大嗓门呼喊。卡齐莫多宛如一个常住圣母院的精灵,依附在它的身上,把整座教堂都充满了。因为他,这座宏伟的建筑物仿佛才喘息起来。他的确无处不在,一身化作许多卡齐莫多,密布于这座古迹的每寸地方。有时,人们十分恐惧,隐约看见钟楼的顶端有个奇形怪状的侏儒在蠕动,在攀登,从钟楼外面坠下深渊,从一个突角跳跃到另个突角,钻到某个蛇发女魔雕像的肚皮里去掏什么东西:那是卡齐莫多在掏乌鸦的窝窠。偶尔会在教堂某个阴暗角落里碰见某种活生生的喷火怪物,神色阴沉地蹲在那里:那是卡齐莫多在沉思。有时,又会看见钟楼下有个大的脑袋瓜和四只互不协调的手脚吊在一根绳索的末梢拼命摇晃:那是卡齐莫多在敲晚祷钟或祷告三钟,夜间经常在钟楼顶上那排环绕着半圆形后殿四周的不牢固的锯齿形栏杆上面,可看见一个丑恶的形体游荡:那还是圣母院的驼子。于是,这里的她们都说,整座教堂显得颇为怪诞、神奇和可怖;这里那里都有张开的眼睛和嘴;那些伸着脖子、咧着大嘴、日夜守护在这可怕教堂周围的石龙,石蟒、石犬、吼声可闻;要是圣诞夜,大钟仿佛在咆哮,召唤信徒们去参加热气腾腾的午夜弥撒,教堂阴森的正面上弥漫着某种气氛,就仿佛那高大的门廊把人群生吞了进去,也像那花瓣格子窗睁着眼睛在注视着人群。而所有这一切都来自卡齐莫多。古埃及人会把他当作这神庙的神;中世纪的人认为他是这神庙的妖怪;其实,这神庙的精灵就是他。

因此，那些知道有过卡齐莫多的人认为，今天的圣母院是凄凉的，了无生气，死气沉沉。人们感到有什么东西消散了。这个庞大的躯体也没什么了，只剩下一副骷髅；灵魂已离去，空留着它住过的地方，如此而已。这就仿佛一个头颅尚有两只眼窝，目光却消失了。

四 狗与主人

话说回来，卡齐莫多对其他都怀有恶意和仇恨，只例外地对一个人，爱他就像爱圣母院，或许犹有过之。这人就是克洛德·弗罗洛。

这事说来很简单。是克洛德·弗罗洛抱走了他，收留了他，抚养了他，把他带大。小不丁点儿，每当狗和孩子们撵着他狂叫，他总是赶紧跑到克洛德·弗罗洛的胯下躲起来。克洛德·弗罗洛教会了他说话、识字、写字。克洛德·弗罗洛还使他成为敲钟人。可是，把大钟许配给卡齐莫多，这就好比把朱丽叶许配给罗米欧。

因此，卡齐莫多的感激之情，深沉，炽热，无限。尽管养父经常板着脸孔，阴云密布，尽管他一直言词简短、蛮横、生硬，卡齐莫多的这种感激之情却一刻也未曾中止过。从卡齐莫多的身上，副主教找到了世上最俯首帖耳的奴隶，最温顺的仆人，最警觉的猎犬。敲钟人聋了以后，他和克洛德·弗罗洛之间建立了一种神秘的手势语，只有他俩明白。这样，副主教就成了卡齐莫多唯一还保留着思想沟通的人。在这尘世间，卡齐莫多只有和两样东西有联系：圣母院和克洛德·弗罗洛。

世上没有什么能比得上副主教对敲钟人的支使力量，也没什么能比得上敲钟人对副主教的依恋之情。只要克洛德一做手势，每次想到能讨副主教的欢心，卡齐莫多就马上从圣母院钟楼上冲了下来。卡齐莫多身上这种充沛的体力发展到如此非凡的地步，却又懵里懵懂交由另个人任意支配，这真是不可思议。这里面无疑包含着儿子般的孝敬，奴仆般的依从；也包含着一个灵魂对另一个灵魂的慑服力量。这是一个可怜的、笨拙的、愚呆的身体，对着另一个高贵而思想深邃、有权有势而才智过人的人，始终低垂着脑袋，目光流露着乞怜。最后，超越这一切的是感恩戴德。这种推至极限的感激之情，无可比拟。这种美德已不属于人世间那些被视为风范的美德范畴。因此我们认为，卡齐莫多对副主教的爱，就是连狗、马、大象对主人那样死心塌地，也是望尘莫及。

五 克洛德·弗罗洛（续）

一四八二年，卡齐莫多大约二十岁，克洛德·弗罗洛三十六岁上下：一个长大成人，另一个却显得老了。

今非昔比，克洛德·弗罗洛已不再是托尔希神学院当初那个普通学子了，不是一心照顾一个小孩的那个温情保护人了，也不再是想入非非的、既博识又无知的哲学家了。如今，他是一个刻苦律己、郁郁寡欢的教士，是世人灵魂的掌管者，是若扎的副主教大人，巴黎主教的第二号心腹，蒙列里和夏托福两个教区的教长，领导一百七十四位乡村本堂神父。这是一个威严而阴郁的人物。他双叉着双臂，脑袋低俯在胸前，整个脸呈现出昂轩的光脑门，威严显赫，一副沉思的表情，款款从唱诗班部位那些高高尖拱下走过时，身穿白长袍和礼服的唱诗童子、圣奥古斯丁教堂的众僧、圣母院的教士们，都吓得浑身发抖。

可是，堂·克洛德·弗罗洛并没有放弃做学问，也没有放弃对弟弟的教导，这是他人生的两件大事。可是，随着时间慢慢远去，这两件甜蜜舒心的事情也稍带苦味了。正如保罗·迪阿克尔所言，日久天长，最好的猪油也会变味的。小约翰·弗罗洛的绰号为唐坊，因为所寄养的磨坊环境的影响，并没有朝着其哥哥克洛德原先为他所确定的方向成长。长兄指望他成为一个虔诚、温驯、博学、体面的学生，可是小弟弟却跟幼树似的，辜负了园丁的用心，顽强地硬是朝着空气和阳光的方向生长。小弟弟苗壮成长，郁郁葱葱，长得枝繁叶茂，然而一味朝向怠惰、无知和放荡的方向发展。这是一个名副其实的捣蛋鬼，放荡不羁，叫堂·弗罗洛常皱眉头；然而又极其滑稽可笑，精得要命，常逗得大哥发笑。克洛德把他送进了自己曾经度过最初几年学习和安静生活的托尔希神学院；这座曾因弗罗洛这个姓氏而显赫一时的神圣庙堂,现在因为这个姓氏而丢人现眼,克洛德不禁痛不欲生。有时,他为此声色俱厉把约翰训斥一番,约翰勇敢地接受了。说究竟,这小无赖心地善良,这在所有喜剧中是司空见惯的事。然而,刚刚训斥完了,他又依然故我,照旧心安理得,接着干他那些离经叛道的行径。忽而对哪个雏儿(新入学的大学生就是这么称呼的)推搡一阵,以示欢迎——这个宝贵的传统一直被精心地保存到我们现在;忽而把一帮按照传统冲入小酒店的学子鼓动起来,几乎全班每个人都被鼓动起来,用"进攻性的棍子"把酒店老板狠揍一顿,喜气洋洋地把酒店洗劫一空,连酒窖里的酒桶也给砸了。托尔希神学院的副学监用拉丁文写了一份精彩的报告,可怜地呈送给堂·弗罗洛,还痛心地加上这样一个边注:一场斗殴,纵欲是主要原因。还有,他的荒唐行径甚至一再胡闹到格拉里尼街去了,这种事发生在一个十六岁的少年身上是可怕的。

因为这一切的缘故,克洛德仁爱之心受到打击,他心灰意懒,满腹悲伤,便越发狂热地投入学识的怀抱:这位大姐至少不会嘲笑你,你对她殷勤,她总是给你报偿,尽管所付的报酬有时相当刻薄。所以,他懂得的越来越多,同时,出自某种自然逻辑的结果,他作为教士也就越来越苛求。作为人也就越来越伤感了。就拿我们每一个人来说,智力、品行和性格都有某些类似之处,总是持续不断地发展,当生活中受到严重的干扰才会中断。

克洛德·弗罗洛早在青年时代就涉猎了人类知识的差不多一切领域,诸如外在的、实证的、合乎规范的种种知识,无一不浏览,所以除非他自己认为直到极限而停止下来,那就不得不接着往前走,寻找其他食粮来满足其永远如饥似渴的智力所需。用自啮尾巴的蛇这个古代的象征来表示做学问,尤为贴切。看样子克洛德·弗罗洛对此有切身的体会。一些严肃的人认为:克洛德在穷尽人类知识的善之后,竟大胆钻进了恶的领域。据说,他已把智慧树的苹果一一尝遍了,然后,或许由于饥饿,或许由于智慧果吃厌了,终于吃了禁果。如看官已经看见,凡是索邦大学神学家们的各种讲座,仿效圣伊莱尔的文学士集会,效仿圣马丁的教谕学家们的争辩,医学家们在圣母院圣水盘前聚会,克洛德都轮番参加。

凡是四大官能这四大名厨能为智力所制订和提供的所有被允准的菜谱,他都狼吞虎咽吃过了,但还没有吃饱却已经腻了。因此,遂向更远、更深挖掘,一直挖到这种已穷尽的、具体的、有限的学识底下,或许不惜拿自己的灵魂去冒险,深入地穴,坐在星相家、炼金术上、方士们的神秘桌前;这桌子的一端坐着中世纪的阿维罗埃斯、巴黎的吉约姆和尼古拉·弗拉梅尔,且在七枝形大烛台的照耀下,这桌子一直延伸到东方的所罗门、毕达哥拉斯和琐罗亚斯德。

不论是对还是错,起码人们是这样想象的。

有件事倒确有其事,那是副主教经常去参谒圣婴公墓,他的父母的确与一四六六年那场瘟疫的其他死难者都埋葬在那里;然而,他对父母墓穴上的十字架,似乎远不如对近旁的尼古拉·弗拉梅尔及其妻子克洛德·佩芮尔的坟墓上千奇百怪的塑像那样虔诚。

还有件事是真的:人们时常发现副主教沿着伦巴第人街走去,悄悄溜进一幢坐落在作家街和马里沃街拐角处的房屋里。尼古拉·弗拉梅尔建造的这幢房子,他一四一七年前后就死在这里,打从那时起便一直空着,也已开始倾颓了,因为所有国家的方士和炼金术士纷纷到这里来,单是在墙壁上刻名留念,就足以磨损屋墙了。这屋有两间地窖,拱壁上由尼古拉·弗拉梅尔本人涂写了无数的诗句和象形文字。邻近有些人甚至肯定,说有一次从气窗上看见克洛德副主教在两间地窖里掘土翻地。据推测,这两个地窖里埋藏着弗拉梅子的点金石,所以整整两个世纪当中,从马吉斯特里到太平神父,全部炼金术士一个个把里面土地折磨个不停,恨不得把这座房屋搜索个遍,把它翻个底朝天,在他们的践踏下,它最后逐渐化为尘土了。

另外有件事也的确无疑:副主教对圣母院那富有象征意义的门廊,怀着异常的激情。这个门廊,是巴黎主教吉约姆刻写在石头上的一页魔法书。这座建筑物的其他部分千秋万代都在吟唱着神圣的诗篇,他却加上这样如此恶毒的一个扉页,所以一定在地狱受煎熬。据说,克洛德副主教还深入研究了圣克里斯朵夫巨像的秘密,这尊谜一般的巨像当时屹立在教堂广场的人口处,民众把它谑称为灰大人。可是,大家所能看到的,是克洛德常常坐在广场的栏杆上,一待就是好几个钟头,仿佛没有尽头,凝望着教堂门廊上的那许多雕像,忽而观察那些倒擎灯盏的疯癫处女,忽而注视那些直举灯盏的圣洁处女;有时候,又默默计算着左边门道上那只乌鸦的视角,这乌鸦老望着教堂某个神秘点,尼古拉·弗拉梅尔的炼金石若不在地窖里,那准藏在乌鸦所望的地方。顺便提一下,克洛德和卡齐莫多这完全不同的两个人竟从不同的层次上那样热爱圣母院,这座教堂在当时的命运说起来够奇特的了。卡齐莫多,本能上是半人半兽,他爱圣母院来自它们雄浑整体的壮丽、宏伟与谐和;克洛德,想象力炽烈,学识奥博,爱其寓意、神秘传说、内涵、门面上分散在各种雕刻下面的象征,就如羊皮书中第一次书写的文字隐藏在第二次的文字下面;总而言之,克洛德爱圣母院向人类智慧所提出的那永恒的秘密。

最后,还有一件事也是千真万确的,那就是副主教在那座俯视着河滩广场的钟楼里,就在钟笼旁边,给自己安排了一小间密室,不许任何人进去,据说,没经过他的同意,甚至连主教也不许进。这间密室几乎就在钟楼顶端,满目乌鸦巢,最初是贝尚松的雨果主教设置的,他有时就在里面施魔法。这间密室里到底藏着什么东西,没一个人知道;可是,每天夜里,从河滩广场上时常可以见它在钟楼背面的一个小窗洞透出一道红光,忽隐忽现,时断时续,间隔短暂而均匀,十分古怪,仿佛是随着一个人呼吸时在喘气那样,而且,那红光与其说是一种灯光,倒不如说是一种火焰。在黑暗中,在那么高的地方,它让人感到非常奇怪,所以那些爱说长道短的女人就说开了:"瞧啊,是副主教在呼吸啦,那上面是地狱的炼火在闪烁。"

这一切不足以证明其中有巫术。不过,烟实在是很大,难怪人家猜测有火,因而副主教恶名声相当昭著。我们只能说,埃及人邪术、魔法招魂术、之类,即便其中最清白无邪的,在交由圣母院宗教裁判所那班老爷审判时,再也没有比副主教更凶狠的敌人、更无情的揭发者了。不管他是真心实意感到恐惧也罢,还是玩弄贼喊捉贼的把戏也罢,在圣母院那些饱学的众教士心目中,副主教总是个胆大包天的人,灵魂也进了地狱的门廊,迷失在犹太神秘教的魔窟中,在旁门左道的黑暗中摸索前进。民众对此是不会误会的,凡是有点观察力的人都认为,卡齐莫多是魔鬼,克洛德·弗罗洛是巫师。十分清楚,这个敲钟人须为副主教服务一段时间,等期限一到,副主教就会把他的灵魂作为报酬带走。所以,副主教虽然生活极其艰苦，却在善良人们心目中，名声是很臭的。一个信奉宗教的人，假使一点经验也没有，也会嗅出他是一个巫师的。的确，随着年事增高，他的学识中出现了深渊，其实深渊也出现在他的心灵深处。只要观察一下他那张脸孔，透过密布的阴云看一看其闪烁在面容上的灵魂，人们至少是有道理这样认为的。他那宽阔的额头已经秃了，脑袋老是俯垂，胸膛总是因叹息而起伏，这一切究竟是什么缘故？他的嘴角时常浮现十分辛酸的微笑，同时双眉紧蹙，就如两头公牛要斗角一样，他的脑子里转动着什么不可告人的秘密呢？剩下的头手也已变白了，为什么？有时他的目光闪耀着内心的火焰，眼睛就像火炉壁上的窟窿，那又是怎样的火焰呢？

内心剧烈活动的这种种症状，在这个故事发生的时期，特别是达到了极其强烈的程度。不止一次，唱诗童子发现他独自一人在教堂里，目光怪异而明亮，吓得连忙逃跑了。不止一回，做法事合唱时，紧挨着他座位的教士听见他在唱"赞美雷霆万钧之力"当中，夹着许多难以理解的插语。也绝不仅仅这一回，专门给教士洗衣服的河滩洗衣妇，不无惊恐地发现：若扎的副主教大人的白法衣上有指甲和手指掐过的痕迹。

话说回来，他平日却越发显得道貌岸然，比以往任何时候都更堪为表率了。出自身份的考虑，或者由于性格的缘故，他一向不接近女人，如今好像比以往都更加憎恨女色了。只要一听见女人丝绸衣裙的声，便马上拉下风帽遮住眼睛。在这一点上，他是百般克制和严以律己，怎么苛刻也唯恐不周，连博热公主一四八一年十二月前来释谒圣母院隐修院时，他一本正经地不让她进入，向主教援引了一三三四年圣巴泰勒弥日前一天颁布的黑皮书的规定为理由，由于这黑皮书明文明令只要女人，"不论老幼贵贱"，一律不许进入隐修院。对此，主教不得不向他引述教皇使节奥多的命令：某些命妇可以例外，"对某些贵妇，除非有丑行，不得拒绝。"然而副主教依然有异议，反驳说教皇使节的该项命令是一二〇七年颁发的，比黑皮书早一百二十七年，所以事实上已被后者废除了。最终他不敢在公主面前露面。

除此而外，人们也注意到，近来他对埃及女人和茨冈女人似乎更加憎恶了，甚至让主教下命令，明文禁止吉卜赛女人到教堂广场来跳舞和敲手鼓；同时，还查阅宗教裁判所那些发霉的档案,搜集有关男女巫师因与公山羊、母猪或母山羊勾结施巫术而被判处火焚或绞刑的案子。

六　不孚众望

我们前面已说过,副主教和敲钟人在圣母院周围大大小小百姓当中是很不得人喜欢的。每当克洛德和卡齐莫多一同外出——这是常有的事——,只要人们看见仆人跟在主人后面,两个人一起穿过圣母院周围房屋之间那些狭窄、清凉、阴暗的街道,他们一路上会受到恶言恶语、冷嘲热讽。除非克洛德·弗罗洛昂首挺胸走着,脸上露出一副严峻、甚至威严的神情,那嘲笑的人才望而生畏,不敢作声,然而这是罕见的事。

在他们居住的街区,这两人就像雷尼埃所说的两个"诗人":

> 形形色色的人都追随着诗人,
> 就如黄莺叽叽喳喳追赶猫头鹰。

一会儿只见一个鬼头鬼脑的小淘气,只是为了开心,竟冒着自身性命的危险,跑去用一支别针扎进卡齐莫多驼背的肉里;一会儿是一个漂亮的小妞,脸皮厚得可以,轻佻放荡,故意走近用身子擦着克洛德教士的黑袍,冲着他哼着嘲讽的小调:躲吧,躲吧,魔鬼逮住了。偶尔,一群尖牙利嘴的老太婆,蹲在阴暗的门廊一级级台阶上,看到副主教和敲钟人从那儿经过,就大声鼓噪,咕咕哝哝,说些不三不四的话儿表示欢迎:"嗯!有两个人来了:一个人的灵魂就像另一个的身体那样古怪!"再就是,是一帮学子和步兵在玩跳房子游戏,一起站起来,以传统的方式向他们致敬,用拉丁语嘲骂:哎哟! 克洛德与瘸子。

但是,这种叫骂声,大部分来说,教士和钟夫是听不见的。卡齐莫多很聋,克洛德又常常沉思默想,根本无法听见这些优美动听的话儿。

第五卷

一　圣马丁修道院住持

堂·克洛德的名声早已名扬千里。可能就在他不愿会见博热采邑公主的那个时候,有人慕名来访,这使他久久难以忘怀。

那是某个夜晚。他做完晚课,刚回到圣母院隐修庭院他那间念经的陋室。这小室,只见一个角落里扔着几只小瓶子,里面装满某种甚是可疑的粉末,很像炸药,或许除此之外,丝毫没有什么奇特和神秘之处。墙上固然有些文字,斑驳陆离,纯粹都是些名家的至理格言或虔诚箴句。这个副主教刚在一盏有着三个灯嘴的铜灯的亮光下坐了下来,对着一只装满手稿的大柜子。他手时搁在摊开的奥诺里乌斯·德·奥顿的著作《论命定与自由意志》上面,默想深思,顺手翻弄一本刚拿来的对开印刷品——小室里唯一的出版物。当他沉思默想时,忽然有人敲门。"何人?"这个饱学之士大声问道,那语气犹如一条饿狗在啃骨头受了打扰叫起来那么让人好受。室外答道:"是您的朋友雅克·库瓦提埃。"他去开门。

果真是御医。这人年纪五十上下,脸上表情呆板,好在狡黠的目光挺有人样。还有另个人陪着他。两个人都身穿深灰色的灰鼠皮裘,腰带紧束,裹得严严实实,头戴同样质料、同样颜色的帽子。他俩的手全被袖子遮掩着,脚被皮裘的下裾遮掩着,眼被帽子遮掩着真环环相扣。

"上帝保佑,大人们!"副主教边说边让他们进来。"这样时刻能有贵客光临,真是让人惊喜万分,感恩不已!"他嘴里说得这样客气,眼里却露出不安和询问的目光,扫视着御医和其同伴。

"来拜访像堂·克洛德·弗罗洛·德·蒂尔夏普这样的泰斗,永远不觉得太晚的。"库瓦提埃大夫应道,他那弗朗什一孔泰的口音说起话来,每句都拉长音,如拖着尾巴的长袍那样显得庄严很有气魄。

于是,医生和副主教就寒暄起来了。按照当时的习俗,这是学者们交谈之前彼此恭维的开场白,并不影响他们在亲亲热热气氛中彼此互相憎恨。话说回来,时到今日依然如此,随便哪个学者恭维起另个学者来,还不是口蜜腹剑,笑里藏刀。

克洛德·弗罗洛主要恭维雅克·库瓦提埃这位医术高明的医生,在其让人羡慕的职业中,善于从每回给王上治病当中捞取许许多多尘世的好处,这种类似炼金术的行当比寻求点金石更便当,更加可靠。

"真的,库瓦提埃大夫先生,得知令侄即我尊敬的皮埃尔·维尔塞老爷当了主教,我万分喜悦。莫非他不是当了亚眠的主教吗?"

"是,副主教大人;全托上帝恩典与福祉。"

"圣诞节那天,您带领审计院一帮子人,你可真神气;您知道吗,院长大人?"

"是副院长,堂·克洛德。只是副的而已。"

"你那幢在拱门圣安德烈街的漂亮宅第,现在怎么样啦?那可真是一座卢浮宫呀!我挺喜欢那棵雕刻在门上的杏树,还带着的挺有趣的字眼:杏树居。"

"别提了!克洛德大师,这座房子建造费用害人不浅,房子渐渐盖起来,我也快破产了。"

"喔!你不是还有典狱和司法宫典吏的薪俸,还有领地上许许多多房屋、摊点、窝棚、店铺的年金吗?那可是挤不尽的一头好奶牛!"

"在善瓦锡领地我可没有池水。"

"可您在特里埃、圣雅默、莱伊圣日耳曼的过路税,一向进款丰厚。"

"一百二十利弗尔,且还不是巴黎币。"

"你还担任国王进谏大夫的职务,这是稳当的了吧。"

"是的,克洛德教友,可是那块该死的博利尼领地,人们说是块肥肉,其实好坏年头平均收成还不到六十金埃居哩。"

堂·克洛德频频对雅克·库瓦提埃的恭维话里,带着讥讽、刻薄和暗暗揶揄的腔调,脸上露出忧郁而又冷冷的微笑,就如一个高人一等而又倒霉的人,为了一时开心,便拿一个庸俗之辈的殷实家私做耍取乐,而对方却没有发现。

"拿我的灵魂起誓,"克洛德终于握着雅克的手说,"看到您福体这样矍铄,我真是喜悦。"

"多谢,克洛德先生。"

"对啦,"堂·克洛德忽然喊,"您那位金贵的病人玉体如何?"

"他给医生的报酬总是不足。"这位大夫答道,并看了他同伴一眼。

"不见得,库瓦提埃?"雅克的同伴插嘴说。

他说这句话,声调表示惊讶又饱含责备,不由得引起副主教对这位陌生人的多加关注。其实,自从这陌生人跨入这斗室的门槛那时起,他一直都注意着。他甚至有着千百种理由谨慎对待路易十一的这个神通广大的御医雅克·库瓦提埃,才让这大夫这样带着生客来见他。因此,当他听到雅克·库瓦提埃说下面的话,脸色一点不热情:

"对,堂·克洛德,我带来一位教友,他仰慕大名前来拜会。"

"先生也是学术界的?"副主教问道,锐利的目光直盯着雅克的这位同伴,讶然发现这生客双眉之下的目光并不次于自己的那样炯炯有神和咄咄逼人。

在微弱的灯光下只能略加判断,这是个六十上下的老头,中等身材,看上去病得不轻,精神颓废。脸部侧面尽管轮廓十足市民化,但具有某种威严,隆突的弓眉下面眼珠闪闪发光,好像是从兽穴深处射出来的光芒;拉下来的帽檐一直遮住鼻子,却可以感觉到帽子下面转动着具有天才气质的宽轩的额头。

他回答副主教的问题。

"尊敬的大师,"他声音低沉地说,"您名闻遐迩,一直传到敝人耳边。我特地前来求教。在下只是外省一个可怜的乡绅,应先脱鞋才能走进像你们这种伟人的家里。应让您知道我的鄙名，我是杜朗若同伴。"

"一个乡绅取这样的名字，真是奇怪！"副主教心里揣摩。然而，他顿时觉得自己面对着某种强有力和严重的东西。凭他的睿智，本能地揣度杜朗若伙伴皮帽下面脑袋里的智慧并不在自己之下。他打量着这张严肃的脸孔，原先雅克·库瓦提令他愁容的脸上浮现的讪笑渐渐消散了，就好比薄暮的余晖渐渐消失在黑夜的天际。他重新在他那张气派高贵的扶手椅上坐下来，表情忧郁，默不作声，手肘又搁在桌上惯常的地方，手掌托着前额。沉思片刻之后，请两位客人坐下，并向杜朗若伙伴说话。

"先生，你来问我，不知是关于哪方面的学问？"

"尊敬的长老，"杜朗若应道，"我有病，病得很重。听说您是阿斯克勒庇奥斯转世，因此特来向你请教医学方面的问题。"

"医学！"副主教摇头说道。他看上去思考了一会儿，接着说："杜朗若伙伴——既然这是您的名字——请转过头去。你看我的答案早已写在墙上了。"

杜朗若稳重地转过身去，看头顶上方的墙上刻写着这句话："医学是梦之女儿。——让普利克"

雅克·库瓦提埃听到他同伴提的问题就有气，又听到堂·克洛德的答复更怒不可遏了。他前身贴着杜朗若的耳朵说，声音很低，免得让副主教听到："我早就告诉您，这是个疯子。可你非来看他不行！"

"这是由于这疯子很可能说得有理，雅克大夫！"这伙伴用同样的声调应道，一脸悲伤。

"随您的便吧！"库瓦提埃冷淡地回了一句。接着转向副主教说道："堂·克洛德，您的医道很高明的，不是连伊波克拉泰斯都对你无可奈何吗？就好像榛子难不倒猴子一样。医学是梦！若是药物学家和医学大师们在这里，他们能不砸您石头才怪哩。这么说来，你否认春药对血的作用，膏药对肉的作用！你否认这个专为医治被称为人类的永恒患者、由花草和矿物所组成的被称为世界的永恒药房！"

"我不否认药房、也不否认患者，我否认的是医生。"堂·克洛德冷漠地说道。

"听您这么说,痛风是体内的皮疹,伤口敷上一只烤鼠可以疗伤,老血管适度注入新生的血液可以恢复青春,这些都是荒唐的罗!二加二等于四,角弓反张后是前弓反张,这些也是假的了!"库瓦提埃火辣辣地说。

副主教不动声色地应道:"有些事我另有看法。"

库瓦提埃一听,满脸通红。

"得啦,我的好库瓦提埃,别发怒嘛!"杜朗若伙伴说道。"副主教大人是自己的人吗。"

库瓦提埃平静了下来,轻声嘟哝:"说究竟,这是个疯子!"

"天啊,克洛德大师,你真叫我左右为难。"杜朗若伙伴沉静了片刻继续说。"我是来向您求教两件事的:一件是关于我的健康,另一件关于我的星相。"

"先生,"副主教应道,"如果这就是您的来意,那不必气喘吁吁地拾级爬上我的楼梯啦。我不相信医学,不相信星相学。"

"真的!"那位伙伴说。

库瓦提埃强笑了一下,悄悄对杜朗若伙伴说:

"懂了吧,他是疯子。竟然不相信星相学!"

"怎能想象每道星光竟是牵在每人头上的一根线!"堂·克洛德说。

"那么你究竟相信什么呢?"杜朗若伙伴叫了起来。

副主教犹豫了一下,随即脸上露出阴沉的笑容,似乎是在否定自己的回答:

"相信上帝。"

"我们的主。"杜朗若伙伴划了个十字,插上一句。

"阿门。"库瓦提埃说。

"尊敬的大师,"那位伙伴继续说,"看到您如此诚心,我衷心钦佩。可是,您是赫赫有名的学者,莫非您因此而一再相信学问吗?"

"不。"副主教答道,同时抓住杜朗若伙伴的胳膊,阴暗的眸子又闪过热烈的光彩。"不,我并不否认学问。我已习惯长久地在地上匍匐前行,指甲直插入土里,穿过地洞的很多曲径小路,并不是没有看到我面前远处、在阴暗长廊的尽头,有线亮光,有道火焰,有点什么东西,可能是令人眼花缭乱的中央实验室的反光,就是愚者和智者忽然发现了上帝的那个实验室。"

"说究竟,你认为什么东西是真实和可信的呢?"杜朗若伙伴打断他的话问道。

"炼金术。"

库瓦提埃惊叫起来:"当真!堂·克洛德,炼金术就算有其道理,但您为什么诅咒医学和星相学呢?"

"你们的人学,纯属子虚!你们的天学,纯属子虚!"副主教一脸庄重地说。

"这未免对埃皮达夫罗斯和迦勒底太放肆了。"医生冷笑着回了一句。

"请听我说,雅克大人,我这话是诚心。我不是御医,王上并没有赏赐给我代达洛斯花园来观测星座。——别生气,听我说下去。——您从中得到了什么真理,我说的不是医学——因为那是太荒唐的玩意儿——,而是星相学的什么真理?告诉我,古希腊实行上下倒序书写方式有何长处,齐罗弗数字与齐弗罗数字又有什么过人之处。"

"难道您否认锁骨的交感力,否认通神术来源吗?"库瓦提埃说。

"错了,雅克大人!您的那些方法没有一个是可以应验的。然而炼金术却有其种种的发现。诸如冰埋在地下一千年就变成水晶,铅是各种金属的祖宗(黄金不是金属,黄金是光),你能否定这些结果吗?铅只需经过每期为二百年的四个周期,就相继从铅态变为红砷态,从红砷态变为锡态,再从锡态变为白银。难道这不是事实吗?可是,相信什么锁骨,什么满线,什么星宿,这很滑稽可笑,就如大契丹的百姓相信黄鹂会变成鼹鼠,麦种会变成鲤鱼一般荒谬无比!"

"我研究过炼金术,但我认为……"库瓦提埃叫。

副主教咄咄逼人,不许他说完,打断说道:"而我呀,我研究过医学、星相学和炼金术。真理就在这里(他边说边从柜子上拿起一只前面提到的装满粉末的瓶子),光明就在这里!伊波克拉代斯,那是梦幻;乌拉妮亚,那也是梦幻;赫尔墨斯,那是一种想象。黄金,是太阳;造出金子来,那就是上帝。这才是独一无二真正的知识！不瞒您说，我探究过医学和星相学，全是虚无，虚无！人体，漆黑一团；星宿，漆黑一团！"

话音刚落，随又跌坐在椅子上，姿态威仪，如神附体。杜朗若伙伴默默地凝视着他，库瓦提埃强作冷笑，微微耸肩，悄声一再说道："顽固不化的疯子！"

"不过，"杜朗若伙伴忽然说道，"那奇妙的目标，您达到了没有？你造出金子了吗？"

"要是我造出来了，法兰西国王就该叫克洛德，而不叫路易了！"副主教应道，一板一眼地慢慢说，好像在思考着什么。

杜朗若伙伴一听，皱起眉头。

"我说了什么来的？"堂·克洛德带着轻蔑的微笑说。"我如果能重建东罗马帝国，法兰西宝座对我来说又算得了什么呢？"

"妙极了！"那伙伴附和道。

"噢！名副其实的可怜的疯子！"库瓦提埃嘀咕道。

副主教接着往下说，看起来只在回答他自己脑中的问题：

"事实并非如此，我现在仍在爬行；我在地道里爬，石子磨破了我的脸和双膝。我只能隐约地窥看，却不能注目静观！我不能读，只能一个字母一个字母地拼！"

"那等您会读了，就能造出金子吗？"那个伙伴问道。

"这有谁会怀疑？"副主教答道。

"既然如此，圣母深知我现在需要金钱，所以，我得说跟你学是我的至爱了、尊敬的大师，请告诉我，您的科学会不会与圣母为敌，或许让她不高兴呢？"伙伴问道。

对这问题，堂·克洛德只是冷静又傲慢地应道："我是谁的副主教？"

"这是实话，大师。那好吧！请教一教我，好吗？让我跟你一起拼读吧。"

克洛德顿时活像撒母耳，摆出一副仿佛教皇的威严的姿态，说：

"老人家，进行这样的旅行，要经过种种奥秘，需要很长时间，这将超出你的有生之年。您的头发都花白了！人们走进地穴时满头乌发，而出来时却只能白发苍苍。单单科学本身，就会把人的面孔弄得双颊深陷，气色干枯，容颜憔悴；科学并不需要老年人那布满皱纹的脸孔。可是，您若有心一定要在您这样的年纪学习此道，破译先知们那让人生畏的文字，那就来找我好了，我将试试看。我不会叫你这可怜的老头去观看先哲赫罗多图斯所叙述的金字塔墓室，或是巴比伦的摩天砖塔，或是印度埃克林加庙宇白大理石的宽宏圣殿。我同你一样，没有见过迦勒底人按照西克拉神圣式样建造的泥土建筑物，从没看过被毁的所罗门庙宇，也没有见过以色列王陵破碎的石门。我们只读手头上现有的赫尔墨斯著作的片段。我向您解释圣克里斯朵夫雕像、播种者的含义，及圣小教堂门前那两个天使——一个把手插在水罐里，另一个把手伸入云端——的象征意义……”

雅克·库瓦提埃刚才受到副主教声色俱厉的驳斥，很难堪，当听到这些，又振作精神，打断副主教的话，洋洋得意，宛如学者对另一个学者那般：“错了，克洛德朋友。象征不是数。你把俄尔甫斯错当成赫尔墨斯了。”

“你才搞错了！”副主教严肃地驳斥道。“代达洛斯是地基，俄尔市斯是高墙，赫尔墨斯是大厦。这是一个整体。”说到这里，转身对杜朗若说道：“你任何时候来都行，我要给你看一看尼古拉·弗拉梅尔坩埚里残存的金属，您可以拿它同巴黎吉约姆的黄金做个对比。我要教你希腊文 Peristera 这个词的神秘功能。可是，我首先要教您阅读一个个大理石字母，一页页花岗岩著作。我们先从吉约姆主教的门廊和圆形圣约翰教堂的门廊起，进入到圣小教堂，而后再走到马里伏尔街尼古拉·弗拉梅尔的宅邸，到他在圣婴公墓上的坟墓，到他在蒙莫朗锡街的两所医院。我要教你读一读圣热尔韦医院和铁坊街门廊上四个大铁架上那密密的象形文字。我们还要一同拼读圣科默教堂、圣马丁教堂、火刑者圣日芮维埃芙教堂、屠宰场圣雅各教堂等等门脸上的秘密……”

杜朗若尽管目光何等敏锐，但似乎早就听不懂堂·克洛德在说什么了，于是打断他的话：

“天啊！你说的这些书究竟是什么东西？”

“这是一本！”副主教答道。

这么说着，斗室的窗户被他推开了，指着宏伟的圣母院教堂。见圣母院的两座钟楼、教堂的石头突角和奇形怪状的后部，黑黝黝的侧影映射在星空上，似乎一只双首的带翼狮身巨怪蹲坐在城中间。

副主教对着这庞大的建筑物静静地凝视了片刻，继续轻轻叹息了一声，伸出右手，指向桌上摊开的那本书，又伸出左手，指向圣母院，忧愁的目光慢慢从书本移向教堂，说：

"那个将被这个毁掉。"

库瓦提埃急忙挨近那本书，并不禁叫了起来："哎唷，就是个么！这有什么大惊小怪的，无非是安东尼于斯·科布尔歇一四七四年在纽伦堡印行的《圣保罗书信集注》嘛！这不是新书，而是格言大师皮埃尔·隆巴尔的一本旧作。难点因为它是印刷的？"

"您说的没错！"克洛德答道，看上去沉浸在沉思默想中，一直站着，屈起的食指撑在纽伦堡著名出版社印出的那本对开书上。继续又添上高深莫测的言语："唉！唉！大的往往被小的战胜；一颗牙齿会战胜一个庞然大物。尼罗河的老鼠会咬死鳄鱼，箭鱼能戳死鲸鱼，书籍将毁掉建筑！"

正当雅克大夫低声对其同伴没完没了唠叨着"他是疯子"，这时敲响了修道院的熄灯钟。这回，他同伴应道："我想是的。"

到了这时刻，任何外人都不能留在修道院里。两个客人不得不告退了。杜朗若伙伴道别时说："大师，我敬爱学者和贤士，尤其敬仰您。明日请您到小塔宫去，你问一下图尔圣马丁修道院的住持就行了。"

副主教回到住处，惊恐万分，终于明白这个杜朗若伙伴是何人，因为记起图尔圣马丁修道院契据汇编里有这么一段文字：圣马丁修道院住持，即法兰西国王，据教会惯例，享有与圣弗南蒂于斯同样的僧侣薪俸，并应掌管教堂金库。

据说，从此以后，只要路易十一回到巴黎，副主教常被召去同王上谈话；还说，堂·克洛德的声望，使奥利维埃·勒丹和雅克·库瓦提埃黯然失色，所以库瓦提埃我行我素，经常对国王出言不逊。

二 这个将毁灭那个

"这个将毁灭那个。书籍将毁灭建筑。"副主教这谜语般的话语有什么深奥含义,不妨在这里稍做讨论,请阅读此书的女士多加包涵。

据我们看来,这话包含有两方面的意思。首先这是教士的一种思想状况,反映了僧侣对着印刷术这一新事物的出现所产生的恐惧心理。看到古腾堡发明的那光芒四射的印刷机,让圣殿里的人全看得惊恐万状,眼花缭乱,教坛和手稿,口说的话语和书写的话语,均由于印刷的话语的出现而惊慌失措,这有点像一只燕雀看见莱日翁天使张开其六百万支翅膀目瞪口呆。这是预言家的惊呼:他已听见得到解放的人类欢腾的喧闹,看见未来睿智将破坏信条的根基,舆论将推翻信仰的宝座,世界将摆脱罗马的操纵。哲学家的推测是这样的:他看到人类思想随着印刷机的问世而四处扩散,势必会像蒸汽一样从神权容器中冒了出来。这是士兵在察看羊头青铜撞锤时,不由地发出"炮台定会被撞倒的"惊叫所表现出来的那种恐怖心情。这意味着一种威力将取代另一种威力。这也就是说:印刷机将毁灭教会。

但是,在我们看来,在这种无疑是最基本和最简单的思想当中还包含着另一种更新颖的想法,源自头一种思想,比较不易觉察,却更易引起争议;这也纯粹是一种哲学观点,不再仅是教士的观点,而且也是学者和艺术家的观点。这是预感到,人的思维随着思维方式的改变,也改变其表达方式;每一代人的主要思想不要再用同样的材料和同样的方式来进行书写;石刻书,何等坚固,那么持久,即将让位给纸书,相比之下还更加持久,更加坚固。这方面,副主教含糊之词还有另一层意思,那就是一个艺术将取代另一种艺术,即:印刷术将毁灭建筑艺术。

其实,自开天辟古直至基督纪元十五世纪(包括十五世纪在内),建筑艺术向来就是人类最伟大的书,是人类在其力量或者才智发展的不同阶段的主要表达手段。

随着最初的人感到记忆力负担过重，随着人类各种记忆的包袱变得太复杂、太沉重，以至于光凭直接和飘忽的言辞就有可能在传递的途中丧失一部分的时候，人们就以最经久、最显眼、最自然的方式，把各种记忆记载在地面上。每种传统都凝结成为一座纪念物。

早先的纪念物是一堆堆石头，就像摩西所说的，未曾被铁接触过。建筑艺术也像任何文字一样，先从字母开始：竖起一块石头，就成了一个字母；每个字母是个象形，每个象形承受一组意念，好像圆柱承受着柱头一般。原始部落在全世界地面上到处都同时这样做的。在亚洲的西伯利亚，在美洲的潘帕斯草原，都可见到凯尔特人的那种擎天石。

而后造出一个个词。把石头垒石头，把花岗岩音节加以联结，进行言词某种组合的尝试。克尔特人的平石坟和独石垣，伊特鲁立亚人的古冢，希伯来人的墓穴，这些全都是词。其中有些是专有名词，尤其是古墓。有时候有的地方的石头又多又宽大，人们就书写一个句子。卡尔纳克的广大石堆群，就已是一个完整的句子了。

最后才写出书来。传统滋生象征，反面被象征淹没了，这仿佛树干被树叶渐渐掩住一样。所有这一切为人类所崇奉的象征，随着岁月的变迁，愈来愈繁多，愈来愈增加，愈来愈交错，越来愈复杂，早期的纪念物再也没法容纳了，遂从四面八方泛溢开来。早期的那种纪念物勉强还能表达原始传统，由于原始传统如同其纪念物一样，纯朴，简单，匍匐在地面上。象征需要在建筑物上得到充分发展。这样，建筑艺术随着人类思想的发展而突飞猛进，变成千首千臂的巨人，用一种永不磨灭、看得见、摸得着的形式，把这整个飘忽不定的象征主义全固定下来。当力量的化身代达洛斯忙着测量，正当智慧的奥尔浦斯放声歌唱一样，此时作为字母的支柱，作为音节的拱廊，作为单词的金字塔，在几何规则和诗律的双重作用下，都活动起来了，聚集、组合、交融、升降、在地面上层层重叠、层层迭起高入云霄，直到在某一时代总观念的授意下，写出了那些令人叹止的奇书，就是座座奇妙的建筑物：埃克林加塔，埃及的朗塞伊翁陵墓，所罗门的神庙。

这种观念，即真谛，不仅仅存在于所有这些建筑物的内部，而且还寄寓其外部的形式。比如所罗门的神庙，它不仅仅是经书的精装封面，而且就是经书本身。祭司从每一道同一圆心的墙垣上，可以解释出呈现在眼前它所表达的含义。祭司就这样从这个圣殿到那个圣殿，逐一读出真谛的演变，直至最后的圣龛，通过体现真谛的最具体形式，依然还是建筑物的圆拱，才最终掌握住真谛的含义。所以，真谛寓于建筑物中，而其形象却体现在其外壳，正如死者的形象描画在木乃伊的棺木上面。

且不仅是建筑物的形式，而且建筑物所选择的地点，都反映它们所要表现的思想。根据所要表达的象征是优雅或是阴暗，希腊人把赏心悦目的神庙建造在山顶上，印度人则劈开山峦，在地里开凿出奇形怪状的塔，由一排排巨行的花岗岩大象驮着。

这样，自开天辟地以后的最初六千年间，从印度斯坦最远古的宝塔起，直到科隆的大教堂，建筑艺术一直是人类的伟大文字。不单是任何宗教象征，且一切人类思想，都在建筑艺术这部巨作中占有其一页，拥有丰碑，这是千真万确的事实。

所以文明均始自神权，终归为民主。先统一后自由这一规律，也写在建筑艺术中。我们必须强调，那种认为建造术仅仅在于能筑起神庙，能表达神话和宗教象征，会用象形文字在石头书页上记载法之神秘图解，不能要这种观点。要是这样，由于在任何人类社会中，神圣象征会在自由思想冲击下消耗、磨灭，世人会逃脱教士的控制，层出不穷的哲学和体系会如赘疣一样腐蚀宗教的面孔，那么，建筑艺术就不可能再现人类的新精神面貌，尽管正面字迹密布于它的每一天，反面却大概是空白，它的合作就可能不全，建筑艺术作为一本书便会不完整了。其实并非这样。

不妨以中世纪为例，它距离我们较近，可以看得更清楚。中世纪早期，神权政治正在缔造欧洲，梵蒂冈用坍倒在朱庇特神庙周围的古罗马遗迹正聚集和组合各种因素来缔造一个新的罗马。基督教日益忙于在昔日文明的废墟上寻找社会各个阶层，并利用残迹重建一个以僧侣制度为拱顶石的新等级制度的社会。恰恰会在那个时期，神秘的罗曼建筑艺术这个埃及和印度神权筑造术的姐妹、正宗天主教的永恒徽记、教宗一统天下的亘古不变的象形文字,在那片混乱中先露出端倪,再逐渐在基督教潜移默化的影响下,经过蛮族劳作,才从衰亡的古希腊、古罗马建筑艺术的残迹中脱颖而出。那里的任何思想,其实都反映在那阴沉沉的罗曼风格中。我们可以感觉到无处不存在权威、奥秘、绝对、统一、格列高利七世的遗风;无处不存在教士的作用,而丝毫没有世人的位置;无处不存在种姓等级,而丝毫无人民。可是,发生了十字军远征。这是一场大规模的民众运动,而任何大规模的民众运动,不论其始因和目的是什么,总是从它的最后沉淀中产生出自由思想。便应运而生了革新运动。因此开始了雅克团、布拉格派和联盟那风起云涌的时期。权威摇摇欲坠,统一分崩离析。封建制度要求与神权政治平分权力,而其后是人民突如其来,并且一如既往,并占有了狮子的那一份。因为狮子是王。所以,领主制度冲破了僧侣制度,村社制度冲破了领主制度。欧洲的面貌改变了。可不!建筑艺术的面貌也改变了。如文明一样,建筑艺术也翻开了新的一页,随时准备为新的时代精神谱写新的篇章。随着十字军远征带回来了尖拱艺术,建筑艺术得到了复兴,和十字军远征带回来了自由样,各民族因而得到了复兴一样。于是,随着罗马帝国逐渐解体,罗曼建筑艺术也日渐衰亡。象形文字离开了大教堂,作为徽志去装饰城堡主塔,给封建制度增添一点光彩。大教堂本身,昔日是道貌岸然的建筑物,从此受到市民、村社、自由的侵袭,摆脱了教士控制,落入艺术家的手里。艺术家随意建造。什么神话,什么奥秘,什么法度,统统置之不顾了,现在,取而代之的是奇思异想和别出心裁。教士只要有了教堂和祭坛,就万事大吉了。教堂的四面垣墙,都是艺术家的。建筑艺术这本书已不再属于僧侣、教会和罗马了,而属于想象力,属于诗歌,属于人民。这种只有三百年历史的建筑艺术,迅速产生了无数的变化,这变化发生在已经有六、七百年历史之久的罗曼建筑艺术长期停滞之后,真令人胆战心寒!与此同时,艺术阔步前进。过去主教们才能干的活计,现在具有天才和独创精神的人民也能干了。每个种族经过时,都在这本书上写下独特的一行文字,并将大教堂正面的罗曼象形文字涂掉,因而在各种族所留下的新象征下面,原来教条的痕迹偶然还依稀可见。既然建筑艺术被人民披上了罗锦,几乎难以猜度出其宗教的骨架了。当时建筑家们对教堂也如此放肆妄为,现在真是无法设想的。比如,巴黎司法宫壁炉厅里柱头上装饰着男女僧侣羞羞答答交欢的雕刻;再比如,布尔日大教堂高大门廊下清清楚楚雕塑着挪亚的奇遇;还有,博舍维尔修道院漱洗室墙上画着一个长着驴耳的醉修士,手执酒杯,使从僧被当面嘲笑。当时,在石头书写的思想方面存在着一种特权,完全可以同我们现在的出版自由相提并论,就是建筑艺术的自由。

这种自由四处远扬,有时是一道门廊、一堵门面、整座教堂,都带着某种象征意义,它和宗教崇拜完全风马牛不相及,与教会甚至不能相容、在十三世纪巴黎的吉约姆,十五世纪的尼古拉·弗拉梅尔,都写下这类叛逆的篇章。屠宰场圣雅各教堂就全是一座叛经背道的教堂。

当时,只有通过这种方式思想才是自由的,所以它只好全部都写在那些被称为建筑物的书籍上面。假若不是采用建筑物这种形式,而是贸然写成书稿的形式,那它早就遭刽子手的毒手,当众被焚毁了;教堂门廊所体现的思想,早就目睹书籍所表现的思想所遭受的苦难。既然只有营造术这条出路,思想要得见天日,就从四面八方迅速汇集到建造术上来了。于是出现了许许多多大教堂,遍布整个欧洲,数目大得惊人,即使在核对之后,也令人难以置信。社会的全部物质力量和一切精神力量都会聚到同一点上:建筑艺术。这样,假借给上帝建造教堂,建筑艺术便发展起来,其规模蔚为壮观。

任何生为诗人的哪个人,都能成为建筑家。散布在群众当中的天才,处于封建制度统治下,就好像处在青铜盾牌硬壳下那般,各方受到压制,唯有从建筑艺术可以找到出路,便通过这门艺术纷纷涌现出来,于是其《伊利亚德》就采纳了大教堂这种形式。其他所有艺术,也随之甘拜下风,作为分支受建筑艺术所统辖。大师、诗人、建筑家、全部把雕刻、绘画、钟乐集中于一身:亲自为大教堂这伟大作品镂刻门面,为大教堂着色窗玻璃,为其击钟和奏鸣管风琴。就连那执意要在手稿中苟且偷生的可怜的诗歌本身,除非它不想有所作为,也必须以圣歌或散文的形式纳入教堂这建筑物。总而言之,这与希腊祭神节日演出埃斯库罗斯的悲剧以及所罗门寺庙演出《创世纪》一样,起着相等的作用。

所以,在古腾堡发明印刷术之前,主要的文字形式一直都是建筑艺术,普遍的文字形式。这本花岗岩的书始自东方,后被古希腊和古罗马所继承,中世纪给它写下了最后一页。再说,上面我们已经看到,在中世纪一种民众的建筑艺术取代了一种种姓等级制度的建筑艺术,这现象在历史上其他伟大时代里,随着人类智力相似的发展也曾有过。所以,这是仅仅叙述一种普遍规律,若是详述,得写成许多巨卷才行。在那原始时代摇篮的上古东方,继印度建筑之后的是腓尼基建筑,即体态丰盈的阿拉伯建筑之母;在古代,继埃及建筑——伊特鲁立亚风格与蛮石建筑物无非是其变种而已——希腊建筑在其后,后来的罗马风格只是一种延伸,加上许许多多迦太基圆顶而已;在近代,继罗曼建筑之后的是哥特式建筑。假如将这三个系列各分成两半,便可以在印度建筑、埃及建筑、罗曼建筑这三位姐姐身上发现相同的象征,即统一、等级、神权、教条、神话、上帝;至于腓尼基建筑、希腊建筑和哥特式建筑这三位妹妹,不论它们本质所具有的形式如何千变万化,其含义是相同的,即民众、自由、人。

无论叫作婆罗门、祆教僧侣还是教皇,人们在印度建筑、埃及建筑或是罗马建筑中,总感到教士到处都是,除了教士别无其他。民众建筑便不是如此。这类建筑更为丰富多彩,且也不那么圣洁。腓尼基建筑有商人的气息;希腊建筑带有共和的气息;哥特式建筑则带有市民的气息。

任何神权建筑的普遍特性,是一成不变,墨守传统,惧怕进步的线条,崇奉原始的式样,常常莫名其妙地别出心裁,用象征来歪曲人和自然的一切形状。这是一些晦涩的书,只有那班被授以神秘教义的人方能读得懂。况且,不管什么形式,甚至任何奇形怪状,都含有某种深意,因而所有形式都成为不可侵犯的了。切莫要求埃及的、印度的、罗曼的营造术去改造其设计图,或者去改善其雕塑艺术。对它们来说,任何完善的尝试都是大逆不道的。这些建筑艺术中,僵化的教条似乎已扩展到石头上,仿佛再度石化一般。然而,与此相反,民众建筑的普遍特征是多样性,进步,新颖,丰富,恒动。宗教的束缚已被摆脱,可以考虑到建筑的优美,精心美化,不断提高塑像或花纹图案的装饰。这类建筑是世俗的,具有人的某种情趣,而又不断与神的象征相混合,依然在神的象征掩盖下呈现出来。所以不少建筑物是随便任何人、任何智力、任何想象力都能领悟的，尽管依旧带有象征性，却像大自然一样易于理解。在神权建筑与民众建筑之间，存在着从神圣语言到通俗语言、从所罗门到菲狄亚斯从象形到艺术的差别。

我们前面所说的一切极其简单，许许多多论据和成百上千种琐碎的非议均未涉及。如果是加以概括，便能得到如下的结论：直至十五世纪，建筑艺术一向是人类活动的主要记载；在此期间，世上出现任何复杂一些的思想，都化作了建筑物；任何人民性的观念，如同任何宗教法度一样，都有其宏伟的纪念碑；最后，人类任何重要的想法，全不被用石头记载了下来。那是什么原因呢？因为任何思想，无论是宗教的还是哲学的，其所关注的是永世长存；曾震撼一代人心灵的观念，都希望能震撼其他世代，且留下痕迹。况且，听得的不朽的书稿，那是何等靠不住呀！一座建筑物才是一本结结实实的书，持久，坚固！一把人或者一个残暴之徒，就可以把书写的言辞毁尽；而要把建筑的言辞毁掉，那就得一场社会革命，一场尘世革命。野蛮人确曾践踏过古罗马竞技场，或许古埃及金字塔也经历过挪亚时代大洪水的泛滥哩。

到了十五世纪，一切都变了。

人类思想发现了一种可以永存的方法，它比建筑不但更坚固耐久，变得更简单了。建筑艺术遂失去了其宝座。奥尔甫斯的石头文字随即将被古腾堡的铅印文字所代替。

书籍将会毁灭建筑。

印刷术的发明，能称得上最伟大的事。那是革命母机，是人类表达方式的全面更新，是人类思想抛弃一种形式采用另一种形式的转换，是自从亚当以来代表着智慧、具有象征性的那条蛇最后一次彻头彻尾的转变。

在印刷形式下，思想比以往任何时候都更难以磨灭；它是飞翔的，逮也逮不住，毁也毁不了。它与空气混杂在一起。在建筑艺术统治时代，思想变成一座座大山，气势雄伟地控制一个世纪，镇住一方地域。现在，思想变成一群鸟儿，四处飞散，既占据整个空间，又占领全部地面。

重复一遍也无碍，这样一来，思想就越发不可磨灭了，对此有谁还看不清楚？它从原先的坚实牢固，变成现在的朝气蓬勃，从有期变成不朽。一个庞大建筑物尽可夷平，然而那无所不在的思想，却如何根除呢？即便有大洪水来，大山会早被滚滚洪涛浸没了，那成群鸟儿却将依然凌空飞翔；而且，只要有一叶方舟在洪水上漂浮，群鸟便会飞来停下，同方舟一起漂流，一道观看洪水退去。从这场混乱中出现的新世界，一醒来就将看见那被淹没的世界的思想，长着翅膀，生气勃勃，在新世界的上空上翱翔。

只要人们一看到这种表达方式不但最易保存，而且还最简单、最方便、最易于大家所实行；只要人们一想到这种表达方式无须拖带粗大的铺盖卷，搬动一大堆笨工具是没必要的；只要人们把下述两个事实比较一下：思想为了变成建筑物，必须动用其他四、五种艺术、一吨吨的黄金、整座大山似的石料、整座森林般的木材、一整群一整群的工人，而思想化为书，只要少量的纸张、少许的墨水、一支鹅毛笔；那么，人类智慧舍弃建筑艺术而拥护印刷术，这有什么可大惊小怪的呢？要是在河床水位下挖一条渠道，截断原来的河床，河流定将舍弃原来的河床而改道。

由此可见，自从发明了印刷术，建筑艺术便渐渐干枯、衰微和败落了。人们多么强烈地感受到，元气丧失，江河日下，各个时代和各个民族的思想都离开建筑艺术而去！这种冷落在十五世纪还几乎觉察不出来，那时候印刷机太弱小，最多只从强大的建筑艺术稍稍汲取一点过剩的生命力而已。可是从十六世纪起，建筑艺术的病症便显而易见，基本上不能再表达社会思潮了，怪可怜见地成为古典艺术，从高卢风格、欧洲风格、本地风格蜕变成为希腊和罗马风格，从真实和现代的风格成为假冒的古代风格。被称作文艺复兴的正是这种没落。话又说回来，这种没落倒也不失其壮丽，因为古老哥特风格的精灵，这轮沉落在美因兹巨大印刷机背后的夕阳，然而有时以其余晖，仍照耀着那拉丁式拱廊和考林辛式柱廊互相混杂的整堆建筑物。

这分明是夕阳残照，我们却当作黎明的曙光。

而且，自从建筑艺术只是普普通通像其他任何艺术，自从它不再是包罗万象的艺术、至高无上的艺术、独霸天下的艺术，再阻拦其他艺术它便没有力量了。因此其他艺术纷纷得到解放，粉碎建筑师的枷锁，各奔一方。每种艺术都在这分离中得到益处。各自分离，整体也就强壮了。雕刻变成了雕塑艺术，彩画变成了绘画艺术，卡农变成了音乐。这好像一个帝国在其亚历山大死后分崩离析，每个省份分别立为王国。

所以出现了拉斐尔·米凯朗琪罗、让·古戎、帕列斯特里纳这些在灿烂十六世纪赫赫有名的艺术家。

在艺术解放的同时，也解放了很多思想。中世纪的异端先辈们早把天主教打开了很大的缺口，十六世纪把宗教的一统天下粉碎了。印刷术出现之前，宗教改革无非是教派的分裂，有了印刷术，宗教改革却成了一场革命。虽然还没有印刷机，异端邪说就会软弱无力。无论是注定也罢，天意也好，反正古腾堡是路德的先行者。

可是，中世纪的太阳已经完全沉落，哥特艺术的精灵已在艺术的天际毁灭，这时候，建筑艺术遂日益暗淡褪色，渐渐消失了。印刷的书籍简直是建筑物的蛀虫——就吮吸其血液，啃蛀其骨肉。建筑艺术随即像树木一样，树皮剥落，树叶纷坠，明显地干瘪下去，成了俗气的，贫乏的，毫无价值的。它什么也不能表现，即便连表示对一个时代艺术的回忆都不可能了。人类思想丢弃了它，其他各门艺术也就把它摒弃了，它沦落到孤家寡人的情形，由于没有艺术家问津，只得求助于工匠。于是，普通的白玻璃取代了教堂窗户上的彩绘玻璃，雕塑家被石匠取代了。什么活力啦，特色啦，生命力啦，智慧啦，都遗失殆尽了。建筑艺术成为可怜巴巴的工场乞丐，专靠模仿抄袭，赖以苟延残喘。还在十六世纪时，米凯朗琪罗大约就感到建筑艺术正在衰亡，最后灵机一动，孤注一掷，这位艺术巨人把万神祠堆砌在巴特农神庙上面，建筑了罗马的圣彼得教堂。这座教堂堪称至今依然是举世无双的伟大作品，是建筑艺术史上最后的创举，是一位艺术泰斗在那本行将合上的宏伟石头史册下端留下的签名。米凯朗琪罗去世以后，建筑艺术在幽灵和阴影状态中苟延残喘，悲惨不堪，还能有什么作为呢？它就照抄圣彼得教堂，原封不动加以抄袭，不伦不类加以模仿。这成了一种怪癖，真是悲观无比。这样一来，每个世纪各有其罗马的圣彼得教堂，十七世纪有圣恩谷教堂,十八世纪有圣日芮维埃芙教堂。每个国家也都各有其罗马的圣彼得教堂,伦敦有伦敦的,彼得堡有彼得堡的,巴黎有巴黎的两三座。这是一种衰老的伟大艺术临终前回到童年时代的最后谵语,毫无意义的遗言。

诸如刚才提到的这些特点鲜明的古老建筑物,我们姑且无论,只对十六至十八世纪的艺术概貌稍加考察,便会发现同样衰颓和败落的现象。自从弗朗索瓦二世起,建筑物的艺术形式便渐渐消失了,几何形式崛起了,那模样真像一个瘦得皮包骨头的病人的骨架。建筑艺术的优美线条,让位给几何图形那种冷漠无情的线条。建筑物不再成为一座建筑物,而是一个多面体。可是,为了掩饰这种赤身裸体的丑态,建筑艺术倒也煞费苦心。看一看倒也无妨,罗马式的三角楣当中镶嵌着那希腊式的三角楣,或者相互错杂。千篇一律老是万神祠混合着巴特农神庙,总是罗马圣彼得教堂的式样。不妨再看一看亨利四世时代那种边角以石头砌成的砖房、王宫广场、太子广场。再看一后路易十三时代的那些教堂,扁塌塌,矮墩墩,胖嘟嘟,蜷缩一团,还加上一个大圆顶,活像一个驼背一样。再看一看那马扎兰式的建筑艺术,那座四邦大学真是意大利式的劣质品。瞧一瞧路易十四时代的那些宫殿,堪称朝臣们的长排营房,死板,阴森,让人生厌。最后,还再瞧一下路易十五时代的宫殿,饰满菊苣花形和通心粉似的细条纹,古老的建筑艺术原本已是风烛残年,缺牙豁口,却要被打扮的花里花俏,加上那般疣子和霉菌,结果反而面目皆非了。从弗朗索瓦二世到路易十五,建筑艺术的病症正以几何级数剧增,艺术只成了裹在骨头上的一层皮罢了,悲惨地奄奄一息了。

与此同时,印刷术的景况又怎样呢?全部离开建筑艺术的生命力,都来依附于印刷术。随着建筑艺术每况愈下,扩展壮大了印刷术。人类思想原来花费在建筑上面的大批力量,从此全用于书籍。于是从十六世纪起,在建筑艺术败落的同时而壮大起来的印刷术,就与它进行角逐,并把它置于死地。到了十七世纪,印刷术的天下已定,大功告成,坐稳了江山,可以令人欢欢喜喜,向世界宣称一个伟大文艺世纪的到来。到了十八世纪,在路易十四宫廷里长期得到休养的印刷术,重新操起路德的古剑,武装了伏尔泰,气势汹汹地猛冲过去,向古老的欧洲发起进攻,事实上,印刷术早已把欧洲的建筑表现方式消除了。到了十八世纪行将结束时,印刷术已经摧毁了一切。直到十九世纪,重建才开始了。

然而,我们不妨目前要问一下,三个世纪以来,这两种艺术中究竟是哪一种真正代表了人类思想呢? 人类思想是怎么被表现出来? 是哪一种不仅表现了人类思想对文学和经院哲学的种种偏好,并且还表现了其广阔、深刻和普遍的运动规律呢? 是哪一种既不间断又不留空隙、时时刻刻和人类这行走着的千足怪物相重合呢? 究竟是建筑艺术还是印刷术?

当然是印刷术。可不要搞错了,建筑艺术已经死了,永远也不存在了,它是被印刷的书消灭的,是因为它不能那么耐久而被消灭的,也是由于它过于昂贵而被消灭的。任何大教堂,造价就达十亿之巨。请设想一下,需要投资多少,才能重写建筑艺术这部书,才能重新在大地上星罗棋布地盖起千万座建筑,方能重返昔日的鼎盛时代,那时宏伟的建筑物成群,正如一个目击者所云,"仿佛这个世界晃动着身子,脱掉原来的衣服,穿上一身教会的白衣裳。"(格拉贝·拉杜尔菲斯)

一本书一下子就印好了,所花费不多,而且还可以远为流传! 人类的全部思想,如同水往低处流,都沿着这斜坡倾注,这也没什么奇怪的? 这并不是说建筑艺术再也不会在其他地方造起一座美丽的宏伟建筑,一件单独的杰作。在印刷术统治之下,的确还有可能不时看到一根圆柱,我想那是由全军用缴获的大炮熔铸而成的,就像在建筑艺术统治时期的《伊利亚特》和《罗芒斯罗》《摩诃婆罗多》和《尼伯龙根之歌》一样,都由全体民众对许多行吟史诗加之兼收并蓄和融合而成的。二十世纪忽然出现一位天才建筑家是可能的,就好比十三世纪忽然出现但丁一样。但到了那时,建筑艺术不再是社会的艺术,集体的艺术,支使的艺术了。人类的伟大诗篇,伟大建筑,伟大作品,不必再通过建筑形式去修建,而是利用印刷就行了。

从此之后,可能再复兴建筑艺术,但再也不可能以它为主了。它将接受文学规律的支配,就像文学过去接受建筑艺术规律的支配那样。这两种艺术的各自地位是能够互相转化的。在建筑艺术的统治时代,伟大的诗篇虽然寥寥无几,却有如雄伟的建筑,这倒是千真万确的。印度的毗耶娑冗长繁杂,风格奇异,难以识透,就如一座巨塔一般,埃及东部的诗歌,好比建筑物一样,线条雄伟又稳重;古希腊的诗歌,平稳,安谧,瑰丽。基督教欧洲的诗歌,拥有天主教的威严,民众的朴实,一个复兴时代的那种丰富多彩和欣欣向荣。《圣经》仿佛金字塔,《伊利亚德》仿佛巴特农神庙,荷马仿佛菲狄亚斯。十三世纪,但丁成为最后一座罗曼式教堂;十六世纪,莎士比亚是最后一座哥特式大教堂。

到此为止,我们所说的必定是挂一漏万,有失偏颇,但概括起来,人类有两种书籍,两种纪事,两种约典,也就是印刷术和营造术,也即是石写的圣经和纸写的圣经。这两部圣经在各个时代都是大大敞开着的,当今我们注视他们,不免会怀念花岗岩字体那种显而易见的壮观,缅怀那用柱廊、方尖、塔门碑写成的巨大字母,缅怀那遍布世界的一座座人类筑成的高山,缅怀从金字塔直到钟楼、从凯奥甫斯直到斯特拉斯堡那悠悠岁月。应该重温一下那写在大理石书页上的往昔历史,应当不断赞赏和翻阅建筑艺术这部巨著,可是,可别否认由继起的印刷术所筑成的这座建筑物之伟大。

这座建筑物庞大无比。不知是哪位自命不凡的统计员曾经计算过,如果把古腾堡以来所印出来的全部书籍,一本本累在一本上面,可以从地球一直堆到月球上去。可是,我们要说的并不是这种伟大。话又说回来,如果我们千方百计想对迄今为止的印刷全貌有个总的印象,这全貌难道不像一座竖立在全球上的广大无边的建筑吗?至今人类对这一建筑还不懈从事,它那庞大无朋的头部还隐藏未来的茫茫的云雾里哩。这是想象力的蜂窝,这是智慧的蚁巢;人类各种想象力似乎金色的蜜蜂,带着花蜜纷纷飞来了。这座建筑有千百层,到处可以看到其内部纵横交错、非常巧妙的暗穴,每个都向着栏杆楼梯。表面上,蔓藤花纹、圆花窗和花边装饰,比比皆是,令人目不暇接。每一作品,看起来仿佛是那么随心所欲,那么形单影只,其实都有自己的位置,各有其特点。整体是和谐的。从莎士比亚的大教堂直到拜伦的清真寺,成千上万小钟楼杂沓纷陈,充斥着这座一切思想结晶的大都市。在其底层,往身建筑艺术未曾记录过的人类某些古老篇名,也被填写上了。入口的左边,刻着荷马白大理石的古老浮雕,右边刻着抬起七个头的多种文字写的《圣经》。再过去是罗芒斯罗那七头蛇，还有另外一些混杂的怪物，诸如《吠陀》和《尼伯龙根之歌》。而且，这座奇妙的建筑物一直并没有竣工。印刷机这一庞大的机器，社会的智慧不停地被某吸取，不断为这座建筑吐出新的材料。全人类都在脚手架上忙碌着，有才智的人个个都是泥水匠，最低下的人也堵洞的堵洞，垒石的垒石。雷蒂夫·德·拉·布雷东纳也背来他那一筐灰泥。每天都有新的一层砖石砌高起来。除非全部作家都出钱投资，还有集体的贡献。十八世纪贡献了《百科全书》，大革命贡献了《导报》。的确，那也是一项与日俱增、永无止境地螺旋式往上堆积的工程；也是各种语言的混合，持续不懈的劳动，永不停息的活动，全人类的通力合作，保障智慧可以应付再次大洪水的泛滥和应付蛮族入侵的避难所。这是人类第二座通天的巴别塔。

第六卷

一　古时司法公正一瞥

一四八二年,贵人罗贝尔·德·埃斯杜特维尔的确是官运亨通,身兼骑士、贝纳领地的领主、芒什省伊弗里和圣安德里两地的男爵、巴黎的司法长官、国王的参事和侍从。实际上,约在十年前,在一四六五年也就是彗星出现的那一年十一月七日,他就奉谕担任了司法长官这一美差了。这差使之所以名扬远近,与其说是官职,倒不如说是所赐予的领地。若阿纳·勒姆纳斯就说过,这一官职不仅在治安方面权力不小,而且还兼有许多司法特权一个宫内侍从得到王上的委派,而且委派的诏书却远在和波旁的私生子殿下联姻的路易十一的私生女时期,这在一四八二年可是一件不可思议的事情。罗贝尔·德·埃斯杜特维尔接替雅克·德·维利埃为巴黎司法长官的职位的同一天,让·多维老爷代替埃利·德·托雷特老爷为大理寺正卿;让·儒弗内尔·德·于尔森代替皮埃多尔·德·莫维利埃,继任法兰西掌玺大臣;任命雷尼奥·德尔芒取替皮埃尔·毕伊,继任王宫普通案件的审查主管,叫毕伊懊恼万分。不过,自从罗贝尔·德·埃斯杜特维尔担任巴黎司法长官以来,正卿、掌玺大臣、主管不知更替了多少人呵!但给他的诏书上明明白白地写着赐予连任,他当然始终保留着其职位。他拼命抓住这个职位不放,同它化为一体,合而为一,以至于竟能逃脱了路易十一疯狂撤换朝臣的厄运。这位国王猜疑成性,爱耍弄人,却又非常勤劳,热衷于以频繁的委任和撤换的方式来保留其权力的弹性。除此外,这位勇敢的骑士还为其子已经求得承袭他职位的封荫，其子雅克·德·埃斯杜特维尔贵人作为骑士侍从，两年前已经列在其父名字的旁边。到巴黎司法衙门俸禄簿之首了。当然啦，这真是少有的隆恩！的确，罗贝尔·德·埃斯杜特维尔是个好士兵，曾经忠心耿耿，高举三角旗反对过公益同盟，曾在一四××年王后莅临巴黎的那天，献给她一只奇妙无比的蜜饯雄鹿。还有，他同宫廷的御马总监特里斯唐·莱尔米特老爷的交情很好。所以罗贝尔老爷的日子过得非常称心如意，十分快活。首先，他有十分丰厚的官俸，还额外加上司法衙门民事案件和刑事案件书记室的收入，就好似其葡萄园里挂满一串串好似葡萄，附的附，垂的垂；还有小堡的昂巴法庭民事和刑事诉讼案的收入，还不算芒特桥和科尔贝伊桥其种小额过桥税，还有巴黎的柴火捆扎税、食盐过秤税。此外，还有一种乐趣，那就是带着马队在城里巡逻时，混杂在那群穿着半红半褐色的助理法官和区警官们中间，夸耀他那身漂亮战袍的乐趣，这战袍雕刻在诺曼底地区瓦尔蒙修道院他的坟墓上，至今还可以见到，他那顶布满花饰的头盔，在蒙列里。其次，他大权在握，能称王称霸，手下掌管十二名捕头，小堡的一名门卫兼警戒，小堡法庭的两名办案助理，巴黎十六个地区的十六个公安委员，四名有采邑的执达吏，小堡的狱吏，一百二十名骑马捕快，一百二十名执仗捕快，巡夜骑士以及巡逻队、巡逻分队、巡逻检查队和巡逻后卫队，所有这些难道算不了什么吗？他行使高级司法权和初级司法权，施展碾刑、绞刑和拖刑的权力，姑且不说宪章上所规定的给予对巴黎子爵领地、包括无上荣光地及其所属七个典吏封邑的初审司法权，难道这也称不上什么吗？像罗贝尔·德·埃斯杜特维尔老爷每天都坐在大堡里那座菲利浦—奥古斯特式宽阔而扁平的圆拱下，做出种种审判，莫非能想象得出有什么比这更美妙的吗？他的妻子昂布鲁瓦丝·德·洛蕾夫人名下所有一座精巧而别致的府第，坐落在加利利街王宫的附近，罗贝尔老爷白天忙于把某个可怜虫打发到"剥皮场街那间小笼子"里去过夜，每天晚上习惯到那座别致的宅第去解除一天的劳苦，难道有什么比这更让人惬意的吗？那种小笼子是"巴黎的司法官和助理法官们都情愿作为牢房用的，只有七尺四寸宽，十一尺长，十一尺高。"

罗贝尔·德·埃斯杜特维尔老爷不但拥有巴黎司法官和子爵的特别审判权,而且还使出浑身解数,插手国王的最高判决。一个略居高位的人一个也没有,不是先经由他的手才交给刽子手斩首的。到圣安东的巴士底监狱去把德·纳穆尔公爵大人带到菜市场断头台的是他,将德·圣皮尔元帅大人带到河滩断头台的仍是他;这位元帅被押赴刑场时满腹愤恨,又叫又嚷,这叫同法官大人眉开眼笑,乐不可支,他原本就不喜欢这位提督大人。

诚然,要论荣华富贵,要论名留青史,终有一日能在那部有趣的巴黎司法官史册上占有显著的一页,上面所描述的这一切已绰绰有余了。从那部史册上可以得知,乌达尔·德·维尔内夫只在屠宰场街有一座府第,吉约姆·德·昂加斯特就购置大小萨瓦府第,吉约姆·蒂布将他在克洛潘街所有的房屋赠送给圣日芮维埃芙教堂的修女们,于格·奥布里奥才住在豪猪街大厦,以及另外一部分家事记载。

可是,虽然有这么多理由可以安安稳稳、高高兴兴过日子,罗贝尔·德·埃斯杜特维尔老爷一四八二年一月七日清晨醒来,却闷闷不乐,心情坏极了。这种心情从何而来的呢?他自己要说也说不清。是不是由于天色灰暗?是不是由于他那条蒙列里式旧皮条不合适,束得太紧,司法官发福的贵体感到难受?是不是因为他看见窗下有帮游民,紧身短上衣里没穿衬衫,帽子没有了顶,腰挂酒瓶,肩挎褡裢,四个一排从街上走过去,还敢取笑他?是不是由于隐约预感到未来的国君查理八世来年将从司法官薪俸中扣除三百七十利弗尔十六索尔八德尼埃?看官可以随便选择。至于我们,我们倒倾向于认为,他之所以心情欠佳,就是仅仅只是因为他心情欠佳而已。

再则,这是节日的第二天,大家都感到厌倦的日子,特别对于负责把节日给巴黎造成的全部垃圾——本意和引义的垃圾——清除干净的官吏来说更是这样,何况他还得赶去大堡开庭哩。话说回来,我们已经留心到,法官们经常在出庭的那一天,尽力使自己心情不好,其目的是可以随时找个人,借国王、法律和正义的名义,痛痛快快地往他身上发泄怒气。

可是,法庭没有等他就开庭了。他那班管刑事诉讼、民事诉讼和特别诉讼的副长官们,照例代他干了起来。自从早上八点起,小堡的昂巴法庭的一个阴暗角落里,在一道坚实的橡木栅栏和一堵墙壁中间,挤压着几十个男女市民,从

心旷神怡,旁听司法长官大人的副手以及小堡法庭预审法官弗洛里昂·巴伯迪安老爷对民事和刑事案件有点颠三倒四和随随便便的判决,这的确是五花八门、让人愉悦的一出好戏。

审判厅狭小,低矮,拱顶。大厅深处摆放着一张百合花饰的桌子,一张雕花的橡木高靠背椅,那是司法长官的尊座,那会儿没人坐。左边是一只给预审法官弗洛里昂老爷坐的凳子。下边坐着书记官,只见他漫不经心地涂改着。对面是旁听的民众。门前和桌前站着司法衙门的许多捕快,人人穿着缀有白十字的紫毛绒的短披褂。市民接待室的两个捕快身穿半蓝半红的万圣节的短衣,站在大厅深处桌子后面一道紧闭的矮门前放哨。厚墙上只有一扇尖拱小窗,从窗上射进来一道的惨白光线,正照着两张奇怪的面孔:一张是作为悬饰的石头怪魔刻在拱顶石上,另外一张是坐在审判厅深处百合花上面的法官。

这位小堡的预审法官弗洛里昂·巴伯迪安老爷高坐在司法长官的公案上,身子两侧堆着两叠卷宗,双肘支着头,一只脚踏在纯棕色呢袍子的下摆上,脸孔缩在白羊羔皮衣领里,两道眉毛被衣领一衬托,似乎显得格外分明,脸色通红,

神态粗暴,眼睛巴拉巴拉直眨着,一脸横肉,威风凛凛,两边腮帮直垂到颔下连在一起。说句实话,你们不妨把这一切综合起来想象一下,便可清楚这位法官的尊容了。

可是,预审法官是个聋子。这对一个预审法官来说,不过是一个轻微的缺陷罢了。弗洛里昂虽然耳聋,却照样终审判决,而且判得十分恰如其分。真的,当一个审判官,只要装作在听的样子就够了,但这位可敬的预审法官对公正审判这唯一的基本条件是适合不过了,因为他的注意力是绝对不会受任何声音所打扰的。

而且在听众席上有一个人,铁面无情,严密注视着预审法官的举止言行,他就是我们的朋友磨坊的约翰·弗罗洛,这个往日的学子,这个行人,在巴黎肯定随时随地都能不能遇见他,只有在教授的讲台前面除外,就不见其踪影。

"喂!"他对身旁冷冷笑着的同伴罗班·普斯潘悄悄说道,就眼前的情景讨论开了。"看,那是雅内敦·德·比松,新市场那个懒家伙的漂亮小姐!——活见鬼,这个老东西还判她的罪!这么说来,他不仅没有耳朵,连也没有眼睛啦。她戴了两串珠子,就罚了她十五索尔四德尼埃!这有点太重吧。法律严酷的条款。那个是谁?是铠甲匠罗班·谢夫-德-维尔!——就由于他满师而成了这一行的师傅吗?——那可是他交的入场费呗。——嘿!那些坏蛋当中还有两位贵族哩!艾格莱·德·苏安和于丁·德·马伊。两个骑士侍从,基督的身子呀!啊!他们是由于赌骰子来着。什么时候才能在这里看到我们的学董受审呢?看见他被罚一百巴黎利弗尔送给国王才好哩!作为一个聋子——巴伯迪安的确是聋得可以——这种巴伯迪安式的聋子可是稳扎稳打呐!——我真如果想成了我当副主教的哥哥,如果那样的话,我就不会去赌博,白天也赌,夜里也赌,活着赌,死也赌,连衬衣都输光了,就以我的灵魂做赌注!——圣母啊!这么多美丽姑娘!一个接一个,可爱的小妞们!那是昂布鲁瓦丝·莱居埃尔!那是芳名叫佩依芮特的伊莎博!那是贝拉德·吉罗宁!上帝可作证,她们个个我都认识!罚款!罚款!这下真是太棒了,谁教你们扎系镀金的腰带呢!十个巴黎索尔!骚娘们!——唉!这个老丑八怪法官,又聋又蠢!唉!弗洛里昂这笨蛋！唉！巴伯迪安这蠢货！着他俨然在宴席上！吃着官司案件，吃着诉讼人的肉，嚼着，吃着，吃得肚胀，撑得肠满。什么罚金啦，什么无主物没收啦，奉钱啦，捐税啦，薪俸啦，损害赔偿啦，拷问费啦，牢房费啦，监狱看守费啦，镣铐费啦，不一而论，对他来说，这种种榨取就像圣诞节的蛋糕和圣约翰节的小杏仁饼！瞧瞧他，这头猪！——哎哟，好呀！又是一个卖弄风情的娘儿！那是芳名叫做蒂波德的蒂波，丝毫不爽，正是她！——因为她是从格拉提尼街出来的！——那个少爷是谁？吉埃弗鲁瓦·马波纳，执大弩的精骑兵。他是为诅咒上帝。——处以罚金，蒂波德！处以罚金，吉埃弗鲁瓦！两人都被罚款！这个老聋子！他准把两个案子搞混了，十拿九稳，肯定是罚那姑娘骂人，罚那精骑兵卖淫了！——注意，罗班·普斯潘！他们要带那些人来啦？瞧那么多捕快！丘比特啊！全部的猎犬都出动了，想必打到一只大猎物。一个野猪吧！——果然是一头野猪，罗班！真是野猪一头。——况且还是一头呱呱叫的哩！——赫拉克勒斯啊！原来居然我们昨天的君王，我们的教皇，我们的那个敲钟人，那个独眼龙，那个驼子，那个丑八怪！居然是卡齐莫多！……"

的确不错。

这正是卡齐莫多，被缚得紧紧的，扎得实实的，捆得牢牢的，绑得死死的，而且还严加看守。一队捕快把他团团包围，巡防骑士也亲自冲锋上了阵。这位骑士披铠带甲，胸前绣有法兰西纹章，后背绣有巴黎的纹章。卡齐莫多身上除了畸形以外，则丝毫没有什么足以说明值得人家如此大动干戈的理由了。他脸色阴沉，默不作声，安安静静，只有那只独眼不时稍微瞅下身上的五花大绑，目光阴郁又而愤怒。

他用同样的目光环视了一下四周，可是眼神如此暗淡无光，如此无精打采，女人们见了都对他指指点点，一个劲地笑开了。

此时，预审法官弗洛里昂老爷认真翻阅着由书记官递给他的对卡齐莫多的控告状，而且匆匆过目之后，看上去聚精会神地沉思了一会儿。他每次审讯时，总要这样小心谨慎地准备一下，对被告人的身份、姓名和犯罪事实，都事先做到心中有数，甚至被告人会如何回答，应当如何予以驳斥，也都事先设想好了，所以审讯时无论如何迂回曲折，结果还是能脱身出来，而不会太露出他耳聋的破绽，对他来说，状纸就像盲人犬。万一有什么牛头不对马嘴，或者有什么难以理解的提问，从而暴露了其耳聋的残疾，有些人却把这些情形看成莫测高深，另有些人看成是愚不可及。深奥也罢，愚蠢也罢，反正丝毫也无损于司法官的体面，因为一个法官无论是被看成莫测高深或者愚不可及，总比被认为是聋子要好得多。所以他老是小心翼翼地在众人面前掩饰其耳聋的毛病，而且通常瞒得天衣无缝，竟连他对自己也产生了错觉。实际上，这比人们想象得要容易得多。驼子个个都爱昂首挺胸地走路，结巴子个个都爱高谈阔论，聋子个个都爱低声说话。至于弗洛里昂呢，他最多只认为自己的耳朵有一丁点儿聋罢了。关于这一点，这还是他在扪心自问和开诚布公时向公众舆论所做的唯一让步呢。

于是，他反复推敲卡齐莫多的案子之后，就把脑袋往后一仰，半闭起眼睛，装出一副更加威严、更加公正的模样，这样一来，此时此刻，他就完全又聋又瞎了。这是两个必备的条件，不然，他就成不了十全十美的法官啦。他就是摆出这副威严的姿态，就开始审讯了。

"姓名？"

可是，这倒是一桩从未为"法律所预见"的情形：一个聋子将审讯另外一个聋子。

卡齐莫多根本听不到在问他什么，照样盯着法官没有应声。法官由于耳聋，并且根本不知道被告也耳聋，便以为他像通常所有被告那样已经回答了问题，继续又照旧刻板和笨拙地往下问："很好。年龄呢？"

卡齐莫多依旧没有回答。法官以为这个问题已经得到了满意的回答，便继续问下去。

"现在要回答，你的身份呢？"

依旧是默不作声。这时听众开始交头接耳，面面相觑。

"行了，"泰然自若的预审法官认为被告已经答完了他的第三个问题，便接着说道："你站在本庭面前，被指控：第一，深夜搅扰治安；第二，想行侮辱一个疯女子的人身，犯有嫖娼罪；第三，图谋不轨，认为国王陛下的弓箭侍卫大逆不道。

上面各点，你必须一一说明清楚。——书记官，被告刚才的口供，你全记录在案了吗?"

这个不伦不类的问题一旦提出来，从书记官到听众，都哄堂大笑，这笑声是那么强烈，那么疯狂，那么富有感染力，那么异口同声，就连两个聋子也察觉到了。卡齐莫多耸了耸驼背，轻蔑地转过头来，而弗洛里昂老爷，也和他一样感到惊讶，却认为是被告出言不逊，答了什么话才引起听众大笑的，又看见他耸肩，认为他回嘴顶撞是明摆着啦，于是怒冲冲地训斥道：

"坏家伙，你回答什么话来着的，单凭你这一回答就该判绞刑! 你知道在对什么人讲话吗?"

这种呵斥并不能阻止全场爆发的笑闹声。大家反而觉得这一呵斥荒唐之极，而且牛头不对马嘴，甚至连市民接待室的捕头们也狂笑了起来，原本这种人可以说是扑克牌的黑桃丁钩，呆头呆脑那副蠢相是他们身上的共同本色。只有卡齐莫多独自很庄重，因为周围发生的事，他根本一无所知。法官大人越来越发火了，认为应该用同样的腔调继续审问，指望通过这一招来刹一刹被告的气焰，迫使他慑服，并反过来影响听众，迫使听众恢复对公堂的尊重。

"那么就是说，你明明是恶棍和盗贼，却胆敢对本庭不恭，藐视小堡的预审法官，藐视巴黎民众治安的副司法长官，他负责追究重罪、轻罪和不端行为，监督各行各业，取消垄断，维护道路，禁止倒卖家禽和野禽，管理木柴和各种木材的重量，清除城里的污垢以及空气中的传染病毒，总之，孜孜不倦地从事公益事业，既无报酬，也不要指望有薪俸! 我叫弗洛里昂·巴伯迪安，司法长官大人的直接助理，另外又是巡察专员、调查专员、监督专员、考察专员、在司法公署、裁判所、拘留所和初审法庭等方面都拥有同等的权力，你可知道! ……"

聋子对聋子说话，哪能有个完。若不是大堂深处那道矮门忽然打开了，司法长官本人走了进来，那么弗洛里昂老爷已经如何打开了话匣，滔滔不绝，高谈阔论，鬼才知道要说到什么地方、什么时候才能止住。

看见他进来，弗洛里昂老爷并没有忽然住口，而是半转过身去，把刚对卡齐莫多盖头劈脑的训斥，忽然掉转话锋，对准司法长官，高声说道："大人，在庭的被告公然严重藐视法庭,请大人严惩不贷。"

话音一落,一屁股坐下,上气不接下气,擦了擦汗,汗珠从额头上一大滴一大滴不断地往下流,仿佛扑簌簌的眼泪,把摆在他面前的案卷都弄湿了。罗贝尔·德·埃斯杜特维尔大人皱了一下眉头,对卡齐莫多做了一个手势,以示警告,手势专横武断,用意十分明白,那个聋子这才多少有点明白了。

司法长官声色俱厉,厉声对他说道:"你到底干了什么勾当才在这里的,狂徒?"

可怜的家伙以为司法长官是问他的姓名,便打破始终保留着的沉默,用嘶哑的喉音应道:"卡齐莫多。"

这一回答与司法长官的提问真是风马牛不相及,又惹起哄堂大笑,把罗贝尔大人气得满脸通红,喊道:"你连我也敢戏弄吗,十恶不赦的恶棍!"

"圣母院的敲钟人。"卡齐莫多再回话,以为该向法官说明他究竟是什么人了。

"敲钟人!"司法长官继续说道。前面我们已经说过,他一早醒来就心情坏透了,动辄可以使他火冒三丈,难道用得着这样离奇古怪的回答呢!"敲钟的!我要叫人把你拉去巴黎街头示众,用鞭子抽打,将你脊肩当钟敲。你究竟听见了没有,恶棍?"

"您想要知道我有多大了,我想,到今年圣马丁节就满二十岁了。"卡齐莫多说道。

这下子,真是没有道理,司法长官再也容忍不了了。

"啊!坏蛋,你胆敢嘲弄本堂!执仗的众捕快们,快给我把这家伙拉到河滩广场的耻辱柱去,给我狠狠鞭打,在轮盘上旋转他一个多钟头。这笔账非和他清洁不可!本官命令四名法庭指定的号手,将本判决告谕巴黎子爵采邑的七个领地。"

书记官接着马上迅速草拟判决公告。

"上帝肚皮呵!瞧这判得有多公正呀!"磨坊的约翰·弗罗洛这小个儿学子在角落里喊叫了起来。司法长官回过头来,两只闪闪发亮的眼睛又直勾勾瞪着卡齐莫多,说:"我相信这坏家伙说了上帝肚皮!书记官,再写上因亵渎圣灵罚款十二巴黎德尼埃,其中的一半捐赠圣厄斯塔舍教堂,以资修缮,我是特别崇敬圣厄斯塔舍。"

不一会儿工夫,判决书拟好了。内容简明扼要。那时,巴黎子爵司法衙门的例行判决书,还没有经过庭长蒂博·巴伊耶和皇上的律师罗歇·巴尔纳的加工修饰,还没有受到十六世纪初期这两个法学家在判决书中那种俨如密林般文体的影响,满纸充斥诡辩遁词和烦琐程序。一切都是明确,简便,直截了当。人们从中可以径直走向目的地,每条小道看不忍荆丛和弯曲,一眼便可以望见尽头是轮盘呢,还是绞刑架,或者是耻辱柱。总而言之,人们至少知道自己向何处去。

书记官把判决书递给司法长官。司法长官盖了大印,随后走出去接着巡视其他法庭,当时的心态想必恨不得就在那一天把巴黎的所有监牢都挤满人。约翰·弗罗洛和罗班·普斯潘偷偷发笑。卡齐莫多把这一切都看在眼里,神情冷漠而又诧异。

恰好弗洛里昂·巴伯迪安老爷宣读判决书并准备签字的时候,书记官忽然对被判罪的那个可怜虫动了恻隐之心,希望能给他减点刑,便尽可能凑近预审法官的耳边,指着卡齐莫多对他说:"这是个聋子。"

他原本希望,这种共同的残疾会唤起弗洛里昂老爷的关心,对那个犯人开恩,可是,我们前面已经注意到,首先,弗洛里昂老爷并不愿意人家发觉他耳聋;实际上,他的耳朵实在太不中用了,书记官对他说的话儿,他连都没有听清一个字,而他却偏要假装听见的样子,因此应道:"啊!啊!那就不同了。我原来还不知道此事哩。既然是这样,那就示众增加一个小时。"

接着就在修改过的判决书上签了字。

"活该!"罗班·普斯潘说道,他总是对卡齐莫多记恨在心。"这可以教训教训他,看他今后还有没有这个胆量欺侮人!"

二 老鼠洞

昨天为了跟踪爱斯梅拉达,我们和格兰古瓦一道离开了河滩广场,现在请看官您允许我们再回过来说一说这个广场吧。

这时是上午十点钟。广场上一切表明这是节后的第二天。石板地面上,满眼是垃圾、绸带、破布、冠饰的羽毛、火炬的蜡滴,公众饕餮的残滓。正如前所述,许多市民到处游荡,用脚踢着焰火的余烬,站在柱子阁前面心荡神移,回想昨日那些华丽的帏幔,至今还余兴未尽,把悬挂帏幔的钉子也尽情欣赏。卖苹果酒和草麦酒的商人,滚动着酒桶在人群中穿来穿去,一些有事在身的行人往来匆匆。店家站在店铺门前谈话,彼此打招呼。大家七口八舌,谈论节日啦,使臣啦,科珀诺尔啦,狂人教皇啦,人人争先恐后,看谁能说得最详尽,笑得最开心。就在这时候,耻辱柱的四边刚有四个骑马的捕快设岗,不一会儿将分散在广场上的一大部分民众吸引到他们周围来了。这些民众为了观看一次小小的施刑,只好活受罪,站在那里纹丝不动,心里闷得慌。

看官已观赏了广场上各处正在上演的这幕热烈的闹剧,如果现在把视线移向河岸西边角上那座半哥特式半罗曼式的古老的罗朗塔楼,便会发现其正面拐角处有一本公用的祈祷书,装饰华丽,顶上有披檐能挡雨,周围有道栅栏可以防盗,但可以让人伸手进去翻阅。这本祈祷书旁边有尖拱形的一个小窗洞,窗外有两根铁条交叉护住,窗口面向广场;这是一间小屋子的唯一窗洞,空气和阳光就从这窗洞进到屋里面的;这间斗室没有门,是从塔楼底层的厚墙上开凿而成的。室内清幽,寂静,特别外面恰好是全巴黎最拥挤、最喧闹的广场,这时游人云集,人声沸腾,因而室内的清幽显得越发深沉,寂静也愈加死气沉沉了。

将近三百年来,这间小屋在巴黎是闻名遐迩的。当初,罗朗塔楼的主人罗朗德夫人为了悼念在十字军征战中阵亡的父亲,在自家宅第的墙壁上让人开凿了这间小屋,把自己幽禁在里面,至此发誓永远闭门不出,后来索性把门也堵死了,无论严冬炎夏,只有那个窗洞一直开着。整座宅第,她仅仅留下这间小屋,其他的全献给穷人和上帝。这个悲痛欲绝的贵妇就在这提前准备好的坟墓里等死,等了整整二十年,日夜为父亲的亡灵祈祷,睡时就倒在尘灰里,甚而至于将块石头做枕头也不肯,成天穿着一身黑色粗布衣,只靠好心的过路人放在窗洞边沿上的面包和水度日。这样,她在施舍别人之后,也接受别人的施舍了。临终时,也就是在迁入另一座坟墓之时,她把原先的这个坟墓就永远留给了那些伤心的母亲、寡妇或女儿,因为她们会有许多悔恨要替别人或者自己祈求上帝宽恕,宁肯把自己活活在极度痛苦或严酷忏悔之中埋葬。她同时代的穷人用眼泪和感恩来哀悼她,但他们深为遗憾的是这位虔诚女子,因为没有靠山,没能被列为圣徒。他们当中那些有点离经叛道的人,希望天堂里办事会比罗马稍微容易些,既然教宗不予恩准,便干脆为亡人祈求上帝了。大多数人纪念罗朗德夫人只是把它看作是神圣的,把他的破旧衣裳当成圣物。巴黎城也为了纪念这位贵妇,特意安放了一本公用的祈祷书在那间小屋的窗洞旁边,让过路的行人随时停下来,哪怕仅仅祈祷一下也好;让人们在祷告时想到给予布施,以便那些在罗朗德夫人之后隐居在这个洞穴的可怜隐修女,不至于完全由于饥饿和被遗忘而死掉。

中世纪的都市里,这类坟墓并不少见。就在最熙来攘往的街道,最繁华热闹的市场,甚至就在路中央,在马蹄下,在车轮下,经常可以发现那么一口井、一个地洞、一间堵死并围着栅栏的小屋,里面有个生灵日夜在祈祷,甘愿在某种无休无止的悲叹之中,在某种莫大的悔罪之中度过一生。这种介于房屋与坟墓、市区与墓地之间类似中间环节的可怕小屋,这隔绝于人世、生如同死的活人,这盏在黑暗中耗尽最后一滴油的灯,这线摇荡在墓穴里的余生之光,这石区里的呼吸声、说话声和无休无止的祈祷声,这张永远面向冥间的脸孔,以及这双已被另一个太阳照亮的眼睛,这对紧贴着墓壁的耳朵,这禁锢在躯壳中的灵魂,这禁锢在囚牢里的躯体,这紧裹在躯壳与花岗岩双重压迫下的痛苦灵魂的呻吟,所有这一切离奇古怪的现象在现在可以引起我们各式各样的考虑,然而在当时却一点也不为群众所觉察。那个时代,人们虔诚有余,却缺乏推理和洞察力,对于一件信教行为,是不会考虑这么多方面的。他们笼统看待事物,对牺牲推崇至极,钦佩之至,必要时还奉为神圣,但对这牺牲所遭受的痛苦,却从不加分析,只是微不足道地表示一点同情罢了。他们不时送给悲惨的苦修者一点食物,从窗洞口看一看他是不是还依然活着,从不过问其姓名,也不清楚他奄奄待毙已经多少年头了。要是陌生人问起这个地洞里渐渐腐烂的活骷髅的什么人,假若是男的,旁边的人便简单地应了一声:"是个隐修士。"假若是女的,就应一声:"是个隐修女。"

人们那时就是这样看待一切的,用不着什么玄学,用不着夸夸其谈,用不着放大镜,一切都凭肉眼观察。不管对于物质世界,还是精神世界,当时还没有发明出来显微镜哩。

况且,虽说人们对遁世修行不足为奇,这类事例如前所述,在各个城市当中也的确司空见惯。巴黎这类专为祈祷上帝进行忏悔的小屋子就相当多,差不多全有人居住。真的,教士们处心积虑,不让这类小屋子空着,如果空着,那就意味着信徒们的虔诚冷却了,因此一旦没有忏悔的人,便把麻风病人关进去。除了河滩广场那间小屋之外,鹰山还有一间小屋,圣婴公墓的墓穴里还有一间,另一间已搞不懂在什么地方了,我想或许在克利雄府邸吧。还有好些在其他许多地方,由于其建筑已经湮没,只能在传说中才能找到其遗迹。大学城也有其隐修所,就在圣日芮维埃芙山上,住着中世纪一个像约怕那样的人,每天在一道水槽深处的粪堆上唱着忏悔的首诗,唱完了又从头开始,夜间唱得更响亮,就这样唱了整整三十年。到了今天,考古学家走进了能言井街,感觉还能听见他的歌声呢!

我们这里单表罗朗塔楼的那间小屋,应该说它从来没有断过隐修女。罗朗德夫人死后,难得空过一两年。不计其数的女人到这里来,哭父母的哭父母,哭情人的哭情人,哭自己过失的哭自己过失,一直哭到死为止。爱说俏皮话的巴黎人,什么都要插手,甚至与他们毫不相干的事情也要插手,硬说在这些女人之中很少看到黑衣寡妇。

按当时的风尚,用拉丁文在墙上刻着一个题铭,向识字的过路人指明这间小屋的虔诚用处。在门的上端写着一句简短的格言来说明一座建筑物的用途,这种习俗一直延续到十六世纪。因而,今天在法国,人们还可以看到在图维尔领主府邸的牢房小门上写着肃穆等候;在爱尔兰的福特斯居城堡大门上方的纹章下,写着强大的盾牌,领袖的救星;在英格兰,好客的库倍伯爵府邸的大门上写着宾至如归。这是因为在那时,任何一座建筑物都是一种思想的体现。

罗朗塔楼那间砌死的小屋子没有一扇门,所以就在窗洞上方用罗曼粗大字母刻着两个词:

你,祈祷。

老百姓看事物都只凭常识,不会讲究那么多微妙之处,宁愿把路易大王说成是圣德尼门,就把这个阴暗潮湿的洞穴取名为老鼠洞。这个叫法虽不如前面那一个高雅,倒反而生动得多。

三　一块玉米饼的故事

这个故事发生的时候,罗朗塔楼的那间小室是有人居住着的。看官要是想知道是谁住在里面,那只需听一听三个正派的妇道人家的谈话就明白了。在我们把看官的注意力引到老鼠洞时,这三个妇道人家正好沿着河岸,一块从小堡向河滩广场走了过来。

其中两个从衣着来看,是巴黎的殷实市民。柔软的雪白绉领,红蓝条纹相杂的混纺粗呢裙子,腿部紧裹着羊毛编织的白袜子,脚踝处饰着彩绣,黑底方头的褐色皮鞋,尤其是她们的帽子,就是香帕尼地区妇女到如今还带的那种尖角帽,饰满绸带、花边和金属箔片,简直可以同俄国禁卫军的榴弹兵的帽子相比,这一切的一切都显示这两个女子属于客裕的商妇阶层,其身份介于如今仆人们称之为太太和夫人之间。她们既没戴金戒指,也没戴金十字架,这很容易看出,那并非因为她们家境贫寒,而只是天真质地害怕被罚款的缘故。另一个同伴的穿着也不差上下,只是在衣着和姿态方面有着某种难以名状的东西,散发着外省公证人妻子的气质。从她把腰带高束在臀部之上的样子来看,她长期没有到巴黎来了。而且,她的绉领是打褶的,鞋子上打着绸带结子,裙子的条纹是横的而不是直的,还有其他许多不伦不类的装扮,令高雅趣味的人大倒胃口。

头两位往前走着,迈着巴黎女子带领外省妇女游览巴黎的那种特别步履。那外省女子手拉着一个胖胖的男孩,男孩手里拿着一大块饼。

我们很抱歉还得加上一笔:因为季节严寒,他竟把舌头作手帕使用了。

这孩子硬是被拖着才走,恰如维吉尔所说的,步子并不稳重,老是绊跤,惹得他母亲大声嚷叫,实际上,他眼睛只盯着手里的饼,并不注意看路。大约由于某种的重大的缘由,他才没有去咬那块饼,只是恋恋不舍地把它看来看去。其实,这块饼本来应该由他母亲来拿的,却把胖娃娃变成了坦塔洛斯,真有点太过残酷。这时三位佳妇(因为"夫人"一词那时只用于贵妇)一起说开了。

"快点走,马伊埃特大嫂。"三人中最年轻也是最胖的一个对外省来的那个女子说。"我真怕我们去晚了,刚才听小堡的人说,马上就要带他到耻辱柱去啦。"

"唔!得了,乌达德·缪斯尼埃大嫂,瞧你说什么来的呀!"另个巴黎女子继续说道。"他要在耻辱柱消磨两个钟头哩。我们有时间。亲爱的马伊埃特,你见过刑台示众吗?"

"见过,在兰斯。"外省女子回答道。

"呵,得了!你们兰斯的耻辱刑柱那算什么东西?不过是一只蹩脚笼子,只用来惩罚一些乡下人罢了。那才真是了不起呀!"

"何止乡下人!"马伊埃特说。"在呢绒市场!在兰斯!我们见过许多罪大恶极的杀人犯,他们弑父杀母呐!哪里只有乡下人!你把我们看成什么啦,热尔维丝?"

这外地女子为家乡耻辱柱的名声,真的马上就要生气了,幸亏乌达德·缪斯尼埃大嫂识趣,及时转移了话题。

"对啦,马伊埃特大嫂,你想那些弗朗德勒御使如何?兰斯也见过这么漂亮的御使吗?"

"我承认,想要看这样的弗朗德勒人,只有在巴黎呐。"马伊埃特应道。

"御使团当中有个身材魁梧的使臣是卖袜子的,你看见了吗?"乌达德问。

"看到了。"马伊埃特答道。"他仿佛个萨图尔努斯。"

"还有那个大胖子,面孔像个光溜溜的大肚皮,你也看见啦?"热尔维丝又问道。"还有那个矮个子,小眼睛,红眼皮,眼皮像缺刻的叶子,睫毛蓬乱,像毛球似的?"

"他们的马那才好看哩,全遵照他们国家的方式装束的!"乌达德说道。

"啊!亲爱的,"外省来的马伊埃特打断她的话,轮到她显出一副神气活现的样子。"要是你在六一年,也就是十八年前在兰斯举行加冕典礼时,亲眼看见那班王侯和王上随从的乘骑,不知道你会有何想法呢!马鞍和马披,形形色色,有大马士革呢的,金丝细呢的,都镶有黑貂皮;也有天鹅绒的,镶着白鼬皮;还有的缀满金银制品,挂着粗大的金铃银铃!那究竟要花掉多少钱呀!骑在马上的年轻侍从,一个个多么漂亮呀!"

"就算是这样,"乌达德大嫂冷冷地反驳道,"还是弗朗德勒使臣的马比较漂亮,而且他们昨天到市政厅参加巴黎府尹大人的晚宴,酒肴才丰盛哩,有糖杏仁啦,肉桂酒啦,珍馐啦,以及其他各式各样的山珍海味啦。"

"说到哪儿去啦,我的好邻居?"热尔维丝嚷道,"弗朗德勒使臣们是在小波旁宫红衣主教大人府用餐的。"

"不对,是在市政厅!"

"不是。是在小波旁宫!"

"明明在市政厅,"乌达德尖着声音刻薄地继续说道,"还是斯古拉布尔大夫用拉丁文向他们致辞的,把他们听了心里乐滋滋的。这是我丈夫——由法院指定的书商——亲自告诉我的。"

"明明是在小波旁宫,"热尔维丝也激动地回敬说,"红衣主教大人的总管赠送他们的礼品有:十二瓶半升的肉桂滋补酒,有白的,朱红的,还有淡红的;二十四大盒里昂的蛋黄双层杏仁糕;二十四支大蜡烛,每支足足有两磅重;六桶两百升的波纳葡萄酒,白的和淡红的,那是世上最好的美酒。这可是千真万确的,是从我丈夫那里听来的,他是市民接待室的五什长,今早他还把弗朗德勒使臣同博雷特-约翰的使臣以及特雷比宗德皇帝的使臣做了一番比较,这些使臣是前些时从美索不达米亚到巴黎来的,耳朵上还都戴耳环哩。"

"他们的确是在市政厅用膳的,"乌达德听到这番炫耀的话有点按捺不住了,反驳道,"从没有人曾见过那么阔绰的酒肉和杏仁糕。"

"我呀,还可以告诉你,他们是在小波旁府邸由城防捕头勒·塞克服侍用膳的,而你正好在这一点搞混了。"

"是在市政厅,错不了!"

"在小波旁,亲爱的!绝对没错,而且还用幻灯照亮大门廊上希望那两个字哩。"

"在市政厅!市政厅!准没错,于松·勒·瓦尔而且还吹奏笛子来着呢。"

"告诉你,不对的!"

"我也告诉你,就是!"

"听着,绝对不是!"

肉墩墩的乌达德正要回嘴,眼看这场争吵就可能要变成动手互相揪头发了,正在这当儿,幸亏马伊埃特忽然叫道:"你们快看呀,那边桥头上挤着那么多人!他们正在围观什么事。"

"真的呢,"热尔维丝说,"我听见手鼓声哩。我看,一定是爱斯梅拉达同她的小山羊在耍把戏啦。快,马伊埃特!放开脚步,攥着孩子快走。你到巴黎的目的就是来看新奇玩意儿的,昨日看过了弗朗德勒人,今天该看一看埃及女郎。"

"埃及女郎!"马伊埃特一边说,一边猛然返回去抓住儿子的胳膊,"上帝保佑!她说不定会拐走我孩子的!——快点,厄斯塔舍!"

话音刚落,马伊埃特拔腿沿着河岸向河滩广场跑去、直到远远离开了那座桥。这时她拽着的孩子跌倒了,她这才停了下来,上气不接下气。乌达德和热尔维丝也围了上来。

"那埃及女郎会偷你的孩子!你真能胡思乱想,离奇古怪。"热尔维丝微笑着说道。

马伊埃特听后,若有所思地摇了摇头。

"说来也怪，那个麻衣女对埃及女人也有一样的看法。"乌达德提示了一句。

"谁是麻衣女?"马伊埃特问。

"哦! 是古杜尔修女嘛。"乌达德回答道。

"古杜尔修女是谁?"马伊埃特又再问。

"你真是真正的兰斯人，这也不知道!"乌达德答道。"就是老鼠洞的那个归隐修女呗!"

"怎么! 就是我们带这个饼给她的那个可怜女人吗?"马伊埃特问道。

乌达德立即点了一下头。

"正是。你等一下到了河滩广场，就可以从她小屋的窗洞口看到她。她对那些敲着手鼓给人算命的埃及浪人，看法跟你一样。她对吉卜赛人和埃及人的这种害怕心理，不知道是什么原因。可是你，马伊埃特，一听见吉卜赛人和埃及人，就这样没命地逃跑，究竟为什么?"

"唉!"马伊埃特双手搂着儿子的圆脑袋瓜，说道。"我可不想遭到像那个叫花喜儿的帕盖特的那遭遇。"

"啊! 那肯定是一个动人的故事，赶快给我们讲一讲，我的好人儿马伊埃特。"热尔维丝边说边挽起她的胳臂。

"我倒是愿意，"马伊埃特应道，"但是，你真是地道的巴黎人，才会不知道这件事。那我就说给你听吧，可是用不着站在这里讲呀。帕盖特是个十八岁的俊俏姑娘，那时我也是，即十八年前我也是，如今我却是个三十六岁的母亲，体态丰满，容光焕发，有丈夫，儿子，如果说帕盖特今天不像我这样，那都怪她自己，况且，打从十四岁起，她就悔之晚矣! 其父亲叫居贝托，兰斯船上吟游诗人和乐师;查理七世加冕的时候，乘船沿维尔河顺流而下，从西勒里驾临缪宗，贵妇人贞女也在船上，那个在圣驾面前献过艺的就是居贝托。老父亲去世时，帕盖特还小得很呢，身边只剩母亲了。她母亲有个哥哥，马蒂厄·普拉东先生，是巴黎帕兰一加兰街一个黄铜器皿匠和锅匠，去年刚故去。你们看，她出身怪不错的。可惜她母亲是个老实巴交的妇道人家，只教帕盖特做点针线活和小玩意儿,别的什么也没有教她,然而她还是长大了,依然很穷。母女俩就住在兰斯沿河那条名为'苦难街'上。请注意这一点,我相信那正是帕盖特不幸的源头。在六一年,即我们圣上路易十一愿上帝保佑——加冕的那一年,帕盖特长得活泼又俊俏,真是百里挑一没得说,到处都叫她花喜儿。可怜的姑娘! 她有着一口漂亮的牙齿,老是笑盈盈地,好露给人看。话说回来,红颜美女多薄命。花喜儿正是如此。她同母亲相依为命,度日艰难。自乐师死后,家境一落千丈,完全败落,母女俩做一星期的针线活,所挣的钱多不过六德尼埃,还折合不到两个鹰里亚。想当年,居贝埃老爹逢到一次仅有绝无的加冕典礼,唱一支歌便能挣到十二巴黎索尔,这种良机到哪儿去找呢? 有一年冬天,就是六一年那个冬天,母女俩连根柴火棍儿也没有,天气又非常寒冷,把花喜儿冻得脸色分外红艳,男人们嘴上都挂着她名字:帕盖特! 有些人叫她作帕盖丽特! 她就走上堕落的道路了。——厄斯塔舍,看你还敢咬那个饼! ——有一个星期天,她到教堂去,脖子上挂着饰有金十字架的项链,一看就明白她完了。才十四岁! 你们看看这种事! 头一个勾搭上的是住在兰斯三公里外的科蒙雷伊的年轻子爵。继续是御前侍骑亨利·德·特里昂古老爷。然后,就不那么再露脸了,是击剑侍卫希亚尔·德·博利翁;再然后,每况愈下,是御膳的切肉侍仆格里·奥贝尔戎,太子殿下的理发师马塞·德·弗雷皮,外号'修士'的厨子王泰弗南;最后,一个不如一个,连岁数大的、地位低的也成,随便倒给了弦琴手吉约姆·拉辛,管路灯的蒂埃里·德·梅尔。可怜的花喜儿,于是成了众人的玩物。她这块金币的价值早就丧失,一文不值了。还有什么好说的呢,两位大嫂? 就在六一年王上加冕的那一年,她还替丐帮大王垫被呢! ——不错,就是那一年!"

说到这儿,马伊埃特眼泪盈眶,叹息了一声,擦掉一滴泪水。

"这称不上什么惊心动魄的故事,"热尔维丝说,"我也看不出这一切与埃及人有何关系,与孩子有什么关系。"

"别急!"马伊埃特继续说下去。"说到孩子嘛,马上就会有一个的。——在六六年,到这个月为止圣保罗节已十六个年头了,帕盖特生了一个小女孩。不幸的女人! 她高兴得很。她早就盼望生个孩子。她的母亲,那个只知道闭着

眼睛装作一无所知的老实女人,早就死了。在这世间,帕盖特再也没有什么人可爱了,也没有什么人爱她的了。自从开始堕落后五年间,花喜儿真是怪可怜见的,茕茕孑立形影相吊一身,在这红尘中无依无靠,到处被人指指戳戳,被街上的人叫骂,被捕役殴打,被那些一身破旧的男娃嘲弄。继续,年到二十,而对于卖弄风情的娘儿来说,二十岁就已经人老珠黄了。放荡营生越来越掉价,并不比从前卖针线活挣得多,每增添一条皱纹,就少了一个金埃居。到了冬天又变得很艰难了,炉子里也很少有木柴,食橱里又难得有面包了。什么活计也干不了,因为纵欲,人也懒了,而变懒也就越纵欲,也就越陷越深,再不能自拔了。——圣雷米的本堂神父在解释为什么这类女人比别的穷苦女人在年老时更受饥寒的折磨,他至少是这么说的。"

"丝毫不爽,"热尔维丝说,"可是埃及人呢?"

"等一下嘛,热尔维丝!"乌达德比较耐心听,就说道。"要是一开头就全盘托出,那结尾还有什么可说的呢?继续往下讲吧,马伊埃特,我求求你啦。这个可怜的花喜儿!"

马伊埃特又往下讲。

"她的确很伤心,好不悲伤,终日以泪洗面,哭得两边腮帮都凹陷下去了。不过,由于蒙羞受辱,放浪形骸,遭人唾弃,不由萌发一种念头:如果这世上有某种东西或是某个人能让她爱,也能爱她,那么她就不会那样丢人现眼,不会那样恣意轻薄,也不会那么被人遗弃。这必须是个孩子,因为唯有稚童才能那么天真无邪，对此毫不在意。——她好不容易才意识到这一点的。在此之前她曾经全心爱过一个小偷，他也是唯一可能会要她的男人，可是没有多久，她发现这个小偷也瞧不起她。——大凡痴情女子，都需要一个情郎或一个孩子来充实她们的心灵，要不然就非常悲惨了。——既然不可能有个情郎，她就回心转意，一心想有个孩子，而且她虔诚之心始终并未泯灭，便把想生个孩子的愿望不断祷告慈悲的上帝。诚之所至，慈悲的上帝可怜了她，便赐给她一个女儿。她那快活的样子，就不必细说了，又是眼泪，又是爱抚，又是亲吻，简直发疯了。亲自给孩子喂奶，把自己床上唯一的一条被子拿去做襁褓，而她却不再感到寒冷和饥饿了。她于是恢复了美貌，老姑娘又成为年轻的母亲。奸情复起，又有人来找花喜儿了，她那货色再次有人光顾了。她将这些下流勾当挣来的钱，统统拿去给女儿买小衣衫、小软帽、围涎、花边衬衣、缎帽，却连想也没有想过给自己重买一条被子。——厄斯塔舍先生，让你别吃那个饼，你是怎么搞的！——小阿妮丝，就是那个女孩洗礼时的教名，因为花喜儿不再有什么姓了，说起来一点不假，小阿妮丝穿绸着锦，打扮得比多菲内的公主还要花枝招展！尤其是她那双小鞋恐怕连国王路易十一肯定也没有这样的鞋子！那双小鞋，是当母亲的亲手缝的和刺绣的，精细，各种装饰之讲究，不亚于慈悲圣母身上的袍子。这双粉红小鞋，真是说要有多可爱就有多可爱！仅我大拇指这么长，若不是看见孩子的小脚丫脱去鞋子露了出来，真难相信那双小脚能穿得进去。千真万确，那双小脚是多么可爱，多么漂亮，多么粉红呀！真是赛过鞋面的粉红缎子！——乌达德，等你有了孩子，那你就会知道没什么能比得上那些小手小脚更好看的了。"

"我求之不得哩。"乌达德叹气道，"不过，得等安德里·缪斯尼埃先生乐意呀。"

"而且，"马伊埃特又说，"帕盖特的孩子不光是一双脚好看而已。我见到这孩子时她才四个月，那真是心肝宝贝！一双眼睛比嘴巴还大，一头秀发又柔软又乌黑，都已卷曲了。她十六岁时，肯定是一个神气活现、肤色深褐的美人儿！她母亲一天比一天更加发痴地爱她，抚摸她，亲吻她，咯吱她，为她洗澡，把她打扮得花里花俏，差点没把吞吃她下去！她为女儿高兴得糊里糊涂，念念不忘上帝的恩德。尤其是女儿那双玫瑰色的漂亮小脚，真让她无比惊讶，乐得发狂！老是把嘴唇贴在那双小脚上面，再也没法放开。忽而给她穿上小鞋，忽而又把它脱下，道不尽的赞赏，说不完的惊奇，看一整天也嫌看不够，满怀爱怜，试着在床上教她学步，心甘情愿一辈子跪着，替这双好似圣婴耶稣的小脚穿鞋脱鞋。"

"这故事倒是怪动人挺有趣的，可是哪有埃及人呢?"急性子的热尔维丝嘀咕道。

"就有啦!"马伊埃特回了她一声。"有一天，兰斯来了一伙骑马的人，样子很古怪。这是一帮叫花子和流浪汉，由他们的公爵和伯爵带领，浪迹天涯。他们皮肤都晒得发黑，头发卷曲，耳朵上挂着银耳环，女人比男人还要丑，脸更黑，头上什么也不戴，抱着一个丑恶的小鬼，肩上披着一块用麻线织的粗布旧披巾，头发扎成马尾巴形状。那些在她们腿上爬过来爬过去的孩子，连猴子见了都能吓跑的。这是一群被逐出教门的人，直接从下埃及经过波兰来到兰斯。据说，教皇听了他们忏悔后，要他们在凡尘中连续游荡了七年，不许睡在床上，以表示赎罪。所以他们称为'悔罪者'，一身臭气。看样子他们原是萨拉森人，因此信奉朱庇特，并且有权向所有戴十字架和法冠的大主教、主教和修道院主持索取十图利弗尔，是教皇一道训谕为他们这样规定的。他们是打着阿尔及尔国王与德意志皇帝的招牌来兰斯给人算命的。你们可以想见单靠这一点，便足以禁止他们进入兰斯城。于是，整队人马倒也乐意在布雷纳城门边安营，就住在迄今为止还可以看见一座磨坊紧靠着从前石灰坑的那个土丘上。他们给人看手相，说得天花乱坠，真能够预言犹大会当上教皇呢。不过，种种有关的流言蜚语也传开了，说他们拐小孩，吃人肉，扒钱包。谨慎的人劝那班傻瓜说道:'千万可别去!'但自己却悄悄跑去了。那真是一种狂热。实际上，他们所说的一些事情，会叫红衣主教吃惊的。虽然那些埃及婆娘给孩子们看手相，按照异教徒和土耳其人的相术征象，头头是道，说出万般奇迹来，做母亲的听了，无不为自己子女的富贵命道而扬眉吐气，得意扬扬。这个孩子会当皇帝，那一个会当教皇，另个会当将领。可怜的花喜儿，心里痒痒的，很想知道自己的命运如何，漂亮的小阿

图文珍藏版

妮丝有一天会不会当上亚美尼亚女皇或别的什么的,就把女儿抱去见那伙埃及人。那些个埃及女人一眼见到这个女娃,交口称赞,用手轻轻摸她,是用污黑的嘴唇吻她,对她的小手惊羡不已。咳!真是把花喜儿说得心里乐开了花!埃及娘们对这小女孩的美丽小脚和美丽小鞋更是赞不绝口。这孩子还没满一岁,已经开始叽里咕噜学讲话了,像小傻瓜似的朝她母亲直笑。她胖乎乎,圆滚滚的,会做出许许多多天使般的可爱小动作来。可是,一看到那些埃及婆娘,吓得哇哇哭了起来。母亲更热烈地亲她,听到那班算命婆说小阿妮丝命中大贵,马上抱着她走开。小阿妮丝将会成为一个绝代佳人,一个贞操女子,一个王后。花喜儿回到了苦难街的阁楼上,觉得是抱着一个王后回来,说无比骄傲。第二天,孩子在她床上睡觉——她一向同孩子睡在一起,她趁一会儿工夫,轻轻推开房门,让它半掩着,悄悄跑到干旱街去找一个女街坊,将她女儿阿妮丝以及终有一天会由英王和埃塞俄比亚大公亲自服侍用膳,以及其他种种惊人的事情,都搬给这女邻听。等她回到家,上楼时没有听到孩子的哭闹声,心想:'这可好!孩子还没有醒呢。'忽然间,发现房门大开,开得比她刚离开时大得多,不管三七二十一,还是走了进去,可怜的母亲,慌忙跑到床上……孩子不见了,床上空空的。孩子已经无影无踪了,只见一只漂亮的小鞋掉在那儿。她一下子冲出门外,扑到楼下,用头撞墙,呼天唤地嚷道:'我的孩子!谁看着我的孩子?谁抱走了我的孩子?'街上空空荡荡,她家的房子冷冷凄凄惨惨戚戚,没有一个人能告诉她什么。她跑遍全城,找遍大街小巷,整天到处乱窜,疯了似的,神情恍惚,相貌可怕,活像一头丢了小仔们发疯的野兽,到各家各户的门窗上乱嗅一气。她直喘着粗气,头头披散,样子怪吓人的,眼睛像冒着火,把眼泪都烧干了。见到行人,拦住嚷道:"我的女儿!我的女儿!我那漂亮的小女儿!谁要把她还给我,我宁愿做她的奴婢,做他的狗的奴婢,要是他愿意,吃我心肝也行。'遇到了圣雷米教堂的神父,对他说:'神父先生,我可以用手指头去刨地,可你得把我的孩子还给我!'——乌达德,这真叫人撕心裂肺,讼师蓬斯·拉卡布尔老爷是个铁石心肠人,我看见他都哭了。——'啊!可怜的母亲!'晚上,她刚回到家里来,就在她不在家时,有个女邻看见两个埃及婆娘抱着一包什么东西偷偷上楼去,然后重新把门关好，走下楼来，就匆忙溜走了。她俩走后，听见帕蓝特房里仿佛有孩子的哭叫声。母亲回来一听，放声哈哈大笑，立刻像长了翅膀似地飞快奔上楼去，又仿佛炮弹轰然一响，破门而入……——乌达德，那可真是骇人听闻！那呈露在她眼前的并不是她那娇小可爱的阿妮丝，绝不是仁慈的上帝恩赐给她的那个何等红润、何等鲜艳的心肝宝贝，而是一个活像小妖怪似的丑八怪，跛脚，独眼，畸形，瞎嚷嚷在地板上爬来爬去。把她吓得赶紧捂住眼睛。她说：'唉！会不会是巫婆把我的女儿变成了这么可怕的畜生了？'人们赶紧把那个小罗圈腿抱开，要不，非叫她发疯不可。这准是某个把灵魂卖给魔鬼的埃及女人生下的孽障，看样子大约有四岁左右，说起话来不像人话，而只是一些无法听懂的词儿。花喜儿一头扑向那只小鞋，这是她以前一切所爱留下的所有了。她呆在那里很久很久，不开口，不喘气，大家都以为她已经断气了。突然间，她浑身直打哆嗦，疯狂地把那只圣物般的小鞋吻个遍，才放声大哭起来，仿佛心都碎了。我敢说，如果是换了我们，也会一样悲恸的。她声连喊道：'咳！我的小女儿呀！我漂亮的小女儿呀！你在哪里？'让人听了肝肠寸断。我现在一想起来还要哭哩。你们不知道，我们的孩子，那可是我们的骨肉呵。——我的可怜的厄斯塔舍！你呀你，长得有多俊！你们不知道那孩子有多乖巧呀！昨天她对我说：'我呀，长大了要当近卫骑兵！'哦，我的宝贝厄斯塔舍呀！要是你丢了，让我怎么活呀！——花喜儿猛地站起身来，随即在兰斯城奔跑，一边嚷叫：'到埃及人营地去！到埃及人营地去！兵士们快去烧死那些巫婆！'然而埃及人已经走了，天也已经黑了，追赶他们是没有可能的。第二天，在离兰斯八公里外的丐地和蒂鲁瓦之间的灌木丛中，发现了篝火的残迹、帕盖特孩子的几根绸带、点点血班和一些山羊粪。刚过去的这个夜晚，正是周末六之夜，可以确信无疑埃及人就在灌木丛里举行过巫魔会，同鬼王别西卜一道把那个小女孩生吞活吃了，现在回教徒依然保留着这种习俗呐。花喜儿听到这些可怕的事情后并没有哭，只动了动嘴唇像要说话，可是什么也说不出来。第二天，她满头黑发顿时全花白了。再隔天，她就失踪了。"

"这的确是一个骇人听闻的故事，"乌达德说道，"连连勃艮第人听了也会落泪的。"

"难怪你一听到埃及人就怕得要命!"热尔维丝插上一句。

"你刚刚带着你的儿子急忙逃走,这样做很正确,因为这伙埃及人也是从波兰来的。"乌达德继续又说。

"不对。"热尔维丝说,"听说是从西班牙和卡塔卢尼亚来的。"

"卡塔卢尼亚?这倒有可能。"乌达德应道。"波兰,卡塔卢尼亚,瓦卢尼亚,我老是把这三个地方弄混的。可是有一点是确信无疑的,他们一定都是埃及人。"

"而且,他们肯定都长着獠牙,吃起小孩来才行。"热尔维丝加油添醋地说。"要是爱斯梅拉达也吃一点,一边却噘起小嘴做出一副轻蔑的样子,那我才不会感到意外的。她身边的那只白山羊耍的把戏太鬼了,这里头必有歪门邪道。"

马伊埃特默然地走着。她沉浸在遐思之中,这种遐思简直是某个悲惨故事的持续,并引起精神上的阵阵震撼,直到触及心灵深处,它才会停止。这时,热尔维丝对她说:"花喜儿的下落怎么样,没人知道吗?"马伊埃特没有应声。直到热尔维丝摇着她的胳膊,叫着她的名字,又问了一遍,马伊埃特这才似乎从沉思中惊醒。

"花喜儿的下落吗?"她机械地重复这句话,仿佛刚听到这问题似的。然后,她尽力集中精神,注意弄明白这话的意思,于是急速应道:"啊!没有知道。"

马伊埃特停了一下继续说:

"有人说看见她黄昏时从弗莱尚博门出了兰斯城,也有人说她是在天刚亮时从老巴泽门出城的。有个穷人在当天某市场的那块地里的石十字架上,然后找到了她挂在上面的那金十字架,也就是六一年毁了她的那件金首饰,是她的第一个情郎、英俊的科蒙雷伊子爵送给她的礼物。那帕盖特哪怕再穷,也从舍不得把它脱手,把它当命根子一样珍惜。因此一看见她把这金十字架也扔了,我们妇道人家都相信她已经自尽了。可是,旺特酒店的人说,曾在通往巴黎的那条石子路上,看见她赤着脚走着。不过,如果真的是这样的话,那她就得从维尔门出城,但这看法并不一致。换种说法会明白些,我相信她的确是从维尔门出去的,不过也就从这个人世间出去的。"

"我不明白。"热尔维丝说。

"维尔,那是一条河呀。"马伊埃特用着悲伤的笑容应道。

"可怜的花喜儿!"乌达德说,禁不由一阵惊颤,"投河死了!"

"投河死了!"马伊埃特紧继续说道。"想当初,居贝托这个好老爹坐船顺流而下,唱着歌经过丹格桥下,有谁知道日后有一天,他亲爱的小帕盖特也从这桥下经过,既没歌声,也无船只呢?"

"还有那只小鞋呢?"热尔维丝问。

"也同那母亲一起消失了。"马伊埃特回答道。

"可怜的小鞋呀!"乌达德说道。

乌达德,肥胖而又容易动感情,跟着马伊埃特唉声叹气,本来到此也就心满意足了,可是热尔维丝好奇得很,问题还没有追究到底呐。

"那妖怪呢?"她忽然问马伊埃特道。

"哪个妖怪?"马伊埃特问。

"就是巫婆扔在花喜儿家里换走了她女儿的那个小埃及怪物呗!你们把他弄成什么样了?我巴不得你们把他也淹死才好呢。"

"没有。"马伊埃特回答。

"怎么!那是烧死的?其实,理当如此,一个妖怪嘛!"

"既没有淹死,也没有烧死,热尔维丝。大主教大人十分爱护这埃及孩子,替他驱了邪,洗了礼,仔细地祛除了附在他身上的魔鬼,然后将他送到巴黎来,作为一个弃婴,放在圣母院前的木床上,叫人收养了。"

"这班主教呀!"热尔维丝嘀咕着。"他们满肚子学问,做起事来非同一般。我倒要请教你,乌达德,把魔鬼算作弃婴,这是怎么一回事呀!这个小怪物准是个魔鬼,算了,马伊埃特,那这小怪物在巴黎又怎么了?我相信,没有一个好心肠的人会要收留他的。"

"不知道。"这个兰斯女人回答道。"正好那时我丈夫买下了伯昌公证事务所，离兰斯城有八公里远，我们就不再关心这件事了，再说，伯吕前面有两座塞尔内土丘，挡住视线，看不到兰斯大教堂的钟楼。"

这三个可敬的女市民就这么说说谈谈，已经来到了河滩广场。由于全神贯注谈论她们的故事，经过罗朗塔楼公用祈祷书前也没停步，就下意识地径直朝耻辱柱走去，周围的观众每时每刻都在不停增多，很有可能此时吸引着众人视线的景象，使她们完全忘记了老鼠洞和打算在那里祈祷的事儿。想不到马伊埃特手中牵着那个六岁的胖墩厄斯塔舍，忽然提醒了她们那东西。"妈妈，"他说道，仿佛某种本能告诉他老鼠洞已经走过了。"现在可以吃饼了吗？"

若是厄斯塔舍机灵一点，就是说不那么嘴馋，他就会再等一等，等到回去时，回到了大学城，到了瓦朗斯夫人街安德里·缪斯尼埃的家里，等到老鼠洞和玉米饼中间隔着塞纳河的两道河弯和老城的五座桥，那时才放大胆子，提出这样一个让人难为情的问题："妈妈，现在能吃饼了吗？"

厄斯塔舍此刻提出这个问题是很冒失的，却引了马伊埃特的注意。

"对啦，"她一下子叫了起来，"我们竟把隐修女给忘了！赶紧告诉我老鼠洞在哪儿，我给她送饼去。"

"马上就去。"乌达德说道。"这可真是一件善事。"

但对厄斯塔舍却不是好事了。

"哎呀，我的饼！"他说着，一下子高耸左肩，一下子又高耸右肩，连连直碰着各边耳朵，那是表示他相当不快。

三个妇女转身往回走，到了罗朗塔楼附近，乌达德对另外两个人说："三个人可别一块儿往洞里看，免得把麻衣女吓坏了。你俩装念着祈祷书的赞主篇，而我就把脸孔贴到窗洞口去看。麻衣女有点认得我。你们何时可以过去，我会告诉你们的。"

她独个儿走到窗洞口。她的眼睛刚往里面一瞅，一种悲天悯人的表情立即露在了脸上，原来又快活又开朗的面容顿时改变了表情和脸色，好像从阳光下走到了月光下。眼睛湿了，嘴巴抽搐着像快要哭了起来。不久后，她把一只手指按在嘴唇上示意叫马伊埃特过去看。

马伊埃特心情激动,就悄悄地踮起脚尖走了过去,就像走近一个垂死的人的床前那样。

两个女子立在老鼠洞装有栅栏的窗口前,一动也不动,不敢出大气,朝洞里瞧着,眼前的景象实是悲惨。

那间斗室又窄又浅,顶上尖拱状,朝里面看很像一顶主教的大法冠。在光秃秃石板地面的一个角落里,有个女人,与其说是坐着,倒不如说是蹲着。下巴靠在膝盖上,两臂交叉,紧紧地合抱在胸前。她就这样蜷缩成一团,有一件麻袋状的褐色粗布长衫把她全身裹住,宽厚的皱褶层叠着,花白的长发从前面披下来,遮住面孔,顺着双腿直拖到脚上。乍一看,她仿佛映托在小屋阴暗底部的一个怪异的物体,一种非黑似黑的三棱体,被从窗洞口透进来的日光一映照,她身上有两种对比强烈的色调,一半明亮,而一半阴暗,宛如人们在梦中或是在戈雅的非凡作品中所见到那种半暗半明的幽灵,苍白,呆板,阴森,蹲在坟墓上或靠在牢房的铁栅上,这既非女人,也非男人;既不是活人,也不是确定的形体,这是一个形象,是真实与虚幻交错、黑暗与光明交叉的一种幻影。在那垂至地上的头发掩盖下,几乎分辨不出一个消瘦和冷峻的身影;自她的长袍下,隐隐约约露出一只挛缩在坚硬冰冷的石板地面上的光脚。这紧裹在丧服下若隐若现的依稀形体,让人看了不寒而栗。

这个似乎被牢牢砌在石板上的形体,看上去没有动作,没有呼吸,没有思想。时值一月,穿着那状如麻袋的单薄粗布衫,赤着脚瘫坐在花岗石地面上,没有火取暖,待在一间阴暗的黑牢里,通风口是歪斜的,从外面进来的只是寒风,而不是阳光;对于没有这一切,她仿佛并不痛苦,甚至连感觉都没有。仿佛她跟着这黑牢已化作石头,随着这季节已变成冰。她双手合掌,两眼直直地愣着。第一眼看上去以为是个鬼魂,第二眼以为是个石像。

可是,她那发青的嘴唇偶尔微开,好透口气,又不时颤抖,仿佛随风飘荡的树叶,死气沉沉,死板木然。

可是,她那双暗淡的眼睛却露出一种难以形容的目光,一种阴郁、冷静、深沉的目光,不停地盯着小屋中一个无法从外面看得清的角落。这一目光仿佛紧系悲惨灵魂的一切伤感在什么奇异的事物上。

这就是那个因其住处而被称之为隐修女、又因她的衣裳而被叫作麻衣女的人儿。

热尔维丝也走过来和马伊埃特及乌达德在一起了,三个女子都打窗洞口往里张望。她们的头挡住了照进土牢里的微弱光线,那个可怜的女人虽然没有了光,可是似乎并没有注意到她们。乌达德低声说:"别打扰她。她出神入定,正在祈祷哩。"

这时,马伊埃特仔细观察那张憔悴、消瘦、披头散发的脸孔,心里越发惴惴不安,眼里饱含着泪水,不由悄悄嘀咕了一句道:"要是真的,那可太奇怪了!"

她将脑袋从通气孔的栏栅当中伸进去,好容易才看得见那悲惨女人一直盯着的那个角落。

她把头从窗洞缩回来的时候,只见她泪流满脸。

"这个女人叫什么来着?"她问乌达德道。

"古杜尔修女。"

"而我呀,叫她花喜儿帕盖特。"马伊埃特接着说。

于是,伸出一根指头按住嘴唇,朝呆若木鸡的乌达德示意,要她把头也伸进窗洞里去看一看。

乌达德看了一眼,只见在隐修女阴沉的眼光死盯着的角落里,有一只绣满金银箔片的粉红色小缎鞋。

热尔维丝也随着去看,于是三个女子一起仔细瞧着那悲惨的母亲,不由得都哭了起来。

可是,她们端视也罢,落泪也罢,丝毫没有分散隐修女的注意力。她仍旧双掌紧合,双唇纹丝不动,两眼发直。凡是知道她底细的人,看见她这样死盯着那只小鞋心都碎了。

三位女子没说一句话儿,她们不敢作声,甚至连轻声细语也不敢。看见这种极度的沉默,这种极度的痛苦,这种极度的丧失记忆——除了一件东西外,其他的一切统统忘却了——,她们好像觉得置身在复活节或圣诞节的正祭台前,沉思默想，肃然起敬，随时准备下跪了。她们仿佛在耶稣受难纪念日刚刚走进了教堂一般。

最后，还是三个人当中最好奇、因而也最不易动感情的热尔维丝，尝试让隐修女开口，就叫道："嬷嬷！古杜尔嬷嬷！"

她这么叫了三遍，声音一遍比一遍高。隐修女丝毫不动，没应一声，没看一眼，也没叹一口气，没有一丝反应。

这回由乌达德来喊，声音变得更加甜蜜温柔："嬷嬷！圣古杜尔嬷嬷！"

同样的沉默，同样的寂静。

"一个怪女人！"热尔维丝叫道。"炮轰都无动于衷！"

"或许聋了。"乌达德唉声叹气。

"或许瞎了。"热尔维丝添上一句。

"或许死了。"马伊埃特接着说道。

说得也对，灵魂即使还没有离开这麻木、沉睡、死气沉沉的躯体，至少早已退却并隐藏到深处去了，外部器官的感知就再也没有用处了。

"那么只好把这块饼放在这窗口上啦。"乌达德说。"不过，小孩会把饼拿走的。怎样才能将叫醒她呢？"

直到这时，厄斯塔舍一直很开心，有只大狗拖着一辆小车刚经过那里，把他深深吸引住了，但忽然发现他母亲和两个阿姨正凑在窗洞口看什么东西，不由得也好奇起来，便爬上一块界石，踮起脚尖，把红润的小胖脸贴近窗口上，喊道："妈妈，看吧，我也要瞧一瞧！"

一听到这纯真、清脆、响亮的童声，隐修女不由惊颤了一下，突然转过头来，动作迅速，好比钢制弹簧那般；她伸出两只嶙峋的长手，把披在额头上的头发掠开来，用惊讶、苦楚、绝望的目光紧紧盯着孩子。但这目光只不过像道闪电，一闪即逝。

"哦，我的上帝啊！"她忽然叫了一声，同时又将脑袋藏在两膝中间，听那嘶哑的声音，它经过胸膛时仿佛把胸膛都撕开了。"上帝求求你，至少别叫我看见别人的孩子！"

"你好,太太。"孩子神情严肃地说。

这个震撼有如山崩地裂,可以说把隐修女完完全全惊醒过来了。只见她从头到脚,全身一阵哆嗦,牙齿直打冷战,格格作响,半抬起头来,两肘紧压住双腿,双手紧握住双脚,像要焐暖似的,她说:"噢!我好冷!"

"可怜的人,你要点火吗?"乌达德满怀怜悯地问道。

她却摇了摇头,表示不要。

"那好吧,"乌达德又说道,递给她一只小瓶子。"这是一点肉桂酒,可以给你暖暖身子,喝吧!"

她又摇头,眼睛直直地望着乌达德,应声道:"水。"

乌达德坚持道:"不,嬷嬷,一月里喝不得凉水。应该喝一点酒,吃这块我们特意为你做的玉米发面饼。"

她推开马伊埃特给她的饼,说道:"我要黑面包。"

"来吧,这里有件大衣,比你身上的要暖和些。快披上吧!"热尔维丝也顿生怜悯之心,脱下身上的羊毛披风,说。

正像拒绝酒和饼一样,她不愿收下这件大衣,说:"一件粗布衣。"

"不过,你多少也应该看出来了吧,昨天是节日呀!"好心肠的乌达德又说。

"看出来了。"隐修女回答道,"我水罐里已经两天没有水了。"

她停了一下又说:"大家过节,将我给忘了。人家做得对。我不想世人,世人为什么要想我呢?冷灰对灭炭。"

话音刚落,她仿佛说了这么多话感到疲劳了,又垂下头,靠在膝盖上。乌达德,头脑简单而心地善良,自以为听懂了她最后几句话的意思,认为她还在埋怨寒冷,就天真地答道:"这么说,你要点火啦?"

"火!"麻衣女说道,腔调怪里怪气,"那个已在地下十五年之久的可怜小娃娃,难道你也能给她生上一个火吗?"

她手脚哆嗦,声音发颤,眼睛闪亮,一下子跪了起来。忽然,伸出惨白枯瘦的手,指着那个正惊诧望着她的孩子喊道:"快把这孩子带走!埃及婆娘就要来了!"

她随即一头扑倒在地下，额头碰在地面石板上，其响声就好比石头相击那般。那三个女子都以为她死了，但过了一会儿，她又动起来了，只见她趴在地上，手脚并用，爬到放小鞋的那个角落去。这时她们三人不敢看下去了，再也看不见她了，只听到接连不断的亲吻声，连连不断的叹息声，夹杂着撕心裂肺的哭叫声，一下又一下仿佛是头撞墙的闷浊声。继续，传来一个猛烈的撞声，将三个女子都吓得摇摇晃晃，随后就无声无息了。

"保不定撞死了？"热尔维丝说着，一边贸然把头伸到窗洞口去张望。"嬷嬷！古杜尔嬷嬷！"

"古杜尔嬷嬷！"乌达德喊着。

"啊！我的天呀！她不动了！"热尔维丝继续说道。"她真的死了？古杜尔！古杜尔！"

马伊埃特一直哽咽在那里，话也说不出来，这时使劲振奋起精神来，说道："等一下。"随即弯身向着窗洞喊道："帕盖特！花喜儿帕盖特！"

就是一个孩子放鞭炮，看见没点燃，愣头愣脑去吹，结果鞭炮竟对着他眼睛爆炸开了，即便如此，也没有像马伊埃特冷不防高喊古杜尔修女的真名实姓，将她吓得魂不附体。

隐修女浑身战抖，光脚站起，一下子跳到窗洞口，两眼直冒火，把马伊埃特、乌达德，另一个女子同孩子吓得赶紧往后退，一直退到河岸的栏杆边去了。

这当儿，隐修女那张阴森的脸孔出现在窗洞口，紧贴着窗栏。她发出阴森恐怖的笑声，叫道："嗨！嗨！这是那个埃及婆娘在喊我吧！"

就在这时，她狂乱的目光被耻辱柱那边的情景吸引住了。她憎恶地皱起额头，把两只骷髅般的胳膊伸到黑牢外，像垂死的人那样喘着粗气，声音嘶哑地吼道："还是你，埃及妞！是你在叫我吧，你这个偷小孩的贼婆娘！好呀！该死！该死！你该死！该死！"

四 一滴水，一滴泪

隐修女的这几句话，可说是两幕戏的汇合点。在此之前，这两幕戏同时在各自特别的舞台上并行展开,一幕是我们刚刚看过的,发生在老鼠洞里,另一幕我们马上就要看到,发生在耻辱柱架子上。头一幕的目击者只有读者才认识的那三个女子,后一幕的看客则是我们在前面见过的那些聚集在河滩广场耻辱柱与绞刑架周围的观众。

这群人看见四名捕快自早上九点起就分立在耻辱柱四角,便料想到快行刑了,大概不是绞刑,却会是笞刑,或者是耳刑,总而言之,某种玩意儿吧。于是顷刻间,围观的人群急剧增多,把四名捕快团团围住,四名捕快只得不止一次地用皮鞭猛抽和用马屁股推挡,按当时的说法,把人群挤一挤。

民众等候观看公开行刑倒是安分守己的,并不显得急不可待地样子。他们闲着无聊,就以观看耻辱柱来解闷。所谓耻辱柱,其实是非常简单的一种石碑,呈立方形,高大约一丈,中间是空的。有一道叫作梯子的陡峭的粗糙石级,直通顶上的平台,台上平放着一轮橡木板转盘。犯人跪着,双臂反剪,给绑在转盘上面。平台里面暗藏着一个绞盘,绞盘一转动,推动着一杆木头轮轴,轮盘随之转动起来,始终保留在一个平面上,如此这般,犯人的面孔就连续不断地呈现在观众面前,广场上随便哪一个角落都能看得见。这就叫作车转罪犯。

正如人们所见,就供人消遣而言,河滩广场的耻辱柱远远不如菜市场的那么有趣。没有一丝一毫的建筑艺术性,没有一星半点的宏伟气派。见不到竖着铁十字架的屋顶,看不到八角灯,见不到那些直耸屋檐上的精致小圆柱顶端花形斗拱和叶板斗拱争奇斗艳,也看不到奇形怪状的神秘水槽、精雕细刻的屋架,还有玲珑剔透的石刻。

如果想看的话,就只好看看碎石的四片台壁、砂岩的台顶和台底,还有旁边一个凶相毕露的石柱绞刑架,干瘪瘪,赤裸裸。

对于喜爱哥特式建筑艺术的人来说,这种赏心乐事也许大煞风景了吧。的确,中世纪那班爱看热闹的闲汉,对什么建筑物都没有兴致,才不管耻辱柱美不美呐。

犯人被绑在一辆大车屁股后面,最后终于来了。接着被拖上平台,自广场四面八方都能看见他被绳子和皮条牢牢地绑在耻辱柱的转盘上面,这时候,广场上爆发了一阵震天价响的嘘声,混杂着狂笑声同欢呼声。大家一眼就认出来了,那就是卡齐莫多。

果然是他。他这次回来真是今非昔比,太让人不可思议了。昨天同样在这广场上,在埃及公爵、狄纳王与加利列皇帝的陪伴下,万众一齐向他欢呼致敬,拥立他为愚人教皇,而今天他竟成了耻辱柱上的囚徒!有一点可以确定的是,人群中没一个人,甚至连忽而是胜利者忽而又是罪犯的卡齐莫多自己,脑子里会清楚地把前后不同的处境进行这种对照。格兰古瓦和他的人生哲学也没经历过这种场面。

不久,我们国王陛下指定的号手米歇尔·努瓦雷叫大家肃静,并根据司法长官大人的裁决和命令,扯着嗓子宣读判决书。然后,便率领手下身着盔甲的一班人退到大车子后面去了。

卡齐莫多毫无表情,眉头都没皱一下。任何反抗都是不可能的,根据刑事司法的文体用语来说,捆绑毫不容情而坚实,意思是说皮条和铁链很可能直陷入皮肉里去了。再者,这是监狱和苦刑船的一种传统,至今依然起着作用,而且在我们这样文明、温和、人道的民族之中,镣铐岂不是还将这种传统当成宝贝保留至今么(顺便说一句,苦役所和断头台就是例证)!

卡齐莫多任别人拖呀,扛呀,推呀,抬呀,绑了又绑。他的表情除了流露出野人或是白痴般的惊愕外,别的一点也猜想不出来。人们知道他是聋子,似乎还是瞎子。

人家将他按在轮盘上跪下,他任凭别人摆布,要跪就跪;人家扒掉他的上衣和衬衫,直到赤裸着上身,他也听凭摆布,要扒就让人扒去;人家用皮带和环扣重新把他五花大绑,他也依旧听任摆布,要绑就让人绑去。只见他不时喘着粗气,好像一头被绑在屠夫大车上的小牛,脑袋耷拉在车沿上摇来晃去的。

"这个傻瓜蛋!"磨坊的约翰·弗罗洛对其朋友罗班·普斯潘说(这两个学子理所当然似地跟着犯人来到这里)。"他简直是一只关在盒子里的金龟子,啥子都不懂!"

观众一看到卡齐莫多赤裸的驼背、鸡胸、满是老茧和毛茸茸的两肩,不由一阵狂笑。正在大家乐不可支的时候，平台上爬上了一个身穿号衣、五短三粗的汉子，走过去朝犯人旁边一站，他的名字立刻在群众中传开了，此人就是小堡法定的刽子手皮埃拉·托特吕老爷。

他先将一只黑色沙漏放在耻辱柱的一个角落。沙漏上端的瓶子里装满红沙子，向下端的容器漏下去。随后脱掉身上的两色外衣，只看他右手悬着一根用白色长皮条绞成的细长皮鞭，油光闪亮，尽是疙瘩，末端有着一些金属爪。他用左手漫不经心地卷起右臂衬衫的袖子，一直撩到腋下。

这时，约翰·弗罗洛爬到罗班·普斯潘的肩上，把他那长满金色卷发的脑袋伸出人群之上，高声叫道："先生们，太太们，快来看呀！这儿马上就要专横地鞭打我哥哥若札副主教大人的敲钟人卡齐莫多，一个东方建筑艺术的怪物，你们看他的脊背是圆盖，双脚是弯曲的柱子！"

话音刚落，人群哈哈大笑，特别是孩子们和姑娘们。

最后，刽子手一跺脚，圆轮立即旋转起来。卡齐莫多被绑得扎扎实实，大大地摇晃了一下。畸形的脸孔顷刻惊惶失色，围观的人们笑得更厉害了。

旋转的轮盘把卡齐莫多的驼峰一送到皮埃拉老爷的面前，皮埃拉老爷抬起右臂，细长的皮条有如一条毒蛇，在空中发出嘶嘶的刺耳声，拼命地抽打在那可怜虫的肩上。

卡齐莫多如猛然惊醒，身子不由自主地跳动了一下，这才渐渐明白过来了。他痛得直往绑索里缩，由于吃惊和苦痛的原因，脸上肌肉一阵猛烈抽搐，脸孔都变了形。可是他没有呻吟一声，只是将头往后一仰，向左一转，再向左一闪，摇来晃去，恰似一头公牛被牛虻叮着肋部，痛得摇头摆尾。

紧跟着是第二鞭，第三鞭，一鞭接一鞭，连连不断。轮盘不停旋转，皮鞭雨点般不断落下，卡齐莫多立刻鲜血直冒，驼子黝黑的肩背上淌出一道道血丝，然而细长的皮条在空中挥动时，血滴四溅，飞溅到人群之中。

卡齐莫多又恢复了原本冷漠的神态，至少表面上是如此。他先是不露声色，在外表上也一点儿看不出什么动静，暗地里却竭力要挣脱身上的镣铐。只看他那只独眼发亮，肌肉紧绷，四肢蜷缩，皮带和链条拉得紧紧的。这种挣扎奇妙，有力，然而却又无助。然而司法衙门那些陈旧的镣铐倒是坚固得很，只是轧轧响了一下，也仅此而已。卡齐莫多精疲力竭，一头又栽倒了。脸上的表情顿时由惊愕变成了苦楚和沮丧。他闭起了那只独眼，脑袋一下子垂到胸前，好像断了气似的。

然后，他不再动弹了。不管他身上血流不止也罢，鞭挞一鞭狠过一鞭也罢，愈来愈兴奋、沉醉在行刑淫威中的刽子手火冒三丈也罢，比魔爪更要锐利、发出嘶鸣声更尖厉的可怕皮鞭呼啸不已也罢，没什么能让他再稍稍动一下。

行刑刚开始，小堡一个穿黑衣骑黑马的执达吏就守候在梯子旁边。他这时伸出手上的乌木棒，指了指沙漏。刽子手这才停手，转盘也才停住。卡齐莫多慢慢地再张开眼睛。

鞭笞算是打完了。法定刽子手的两个隶役过来替犯人擦洗肩背上的血迹，给他涂上一种立即可以愈合各种伤口的什么油膏，并且往他背上扔了一块状如祭技的黄披布。与此同时，皮埃拉·托特吕挥动着他那被鲜血浸湿并染红的皮鞭，血便一滴滴落在地面石板上。

对于卡齐莫多，事情并没了结，还得在台上示众一个钟头，这是弗洛里昂·巴伯迪安老爷极其明智地在罗贝尔·德·埃斯杜特维尔大人所做的判决之外附加的。他记得让·德·居梅纳说过聋即荒谬，这一做法真使得这包含生理学

世界十大名著

·巴黎圣母院·

图文珍藏版

和心理学的古老戏言大放光彩。

于是又把沙漏翻转过来,将捆绑着的驼子留在刑台上,好把惩罚贯彻究竟。

民众,特别在中世纪,他们在社会上就像孩子在家庭里一样。只要他们依然停留在原始的愚昧状态,停留在精神上和智力上未成熟的状态,那就完全可以用形容稚童的话来形容他们:

> 这个年龄不具同情心。

从我们前面叙述中已经可以看出,卡齐莫多是到处招人怨惹人恨的,怨恨的理由不止一个,倒也不假。群众之中几乎各有各的有理由,或者自认为有理由可以抱怨圣母院这个驼背大坏蛋。起初看见他出现在耻辱柱台上,大家欢天喜地,一片欢腾,之后看见他受到酷刑和受刑后惨不忍睹的境况,大家非但不可怜他,反更增添几分乐趣,怨恨更加刻毒了。

按照那班戴方形帽的法官们如今仍沿用的行话来说,公诉一结束,就轮到成千上万种私人的申冤报仇了。在这儿也像在司法大厅里一样,妇女闹得特别凶,她们个个对卡齐莫多都怀着某种怨恨,有的恨他狡诈,有的恨他丑陋,而后一种女人最狠,真恨得咬牙切齿。

"呸!反基督的丑陋东西!"一个嚷道。

"骑帚把的魔鬼!"另一个喊道。

"多好看的鬼脸!"第三个说。"今天如果是昨天的话,靠这张鬼脸,就能当上狂人教皇啦!"

"好呀!"一个老太婆继续说道。"那是耻辱柱上的鬼脸,什么时候才能看到他在绞刑架上做鬼脸呀?"

"你这个该死的敲钟人,什么时候才会在黄泉之下顶着你那大钟呢?"

"敲三更钟的可正是这个魔鬼呀!"

"呸!聋子!驼背!独眼!丑八怪!"

"这副丑相可以让孕妇吓得流产,任何为人堕胎的医生和药剂师都得甘拜下风!"

说到这儿,磨坊的约翰和罗班·普斯潘这两个学子扯着嗓门,大声地唱起古老民歌的迭句来:

> 一根绞绳
> 吊死绞刑的罪人!
> 一捆柴火
> 烧死极丑的家伙!

其他各式各样的咒骂,立即如倾盆大雨;诅咒声,笑声,嘘声,连成一片;这里那里,到处都是石块在纷飞。

卡齐莫多虽耳聋,却看得一清二楚,大众流露在脸上的怒气,其强烈的程度一点儿也不亚于言词。况且,砸过来的石头,也比哄笑声听得清楚。

起先他忍住了。然而,原先咬紧牙关硬顶住刽子手皮鞭的那种忍耐力,这时却在这些虫豸一齐叮螯下,却渐渐减弱,再顶不住了。阿斯图里亚的公牛,几乎对斗牛士的进攻无动于衷,但被狗叫和投枪给激怒了。

他先是用威吓的目光缓慢地傲视人群,但由于被捆绑得死死的,他的目光并不足以驱赶开那群盯着他伤口的苍蝇。于是不顾绳捆索绑,猛力挣扎,狂怒挣动,震得那陈旧的轮盘在木轴上轧轧直响。对于这些,嘲笑辱骂声越来越凶狠了。

这个悲惨的人仿佛头被锁住的猛兽,既然无法打碎身上的锁链,只得又平静下来了。只是不时发出一声愤怒的叹息,整个胸膛都鼓胀起来。脸上毫无羞赧之色。他平常离社会状态太远,靠自然状态又太近,不知羞耻是什么玩意儿。再说,他畸形到这种程度,羞耻不羞耻,又怎私能看得出来呢?然而,绝望,愤怒,仇恨,为这张奇丑的脸孔慢慢罩上一层阴云,它越来越阴暗,越来越充满电流,这个独眼巨人的那只眼睛遂迸发出万道闪电的光芒。

此时,有头骡子驮着一个教士穿过人群走来了,卡齐莫多阴云密布的脸上明朗了一会儿。他老远就瞥见骡子和教士，这可怜的犯人顿时和颜悦色起来，原来愤怒得紧绷的面孔浮现出一种奇特的微笑，充满了难以形容的宽容、温柔和深情。随着教士越走越近，这笑容也就益发清晰，越发分明，益发焕发了。这不幸的人迎候的好像是一位救星降临，可是等骡子走近耻辱柱，骑骡的人能够看清犯人是谁时，教士立即低下眼睛，猛然折回，用踢马刺一踢，马上溜掉了，仿佛怕丑八怪提出什么要求，急于要脱身似的，至于处在这样地步的一个可怜虫致敬也好，感激也好，他不在乎哩。

这个教士正是堂·克洛德·弗罗洛副主教。

卡齐莫多的脸上又笼罩上了阴云，而且更加阴暗了。阴云中虽一时还夹杂着一丝笑容，但那是辛酸的微笑，失望的微笑，无限悲哀的微笑。

时间渐渐过去。他待在那里至少有一个半钟头了，肝肠寸断，备受凌辱，受尽嘲弄，而且差点被人用石头活活砸死。

霍然间，他怀着双倍绝望的心情，一点也不顾身上戴着镣铐，又一次拼命挣扎，连身下整个轮盘木架都被震得抖动起来。他本来一直不吭一声，这时竟打破沉默，嗓门嘶哑而又凶狠，与其说像人叫，倒不如说似狗吠，压过了众人的嘲骂声，只是听到一声吼叫："水！"

这声悲惨的呼喊，不但没有打动群众的恻隐之心，反而给刑台四周巴黎围观的善良百姓徒增一个笑料。应当指出，这些乌合之众，就整体而言，残忍和愚蠢并不低于那伙可怕的乞丐帮。我们在前面已经带读者去见过了，那伙人彻头彻尾是民众中最底下的一层人。那不幸的罪人叫喊口渴之后，周围应声而起的只是一片冷嘲热讽，再没有别的声音了。这点倒是真的，他此时此刻的样子，不仅可怜巴巴的，而更显得滑稽可笑，令人生厌。只见他脸涨得发紫，汗流如注，目光迷惘，愤怒和痛苦得嘴上直冒白沫，舌头伸在外面大半截了。还该指出，在这群乌合之众的市民当中，即使有个把好心肠的男子或女人大发善心，有意要送一杯水给这个受苦受难的可怜虫，可是耻辱柱那可恶台阶的周围弥漫着这样一种丢人现眼和无耻的偏见，足以使乐善好施的人望而却步的。

过了一会儿，卡齐莫多用绝望的目光扫视了一下人群，并用更加令人心碎的声音又喊道:"水!"

回应声又只是一阵哄笑。

"喝这个吧!"罗班·普斯潘叫着,并对着他的面掷过去一块在阴沟里浸过的抹布。"拿去,可恶的聋子!算是我欠你的人情呐!"

有个女人向他的脑袋扔去一个石块:"给你尝尝这个,看你还敢不敢深夜敲那丧门钟,把我们都闹醒!"

"喂,小子!"一个跛子一边嚎叫,一边吃力地想用拐杖打他。"看你还敢不敢从圣母院钟楼顶上向我们施展魔法不?"

"这是一只碗,让你舀水喝!"一个汉子把一只破瓦罐朝他胸膛扔过去,叫道:"就因为你从我老婆面前走过,她才生了一个双脑袋的崽子!"

"还有我的猫下了一只长着六个脚的猫崽!"一个老太婆捡起一块瓦片朝他砸去,尖声地叫道。

"水!"卡齐莫多上气不接下气,叫了第三遍。

正在这关头,他看见人群中忽然闪开一条路,走出一个装束奇怪的少女,身边领着一只金色犄角的小白山羊,手中拿着一只巴斯克手鼓。

卡齐莫多那只眼睛立刻亮了。这正是昨夜他千方百计想要抢走的那个吉卜赛女郎。他脑子里模模糊糊意识到、自己正是为了这起袭击事件,此刻才受到惩罚的。其实并非如此,他之所以受到惩罚,只因为他倒霉是个聋子,且由一个聋子来审判他。他毫不怀疑,这个吉卜赛姑娘也来报仇的,也同其他人一样来揍他。

果然,只见她快步登上台阶。他愤怒与悔恨交加,连气都透不过来。他真恨不得一下子能把耻辱柱的台子震塌,假如他那只独眼能够电闪雷劈就不等埃及女郎爬上平台,就把她轰成齑粉。

她一言不发,默默走近那个扭动着身子企图避开她的罪人,然后她腰带上轻轻地解下一个水壶,轻轻地将水壶送到那可怜人干裂的嘴唇边。

这时,只见他那只干涸、焦灼的眼睛里,滚动着一大滴泪珠,然后沿着那张因失望而长时间皱成一团的丑脸,缓缓地流下来。这不幸的人掉眼泪,或许还是平生第一回吧。

可是,他竟忘记了喝水。埃及女郎不耐烦地噘起小嘴,脸带笑容,把水壶紧紧地靠在卡齐莫多张开的嘴上,他实在渴得口干舌焦,一口接一口地喝着。

一喝完,可怜人伸长污黑的嘴唇,大概想吻一吻那只刚援救过他的玉手。可是,姑娘或许有所戒备,而且想起昨夜那件未遂的暴行,便像一个孩子怕被野兽咬着那样,吓得连忙把手缩回去。

于是可怜的聋子盯着她瞧,目光充满无可表达的悲伤和责怪的神情。

这样一个美女,纯真,妩媚,娇艳,可是又如此纤弱,竟这样诚心诚意地跑来援救一个惨遭横祸、奇丑无比、心肠歹毒的家伙,这或许是世上感人肺腑的一幕了,尤其发生在耻辱柱上,这真是无与伦比的了。

所有的民众无不为之感动,一齐鼓掌而且高呼:"妙极了!妙极了!"

恰在这个时候,隐修女从地洞的窗口上望见站在耻辱柱台上的埃及女郎,立刻又刻毒地咒骂着:"你该千刀万剐,埃及妞!千刀万剐!千刀万剐!"

五 玉米饼故事的尾声

爱斯梅拉达脸色苍白,跟跟跄跄走下耻辱柱平台。隐修女的声音仍旧回绕在她耳边:"滚下! 滚下! 你这埃及女贼,终有一天你也会在上面遭受同样的下场!"

"麻衣女又胡思乱想了。"民众喃喃地说道,但也仅此而已。因为这美女人总是令人望而生畏的,因而也就显得神圣不可侮。谁也不想去惹日夜祈祷的人。

放卡齐莫多的时刻到了。他被解了下来,于是人群也就散开了。

马伊埃特同着两个女友回头走,来到大桥边,忽然站住:"对啦,厄斯塔舍!你的饼呢?"

"妈妈,"小孩应道,"您跟地洞里那个太太说话时,有一条大狗咬我的饼,于是我也就吃了。"

"怎么,先生,你都吃了?"她继续说道。

"妈妈,是狗吃的。我让它别吃,它不听,我也就咬了,就是这样子的!"

"这孩子真是要命!"母亲一边微笑一边数落道。"你瞧,乌达德,在我们夏尔朗日园子里有一棵樱桃树,他自己就把一树的樱桃吃个精光。所以他祖父说他长大了准是个将才。——厄斯塔舍先生,我是上你的当了! 走吧,胖狮子!"

世界传世藏书

世界十大名著

·巴黎圣母院·

图文珍藏版

第七卷

一　给山羊透露秘图的危险

转眼过去了好几个星期。

三月初。太阳，虽然还没有被迪巴塔斯称为众烛的王，但其明媚与灿烂却没有一丝减弱。每当风和日丽的春日，巴黎就会倾城而出，广场上和供人散步的地方，到处是人山人海，像欢度节日那样热闹。在这样和煦、光明、晴朗的日子里，有某个时刻特别适合去观赏圣母院的门廊。那就是太阳西斜，差不多正面照着这座大教堂的时候，夕阳的余晖渐渐与地平线拉平，逐渐远离广场的石板地面，顺着教堂笔直的正面上升，在阴影映衬下，正面的浮雕个个凸起，而当中那个巨大的圆花窗好似独眼巨人的眼睛，在雷神熔炉熊熊烈火的反照下，射出火焰一样的光芒。

现在正好是这样的时刻。

夕阳映红的庄严大教堂的对面，教堂广场和前庭街的交角处，是一座哥特风格的华丽宅院。门廊上端的阳台上，几个俏丽的姑娘谈笑风生，真是千种风流，万般温柔。她们珠环翠绕的尖帽上，面纱低垂着，一直拖到脚后跟；精美的绣花胸衣掩住了双肩，并依照当时风尚，露出处女那刚刚丰满的美妙胸脯；罩衣也考究得出奇，蓬松宽大的下裙更是珍贵；个个衣着绫罗丝绒，尤其白嫩如脂般玉手，足见终日生活。从这一切不难看出，她们都是富贵人家的娇小姐。的确如此，她们百合花·德·贡德洛里埃小姐及其同伴狄安娜·德·克里斯特伊、阿梅洛特·德·蒙美榭尔、科伦布·德·卡伊丰丹娜，以及德·香榭弗里埃的小女儿。这些人都是名门闺秀，此时聚贡德洛里埃的遗孀家里，等候着博热殿下及其夫人四月间来巴黎，为玛格丽特公主遴选伴娘，到底卡底从弗朗德勒人手里把公主迎接过来。于是方圆几百里外，所有的乡绅早就纷纷活动开了，图谋为自己的女儿争得这一恩宠，其中许多人早把女儿亲自带到或托人送到巴黎来，托付给管教审慎，令人敬佩的阿洛依丝·德·贡德洛里埃夫人，这位夫人的丈夫以前是禁军的弓弩师，她遗孀后带着独生女儿住在巴黎，住在圣母院前面广场边自己的住宅里。

这些小姐所在的阳台，背连一间富丽的房间，室内挂着出自弗朗德勒的印有金叶的浅黄皮幔。天花板上一根根平行的横梁上，有无数彩绘描金的雕刻，叫人看了赏心悦目。一只只衣橱精雕细刻，这儿那儿，闪耀着珐琅的光泽；一只华丽的食橱上摆放着一个陶瓷的野猪头，食橱分两级，这些都表示女主人是方旗骑士的妻子或遗孀。房间深处，一个高大壁炉从上到下挂满纹章和徽记，旁边有一张铺着红丝绒的华丽的安乐椅，上面端坐着贡德洛里埃夫人。从衣着和相貌上可以看出她已年已五十。她身旁站着一位少年，神态甚是自命不凡，固然有点轻浮和好强，却令所有的女子无为之倾倒，而那些严肃和善于看相貌的男子却很是不屑。这位年轻骑士穿着御前侍卫弓手队长的华丽服装，很像朱庇特的装束，我们在本书第一卷中已描述过了，这里就不再重复了。

小姐们全部坐着，有的坐在房间里，有的坐在阳台上，有的坐在镶着金角的乌德勒支丝绒锦团上，有的坐在雕着人物花卉的橡木小凳上。她们正在一起刺绣一幅巨大的壁毯，每人拉着一角，摊放在自己的膝盖上，还有一大截拖在铺地板的席子上。

她们不时交谈着，就像平常姑娘家说悄悄话，见到有个青年男子在场时那样。这位少年，虽说他在场足以引起这些女子各种各样的虚荣心，他自己却似乎并不在意；他置身在这些美女当中，个个都争着引起他的注意，可是他却仿佛格外认真用麂皮手套揩着皮带上的环扣。

老夫人不时低声向他说句话儿，他虽然回答得彬彬有礼，但明眼人能看到周到中显得有些笨拙和勉强。阿洛伊丝夫人面带笑容,同这个队长低声说话,一面向女儿百合花眨眨眼睛。从这些神态中可以很容易看出,他们之间有某种已定的婚约,大概这少年与百合花即将缔结良缘。然而从这位军官尴尬和冷淡的神情来看,显而易见,至少在他这方面没有什么爱情可言了。他整个神色显得又窘又烦,这样一种心情,要是换上城防部队的那班官长,一定会妙语惊人,说:"真他妈的活受罪!"

这位友善的夫人,也许疼爱闺女迷了心窍,可怜的她,哪能感觉得出这军官压根没有什么热情,还一个劲地轻轻叫他注意,说百合花穿针引线多么心灵手巧。

"喂,侄儿呀,"她轻轻地拉了拉他的袖子,凑近他耳边说道。"你快看看!瞧她弯腰的模样儿!"

"看着哩。"那位少年应道,随即又默不作声,完全一副心不在焉、冷冰冰的样子。

过了片刻,他不得不又俯下身来听阿洛伊丝夫人说:

"您哪里见过像您未婚妻这样讨人喜欢、活泼可爱的姑娘?有谁比她的肌肤更白嫩,比她的头发更金黄?她那双手,简直十全十美?还有,她那脖子,简直像天鹅的脖子那样仪态万方,谁见到都会心醉?有时候我也十分嫉妒您呀!您这放荡的小子,身为男人真是走运!我的百合花,难道不是美貌绝伦,叫人爱慕不已,使你意乱心迷吗?"

"那还用着说!"他这样答道,心里却在想别的事。

"那您还不去跟她说说话儿!"阿洛伊丝夫人忽然说道,并推了一下他的肩膀。"快去跟她随便说点什么,您变得越来越怕羞了。"

谁都可以看出,怯生并不是这位队长的美德,也不是他的缺点,不过他还是硬着头皮照办了。

"好表妹,"他走近百合花的身边说道。"告诉我,你们在绣什么?"

"好表哥,"百合花应道,声调中明显带着不耐烦。"我已经告诉您三遍了。是海神的洞府。"

队长那种冷淡和心不在焉的样子,百合花显然看在眼里。他觉得必须交谈一下,随即又问:

"给谁绣的?"

"田园圣安东修道院。"百合花答道,眼皮连抬都没抬一下。

队长伸手抓起挂毯的一角,再问:

"我的好表妹,这是谁,就是那个鼓着腮帮,使劲吹着海螺的肥头大耳的士卒?"

"那是小海神特里通。"她应道。

百合花的回答老是只言片语,语调中有点赌气的味道。少年立刻明白了必须对她咬耳朵说点什么,无聊的话,献殷勤的话,随便胡扯什么都行。于是他俯下身去挖空心思,却怎么也想象不出更温柔更亲密的话儿来,只听见他说:"您母亲为什么老穿着查理七世时代绣有纹章的长袍呢?好表妹,请您告诉她,这种衣服现在不时兴了,那袍子上的门键和月桂树,使她看上去就像会走动的壁炉台。实际上,现在谁也不会这样坐在自家旌旗上,我向您发誓。"

百合花抬起漂亮的眼睛,责备地瞅着他,低声说道:"您就为这个向我发誓吗?"

心地善良的阿洛伊丝夫人看见他俩这样紧挨着絮絮细语,真是欣喜若狂,她摆弄着祈祷书的扣钩,说:"多么动人的;图画呀!"

队长不知怎样才好,只得又重提壁毯这个话题,大声嚷道:"这件挂毯工艺真是优美呀!"

一听这话,另一个皮肤白皙的金发美人儿,身穿低开领蓝缎袍子的科伦布·德·卡伊丰丹纳,怯生生地开了口,话是说给百合花听的,心里却巴望英俊的队长答话,只听见她说:"亲爱的贡德洛里埃,您见过罗舍——吉翁府里的壁毯吗?"

"不就是卢浮宫洗衣女花园所在的那座府邸吗?"狄安娜·德·克里斯特伊笑呵呵问道,她自认为长着一口漂亮的牙齿,所以很爱笑。

"那儿还有巴黎古城墙的一座臃肿的旧塔楼呐。"阿梅洛特·德·蒙米榭尔插嘴说。这位女郎水灵灵的,头发赤褐而鬈曲,总是莫名其妙地唉声叹气,就像狄安娜小姐喜欢笑一样。

"亲爱的科伦布,"阿洛伊丝夫人接口说。"莫非您是指国王查理六世时期巴克维尔大人的府邸吧?那里的壁毯才是华美无比哩,全是竖纹织的。"

"查理六世!国王查理六世!"年轻队长将着胡子嘟哝道。"天啊!老太太对这些老古董记得多清楚!"

贡德洛里埃夫人接着往下说:"那些壁毯,的确绚丽!那令人观止的手工,堪称世上独有!"

身材苗条的七岁小女孩贝朗日尔·香榭弗里埃,本来从阳台栏杆的梅花格子里望着广场,此时忽然嚷道:"啊!快来看呀,百合花教母,那个漂亮的舞女在石板地面上敲着手鼓跳舞,一大堆市民围在那里看哩!"

果真传来巴斯克手鼓响亮的颤音。

"大概是个波希米亚的埃及女郎。"百合花边说边扭头向广场张望。

"看去!看去!"那几位活泼的同伴齐声簇拥到阳台边。百合花心里揣摩着未婚夫为什么那么冷漠,慢吞吞跟了过去。而这个未婚夫看到拘窘的谈话被意外的事情打断了,松了一口气,好像一个被换下岗的士兵,一身轻松地回到房间里。给美丽的百合花放哨,在往日是一件可爱的、令人喜悦的差使,但年轻队长却早已腻烦了,并随着婚期日益临近,一天比一天更加冷漠。况且,他生性朝三暮四,而且——得着点破?——情趣有点庸俗不堪。虽说出身高贵,但在行伍中却染上了兵痞的恶习。他喜欢酒家以及随之而来的一切,下流话,军人式吊膀子,水性杨花的美女,轻而易举地情场得意。话说回来,他曾从家庭中受到过一点教育,也学过一些礼仪,但他年轻轻就走南闯北,过着戎马生涯,在军队的武器肩带的摩擦下,他那一层贵族的光泽外表也就黯然失色了。好在他还知道礼貌,不时来看望百合花小姐,可是每次到了她家里,总是倍感难堪,一来是因为到处寻欢作乐,滥抛爱情,当然留给百合花小姐的就所剩无几了;二来是因为置身在这些刻板、深居闺阁、循规蹈矩的美人当中,一直提心吊胆,生怕自己说惯了粗话的那张嘴,忽然会像脱缰的马,无意中漏出小酒馆那般不三不四的话儿来。想象一下，要是如此，后果会是怎样！

并且，他身上还混杂着一些值得称颂的奢望：附庸风雅，衣着出众，神采奕奕。要把这些品性集中于一身，那可真是有的说。

于是，他静静地站在那里好一会儿，默默地靠在雕花的壁炉框上。这时，百合花小姐猛然回头对他说起话来。可怜的姑娘生他的气，毕竟不是情愿的。

"表哥，您不是说过，两个月前您查夜时，从强盗手里救下了一个吉卜赛小姑娘吗？"

"我想是的，表妹。"队长应道。

"那好，"她继续说道。"现在广场上跳舞的没准就是那个吉卜赛姑娘。您过来看一下，是不是还认得出来，弗比斯表哥。"

他看出，她热情地邀请他到她身边去，还有意叫他的名字，这其中明显包含着重归于好的意思。弗比斯·德·夏托佩尔缓步走近阳台，百合花含情脉脉，把手搭在弗比斯的胳膊上，对他说道："喏，看那边正在跳舞的小姑娘，是不是您说的那个吉卜赛姑娘？"

弗比斯望了望，应道：

"没错，我从那只山羊就认得出。"

"哦！真是只漂亮的小山羊！"阿梅洛特合起双掌赞叹道。

"它的角是真金的吗？"贝朗日尔问道。

阿洛伊丝夫人坐在安乐椅上没动，接口说："去年从吉巴尔城门来了一帮吉卜赛女人，会不会是她们当中的一个？"

"母亲大人，那道城门如今叫地狱之门了。"百合花柔声细气地说道。

贡德洛里埃小姐深知，她母亲提起这些老皇历定会使那个队长感到不快。果然如此，他轻声挖苦起她来了："吉巴尔门！吉巴尔门！那有着说哩，可以扯到国王查理六世啦！"

"教母，"贝朗日尔的眼睛一直不停地转动，忽然向圣母院钟楼顶上望去，不由惊叫起来。"那是谁，顶上那个黑衣人？"

姑娘们个个抬起眼睛。果然在朝向河滩广场的北边钟楼顶端的栏杆上，靠着一个男子。那是一个教士,从他的衣裳和双手托住的脸孔,都可以看得一清二楚。而且,他像一尊雕像,纹丝不动。他的眼睛直勾勾地盯着广场。

这情景真有点像一只鹞鹰刚发现一窝麻雀,死死盯着,一动也不动。

"那是若札的副主教大人。"百合花答道。

"您从这里就一眼认出他来,您的眼力真好呀!"卡伊丰丹纳说道。

"他盯着那个跳舞的小姑娘多么入神呀!"狄安娜·德·克里斯特伊继续说。

"那个埃及姑娘可得小心!"百合花说。"他不喜欢埃及人。"

"那个人这样瞅着她,真是大煞风景!瞧她舞跳得多棒,把人的眼睛都看花了。"阿梅洛特·德·蒙米榭尔插嘴说。

"弗比斯好表哥,"百合花忽然说道。"如果您认识这个吉卜赛小姑娘,那就打个手势叫她上来吧!这会叫我们开心的。"

"说得很好!"小姐们全拍手喊道。

"真是荒唐!"弗比斯答道。"她大约早把我忘了,况且我连她的名字也不知道。不过,如果小姐们高兴,那我就试试看。"于是,探身到阳台栏杆上喊道:"小姐!"

跳舞的姑娘这时恰好没有敲手鼓,随即转头向喊声的方向望去,炯炯的目光落在弗比斯身上,一下子停了下来。

"小姐!"队长又喊道,并用手示意叫她过来。

那个少女再望了他一眼,脸上立刻浮起红晕,仿佛双颊着了火似的。她把小鼓往腋下一夹,穿过目瞪口呆的观众,向弗比斯所在的那幢房子走去,步履缓慢而摇曳,目光迷乱,就像一只鸟儿经不住一条毒蛇的诱惑。

片刻后,帷幔门帘撩开了,吉卜赛女郎出现在房间门槛上,只见她脸色通红,手足无措,气喘吁吁,一双大眼睛低垂着,不敢再上前一步。

贝朗日尔高兴得拍起手来。

跳舞的姑娘站在门槛上不动。她的出现对这群小姐产生了一种奇怪的影响。当然,所有在场的小姐心中都同时萌发出一种朦胧不清的念头,设法取悦那个英俊的军官,他那身华丽的军服是她们卖弄风情的主要目标;并且,自从他出现,她们之间就悄悄展开了一场暗斗,虽然她们自己不肯承认,但她们的一举一动、一言一行,无时无刻不显露出来。可是,她们的美貌彼此不相上下,角逐起来,也就势均力敌,每人都有取胜的希望。吉卜赛女郎的到来,猛然打破了这种均衡。她的艳丽,真是世上罕见,她一出现在房门口,就仿佛散发出一种特有的光辉。在这间拥挤的房间里,在幽暗的帷幔和炉壁板环绕之中,她比在广场上更丰姿标致,光彩照人,好比从大白天阳光下被带到阴暗中来的一把火炬。几位高贵的小姐不由得眼花缭乱,一个个都多少感到自己的姿色遭到了损害。因此,她们的战线——请允许我用这个词语——即刻改变了,尽管她们之间连一句话也没有说,但彼此却心照不宣,默契得很。女人在本能上互相心领神会,总是要比男人串通一气快得多。她们都感觉到,刚才进来了一个敌人,于是便联合起来。只需一滴葡萄酒,就足以染红一杯水;只需忽然间到来一个更妖艳的女人,便可以给群芳染上某种不佳的心绪,尤其只有一个男子在场的时候。

因此,吉卜赛女郎所遭受到的接待是雪里加霜。小姐们把她从头到脚打量一番后,互相使了个眼色,千言万语尽在这眼色中,互相一下子心领神会了。这期间,吉卜赛少女一直期待着人家发话,心情激动万分,连抬一下眼皮都不敢。

倒是队长先打破沉默,他用习惯的那种肆无忌惮的狂妄腔调说道:"我发誓,这儿来了个尤物! 您说呢,表妹?"

换上一个比较有心眼的赞美者,发表议论时至少应该把声音放低些。这样的品评是不可能消除小姐们观察吉卜赛少女而油然产生的那种女人嫉妒心的。

百合花装模作样,带着轻蔑的口气假惺惺地应道:"嗯,还不错。"

其他几个小姐在交头接耳。

阿洛伊丝夫人因为自己的闺女,也同样心怀嫉妒。她终于对跳舞的姑娘发话了:"过来,小乖乖!"

"过来,小乖乖!"贝朗日尔重说了一遍,摆出一副滑稽可笑的威严架势,其实她还没有吉卜赛姑娘的半腰高呢!

埃及姑娘向贵夫人走过来。

"好孩子,"弗比斯夸张地说,同时也朝她迈了几步。"我不知是否三生有幸您能认出我来……"

没等他说完,她就打断他的话,满怀无限的柔情蜜意,抬起眼睛对他微笑,说道:

"啊! 是的。"

"她记性可真好。"百合花说道。

"喂,那天晚上,您急切溜跑了。是不是我吓着您了?"弗比斯继续说。

"噢! 不。"吉卜赛女郎答道。

先是一句"啊! 是的,"继续又是一声"噢! 不,"声调中蕴藏着难以言表的某种情韵,百合花听了顿觉不快。

"我的美人儿,"队长每次同街头卖笑女郎搭讪,总是摇唇鼓舌,说得天花乱坠,随后接着往下说:"您走了,留给我一个凶神恶煞般的家伙,独眼、驼背,我相信是主教的敲钟人。听说他是某个副主教的私生子,天生的魔鬼,名字很可笑,叫什么四季斋啦,圣枝主日啦,狂欢节啦,我记也记不清! 反正是群钟齐鸣的节日名称呗! 他狗胆包天,竟敢抢您,仿佛您生来就该配给教堂当差似的! 真是岂有此理! 那只猫头鹰想对您搞什么鬼? 嗯,说呀!"

"我不知道。"她答道。

"想不到他竟敢如此胆大妄为! 一个敲钟的,竟像一个子爵一样,公然绑架一个姑娘! 一个贱民,竟敢偷猎贵族老爷们的野味! 真是天下少有! 不过,他吃了大苦头啦。皮埃拉·托特吕老爷是世上最粗暴最无情的,哪个坏蛋一旦落在他手里,非被揍得死去活来不可。如果您喜欢,我可以告诉您,那个敲钟人的皮都被他巧妙地剥下来了。"

"可怜的人!"吉卜赛女郎听了这番话,又回想起耻辱柱的那幕情景,不由说道。

队长纵声哈哈大笑起来:"牛角尖的浅见! 瞧这种怜悯的样子,就像一根羽毛插在猪屁股上! 我情愿像教皇那样挺着大肚子,假如……"

他猛然住口。"对不起,小姐们! 我想,我差点就要说蠢话了。"

"呸,先生!"卡伊丰丹纳小姐说道。

"他是用他的下流语言跟那个下流女人调情哩!"百合花心中越来越愤怒,轻声添了一句。队长被吉卜赛女郎,尤其被他自己迷住了,脚跟转来转去,显出一副粗俗而天真的兵痞式媚态,一再反复说:"一个绝色美人,我以灵魂起誓!"百合花把这一切看在眼里,心中的恼怒更增一倍。

"穿得不伦不类!"狄安娜·德·克里斯特伊说,依然露出美丽的牙齿。

对其他几个小姐来说,这一看法简直是一线光明,她们立刻看清了埃及女郎的薄弱环节。既然啃不动她的美貌,便向她的服装猛扑过去。

"不过这话倒是说得很正确,小妞。"蒙米榭尔小姐说。"你从哪里学来了不披头巾、不戴胸罩就这样满街乱跑呢?"

"裙子还短得吓人。"卡伊丰丹纳小姐插上一句。

"亲爱的,"百合花酸溜溜的继续说。"您身上那镀金的腰带,叫那班巡捕看见了会把您抓起来的。"

"小妞,小妞,"克里斯特伊小姐皮笑肉不笑地说。"你要是给你的胳膊套上袖子,就不会给太阳晒得那么黑了。"

这一情景,的确值得比弗比斯更机灵的一个人来看,看这些淑女如何用恶毒和恼怒的语言,像一条条毒蛇围着这个街头舞女缠来缠去,滑来滑去,绕来绕去。她们既冷酷而文雅,把街头舞女那身缀满金属碎片的寒碜而轻狂的装束,恶意地尽情挑剔,一丝一毫也不放过。她们又是讥笑,又是挖苦,又是侮辱,简直没完没了。冷言冷语,傲慢的关怀,凶狠的目光,一股脑儿向埃及姑娘倾泻,就像古罗马那帮年青的命妇拿金别针去刺一个漂亮女奴的乳房玩耍取乐,又好似一群美丽的母猎犬,眼睛冒火,鼻翼张开,围着树林里一只牝鹿团团转,而主人的目光却禁止它们把牝鹿吞吃掉。

在这些名门闺秀面前,一个在公共场所跳舞的可怜少女算得上什么!她们似乎对她的在场毫不在意,竟当着她的面,对着她本人,就如此地高声品头论足,仿佛在议论一件不洁、下流、却又好看的什么玩意儿。

对这些如针扎一般的伤害,吉卜赛女郎并非毫无感觉,她的眼睛和脸颊,都不时燃烧着愤怒的,浮现出羞愧;嘴唇颤动,似乎支支吾吾说着什么轻蔑的话儿;噘着小嘴,鄙视地做着读者所熟悉的那种娇态。不过,终于还是没有开口,一动也不动,目光无可奈何,忧伤而又温柔,一直望着弗比斯。这目光中也蕴含着幸福和深情。仿佛她由于害怕被赶走,才竭力克制住自己。

至于弗比斯,他笑着,神态鲁莽而又怜悯,站到了吉卜赛女郎一边。

"让她们说去吧,小妞!"他把金马刺碰得直响,一再说道。"您这身打扮的确有点离奇和粗野,不过,话又说回来像您这样俊俏的姑娘,有什么值得大惊小怪的呢!"

"我的天啊!"满头金发的卡伊丰丹纳小姐挺直她那天鹅似的长脖子,脸带苦笑,叫嚷起来。"依我看呀,王家弓箭手老爷们碰上埃及女人的漂亮眼睛,也太轻易就着火啦。"

"为什么不?"弗比斯说。

队长的这句回答本来是毫无用心的,就像随便扔出一个石子而不管它会落到哪里去,可是小姐们一听,科伦布笑了起来,狄安娜也笑了,阿梅洛特也笑了,百合花也笑了——同时眼睛里闪动着一滴晶莹的泪珠。

吉卜赛女郎听到科伦布·德·卡伊丰丹纳的话儿,眼皮一下子耷拉下来,紧盯着地面,这时又抬起头来,目光闪烁,充满着喜悦自豪,紧盯着弗比斯。这时,她真是艳丽绝伦。

老夫人见此情景,深感受到了触犯,却又不明白是怎么一回事。

"圣母啊!"她忽然嚷了起来。"是什么东西在动我的腿?哎呀!可恶的畜生!"

原来是山羊过来找女主人,向她冲过去时,被坐在那里的贵夫人拖到脚上的一大堆蓬蓬松松的衣裙给挂住了两只角。

大家的注意力一下子被分散开了。吉卜赛女郎一言不发,走过去把山羊解脱出来。

"哦!瞧这小山羊,蹄子还是金的呢!"贝朗日尔嚷着,高兴得直跳起来。

吉卜赛女郎跪了下来,腮帮紧偎着山羊温顺的头,仿佛是在恳求山羊原谅她刚才把它丢在一旁。

这当儿，狄安娜探身贴在科伦布的耳边说：

"哎呀！天啊！我怎么没有早料到呢？这不就是那个带着山羊的吉卜赛姑娘吗！人家都说她是女巫，还说她的山羊会耍种种魔法。"

"那太好不过了，"科伦布说道。"那就叫山羊也给我们耍一个魔法吧，让我们也开开心。"

狄安娜和科伦布连忙对吉卜赛女郎说："小姑娘，叫你的山羊变一个魔法吧。"

"我不知道你们在说什么。"跳舞的姑娘应声道。

"一个奇迹，一个戏法，或者一个妖术吧。"

"不明白。"她又轻轻抚摸着漂亮的山羊，连声喊着，"佳丽！佳丽！"

这时候，百合花注意到山羊的脖子上挂着一个皮做的绣花小荷包，便问吉卜赛女郎道："那是什么东西？"

吉卜赛女郎抬起一双大眼睛望着她，严肃地应道："那是我个人的秘密。"

"我倒很想知道你葫芦里卖的什么药。"百合花心里想着。

这时候那个夫人脸带愠色站了起来："喂喂，吉卜赛姑娘，既然你和你的山羊连给我们跳个舞都不行，那你们还待在这里干吗？"

吉卜赛女郎没有回答，慢慢地朝门口走去。可是，越靠近门口，脚步越慢，似乎有难以抗拒的磁石在吸引着她。忽然间，她把噙着泪花的湿润眼睛移向弗比斯，同时站住了。

"真是天知道！"队长喊道，"不能就这样走了。您回来，随便给我们跳个什么舞。噢！对了，我心上的美人，您叫什么来着？"

"爱斯拉达。"跳舞的姑娘应道，眼睛依然一动不动地看着他。

听到这古怪的名字，小姐们都笑疯了。

"真是的，一个小姐叫如此一个可怕的名字！"狄安娜说。

"您还不明白，这是一个巫女呗。"阿梅洛特继续说。

"亲爱的，"阿洛伊丝夫人一本正经地说道，"一定不是你父母给你取的这个名字的吧。"

她们说话的时候,贝朗日尔趁人不注意,用一块小杏仁饼逗引小山羊,拉它到角落去了。她俩立刻就成了好朋友。好奇的小女孩把挂在小山羊脖子上的荷包解下,打开来一抖,里面的东西倒在了席子上。原来是一组字母,每个字母都被分开单独写在一小片黄杨木上。这些玩具似的字母刚摊在席子上,贝朗日就吃惊地看见了一个奇迹出现:小山羊用金蹄从中选出几个字母,轻轻地推着,排列这些字母成一种特定的顺序。不一会儿工夫,就排成一个词,山羊好像很熟悉拼写,不假思索就拼写成了。贝朗日尔称赞不已,一下子拍手惊叫起来:

"百合花教母,你快来看呀,瞧山羊做了些什么!"

百合花跑过去一看,不由得全身战栗。地板上那些排列有序的字母组成一个词:弗比斯。"这真是山羊写的?"百合花变了声音,赶忙问道。

"是的,教母。"贝朗日尔说。

毫无疑问,小女孩还不会写字。

"这就是她所谓的秘密呀!"百合花心里揣摩着。

听到小女孩的叫喊声,所有的人跑了过去,母亲,几位小姐,吉卜赛女郎,还有那位军官。

吉卜赛女郎看见山羊干的愚蠢的事儿,脸色红一阵白一阵,像个罪犯站在队长面前,浑身哆嗦着,可是队长却露出得意而又惊讶的笑容,定定地瞅着她。

"弗比斯!"小姐们简直呆住了,喃喃说道。"这是队长的名字呀!"

"您的记性可真好呀!"百合花向呆若木鸡的吉卜赛女郎说道,随后放声哭了起来,双手捂住脸,痛苦地讷讷道:"这是一个巫女!"她听见心灵深处有个声音告诉她说:"这是一个情敌!"

她一下子晕倒了。

"我的女儿呀!我的女儿呀!"母亲喊道,立刻吓得魂不附体。"滚开,吉卜赛该死的丫头!"

斯梅拉达转眼间把那些晦气的字母捡了起来,向佳丽做了个手势,从一道门里走了出去,而人们把百合花从另一道门抬了出去。

弗比斯队长独自站在那里,不知该走哪道门,犹豫了片刻,跟着吉卜赛女郎走了。

二 一个教士和一个哲学家

小姐们刚才看到的那个站在北边钟楼顶上,聚精会神探身望着吉卜赛女郎跳舞的教士,是克洛德·弗罗洛副主教。

副主教在这钟楼顶上为自己设置的那间神秘小屋,读者们想必没有忘记吧。(顺便提一下,我不知道是不是就是今天从两座钟楼拔地而起的平台上面,透过朝东的方形小窗洞,可以望见内部的那一间。房间很简陋,如今光秃秃的,空空荡荡,破烂不堪,随随便便粉刷过的墙壁上,疏疏落落地装饰着几幅反映大教堂里面的发黄的蹩脚版画。我猜想,这个洞里现在的主人是蝙蝠和蜘蛛,因此苍蝇遭到双重的歼灭战。)

每天,太阳下山前一个小时,副主教就登上钟楼的楼梯,躲进这间小屋,有时整夜都在那里。这一天,他来到陋室的低矮小门前,从腰间荷包里掏出小钥匙,正要把钥匙插进锁孔里,猛然耳边传来了一阵手鼓和响板的声音。响声来自教堂前面的广场上。前面已经说过,这间小屋只有一扇朝向主教堂背部的窗户。克洛德·弗罗洛连忙拔出钥匙,就来到钟楼顶上,这就是小姐们所看到的,神态幽郁的沉思。他待在那里,神色庄严,一动不动,全神贯注地凝视着,沉思着。整个巴黎就在他脚下,连同全城无数楼房的无数尖顶,远处环绕着的柔弱的山丘,从一座座桥下蜿蜒流过的塞纳河,街上波涛汹涌般的民众,如云朵缭绕的烟雾,似链条起伏的屋顶,以及挤压着圣母院的重重叠叠的链环。可是,在这一整座城市中,副主教只盯着地面的一点:圣母院前面的广场;在这一整片人群中,只盯着一个身影:吉卜赛女郎。

要说清楚那是什么样的目光,目光中喷射出来的火焰又是从哪儿来的,实在是一件难事。这是一种呆板的目光,却又充满着纷乱和骚动。他全身木然不动,只有不时身不由己地颤抖一下,仿佛一棵树被风摇动;撑在大理石栏杆上的双肘,比大理石还要僵硬;直愣愣的笑容,连整张脸都绷紧了。仿佛克洛德·弗罗洛全身都僵死了,只剩两只眼睛还活着。

吉卜赛女郎翩翩起舞着,手鼓在指尖上轻敲,而且一边跳着普罗旺斯的萨拉帮德舞,一边把手鼓抛向空中。欢快,矫捷,轻盈,丝毫没有感觉到那垂直投射在她头上的那可怕目光的压力。

群众聚集在她周围。时不时有个怪里怪气穿着红黄两色外衣的男子出来帮她跑个圆场,然后又回到离舞女几步远的一张椅子上坐下,抱住山羊的头放在他的膝盖上。看上去那个男人像是吉卜赛女郎的伴侣。克洛德·弗罗洛从所站的高处向下望去,无法看清他的长相。

自从看见这个陌生人,副主教心猿意马,既要注意跳舞姑娘,还要注意那个男人,脸色越来越阴沉了。猛然他挺直身子,全身一阵战栗,嘀咕道:"这个男人是谁? 我从来都是看见她一个人的!"

一说完,就一头又钻到螺旋形楼梯曲曲折折的拱顶之下,冲了下楼去。在经过钟楼那道半开半闭的门前时,意外地发现的一件事,他愣了一下,只见卡齐莫多俯身在好似巨大百叶窗的石板屋檐的一个缺口处,也正在向广场眺望。他看得那样的投入,连他的养父走过那里都没有觉察。那只粗野的眼睛里,流露出一种奇怪的表情。这是一种入了迷的温柔目光。克洛德不由得喃喃地道:"怪事! 难道他也在看那个埃及姑娘吗?"他继续往下走,刚过一会儿,忧心忡忡的副主教就从钟楼底层的一道门走到了广场。

"吉卜赛姑娘究竟怎么啦?"他混在那群被手鼓声吸引来的观众当中,问道。

"不知道。"他旁边的一个人应道。"她忽然不见了,大概可能是到对面那幢房子里跳凡丹戈舞去了,是他们叫她去的。"

吉卜赛女郎刚才婀娜多姿,舞步翩翩,遮掩了地毯上的花叶图案,此时就在她跳舞的地方,在同一张地毯上,副主教看到的只有穿着红黄两色上衣的那个男子。他为了挣上几个小钱,正在绕着圈子走圆场,只见他双肘搁在屁股上,脑袋后仰,脸孔通红,脖子伸长,牙齿咬住一把椅子,椅子上拴着向旁边一个女子借来的一只猫,猫被吓得喵喵直叫。

这个江湖艺人汗流浃背,顶着由椅子和猫构成的高高金字塔,从副主教面前走过。副主教立刻喊道:"圣母啊! 皮埃尔·格兰古瓦,你在做什么?"

副主教声色俱厉,把那个可怜虫吓了一大跳,一下子连同他的金字塔都失去了平衡,椅子和猫统统地砸在观众的头上,激起一阵经久不息的咒骂声。

要不是克洛德·弗罗洛示意叫他跟着走,趁混乱之机,赶紧躲进教堂里去,皮埃尔·格兰古瓦(的确是他)可就麻烦大了。猫的女主人,以及周围所有脸上被划破擦伤的观众,很可能会一齐找他算账的。

大教堂已一片昏暗,一个人没有。正殿四周的回廊黑洞洞的,几处小礼拜堂的灯光开始像星星一样闪烁起来了,因为拱顶越来越漆黑了。只有大教堂正面的大圆花窗仍在夕阳的余照下,色彩斑斓,仿佛一堆璀璨的宝石,在阴暗中熠熠发亮,并反射耀眼的光辉到正殿的另一端。

他俩走了几步,堂·克洛德靠在一根柱子上,目不转睛地盯着格兰古瓦。这目光,格兰古瓦并不害怕,因为他觉得自己穿着这种小丑的服装,无意中被一个严肃的博学的人撞见了,真是丢人现眼。教士的这一瞥没有丝毫嘲弄和讽刺的意味,而是一本正经,心平气和,却又洞察入微。副主教先打破僵局,说:

"过来皮埃尔,许多事情得向我说说清楚。首先,将近两个月了,您连个影子也没有,现在可在街头找到您了,瞧您这一身装束真是太漂亮! 半红半黄,与科德贝克的苹果一样,您说说,这是怎么回事?"

"大人,"格兰古瓦可怜巴巴地答道。"这身穿着的确怪里怪气,您看我这副模样,比头戴葫芦瓢的猫还要狼狈哩。我自己也觉得这样做糟透了,等于自找苦吃,存心叫巡防捕役们把这个穿着奇装异服的毕达哥拉斯派哲学家,抓去好好敲打肩胛骨。可是您要我如何做,我尊敬的大人? 都怪我那件旧外褂,一入冬就毫不留情地把我抛弃了,借口说它成了破布条儿,到捡破烂的背篓里去享享清福啦。怎么办? 文明总还没有发展到那种地步,像古代狄奥日内斯所主张的那样,可以赤身裸体到处走,况且,寒风冷凛,即使试图使人类迈出这新的一步,而取得成功,也不能在一月里呀! 凑巧见到了这件上衣,我就拿了,这才把原来那件破旧黑外褂扔了。对我这样的一个神秘哲学家来说，破旧就不神秘了。如此一来，我就像圣惹内斯特那样穿小丑的衣裳。有什么法子呢？这是一时的落难罢了。阿波罗曾在阿德墨托斯家养过猪呢。"

"您干得好行当呀！"副主教说道。

"我的大人，坐着道，写写诗歌，对着炉子吹火，或者从天上接受馅饼，我同意这比带着猫顶大盾要惬意得多。所以您刚才训斥我，我的确比待在烤肉铁叉前的驴子还要笨。可是有什么法子呢，大人？总得过活呀！最美的亚历山大体诗行，咀嚼起来总不如会布里奶酪来得可口哇。我曾给弗朗德勒的玛格丽特公主写了您所知道的那首精彩的赞婚诗，可是市府不给我报酬，托词说那首诗写得不好，就仿佛四个埃居就可以打发索福克列斯的一部悲剧似的。这样一来我都快饿死了，幸好我觉得自己的牙床倒挺结实的，就向牙床说：'去玩玩力气，要要平衡戏法，自己养活自己吧。'有一群叫花子——现在都成了我的好友——传授给我二十来种耍力气的方法。所以现在我晚上可以靠白天满头大汗耍把式挣来的面包，喂我的牙齿了。我承认，这样使用我的才智，的确是可悲的，人活在世上，并不是专为敲手鼓和咬椅子来过活的。可话说回来，令人尊敬的大人，光度日子是不够的，还得挣口饭吃才行。"

堂·克洛德静静听着。突然间，他那凹陷的眼睛露出锐利、机敏的目光，可以说格兰古瓦立刻觉得这目光一直探到他灵魂深处去了。

"很好，皮埃尔您怎么现在和那个跳舞的埃及姑娘混在一起呢？"

"怎么着！"格兰古瓦说。"她是我老婆，而我则是她老公。"

教士阴森的眼睛一下子像火焰在燃烧。

"你怎么能干出这种事来，可怜虫？"他愤怒地抓住格兰古瓦的胳膊，大声喊叫地。"你居然被上帝唾弃到这个地步，对这个姑娘动手动脚？"

"凭我进天堂的份儿起誓，大人，"格兰古瓦浑身打着哆嗦，答道。"我向您发誓，我从来没有碰过这个姑娘，如果这正是您所担心的。"

"那你说什么丈夫妻子呢？"教士说。

格兰古瓦赶忙把读者所知道的那些事情，奇迹宫廷的奇遇啦，摔罐子成亲啦,三言两语地讲了出来。还说,看来这门亲事还毫无结果,每天晚上,吉卜赛姑娘都像头一天新婚之夜那样避开他。最后他说:"真是有苦难言呀,都因为我晦气,讨了个贞洁圣女。"

"您这话怎么说?"副主教问道,听到这番叙述,怒气渐渐消了。

"要说清楚可相当困难呀。"诗人答道。"这是一种迷信。一个被称为埃及公爵的老强盗告诉我,我妻子是一个捡来的孩子,或者说,是个丢失的孩子,反正都是一回事。她在脖子上挂着一个护身符,听说个这护身符日后可以使她与父母重逢,可是如果这姑娘失去了贞操,护身符随即将失去他的法力。所以我们两个人都一直洁身自好。"

"那么,"克洛德接口说,脸孔越来越开朗了,"皮埃尔,您认为这个女人没有接近过任何男人?"

"堂·克洛德,您要一个男人怎么去对付迷信的事情呢?她满脑子里就装着这件事。我可为,在那些唾手可得的流浪女子中,能像修女般守身如玉的,真是少之又少。不过她有三样法宝防身:一是埃及公爵,把她置于直接保护之下;二是整个部落,人人把她尊敬得像圣母一般;三是一把小巧的匕首,从不离身,虽然司法长官三令五申禁止带凶器,这个小辣椒却总是带能在身上隐蔽匕首的角落,有谁有这胆量敢碰她的腰身,那匕首马上就会拔出来。这真是一只野蛮的黄蜂!"

副主教并不就此罢休,一连向格兰古瓦盘问个没完。

依照格兰古瓦的评判,爱斯梅拉达这个美女,温顺又迷人;俏丽,除了那种别具一格的噘嘴之外;天真烂漫,热情洋溢,对什么都不懂,却又对什么都热心;对男女之间的区别都还知之甚少,甚至连在梦里也搞不懂;生就这副样子;特别喜欢跳舞,喜欢热闹,喜欢露天的活动;是一种蜜蜂似的女人,脚上长着看不见的翅膀,生活在不停飞旋之中。这种性情是她过去一直过着漂泊的生活造成的。格兰吉瓦好不容易才得知,她年幼时就已经跑遍西班牙和卡塔卢尼亚,直到西西里;他甚至认为,她曾经随着成群结队的茨冈人到过阿卡伊境内的阿尔及尔王国,阿卡伊一边与小小的阿尔巴尼亚和希腊接壤,而另一边濒临去君士坦丁堡的必经之路——西西里海。格兰古瓦说,阿尔及尔国王是白摩尔人的民族首领,这些流浪者都是他的臣民。有一点可以肯定是,爱斯梅拉达还很年轻时从匈牙利来到了法国。这个少女从这些地方带来零零碎碎的古怪方言、歌曲和奇异的思想,因而说起话来南腔北调,杂七杂八,有点像她身上的服装一半是巴黎式的、一半是非洲式的那样。不过,她经常来往的那些街区的民众倒很喜欢她,喜欢她快快乐乐和彬彬有礼、活泼敏捷,喜欢她的歌舞。她认为全城只有两个人恨她,一谈起这两个人就心惊肉跳:一个是罗朗塔楼的麻衣女,这个丑恶的隐修女不知对埃及女人有什么恩怨,每当这个可怜的跳舞姑娘走过那窗洞口时,就破口咒骂;另一个人是个教士,每次遇到时向她投射的目光和话语,每次都让她心里发怵。副主教听到最后这一情况,不禁心慌意乱,格兰古瓦却没有留心到,因为这个无所用心的诗人,仅用两个月的工夫就把那天晚上遇见埃及姑娘的各种各样的奇怪情形,以及副主教在这当中出现的情景,统统忘到九霄云外去了。但是,这个跳舞的小姑娘没有什么可害怕的,她从不替人算命,这就免遭一般吉卜赛女人经常吃巫术官司的苦头。再则,格兰古瓦如果算不上是丈夫,起码也称得上是兄长。总之,对这种柏拉图式的婚姻,这个哲学家倒也心平气和了,倒可以有个地方可以安身,有面包可以活命了。每天早上,他跟埃及姑娘一块儿,到街头帮她把观众给的小钱收起来;晚上,同她一起回到他俩的共同住处,任凭她把自己锁在单独的小房间里,他却安然入睡了。他认为,总的说来,这种生活挺温馨的,也有利于冥思苦想。再有,凭良心说,这个哲学家对这位吉卜赛女郎是否迷恋到发狂的程度,他自己也说不清楚。他爱那只山羊,几乎不亚于爱吉卜赛女郎。这只山羊真是可爱,又聪明,又温顺,又有才情,是一只训练有素的山羊。这类令人惊叹不已、常常导致驯养者遭受火刑的灵巧畜生,在中世纪是很常见的。这只金蹄山羊的魔法不过是些无伤大雅的把戏罢了。格兰古瓦把这些仔细把戏说给副主教听,副主教听得津津有味。一般情况,只要以这样或那样的方式把手鼓伸到山羊面前,就可以叫它变出想要的戏法。这都是吉卜赛女郎调教出来的,她对这类巧妙的手法具有罕见的才能,只用了两个月工夫就教会山羊用一些字母拼写出弗比斯这个词来。

“弗比斯！”教士说道，“为什么是弗比斯呢？”

“不知道。”格兰古瓦答道。“或许是她认为具有某种神秘意义的一个词吧。她独自一人时，总是翻来覆去低声就念着这个词。”

“您有把握这单纯是个词，而不是一个人的名字吗？”克洛德用他那特有的尖锐目光盯着他，又问。

“是谁的名字？”诗人问道。

“我怎么知道呢？”教士回答。

“那正是我所想知道的，大人。这帮流浪者多多少少都有点信奉拜火教，崇拜太阳。或许弗比斯就是从那儿来的吧。”

“我可并不像您觉得那么简单，皮埃尔先生。”

“反正这与我无关。她要念‘弗比斯’就让她念去呗。有一点是确定无疑的，就是佳丽喜欢我已经几乎同喜欢她一样了。”

“这个佳丽是谁？”

“母山羊呗。”

副主教用手托着下巴，似乎已想入非非。过了一会儿，突然猛转向格兰古瓦。

“你敢对我发誓，你真的没有碰过？”

“碰过谁？母山羊吗？”格兰古瓦反问。

“不，碰那个女人。”

“碰我的女人！我向您发誓，绝过没有碰过。”

“你不是经常单独跟她在一起吗？”

“每天晚上，整整一个钟头。”

堂·克洛德一听，眉头紧锁。

“咳！咳！一个男人同一个女人单独在一起，是无论如何不会想到念主祷文的。”

“我以灵魂发誓，哪怕我念《圣母颂》《主祷词》《信仰上帝我们万能的父》，她对我的青睐，也不比母鸡对教堂更有兴趣呐。”

"拿你母亲的肚皮起誓,"副主教粗暴地重复道,"发誓你手指尖没有碰过这个女人。"

"我发誓,还可以拿我父亲的脑袋担保,因为这两者不止一种关系!可是,我尊敬的大人,请允许我也提个问题。"

"讲,先生。"

"这事跟您有什么关系?"

副主教苍白的脸孔毫无血色,立刻涨得像少女的面颊似的。他好一会儿没吱声,然后露出明显的窘态说道:

"您听着,皮埃尔·格兰古瓦先生,据我所知,您还没有被打入地狱。我关心您,并且希望您好。可是,您只要稍微接触一下那个埃及魔鬼姑娘,您就要变成撒旦的奴隶。您知道,总是肉体毁灭灵魂的。要是您亲近那个女人,那您就大祸临头!完蛋了!"

"我试过一回,"格兰古瓦搔着耳朵说道。"就在新婚那一天,结果倒被刺了一下。"

"皮埃尔先生,您居然如此厚颜无耻?"

教士的面孔随即又阴沉下来了。

"还有一回,"诗人笑嘻嘻地往下说道。"我上床前从她房门的锁孔里瞅了一瞅,恰好看见穿着衬衫的那个绝世佳人,光着脚丫,想必偶然把床绷蹬得直响吧。"

"滚,见鬼去吧!"教士目光凶狠,大喝一声,揪住格兰古瓦的肩膀,猛烈一推这个飘飘然的诗人,然后大步流星,一头扎进教堂最阴暗的穹隆下面去了。

三 大钟

自从那天上午在耻辱柱受刑以后,圣母院的邻里都认为,卡齐莫多对敲钟的热情锐减了。从前,钟声时刻充耳,悠扬动听的早祷钟和晚祷钟,震天响的弥撒钟,以及抑扬顿挫的婚礼钟和洗礼钟,这一连串的钟声在空中飘荡缭绕,好像是入耳动心的各种各样声音交织的一幅云锦。整座古老的教堂震颤不已，响声回荡不绝，永远沉浸在欢乐的钟声里。人们时时刻刻感觉到有个别出心裁而又喜欢喧闹的精灵，正通过这一张张铜嘴在放声高歌。如今这个精灵似乎消失了，大教堂显得闷闷不乐，宁愿哑然无声了。只有在节日和葬礼还可以听到单调的钟声，干巴巴的，索然无味，除非是礼仪的需要，否则不敲而已。凡是一座教堂都有两种响声，里面是管风琴声，外面是钟声，现在只有管风琴声了。就像圣母院钟楼里再也没有乐师了。其实卡齐莫多一直在钟楼里。他究竟有什么心事呢？难道在耻辱柱上所蒙受的耻辱与绝望的心情至今还难以忘怀？刽子手的鞭挞声无休止地在他心灵里回响？难道这种刑罚使他悲痛欲绝，万念俱灭，甚至对大钟的钟情也泯灭了呢？或者，是大钟玛丽遇到了情敌，圣母院敲钟人另有所爱，或者爱上什么更可爱更美丽的东西而冷落了这口大钟及其十四位姐妹？

公元 1482 年，圣母领报节到了，正好是 3 月 25 日，礼拜二。那天，空气是那么的清，那样轻柔，卡齐莫多忽然觉得对那些钟又有了几分爱意，于是爬上北边的钟楼，恰恰在这时，教堂的听差正把下面每道大门打开。那时的圣母院大门都是用十分坚硬的大块木板做成的，而且外面包着皮革，四周钉有镀金的铁钉，边框装饰着"精心设计"的雕刻。

到达塔楼顶上高大钟楼后，卡齐莫多不由得一阵心酸，摇了摇头，端详了那六口大钟一会儿，仿佛有什么奇怪的东西把他与这些大钟间隔开，因而不胜悲叹。可是，他把这些钟猛力一摇，立即感到这一群钟在他手底下摇来晃去，只是看到——因为听不见——那颤动的八度音在响亮音阶上忽上忽下，仿佛一只鸟儿在枝头上跳来跳去，钟乐的精灵，那个摇动着金光闪烁的音符、拨动着颤音、琶音和密切和应的那个守护神，早已勾走了这可怜聋子的灵魂。这时，卡齐莫多又快活起来，忘记了一切，容光焕发，心花怒放。

他走来走去拍着手，从这根钟索跑到那根钟索，大声叫，指手画脚，鼓动着那六位歌手，仿佛乐队指挥在激励聪明的演奏能手那样。

"奏吧，"他喊道，"奏吧，加布里埃！把你全部的声音倾注到广场上去。今天是节日呀!"——"蒂博尔,别偷懒。你慢下来啦。快,加把劲!难道你生锈了,懒东西?"——"好呀!赶快!快!最好别让人看见钟锤摆动!叫他们个个像我一样被震聋!就这样,蒂博尔,好样的!"——"吉约姆!吉约姆!你最胖,帕斯基埃最小,但帕斯基埃最洪亮。来我们打个赌:凡是听得见的人都听出它比你响亮得多了。""——棒!真棒!我的加布里埃,响些再响些!"——"嘿!你们两只麻雀,在上面干什么呢?我没有听见你们发出哪怕是一丁点儿声响。"——"那些铜嘴在该歌唱时却像在打呵欠,这是怎么回事呀?得啦,好好干活吧!这是圣母领报节,阳光真明媚,也该有好听的钟乐才行。""可怜的吉约姆!瞧你上气不接下气的,我可爱的胖墩!"

他聚精会神地忙于激励那几个大钟,于是这六个大钟一个比一个更起劲地跳跃着,摇摆着它们光亮的臀部,就像几头套在一起的西班牙骡子,不时在骡夫吆喝声的驱策下,喧闹着狂奔。

钟楼笔直的墙壁,在一定高度上被一片片宽大的石板瓦遮掩着。忽然,卡齐莫多无意间从石板瓦中间向下望,看到一个装扮奇异的少女来到广场上,停了下来,把一条毯子铺在地上,一只小山羊随后走过来站在毯子上,四周立刻围拢了一群观众。这一看,卡齐莫多思绪立刻变了,对音乐的满腔热情猝然凝固了,就像熔化的树脂被风一吹,一下子冻结起来似的。他停住了,扭身背向那些钟,在石板瓦遮檐后面蹲了下来,目不转睛地凝望着那个跳舞的姑娘,目光迷惘、深情、温柔,曾经使副主教惊讶过一次的那样的目光。这会儿,那几口被遗忘的大钟顷刻都一齐哑然无声,叫那些爱听钟乐的人大失所望,他们本来站在钱币兑换所桥上,真心真意地聆听着圣母院群钟齐鸣,此时只好怏怏离去,如同一条狗,人家给它看的是一根骨头,扔给它的却是一块石头。

四 命运

碰巧就在这同一个三月里的一个阳光明媚的早晨,我想就是29日那个礼拜六,圣厄斯塔舍纪念日,我们年轻的学生朋友磨坊的约翰·弗罗洛起床穿衣服时，发现他裤子口袋里的钱包没有半点钱币的响声了。于是把从裤腰小口袋里掏出钱包来，说道："可怜的钱包！怎么！连一文钱也没有啦！掷骰子、喝啤酒、玩女人，这一切残酷地把你掏光！瞧你现在成了什么样子，空瘪瘪，皱巴巴，软塌塌！活像一个悍妇的乳房！塞内加老爷，西塞罗老爷，你们那些皱缩的书扔得满地都是，我倒向你们讨教讨教，虽然我比钱币兑换所的总监或比兑换所桥上的犹太人，更懂得一枚刻有王冠的金埃居值 35 乘 11 个 25 索尔零八德尼埃巴黎币，一枚有新月的埃居值三 36 乘 11 个 26 索尔零六德尼埃图尔币，如果我身上连去压双六的一个小钱都没有，懂得再多又有什么用！啊！西塞罗执政官呀！这种灾难并不是可以凭委婉的说法，用'怎样''可是'就能解决的！"

他愁眉苦脸地穿上衣服。在他系鞋带时，顿时灵机一动，计上心来。但他先是把想法抛开了，可是它又回来，弄得把背心都穿反了，显然他头脑里正在展开激烈的思想斗争。最后，把帽子狠狠地往地上一摔，嚷道："算了！管它三七二十一呢！我去找哥哥。这虽然可能会挨一顿训斥，我却可以捞到一个埃居。"

主意已定，于是匆匆忙忙穿上那件缀皮上衣，捡起帽子，大有豁出一条命的架势，走出门。

他沿着竖琴街向老城走去。经过小号角街时，见那些令人称道不已的烤肉叉在不停转动，香气扑鼻，把他闻得自满鼻直痒痒的，于是向那家庞大的烧烤店爱慕地看了一眼。正是这家烧烤店，曾经有一天使方济各会的修士卡拉塔吉罗纳好不容易发出一句感人的赞词："的确，这烧烤店很了不起！"可是约翰没有分文可买早点，于是长长地叹了一口气，一头钻进了小堡的城门洞，小堡是进入老城的咽喉，由几座庞大的塔楼组成巨大的双梅花形。

他甚至都没来得及依照当时的习俗，走过时要向佩里内·勒克莱克那可耻的雕像扔上一块石头。这个人在查理六世时拱手把巴黎交给了英国人，因为这一罪行，他模拟像的面孔被石头砸得稀巴烂，满身污泥，在竖琴街和比西街交角处赎罪三百年了，仿佛就是被钉在永恒的耻辱柱上一样。

穿过小桥，大步流星走过新圣日芮维埃芙街，磨坊的约翰来到了圣母院门前。他又踌躇起来，绕着灰大人的塑像磨蹭了一会，忐忑不安地连声说道："训斥是肯定的,埃居可就玄了!"

刚好有个听差从修道院走出来,他拦住问:"若札的副主教大人在什么地方?"

"我想他在钟楼上那间密室里。"听差答道,"可是,我劝您最好别去打扰他,除非您是教皇,或是国王陛下那样了不起的人物派来的。"

约翰一听,高兴得拍了一下手,说:"活见鬼! 这可是千载难逢的良机,可以看一看那间赫赫有名的巫窟!"

这么一想,主意已打定,毅然决然地闯入那道小黑门,沿着通往钟楼顶层的圣吉尔螺旋楼梯向上爬,同时自言自语:"就要看到啦! 圣母娘娘呀! 这间小屋,我尊敬的哥哥视若珍宝,把它隐藏起来,想必是挺奇怪的玩意儿! 听说他在密室里生火做地狱般的饭菜,用烈火燃煮点金石。万能的上帝呀! 在我眼里,点金石不就是块石子,我才不在乎呢! 与其要世界上最大的点金石,我倒可在他炉灶上能够找到一盘复活节的猪油炒鸡蛋!"

爬到柱廊,他停下来喘了一口气,连"见鬼",用几百万辆车子来都装不完,把那走不到尽头的楼梯骂得狗血淋头,随后从北钟楼那道如今禁止公众通行的小门继续往上走。走过钟笼不久,面前是一根从侧面加固的小柱子和一扇低矮的尖拱小门,迎面则是一孔开在螺旋楼梯内壁的枪眼,它正好可以监视门上那把偌大的铁锁和那道坚固的铁框。今天谁要是好奇,想去看一看这道小门,可以从那些刻在乌黑墙壁上的白字依稀辨认出来:"我崇敬科拉利。1829。于雨题。""题"这个字是原文所有的。

"喔唷!"学生说,"差不多就是这儿了。"

钥匙就插在锁孔里,门虚掩着。他蹑手蹑脚地轻轻推开门,从门缝里伸进头去。

那位被称作绘画大师中的莎士比亚的伦勃朗,读者不会没有翻阅过他那精美的画册吧! 在许许多多美妙的画中,尤其有一幅铜版腐蚀画,据猜测,画的是多才多艺的浮士德,让人看了情不自禁地惊叹不已。画面上是一间阴暗的小屋,当中有一张桌子,桌上摆满许多丑陋不堪的东西,比如骷髅啦,蒸馏瓶啦,地球仪啦,罗盘啦,象形文字的牛皮纸啦。那位学者站在桌前,身穿肥大的长袍,头戴毛皮帽子,帽子直扣到眉毛处。只能看见他的上半身。他从宽大的安乐椅上半抬起身子,两只紧握着的拳头撑在桌子上,好奇而又惶恐万分地注视着一个由神奇字母组成的巨大光圈,这光圈在屋底的墙上,就像太阳的光照在阴暗的房间里,闪耀着光芒。这个魔幻的太阳看起来仿佛在颤抖,并用其神秘的光辉照耀着整间幽暗的密室。这很恐怖,也真美丽。

约翰放大胆子把脑袋伸进那道门缝,映入眼帘的景象与浮士德的密室十分相像,也是一间阴沉沉、几乎没有一点亮光的陋室,有一把大扶手椅和一大桌子,无数罗盘,无数蒸馏瓶,无数吊在天花板上的动物骨骼,一个滚在地上的地球仪,乱七八糟的药水瓶,里面颤动着金叶片的短颈大口瓶,放在稀奇古怪涂满图像和文字上的羊皮纸上的死人头盖骨,还有一大摞手稿,随便让羊皮纸的脆角边完全翘开。反正,全是科学的各种各样垃圾,而且在这堆乌七八糟的东西上面,到处是灰尘和蜘蛛网,只是没有发光的字母形成的光圈,也没那位出神的博学之士,像兀鹫望着太阳那样,注视着那烈火熊熊的幻景。

可是,密室并非无人。安乐椅上坐着俯身在桌子上的一个男子,他背朝着约翰,来人只看到他的肩膀和后脑勺,但不用费力,一眼就能认出这个秃头来,出于本性,这脑袋一成不变地留着剃光的圆顶,仿佛通过这种外表的特征,执意要表明副主教那不可抗拒的神职感召。

约翰就这样认出他哥哥来。由于他是轻轻推开门的,堂·克洛德丝毫没有觉察到他。好奇心十足的学生就乘机把密室不慌不忙地仔细察看了一番。窗洞下,在椅子左边,有一只大火炉,是他起先没有注意到的。从窗洞口射进来的日光,得先穿过一张圆形的蜘蛛网;它像一扇精巧的花格子窗,饶有情趣地嵌在尖拱形的窗洞之中;网的正中端坐着那个建筑师,一动也不动,就像是抽纱花边轮盘的轴心。火炉上零乱堆放着各式各样的瓶瓶罐罐,玻璃蒸馏瓶,粗陶小瓶子,装炭的长颈瓶。约翰发现这儿连一口锅也没有,不禁大失所望,心想:"这套厨房用具,真是新鲜呀!"

火炉里也没有火,甚至看上去好久没有生过火了。在那一大堆炼金器皿间,约翰发现一个玻璃面罩,大概是副主教炼制某种危险物质时用来防护面孔的。面罩丢在角落里,落满灰尘,在盖板上有铜刻的铭文:呼吸就是希望。

还有其他许多题铭,按照炼金术上的风尚,大部分都写在墙上,有的用墨水写,有的用金属尖器刻。而且字体混杂,有希伯来字母,哥特字母希腊字母和罗马字母,这些铭文胡乱涂鸦,互相掩盖,新的盖住旧的,彼此交错,如荆棘丛乱蓬蓬的枝权,又似混战中横七竖八的长矛。这确实是集人间一切梦幻、一切哲学、一切智慧的大杂烩,其中偶尔有一个铭文比其余的高出一筹,闪耀着光辉,好似长矛林立在的一面旗帜。大多数是一句拉丁文或希腊文的精辟格言,这在中世纪都是写得非常精彩的:源自何时? 来自何方? ——人自是怪物。——星辰,住所,名字,神意。——大书,大祸。——大胆求知。——骄傲寓于意志等等。有时只有一个词,表面看毫无意义:淫秽,这可能是痛苦地影射修道院的生活制度;有时是一句简单的教士戒律箴言,是用正规的六音步诗句写成的:上帝是统治者,世人是统治者。也还有些希伯来魔术书的零乱字句,约翰对希腊文懂得很少,对希伯来文就更加摸不着头脑了。所有字句都任意加上星星、人像或动物图形、三角符号,相互交错,这更起了推波助澜的作用,使字迹的那面墙壁被这间密室涂满,看上去活像猴子用蘸满墨汁的笔乱涂瞎画的一张纸。

此外,无人照管这整间密室的,破烂不堪;从用具的残缺状况就可想而知,密室的主人因为有其他心事,早已无心于自己的实验了。

此时,密室的主人正伏案在看一大本有古怪插图的书稿,好像因为某种念头不断侵袭他的沉思,显得心慌意乱。至少约翰这样认为,因为他像梦想家那样,边做梦边时断时续发出沉思的呓语,只听见他高声嚷嚷:"对,玛努是这么说的,佐罗阿斯特是这样训导的,日生于火,月生于日。火乃宇宙之魂。其基本原子川流不息,不断倾注于世界。它们川流不息,不断倾注于世界。它们在空中交会点就是光;在地上的交会点怎样才金。……光和金,同一种东西,都是火的状态。……是同一物质可见与可触之分,流态与固态之分,如同水蒸汽与冰之分那样,如此而已。……这并非梦幻,而是大自然的普遍规律。……可是,怎样才能从科学中分离出这普遍规律的奥秘呢? 什么! 照在我手上的光,是金子!

这些同样的原子,依某种规律膨胀开来,只要按照另一种法则把这些原子凝聚起来就行了! ……怎么做才行呢? ……有人曾设想把阳光埋藏在地下。……阿维罗埃斯,没错,是阿维罗埃斯。……阿维罗埃斯曾在科尔迪大清真寺古兰圣殿左边第一根柱子下面埋下了一道阳光,可是只能在八千年后才可以打开地穴,看一看试验是否成功。"

"活见鬼!"约翰在一旁说道,"为一个埃居,等老半天了!"

"有些人却认为,"副主教依然想入非非,"倒不如用天狼星的光做试验更好些。可是要得到天狼星的纯光谈何容易,因为别的星光和它混淆在一起。弗拉梅尔认为,用地上的火做试验要方便得多。……弗拉梅尔! 真是生来注定的好名字! 弗拉梅尔,意思就是火焰! ……对,是火,就是如此。……钻石寓于煤,黄金寓于火。……但怎样提取呢? 马吉斯特里认为,有些女人的名字有着无比温馨、无比神秘的一种魅力,只要试验时念出来就行了。……看一看玛努是怎么说的:'女人受尊敬的地方,神明满怀喜悦;女人受歧视的地方,祈祷上帝也白搭。女人的嘴总是纯洁的,是流水,是阳光。女人的名字应该是讨人喜欢的、异想天开的、温馨的;结尾应该是长元音,读起来就像念祝圣词一样。'……对,先哲说得极是;实际上,玛丽亚、索菲亚、爱斯梅拉,大都如此。……真该死真该死! 老是纠缠着这种念头!"

说到这里,狠狠地把书合了起来。

他摸摸额头,似乎要把不停纠缠着他的那个念头赶走。接着,从桌子上拿起来一枚钉子和一把小铁锤,锤柄上离奇古怪地画着魔符般的文字。

"长期以来,"他苦笑着说。"我的试验又接连不断地失败了! 那个固执地想法老缠着我,像烙铁烙在我的脑子里一样。我连卡西奥多鲁斯的秘密都没法发现,他那盏灯不用灯芯、不用油就能点燃。这应该是轻而易举的事情!"

"放屁!"约翰暗暗说道。

"所以,"教士继续说。"只要脑子稍微开点窍,就能叫一个人懦弱而疯狂!咳! 让克洛德·佩芮尔取笑我吧,她一点都不能把尼古拉·弗拉梅尔的注意力从他追求的伟大事业中引开! 怎么! 我手里握的是泽希埃莱的魔锤! 这个可怕的犹太教法师,在他密室的深处,正用这锤子敲打这根铁钉,每锤一下,哪怕在万里之外,也能将他所诅咒的仇人完全沉入土里。就连法兰西国王,一天晚上冒冒失失撞了一下这个魔法师的大门,马上在巴黎街上陷入地里,直到膝盖深。……这事发生还不到三百年呢。……怎么! 我也有钉子和铁锤,可这些工具在我手中并不比刃具工匠手里的木槌更有威力。……最最重要是要找到泽希埃莱锤打钉子时念的咒语。"

"废话!"约翰心想。

"得啦,试试看吧!"副主教激动地说。"如果成功,钉头就会冒出蓝色的火光。……埃芒——埃当! ……埃芒——埃当! 错子。……西日阿尼! 西日阿尼! ……让这钉子给随便哪个名叫弗比斯的家伙挖掘坟墓吧! ……该死! 老是同一个念头,没完没了!"

说完,怒气冲冲地把铁锤一扔,一屁股瘫坐在椅子上,倒伏在桌上,因为高大的椅背挡住了,约翰看不见他。过了好一会儿,只看到他搁在一本书上的一只抽搐而攥紧的拳头。忽然,堂·克洛德站起来,拿起一只圆规,静静地在墙上刻下大写的希腊词:‘ΑΝ’ΑΓΚΗ。

"他疯了!"约翰想,"把它写成拉丁文,不是更省事吗! 不是每个人都懂希腊文。"

副主教走过来坐在椅子上,把头搁在双手上,像个发高烧的病人,头晕极了。

学生惊讶地盯着哥哥。他,心胸坦荡,观察人世只凭纯粹的自然法则,强烈的情感凭着自己的喜好随意流淌,清晨都充分挖好一条条新沟渠,因此心中激情的湖泊总是干涸的。像他这样的一个人,自然无法理解:人欲的海洋一旦出口被堵住,将会怎样以雷霆万钧之势汹涌翻腾,将会怎样沉淀,怎样泛滥,怎样膨胀,怎样叫人撕心裂肺,怎样迸发为内心的哭泣和暗暗的抽搐,一直到冲垮堤岸,毁坏河床。克洛德·弗罗洛那一向严厉冷峻的外表,那道貌岸然和拒人千里之外的冰冷面孔,蒙骗了约翰。这个天生乐天的学生,压根儿就没有想到在埃特纳火山白雪覆盖的山巅下,竟会有沸腾的、狂执的、深沉的岩浆。

我们不知道他是否这时也忽然萌发这些想法。但是，无论他怎么没头脑，还是明白自己看到了本不应该看见的事情，无意中发现了他哥哥的灵魂深处的秘密，也明白不应当让克洛德觉察到他在场。于是看见副主教又回到原先那种木然的状态中，就把头悄悄缩了回来，故意留在门外走了几步，弄出声响，仿佛有人刚刚到，在向屋里的人通报似的。

"进来！"副主教从密室里高声喊道，"我正等着您呢，故意把钥匙留在锁孔里。进来，雅克大人。"

学生大着胆子走了进去。在这样的地方来了这样一个客人，这叫副主教感到十分尴尬，不由得在椅子上打了一个冷噤，说："怎么！是你，约翰？"

"反正都是同一个 J 字母开头的。"学生涨红着脸，厚着脸皮，轻轻地答道。

堂·克洛德又板起了面孔。

"你来这儿干什么？"

"我的哥呀，"学生答道，竭力装出一副既得体，又可怜又谦恭的样子，带着天真无邪的神情，手里转动着帽子，"我是来向您请求……"

"什么？"

"一点我迫切需要的教诲。"约翰不敢大声再说下去："还有一点我更急需的钱。"这后半句忽然顿住，没有说出来。

"先生，我可对您很不开心。"副主教的语气很冷漠。

"唉！"学子叹了一口气。

堂·克洛德把座椅转了四分之一圈，目不转睛地盯着约翰，说："见到您可真高兴！"

这是一句十分可怕的开场白，约翰准备一顿挨狠狠训斥。

"约翰，每天都有人向我来告你的状。那次打架，你用棍子把一个叫阿贝尔·德·拉蒙尚的小子爵打得鼻青脸肿，那是怎么回事？……"

"噢！"约翰说，"小事一桩！是小侍从这个坏小子寻开心，骑着马在烂泥里猛跑，溅了同学们一身泥！"

"你把那个叫马伊埃·法尔热的袍子撕破了，又是怎么回事？"副主教接着说。"那人诉苦说:长袍都撕破了。"

"唔,呸! 只不过是蒙泰居的蹩脚小斗篷罢了!"

"诉状上明明说是长袍,而不是小斗篷,你究竟懂不懂拉丁文?"

约翰一言不发。

"是呀!"教士摇摇头,继续说。"现在文科的学习竟到了这个地步! 拉丁语几乎听不到,叙利亚语无人知晓,希腊语那样遭人厌烦,甚至连最博学的人碰到一个希腊字就跳过不念,也不以无知,反倒说:这是个希腊字,念不来。"

听到这儿,学生毅然抬起头,说:"兄长大人,请您允许我用最纯正的法语,把墙上那个希腊字解释给您听。"

"哪一个字?"

"'AN'AΓKH。"

副主教黄颧骨上立刻泛起淡淡的红晕,好像火山内部剧烈的震动宣泄出来的一缕云烟。学生压根儿没有觉察到。

"那敢情好,约翰。"兄长勉强振作起精神,结结巴巴一说道。"这字什么意思?"

"命运"

堂·克洛德的脸色一下子刷白,而学生却则漫不经心地往下说:

"还有下面那个希腊字,看得出来出自同一个人的手,意思是淫秽。您看我还懂得希腊文吧。"

副主教缄默不语,这一堂希腊文课令他困惑不解。小约翰像一个从小被娇惯坏了的孩子,样样精明,看出这正是大胆提出要求的大好时机,便装出柔声细语,说:

"我的好哥哥呀,难道您真的恨我,才摆出恶狠狠的样子给我看,只是因为我跟人打架闹着玩玩,狠狠揍了谁几记耳光,踢了谁几下屁股,教训了一下那些什么毛头小伙子,什么臭小子? ——您瞧,克洛德好哥哥,我的拉丁文挺不错的吧。"

可是,这种假惺惺的亲热劲,丝毫也没有对严厉的大哥产生平常的那种作用。地狱的守门犬克伯罗斯不吃蜜糕,副主教额上的皱纹一点也没有舒展开。

"你究竟想干什么?"副主教干巴巴地问。

"好,实说吧!我要钱。"约翰勇敢地回答。

一听到这毫不为难的表白,副主教马上换了一副面孔,显出老子教训儿子的表情。

"约翰先生,您知道,我们在蒂尔夏普的采邑,年贡和 21 所房屋的租金都算在内,每年总共是巴黎币 39 利弗尔 11 索尔 6 德尼埃。这比帕克莱兄弟那时候多了一半,但还是不够呀。"

"我需要钱。"约翰不以为然地说道。

"您知道宗教裁判官已经裁决,我们那 21 所房屋从属于主教的整个采邑,要赎回这种隶属关系,就得向尊敬的主教偿付两个镀金的银马克,价值两个巴黎利弗尔。可是,这两个马克,我还没凑齐哩。您是知道的。"

"我知道我需要钱。"约翰第三次重复道。

"你要钱干什么?"

听到这一问,约翰眼睛里掠过一线希望的曙光,于是又装出温顺和讨好的肉麻样子。

"啊,亲爱的克洛德哥哥,我朝您要钱绝无他意。并不是想用您的钱装模作样到酒馆去出一下风头,也不是想骑着骏马,披锦缎的马,带着仆人到巴黎大街上去招摇过市。不是的,哥呀,是为了做件顶好的好事。"

"什么好事?"克洛德感到有点意外,问道。

"我有两个朋友想给圣母升天会一个可怜寡妇的孩子买点穿着用品。这是一件善事,得花三个弗罗林,我也想出一份。"

"你的两个朋友名字?"

"皮埃尔·拉索默尔和巴底斯蒂·克罗克瓦松。"

"唔!"副主教说。"这些名字可真是跟行善很相称呀,就仿佛在教堂主坛上安了一门射石炮。"

显然,约翰挑选了糟糕透了的两个名字,可是发现得太迟了。

"再说，"克洛德继续说，"什么样的孩子穿着用品要花三个弗罗林？还是给圣母升天会一个寡妇的孩子买的？我倒想要问一下，从什么时候起，圣母升天的寡妇们会有裹着褓褓的婴儿呢？"

约翰再一次打破尴尬的局面，说："得啦，不错！我要钱是为了今晚到爱情谷去看伊莎博·蒂埃丽，好了吗？"

"不要脸的坏蛋！"教士马上喊叫起来。

"淫秽。"约翰答道。

学生或许是俏皮，借用了密室墙上的这个词，可是却对教士产生了一种奇特的作用。但见他咬着嘴唇，气得面红耳赤。

"你给我滚，我在等人。"他对约翰说道。

学生企图再做一次努力："克洛德哥哥，至少给我一个小钱吃饭吧。"

"格拉田教会学得怎么样啦？"堂·克洛德问。

"本子丢了。"

"那拉丁人文科学学得怎么样？"

"奥拉蒂乌斯的书本被人偷了。"

"那亚里士多德学得怎么样？"

"说真的！哥呀，有个教堂神父说过，任何时代的异端邪说都以亚里士多德的形而上学为渊源的，这神父究竟是谁呢？见鬼去吧，亚里士多德！我才不愿意让他的形而上学来破坏我的宗教信仰。"

"年轻人，"副主教继续说，"在国王最后一次进城时，有一个侍从贵族叫菲利浦·德·科米纳的，马披上绣着他的一句格言，不妨劝您好好想一想：不劳动者不得食。"

学生半天不吭声，脸有愠色，用手指搔搔耳朵，眼睛盯着地上。突然间，他急转身向着克洛德，其敏捷不亚于猴子。

"这么说，好哥哥，您连给我一个巴黎索尔，去面包铺买块面包皮钱都不肯给？"

"不劳者不食。"

副主教毫不手软,约翰听了他这句回答,双手捂住头,像女人哭泣的一样,带着绝望的表情嚷叫:"Ocococococoi!"

"这是什么意思,先生?"克洛德听到怪叫声,不由大吃一惊,问道。

学生刚用拳头揉过眼睛,看起来像哭红了似的,一听到克洛德的问话,厚着脸皮抬头望他,答道:"嗯,什么! 这是希腊语呀! 是埃斯库罗斯的抑抑扬格诗句,表示悲痛欲绝。"

说到这儿,随即放声哈哈大笑,笑得那样滑稽,那么厉害,副主教也情不自禁地露出笑容。其实这都怪克洛德自己,为什么过去那样娇惯这孩子呢?

"哦! 克洛德好哥哥,我的靴底都破得吐舌头了,世上还有比这更加可悲的厚底靴吗?"

副主教马上又恢复了原先的粗声厉色:"新靴子会给你送去,钱一分一毫不给。"

"哥呀,只要给几个小钱!"约翰苦苦恳求,"我一定好好用功,把格拉田教令背诵出来,一定好好信奉上帝,一定争取成为品学兼优的毕达哥拉斯。不过,给我一文小钱,行行好吧! 饥饿张着大口,就在这儿,在我眼前,又深,又脏,又臭,连鞑靼人或是僧侣的鼻子都望尘莫及,难道您就忍心看我被饥饿吞噬掉?"

堂·克洛德晃了晃满是皱纹的脑袋,又说:"不劳者……"

约翰没等他说完就嚷:

"算了,见鬼去吧! 欢乐万岁! 我要去打架,去打碎酒坛,去喝酒,去找娘们!"

说着,把帽子往墙上一扔,把手指头扳得像响板那样响。

副主教脸色十分阴沉,瞟了他一眼。

"约翰,你没有一点灵魂。"

"要是这样,按照伊壁鸠鲁的说法,我缺的是由某种莫名其妙的东西所形成的莫名其妙的玩意儿。"

"约翰,应当认真想一想改过才行。"

"这个嘛,"学生叫道,同时看看他哥哥,又瞧瞧炉子上面的蒸馏瓶,"怪不得这里的一切都是荒唐的,各种想法和瓶瓶罐罐!"

"约翰,您正站在滑溜溜的斜坡上,您知道会滑到哪去吗?"

"滑到酒馆去。"约翰答道。

"酒馆是通向耻辱柱的。"

"这只是一只像别的灯笼那样的灯笼,狄奥日内斯可以找到要找的人,假如打着这只灯笼的话。"

"耻辱柱通向绞刑架。"

"绞刑架只是一架天平,一端是整个大地,一端是人。能做那个人,那可太好了。"

"绞刑架通往地狱。"

"地狱是团大火。"

"约翰呀约翰,你的后果会很惨的。"

"开场倒是不错的。"

这时,楼梯口传来脚步声。

"别出声!"副主教边说边把一根手指按在嘴上。"雅克大人来了。听着,约翰,"他又低声添了一句。"你在这里看到和听到的,千万别说出去。快躲到这个火炉下面去,一定不要出声。"

学生蜷缩在火炉下面,灵机一动,计上心来:

"好吧,克洛德哥哥,给我一个弗罗林,我就不出声。"

"闭嘴!我答应你就是了。"

"要立刻给。"

"拿去吧!"副主教气呼呼地把钱包扔给他。约翰又钻到炉底下,房门正好这时推开了。

五 两个黑衣人

来人身穿黑袍,神情阴沉。我们的朋友约翰(不出所料,他蜷缩在角落里尽量设法能随意看清和听到密室里的一切动静），他首先注意到的是来人的衣着十分寒碜面容，但脸上却略带几分温柔，不过那是如同猫或判官一样假惺惺的温柔，一种虚情假意，叫人肉麻的温柔。这个人头发花白，皱纹满脸，年近六十，眼睛巴拉巴拉直眨，大手，白眉，垂唇。约翰一看，来人不过如此，就是说，也许是一个医生或是一位法官，而且此人鼻子离嘴巴老远，表明愚蠢至极。继续，约翰又缩回他的洞里了，心想这样狼狈不堪地蜷缩着，与这样一个丑恶的人做伴，何时才是终点，不由暗自伤心。

对这个来客，副主教连站起来一下都没有，只是做了个手势，叫他在门边一只板凳上坐下，好一会儿都默不作声，看上去像依然沉浸在冥思苦想之中，然后才用几分恩主的口吻对他说："日安，雅克大人。"

"您好，大人！"黑衣人连忙回答。

一个称呼雅克大人。另一个饶有意味地称呼大人，两种称呼虽然都是同一个大人，可是意思却相差甚远，就像称"阁下"的显赫人物与称"先生"的凡夫俗子，主人与下人那样的区别。

副主教又沉默了一会儿，雅克大人小心翼翼，不敢打扰他，然后才接着说："喂，搞成了没有？"

"唉！我的大人！"对方苦笑着答道，"我不停地鼓风。灰也挺多的。就是一星半点金子也没有。"

堂·克洛德不耐烦地摆摆手："我说的不是这码事，雅克·夏尔莫吕大人，我问的是您承办的那件巫师案子。审计院的那膳食总管，您不是叫他马克·塞内纳吗？他有没有招供行妖作祟？拷问达到了目的没有？"

"唉，没有。"雅克大人答道，脸上始终带着忧郁的微笑。"我们并没有得到那种快慰。这个人实在是一块顽石，就是把他押到猪市去活活煮死，他也不会招一个字的。不过，我们会不惜采取一切办法，逼他把一切真相交代出来。他现在已经四肢残缺不全了。我们采用了各种酷刑，正如那个喜剧小丑老普洛图斯所说的：

面对着刺棒、利刃、钉死、枷锁、

暴力、锁链、绞索、脚镣、颈枷。

但一点作用也没有。这个人实在太可怕了,真拿他束手无策。"

"他屋子里没搜到什么新名堂来?"

"当然搜到了。"雅克大人答道,一边掏着裤袋。"搜出二张羊皮纸。上面写了些字,我们一窍不通。刑事状师菲利浦·勒利埃先生倒懂得一点希伯来文,是他在承办布鲁塞尔康代斯坦街犹太人案件中学来的。"

说着,雅克大人把羊皮纸慢慢打开。副主教立刻说:"拿来。"然后往文卷上看了一眼,嚷道:"纯粹是妖术,雅克大人! 埃芒一埃当! 这是那帮吸血鬼赴巫魔夜会时喊叫的暗语。

由己,同己,在己! 这是命令把地狱魔鬼再绑锁起来的口令。哈嘶,吧嘶,吗嘶! 这是医术,专治狂犬咬伤的一个药方。雅克大人呀! 您是圣上宗教法庭检察官,就凭这张羊皮纸就十恶不赦。"

"我们还要拷问那个家伙。还有这个……"雅克大人又在衣袋里掏来掏去,"也是在马克·塞内纳家里搜到的。"

这是只罐子,与堂·克洛德火炉上那些瓶瓶罐罐没有什么两样。副主教一看,便说:"啊! 一只炼金用的坩埚。"

"我向您说实话吧,"雅克大人带着怯生生的傻笑说道:"我曾在火炉上试过,但比我自己的那只顶用。"

副主教认真打量起这只罐子来。"这坩埚上刻着什么东西? 噢嘘! 噢嘘!

驱赶跳蚤的咒语！这个马克·塞内纳真是大草包！我确信，您用这东西想炼出金子，真是异想天开！夏天放在您的床龛里还差不多"

"我们显然是搞错了。"国王代诉人说道。"我刚才上来之前，研究了一下楼下的门廊；大人能否肯定，靠主宫医院那边的大门真的象征着一本打开的物理书吗？圣母院底层那七尊裸体雕像中，那尊脚后跟长着翅膀的是墨尔库里吗？"

"没错。"教士答道，"这是意大利博学之人奥古斯丁·尼福说的，拜过一个大胡子魔鬼为师，因此无所不知。不过，我们该下去了，我会根据上面的意思解释给您听。"

"谢谢，我的大人。"夏尔莫吕一躬到地，说道，"对啦，我差点忘记了！请问，我什么时候把那个小妖精抓起来？"

"哪个小妖精？"

"就是大人知道的那个不顾教廷禁令，每天到广场上来跳舞的吉卜赛小姐！她不有一只鬼魂附体的母山羊，长着魔鬼似的两个犄角，会认字，会写字，会算术，计算得就像毕卡特里那么精。单凭这只山羊，就能把全部流浪的波希米亚人都绞死。起诉状都已经准备好了，要办马上就能办，瞧吧！我敢打赌，这个跳舞姑娘可真是个美人儿，那双漂亮的黑眼睛独一无二！真是两颗光彩夺目的埃及宝石！何时动手？"

副主教脸色煞白。

"我会告诉您的。"他结结巴巴，声音含混不清。随后用劲说道："管您的马克·塞内纳就行了。"

"请大人放心。"夏尔莫吕微笑着答道，"我回去马上叫人把他绑到皮床上去。可是这家伙是个魔鬼，连皮埃拉·托特吕都打累了，他的手比我的还粗。如那位爱说俏皮话的普洛图所说的：

> 把你光着身子绑起来，倒吊一称，足有百十来镑重。

世界传世藏书

世界十大名著

·巴黎圣母院·

图文珍藏版

得用绞盘倒吊他起来拷问！那是我们最妙的办法，非叫他尝尝苦头不可。"

堂·克洛德神情抑郁，看上去心不在焉。忽然掉头对夏尔莫吕说：

"皮埃拉大人………雅克大人，我的意思是说，管您的马克·塞内纳就得了！"

"是，是，堂·克洛德。可怜的家伙！他早该像穆莫尔吃点苦头。亏他想得出，去参加巫魔夜会！身为审计院的一个膳食总管，应当知道查理曼的文献，不是吸血鬼，就是害人精！对于那个小妞儿，大家叫她爱斯梅拉达，我恭候大人的吩咐。啊！等会儿走过门廊时，请您也给我讲一讲教堂入口处那个平雕的园丁是什么意思。难道是播种者！………嘿！大人，您到底在想什么呢？"

堂·克洛德只顾想自己的心事，并没有听到他在说什么。夏尔莫吕顺着克洛德的视线望去，发现他直直地瞪着窗洞口的一张大蜘蛛网。恰好就在这时，一只正在寻找三月阳光的苍蝇，晕头转向，一头撞上蜘蛛网给粘住了。蜘蛛网一颤动，那只大蜘蛛立刻冲出它在网中央的斗室，猛扑向苍蝇，用两只前触角折苍蝇成两段，又把丑恶的吻管刺进苍蝇的脑袋。国王的教廷检察官不禁说道："可怜的苍蝇！"并伸出手来要去救它。副主教一看，如忽然惊醒，浑身剧烈痉挛，一把紧紧攥住他的胳膊，说：

"雅克大人，让命运去做主吧！"

教廷检察官回过头来，惊愕不已。他觉得胳膊仿佛被铁钳夹住一样。教士眼睛直勾勾地，惊惶不安，闪闪发光，一直盯着那对可怕的苍蝇和蜘蛛。

"啊！是的，"教士接着说着，声音仿佛从他肺脏里发出来似的，"这就是万物的象征。苍蝇刚出生不久，快活得很，飞来飞去；它寻找春天，寻找广阔的天地，寻找自由；哦！是的，可是命中注定，偏偏撞到了那扇花格窗，蜘蛛扑了出来，那丑恶的蜘蛛！可怜的舞女！命运注定该死的可怜苍蝇！雅克大人，随它去吧！这就是命！……唉！克洛德，你就是蜘蛛，克洛德，你也是苍蝇！……你飞向科学，飞向光明，飞向太阳，一心一意只想飞奔广阔的天地，飞奔向永恒真理，可是，当你扑向那扇光彩夺目的窗洞，扑向光明、聪慧和科学的另一个世界，盲目的苍蝇呀，荒唐的饱学之士，你竟然没有看见在光明与你之间，命运早已张挂了一张细密的蛛网,而你却狂热地一头扑上去,可怜的疯子,现在你拼命挣扎,头也破了,翅膀也断了,被命运的铁钳夹住了!……雅克大人!雅克大人!一切都让命运去安排吧!"

"我向您保证,我绝不去碰它。"夏尔莫吕答道,莫名其妙地看着他,"可是,请您放开我的胳膊,大人,求求您了!您的手简直就像一把铁钳。"

副主教根本没有听见,依然望着窗口说:"噢!荒唐!你可真是异想天开,想用你的小苍蝇翅膀,把那张可怕的蜘蛛网撞破,以为可以飞抵光明。唉!你哪里想到,前面不远处还隔着一扇玻璃窗,这道透明的障碍物,这堵比黄铜还坚硬的水晶墙,把所有的哲学和真理分隔开,你怎么能跨越过去呢?啊,科学的真理!无数哲人从遥远的地方飞来,到头来碰得头破血流!多少五花八门的体系撞到这扇永恒的玻璃窗,都和苍蝇一样嗡嗡作响!"

他忽然止住了。最后这些想法,不知不觉使他又想起了科学,看上去他冷静了。雅克·夏尔莫吕向他问道:"喂,我的大人呀,您什么时候来帮我炼金子呢?我怎么老是炼不出来呢?"副主教听到这一问话,完全回到现实中来了。

副主教苦笑着,摇了摇头说:"雅克大人,读一读米歇尔·普谢吕所著的《能的对话与鬼的法术》吧。我们所做的并不是完全无罪的。"

"轻点,大人!这我也料到了。"夏尔莫吕说道,"但是,当你仅仅是国王的教廷检察官,年俸只三十图尔埃居,不搞点炼金术怎么行呢!我们还是小声点好。"

就在这时,从炉底下传出一种吃东西的咀嚼声,夏尔莫吕本来就心神不定,一听这声音更加紧张了,问道:

"什么声音?"

原来是学生躲在炉底下觉得非常不舒服,也感到非常无聊,东摸西找,总算找到了一块老面包皮和一块发霉的奶酪,不管三七二十一,大嚼起来,当作一种安慰和一顿早餐。他饿极了,嚼得特别响,而且每吃一口,咀嚼声都非常清脆响亮,引起了检察官的警觉和惊恐。

"那是我的一只猫,在下面吃老鼠,正饱餐一顿呢。"副主教赶忙说道。

夏尔莫吕听他这么解释，就心安了。

"其实，大人，"他谄媚地笑着说，"所有的哲学家都有心爱的小动物。您是知道塞尔维乌斯这句话的：当然，无处不存在精灵"。

这时，堂·克洛德担心约翰再耍什么新花招出来，于是提醒这位可敬的弟子说，他们还得到门廊去一起研究几个雕像呢，两人走出了密室，学生如释重负，"喔唷"了一声，松了一大口气。因为他正在担心，生怕膝盖顶着下巴，会磨出老茧来。

六　户外咒骂可能导致的后果

"赞美主啊！"约翰从洞里爬出来叫嚷道，"两只猫头鹰总算走了。噢嘘！噢嘘！哈嘶！吧嘶！吗嘶！跳蚤！疯狗！魔鬼！他俩的谈话真把我烦死了！我的头简直就像钟楼敲钟似的，嗡嗡作响。还有那发霉的奶酪！快！赶紧下楼去带上大哥的钱袋，统统拿所有的钱去换酒喝。"

他用深情而赞许的目光，向宝贝钱袋里瞅了一眼，又拽了拽身上的衣裳，擦了擦皮靴，掸了掸沾满炉灰的袖子，吹着口哨，跳起来转了一圈后，仔细瞧了瞧密室里还有什么可拿的，顺手从火炉上捡起一颗像是护身符的彩色玻璃珠子，好作为珠宝拿去送给伊莎博·蒂埃丽，最后才把门推开。他哥哥出于最后一次宽容，开着门，而他出于最后一次恶作剧，也让门开着就走了，就像一只鸟儿，欢蹦乱跳，沿着螺旋楼梯直冲下去。

在黑暗的楼梯上，他碰到了一个什么东西，嘟嘟哝哝，退到一边去了。他猜想一定是卡齐莫多，不禁觉得挺可笑的，因此再沿着楼梯往下走时，一直笑得直不起腰来，到了广场还笑个不停。

一回到地面，跺了跺脚，喊道："啊！巴黎的石板路真好，令人尊敬！这该死的楼梯，连雅各天梯上的天使也会爬得喘不过气来！我真是鬼迷心窍，怎么会想起钻到那高插云霄的石头螺旋楼梯里去，只是为了去吃长了毛的奶酪，到窗洞孔张望一下巴黎的钟楼！"

他走了几步,瞥见堂·克洛德和雅克·夏尔莫吕两只猫头鹰正在观赏门廊上的一座雕像,于是踮起脚尖走到他们跟前,只听见副主教悄声对夏尔莫吕说:"是巴黎的吉约姆叫人用这块镶着金边的天青石来雕刻约伯像的。之所以把约伯雕刻在这块点金石上,是因为这块点金石必须经受考验和磨难,才能臻于完善。恰似雷蒙·吕勒所说:用特殊形式加以保存,灵魂才能得救。"

"反正对我都一样,拿着钱袋的是我。"约翰心想道。

这时他听见背后有个人扯着响亮的大嗓门,连声破口大骂:"上帝的血! 上帝的肚皮! 假正经的上帝! 上帝的肉体! 他妈的教皇! 别西卜的肚脐! 长角和天杀的!"

"十拿九稳,只能是我的朋友弗比斯队长!"约翰嚷了起来。

副主教此时正向国王的检察官津津有味地解释说,那条龙的尾巴藏在一个浴池里,于是浴池立刻升起青烟,出现一个像国王的脑袋,正说着,忽然听到弗比斯这个名字,不由打了个寒噤,骤然顿住,这叫夏尔莫吕目瞪口呆,不知所措。副主教转过身去一眼看见了他的弟弟约翰站在贡德洛利埃宅第门口,正同一个魁梧的军官攀谈。

那正是弗比斯·德·夏托佩尔队长先生,背靠着未婚妻家的墙角,正像个异教徒一样在那里骂街。

"是您呀,弗比斯队长!"约翰拉起他的手说道,"您可骂得真带劲呀。"

"长角和天杀的!"队长答了一句。

"您自己才是真正长角和天杀的!"学生回敬了一句。

"得啦,可爱的队长,谁惹您了,干吗这样滔滔不绝,妙语连珠呢?"

"对不起,哥们。"弗比斯摆着他的手答道,"脱了缰的马,一下子停不住呀。刚才破口大骂,正像骑着马在狂奔喽。我刚从那帮假正经的女人那里出来,每次出来,胸总是憋得慌,塞满骂人的话儿,得吐出来才痛快,要不,就会活活憋死,简直肚皮和雷劈的!"

"那您想不想去喝两杯?"学生问道。

队长听到这话儿,立刻平静了下来。

"那敢情好,可是我身无分文。"

"我有!"

"行啦!拿出来给我瞧瞧?"

约翰神气活现,直截了当地把钱袋掏出来放在队长的眼皮底下。正在这时,副主教把夏尔莫吕丢在一边,随他去惊讶得呆若木鸡,也跟随到他们身边,在几步外停了下来,仔细观察他们两个人的一举一动,而他俩却因全神贯注地看着那钱袋,压根儿没有注意到他。

弗比斯叫嚷了起来:"约翰,一只钱袋在您口袋里,这简直就是月亮映在一桶水里,看得见,摸不着,只不过是影子罢了。不信,我们打赌,里面装的准是石子!"

约翰冷冷地答道:"那您就瞧瞧我钱包里装的这些石子吧!"

话音一落,二话没说,就把钱袋往旁边界碑上一倒,那副神气俨如一个赴汤蹈火救国的罗马人。

"真正的上帝呀!"弗比斯嘟哝道。"这么多盾币、小银币、大银币、每两个一个合图尔币的铜钱、巴黎德尼埃、真正的鹰钱!真叫人眼花缭乱!"

约翰依然一副神气十足和无动于衷的样子。有几个小钱滚落到泥浆里去了,队长兴冲冲地弯下身去捡,约翰连忙阻止他说:"呸,弗比斯·德·夏托佩尔队长!"

弗比斯算了算钱,郑重其事地回头对约翰说道:

"您知道吗,约翰,一共是二十三个巴黎索尔!您昨夜到割嘴街抢了谁的钱啦?"

约翰一头鬈曲金发,把脑袋往后一昂,轻蔑地半眯起眼睛,说:"因为人家有个当副主教的傻蛋哥哥呗!"

"上帝的角呵!"弗比斯叫了一声,"你这个神气十足的家伙!"

"喝酒去吧。"约翰说道。

"去哪儿?夏娃苹果酒店吗?"弗比斯问。

"不,队长,去老科学酒家。老科学——老太婆锯壶把。这是个字谜。我就喜欢这个。"

"呸,什么字谜,约翰！夏娃苹果的酒好,门边还有个向阳的葡萄架,每次在那儿我都喝得十分过瘾的。"

"那好,就去找夏娃和她的苹果吧！"学生说道。然后挽起弗比斯的手臂又说:"好了,亲爱的队长,您刚才说到割嘴街,这太难听了,现在人们不那么野蛮了,管它叫割喉街。"

于是两个难兄难弟向夏娃苹果酒家走去。他们先捡起了钱,副主教紧紧地跟随着他俩,这些都是无须交代的。

副主教跟着他们,神色抑沉而慌乱。自从他上次同格兰古瓦谈话以后,是不是弗比斯这个该死的名字就一直同他全部的思想混杂在一起的缘故？他自己也不清楚,可是,毕竟是一个弗比斯,单凭这魔术般的名字就足以使副主教悄悄地跟随这一对无牵无挂的伙伴,惶恐不安,全神贯注地偷听他们的谈话,仔细观察他们的一举一动。而且,要听他们所说的一切,真是再容易不过了,因为他们嗓门那么大,叫过往行人一大半听见他们的知心话儿,他们无论如何也不会感到怎么难堪。他们谈论决斗啦,妓女啦,喝酒啦,放荡啦。

走到一条街的拐角处,他们听到从附近岔路口传来一阵巴斯克手鼓的鼓声。然后堂·克洛德听见军官对学生说:

"天杀的！赶快快走。"

"为什么,弗比斯？"

"我害怕被那个吉卜赛女孩看见了。"

"哪个吉卜赛女孩？"

"就是牵一只山羊的那个小妞。"

"爱斯梅拉达？"

"正是,约翰。我老是记不住她那个鬼名字。快走,不然,她会认出我来的,我不想这女孩在街上跟我搭讪。"

"你认识她吗,弗比斯？"

听到这儿,副主教看见弗比斯揶揄一笑,欠身贴近约翰的耳朵,轻声说了几句话。然后弗比斯哈哈大笑,洋洋得意,摇了摇头。

"此话当真?"约翰说。

"以我的灵魂打赌!"弗比斯说。

"今晚?"

"你有把握她会来吗?"

"这还用着问,难道您疯了不成,约翰?这种事儿有值得怀疑的?"

"弗比斯队长,您艳福不浅呀!"

这些谈话,副主教全听在耳朵里,把他气得咬牙切齿,浑身直哆嗦。因此他不得不停了一会,像个醉汉似地靠着一块界石,然后又紧随着那对大活宝。

等到赶上时,他们已换了话题,只听见他们扯着嗓子,没命地正唱着一支古老歌谣的迭句:

> 菜市场小摊的孩子,
> 生来像小牛被吊死。

七 野僧

夏娃苹果是一家有名的酒馆,坐落在行会旗手街与大学城环形街的交叉处。这是底楼的一间大厅,相当宽敞,却很低矮,正中央有一根漆成黄色的大木柱支撑着拱顶。大厅里摆满了桌子,墙上挂着发亮的锡酒壶。经常座无虚席,坐满酒徒和妓女,临街足有一排玻璃窗,门旁有一排葡萄架,门上方有一块哗啦直响的铁皮,用彩笔画着一只苹果和一个女人,经过日晒雨淋,已经锈迹斑斑,它被插在一根铁钎上,随风转动。这个朝街的风标,就是酒店的招牌。

夜幕渐渐降临了,街口一片昏暗。酒馆灯火通明,从远远地方看去,就像黑暗中一家打铁铺子。透过窗上的破玻璃,可以听见酒杯声,咒骂声,吃骂声,吵架声。大厅里热气腾腾,铺面的玻璃窗上蒙着一层薄雾,可以看见厅里上百张密密麻麻、模糊不清的面孔,不时发出一阵哄笑声。那些有事在身的行人,从喧闹的玻璃窗前走过去,连瞅都不瞅一眼。唯独不时有个把衣衫褴褛的男孩儿,踮起脚尖,头伸到窗台上,向着酒馆里面咒骂,嚷着当时流行的取笑酒鬼的顺口溜:"酒鬼,酒鬼,酒鬼,掉进河里做水鬼!"

可是,有个人却怡然自若,在这声音嘈杂的酒馆门前踱来踱去,不停地向里张望,并且一步也不离开,就像一个哨兵不能离开岗位似的。他披着斗篷,一直遮到鼻子。这件斗篷是他刚刚从夏娃苹果酒家附近的旧衣店买来的,大概为了抵御三月晚间的寒气,说不准为了掩饰身上的服装。这个人不时了下来,站在拉着铅丝网的那张模糊不清的玻璃窗前,侧耳倾听,凝目注视,还轻轻踩着脚。

酒店的门终于开了,他左等右等,似乎就是等这件事。从酒店走出来两个酒徒,快活的脸上映着门里透出的光线,脸色红得发紫。披斗篷的汉子马上轻轻一闪,躲进街对面的一个门廊里,监视着他俩的动静。

"长角的和天杀的!"有个酒徒说道,"快敲七点了,我约会的时间到了。"

"听我说,"这个酒徒的伙伴继续说,舌头有点转僵,"我不住在屁话街,住在屁话街的是卑鄙小人;我住在约翰——白面包街。……您要是说谎了,那您就比独角兽还更头上长角喽………人人都知道,只要一次敢骑上大狗熊的人,永远什么都不忙,可是瞧您吃东西挑剔的那副嘴脸,就像主宫医院的圣雅各像。"

"约翰好友,您已经喝醉了。"另一位说。

约翰跟跟跄跄,答道:"您高兴怎么说就怎么说吧,弗比斯,反正柏拉图的侧面像只猎犬,是被证实了的。"

读者肯定已经认出卫队长和学生这一对志趣相投的朋友了吧。躲在暗处窥探他俩的那个人,似乎也认出他们来了,于是慢步跟随在他们后面。学生走起路来东扭西歪,曲曲折折,卫队长也跟着东蹭西颠,不过卫队长酒量大,头脑一直十分清醒。披斗篷的人留心细听,从他们津津有味的交谈中听到了下面这些话:

"混蛋!您走直点好不好,先生!您知道,我该走了。都已经快七点了。我同一个女人有约好了。"

"那就别理我,您!我看见星星和火苗。你就跟唐马尔丹城堡一样,笑开了花啦!"

"凭我奶奶的疣子发誓,约翰,您这是起劲过了头,满口胡说八道。……对啦,约翰,您真的没剩一点钱吗?"

"校董大人,没错,小屠宰场。"

"约翰,我的好人儿约翰!您知道嘛,我约好那个小妞在圣米歇尔桥头幽会,我只能把她带到桥头那个法露黛尔老太婆家里去,得付房租呐。这个长着白胡子的老荡妇不肯让我赊账的。约翰,行行好吧!神父一整钱袋的钱,我们都喝得精光了吗?您连一个小钱也不剩了吗?"

"想到曾痛痛快快地花钱,度过了那几个钟头的好时光,那美滋滋的味道,比得上一种真正的喷香的餐桌佐料。"

"妈的肚皮和肠子!别放屁了,告诉我,鬼约翰,您是不是还剩点钱?快拿出来,要不,我就要搜身了,哪怕您像约伯害麻风,像恺撒生疥癣!"

"先生,加利亚什街一头通向玻璃坊街,另一头通向织布坊街。"

"没错,我的约翰好朋友,我可怜的老弟,加利亚什街,对,很对。可是,看在老天爷的面上,醒一醒吧,我只要一个巴黎索尔,但就可以消磨七个钟头啦。"

"别再老唱轮舞曲了,听我唱这一段:

> 等到老鼠吃猫的时候,
> 国王将成为阿拉斯君主;
> 当辽阔无边的大海,
> 在圣约翰节冻成冰,
> 人们便会看到阿拉斯人,
> 从冰上纷纷离开家园。

"那好,你这大逆不道的学生,让你妈的肠子把你勒死才好呢!"弗比斯叫嚷起来,并用劲把醉醺醺的学生一推,学生就势一滑,撞在墙上,浑身软绵绵地倒在菲利浦—奥古斯特的石板大路上了。酒鬼们总怀有手足般的同情心,弗比斯多少还有一点这种怜悯心,便用脚把他踢到一旁,让他靠在穷人的枕头上,那是上帝在巴黎每个街角给穷人准备的,有钱人贬称为垃圾堆。卫队长把约翰的脑袋枕在一堆白菜根的斜面上,约翰立刻呼噜呼噜打起鼾来,好比在哼着一支男低音的美妙曲子。不过,卫队长余怒未消,冲着沉睡的神学院学生说:"活该,让魔鬼的大车经过时把你捡走才好咧!"一说完,径直走了。

披斗篷的人一直跟踪着他,这时走过来在酣卧的学子跟前,停了片刻,仿佛犹豫不决,心烦意乱;随后一声长叹,也走开了,接着跟踪卫队长去了。

我们也像他们那样,让约翰在美丽星星的和蔼目光下沉睡吧,请看官跟我们一道,也去跟踪他们两个人吧。

弗比斯卫队长走到了拱门圣安德烈街时,发现有人在跟踪他。偶然一回头,看见有个影子在他后面沿墙爬行。他停,影子也停;他走,影子也走。他对此并没有什么可担忧的,暗自想道:"去他妈的!反正我没有钱。"

到了奥顿学堂门前,他忽然停住。想当年,他就是在这所学堂开始他所谓的修业的。他仍保留昔日淘气学生的捣蛋习惯,每次从这学堂的门前经过,总要把大门右边皮埃尔·贝尔特朗红衣主教的塑像侮辱一番,这种侮辱就像奥拉斯的讽刺诗《从前无花果树砍断了》中普里阿普满腹辛酸所抱怨的那样。他干起这种事劲头十足,结果塑像的题词"中高卢人主教"几乎被他砸得全看不见了。这一回,他像入学那样又停在塑像面前,街上此时空无一人。正当他有气无力地迎风再结裤带时,看见那个影子慢慢向他走过来,脚步那样缓慢,卫队长可以看清这个人影披着斗篷,头戴帽子。这人影一挨近他身旁,陡然停住,一动不动,比贝尔特朗红衣主教的塑像还僵直。可是,这个人影的两只眼睛却定定地盯着弗比斯,目光蒙眬,就像夜间猫眼的瞳孔射出来的那种光。

卫队长生性胆大,又长剑在手,并没有把个小偷放在眼里。可是,看见这尊行走的塑像,这个化成石头般的人,不由心里发怵,手脚冰凉。当时到处流传,说有个野僧夜间在巴黎街头四处游荡,闹得满城风雨,此时此刻,有关野僧的许多莫名其妙的传闻,乱七八糟地全浮现在他的脑海里。他吓得魂不附体,呆立了一会儿。最后打破沉默，勉强地笑了起来。

"先生，您要是像我所想的，是个贼，那就好比鹭鸶啄核桃壳，您白费劲。我是个破落户子弟，亲爱的朋友。到旁边去打主意吧，这所学校的小礼拜堂里倒有真正做木十字架的上等木料，全是镶银的。"

那个人影从斗篷里伸出手来，像鹰爪似的重重一把抓住弗比斯的胳膊，同时开口说："弗比斯·德·夏托佩尔队长！"

"怎么，活见鬼啦！"弗比斯说道。"您知道我的名字！"

"我不仅知道您的名字，而且还知道今晚您有个约会。"斗篷人继续说，他的声音像从坟墓里发出来似的。

"没错。"弗比斯应道，目瞪口呆。

"是七点钟。"

"就在一刻钟以后。"

"在法露黛尔家里。"

"一点不差。"

"是圣米歇尔桥头那个娼妇。"

"是圣米歇尔大天使，像经文所说的。"

"大逆不道的东西！"那鬼影嘀咕道。"跟一个女人幽会吗？"

"我承认。"

"她叫什么名字？"

"爱斯梅拉达。"弗比斯轻松地应道，又渐渐恢复了他那种满不在乎的模样。

一听到这个名字，那人影的铁爪狠狠地晃了一下弗比斯的胳膊。

"弗比斯·德·夏托佩尔队长，你撒谎！"

弗比斯赫然发怒，脸孔涨得通红，往后猛然一跃，挣脱了抓住他胳膊的铁钳，神气凛然，手按剑把，而斗篷人面对着这样的狂怒，依然神色阴沉，岿然不动。这种情景谁要是看了，定会毛骨悚然。这真有点像唐·璜与石像的生死搏斗。

"基督和撒旦呀！"卫队长叫道。"很少有人胆敢冲着姓夏尔莫吕的这样大放厥词！料你不敢再说一遍！"

"你撒谎！"影子冷冷地说道。

卫队长牙齿咬得咯咯直响。什么野僧啦，鬼魂啦，乌七八糟的迷信啦，顷刻间全抛到九霄云外，他眼里只看到一个家伙，心里只想到一个所受的侮辱。

"好啊！有种！"他怒不可遏，连声音都哽住似的，结结巴巴地说道。他一下子拔出剑来，气得浑身直发抖，就如同恐怖时发抖那样，继续含糊不清地说道："来！就在这儿！马上！呸！看剑！看剑！让血洒石板路吧！"

可是，对方却没动弹，看到对手摆开架势，准备好冲刺，便说："弗比斯队长，别忘了您的约会。"他说这话时，由于心中的苦楚，声调微微颤抖。

像弗比斯这样性情暴躁的人，宛如滚开的奶油汤，一滴凉水就可以马上止沸。听到一句这么简单的话儿，卫队长马上放下手中寒光闪闪的长剑。

"队长，"那个人又说。"明天，后天，一个月或者十年之后，您随时可以找我决斗的，我随时准备割断您的咽喉；不过现在您还是先去赴约吧。"

"没错，"弗比斯说，仿佛给自己设法找个下台的台阶。"一是决斗，一是姑娘，这倒是在一次约会中难得碰到的两件畅快的事情。但我不明白为什么不能兼顾两头，顾了一头就得错过另一头呢！"

一说完，把剑再插入剑鞘。"快赴您的约会去吧！"陌生人又说。

"先生，您这样有礼貌，我十分感谢。的确，明天有的是时间，够我们拼个你死我活，白刀子进红刀子出，把亚当老头子的这身臭皮囊切成碎块。我感谢您让我再快活一刻钟。本来我指望把您撂倒在阴沟里，还来得及赶去同美人幽会，特别是这种幽会让女人略等一等，倒是显得很神气的。不过，您这个人看起来是个男子汉，那就把这场决斗延迟到明天更妥当些。我就赴约去了，定在七点钟，您是知道的。"说到这里，他搔了搔耳朵，再继续往下说："啊！他妈的！我倒忘了！我一分钱也没有，没法付那破房钱，那个死老婆子非得要先付房钱不可。她才不相信我呢。"

"拿去付房租吧。"

弗比斯感觉到陌生人冰凉的手往他手里塞了一枚大钱币,他忍不住收下这钱,并且握住那人的手。

"上帝啊!"他叫了起来。"您真是个好孩子!"

"但有个条件,"那个人说。"您得向我证明,是我说错了,而您说的是真话。这就要您把我藏在某个地方里,让我亲自看看那个姑娘,是否她果真就是您提到名字的那一个。"

"唔!我才不在乎哩。"弗比斯应道。"我们要的是圣玛尔特那个房间,旁边有个狗窝,您可以躲在里面随便看个够。"

"那就走吧。"影子又说。

"尊便。"卫队长说道。"我不知道您是不是魔鬼老爷本人。不过,今晚我们就交个朋友吧,明天我所有的债跟您一起算清,包括钱和剑!"

他俩随即快步往前走。不一会儿,听见河水的淙淙声,他们知道已来到当时挤满房子的圣米歇尔桥上了。弗比斯对同伴说:"我先带您进屋去,然后再去找我的小美人,约好她在小堡附近等我。"

那个人没有搭腔。自从两个人并肩一起同行,他就一声不响。弗比斯在一家房子的矮门前停下,狠狠捶门。一线亮光随即从门缝里透了出来,只听见一个牙齿漏风的声音问道:"谁呀?"卫队长应道:"上帝身体!上帝脑袋!上帝肚皮!"门马上开了,只见一个老婆子提着一盏老油灯,人抖抖索索,灯也抖抖索索。老太婆弯腰曲背,一身破旧衣服,脑袋摇来晃去,两个小眼窝,头上裹着一块破布,手上、脸上、脖子上,到处都是横七竖八的皱纹;两片嘴唇瘪了进去直陷到牙龈下面,嘴巴周围尽是一撮撮的白毛,看上去就像猫的胡须似的。屋内残破不堪,如同老太婆一样衰败。白垩的墙壁,天花板上发黑的椽条,拆掉的壁炉,每个角落挂满蜘蛛网,屋子正中摆着好几张缺腿断脚的桌子和板凳,一个脏兮兮的孩子在煤灰里玩耍,屋底有座楼梯——或者更准确地说是一张木梯子——通向天花板上一个翻板活门。一钻入这兽穴,弗比斯的那位神秘伙伴就把斗篷一直拉到眼睛底下,而弗比斯一边像撒拉逊人那样骂个不停,一边像可敬的雷尼埃所说的那样,让一枚埃居闪耀着太阳般的光辉,说道:"要圣玛尔特房间。"

老太婆立刻把他看成大老爷，紧紧拽住那枚金币，放它进抽屉里。这枚金币就是披黑斗篷的人刚才塞给弗比斯的。老太婆刚一转身，那个在煤灰里玩耍的蓬头垢面、破衣烂衫的男孩，敏捷地走近抽屉，拿起金币，并在原处放下了一片刚从柴火上扯下来的枯叶。

老太婆向两位称为先生的人打了手势，叫他们跟着她，自己先爬上梯子。随她上了楼，把灯放在一口大箱上。弗比斯是这里的常客，熟门熟路，便打开一道门，里面是一间昏暗的陋室，对伙伴说道："亲爱的，请进吧。"披斗篷的人二话没说，就走了进去。门一下子又关上了。他听见弗比斯从外面把门闩上，然后同老婆子一起下楼去了。灯光也被吹灭了。

八 临河窗子的用处

克洛德·弗罗洛（我们设想，读者比弗比斯聪明，早在这整个历险中已经看出，那野僧不是别人，而是副主教），他在那间被弗比斯反闩上门的阴暗陋室里摸索了好一阵子。这是建筑师在盖房子时，偶或在屋顶与矮栏墙的联结处留下的一个隐蔽角落。恰似弗比斯奇妙无比所叫的那样，这狗窝的纵剖面呈三角形，没有窗户，也没有透光的天窗，屋顶倾斜，人在里面都无法站直身体。克洛德只好蹲在尘灰和被他踩得粉碎的灰泥残片里。他的头滚烫，双手在身边周围到处摸，无意间在地上摸到一片破玻璃，赶紧把它贴在脑门上，顿感凉意，人也稍微好受了一些。

此时，副主教的阴暗心里在想些什么？只有他和上帝才晓得。

不知他内心里，究竟按照什么样的宿命的秩序，来安排爱斯梅拉达、弗比斯、雅克·夏尔莫吕、他那身副主教法衣、他爱之至深却被他抛弃在泥淖中的弟弟，或许还有他来到法露黛尔家里而受到连累的名声，总而言之，他如何安排所有这些形象，这些奇遇呢？这我可说不来，不过这些念头在他脑子里乱成一团，那倒是确信无疑的。

　　他等了一刻钟，似乎觉得苍老了一百岁。忽然，听见木梯子的木板轧轧响，有人上来了。梯口盖板被推开了，一道亮光照了进来。狗窝那扇蛀痕斑斑的门上有一道相当宽的裂缝，他把脸贴了上去，这样就能看清隔壁房间里的动静了。猫脸老太婆先从活板门钻了出来，手里提着灯；接着是弗比斯，捋着小胡子，随后上来了第三个人，身影楚楚动人，风姿标致，正是爱斯梅拉达。克洛德一看见她从地下冒出来，好像看见光辉耀眼的显圣一般，情不自禁地浑身直打哆嗦，眼前一片云雾弥漫，心剧烈地扑通扑通直跳，只觉得天旋地转。他什么也看不见，什么也都听不见了。

　　等到他清醒过来，房间里只剩下了弗比斯和爱斯梅拉达，两个人坐在那只大木箱上，旁边放着那盏灯。灯光下两张青春焕发的面孔和陋室深处一张蹩脚的床，在副主教眼里显得格外刺目。

　　床边有一扇窗子，窗上的玻璃就像骤雨打过的蜘蛛网那样七零八落，透过残破的铅丝网，可以望见一角天穹，以及天边浮现在鸭绒般柔软云端上的落月。

　　那个少女羞答答，直愣愣，喘吁吁。长长的睫毛耷拉下来，遮盖在绯红的脸颊上。而那个年轻军官，神采飞扬。她不敢抬头看他，只是呆板地用一种傻得可爱的动作，用手指尖在板凳上胡乱划来划去，眼睛盯着自己的手指。看不见她的脚，小山羊蹲坐在她的脚上面。

　　卫队长打扮得挺潇洒，衣领和袖口上都缀着金银穗束，这在当时是十分漂亮的。

　　堂·克洛德的热血在沸腾，太阳穴嗡嗡作响，想听清楚他俩在说些什么，可不是轻而易举的，要费好大的劲儿。

　　（谈情说爱是相当乏味的，嘴上我爱你老是说个没完。如果不加点某种装饰音，在毫不相干的人听来，这句歌词枯燥得很，乏味得很。不过，克洛德并不是毫不相干的旁听者。）

　　"啊！"少女说道，眼睛依然没有抬起，"别瞧不起我，弗比斯大人。我如此做，我觉得很不正派。"

　　"瞧不起您，美丽的小姐，怎么会呢！"军官回答着，那表情又奉承又骄傲又高雅，"瞧不起您，上帝呀！这从何说起呢？"

"因为我跟着您来到了这里。"

"说到这个嘛，我的美人，我们还想不到一块去。瞧不起您是不应该的，可恨您却倒是理所当然的。"

少女惊恐地瞧了他一眼："恨我！我究竟做错了什么？"

"因为您老是推三阻四，便逼我百般恳求您。"

"唉！"她说道，"那是因为许了个愿，要是不严格遵守……我就再也找不到我的父母……护身符就不灵啦。……不过，这有什么了不起呢？我现在还要父母做什么？"

她这样说着，两只乌黑的大眼睛，水汪汪，含情脉脉，喜盈盈直勾勾地盯着卫队长。

"鬼才懂得您说些什么！"弗比斯叫了起来。

爱斯梅拉达沉默了片刻，然后眼角溢出一滴泪珠儿，嘴里发出一声叹息，说道："啊！大人，我爱您。"

少女的身上有着一种纯洁的芳香，一种贤淑的魅力，弗比斯在她身旁多少感到有些不自在，可听到这句话儿，胆子立刻大了，心荡神驰，说："您爱我！"并伸出胳膊一下子搂住埃及少女的腰身。他期待的就是这个时刻。

教士一看，用手指尖试了试藏在胸前的一那把匕首的尖锋。

"弗比斯，"吉卜赛女郎轻轻地推开队长紧搂着她腰身的那双手，接着说

"您,慷慨,英勇。您救了我的命,我只不过是一个流浪在波希米亚的可怜孩子。在很久以前我曾做了一个梦,梦见有个军官来搭救我。这就是说还没有认识您以前,我就梦见您了,我的弗比斯。我梦到的那个军官,跟您一模一样,也穿着一身漂亮的军服,也长得相貌堂堂英俊潇洒,也带着一把剑。您叫弗比斯,这个名字很好,我喜欢您的名字,喜欢您的剑。把您的剑抽出来给我看看,弗比斯!"

"真孩子气!"队长说,笑眯眯地拔出剑来。埃及少女看看剑把,瞧瞧剑身,好奇得实在十分可爱,仔细瞄着剑柄上队长姓名头个字母的缩写图案,轻轻地吻着剑说:"这真是一位勇士的佩剑,我爱我的队长。"

弗比斯又一次抓住机会,趁她低头看剑,在她秀美的脖子上吻了一下,少女猛一下抬起头来,脸羞得像樱桃那样透红。教士在黑暗中牙齿咬得咯咯响。

"弗比斯,"埃及少女继续说,"您听我说。您走一走吧,让我看一看您魁梧的身材,听一听您马刺的响声。您多么英俊呀!"

卫队长为了赢得欢心,立刻站起身,踌躇满志,满是笑容,带着责备的口吻说:"您可真是孩子! ……啊,对啦,宝贝,您见过我穿礼服吗?"

"唉! 我没有。"她答。

"那才叫英俊呐!"

弗比斯走过来又坐在她身边,比刚才更挨近她。

"听着,亲爱的……"

埃及少女伸出秀丽的小手,在弗比斯的嘴巴上轻轻地拍了几下,那一副孩子气真是又痴情,又文雅,又快活,一边说:"不,不,我不听。您爱我吗? 我要您亲口对我说,您是不是爱我?"

"是不是爱您,这还说嘛,我的天使!"弗比斯半跪着嚷道,"我的身体,我的血液,我的灵魂,一切都属于你,一切都为了你。我爱你,从来只爱你一人。"

这些话,卫队长在许许多多类似的场合说过成千上万遍了,因此一口气便滔滔不绝全倒了出来,连一丁点儿差错都没有。听到这种情意缠绵的表白,埃及少女抬头望了望肮脏的天花板,好像那就是天穹,目光中充满着天使般的快乐神情。她喃喃道:"哦! 要是现在死去那真是死得其时呀!"弗比斯觉得现在正好可以再偷吻她一下，这叫可真躲在角落里的可怜副主教心如刀割。

"死!"卫队长这情郎叫了起来。"您说什么呀，美丽的天使! 现在正是该好好活着的时候，否则，朱庇特就是一个捣蛋鬼! 这样甜蜜的好事刚开头就死去! 他妈的，开什么玩笑! ……不应该死……听我说，亲爱的西米拉……对不起……爱斯梅拉达……不过，您的名字真是怪得出奇，简直是撒拉逊人的名字，我老是记不住，就像冷不防碰到荆棘丛，一下子把我拦住了。"

"天啊!"可怜的少女说道。"我原以为这个名字很奇怪，很漂亮! 可是既然您不喜欢，那我就改名叫戈通好啦。"

"啊! 犯不着为鸡毛蒜皮的小事难过了，美丽的小娘子! 这是个名字，我应该叫惯它的。等我记住了，也就顺当啦。听我说，亲爱的西米拉，我爱您爱得着迷，我真心诚意地爱您，这真是天赐良缘。我知道有个小娘子会被活活气死的。"

少女顿生嫉妒，打断他的话问道："那是谁?"

"这跟咱们有什么关系?"弗比斯说道，"您爱我吗?"

"啊! ……"她答道。

"算啦! 不用再说了。我是多么爱您，您看好啦。要是我不能够使您成为世上最快乐的人，就叫大鬼内普图努力斯海王用钢叉把我叉死。我们会在某个地方有一座漂亮的小房子，我要叫我的弓箭队在您的窗前列队操演。他们个个全骑着马，根本不把米尼翁的弓箭手们放在眼里。还有长矛手、短铳手、长铳手。我要带您去吕利谷库看巴黎人眼中的那些巨怪。那才好看哩。八万顶头盔，甲胄和锁子胸甲、三万套白鞍辔，六十七面各行业的旗子；大理寺、审计院、将军司库、铸币贡赋司的旗子；总而言之，是魔鬼一整套銮驾! 我还要到王宫去看狮子，全是凶猛的野兽。女人个个都喜欢看这些。"

女孩早已沉浸在幸福的想象当中，随着他说话的声音想入非非，但没有听清他在说些什么。

"哦! 您会幸福的!"队长接着说道，同时悄悄地解开埃及少女的腰带。

"您这是做什么呀?"她马上问道，这种做法把她从想入非非中一下子拉了回来。

"没什么。"弗比斯答道,"我只是说,等以后您跟我在一起时,应当把这身街头卖艺的轻佻打扮全改掉。"

"那得等我同你生活在一起的时候,我的弗比斯!"少女满怀幸福地说道。接她又沉思不语了。

见她柔情似水,队长色胆壮大,一把搂住她的腰,她并没有抗拒,继续动手解开这可怜少女紧身上衣的带子,瑟瑟作响,继续一使劲,把她的奶罩扯掉。直喘粗气的教士立刻看见了吉卜赛女郎赤裸的秀肩从轻纱衣裙中露出来,浑圆,赤褐,宛如从天边云雾中升起的明月。

少女任随弗比斯摆弄,似乎没有察觉。胆大妄为的队长大眼里闪烁着亮光。

她忽然转向弗比斯,无限爱恋之情溢于言表,含情脉脉地说:"弗比斯,教我学你的宗教吧。"

"我的宗教!"队长哈哈大笑,叫了起来,"我,把我的宗教传授给您!长角的和天杀的!您要我的宗教有啥屁用?"

"为了我们结婚呗。"她说道。

队长脸上的表情又惊讶,又轻蔑,又满不在乎,又淫荡。他说:"呸!结什么婚?"

吉卜赛女郎立刻脸色煞白,满脸忧愁,脑袋耷拉在胸前。

"我漂亮的心上人呀,"弗比斯温柔地说,"那种荒唐事儿有什么意思呢?结婚有什么!不上教士的店铺去疙疙瘩瘩念点拉丁经文,难道就不能倾心相爱吗?"

弗比斯一边用最甜蜜最缠绵的声音这样说着,一边挪动着身子紧贴着埃及少女,一双温存的手又放在原来的位置上,紧搂着少女的纤纤细腰,眼睛越来越亮,这一切表明弗比斯先生显然就要到了这样一个时刻:连朱庇特自己也干出那么多蠢事来,而好心的荷马不得不召来一片云替他遮羞。

这一切堂·克洛德全看在眼里。门板是用桶板做的,全都腐烂了,板与板之间裂缝很宽,他那目光透过裂缝一览无余。这个教士皮肤棕褐,肩膀宽阔,在此之前一直被迫过着修道院禁欲生活,在这里眼见深夜里男女欢爱的场景,不由得浑身颤抖,热血沸腾。这俊俏的少女,衣衫零乱,委身于那个欲火中烧的青年,把他看得血管中流动的仿佛是熔化的铅水。他心潮澎湃,冲动异常,带着争风吃醋的一股劲,目光直钻到少女了那一枚枚被解开的别针底下。谁要是此时看见这个倒霉虫那张贴在蛀痕斑斑门板上的面孔,准以为看见一头猛虎正从笼子里注视着豺狼吞吃羚羊。他的瞳孔熠熠发亮,恰似穿过门缝的一道烛光。

忽然见弗比斯一下子扯掉埃及少女的乳罩,可怜的孩子本来依旧脸色苍白,想入非非,这下子好像一惊,清醒过来了,突然从军官的怀抱中挣脱开去,看了一眼自己裸露的胸脯和肩膀,羞得满脸通红,神色慌乱,吓得话也不会说。连忙伸出两只玉臂交叉在胸前,遮住自己的乳房。要不是她脸蛋通红,那么,看见她这样静静呆立着,还以为是一尊贞洁淑女的雕像哩。她依然眼睛低垂着。

可是,经队长这么一扯,她挂在脖子上的那个神秘的护身符立刻露了出来。他问道:"这是什么?"他用这个借口,想再次接近刚才被他吓跑的美人。

"别碰!"她急速答道,"那是我的保护神,它会保佑我找到亲人,如果我还配得上的话。啊,队长先生,放开我吧!我的母亲!我可怜的母亲!我的母亲!你在哪里?快来救救我呀!求求您,弗比斯先生!请您把胸罩还给我吧!"

弗比斯向后一退,冷冷地说:"小姐!我看得出来,您一点也不爱我"

"'什么!"这可怜孩子叫了起来,同时扑过去勾住队长的脖子,叫他坐在她身旁。"我不爱你,弗比斯!你胡说些什么?你好坏!占有我吧,把一切都给你!你爱怎么就怎么吧!我是你的。护身符算得了什么!我母亲又算得了什么!既然我爱你,你就是我的母亲!弗比斯,我心爱的弗比斯,你看得见我吗?是我,你就看一看吧。是那个你不愿嫌弃的小姑娘,她来了,亲自找你来了。我的生命,我的灵魂,我的肉体,我整个的人,所有的一切全属于你,我的队长。唉,不结婚!我们不结婚就不结婚,既然你觉得讨厌。再说,我是什么人,我呀?一个从阴沟里出来的可怜的女孩子,而你,我的弗比斯,你是侍从贵族。想得真是美!一个街头跳舞的女子嫁一个军官!我真是发疯了。不,弗比斯,不,我情愿做你的情妇,你的玩物,供你玩乐,只要你愿意。我是永远属于你的,我就是为你而生的。遭白眼,被污辱,受糟蹋,那算得了什么,只要被你爱!我将成为世上最幸福最快活的女人。等到我年老珠黄了,弗比斯,等到我配不上再爱你了,请允许我再继续服侍你。让别的女人给你刺绣绶带,而我——你的女仆,让我来照料你,让我给你擦亮马刺,刷净你的披褂,掸净你的马靴。弗比斯,你会对我这样同情的,是不是?在这以前,那就先占有我吧!弗比斯,一切全属于你了,只要你爱我!我们埃及女人,我们需要的只是这个:空气和爱情!"

她说着,双臂勾住军官的脖子,用恳求的目光从下往上打量着他,泪眼汪汪,却露出灿烂的笑容。她那娇嫩雪白的胸脯摩擦着军官的粗呢上装和粗糙的刺绣。她漂亮的身体半裸,在军官的膝盖上扭动着。卫队长如痴似醉,把他火热的嘴唇紧贴在埃及少女漂亮的肩膀上。而少女仰着头,眼神迷乱,望着天花板,在军官的亲吻下,全身都战栗不已。

忽然间,她看见弗比斯头顶上方出现另一个脑袋,面色灰白、铁青,不断抽搐,魔鬼般的目光闪闪烁烁。这张面孔旁边有只手,手执一把匕首。这是教士的脸和手。原来他破门扑到这里来了。弗比斯没法看见。在这骇人的鬼影的恐吓下,少女一下子愣住了,手脚冰凉,叫不出声来,这情景正像一只鸽子猛抬头,冷不防发现老雕瞪圆着眼,正在偷窥着鸽窝。

她连一声也喊不出来,眼睁睁看着那把匕首往弗比斯身上猛扎下去,再拔出来,鲜血四射。"晦气!"队长叫了一声,一下子倒了下去。

她昏死了过去。

正当他闭起眼睛,正当她心中任何情感都烟消云散时,切实觉得自己的嘴唇像被火炙了一下地样,那是比刽子手烧红的烙铁还更烫人的一个亲吻。

等她苏醒过来,只见自己已被巡夜的兵卒层层围住,人们正把倒在血泊里的卫队长抬走,教士早已无影无踪了,房间深处临河的那扇窗户敞开着,人们捡到一件斗篷,猜想这斗篷是军官的。她听到周围的人在窃窃私语:"巫婆刺杀了这位军官。"

第八卷

一　金币变枯叶

　　格兰古瓦和整个奇迹宫廷,人人提心吊胆惶惶不可终日。几乎整整一个月,谁也不知道爱斯梅拉达的下落,埃及公爵及其丐帮的人都忧心忡忡,谁都不知道她那只山羊的下落,格兰古瓦倍加痛苦。一天晚上,埃及少女失踪了,从此便没有了消息,四处寻找都如石沉大海,有几个喜欢捉弄人的捣蛋家伙告诉格兰古瓦,说那天晚上在圣米歇尔桥附近看见她跟一个军官走了,可是,这个吉卜赛式的丈夫倒不是个听风就是雨的哲学家,他曾从亲身的经历中可以肯定:护身符和埃及女人这双重德行结合所产生的贞操,冰清玉洁,坚不可摧;并且他曾经用数学的方式准确地计算过,这种贞操的二次幂有多大的抵抗力。因此他在这方面是绝对放心的。

　　所以对她这次失踪,他百思不得其解,真是愁肠百结。倘若他能消瘦下去的话,他宁愿伤心得形销骨立。可他却伤心得把一切都忘掉了,甚至连他的文学爱好,连他那部大作《论规则与不规则的修辞法》统统忘到九霄云外去了。这部著作,他预备一旦有钱就去排印。(因为自从他看到雨格·德·圣维克多的《论学》一书用万德兰·德·斯皮尔的出名活字版印成之后,他便一天到晚唠叨着印刷术了。)

　　一天,他愁眉苦脸的,路过图尔内尔刑庭,瞥见司法宫的一道大门前拥着一小群人。

"什么事?"他看见一个青年从司法宫出来,向他问道。

"不清楚,先生,"那个青年答道。"听说有个女人暗杀了一个近卫骑兵。这案件似乎牵涉到巫术,连主教和宗教审判官也都来过问这桩审判,我哥哥是若札的副主教,他毕生都干这种审判的。我想找他说点事,可是人太多,无法见到他,这真是把我给活活气死掉了,我正急着等钱花哩。"

"唉,先生,"格兰古瓦说道,"我的确很愿意借钱给您,可是,我的口袋全是破洞,当然并不是被金币戳破的罗。"

他一点不敢告诉年轻人,说自己认识他那个当副主教的哥哥。自从那次在教堂里谈话之后,他再没有去找过副主教,一想到这种马马虎虎,就挺不好意思的。

学生径自走了。格兰古瓦跟着人群,沿着通向大厅的阶梯拾级而上。他认为世间再有没有任何没有比观看审理刑事案件更能消愁解闷的了,因为常通法官都是愚不可及,叫人看了挺开心的。他混在群众当中,大家往前走着,你碰我,我碰你,悄然无声。司法宫里有条曲曲折折的阴暗长廊,宛如这座古老建筑物的肠管,顺着长廊缓慢而无聊地走了好一阵子之后,好不容易到了开向大厅的一道矮门旁边,格兰古瓦个子高大,从那好似波涛汹涌的乱哄哄的人群的头顶上望过去,可以俯视整个大厅。

大厅宽敞而阴暗,因此看上去显得更加宽大。白日将尽,尖拱形的长窗上只透进来一线苍白的夕照,还没有照到拱顶上就已经消失了。拱顶是由雕镂镌刻的木架组成的巨大网络,上面千百个雕像仿佛隐隐约约在黑暗中动来动去。这儿那儿,几张桌子上已摆着几根点燃的蜡烛。照着正埋头在卷宗废纸堆中的书记官们的脑袋。大厅的前部被群众占据了,左右两侧有些身穿袍子的男人坐在桌前;大厅深处台子上坐着许多审判官,最后一排的被埋没在黑暗中;他们的脸孔一张张纹丝不动,阴森可怕,四周墙壁上装饰着很多百合花图案。还可以隐隐看见法官们头顶上方挂着一个巨大的耶稣像;到处都是长矛和戟,映着烛光,尖端好像火花闪闪烁烁。

"先生,那边坐着的那些人,活像开主教会议的主教一般,都究竟是些什么人呀?"格兰古瓦向旁边的一个人打听道。

"先生,"旁边的那个人说道。"右边是大法庭的审判官,左边的审问推事。教士大人们穿黑袍,法官老爷们穿红袍。"

"那边,他们上首,那个满头大汗的红脸大胖子是什么人?"格兰古瓦问。

"是庭长先生。"

"还有他背后的那群绵羊呢?"格兰古瓦接着问道。我们早已说过,他是很不喜欢法官的,这或许是因为他的剧作在司法宫上演遭受挫折后一直对司法宫怀恨在心的缘故吧。

"是王宫审查官老爷们。"

"他前面那头野猪呢?"

"那只是大理院刑庭的书记官先生。"

"还有右边那头鳄鱼呢?"

"国王特别状师菲利浦·勒利埃老爷。"

"左边那只大黑猫呢?"

"雅克·夏尔莫吕老爷,国王宗教法庭检察官和宗教法庭的审判官们。"

"喂,先生,"格兰古瓦说道。"所有这些人究竟在干什么?"

"审判。"

"审判谁? 我没有看到被告呀。"

"是个女人,先生。您是看不到她的,她背朝着我们。并被群众挡住了。嗯,您看,那边有簇长矛,被告就在那里。"

"这个女人是什么人? 您知道得她的名字吗?"格兰古瓦问。

"不,先生,我刚到。我只是猜想而已,这案子肯定涉及巫术魔法,连宗教审判官们都到庭参加审理了。"

"得了吧!"我们的哲学家说道。"我们马上就会看到这帮身穿法袍的家伙怎样吃人肉了。还是老一套,跟以往的把戏没什么不同。"

"先生,"他身边的那个人说。"难道您不认为雅克·夏尔莫吕老爷看起来很客气吗?"

"哼!"格兰古瓦答道:"我那种人塌鼻翼、薄嘴皮,他会和蔼,我才不信哩。"

说到这儿,周围的人喝令这两个喋喋不休的人住口,因为人们正在听一个重要证人的证词。

只见大厅中央站着一个老太婆,脸孔被衣服完全遮住,看上去就像一堆在行走的破布。她说道:"各位大人,确有其事,这事就和我是法露黛尔一样真实,住在圣米歇尔桥头四十年了,按时缴纳地租、土地转移税和贡金,家门对着河上游洗染匠塔森一卡伊阿尔的房屋。我现在成了可怜的老太婆,从前可是个十分美丽的姑娘。各位大人!前几天,有人对我说:'法露黛尔,您晚上纺线可别纺得太迟了,魔鬼就喜欢用它的角来梳老太婆们纺锤上的纱线呀。那个野僧去年在圣殿那一边作祟,如今在老城游荡,这是绝对正确的。法露黛尔,当心他来捶您的门呵!'有天晚上,我正在纺线,有人来敲门。我问是谁。那人破口大骂。我把门打开。两个人走了进来。一个黑衣人和一个英俊的军官。黑衣人除了露出两只像炭火一样的眼睛外,全身只看见斗篷和帽子。他们随后对我说:'要圣玛尔特的房间。'……诸位大人,那是我楼上的一间房间,是我最干净的房间。他们给了我一个金埃居。我把钱塞进抽屉里,心想明天可以到凉亭剥皮场去买牛羊下水吃。……然后我们上楼去。……到了楼上房间,我一转身,黑衣人不见了,险些没把我吓死。那个军官,像位大老爷那样仪表堂堂,跟我又下楼来,他出去了。大约过了纺四分之一绞线的功夫,他带着一个漂亮姑娘回来了。这姑娘活像一个玩具娃娃,要是经过梳妆打扮,一定会像太阳那样灿烂光辉。她牵着一只公山羊,好大好大,是白的还是黑的,我都印象很模糊了。这可叫我揣摩开啦。那个姑娘嘛,跟我没有关系,可是那只公山羊!……我可不喜欢这种畜生,这种畜生长着胡子和犄角,像人似的,再说还有点邪,叫人联想到星期六的群魔夜会。但是,我什么也没有说。我收了人家的钱,那样做是对的,可不是吗,法官大人?我带着姑娘和队长到楼上房间去,就让他俩单独在一起,就是说,还有公山羊。我下楼来,继续纺我的线。应该告诉诸位大人,我的房子有两层,背临河,和桥上别的房屋一样,楼下和楼上的窗户都是傍水开的。我正在忙着纺纱,不知为什么,那只公山羊教我脑子里老想着那个野僧,而且那个美丽的姑娘打扮得十分地离奇古怪。……忽然，我听到楼上一声惨叫，继续有什么东西倒在地上，又听到开窗户的响声。我冲到楼窗户边，看见有团黑乎乎的东西从我眼前掉到水里去了。那是一个鬼魂，打扮成教士模样。那天晚上正好有月光，我看得明明白白，那鬼魂向老城那边游去。我吓得哆哆嗦嗦，赶紧去喊巡逻队。巡逻队先生来了。他们一到，不分青红皂白，就把我揍了一顿，因为他们高兴呗。我向他们说明了缘由。我们一起上楼去，你们猜看到了什么呢？我那可怜的房间里全是血，队长直挺挺地倒在地板上，脖子上插着一把匕首，姑娘在一边装死，山羊吓得半死。我说，'这下可好，我得花两个礼拜来洗地板，还得使劲擦，这可真要我的命。'人家把军官抬走了，可怜的年轻人！姑娘的衣服乱糟糟地全被扒开了。……等一下，更惨的是隔日我要拿那枚金币去买牛羊肚肠吃，却发现在我原来放钱的地方却只有一片枯树叶。"

说到这儿，老婆子住口了，听众无不骇然，四处是一片低低的嘀咕声。格兰古瓦旁边的一个人说，"那个鬼魂，那个公山羊，这一切真有点巫术的味道。"另一个插嘴说："还有那片枯叶！"又有一个说："毫无疑问，一定是一个巫婆跟那个野僧勾结起来，专门抢劫军官们。"连格兰古瓦自己也差不多认为整个事件既可怕又像真的。

"法露黛尔妇人，"庭长大人威严地说道，"您没有别的要向本庭陈述吗？"

"没有了，大人。"老婆子答道，"不过有一点，报告中把我的房屋说成破烂房子，歪歪斜斜，臭气熏天，这说得太夸张了。桥上的房子外表的确不怎么好看，因为住的人太多，可是话得说回来，那些卖肉的老板照旧住在桥上，他们可都是有钱人，全都是同规规矩矩的俊俏女人结了婚的。"

这时候，格兰古瓦认为像条鳄鱼的那个法官站了起来，说："安静！我请各位大人需要注意一件事实：人们在被告身上找到了一把匕首。……法露黛尔妇人，魔鬼把您的金币变成的枯叶，你带来了没有？"

"带来了，大人，"她答道，"我找到了，就在我这儿。"

一个承发吏把枯叶递给了鳄鱼。鳄鱼阴沉地点了点头，又将枯叶转递给庭长，庭长再转递给国王宗教法庭检察官。这样，枯叶在大厅里兜了一圈。雅克

·夏尔莫吕说,"这是一片桦树叶,是施展妖术的新证据。"

一个审判官说:"证人,您说有两个男人同时上您家去。穿黑衣的那个人,您先发现他不见了,后来穿着教士的衣服在塞纳河里游泳,另一个人是军官。这两个人当中是哪一个给您金币的?"

老婆子思索了一会,说道:"是军官。"群众全都立刻哗然。

"啊!"格兰古瓦想,"这可叫我原来的信心也动摇了。"

这时候,国王的特别状师菲利浦·勒利埃老爷又一次发言:"我提醒诸位大人注意,被害的军官在他的床前笔录的证词中宣称,当黑衣人上来同他搭话时,他头脑里曾模模糊糊掠过一种想法,认为黑衣人很可能是野僧;他还补充说,正是这鬼魂拼命催他去跟被告幽会的;据卫队长说,他当时没有钱,是鬼魂给了他那枚钱币,这个军官用这枚钱币付给法露黛尔的房钱。所以,这枚金币是一枚冥钱。"

这个结论性的意见,看来消除了格兰古瓦和听众中其他持怀疑态度的人的一切疑虑。

"诸位大人手头上都有证件案卷,"国王的状师坐下说,"可以翻阅弗比斯·德·夏托佩尔的证词。"

一听这个名字,被告一下子站了起来。她的头高出人群。格兰古瓦马上被吓得魂不附体,一眼认出被告就是爱斯梅拉达。

她脸色毫无血色;头发往常都是梳成十分漂亮的辫子,缀饰着金箔闪光片,此时却乱蓬蓬披垂下来;嘴唇发青,双眼深陷,挺吓人的。唉!说有多惨就有多惨!

"弗比斯!"她茫然地喊道:"他在哪儿? 哦,各位大人! 求求你们,请你们告诉我他是不是还活着,然后再处死我吧!"

"住口,女人,这不关我们的事。"庭长呵斥她道。

"啊! 行行好吧,告诉我他是不是还活着?"她一边说一边合起两只消瘦的秀手,同时顺着她袍子垂落下来的锁链发出轻微的响声。

"那好吧!"国王的状师冷漠地说。"他快死了……现在您满意了吧?"

可怜的姑娘一听,瘫坐在被告席的小凳上,没有吭声,没有流泪,脸色苍白得像蜡像一般。

庭长的脚下方有个汉子,身穿黑袍,头戴金帽,脖上套着锁链,手执笞鞭,只见庭长俯身对他说道:"承发吏,带第二个被告!"

众人的眼睛都转向一道小门。门打开了,只见从门里走出一只金角和金蹄的美丽山羊,把格兰古瓦看得心怦怦直跳。这只标致的山羊在门槛上停了一下,然后伸长着脖子,宛如站在崖顶上眺望着广阔无垠的天际。忽然,它瞥见了吉卜赛女郎,纵身一跃,越过桌子和书记官的头顶,一蹦两跳,就跳到她的膝盖上。接着姿势优雅地滚到女主人的脚上,眼巴巴地希望她能说一声或抚摸它一下,可是被告依然一动不动,对可怜的佳丽连看一眼也不看它一眼。

"嗨,这不就是我说的那只讨厌的畜生吗!"法露黛尔老婆子说道。"她俩我可认得再清楚不过!"

雅克·夏尔莫吕插嘴说:"有劳诸位大人,让我们审问山羊吧。"

山羊的确是第二个被告。在当时,起诉动物的巫术案件是家常便饭。就拿1466年司法衙门的账目来说,其中就有趣而详尽地记载了审讯吉莱一苏拉尔及其母——因过失罪而被正法于科贝伊——所花费的费用,计开:挖坑监禁母猪的费用,从莫桑港拿来五百捆木材的费用,刽子手友好分享死回最后一餐所开销的面包和三品脱葡萄酒的费用甚至看管以及饲养母猪十一天的费用,每天共八个巴黎德尼埃,一切都记录在案。有时比审讯还更有甚,根据查理曼和温厚汉路易的诏令,对胆敢出现在空中的火焰熊熊的鬼魂也一定严惩不贷。

这时,宗教法庭检察官喊着:"附在这只山羊的魔鬼,施展其妖术顶住了一切驱魔法,如果胆敢以此恐吓法庭,我们现在就警告它,我们将必须对它施以绞刑或火刑。"

格兰古瓦不禁吓出一身冷汗。夏尔莫吕从桌上拿起吉卜赛女郎那只巴斯克手鼓,用某种方法伸到山羊跟前问她道:

"现在几点啦?"

山羊用聪慧的目光望了望他,抬起金色的脚,在手鼓上敲了七下。那时的的确确是七点钟，群众一阵骇然。

格兰古瓦再也按捺不住了，于是高声叫道：

"它是在害自己！你们很清楚，它根本不知道自己在干什么。"

"大厅那一头的百姓们安静！"承发吏厉声道。

雅克·夏尔莫吕照样把手鼓摆弄来摆弄去，引诱山羊又变了几套把戏，如日期啦，月份啦，等等。其实，这些戏法读者们早已见过了。可是，同样是这些观众，过去曾在街头上不止一次地为佳丽那些无害的把戏喝彩叫好，这时在司法宫的穹窿下，由于司法审讯所引起的幻觉，却吓得六神无主现在却坚信山羊就是魔鬼。

还有更坏的是，国王检察官把山羊颈上的一个皮囊里面的活动字母，一股脑儿全倒在地上，大家立刻看见山羊从那些零乱的字母中，用蹄子把字母排成这个要命的名字：弗比斯。就是这样，是巫术害死了卫队长，看来已无可争辩地得到了证实，于是在众人的眼里，昔日曾无数次以其飘逸的风姿，叫过往行人炫目的那个迷人的吉卜赛舞女，顷刻间成了一个狰狞的巫婆。

况且，她毫无活力，无论是佳丽多姿多彩的表演，还是检察官凶相毕露的恫吓，甚至听众的低声的咒骂，她什么都看不见，听不到了。

为了使她清醒过来，只得由一个捕快跑过去猛烈地摇晃她，庭长也提高嗓门一本正经地说：

"那女子，你原为波希米亚族人，惯行妖术。您与本案有牵连的那只着魔的山羊共谋，于今年3月29日夜间，勾结阴间的势力，利用魔力和阴谋，谋害并刺杀了侍卫弓箭队队长弗比斯·德·夏托佩尔，您还敢抵赖吗？"

"骇人听闻呀！"少女用手捂住脸喊道："我亲爱的弗比斯！啊！这简直是地狱！"

"你还敢抵赖？"庭长冷冰冰地问道。

"不，我否认！"她的声调很可怕。只见她猛然站起来，两只大眼里闪着光芒。

庭长直截了当地追问："那你如何解释控告你的这些事实呢？"

她断断续续地答道：

"我已经说过了。我不知道。是一个教士。一个我不认识的教士，一个老是跟踪我的凶神恶煞的教士！"

"这就对了。是野僧。"法官继续又说。

"哦，各位大人！可怜可怜我吧！我只不过是一个可怜的女子……"

"埃及女子！"法官打断她的话，说道。

雅克·夏尔莫吕老爷温和地对她说：

"鉴于被告这种叫人头痛的顽抗，我恳求动刑审问。"

"允许。"庭长说。

那悲惨的少女浑身直抖。在持㦸的捕役们的喝令下，她最终站起来，迈着相当坚定的步伐，由夏尔莫吕和宗教法庭那帮教士带路，夹在两排长㦸当中，向一道边门走去。边门猛然地打开，等她刚一走进去又马上关上了。满腹忧伤的格兰古瓦一看，仿佛那是一张血盆大口，一口就把她给吞吃了。

她的身影一消失，马上传来一阵悲伤的咩咩声。那是小山羊的悲叫声。

审讯中止了。有个审判官提醒注意，诸位大人都累了，要等到刑讯结束实在太长了，庭长却不以为然，回答说："作为官员，理应恪尽职守。"

"这个讨厌可恶的下流女人，"一个年长的法官说，"大家还没吃晚饭呢，偏偏在这时候叫人给她上刑审讯。"

二　金币变枯叶（续）

一道道走廊一团漆黑，大白天也得点灯照明；爱斯梅拉达一直被那些面目狰狞的捕役们押着，爬上爬下走完了几道梯级，最后被司法宫的捕快们推进了一间阴暗可怖的房间。这个房间呈圆形，占据整个高大塔楼的底层。这些塔楼，时到如今，旧的巴黎城已被新巴黎的现代高楼大厦淹没了还依然高耸入云。那墓穴般的房间没有窗子，也没有别的洞口，只有一道入口，低低的，用一扇坚厚无比的铁门封住。可是，里面灯火通明，厚墙上有个壁炉，烈火熊熊，把墓穴照得明晃晃的；摆在角落里的一支可怜巴巴的蜡烛，相比之下也就暗淡无光了。用来关闭炉口的铁栅门此时已经吊起。映照着黑黝黝的墙壁，只能看到栅门上一根铁栅的下端，仿佛是一排乌黑的牙齿，尖利而间开，整个炉膛看上去就像神话中喷吐火焰的龙口。就着炉口射出来的火光，那女囚看见房间的四周摆列着许多形状可怕的器具，她不明白那是用来做什么的。房间正中横着一张皮革垫子，差不多快贴着地面，上面垂着一根带环扣的皮条，皮条顶端系在一个铜环上，铜环被拱顶石上一头雕刻的塌鼻怪物咬着。火炉里塞满大犁铲、烙钳、夹钳，横七竖八，都在炭火里烧得通红。炉膛射出来的血红的亮光，在房间里照着那一堆叫人不寒而栗的东西。

这个野蛮的场所，却被轻飘飘地称之为讯问室。

那张皮床上无精打采地坐着法院指定的施刑吏皮埃拉·托特吕。他的两个隶役是两个方脸的矮子，下身围着粗布条条，腰系皮围兜，正在拨弄着炭火上的那些铁器。

可怜的姑娘曾鼓足勇气来的，但终究无用。一走进这个房间，不由得魂飞魄散。

司法宫典吏的捕役们排在一边，宗教法庭的教士们在另一边。一套书写用具和一张桌子、一个书记官，安排在一个角落里。

雅克·夏尔莫吕老爷满脸笑容，和颜悦色，走近埃及少女身边，说：“亲爱的孩子，您还否认吗？”

“是。”她答道，声音轻得差不多听不见了。

“既然这样，”夏尔莫吕又说，“我们只得违背我们的意愿，忍痛对您进行更严厉的审讯了。……麻烦您坐到那张床上去。……皮埃拉，给小姐让位，去把门关上。”

皮埃拉嘟嘟哝哝站了起来，嘀咕道：“把门一关上，火马上快灭了。”

“那好吧，亲爱的，就让门开着。”夏尔莫吕又说。

此时，爱斯梅拉达依然站在那儿。那张皮床，多少悲惨的人曾在这床上惨遭毒刑，这把她吓得魂不附体。由于惊恐，她感到非常寒冷，连骨髓都透凉。她站在那儿,六神无主,呆若木鸡。夏尔莫吕一示意,两个隶役一把抓住她,把她拖过去坐在床上。他们并没有把她弄痛,但这两个人一碰到她,那皮床一触到她身上,她立刻感到全身的血液都倒流到心脏去了。她茫然地环视了一下房间,仿佛看见所有那些奇形怪状的刑具全动起来,从四面八方向她走过来,并爬到她身上,咬的咬、掐的掐。她觉得在她有生以来见过的各种器具当中,那些刑一应俱全有如虫鸟类里的蝙蝠、蜈蚣和蜘蛛。

"医生在什么地方?"夏尔莫吕问道。

"在这儿。"一个穿黑袍的答道。她原先并没有察觉有这个人。

她一阵战栗。

"小姐,"宗教法庭检察官用和蔼的口气又说,"第三次问您,您对那些指控您的事实还拒不招认吗?"

这次,她只有摇头的力气,连声音都没有了。

"不招认?"雅克·夏尔莫吕说道,"那么,我深感失望,但我必须履行我的职责。"

"检察官先生,先从哪儿开始?"皮埃拉忽然问道。

夏尔莫吕犹豫了一下,好像一个诗人在冥思苦想一个诗韵,眉头似皱非皱。

"先用铁鞋。"他终于说道。

惨遭横祸的少女立刻觉得完全抛弃了上帝和世人自己,脑袋一下子耷拉在胸前,宛如一个惰性物体,自身毫无支撑力。

施刑吏和医生一起走到她身边。同时,两个隶役就在那丑恶不堪的武器库中翻来翻去。

听到那些可怕刑具的相互撞击的清脆响声,那可怜的孩子浑身直打哆嗦,如同一只死青蛙通了电似的。她喃喃自语,声音低微得没人听见。"啊,我的弗比斯呀!"继续又像块大理石,一动不动,了无声息。见此情景,任何人都会撕心裂肺,唯独法官的心肠除外,这好像是一个可怜的罪恶灵魂,站在地狱入口那猩红的小门洞里经受撒旦的拷问。锯子、转轮和拷问架,这一大堆可怕的刑具就要把那可怜的肉体死死抓住,刽子手和铁钳的魔掌将要对那个人儿简直是可怜的黍粒肆意作践;这肉体,这人儿,竟是那个白嫩、温顺、娇弱的倩女! 这,由世间的司法把它交给惨绝人寰的酷刑磨盘去研成粉末!

这时候,皮埃拉·托特吕的两个隶役伸出两只布满老茧的粗手,粗暴地一把扒去她的鞋袜,露出那逗人的小腿和脚丫。这腿和脚在巴黎街头曾经无数次以其美姿使行人叹为观止!

"可惜!"施刑吏打量着如此优雅、如此纤秀的腿和脚,不由得嘟哝着。如果副主教在场,此时此刻,准会想起那具有象征意义的蜘蛛与苍蝇吧。马上,不幸的少女透过眼前迷惘的云雾,看见铁鞋逼近过来;马上,看见自己的脚被套在铁板之间,完全被可怕的刑具盖住了。这时,恐惧反使她增添了力气。

"给我拿掉!"她狂叫着,并且披头散发直起身来,"饶命呀!"

话音一落,就向床外纵身一跳,想要扑倒在国王检察官的脚下,可是她的脚被用橡木和马蹄铁做成的一整块沉重的铁鞋夹住,一下子栽倒在铁鞋上,比翅膀上压着铅块的蜜蜂还让人惨不忍睹。

夏尔莫吕一挥手,隶役又把她扳倒在了皮床上,两只肥大的手把从拱顶上垂下来的皮条绑在她的细腰上。

"最后一次问您,对您所控的犯罪行为,您承认吗?"夏尔莫吕依然装出那副和善的样子。

"我冤枉呀!"

"那么,小姐,对指控您的那些犯罪情状,您如何解释呢?"

"唉! 大人! 我确确实实不知道。"

"那您否认啦?"

"否认一切!"

"上刑!"夏尔莫吕向皮埃拉说。

皮埃拉把起重杆的把手一扭动,铁鞋马上收紧了,可怜的少女惨叫一声,这叫声是人类任何语言都无法描述的。

"停!"夏尔莫吕吩咐皮埃拉说,又问埃及少女:"招供吗?"

"全招!"可怜的少女叫道,"我招! 我招! 饶命呀!"

她面对刑讯，开始并没有正确衡量自己的力量。可怜的孩子，在这之前一向过得快快活活，甜甜蜜蜜，舒舒服服，头一种苦刑就把她制服了。

　　"出于人道，我不得不对您说，"国王检察官提醒道。"您一招认，您就等死吧。"

　　"我巴不得死。"她说道。一说完又瘫倒在皮床上，奄奄一息，身子折成两截，任凭扣在她胸间的皮条把她悬吊着。

　　"振作点，美丽的姑娘，再稍微熬一下。"皮埃尔把她扶起来，说道。"您那模样儿，就像挂在布尔戈尼老爷脖子上的金绵羊似的。"

　　雅克·夏尔莫吕放声说：

　　"书记官，快记下来。听着，流浪女，您招认常跟假面鬼、恶鬼、吸血鬼一起参加地狱里的盛宴、群魔会和行妖吗？赶快回答！"

　　"是的。"她应道，声音低得给喘气声盖过了。

　　"您招认见过别西卜为了行妖作法，召集群魔会，让云端出现那只唯有巫师才能看见的公山羊吗？"

　　"是的"

　　"你承认曾崇奉博福梅的那些头像，崇奉圣殿骑士团骑士那些穷凶极恶的骑士偶像吗？"

　　"是。"

　　"你招认经常与本案有牵连的那个变成一只山羊的魔鬼有来往吗？"

　　"是。"

　　"最后，你供认不讳，利用魔鬼和俗称野僧的鬼魂，在今年3月29日夜里，谋害并暗杀了一位名叫弗比斯·德·夏托佩尔的卫队长吗？"

　　听到这个名字，她抬起那双无神的大眼睛望着法官，没有抽搐，没有响动，一点反应也没有，只是机械地答道："是。"显然，她心中所有的一切全垮了。

　　"记下，书记官。"夏尔莫吕吩咐道，然后又对施刑吏说："把女犯人放下，再带去审问。"

　　女犯人被脱下那鞋之后，宗教法庭检察官仔细瞧瞧看她那只痛得还麻木的

图文珍藏版

脚,说道:"得啦!不太痛的。您喊叫得很及时。您大概还可以跳舞的,美人!"

继续转向宗教法庭他那帮帮凶说:"究竟真相大白了!这真叫人快慰,先生们!这位小姐可以替我们作证,我们刚才的行事,是和气得不能再和气了。"

三 金币变枯叶(续完)

她面无血色,一瘸一拐地回到审判大厅,一片欢快的呢喃声立刻不绝于耳。对听众来说,不耐烦的情绪终于缓解,就好比在剧院里好不容易等到一出喜剧最后幕间休息已经结束,帷幕又升起,结局的一幕戏就要开演了。对法官们来说,马上有望回家吃晚饭了。小山羊高兴得咩咩直叫,马上要向女主人奔去,可是被绑在凳子上却挣脱不了。

夜幕已经降临了。大厅里的蜡烛并没有增多,光线十分微弱,连四周的墙壁也模糊不清了。黑暗笼罩着一切,各种东西像蒙上某种薄雾。有些法官的冷漠面孔都模糊不清了。他们可以看见大厅的另一端,正好在他们对面,有一个模模糊糊的白点,衬托着阴暗的背景,显得十分惹眼。那就是被告。

她连拖带爬回到位置上。夏尔莫吕也威风凛凛回到位置上,刚一屁股坐下,随后又站起,尽量不过分流露出沾沾自喜的心情,说道:"被告全供认不讳。"

"流浪女,"庭长继续说,"您供认了卖淫、行妖、谋杀弗比斯·德·夏托佩尔等种种罪行吗?"

她心如刀绞。只听见她在阴暗中抽抽噎噎哭泣着。她有气无力地答道:"只要你们想要的所有一切我全招认,不过快把我处死吧!"

"国王宗教法庭检察官先生,"庭长说,"本庭已准备好听取您的公诉状。"

夏尔莫吕老爷摊开一本可怕的本子,指手画脚,以公诉的夸张语调,开始宣读一篇拉丁文的演说词,其中凡是案件证据都是用西塞罗式迂回说法的句子七拼八凑起来的,穿插着他最喜爱的喜剧作家普洛特的名句摘引。非常可惜,这篇绝妙奇文,我们不能与读者共赏了。这个演讲人滔滔不绝,说得绘声绘色,还没有念完开场白，额头上就已经冒出汗来。眼珠也从眼眶里凸出来了。忽然，正念到某一个长句中间，突然顿住，通常那双相当温和又相当愚蠢的眼睛，立刻凶光毕露。他叫嚷起来（这回说的是法语，因为那本簿子上没有这些话）："先生们，撒旦插手了本案，他就在这里看审，并扮着鬼脸嘲弄本庭的尊严。看呀！"

他一边说着，一边用手指着小山羊。小山羊一看夏尔莫吕手划脚，竟以为要它学着比画，继续往后一坐，伸出两条前腿，晃着有胡须的脑袋，竭其所能，模仿这个国王宗教法庭检察官的悲怆姿态。大家一定还记得，这可是佳丽最了不起的本领。这个偶然的小事件，这个最后的证据，后果可就严重了。人们手忙脚乱，赶紧把山羊的四脚捆绑起来，国王检察官这才又口若悬河，继续往下说。

他说的太冗余了，好在结尾倒是妙笔生花，令人叫绝。下面就是最后一句，请读者阅读时联想一下夏尔莫吕老爷沙哑的声音和直喘粗气的神态：

"因此，诸位大人，巫术业已当场证实，罪行业

已昭彰，犯罪动机业已成立，兹以拥有老城岛上大小

全部的法权的巴黎圣母院这一圣殿的名义，今按诸位

要求，特判决如下：

一、缴付赔偿费。

二、在圣母院大教堂前当众认罪。

三、判决将该巫女及其母山羊在俗称的河滩广场

或者突出于塞纳河中并与御花园毗邻的岛岬，就地正

法。"

念完，他戴上帽子，又重新坐下。

格兰古瓦悲痛欲绝，唉声叹气道："呸！多蹩脚的拉丁语！"

这时，从被告身边站起一个穿黑袍的人。这是被告的辩护律师。法官们肚子叽里咕哝的响着，低声嘀嘀咕咕起来。

"律师，说得简单。"庭长说。

"庭长大人，"律师答道，"既然被告已经供认了罪行，我只有一句话要向诸位大人言明。这里有撒利克法典的一项条款：'如果一个女巫吃掉了一个男人，

而且该女巫供认不讳,可课以八千德尼埃罚款,合两百金苏。'请法庭判处我的当事人这笔罚款。"

"该条款已废除。"国王的特别状师说道。

"我说不对!"辩护律师反驳说。

"表决吧。"有位审判官说,"罪行确实,时间很晚了。"

继续当场表决,法官们随意举帽附和,他们正急着回家。庭长低声向他们提出这生死攸关的问题,只见昏暗中他们一个接一个脱下头上的帽子。孤立无援的被告仿佛在望着他们,其实她目光慌乱,看不见任何东西了。

继续书记官开始记录在案,然后把一张羊皮纸交给了庭长。

这时,可怜的少女听见矛戟碰击声,众人移动声,一个令人不寒而栗的声音在说:

"流浪女,您将在国王陛下指定的日子,中午时分,身穿内衣,赤着脚,脖子上套着绳子,由一辆囚车押到圣母院大门前,手执两斤重的大蜡烛,在那里当众认罪,再押送至河滩广场,在本城绞刑架上被吊起来绞死;您的这只母山羊也一样被处死;还得交给宗教法庭三个金狮币,作为您所犯并招认的魔法、巫术、卖淫、谋杀菲比斯·德·夏托佩尔先生本人等罪行的赔偿。愿上帝收留您的灵魂!"

"啊!真是一场梦!"她自言自语,并且马上感到有几只粗糙的大手把她拖着走了。

四　进此处者,抛弃一切希望!

中世纪一座完整的建筑物,地下和地面大约各占一半。除非像圣母院这样的地基是建造在木桩之上的,其他任何一座教堂,一座宫殿,一座城堡,无不拥有两个地基。各大教堂里,可以说还有另一座地下大教堂,低矮、阴暗、神秘、密不透光,寂然无声,就在那光明透亮、日夜响着管风琴声和钟声的地上中堂底下;有时,地下大教堂就是一座墓穴。在宫殿和城堡下,则是一座监狱;有时也是一座墓穴，有时二者兼而有之。这些坚固的砖石建筑物，我们在前面曾经叙述了它形成和繁衍的方式，它们不只有地基，而且，还有根须分布于地下，构成房间、长廊和楼梯，完全和地上的建筑一模一样。所以，教堂也罢、宫殿也罢、城堡也罢，都是半截埋在地下的。一座建筑物的地窖就是另一座建筑，要到那里去只顾往下走，而不用往上爬，其地下各层就在地上那重重叠叠的各层下面，犹如森林和山峦倒映在山林下清澈如镜的湖水中。

在圣安东城堡，在卢浮宫，在巴黎司法宫，这些地下建筑物的地下都是监狱。这些监狱的各层直升地底，越往下去越阴暗、越狭窄。这也是越往下去越阴森恐怖的地区，但丁要描写的地狱，不可能找到更合适的地方了。那些类似漏斗形排列的牢房，通常直抵地牢深处一个盆底状的密牢。那里，但丁用来囚禁撒旦，社会用来囚禁死囚。任何一个悲惨的人一旦被埋在那里，就会永远与阳光、空气、生活诀别了：远离一切希望。休想从那里出来，除非是去上绞刑架或火刑台。有时，就在密牢里渐渐腐烂掉。人类的司法竟把这称为忘却。死囚感到，自己与人间完全隔绝，压在头顶上的是一大堆石头和狱卒，这一整座监狱，这一庞大的坟墓，只不过是一把复杂的大锁，把他牢牢锁住，与活生生的世界隔绝。

爱斯梅拉达被判处绞刑之后，也许预防她逃跑，随后被扔在这样的一个盆底——在圣路易所挖掘的地牢里，在图尔内尔刑事法庭的密牢里，头顶上还镇着庞大的司法宫。实际上，这可怜的苍蝇连它最小的碎石也不能移动呀！

的确，上帝和社会都一样不公正，要粉碎一个这样柔弱的女子，何须如此大逞淫威，百般迫害和酷刑呢！

她待在那里，被黑暗吞没了，埋葬了，掩藏了，禁锢了。如果谁见过她昔日在明媚阳光下欢笑和跳舞，如今再目睹她这种惨状，准会不寒而栗。黑夜般的寒冷，死亡般的冰冷，秀发不再有清风吹拂，耳边不再有人声萦绕，眼里不再有明亮目光，她身子已弯成两截，拖着沉重的枷锁，蜷缩在一丁点儿稻草上，身边放着一只水罐和一块面包，身子下面是牢房渗出的水汇成的水坑，她没有动弹，几乎没有呼吸，甚至连痛苦也察觉不到了。弗比斯，阳光，晌午，野外，巴黎市井,博得一片喝彩声的舞蹈,同那个军官缠绵细语的谈情说爱,还有匕首、血泊、教士、恶婆、毒刑、绞刑架,所有这一切不停地在她脑子里浮现,依然历历在目,一会儿像愉悦的金色幻影,一会儿又像怪异的可怕噩梦。可是,这一切无非是一种可怖而绝望茫的挣扎,渐渐在黑暗中烟消雾散,要不然,那只是一种遥远的乐曲,在大地上凌空演奏,它的乐声是再也传不到这可怜少女所掉进的深渊里的。

自从被囚禁在这里,一直无所谓醒,无所谓睡。在这场横祸中,在这个地牢里,再也无法分清醒和睡,无法分清梦幻与现实,就如同分不清黑夜与白昼一样。在她心里,一切都是混杂的、支离破碎的、乱七八糟、飘忽不定的扩散开来的。她再也不能有感知,再也不能思考了,顶多只能想入非非。从来没有一个活人像她这样深深陷在虚无缥缈之中。

她就这样浑身麻木、四肢冰冷、僵如化石,连一道活门偶然的声响几乎也没有注意到。这道活门在她头顶上方某个地方,曾开过两三天,却连一点点光线也照不过来,每次有只手从那里扔给她一块坚硬的黑面包。狱卒这种定时的查巡,是她和人类唯一尚存的沟通。

她唯一还能听到的,就是拱顶上那长满青苔的石板缝里沁出的水珠轻轻地滴落下来的声音。她愣愣地听着,水滴掉落在她身旁水洼里的响声。水滴落在水洼里,那就是她周围绝无仅有的动静,是唯一标明时间的时钟,是地面上一切声响中唯一传到她耳边的声音。

她也不时感觉到在这漆黑的泥坑里,有冰凉的东西在她脚上或手臂上爬来爬去,把她吓得直打哆嗦。

她在这里待了多久了,她自己也不记得在什么地方对一个人宣布死刑判决,继续人家就把她拖到这里来了,她一醒来周围就是黑夜、死寂、冰凉。她用手在地上爬看,脚镣的铁环划破了她的脚踝,锁链叮当作响。她辨认出周围都是坚墙厚壁,而身下是淹着水的石板,还有一把稻草。但是没有灯,没有通风孔。于是她在稻草上坐了下来,有时为了换一下姿势,就坐到牢房里最下面一级上。有一阵子,她试着通过水滴的次数来计算在黑暗中的分分秒秒。可是一个病弱的脑子,很快就自行中断了这种悲惨的活儿,她随后又呆若木鸡了。

　　终于有一天,或者有一夜(因为在墓穴里子夜和晌午都是同样的颜色),她听见头顶上有一阵声响,比平日看守带面包和水罐给她时开门的声音还大些,她抬头一看,只见一线似红非红的亮光,穿过密牢拱顶上那道门,换句话说,那扇翻板活门的缝隙照了进来。同时,沉重的铁门轧轧响了起来,生锈的铰链发出刺耳的摩擦声,活门的翻板转动了。她立刻看见一只灯笼,一只手。两个男人的下半截身子;门太低矮,她看不见他们的脑袋。灯光把她的双眼刺痛了,她随即把眼睛闭了起来。

　　等她再张开眼睛,活门已经关闭,灯被放在一级石阶上,一个男人独个儿站在她面前,黑僧衣一直拖到脚上,黑风帽遮住了面孔。看不见他整个人的身子,看不见脸。那真是一块长长的黑色裹尸布直立在那里,而尸布里面可以感觉到有什么东西在震动。她目不转睛地盯着这鬼魂看了一阵子。期间两人谁都不吭声。

在这地牢里,仿佛只有两样东西是有生命的,那就是因空气潮湿而噼啪直响的灯芯,还有从牢顶上坠落下来的水滴。水滴那单调的汩汩声,打断了灯芯噼里啪啦不规则的爆响声;水滴一坠落下来,灯光倒映在水洼油污水面上的光圈也随着它摇曳不定。

　　最后,女囚终于打破了沉默:"您是谁?"

　　"教士。"

　　这答话,这腔调,这嗓音,让她听了直打哆嗦。

教士声音嘶哑,吐字却很清楚,说:"您准备好了吗?"

"准备好什么?"

"你去死。"

"啊!"她说:"马上就去?"

"是明天。"

她本来高兴得扬起头来,一下子又耷拉到胸前,自言自语道:"还要等那么久!何不就在今天呢?"

"这么说,您痛苦难忍了?"教士沉默了一会儿,又问。

"我很冷。"她答道。

她随即用双手握住双脚,这种动作是不幸者寒冷时常有的,我在罗朗塔楼已经见过那个隐修女这样做了。同时,她的牙齿直打冷战。

教士眼睛从风帽底下悄悄地环视了一下这牢房。

"没有亮光!没有火!浸在水里!真是骇人听闻。"

"是的,"她惊慌地说道,自从这场横祸,她就一直神色慌张,"白昼属于人,唯独给我黑夜,这是为什么?"

"为什么您在这里,你知道吗?"教士又沉默了片刻,问道。

"我想我原是知道的。"她伸出瘦削的手指头,抹了一下眉头,像要帮助她自己的记忆似的。"不过现在不知道了。"

忽然她像个小孩一样哭了起来:"我要出去,先生。我冷,我怕,还有什么虫子爬到我身上来了。"

"那好,跟我走。"

教士一面这样说着,一边拽住她的胳膊。那苦命的女子本来已冷到骨髓,可她觉得这只手却更冰凉。

"咳!这是一只冰凉的手。"她自言自语,接着问道:"您究竟是谁?"

教士一把掀掉风帽。她一看,原来是长久以来一直追踪她的那张阴险的脸孔,是在法露黛尔家里出现在她心爱的弗比斯头顶上的那个魔头,是她最后一次看见它在一把匕首旁边闪闪发亮的那双眼睛。

这个幽灵一直是她罹难的祸根，把她从一个灾难推到另一个灾难，甚至惨遭酷刑。这个幽灵的出现，反而使她从麻木状态中惊醒过来。她立刻隐约觉得，蒙住她记忆的那层厚厚的布幕一下子撕裂开来了。她的悲惨遭遇，从法露黛尔家里夜间那一幕开始，直至在图尔内尔刑庭被判处死刑，一桩桩一件件，一齐涌上她的心头，不再像先前那样模糊不清，而是十分显露、清晰、鲜明、生动、可怕。这些记忆本来一半已经遗忘了，而且由于过度痛苦而几乎泯灭，如今看见面前出现的这个阴沉沉的人影。这些记忆顿时又复活了，就仿佛用隐写墨水写在白纸上的无形字迹，像火一烘就一清二楚显现出来了。她仿佛觉得，心头上一切创伤又裂开了，鲜血直淌。

"哎呀！"她喊叫了起来，双手捂住眼睛，浑身抽搐而战栗："原来是那个教士！"

说完就泄气地垂下胳膊，一屁股瘫坐下去，垂着脑袋，眼睛瞪着地，依然颤抖不已。

教士瞅着她，那目光有如一只在高空盘旋的老鹰，紧紧围绕着一只躲在麦田里的可怜的云雀，悄悄地不断缩小可怕飞旋圈，倏然疾如闪电，向猎物猛扑下去，用利爪一把抓住了那喘息着的云雀。

她低声呢喃着："杀了我吧！杀了我吧！快给我最后一击！"她心惊胆战，头缩在双肩中间，仿佛一只羔羊正期待屠夫致命的当头一棒。

"是我让您厌恶吗？"他终于问道。

她没有反应。

"是我让您厌恶吗？"他又问了一遍。

"不错，"她答道，痛苦得嘴唇在抽搐，看上去像在笑一样。"这是刽子手拿死刑犯在开心。多少个月来，他跟踪我、威胁我、恐吓我！要不是他，上帝啊，我该是多么幸福啊！是他把我推下这万丈深渊。天啊，苍天！是他杀了……是他杀了他——我的弗比斯！"

说到这儿，她呜呜咽咽哭了起来，抬头望着教士，说："呵！坏家伙！您是谁？我做了什么得罪您啦，您才对我恨之入骨？咳！您对我有什么深重的仇恨?"

"我爱你!"教士喊道。

她的眼泪忽然打住,目光凝固了,瞅了他一眼。他跪了下来,目光如火,静静地一动也不动地盯住她看。

"你听见了吗?我爱你!"他又叫道。

"什么样的爱?"不幸的少女直打冷战。

他紧继续说:"一个被打入地狱的人的爱。"

有一阵子,两人都默不作声,双双被各自的激情压碎了,他是丧失理智,她是麻木不仁。

"听着,"教士终于说道,他又恢复了往常的平静,"你马上就会全知道的。在这深夜里,到处漆黑一团,似乎上帝也看不见我们,我悄悄扪心自问,有些事在此之前连对我自己都不敢开口,我要把这一切全向你倾诉。你听我说,姑娘,在遇见你之前,我可是过得很快活……"

"我也何尝不是!"她轻轻叹息了一声。

"别打断我的话……是的,我那时过得很快活,至少我自认为是那样的。我十分纯洁,心灵里明净似镜清澈如水,没有人比我更自豪,把头高高昂起。教士们来向我请教贞洁情操,博学之士来向我求教经学教义。是的,科学就是我的一切,科学就是我的姐妹,有个姐妹我就足够了。若非随着年龄的增长,我也不会有其他的念头。不止一次,只要看见女人形影走过,我的肉体便兴奋不已。男人性欲和男人血气这种力量,我本以为在狂热的少年时就已经终生将其扼杀了,其实不然,它不止一次地掀起狂澜,把我这个可怜人因立过铁誓而死死拴在祭台冰凉石头上的那条锁链掀动了。可是,通过祈祷、斋戒、学习和修道院的苦刑,灵魂重新成了肉体的主宰,于是我逃避一切女人。再则,我只要一打开书本,在光辉灿烂的科学面前我头脑中的一切乌烟瘴气的东西便烟消雾散了。不一会儿,我觉得尘世上一切浊物全逃之夭夭了,在永恒真理那祥和的光辉照耀下我恢复了平静,感觉到神清气爽满目灿烂。教堂里、大街上、田野中,女人的模糊身影零零落落浮现在我眼前,却几乎从没有在我梦中露面,只要魔鬼差遣它们来向我进攻，我轻而易举地就把魔鬼打败了。如果说我没有保留住胜利，那是上帝的过错，上帝并没有赋予人和魔鬼同等的力量。……听我说，有一天……"

说到这里，教士忽然停住。女囚听见从他胸膛里发出声音，好似垂死时的喘息，仿佛撕心裂肺的痛苦。

他继续往下说：

"……有一天，我倚在密室的窗台上。我当时读什么书来着？啊！我这时脑子里乱成一团糟，记不清了。……反正当时我正在看书。窗子面向广场，忽然我听见一阵手鼓声和音乐声，扰乱了我的遐思，我很生气，便向广场望了一眼。我看见的——当然其他人也看见了——那可不并是供世人肉眼睛观赏的一种景象。在那边，在铺石板的广场中间，时值晌午，阳光灿烂，有个人儿在跳舞。她是那样的秀丽，若与圣母相比，连上帝都会更爱上这个女子，宁愿选她做母亲，如果在他化身为人时，她已在人间，定会情愿是她生的！她的眼睛又黑又亮，满头乌黑的长头，正中有几根照着阳光，像缕缕金丝闪闪发光。一双脚像轮辐一样在飞快旋转，全然看不清楚了。乌黑的发辫盘绕在头部周围，缀满金属饰片，在阳光下闪闪发光，好似额头上戴着一顶缀满星星的王冠。她的袍子点缀着许多闪光片，蓝光闪烁，又缝着许许多多亮晶晶的饰品，有如夏夜的星空。她两只柔软的褐色手臂，恰似两条飘带，绕着腰肢，忽而缠结忽而松开，她的身材，美丽惊人。啊！那光彩夺目的形体，甚至在阳光下，也像某种明亮的东西那样耀眼！……唉！姑娘！那就是你！你知道吗？我，惊讶，沉醉，心迷意乱，不由自主地凝望着你，望呀望呀，我忽然吓得浑身发抖，意识到命运把我抓住不放了。"

教士透不过气来，又只停顿了片刻，继续又往下说：

"既然已经半着了魔，我就竭力想抓住什么东西，免得再坠落下去。忽然想起撒旦过去曾经多次给我设下的圈套。我眼前的这个女子，美貌非凡，只能来自天堂或者地狱，绝不是用一点凡间的泥土捏成的普普通通的女子，内心也绝非像一个普通妇女那样浑浑噩噩，灵魂里只有颤悠悠的一点亮光照着而已。她是一个天使！可是，她却是一个黑暗天使，烈火天使，而不是光明的天使。在我这样想着的时候，我发现了你身边有只山羊，一只群魔会的畜生，正笑着注视我。晌午的阳光把它的犄角照得像火燃烧一般。于是我隐约看到魔鬼设下的陷阱，我肯定你从地狱来的，是来引诱我堕落的。我对此深信不疑。"

说到这里，教士直视女囚，冷冷地又说。

"我至今还深信不疑。……那时候，魔法渐渐起作用，你的舞姿一直在我头脑中旋转，我就感到神秘的巫术在我心中已实现其魔力，我灵魂中一切本应觉醒的反而沉沉入睡，就像雪地里濒于死亡的人，任凭这样沉睡过去反而觉得愉快那样。猛然间，你唱起歌来。可怜的我，我又能怎么样做呢？你的歌声比你的舞姿还诱人。我要拔腿逃走，但不可能。我被牢牢钉在那里，在地上生根了似的。仿佛觉得那大理石上的楼板早已高高上升，把我的膝盖全掩埋了。我实是无计可施，只得待在那里听究竟。我的脚像冰，我的头嗡嗡响。末了，你或许可怜我啦，不唱了，消失了。那令人眼花缭乱的观照，那使人销魂荡魄的音乐的回响，逐渐在我眼里和耳际消失了。我一下子在窗脚下瘫倒了，比倒下的石像还僵直、还了无生气。晚祷的钟声把我惊醒了，我站立起来，拔腿逃走了。可是，咳！我心底里却有什么东西倒下了，再也无法站立起来了。"

他再停顿了一下，继续又说：

"是的，从那天起，我心中闯进了一个陌生人。我用我熟悉的一切灵丹妙药来自我治疗，诸如修道院、工作、祭坛、读书。真是胡闹！咳！当你满脑子装满情欲，心灰意冷地拿脑袋去撞科学的大门，其响声是多么的空洞！你可知道，姑娘，从那以后，在书本和我之间，一直浮现在我眼前的是什么呢？是你，你的身姿，某一天从天上降落到我面前的那个光辉灿烂的幽灵的形象。可是这个形象不再是原来的颜色，它变得昏暗、惨淡、阴森、好似一个冒失鬼凝望太阳之后视觉上久久浮现着一团的黑影。

"无法摆脱，你的歌声老是萦绕在我的脑际，你的双脚一直在我的祈祷书上飞舞，你的形体始终在夜里睡梦中悄悄她在我肉体上滑动，于是我迫切想再见到你，触摸你，了解你，看一看你是不是仍像你在我心中的完美无缺的形象，现实会粉碎我的梦幻也说不定。总而言之，我希望能有个新的印象，好把原先的印象抹掉，更何况原先的印象实在叫我受不了了。我四处寻找你，终于再和你在一起。命运呀！我见到你两次，就恨不得见到你千次，恨不得永远一直见到你。于是——在这通向地狱的斜坡上，怎能刹住不往下滑呢？——于是，我再也无法自拔了。魔鬼缚住我翅膀上的线，另一端系在你的脚上。我也像你一样，成了流浪者，到处漂泊。我等你在人家的门廊下，在街上拐角处伺候你，在钟楼的顶上窥探你。每天晚上，我都反省自己，越发感到更入迷、更沮丧了。更着魔了，我更没治了！

"我早就知道你是什么人，埃及人，波希米亚人，茨冈人，吉卜赛人。巫术有什么可怀疑的呢？听着，我曾希望有一场审讯能使我摆脱魔力的控制。有个女巫曾魔住了布吕诺·德·阿斯特，他把女巫烧死了，自己也得救了。这我是知道的。我拿定主意，要试一试这种疗法。首先，我设法不让你到圣母院前面的广场上来，只要你不来，我就能把你忘记。你却当作耳边风，还是来了。继续，我想把你抢走。有天夜里，我曾想把你抢走，我们是两个人，已经把你抓住了。谁能料到来了那个晦气军官，把你放了。他搭救了你，你的灾难也就开始了，也是我的灾难和他的灾难。最后，我不知道怎么办，也不知道事情会落个什么结果，所以向宗教法庭告发了你。当时我以为这样做，就会像布吕诺·德·阿斯特那样把病治好了。我也几乎认为，通过一场官司可以把你弄到手，我可以在牢房里抓住你，占有你，你在牢房里是无法逃脱我的掌心的；你缠住我这么久，也应该轮到我缠住你了。一个人作恶，就该把恶行做绝。半途撒手，那是脓包！罪恶到了极端，会有无穷的乐趣。一个教士和一个女巫可以在牢房的稻草上销魂荡魄，融为一体！"

"所以我告发了你。正在那个时候，我每次碰见你，都把你吓得魂不附体。我策划反对你的阴谋，我堆积在你头上的风暴，从我这里发出，变成威胁恫吓，变成电闪雷鸣。不过，我还是迟疑不决。我的计划中有些方面太可怕了，连我自己也吓得退却了。

"或许我本来可以放弃这个计划，或许我的丑恶的思想本会在我头脑中干涸而不付之实际。我原以为接着或者中断这起案件完全取决于我。可是任何罪恶的思想是不可清除的,非要成为事实不可;可是,正是在我自以为万能的地方,命运却比我更强大。唉!咳!是命运抓住你不放,也是命运硬把你推到我偷偷设下的阴谋那可怕的诡计齿轮中碾得粉碎!⋯⋯你听着,这就快说完了。

"有一天,又是阳光灿烂的另一个日子,我无意中看见面前走过一个男子,他喊叫着你的名字,大声笑着,眼神淫荡。该死!我就跟踪着他。后来发生的一切你全知道了。"

他住口了。那少女唯一说得出来的只有一句话:

"啊,我的弗比斯!"

"不许再提这个名字!"教士说,同时猛烈地抓住她的胳膊,"不许提这个名字!唔!我们多么苦命,是这个名字毁了我们!更确切地说,我们彼此都受命运莫名其妙的捉弄而相互毁灭!你痛苦,是不是?你发冷,黑夜使你成为瞎子,牢房紧紧束缚着你,不过或许还有点光明在你心灵深处,尽管那只是你对玩弄你感情那个行尸走肉的天真的爱情罢了!而我,我内心里是牢房,我内心里是严冬,是冰雪,是绝望,我灵魂里是黑夜。我遭受什么样的折磨,你可知道?我参加了对你的审讯,坐在宗教审裁判官的席上。不错,在那些教士风帽当中,有一顶下面是一个被打入地狱、浑身不断抽搐的罪人。你被带进来时,我在那里;你被审讯时,我也在那里。⋯⋯真是狼窝呀!⋯⋯那都是我的罪行,那是为我准备的绞刑架,我却看见它在你的头上慢慢升起。每一证词,每一证据,每一指控,我都在那里;我可以计算出你在苦难历程上的每一个脚步,我也在那里;当那头猛兽⋯⋯!我没有预料到会动用酷刑!⋯⋯听我说,我跟着你走进了刑讯室。看见你被扒去衣服,施刑吏那双卑鄙下流的手在你半裸的身体上摸来摸去。我看见你的脚,这只我宁愿以一个帝国换取一吻而死去的脚,这只我觉得头颅被踩扁也其乐无穷的脚,我看见它被紧紧套在那可怕的铁鞋里,它可以把一个活人的肢体变成血酱肉泥。啊!悲惨的人!当我看见这一切时,我正用藏在道袍下面的一把匕首刺自己的胸膛。听到你一声惨叫,我把匕首插入我的肉体里;听到你第二声惨叫,匕首刺进我的心窝里! 你看,我想我的伤口还在流血。"

他掀开道袍。果然他的胸膛仿佛被老虎利爪抓破了一般,侧边有一道很长的伤口,尚未愈合。

女囚惊恐得连忙直后退。

"啊!"教士说道,"姑娘,可怜可怜我吧! 你以为自己很不幸,唉! 唉! 你并不知道什么东西才是不幸呢。咳,钟爱一个女人! 却身为教士! 被憎恨! 但以他灵魂的全部狂热去爱她,觉得只要能换取她微微地一笑,可以献出自己的幸福、鲜血、腑脏、名誉、不朽和永恒,今生和来世;恨不能身为国王、天才、皇帝、大天使、神灵,好作为更了不起的奴隶匍匐在她的脚下;只是想日日夜夜在梦想中紧紧拥抱着她,但眼睁睁看见她迷上一个武夫的戎装! 而自己能奉献给他的只不过是一件污秽的教士法衣,令她害怕和厌恶! 当她向一个可悲而愚蠢的吹牛大王慷慨献出宝贵的爱情和姿色时,我就在现场,怒火冲天,心怀嫉妒! 目睹那令人欲火中烧的形体,那如此温柔细嫩的乳房,那在另一个人亲吻下颤动并泛起红晕的肉体! 呵,天呀! 迷恋她的脚,她的肩膀,她的胳膊,梦想她蓝色的脉,褐色的皮肤,以至于彻夜蜷伏在密室的石板地上自我折腾,竟导致了遭受毒刑! 费了多少心思,其结果居然是使她躺在皮床上! 嗯! 那俨然是用地狱的烈火烧红了的实实在在的铁钳呀! 唔! 就是在夹板中间被锯成两半的人,被四马分尸的人,也比我更有福分! 你哪里知道,在漫长的黑夜里,心儿破碎,脑袋炸裂,血管沸腾,牙齿咬住双手,这种酷刑那是什么滋味呀! 有如穷凶极恶的刽子手把您放在烧红的烤架上不停地转来转去,倍受爱情、嫉妒及失望的煎熬! 姑娘,发点善心吧! 不要再折磨我,让我喘一气吧! 请在这炽烈的炭火上撒点灰烬吧! 我额头上汗流如注,我求你,擦掉这汗水吧! 孩子! 你就用一只手折磨我,用另一只手抚慰我吧! 发发慈悲,姑娘,可怜可怜我吧!"

教士滚倒在地面石板上的水洼里,脑袋一下又一下撞击台阶的石级角。少女听着,看着,等他精疲力竭,气喘吁吁,一声不吭了,她才低声又说一遍:"啊,我的弗比斯!"

教士跪爬到她跟前,叫道:

"请求你啦,你如果还有心肝,就别拒绝我!啊!我爱你!我是一个可怜虫!你一旦说出这个名字,可怜的人儿,就仿佛你用牙齿咬烂我的整个心脏!怜悯怜悯吧!倘若你从地狱来,我就跟你回地狱去。为了此目的,我要做的都已经做了,你的地狱就是我的天堂,你的目光比上帝的目光还具有神韵!啊,说吧!你究竟要不要我?一个女人居然拒绝这样一种爱情,那可真是群山也会起舞啦。唔!只要你愿意!……噢!我们将会很美满的!我们可以逃走,我可以帮你逃走,我们一块儿逃到某个地方去,去寻找这大地上的一片乐土,那里树木是最繁茂、阳光是最明媚、蓝天最湛蓝。我们彼此相爱,我们两人的灵魂将如琼浆玉露,互相倾注,我们永远渴望男欢女爱如饥似渴,永无尽期地共饮这永不干涸的爱情之乳汁!"

她放声地大笑,笑声凄厉,打断了他的话说:

"看呀,神父!您的指甲流血啦!"

教士一下子给愣住了,好一会儿木雕泥塑似的,死盯着自己的手,最后,用一种温柔得出奇的声调说道:

"那可不是!你就侮辱我,嘲弄我,压倒我吧!不过,来,快过来!我们得赶紧。我对你说了,就在明天,河滩上的绞刑架,知道吗?时刻都准备着。简直太可怕了!看见你走进囚车里!噢!求求你啦!我从来没有像现在这样爱你!噢,快跟我走。等把你救出去之后,你还来得及爱我。你要恨我多久就多久。可是来吧。明天!明天!绞刑架!你的生命!啊!快逃!宽恕我美人计吧!"

他一把抓住了她的胳膊,精神恍惚,似乎要把她拖走。

她瞪着眼睛呆呆看着他。

"我的弗比斯怎么样啦?"

"啊!"教士大叫了一声,松了她的胳膊,"您真是没有同情心!"

"弗比斯究竟怎么啦?"她冷冷地又问了一次。

"他死了!"教士叫道。

"死了!"她自始至终冷冰冰的,一动也不动,"那么,您为什么要劝我活下去呢?"

他并没有听她说,只是好像自言自语:"噢!是的,他一定死掉了,刀刃插过去很深。我想刀尖直刺到心脏!啊,我全身的力气都集中在了匕首的刀锋上!"

少女一听,如狂怒的猛虎般地向他扑过去,并以一种超自然的力量把他推倒在楼梯上,嚷道:"滚吧,魔鬼!滚,杀人凶手!让我去死吧!让我同他的血变成你脑门上一个永不磨灭的污斑!要我服从于你,教士!死心吧!休想!我们绝无结合的可能,甚至在地狱里都不行。滚蛋,该死的家伙!你休想!"

教士踉踉跄跄来到石梯前,悄悄地把双脚从道袍皱褶的缠绕中伸了出来,捡起灯笼,慢慢爬上通向门口的石梯,然后打开门,走出去了。

忽然,少女看见他从门口又探进头来,脸上的表情真可怕,狂怒,绝望,连声音都嘶哑了,向她狂吼着:"我告诉你,他死了!"

她扑倒在地上。地牢里再也听不到任何声响了,只有水滴在黑暗中坠落下来震动了水洼而发出声声的呻吟。

五 母亲

一位母亲看到自己孩子的小鞋,心中的思念便油然而生,我不敢相信世界上还有什么比这样的思念更使人喜上心头的了。尤其这是准备礼拜天、节日里、受洗礼时穿的鞋,连鞋底都绣着花,孩子还没有穿着走过一步路,那就更不用说了。这鞋是那样的优雅喜人,小巧玲珑,根本不能穿着走路,母亲看见它就像看见了自己的孩子。她朝它微笑,吻她,和它说话。她寻思现实中能否真有一只脚这么小,并且,孩子即使不在跟前,只要有了美丽的鞋子,她眼前就会重新出现一个柔弱的小人儿。她认为见到了她,也的确见到了她,见到她的整个身子,欢快、活泼,还有她纤细精巧的手、圆圆的头、纯洁的嘴唇、眼白发蓝的明亮的眼睛。如果是在冬天,这小人儿就在那里,在地毯上爬,吃力地攀上一只凳子,但母亲提心吊胆,怕它爬向火边。若在夏天,她爬到院子里、花园里,拔石板缝里的草,天真地看着大狗、大马,一点儿也不害怕,还跟贝壳、花儿玩耍,把沙

291

撒到花坛里,还把泥巴扔在小路上,避免不了挨园丁一顿责备。她周围的一切也像她一样在欢笑,在闪光,在歌唱,连风儿和阳光也是在她颈后的细发环中间尽情嬉戏。这鞋把这一切都呈现在母亲面前,将她的心融化了,犹如蜡烛熔化了火。

可是,孩子丢失,那聚集在小鞋周围的万般欢乐、迷人、深情的形象,顷刻变成千百种可怕的东西。美丽的绣花鞋便成了一种刑具,永远无休无止地碾轧母亲的心。颤动着的依然是同样的心弦,最深沉、最敏感的心弦,不过已经不是天使在轻轻抚弄,而是魔鬼在狠劲弹拨。

五月的早上一天,太阳在深蓝色天空再次冉冉升起——加罗法洛喜欢将耶稣从十字架上解下来的情景画在这样的背景上——罗朗塔楼的隐修女听到河滩广场传来了吱吱的车轮声,萧萧的马嘶声和叮叮当当的铁器声。她的迷迷糊糊被吵醒了,把头发捋在耳边去不听,随后又跪到地下凝视着她就这样膜拜了十五年之久的没有生命的小东西。这只小鞋我们已说过,在她眼里就是整个宇宙。她的思绪已被禁闭在里面,只有死了才会出来,提到这玩具般的那可爱的粉红缎子鞋,她向苍天倾吐过多少感人肺腑的悲情、苦涩的诅咒祈祷及呜咽,只有罗朗塔楼的阴暗地洞才知道。就是在一件更优雅、更精致的物品前,也绝对没有人流露过如此强烈的失落感。

那天早上,她的苦痛仿佛比以前更强烈了,从外面就听得见她单调而高亢的悲叹,实在是令人心碎。

"啊,我的女儿!"她说。"我的女儿!我可怜的、亲爱的孩子啊!我再也不能不到你啦。这下子可完啦!我老是觉得这是昨天发生的事呀!我的上帝,我的上帝,既然您这么快要将她带走,倒不如当初就不要把它赐给我,孩子是我们身上掉下的肉哇,一个丢失孩子的母亲就不再相信上帝,难道你不知道吗?啊!我真倒霉呀,偏偏就在那天出去了!主啊!主啊!在我幸福地抱着她在火炉旁烤火的时候,在她吃着奶朝着我笑的时候,在我让她的小脚蹬到我的胸口直到我的嘴唇的时候,难道您从来没有看见我同她在一起的情景,才这样把她从我身边带走吗?天啊!您要是知道这一切,我的上帝,您就会同情我的欢乐,您就不会剥夺留在我心中唯一的爱了！难道我就是那样坏，主啊，不到惩罚我的时候，就看不到我吗？唉！唉！看，鞋在那儿；脚呢，在哪儿？其余的在哪儿？孩子在哪儿？我的女儿，我的女儿呀！他们把你怎么样了？主啊，请把她还给我吧。我跪着求您十五年了，膝盖磨破了，上帝呀，难道这还不够吗？把她还给我吧，哪怕只是一天、一个钟头、一分钟、就一分钟，主啊！然后再把我永远扔给魔鬼！啊！如果我知道你衣袍的下摆拖到什么地方，我就会用双手紧紧地抓住它，您可千万把我的孩子还给我呀！她美丽的小鞋，难道您一点儿也不怜惜吗，主啊？您怎么能判一个可怜的母亲受十五年这样的苦刑呢？慈悲的圣母！天上慈悲的圣母！我的孩子，我的耶稣儿呀，有人将她从我这里夺走，从我这里偷走，在一块灌木丛里吃了她，喝干了她的鲜血，嚼碎了她的骨头！慈悲的圣母，可怜可怜我吧！我的女儿！我不能没有我的女儿呀！就算她在天堂里，这对我又能有什么用啦？我不要您的天使，我只要我的孩子！我是一头母狮，我需要我的小狮子。哦，主啊！您如果不把孩子还给我，我就要在地上自我作践，要用额头撞击石头，要遭受天罚，要把您诅咒！您看得十分清楚，我的双臂完全损伤，主啊！难道慈悲的上帝没有丝毫怜悯心！啊！只要我找到我的女儿，只要她能像太阳一样温暖着我，哪怕您只给我盐和黑面包，我也心甘情愿！唉！上帝我主啊，我只是一个卑贱的罪人，可是有了我的女儿，我也虔诚了。出于爱她，我一心一意信奉宗教，并且透过她的微笑我仿佛通过天堂的大门看见了您。天啊！我要是能把这鞋穿在那只美丽的粉红色小脚上，只要一次，再有一次，唯一的一次，慈悲的圣母啊，我宁愿赞美着您而死去！啊！十五年！现在她该长大了！不幸的孩子呀！，这居然是真的，我再也见不到她了，哪怕在天堂也不会见到！因为，我，去不了天堂。啊，多么凄惨！只能说那是她的鞋，如此而已！"

不幸的女人扑向了这只鞋，多少年来使她绝望、使她感到安慰的鞋，她的五脏六腑像第一天那样在抽噎声中撕碎了。因为对一个丢了孩子的母亲来说，那总是第一天，这种痛苦是不会过时。丧服虽然旧了，褪色了，然心里依然漆黑一团。

此时，从小屋前传来孩子们阵阵欢声笑语。每次看见孩子们或者听到他们的声音,可怜的母亲总是急急忙忙跑到这坟墓最阴森的角落里,仿佛恨不得把耳朵钻进石头里,以避免听到这些声音。这一次正好相反,她仿佛猛然惊醒,一下子站了起来,聚精会神地听着,有一个小男孩仿佛说了这样一句:"今天要绞死埃及女。"

我们曾经见到过蜘蛛在蛛网颤动中忽然一跳扑向苍蝇,隐修女就这样一跳,就跑向窗洞口,看官知道,那窗口朝着河滩广场。的确有一架梯子倚立在终年竖立的绞刑架旁,执行绞刑的刽子手正在调整因为风吹雨打而生锈的铁链。四周站着一大群人。

那群欢笑的孩子已走远了。麻衣女用目光搜寻她能问讯的过路人。她发现就在她住处旁有一个神父像在念公用祈祷书,可是他对铁网栅栏的祈祷书远不如对绞刑架那样关注,他不时朝绞刑架投去了阴暗、可怕的一瞥。她认出那是副主教大人——一个圣洁的人。

"我的神父,"她问,"那边要绞死谁呀?"

教士看了看她,没有回答;她又问了一遍。他才说:"我不知道。"

"刚才有些孩子说,是一个埃及女人。"隐修女又说道。

"我想,是吧。"教士。

此时,花喜儿帕盖特发出阴险地狂笑。

"嬷嬷,"副主教说,"这么说,您一定非常痛恨埃及女人啦?"

"我岂能不恨她们?"隐修女大声吼道,"她们都是半狗半人的吸血鬼,偷孩子的贼婆!她们吞吃了我的小女儿,我的孩子,我的独生女儿呀!我的心也没有了,她们把我的心给吃光了!"

她的样子可怕极了。教士冷冰冰地看着她。

"其中有一个我恨极他,我诅咒过。"她又说,"这是个年轻女人,如果她的母亲没有把我的女儿吃掉的话,她的年龄正同我的女儿相仿。这个小毒蛇每次经过我房前,我的血就在沸腾!"

"得啦!嬷嬷,这下您开心啦,"教士冷漠得像一座墓地的雕像,说道。"你马上看到绞死的就是那个女人。"

他的脑袋耷拉到胸前,慢慢地离去了。

隐修女快活地扭动着双臂,叫道:"我早就向她说过,她会上绞刑架的! 谢谢您,神父!"

她披头散发,目光像火,肩膀顶着墙,在窗洞栅栏前大步走起来,就像一只笼子里饿了好久,感到用餐时刻快到的母狼那样。

六 三人心不同

实际上,弗比斯并没有死。这种人常常是经得起折磨的,国王特别讼师菲利浦·勒利埃老爷对可怜的爱斯梅拉达说他快要死了,那是出于口误或玩笑,副主教对女犯人说他死了,实际上他根本不知道内情,不过他相信,他估计,他确信不疑,他真心地希望他死了。要让他把情敌的好消息告诉他心爱的女人,那实在是受不了。任何男人处在他的位置都会这样做的。

这倒不是说弗比斯的伤不严重,只不过它不如副主教夸张得那么厉害而已。巡逻队士兵开头将他送到医生家,医生怀疑他活不了一个礼拜,甚至用拉丁话告诉了他。可是,青春的生命力最后占了上风。这是常常有的事,尽管医生做了种种预测和诊断,大自然还是喜欢嘲弄医生,硬把病人救活了。当他还躺在医生的破床上的时候,就已经受到了菲利浦·勒利埃和宗教法庭审判官的初步盘问,这使他十分厌烦。所以,一天早晨,他感觉好了些,就留下他的金马刺抵了医药费,一声不响地溜了。可是,这并没有给案子的预审造成什么麻烦,那时的司法很少考虑一个刑事案件是否明晰和清楚,它所需要的仅仅是将被告绞死。何况,法官掌握着指控爱斯梅拉达的不少证据,他们认为弗比斯死了,那就没有什么可说的了。

弗比斯呢,并没有逃得很远,他只不过是回到了他的军队,离巴黎几驿站路的法兰西岛格一昂一勃里的驻军里。

总而言之,他觉得在这个案子中亲自到庭绝不是什么让人感到愉悦的事。他隐约感到他在里面会扮演一个很滑稽的角色。说究竟,怎样看待整个事件,他怎么想都不会过分的。如同任何头脑简单的武夫一样,他不信宗教,但又十分迷信,在寻思这一偶遇时,他对那山羊,对他遇到爱斯梅拉达的奇怪方式,对其让他猜到她爱他的奇怪手法,对她那埃及女子的品质,最后对那野僧,他都感到疑虑不安。他隐约地看见在这一艳遇中,巫术成分远远大于爱情。她可能是一个女巫,或许就是魔鬼;说究竟,这是一出滑稽喜剧,或用那时的话说,一出很令人扫兴的圣迹剧,他在戏中扮演一个很拙劣的角色挨打、遭人嘲笑。队长为此十分惭愧,他体会到我们的拉封丹绝妙地描述的那种羞辱:

> 羞愧得像一只被母鸡捉住的狐狸。

何况,他希望这一事件不要张扬出去,他不出庭,因此他的名字就不会被人大声宣读,至少不会传出图尔内尔法庭审判范围以外。在这一点上,他并没有错误,那时还没有《法庭公报》哩,再说,在巴黎的无数次审判中,没有哪个星期不煮死造假币的人,不绞死女巫,或者不烧死异教徒的,在各个街口,人们早已经司空见惯那个封建制度的守护者泰米斯挽起袖子,光着膀子在绞刑架、梯子和耻辱柱上干她的勾当,因此,对这些事漠不关心。那时的上流社会几乎不知道从街角经过的受刑者姓甚名谁,至多只有平民百姓享用这一粗俗的盛宴。一次行刑只是市井生活的一件常见的小事,就如同烤肉店的烤锅或屠夫的屠宰场一样的平淡无奇。刽子手只不过比屠夫稍稍厉害一些罢了。

因此,弗比斯很快地就心安理得了,有关女巫爱斯梅拉达,或者如他所称谓的,西米拉,有关吉卜赛女郎或野僧(管他是谁)的那一刀,有关审讯的结果,就连想也不想了。可是,他的心在这方面一旦感到空虚,百合花小姐的形象就又回到他的心里。弗比斯队长的心和那时的物理学一样,十分厌恶真空。

何况,格一昂一勃里是一个枯燥乏味的村庄,居住着一些钉马掌的铁匠和双手粗糙的放牛女人,一条大路,两边尽是破房子和茅屋,形成半法里长的长带,活似一条尾巴。

百合花在他的情感世界里位居倒数第二。她是一个漂亮的姑娘,也有一笔迷人的陪嫁;因此,一天早晨,这位已痊愈的情场骑士,料想吉卜赛女人的案子已过去二个月,想必已了结并被人遗忘了,便策马踏着碎步来到了贡德洛里埃府邸的门前的台阶上。

他没有注意到聚集在圣母院大门前广场上乱哄哄的一大群人。他想起正是五月,设想人们正在举行什么巡列仪式,什么圣灵降临或赠礼等活动,因此将马拴在门环上,乐呵呵地上楼到了他美丽未婚妻的家。

她正单独和她的妈妈待在一起。

百合花心头一直纠缠着那个女巫、山羊、该诅咒的字母表、弗比斯长时间的不露面等一连串问题。这时,她看到她那位队长进来,发现他面色那么好,绶带那么亮,军服那么新,神态那么充满热情,她快乐地红起脸来。这位高贵的小姐自己比其他任何时候都更加迷人。她美丽的金黄色头发编成发辫,益发迷人。她全身穿着一件与嫩白皮肤十分相配的天蓝色衣裳,这是科伦布教她的卖俏打扮,那双眼睛流露出迷恋的倦怠神情,更凭空增添了许多风韵。

弗比斯打从尝过格一昂一勃里的村姑以来就没有见过什么美色,此时立刻被百合花迷住了,这使我们的军官显得格外殷勤,百般巴结,当初的龃龉立刻和解了。贡德洛里埃夫人一直慈母般地坐在她的大安乐椅上,鼓不起力量去责怪他。对于百合花的嗔怪,则化作了温柔的绵绵絮语。

姑娘依窗口坐着,一直绣着她那海神的洞府。队长倚在椅背上,她嗔怪地低声数落他:

"坏东西,整整的两个月您都做了些什么?"

"我向您保证。"弗比斯给这个问题问得一时手忙脚乱,打岔地应道:"您这么美的,连大主教都会想入非非的。"

她禁不住地笑了。

"好了,好了,先生。把我的美丢在一边,回答我的话。真的,那才美妙呢!"

"得啦!亲爱的表妹,我应召去驻防了。"

"请告诉我,在哪儿?那您为什么不来向我辞别一下呢?""在格一昂一勃里。"

弗比斯心头窃喜,头一个问题帮助他避开了第二个问题。

"可是,那儿近得很呀,先生,为什么一次也不来看我?"

这下子弗比斯倒真的被问住了。"因为……公务在身,而且,可爱的表妹,我病了。"

"病了!"她被吓了一跳。

"是的……受伤了。"

"受伤了!"

可怜的姑娘惊讶地大叫起来。

"啊!别怕。"弗比斯一点也不在乎地说道,"这没什么。吵一次架,动一下刀子,这跟您有什么相干?"

"跟我有啥相干?"百合花抬起饱含热泪的动人的眼睛,大声说道,"啊!您说的不是心里话。动武是怎么回事?我全都想了解。"

"那好吧!亲爱的美人,我同马埃·费狄吵了一架,您知道吗?他是圣日耳曼一昂一莱耶的副将,我们每人破了寸把长的皮,就是这回子事。"

爱撒谎的队长心里十分清楚,一场决斗总会使男人在女人眼中显得特别突出。果然,百合花又赞叹又害怕、又快乐,兴奋不已,迎面注视着他,不过她还是有点放心不下。

"但愿您的确痊愈就好了,我的弗比斯!"她说道。"我不认识您那个马埃·费狄,不过一定是个坏家伙。究竟是如何吵起来的?"

弗比斯的想象力一向只不过平平而已,一时间居然不知道如何从他编造的武功中脱身。

"啊!我怎么知道?……一点鸡毛蒜皮的小事,一句话、一匹马!美丽的表妹,"他大声叫起来,以便换一个话题,"教堂广场上吵吵闹闹的是怎么回事?"

他靠近窗前,"啊!我的上帝,美丽的表妹,瞧,广场人很多呀!"

"不太清楚,"百合花说,"仿佛有个女巫今天早上在教堂前当众请罪,然后上绞架。"

队长真以为爱斯梅拉达的案子结束了,因此,他听了百合花的话并一点也不激动,不过还是提了一两个问题。

"这个女巫名字叫什么?"

"不太清楚。"她回答。

"你有没有听说她干了些什么?"

这一次,她又耸了耸她那白皙的肩膀。

"我不知道。"

"啊!我主耶稣啊!"母亲说,"目前有许多巫师,人们把他们活活烧死,我想连个姓名也不知道。想知道他们姓甚名谁,就如同想打听一下天上每片云彩的名字。总之,可以静静心了,慈爱的上帝掌握生死簿。"这时,这位可敬的夫人站起身走向窗口。"主啊!"她说,"您说得对,弗比斯。看,那边的平民闹哄哄的。感谢上帝!连屋顶上都是人。您知道吗?弗比斯。这情景让我回想起我过去的美好时光。国王查理七世入城时,人也多得很呢。我记不得在哪一年了。我对您说这些的时候,您觉得这是老生常谈,难道不是吗?而我反倒觉得新鲜得很。哦,那时候人要比现在多得多。连圣安东门的突堞上都是人。国王骑着马,王后坐在他身后的马背上,紧继续是贵妇们全坐在贵族老爷的马后边。我记得人们哈哈乐得大笑,因为在五短身材的那位加朗德的阿马尼翁的旁边,是一个身材魁梧的骑士马特弗隆大人,他杀死过成堆的英国人。那才是妙不可言。法兰西所有侍从贵族都排列成行,打着红得耀眼的小红旗。有矛头三角旗,还有战旗,我呀,说都说不清。卡朗大人拿三角旗,让·德·夏托莫朗拿战旗,库西大人也拿战旗,神气活现得无与伦比,仅仅次于波旁公爵……咳!想到这一切曾经显赫一时,如今全都荡然无存,这是多么令人悲伤啊!"

那对情侣并没有聆听这可敬的富媪的一席话。弗比斯转过身,倚在未婚妻的椅背上。这是一个惬意的位置,他放肆的目光可以一直钻到百合花领饰的全部开口处里面,这个领口开得恰到好处,恰好让他看到好多美妙的部位,又让他联想其余许多的部位,所以,弗比斯望着这闪着绸缎般光泽的皮肤感到眼花缭乱,自言自语地说:"放着这么个鲜嫩的女人不爱,还能爱谁呢?"两人都默不吱声。姑娘时不时朝他抬起快乐、温和的眼睛,他们的头发像在春天阳光照耀下交杂在一起了。

"弗比斯,"百合花忽然低声说道。"我们三个月后就要结婚了,您要向我发誓,除开我之外,从来没有爱过别的女人。"

"我向您保证,美丽的天使!"弗比斯回答道。为了征服百合花,他的目光充满着情欲,语调十分真挚,这时或许连他自己也信以为真了。

在这会儿,善良的母亲,看见这对未婚男女如此情投意合,不由喜滋滋的,遂出去料理一些家务琐事去了。弗比斯见她走了,房里别无他人,色胆包天的队长立刻放大胆子,头脑中产生了种种荒唐的念头。百合花爱着他,他是她的未婚夫,此时,她和他单独在一起,他以前对她的兴趣又复苏了,这种兴趣并不在其新鲜劲儿,而是在于欲火中烧;总之,在麦子未熟时提前吃一点儿算不得弥天大罪;我不知道他的脑瓜里是否想过这些念头,不过有一点确之无疑疑的,就是百合花完全被他的眼神惊呆了。她朝周围望了望,发现母亲不见了。

"我的上帝!"她红着脸,惊慌不安,"热死我了!"

"可不,我想快到中午了。"弗比斯回答道,"太阳晒人,放下窗帘就会好的。"

"别,别放,"可怜的姑娘大声说,"相反,我需要一点空气。"

如同一只母鹿感到猎犬群的气息,她站起身,跑向窗口,打开窗户,一下子冲上了阳台。

弗比斯气又恼,跟她跑过去。

大家知道,阳台正对着圣母院前的广场。此时广场上呈现一派奇怪、阴惨的景象,猛然使胆怯的百合花的恐惧改变了原来面目。

一大群人把附近各条街道都挤满了,连广场本身也挤被得水泄不通。假如不是二百二十名手执长枪的捕快和火枪手组成厚厚的人墙加固,前庭周围的齐肘矮墙是阻挡不了人流的。幸好枪戟林立,前庭才是空荡荡的。入口处被佩戴主教纹章的持戟步兵把守,主教堂的各道大门被关得死死的,这同广场四周数不清的窗户形成对照,连山墙上的窗子也敞开着,那些窗口露出成千上万个人头,几乎如一个炮库里重叠成堆的炮弹。

乱哄哄的那群人的脸上是灰蒙蒙的,肮脏而灰暗,人们期待观看的,明显是特别能激发及唤起民众中最邪恶的情感。最可憎的莫过于从这堆土黄色帽子与泥污头发的蠕动人群中发出的声响,人群中笑声多于喊叫声,女人比男人多得多。

时不时有一声颤抖的尖叫撕破这一片喧嚣。

……

"喂!马伊埃·巴利弗尔!就在这里绞死她吗?"

"混蛋!只不过身穿内衣在这儿请罪!慈悲的上帝将把拉丁话唾在她脸上!以前一贯都是在这儿,中午。你如果想看绞刑的话,就到河滩广场去。"

"我看完这就去。"

……

"喂,说呀,布康勃里?她的确拒绝忏悔师吗?"

"仿佛是吧,贝歇尼。"

"你看,女异教徒!"

……

"大人,这是规矩,歹徒判决后,司法宫的典吏必须交付他处决,如果是一个平民,就交给巴黎司法长官,如果是一个教士,就交给主教法庭。"

"谢谢你,大人。"

……

"唉!我的天!"百合花说,"可怜的人啦!"

如此一想,她扫视人群的目光充满了痛苦。卫队长一心想的是她,哪顾得上那群衣衫褴褛的观众。他动情地从身后揽住了她的腰。她微笑着转过头,娇嗔地乞求道:"求求您,别这样,弗比斯!母亲如果回来,她会看见您的手。"

此时,圣母院的大钟慢悠悠地敲了十二点,人群中发出一阵欣慰的低语声,而第十二响的颤音刚停,所有人头如风推波涛似的攒动起来。大路、窗户和房顶上传出一阵巨大的喧哗:"她来了!"

百合花用手掩住眼睛不看一样。

"亲爱的,"弗比斯对她说,"您想回屋吗?"

"不,"她回答道。她刚才被吓得合上的眼睛,出于好奇又睁开来。

一辆双轮囚车,由一匹肥壮的诺曼底大马拉着,在身着绣有白色十字的紫红号衣的骑士簇拥下,从牛市圣彼得教堂街进了广场,巡逻队捕快在人群中使劲地挥着鞭子,替他们开路。几个司法官和警卫在囚车旁骑马押送,从他们的黑制服和骑马的笨拙姿势上可认得出来。雅克·夏尔莫吕老爷耀武扬威地走在队伍的最前面。

那不祥的囚车上坐着一个姑娘,双臂被反剪着,身边没有神父。她身穿内衣,她的黑发(当时的规矩是在绞刑架下才剪掉)散乱地披垂在脖子上及半裸的肩膀上。

透过比乌鸦羽毛还要闪亮的波浪状头发,可以看得见一根灰色粗绳,套在可怜姑娘的美丽脖子上,扭扭曲曲,打着结,擦着她纤细的锁骨,如同蚯蚓爬在一朵鲜花上。在这根绳子下,闪烁着一个饰有绿色玻璃珠的小护身符,这也许允许她保留着,对于那些濒临死亡的人,他们的一些要求是不会遭受到拒绝的。观众从窗口上可望到囚车里头,瞥见她赤裸着的双腿。她仿佛出于女人最后的本能,尽量把脚藏到身子下。她脚边有一只被捆绑着的小山羊。女囚用牙齿咬住了没有扣好的内衣,在大难临头时,如同仍因几乎赤身裸体暴露在众目睽睽之下而感到痛苦。咳!羞耻心可不是为了如此的颤抖而产生的啊!

"耶稣啊!"百合花兴奋地对队长说。"您瞧,好表哥!原来是那个带着山羊的吉卜赛坏女人!"

话音刚一落,朝弗比斯转过身。他眼睛凝视着载重车,脸色苍白。

"哪个带山羊的吉卜赛女人?"他讷讷地说。

"怎么!"百合花又说,"您记不清啦?……"

弗比斯打断她的话:"我不明白您的意思。"

他跨了一步想走进屋里。可是百合花,不久前曾因这个埃及少女而醋劲大发,此刻一下子醒悟了,便用敏锐和狐疑的目光瞅了他一眼。这时,她模模糊糊地想起曾听人谈过，有个什么队长与这个女巫案件搅到了一块。

"您怎么啦？"她对弗比斯说道："听说这个女人您动过心。"

弗比斯强装笑脸。

"我动心！根本没有这回事儿！啊，哈，就算是吧！"

"那么，等着吧。"她说一不二地吩咐道："我们一起看到结束。"

晦气的队长只好待下来。他稍微有些放心的是，女犯人的目光始终注视着囚车的底板。千真万确，那就是爱斯梅拉达。就是在遭受这种耻辱和横祸的最后时刻，她仍旧是那么美丽，那乌黑明亮的大眼睛因面颊瘦削，显得还要大些。她苍白的面容纯净、高尚，她仍旧像从前的模样，酷似马萨奇奥画的圣母像，又类似拉斐尔画的圣母，只不过虚弱些，单薄些，瘦削些。

而且，她心灵上没有一样不是在抖动，除了羞耻心外，她一概听之任之，因为在惊愕和绝望中她已精神崩溃了。囚车每颠簸一次，她的身体就颠簸一次，就如一件僵死或破碎的物件似和。她的目光暗淡而狂乱，还可看见她眼里有滴眼泪，却滞留着不动，简直可以说冻住了。

此时，阴森森的骑兵队在一片欢乐的叫喊声中和千奇百怪的姿态中穿过了人群。可是，作为忠实的史官，我们不能不说，看到她那么标致，又那么痛苦不堪，许多人都动了恻隐之心，即使是心肠最硬的人对比也很同情。囚车已经进了前庭。

囚车在圣母院正门前停住。押解的队伍如遇大敌。人群一下子静下来了，在这片充满庄严和焦虑的沉默中，正门的两扇门在铁链发出短笛般的刺耳声中，好像自己被开了。因此，人们可以一直望到教堂深处黑黢黢的、阴惨惨的，挂着黑纱的主祭坛上几支蜡烛在远处闪烁，似明似暗。教堂洞开，在光线炫人眼目的广场中间仿佛一个偌大的洞口。在教堂最深处，半圆形后殿的暗影里，隐隐约约可看见一个巨大的银十字架，展现在从穹顶垂挂到地面的一条黑帷幕上，整个本堂阒无一人，不过在远处唱诗班的神父座席上，有几个神父的脑袋隐隐约约在挪动；当大门开启的时候，教堂里传出了一支庄严的歌声，单调，响亮，有如一声声朝囚犯头上射出的忧郁的圣诗碎片。

"……我决不怕包围我的人们:起来,主啊;救救我吧,上帝!"

"……救救我吧,上帝! 因为众水已经进来,一直淹没了我的灵魂。"

"……我深陷在淤泥中,没有立足之地。"

在合唱之外,同时有另外一种声音,在主祭坛的梯级上哼着那支悲哀的献歌:

"谁听我的话并深信派我来的人,谁就能永生,不是来受审判,并且死而复生。"

几位老人隐没在黑暗中,为这个美丽的生灵在远处歌唱,为这个洋溢着青春和活力,被春天的温暖空气抚爱,被灿烂阳光照耀着的生灵歌唱,这就是追思弥撒。

人们肃穆地静听着。

可怜的姑娘魂不守舍,仿佛她的目光和思想都消失在教堂黑暗的深处。她那苍白的嘴唇在翕动,好像在祈求上帝。刽子手的隶役走到她跟前扶她下囚车时,听到她低声反复念着:弗比斯。

她的双手被松了绑,从囚车上下来,身旁跟着她的是山羊;山羊也松了绑,感到自由了,欢快地咩咩叫着。他们让她赤着脚,在坚硬的石板上一直走到大门的石阶下。她脖子上的粗绳子一直拖到背后,活似一条蛇跟在她身后。

这时,教堂里的合唱停止了,一个硕大的金十字架和一排蜡烛在暗影中随风摇曳起来,听得见身着杂色服装的教堂侍卫们枪戟的响声。一阵子后,一长列穿无袖长袍的教士和穿祭披的副祭唱着赞美诗,慎重地朝着犯人走来,在她及众人跟前排起了队。可是她的目光停在紧靠手执十字架的人后面那个领头的教士身上。她不禁打了个冷噤,低声说道:"哎呀! 又是他! 这个教士!"

他果真是副主教。他的左边是副领唱人,右边是手执指挥杖的领唱人。副

主教则朝前走着,头向后仰,眼睛瞪得老大,目不转睛,高唱着:

"我从地下的深处呼喊,你就俯听我的声音。"
"你将我投下的深渊,就是海的深处。大水环绕我。"

副主教穿着胸前绣着黑十字架的袈裟出现在尖拱形大门廊外面的阳光下。此时,他面色煞白,人群中不止一个人还认为他是大理石主教雕像中的一个,本来跪在唱诗班墓石上,现在站起身到坟墓门口迎接那个将死去的女人,带她到阴间里去。

她呢,也是面色煞白,宛若石像。有人把一支点燃的黄色大蜡烛放在她手上,她差不多没有发现。她没有听书记官用尖声宣读那要命的悔罪书。别人要她回答"阿门",她便木然地跟着回答"阿门"。当她看到那个教士示意要看守人走开,一个人自朝她走过来的时候,她才恢复了一点生气和力量。

因此,她感到血液在头脑中沸腾,已麻木、冰凉的灵魂中残存的一点义愤又重新燃烧起来。

副主教缓缓地走到她跟前。她身处绝境之中,依然发现,他眼中闪烁着淫欲、嫉妒和渴望的目光,正扫视着她的裸体。尔后,他又高声问道:"姑娘,您请求上帝宽恕您的错误和失足吗?"他又凑到她耳边加上一句(旁观者以为他在听她最后的忏悔):"你需要我吗?我还能救你!"

她瞪着他说道:"滚开,恶魔!不然的话,我就要揭发你。"

他恶狠狠地笑了一笑,"谁也不会相信任的,你只会在罪行外再加上一个诽谤罪!赶快快回答!你要不要我?"

"你将我的弗比斯怎么样了?"

"他死了。"教士说。

正好在这时候,倒霉的副主教机械地抬起头,看到在广场的另一边,贡德洛里埃府邸的阳台上,队长正站在百合花的身旁。副主教摇晃了一下,把手搭在额头上,又望了一会,低低骂了一句,整个脸剧烈地抽搐了起来。

"那好！去死吧，"他咬牙切齿地说，"任何人也别想再得到你。"

于是，他把手放在埃及姑娘头上，用阴沉沉的声音说道："现在去吧，罪恶的灵魂，愿上帝怜悯你！"

这是人们通常用来结束这一凄惨仪式的可怕惯用语句，这也是教士给刽子手的暗号。

所有民众都跪了下来。

"主啊，请宽恕我。"仍旧站在大门尖拱下的神父们念道。

"主啊，请宽恕我。"群众跟着念了一遍，嗡嗡声掠过他们头顶，好像是汹涌波涛的拍击声。

"阿门。"副主教说道。

他转过身背朝着女囚，脑袋耷拉在胸前，双手合成一个十字，走进了教士们的行列，过了一会，连同十字架、蜡烛和僧衣，一块消失在教堂那阴暗的拱顶下面。他那响亮的嗓音渐渐被湮没在这绝望的诗句的合唱声中：

"你的波浪洪涛，都漫过我身！"

就在此时，教堂侍卫手中的矛戟铁柄的断断续续的碰击着，在本堂的柱廊间渐渐低微了下去，仿佛钟锤似的，敲响了女囚的丧钟。

此时，圣母院的每道大门依然开着，可以看见空无一人的教堂里，阴森森的，没有蜡烛，也没有声音。

女囚仍旧待在原处，一动不动，等候处置。一个执棒的捕快不得不跑去通知夏尔莫吕老爷，他在整个这段时间内都在研究大门上的浮雕，有人说那代表着阿伯拉罕的献祭，也有的说那代表炼金术的实验，天使代表太阳，柴捆代表火，阿伯拉罕代表实验者。

花了老大的劲才将他从凝望静思中拔了出来，他终于转过身子，向两个黄衣人打了一个手势，刽子手的两个隶役马上走近埃及姑娘，把她的双手再捆起来。

不幸的姑娘重新登上囚车，在走向她生命的终点站时，想必也对生命依然带着几分眷念而感到撕心裂肺的悲痛吧，她抬起通红、干涩的眼睛望着天空，望着太阳，望着把天空零零落落裁成四边形和三角形的白云，尔后她又低下头，望着房屋、大地、人群……在黄衣人来绑她双手的当儿，她忽然发出一声可怕的叫喊，一声快乐的叫喊。她就在那边，在那个阳台上，她瞥见了，是他，她的朋友，她的主宰，她的生命，弗比斯，她生命的另一个影子！教士撒了谎！法官撒了谎！正是他，她丝毫无法怀疑，他就在那儿，英俊，潇洒神采奕奕，穿着那身鲜艳的军服，头上佩着翎毛，腰上佩着宝剑！

"弗比斯！"她高兴而心痛地叫道，"我的弗比斯！"

她想向他伸出因爱情和狂喜而颤抖的双臂，可是双臂被绑住了。

此时，她看到队长皱了皱眉头，一个美丽的少女靠在他身上，嘴唇轻蔑地翕动，气恼地望着他。只见弗比斯说了几句她从远处听不到的话，两个人赶快就溜到了阳台的玻璃窗门后面，窗门旋即关上了。

"弗比斯！"她疯狂地大声叫道，"难道你也这样认为吗?"

她的心中闪现出一个奇怪的念头，她想起她是因为被诬告谋害弗比斯·德·夏托佩尔而被判死刑的。

她在那以前一直全力支撑着，可这最后一击太厉害了。她一下子瘫倒在路上，一动不动。

"快，"夏尔莫吕道，"快把她抬上车去，马上了结!"

还没有人注意到，在门廊的尖形拱顶上面，刻有历代君王雕像的柱廊之间，一个怪异的旁观者一直不动声色地观望着。他的脖子伸得老长，相貌奇丑，如果不是穿半紫半红的奇怪衣服的话，准会被当作石头怪兽中的一个。六百年来，教堂的长长檐槽就是通过石兽的口流下来的。这个旁观者自从午起就在圣母院大门前，把所发生的一切都看在眼里记在心里。从一开始，趁着没有人注意，他就在柱廊的一根柱子上牢牢拴了一根打结的粗绳子，一头在下，拖到石阶上。绑完以后，他心平气和地观看起来，时不时有一只乌鸦从他面前飞过，还打了一声呼哨呢。就在刽子手的两个隶役决定执行夏尔莫吕的冷酷命令的当儿，他跨过长廊的栏杆，手脚膝盖并用，抓住绳子，只见他似一滴顺着玻璃窗流淌下来的雨水，一下子从前墙滑落了下来，飞快地跑向两个隶役，然后抡起两只大拳头，一手一个将他们全打翻在地，用一只手托起埃及少女，好似一个孩子提起他的玩具娃娃，一个箭步跨到教堂，将姑娘举过头顶，以一种令人惊骇的口气喊道：圣地！

这一切是如此迅速，好似一道闪电划破黑夜，一切全都看得清清楚楚。

"圣地！圣地！"人群不停地喊道，千万只手拍着，卡齐莫多的独眼则闪耀着快乐、自豪的光芒。

这一阵震动使犯人清醒过来。她睁开眼睛，望一望卡齐莫多，随后忽然闭上眼睛，好像被她的救命者吓住了。

夏尔莫吕一下子惊待在了那里，刽子手，所有随从，统统都愣住了。的确，在圣母院的围墙内，犯人是不可侵犯的。教堂是一个避难所整个人类司法制度不准越过教堂的门槛。

卡齐莫多在门廊下停了下来。他的一双大脚立在教堂石板地上，好像比沉重的罗曼式石柱更牢固。他那头发蓬乱的大脑袋瓜深深埋在双肩之间，有如埋在只有狮鬣，没有脖子的雄狮的双肩之间。他长满老茧的大手举着那还在心惊肉跳的姑娘，好似举着一条白练；他是那么小心翼翼地托着她，仿佛生怕把她打碎，或是把她像花一样弄枯萎了。他似乎觉得，这是一件精雅、优美、珍贵的宝贝，是为别人的手而不是为他的手而做成的。不过，他仿佛连碰都不敢碰她一下，甚至不敢对着她呼吸。过了一会儿，他蓦地把她紧紧抱在怀里，紧贴他的鸡胸,仿佛那是他的珍宝,他的财富;仿佛他是这孩子的母亲一样,他的独眼低垂下来,看着她,把温柔、痛苦、怜悯倾泻在她脸上,然后又突然抬起头来,眼中闪烁着光芒。这时女人们哭的哭,笑的笑,人们兴奋得直跺脚,因为这时候,卡齐莫多真正显出他的美。他是美的,他,一个孤儿,一个被捡来的孩子,一个被遗弃的人,他感到自己孔武有力,他敢正面蔑视着这个将他驱逐,而他却如此强有力加以干预的社会,蔑视这个人类司法制度,敢于从中夺取其牺牲品,蔑视所有这帮豺狼虎豹,迫使他们只好空口乱嚷,蔑视这帮警卫,这帮刽子手,这帮法官,以及国王的全部权力,全部被他这个卑贱者借上帝的力量砸得粉碎。

何况,一个如此丑陋的人竟然去保护一个如此不幸的人,卡齐莫多居然救下一个死刑犯,这真是一件令人感动的事啊。这是自然界和人类社会中两个极端悲惨的人互相帮助,互相接触。

可是,在胜利过去几分钟之后,卡齐莫多忽然带着他拯救的人窜进了教堂。民众总是崇尚一切壮举的,张大眼睛望着阴暗的教堂,想找到他,惋惜他如此快就在他们的欢呼声中走开了。就在这时,人们看到他在法国列王雕像柱廊的一端又出现了。他发狂地奔跑,穿过柱廊,一边托着他的胜利品,一边叫喊着:"圣地!"群众中再次爆发出阵阵掌声。他跑完了整个柱廊,又钻进教堂里面。过了一会儿,在高处平台上又重新出现了。他一直把埃及姑娘抱在怀中,一面疯狂地跑着,一面喊道:"圣地!"群众再一次高呼。未了,他在钟楼的塔顶上第三次出现,在那里他好像自豪地把救下的姑娘炫耀给全城人看。他响亮的声音狂热地重复三遍:"圣地! 圣地! 圣地!"这种声音,人们以前很少听见,他自己从未听见,响彻云霄。

"妙极了! 妙极了!"站在他一边的民众叫道。这巨大的欢呼声传至河对岸,震撼着在河滩广场上的每个人和那个眼瞪着绞刑架,一直等着看热闹的隐修女。

第九卷

一 热狂

就在克洛德·弗罗洛的义子那样猛烈地把不幸的副主教用来束缚埃及姑娘,同时也束缚自己命运的死结斩断时,这位副主教已离开圣母院了。一回到圣器室,他就匆匆脱掉罩衣,法袍和襟带,把它们统统扔到诧异的教堂执事手上,便从隐修院的偏门溜走,吩咐"滩地"的一个船工渡他到塞纳河的左岸,溜进了大学城高高低低的街道上,他不知道该往哪儿走,每走一步就能撞见三五成群的男女。他们迈着大步向圣米歇尔桥跑去,希望还赶得上观看绞死女巫。他魂不附体,脸无血色,比大白天被顽皮的孩子放掉后又追赶的夜鸟更恐慌,更盲目,更害怕。他不知道自己在何处,在想些什么,是否在做梦。他往前走,时而快跑,忽而慢步,见路就走,根本不加选择,只不过老是觉得被河滩广场追赶着,隐隐约约地感到那可怕的广场就在他身后。

他就这样沿着圣日芮维埃芙山往前走,末了从圣维克多门逃出了城。只要他回头还能看到大学城塔楼的墙垣和城郊稀疏的房屋,他就一直往前奔跑;但当一道山坡把可恨的巴黎彻底挡住时,他坚信已走了百把法里,来到荒郊野岭,才停住,觉得又可以呼吸了。

这时,一些可怕的念头纷纷涌上他的心头,他又看清了自己的灵魂,惊惧不已。他想到那个毁了他,又被他毁掉的不幸姑娘。他用惊慌的目光环顾命运让他们二人走过的崎岖的双重道路,直到它们无情地相互撞击而粉碎的交点。他想到自己发誓永远出家的荒唐，想到了贞洁、科学、宗教、德行的虚假，想到了上帝的无能。他心花怒放，陷入这些邪念里，陷得愈深，就愈觉得心中爆发出一种魔鬼的狞笑。

他这样审视自己灵魂的时候，发现大自然在他的灵魂里为情欲准备了一个多么广阔的天地，便愈发苦涩地冷笑了。他在心灵深处玩弄他的全部仇恨及邪恶。以一个医生检查病人的冷静目光，诊视这种仇恨。这种邪恶无非是被玷污的爱情，这种爱，在男人身上可以说是一切德行的根源，而在一个教士的心中则成了可恶的坟墓；而且，一个像他这样气质的人一旦做了教士就成了恶魔。于是他可怕的大笑。在观察自己那致命的情欲，观察那具有毒的、腐蚀性的、可恨的、难以控制的爱情中最险恶的方面时，他忽然又变得脸色煞白，因为这种爱导致一个人上了绞刑架，另一个人下了地狱：她被判绞刑，而他堕入地狱。

随后，他想到弗比斯还活着，又笑了；心想队长毕竟还活着，活得轻松愉快，他的军服比以前更华美，还有一个新情妇，他竟然带着新情妇去看绞死旧情人。他狞笑得更厉害了，因为他寻思，在那些他恨不得他们早死的活人当中，那个埃及少女是他唯一不恨的人，是他唯一没有欺骗过的。

于是，他从队长又想到群众，他感到一种从未有过的嫉妒。平民，所有平民，都看过他心爱的这个女人身穿内衣，几乎赤裸。他想，他一个人在暗影中隐约看这个女人的形体时，可以说是至高无上的幸福，竟然却在中午、光天化日之下，穿得像仿佛要去度淫荡之夜似的，交给全体大众去玩赏，一想到此，他痛苦得扭曲了脸。他愤怒地痛哭，痛恨爱情的一切神秘竟受到这样辱没，玷污，像鲜花永远凋残了。他悲愤地痛哭，想象着有多少淫恶的目光在那件没有扣好的内衣上揩油沾光。这个美丽的姑娘，这百合花般纯洁的处女，这个装满贞洁和极乐的酒杯，他只敢战战兢兢地将嘴唇挨近，现在竟成了公共饭锅，巴黎最卑贱的小偷、贱民、乞丐、仆役们都蜂拥而来从中消受无耻、污秽、荒淫的乐趣。

他挖空心思想象着他在世上能获得的幸福，设想她不是吉卜赛人，他也不是教士，弗比斯也不存在，她也爱他；一种充满恬静和爱情的生活对他自己也是可能的，就在同一时刻，世上到处都有幸福的伴侣在橘树下，在夕阳中，在小溪边，在星光灿烂的夜晚倾诉绵绵情话；假若上帝答应，他会和她成为这些幸福伴侣中的一对。想到这些,他的心软了,化作一腔柔情,满腹悲伤。

啊!是她!就是她!这个顽固的想法一直萦绕在他的心头,吸吮他的脑汁,折磨着他,撕裂他的肺腑。他并不遗憾,也不感到后悔;他做过的一切,还准备再去做;宁可看到她落在刽子手的手中,也不愿看见她在队长的怀抱里,不过他悲痛欲绝,不时揪一把头发,看看是不是变白了。

这中间有一会儿,他忽然想起,或许正是早上看到的那条可憎的锁链正收紧链结,死死勒住她那十分柔弱优美的脖子。这个念头使他的每一个毛孔都渗出汗来。

又有一会儿,他一边像恶魔一样嘲笑自己,一边回想头一次所看见的爱斯梅拉达,那个天真活泼、喜笑颜开、穿着盛装、舞姿翩翩、无忧无虑、像只百灵鸟,同时又想象最后一次所看到的爱斯梅拉达,身穿内衣,脖子上套着绳索,光着脚,缓缓地走上绞刑架的梯子;他这样想着前后两种景象,忍不住发出一声凄厉的喊声。

这阵欲死不能的飓风把他心灵里的一切扰乱了,压弯了,打碎了,扯断了,连根拔除了。他望了望周围自然界的景象,附近有几只母鸡在灌木丛中啄食,色彩斑斓的金龟子在阳光下飞舞,头顶上空有几片灰白的云朵在蓝天上飘浮着。水天相接处的是维克多修道院的钟楼,它那石板方塔在山坡上矗立着。而戈波山岗的磨坊主则打着呼哨,望着磨坊转动着的风翼。这整个生机盎然、井然有序、安静祥和的生活,在他四周千姿百态地呈现出来,让他看了难受得不行,他随即又奔跑起来。

他就这样在田野里狂奔着,一直跑到日落时分。这种逃避生活、逃避自然、逃避自己、逃避人类、逃避上帝、逃避一切的奔跑,继续了整整一天。有几次他扑倒在地,面孔朝下,用五指拔起麦苗。有好几次他在荒村的某条小街上停下来,痛苦得难以忍受,竟用双手紧抱着脑袋,想把它从肩膀上拔出来,在地上摔个稀巴烂。

太阳快要落山的时候,他重新审视自己,发现自己差不多快疯了。自从丧失对拯救埃及姑娘的希冀和愿望,风暴就在他的心里刮个不止。这一场风暴并没有在他心中留下任何完整的想法,任何站得住的思想。他的理智在这风暴中几乎完全被摧毁,不如枯槁,心里只剩下两个清晰的形象:爱斯梅拉达和绞刑架。其余全是漆黑一片。这两个紧密相连的形象合在一起,呈现了一种可怕的群像,而且他越是紧盯着他的注意力和思想中残存的形象,越看它们以变幻莫测的进度在发展变化,一个变得丰姿妖娆,妩媚、迷人、光辉灿烂,而另一个变得面目可憎;最后,他甚至觉得爱斯梅拉达好像是一颗星星;绞刑架仿佛是一只枯瘦的巨臂。

在他遭受着极大折磨期间,他竟然没有想到去寻短见,这真是一件咄咄怪事。不幸的人往往如此。他珍惜生命。也许他真的看见身后是地狱。

这时天色越来越昏暗了,他内心尚存的性灵隐隐约约想要回去。他自以为已经远远离开了巴黎,可是仔细辨认一下方向之后,才发现自己只不过是沿着大学城的城墙绕了一圈。圣絮尔皮斯教堂的尖塔和圣日耳曼一德一普瑞修道院的三个高高的尖顶,在他的右边直插云霄。他奔向这个方向。听见修道院的武装人员在圣日耳曼雉堞壕沟周围吆喝口令,他就绕了过去,走上修道院的磨坊与镇上麻风病院之间的一条小路,过一阵子就来到了教士草场的边上。这个草场是因为神学堂学子们日夜吵闹不休而著名的,它是圣日耳曼修道院僧侣们的七头蛇,"它对圣日耳曼一德一普瑞的僧侣们来说是一头七头蛇,因为神父总是一次又一次地借此挑起教会纷争。"副主教担心在那里碰见什么人,他唯恐见任何人的脸。他刚刚避开大学城和圣日耳曼镇,打算设法晚一些再回到大路上去。他沿着教士草场往前走,走上了一条把草场和新医院分开的荒芜的小径,终于到了塞纳河边。为了坐船,堂·克洛德找到一个船工,给了几个巴黎德尼埃,船工就带着他逆流而上,直到城岛的沙嘴,让他在格兰古瓦在那里做过梦的那荒凉的狭长半岛上了岸,这个半岛一直延伸到同牛渡小洲平行的王家花园外。

渡船单调的晃荡和汩汩的水声使不幸的克洛德心灵有点麻木了。船工远去了之后,他依然呆呆地伫立在沙滩上,朝前望去,什么也看不见,只见一切都在摇曳,膨胀,觉得一切全像在虚幻的世界中一般。一种深沉的痛苦引起的困倦,在精神上产生这样的结果,这倒是屡见不鲜的。

太阳已经落到纳勒高塔背后去了。正是暮霭苍茫的时分,天空是白的,河水也是白的。在这两片白色之间,他盯着塞纳河的左岸,它投射出黑压压一大片黑影,看起来越远越稀薄,像一支黑箭直插入天边的云雾。岸上到处都是房舍,只看得见它们阴暗的轮廓,被明亮的天光水色一映衬,显得格外黝黑。窗户亮起了灯火,疏疏落落,仿佛是些燃烧着炭火的炉口。在天空与河水两幅白幔之间,那黑黝黝的巨大方尖塔子可是立,在那个地方显得硕大无比,给堂·克洛德留下了一种奇怪的印象,好像一个人仰面躺在斯特拉斯堡大教堂的钟楼下,一动不动地望着巨大的尖顶在他的头顶上方钻进了灰白的暮霭之中。不过,在这里克洛德是站着的,方尖塔是躺着的。河水倒映着天空,他显得脚下的深渊更加深不可测。巨大的岬角,仿佛也像教堂的任何尖顶一般,大胆地刺入空间,给人的印象也完全一样。这种印象同样奇特但更加深刻,仿佛那就是斯特拉斯堡钟楼,不过斯特拉斯堡钟楼有两法里高,巨大无比,高不可测,人类的眼睛从未见过,俨然又是一座巴别塔。房屋上的烟囱,房顶的人字墙,奥古斯都修道院的尖塔,墙头的雉堞,所有那些把巨大方尖塔的轮廓切成许多缺口的突出部分,那些奇怪地出现在眼前的杂乱而令人幻想的齿形边缘,都使人产生了幻觉。克洛德身处于幻觉之中,用他活生生的眼睛,看见了阴间里的钟楼;他觉得那可怕的高塔上闪耀着千百道亮光,仿佛是地狱的千百扇门户;高塔上人声嘈杂,喧闹不止,好似地狱里传出的垂死的喘息鬼泣神嚎。他害怕了,用双手捂住耳朵不再去听,转过身子不再去看,并且迈着大步远远地离开了那骇人的幻景。

可是幻景就在他的心里。

他走回大街上,看见店铺门前灯光照耀下熙熙攘攘的行人,觉得那是一群永远在他四周来来往往的幽灵。他耳朵里老有奇怪的轰鸣声。有些奇特的幻象总是搅乱他的心绪。他看不见房屋和道路,也看不见车辆和过路的人,只看到一连串模糊不清的事物互相缠绕在一起。桶坊街的拐角处有一家杂货店,房檐周围按远古的习俗挂着许多白铁环,铁环上系着一圈圈木制的假蜡烛,迎风相互撞击着,发出响响的声音。他以为听到了鹰山刑场的骷髅在黑暗里碰撞的响声。

"啊,"他低声说道,"夜风吹得它们相互碰撞,铁链的响声和尸骨的响声混在了一起! 或许她就在那里,在他们当中!"

他魂不守舍,不知道该往何处去。又走了一段路,发现自己来到圣米歇尔桥上,看见一所房子底层的窗口射出一道亮光。他走过去,透过一方破碎的玻璃窗,看见一间脏兮兮的客厅,这在他心里唤起了一种模模糊糊的回忆。客厅里,在昏黄的灯光下,有个红润的金发青年,手舞足蹈,大声笑着,正搂着一个袒胸露背、寡廉鲜耻的姑娘,还有一个老妇人,坐在灯旁纺纱,一面用颤微微的声音唱着一首歌。在那个年轻人笑笑停停的一块空间里,歌词有几段传进了教士的耳朵。这些歌词不易理解,却令人毛骨悚然。

> 河滩,哼哟,河滩,晃哟!
> 我的纺锤,纺哟,纺哟,
> 给刽子手纺出绞索,
> 他在监狱庭院里打着口哨。
> 河滩,哼哟,河滩,咣哟。
>
> 美丽的大麻绞索!
> 从伊西到凡弗勒
> 种上大麻,而非小麦。
> 窃贼不会去偷盗
> 美丽的大麻绞索。
>
> 河滩,哼哟,河滩,晃哟!
> 想看一看那风流娘门
> 吊在肮脏刑架上被绞,
> 那些窗户就是双眼。
> 河滩,哼哟,河滩,晃哟!

听到这歌声,年轻人笑着,抚摸着那个女人。那个老婆子就是法露黛尔,而那个女人则是一个妓女;那个年轻人,正是他的兄弟约翰。

他接着看着,这幕景象同另一幕简直如出一辙。

他看见约翰走到房间尽头的窗前,把窗户打开,朝远处那个有着许多明亮窗户的码头看了一眼,他听见他在合上窗户的时候说:"用我的灵魂担保! 天色已经晚,人们已经点上了蜡烛,慈悲的上帝亮起了星星。"

随后,约翰又回到那妓女身边,砸碎桌上的一个酒瓶,大声地吼道:

"已经空了,他妈的! 我身无分文了! 伊莎博,亲爱的,我是不喜欢朱庇特的,只要他把你这一对白乳房变成两个黑酒瓶,让我整日整夜从里面吮吸波纳葡萄酒!"

一听这个美丽的玩笑,那妓女哈哈大笑,约翰从那道便走了出来。

堂·克洛德刚刚来得及扑倒在地,免得被他的弟弟撞上,当面认出来。幸好街道幽暗,那家伙醉醺醺的,他看到副主教正躺在泥泞的道路中间。

"喂! 喂!"说道。"这儿有个家伙今天过得蛮舒坦呀。"

他用脚踢了踢堂·克洛德,他正屏息着气呢。

"醉得像个死猪,"约翰说,"哈,他可喝足了,活像一条从酒桶上拽下来的蚂蟥。他还是个光头呢。"他弯下腰看了看,又说。"原来是个老头! 幸运的老头!"

随后,堂·克洛德就听见他边走开,边说:"看来,理性是个好东西,我的副主教哥哥真幸运,又有学问又有钱。"

这时副主教爬了起来,一口气朝圣母院跑去,他看见圣母院的两座巨大钟楼在众多房屋之间暗影里高高地屹立着。

他一口气跑到教堂前面的广场,这时反而犹疑不定了,不敢望那阴森森的建筑物,"啊!"他低声地自言自语道。"今天,就在上午,这里真的发生过那样一件事吗?"

这时他才壮起胆子向教堂望去。教堂的正面是漆黑一片,后面的天空繁星闪烁。刚刚从天边升起的一弯新月,此时此刻正贮留在靠右边那座钟楼的顶上,宛如一只发光的小鸟栖息在像被剪成的黑梅花状的栏杆上。

修道院的大门紧锁着。可是副主教身边常常带着他那间密室所在的钟楼的钥匙,于是拿出钥匙把门打开,一头钻进了教堂。

他发现教堂里好似洞穴一般黑暗沉寂。他看见了从四面八方投下来的大块阴影，还发现早上举行忏悔仪式时挂的帏幔还没有撤掉。巨大的银十字架在黑暗中幽幽发光，上面点缀着一些光点，仿佛是那坟墓般阴森夜空的银河。唱诗班后面的长玻璃窗在帏幔顶上露出了它们尖拱的顶端，窗上的彩绘玻璃在月光下呈现出朦胧的色调，似蓝非蓝，似紫非紫，那是只有死人脸上才有的一种色调。副主教看到唱诗班周围的这些苍白的尖拱顶，以为看见了堕入地狱的主教们的帽子。他闭上眼睛，等再睁开来之时，觉得那是一副苍白的面孔在盯着他看。

于是他拔腿就跑，穿过教堂逃开了。他觉得教堂仿佛在摇晃，动弹，充满活力，活起来了。每根巨大的柱子都好像变成了又粗又长的腿，用巨大的石脚踩着地。巨人般的教堂却变成了一头硕大无比的大象，以那些柱子为脚，在那里晃晃悠悠地走动，那两座巨大钟楼就是它的犄角，大黑幔就是它的装饰。

他的昏热或热狂竟然如此强烈，在这个不幸的人看来，整个外部世界不过是上帝的启示，让人看得见，摸得着，令人惊骇。

有一会儿，他松了口气。在走进过道时，他看见从一排柱子后面射出一道红光。他飞快地朝它奔去，仿佛奔向星星似的。原来那是日夜照着铁栏下圣母院公用祈祷书的那盏可怜的灯。他急切地跑到祈祷书跟前，希望从中找到一点安慰。祈祷书正翻到《约伯》那一段，他就目不转睛地看了起来，"有灵从我面前经过。我听见他轻微的鼻息，我身上的汗毛直立。"

读着这阴森森的句子，他感觉就仿佛一个瞎子被自己捡来的棍子戳了一样。他两腿发软，瘫倒在石板地上，想着白天死去的那个女人。他觉得脑袋里像是在冒出一股股极为可怕的烟，仿佛他的头变成了地狱的一个烟囱。

有好一阵子，他就这样久久地躺在那里，无思无想，没有办法，像是堕入了地狱，落到了恶魔的手里。最后，他恢复了一点力气，便想躲到钟楼里去，靠近他忠实的卡齐莫多。他站起来，由于恐惧，便把照亮祈祷书的灯拿走。这本是一种渎神的行为，他已顾不得这种小事儿了。

他慢慢地爬上钟楼的楼梯，心惊胆战，他牵着手里神秘的灯，在这样深夜里，从一个楼梯到另一个楼梯，直登上钟楼的顶上，如果让广场上稀稀落落的行人看了，也会吓得魂飞魄散。

忽然，他感到脸上有一阵凉意，发现自己已经爬到了最顶层的长廊门口。那里空气清冷，天空中朵朵云朵，大片的白云互相掩映，云角破碎不堪，仿佛冬天河里解冻的冰块一般。一弯新月镶嵌在云层中，宛如一艘被空中的冰块环绕着的天舰。

他低垂下头，从连接两座钟楼的一排廊柱的栅栏当中向远处眺望了一会，透过一片轻烟薄雾，只看见巴黎成堆静悄悄的屋顶，尖尖的，数也数不清，又挤又小，如同夏夜海面上荡漾的水波。

月亮撒下淡淡的光，把天空和大地蒙上了一片灰色。

这时教堂的大钟响起了细微、嘶哑的声音，子夜钟声响了。教士想到了当天中午，也是一样的十二下钟声。他低声自言自语道："啊！她现在大概僵硬了！"

忽然，一阵风把他的灯吹灭了，差不多就在同时，他看见钟楼对面拐角处出现了一个身影，一团白色，女人形体，不由得打了个寒噤。那女人身边有一只小山羊，跟着最后几个钟声在咩咩地叫着。

他斗胆看过去，果真是她。

她面色苍白，神情十分忧郁。她的头发和上午一样披在肩头上，可是脖子上没有绳子，手也不再被绑着了。她自由了，但她已经死了。

她穿着一身白衣服，头上盖着一块白头巾。

她仰望天空，慢慢朝他走来。那只通灵的山羊跟着她。他觉得自己已经变成了僵石，沉重得要逃也逃不开。她向前走一步，他就往后退一步，如此而已。他就这样一直退到楼梯口黑暗的拱顶下面。一想到她或许也会走过来，吓得浑身都凉了；假若她真的过来了，他准会吓死的。

她的确来到了楼梯口，停留了一会儿，凝目向黑暗里望了一望，但他仿佛并没有看见教士，便走过去了。他仿佛觉得她比活着时更高些，透过她的白衣裙，他看见了月亮，还听见了她的呼气声。

待她走过去，他就起步下楼，脚步慢得与他见过的幽灵一样，他觉得自己仿佛也就是一个幽灵。他魂飞魄散，汗毛倒竖，手中依然提着那盏灭掉的灯。就在他走下弯弯曲曲的楼梯时，他清清楚楚地听见一个声音一边笑，一边不停地念道："有灵从我面前经过，我听见轻微的鼻息，我身上的汗毛直立。"

二　驼背、独眼、跛脚

从中世纪到路易十二时代，法国每一个城市都有避难所。这些避难所好比是在淹没城市的无度刑法和司法的汪洋大海中耸立在人类司法之上的岛屿。任何囚犯一踏进这避难所就得救了。在城郊，避难所与刑场一样多。这是在滥用苦刑的同时滥用赦免，是竭力互相纠正的两种坏东西。王室宫廷、王公府邸，尤其教堂，都拥有提供庇护的权利。有时需要增加人口，整个城市也暂时被充当避难所。1467 年路易十一就将巴黎变成了避难所。

一旦跨进避难所，罪犯就神圣不可侵犯了，不过，他得千万小心不要再出去。只要迈出圣地一步，他就会重新卷入洪水之中。绞架、转轮、吊刑杆在庇护所四周虎视眈眈，不停地窥视着他们的猎物，像鲨鱼围着船只团团转。常常看见一些犯人在隐修院里，在宫殿楼梯上，在修道院的田园里，在教堂的门廊下，就这样一直待到白头，这个意义上，避难所同样是一个监狱。有时大理院不得不做出严正判决，强行进入庇护所，把犯人重新抓走，交给刽子手，不过，这种事情并不常见。大理院畏惧主教，所以，当这两种身穿长袍的人出现冲突时，穿法袍的总斗不过穿袈裟的，不过，有时候，比如在巴黎的刽子手小约翰的被谋杀案中，在谋害让·瓦莱的杀人犯埃梅里·卢梭的案子中，司法机关就越过教会，直接执行判决；可是，除非大理院做出判决，要不用武力强行侵入避难地就得遭殃！大家知道，法国元帅罗贝尔·德·克莱蒙和香帕尼的都统让·德·夏隆的下场；虽然仅仅是关于一个可怜的杀人犯，即叫作佩林·马克的货币兑换商的伙计，可是，两个元帅打碎了圣梅里的大门。那就罪恶滔天了。

当时，避难所备受推崇，据谣言说，它有时甚至推及动物。艾莫安讲起一只被达戈贝尔追赶的鹿，躲藏在圣德尼的坟墓旁，猎犬群立刻停了下来，在一旁狂吠不已。

每座教堂通常有一个准备接纳请求避难者的小屋。1407 年,尼古拉·弗拉梅尔准备在屠宰场圣雅各教堂的拱顶上给他们建了一个房间,花费四利弗尔六索尔十六巴黎德尼埃。

在巴黎圣母院,有一间小屋,这间小屋建在拱扶垛下侧的顶楼上,正对着隐修院,在塔楼现今守门人的妻子开辟花园的地方,将它与巴比伦空中花园做比较,就如同将莴苣比作棕榈树,将一个女门房比作为塞密拉米斯。

卡齐莫多在塔楼和柱廊上狂乱而又得意地乱跑了一阵以后,将爱斯梅拉达放在了这间小屋里。当他这样不停奔跑的时候,姑娘自始至终没有恢复知觉,半睡半醒,什么也感觉不到,只觉得像是升上了天空,在天上浮游飞翔,有什么东西将她带离了大地。她不时听到卡齐莫多的狂笑声和吵嚷声在她耳边回响着。她半睁着眼睛,隐隐约约只见下面巴黎城密密麻麻的一片石板地和瓦片的屋顶,如同一幅红蓝相间的镶嵌画,头顶上是卡齐莫多可怕而兴奋的脸。于是她的眼皮又闭上了,她以为自己已经完了,认为人们在她昏迷时已将她处死,以为主宰她命运的那畸形鬼魂重新抓住了她,将她带走。她没有勇气看他,只好听天由命。

可是,当蓬头垢面、气喘吁吁地敲钟人把她安置在那间避难的小屋里,当她感到他粗大的手轻轻解掉那擦伤她双臂的绳索时,她当时心灵上所受到的震动,就好比在黑夜里抵岸的船,一下子惊醒了旅客似的。随即她的思绪也被唤醒了,往事一幕幕地浮现在眼前。她发现自己在圣母院,想起自己被人从刽子手的掌握中抢夺出来;发现弗比斯还活着,却不爱她了。但这两个念头,一个比另一个带来更多的痛苦,一齐浮现在可怜女囚的脑海中,她转身朝着站在她面前并使她害怕的卡齐莫多,对他说:"你为什么救我?"

他惶恐不安地看着她,好像使劲猜测着她说些什么。她重新问了一遍。于是,他无限忧伤地看了她一眼,随即跑开了。

她待在那里没有动,惊讶不已。

过了一会,他带着一个包袱回来,将其抛到她的脚下。这是一些好心的妇女放在教堂门口给她穿的衣服。这时,她低头看了看自己,发现自己几乎一丝不挂。立刻羞得满脸通红。生命又苏醒了。

卡齐莫多几乎也受到这种羞怯的感染,立刻用大手遮住眼睛,重新走了出去,不过,这一次是慢吞吞的。

她连忙穿上衣服。这是一件白色衣裙,带有一块白面纱,是主宫医院见习护士的衣服。

她刚穿好衣服,就看见卡齐莫多走了回来。他一只胳膊挽着一只篮子,一只胳膊夹着一块床垫。篮子装着一瓶酒、面包和一些食品。他将篮子放在地上,说道:"吃吧。"他在石板上铺开床垫,说:"睡吧。"原来敲钟人拿来的是他自己的饭菜和被褥。

埃及姑娘抬头看他,想向他表示感激,可是说不出一句话。这可怜的魔鬼的确可怕,她吓得瑟瑟发抖,只好低下了头。

这时,他对她说:"我把您吓着了。我很丑,是吗?别看我,光听我说话就行。白天您就待在这里;夜里您可以在整个教堂里到处走。不过,无论白天或夜晚,你都别走出教堂。不然的话,你就完啦。人家会杀了你,而我,也会死去。"

她大受感动,抬起头来想回答他的话。他却已经走了。她发现只有自己独自一人,思量着这个近乎妖怪的人这番怪异的话语,他的声音是那么沙哑却又那么温和,她的心被打他动了。

随后,她细看了一下这间小屋。它差不多六尺见方,有一个小天窗和一扇门,开向平滑石板屋顶微倾的坡面。屋檐上装饰着一些动物头像,似乎在她周围探头探脑,伸长脖子想透过天窗偷看一看她。在她那间小屋的屋顶边上,她看见无数壁炉的顶端,全巴黎城家家户户的炉烟,在她眼前袅袅上升。这个抬回来的孩子,被处以了极刑,惨遭不幸,没有祖国,没有住所,没有家庭,对像这样一个可怜的埃及姑娘来说,眼前的景观是多么凄惨啊!

她想到自己孑然一身,无依无靠,心如刀割。就在此刻,她感到有一个毛茸茸的,长满胡须的脑袋悄悄钻到她手里,爬上膝盖,她不由得打了个哆嗦(此刻一切使她感到恐惧),低头一看,原来是可怜的山羊,那机灵的佳丽,在卡齐莫多驱散夏尔莫吕的刑警队时跟着逃出来的,在她脚下蹭来蹭去已近一个小时,却没能得到主人的一眼顾盼。埃及姑娘连连吻它。她说:"啊!佳丽,我竟把你忘了！你却一直在想我啦！啊！你没有忘了我啊！"就在这时，仿佛有一只看不见的手把长期以来将眼泪堵在她心窝中的石头拿掉了，她号啕大哭，随着眼泪的流淌，她感到心中最辛酸、最悲切的苦楚随着眼泪一道流走了。

夜幕降临，她发现夜是多么迷人，月亮是多么温柔，她沿着教堂周围高高的柱廊上走了一圈。她感到心情舒坦了一些，因为从这高处往下望去，大地显得是多么宁静安详啊！

三　耳聋

第二天早上，她醒来后发现夜里睡了个好觉。这使她惊讶万分，她已很久未睡过一次好觉了。一缕明媚的朝晖透过窗洞射进来，照到了她的脸上。在看见阳光的同时，她发现窗洞口有个东西吓了她一跳，那是卡齐莫多的那张丑脸。她不情愿地闭上了眼睛，不过没用；透过她的玫瑰色眼睑，那个独眼、侏儒、缺牙的丑面孔，似乎一直浮现在她面前。于是，她努力一直把眼睛闭着，她听到一个粗嗓门极其温和地说，"别怕，我是您的人。我是来看您休息的。这不妨碍您吧，对吗？您闭着眼睛，我在这儿看，这对您不会有影响吧？现在我要走了。你瞧，我在墙后头，您可以睁开眼睛啦。"

还有比这些话更感人的，那就是说这话的声调。埃及姑娘深受感动，睁眼一看，其实他已不在窗口了。她走向窗口，看见那可怜的驼背在墙角处缩成一团，姿态十分痛苦而顺从。她极力克制住对他的厌恶。"过来吧。"她轻轻地对他说。看到埃及姑娘嘴唇在动，卡齐莫多以为她在撵他走，于是站起来，跛着脚，低着头慢慢地踱出去，甚至不敢向姑娘抬起充满失望的目光。她喊道："过来嘛！"他却接着往前走，于是她扑到小屋外，朝他跑去，一把抓住他的胳膊。卡齐莫多感到被她轻轻地一碰，不由得四肢直打战。他重又抬起头来，用乞求的目光看着她，看见她要把他拉到她身边，整张脸孔立刻露出快乐和深情的光芒。她想让他进屋去，可是他坚持不往里走，说："不，不。猫头鹰不进云雀的巢。"

此时此刻，她姿态优雅地蹲在她的床垫上，小山羊睡在她脚旁。两人好一

会儿一动不动,默默地对视着,他觉得她是那么优美,她觉得他是那么丑陋,她每时每刻在卡齐莫多身上发现更多丑陋之处。目光从罗圈腿慢慢移到驼背,从驼背慢慢移到了独眼,她弄不懂一个如此丑陋不堪的人怎能生存于世。可是在这一切中间又包含着无穷悲伤和无比温柔,她慢慢开始接受了。

他首先打破了沉默。"您是喊我回来?"

她点点头,说道:"是的。"

他懂了她点头的意思,"咳!"他说,仿佛要说又有些犹豫不决。"可是……我耳聋呀。"

"可怜的人!"吉卜赛姑娘以一种善意的怜悯表情大声说道。

他痛苦地笑了笑,"您没发现我是聋子,是吗? 对,我耳聋。可我天生就是这样。很可怕。不是吗? 而您呀,这么美丽!"

在这个不幸的人的声调中,发现他自己不幸的感受是如此的深切,她听了连一句话也说不出来,更何况他也听不见。他继续说下去:

"我从来没有发现自己像现在这样丑陋。我拿自己与您相比,我很可怜我自己,我是一个多么不幸的怪物呀! 我大概像头牲畜,您说对吗? 您是一滴露珠,一道阳光,一首鸟儿的歌!我呢,我是一种可怕的东西,不是人,也不是兽,一个比石子更坚硬、更遭人凌辱、更难看的丑八怪!"

说着,他笑了起来,这是世上最撕裂人心的笑声。他接着说:"是的,我是聋子。不过,您可以用动作和手势跟我说话。我有一个主人就用这种方法跟我谈话。还有,我从您的嘴唇翕动和您的眼神会就会很快知道您的意愿。"

"那好!"她笑着说,"告诉我您为什么要救我。"

她说话的时候,他目不转睛地盯着她。

"我明白了。"他回答道,"您问我为什么要救您。您忘了有天夜里,有一个人想把您抢走,就在第二天,您却在他们可耻的耻辱柱上帮了他。一滴水、一点怜悯,我就是献出生命也报答不了啊!您把这个不幸的人忘了;而他,他可记得呢。"

她听着,心里深受感动。眼泪在敲钟人的眼里滚动,不过没有让它滴下来,仿佛吞下眼泪是一件荣誉攸关的事。

"听我说,"他生怕这眼泪流出来,接着说道,"我们那边有很高的塔楼,一个人要是从那里掉下去,还没落到地上就完蛋了;只要您愿意我从上面跳下去,您一句话也不必说,丢个眼色就够了。"

这时,他站起来。虽然吉卜赛姑娘自己是那样不幸,这个古怪的人仍引起了她几分同情。她打个手势叫他留下来。

"不,不。"他说。"我不该待太久。您看着我,我一点都不自在。您不肯转过头去,那是出于怜悯。我去待在某个看得见您,而您看不见我的地方,那样我会觉得更好些。"

他从口袋里掏出一只金属小口哨,说:"给,您需要我,要我来,不太害怕看到我时,您吹这个,我会听到它的声音。"

他把口哨往地上一放,就马上逃离了。

四 陶土和水晶

时间就这样一天天消逝了。

爱斯梅拉达的心灵渐渐地恢复了平静。极度的痛苦就像极度的欢乐一样，来势凶猛但却不持久。人心不会长时间地维持在一个极端上。那个吉卜赛姑娘受的苦太多，剩下的就只有惊骇了。

安全有了保障，她的心中又产生了梦想。她置身在社会之外，生活之外，她又隐隐约约地感到，再踏向社会、返回生活，或许并非不可能的。她就像一个死人手里保留着坟墓的钥匙。

她觉得那些长期困扰着她的可怕景象慢慢离她而去。所有可怕的幽灵，皮埃拉·托特吕和雅克·夏尔莫吕，所有的人，甚至教士本人，都从她的脑海中渐渐淡去了。

再则，弗比斯还活着，她深信不疑，因为她亲眼看见过他。弗比斯的生命就是一切。一连串致命的打击，使她形如槁木心如死灰，但她在心灵中却发现还有一样东西、一种感情依然屹立着，那就是她对卫队长的爱。爱就像一棵树，自行生长，深深扎根于我们整个内心，常常给一颗荒芜的心披上绿装。

无法解释的是，这种激情愈盲目，则愈顽固。它自身毫无道理时，最为坚固了。

爱斯梅拉达想到卫队长，心中不无苦涩。毫无疑问，可怕的是他也会受骗，相信那件绝不可能的事，认为那个宁愿为他舍弃上千次生命的姑娘真的捅了他一刀。说究竟，不应该过分指责他：她岂不是承认她的罪行吗？懦弱的女人，她岂不是在酷刑之下屈服了吗？全部错误在于她自己。她就是让人拔去手指也不该像那样说话呀。总之如果能再见到弗比斯一面，哪怕只一分钟，只说一句话，只丢一个眼神，就可以使他醒悟，使他回心转意。她对此深信不疑。然而许多奇怪的事情是，当众请罪那天竟然弗比斯在场，同他在一起的还有那个姑娘，这一切把她搅得个糊里糊涂。那姑娘大概是他的姐妹吧。这种解释不合常理，她却非常满意，因为她需要相信弗比斯一直爱她，只爱她一个人。他不是向她发过那么多山盟海誓吗？她那么天真、没有心眼，难道还要别的什么东西吗？再说在这个事件中，种种迹象与其说不利于他倒不如说是不利于她自己，难道不是这样吗？于是，她期待着，而且期待着。

让我们再来看一看教堂，这个从四面八方包围着她的大教堂，本身就是最有效的镇静剂。这座建筑的庄严轮廓,姑娘周围各种事物的宗教仪态,可以这么说,从这座巨石的每个毛孔中渗透出来的虔诚和宁静的思绪毫无知觉地在她身上发挥着作用。建筑物也发出各种声音,那么慈祥、那样庄严,慰藉着这个病弱的灵魂。主祭教士的单调歌声,众信徒给教士时而含含混混、时而响亮的应和,彩色玻璃窗和谐共鸣的颤动,就像是百只小号回响的管风琴声,又仿佛大蜂房般嗡嗡直响的三座钟楼,所有这一切宛如一个乐队,其气势磅礴的音阶活蹦乱跳,从人群到钟楼,再从钟楼到人群,不断上上下下,麻痹了她的记忆,她的痛苦,她的想象。大钟尤其使她感到陶醉痴迷。这些巨大的乐器好像往她身上大量注射了一种磁波。

因此,每天早晨的朝阳发现她一天比一天呼吸更均匀,思绪更平静,脸色也微有红润。随着内心的创伤渐渐愈合,脸上重新焕发出优雅和俊美的神态,不过更为沉静,更为安详。她又恢复了过去的性情,甚至多少像她原先那样的欢乐,噘着小嘴的娇态,以及对小山羊的疼爱,那种她对唱歌的爱好,对贞洁的珍视。清早,她小心翼翼地在她住处的角落里穿好衣服,担心隔壁阁楼的什么住户会在窗口看到。

在想念弗比斯之余,埃及姑娘偶尔想到了卡齐莫多。这是她与人类、与活人之间的唯一联系纽带、唯一联系、唯一交往。可怜的姑娘啊!她比卡齐莫多更和世界隔绝!对命运送给她的这位古怪朋友,她一点儿也不理解,常常埋怨自己不能感恩戴德到了视而不见的地步,可是她无论如何也看不惯这可怜的敲钟人,他太丑了!

他扔在地上给她的那只口哨,她未曾捡起来。这并不妨碍卡齐莫多开头几天不时地重新出现在她面前。他给她送来食物篮子或水时,她尽可能克制自己,不至于因为过分的厌恶而背过身去,可是只要稍微显露出一点点这种厌恶的情绪,但总逃不过他的眼睛,他便垂头丧气地离开了。

有一回,就在她抚摸着佳丽的时候,他忽然出现了。看到小山羊和埃及姑娘那样亲密无间融洽和睦,他待在那里思考了片刻。最后他晃着又大又丑的脑袋说:“我的不幸,我还太像人了。我情愿完全是头牲畜,就像这山羊一样。”

她朝他抬起诧异的大眼睛。

他看了看她的目光，道："啊！我很清楚为什么。"说着，就走开了。

又有一次，他出现在小屋门前（他从未进去过）。这时爱斯梅拉达正在哼一支古老的西班牙谣曲。她不懂歌词的意义，但歌的旋律仍在她的耳边回荡，在她很小的时候，吉卜赛女人总哼这曲子哄她睡觉。她在哼这支歌的当儿，突然看到那张忽然出现的丑陋的脸孔，不由自主地做出一种惊恐的动作，陡然停住不唱了。不幸的敲钟人一下子跪在门槛上，带着恳求的神形合着他那粗糙的大手，十分痛苦地说："啊！我恳求您，继续唱下去，不要赶我走。"她不愿伤他的心，战战兢兢地接着哼她的谣曲。这时，她的恐惧慢慢消失了，随着她哼的忧伤而缓慢的曲调，她晕晕乎乎的，完全沉睡了。他呢，仍跪着，双手合十，像是在祈祷，全神贯注，屏住呼吸，仍目不转睛地盯着吉卜赛姑娘的明眸皓齿。他仿佛从她的眼睛里在听着她唱的歌。

还有一回，他来到她跟前，神情又笨拙又羞愧，使劲地说出。"我有话想要跟您说。"她打手势告诉他自己在听着。于是，他叹息起来，嘴唇微开，刹那间似乎要说话了，紧继续却看了看她，摇了摇头，退出去了，用手捂住脑门，使埃及姑娘如坠入云雾。

墙上刻着许多古怪的人像，他特别喜欢其中的一个。他仿佛经常跟他交换兄弟般友爱的眼光。有一回，埃及姑娘听到他对它说："啊！为什么我就不跟你一样是块石头呢！"

终于有一天清晨，爱斯梅拉达径直走到屋顶边上，从圆形圣约翰教堂的尖顶上方俯视广场。卡齐莫多也在那里，在她身后。他就主动地这样站在那里，以便尽可能给那姑娘减轻看见他的惊吓。忽然，吉卜赛姑娘打了个寒噤，一滴泪珠和一丝快乐的光芒同时在她眼中闪烁，她跪在屋顶边缘，匆忙地朝广场伸出双手喊道："弗比斯！快来吧！来吧！看在上帝的分上！跟我说句话，只说一句话！弗比斯！弗比斯！"她的脸孔，她的声音，她的姿态，整个人的表情叫人看了万箭穿心，就像海上遇难的人，看见远方航过一只大船，焦急地向它发出救命的信号。

卡齐莫多探头朝广场一看，发现她这样深情而狂乱所祈求的对象原来是个年轻人，一个全身闪亮着盔甲、饰物的英俊骑士，他正从广场尽头经过，勒马转了半圈,举起羽冠向一个在阳台上微笑着的美貌女子致敬。可是,骑士并没有听到不幸的姑娘的呼号,他离得太远了。

可是,可怜的聋子他却听见了。他深深叹息了一声,连胸膛都气鼓鼓的。他转过身去。他把所有的眼泪都强咽下去,心胸都快被填满了;他用两只痉挛的拳头狠击脑袋。当他缩回手时,发现每只手掌里都有一把红棕色的头发。

埃及少女压根儿没有察觉到他,他咬牙切齿地低声说:"该死!那个无赖!只要外表美丽就行了!"

这时她依然跪着,非常激动地大声叫道:"啊!瞧他下马了!他快到那房子里去!弗比斯!他听不见我的喊声!弗比斯!那个女人坏死了,与我同时跟他说话!弗比斯!弗比斯!"

聋子望着她,他是看懂了这场哑剧的。可怜的敲钟人眼里充满了伤心至极地眼泪,不过一滴也没有淌下来。他忽然轻轻拉她的袖边。她转过身,他装出心平气和的样子,对她说:"您要我帮您去找他吗?"

她兴奋得立刻叫了起来:"啊!行!去吧!跑吧!快!就他!就他!把他给我带来!我会爱你的!"她抱着他的膝盖,他禁不住痛苦地摇了摇头,小声说道:"我马上去把他带到您这儿来。"随后,他转身大步走向楼梯,已经泣不成声。

到了广场,他只看到拴在贡德洛里埃府宅大门上的骏马,卫队长刚走进屋里。

他抬头望了望教堂的屋顶。爱斯梅拉达一直没有走动,保留着原来的姿势。他痛苦地朝她摇了几下摇头。然后,他往贡德洛里埃家大门口的一块界碑上一靠,下定决心准备等候卫队长出来。

这一天在贡德洛里埃府上,正是婚礼前大宴宾客的日子。卡齐莫多看到许多人进去,却不见有人走出来。他不时望望教堂顶上。埃及少女和他一样,一动也不动。一个马夫走了出来,解开马绳,拉到府邸的马厩里去了。

整整一天就这样白白地过去了,卡齐莫多背靠在石桩上,爱斯梅拉达待在屋顶上,弗比斯大概就在百合花的脚边。

夜幕终于来临;没有月光的夜晚,一个黑暗的夜晚。卡齐莫多凝视着爱斯梅拉达,可是夜太黑看不见。不一会儿,暮霭中只剩下一丝白色;接着,什么也没有了。一切都消失了,天地一片漆黑。

卡齐莫多看到贡德洛里埃府宅正面的窗户从上到下都亮了,然后又看到广场上另外的窗子一个接一个也亮了;后来他看到这些窗户一个个全灭了。他整个晚上都坚守在岗位上。卫队长没有出来。最后一些过往行人也都回家了,别的房屋所有窗户的灯光都已经熄灭了,卡齐莫多独自一人,在漆黑中待着。当时圣母院前面广场上是没有灯照明的。

可是,贡德洛里埃府依然灯火通明,虽然已是午夜。卡齐莫多却纹丝不动,目不转睛地盯着五光十色的玻璃窗,只见窗上人影绰绰,舞影翩翩。他若是耳朵不聋,随着沉睡的巴黎喧闹声渐渐宁静下来,他就会越来越清楚听到贡德洛里埃府上阵阵喜庆的喧闹声、笑声和音乐声。

大约凌晨一点钟,宾客开始动身了,被黑暗包围着的卡齐莫多看着他们一个个地从灯火辉煌的门廊里经过,却没有那个卫队长。

他满腹忧伤,不时仰望苍穹,仿佛那些烦闷的人一样。大片沉甸甸的乌云,残破而皲裂,悬吊在空中,就像从星空的天拱上垂下来绉纱的吊床,又像挂在天穹下的蛛网。

就在这时候,他忽然发现阳台上的落地窗神秘地打了开来,阳台的石头栏杆正好在他头上。从易碎的玻璃窗门走出来两个人,随即窗门又悄然无声地合上了。那是一男一女,卡齐莫多努力辨认,费了九牛二虎之力才认出那个男人就是美丽的卫队长,那女人就是他早上看见在这个阳台上向军官表示欢迎的千金小姐。广场完全黑了,窗门再合上时,门后的猩红色双层布帘重新落下,屋里的灯光一点儿也照不到阳台上。

那青年和那小姐,他俩的话,我们的聋子一个字也听不见。可是,如同他所能想象的那样,他们仿佛含情脉脉地在窃窃私语。看上去小姐只允许军官用胳膊揽住她的腰,却轻轻地拒绝他的亲吻。

卡齐莫多从下面看到了这一幕,这情景本来就不是给外看的,于是越发显得优美动人。他凝视着这幸福,美妙的情景,心里不免酸溜溜的。说究竟,在这个可怜的魔鬼身上,人的本性并没有完全泯灭,他的背脊尽管歪歪斜斜,但其动情的程度去不亚于常人。他想着上苍真的太不公平，只赋予他最坏的一份，女人、爱情、淫欲永远呈现在他眼皮底下，他却只能长看别人享乐。可是在这一情景中最使他心碎的，使他愤恨交加的，就是想到，一旦埃及姑娘看见了，该会怎样的痛苦万分。的确，夜已很深了，爱斯梅拉达，肯定还待在原地（他不怀疑），也的确太远了，最多只有他自己能看清阳台上那对情侣。想到这，他心里略微放心些。

这时，那对情侣的对话似乎更加激动了。千金小姐好像恳求军官别再向她提任何要求。卡齐莫多能看清的，仍只是见她合着秀手，笑容中含着热泪，抬头望着星星，而卫队长的眼睛则火辣辣地俯望着她。

幸好，就在小姐有气无力地挣扎的时候，阳台的门突然开了，一个老妈子忽然出现了，小姐似乎很难为情，军官一副愤怒的神情，紧接着，三个人都回到屋里去了。

过了一会，只见一匹马在门廊下踏着碎步轻轻地走过来，那神采飞扬的军官，裹着夜间穿的斗篷，急速从卡齐莫多面前走过。

敲钟人让他绕过街角，随后在他后面跑了起来，机敏得像猴子一般，叫道："喂！卫队长！"

卫队长闻声勒住马绳。

"这个无赖叫我做什么？"他在黑暗中望着一个人影一颠一拐地向他跑来说。

卡齐莫多这时已跑到他面前，大胆地一把拉住那马缰绳："请你跟我走，队长，这儿有个人要跟您说几句话。"

"他妈的！"弗比斯嘀咕道。"真是个丑八怪，我仿佛在哪儿见过。混蛋，快把马缰放下。"

"队长，"聋子回答，"难道您不想问一问我是谁？"

"我叫你放手。"弗比斯不耐烦地又说"你这个坏蛋头吊在马笼头下想干什么？是不是把我的马当成绞刑架？"

卡齐莫多非但没有松开马缰绳，反而努力让那匹马掉头往回走。他始终不能理解为什么队长要拒绝，急忙对他说："来吧，队长，是一个女人在等您。"他使劲又加上一句："一个爱您的女人。"

"少见的无赖!"卫队长道,"他以为我非得到每个爱我或者自称爱我的女人那儿去! 要是万一她跟你一样,长着一副猫头鹰般的嘴脸呢? 快去告诉派你来的那个女人说我快要结婚了,让她见鬼去吧!"

"听我说,"卡齐莫多以为用一句话就能消除他的疑虑,大声地喊道。"来吧,大人,是您认识的那个埃及姑娘!"

这句话的确给弗比斯留下深刻印象,但并不是聋子所期望的那样。大家应该还记得,我们的风流军官在卡齐莫多从夏尔莫吕手中救下女囚之前,就和百合花退到阳台窗门后面去了。自从那以后,他每次到贡德洛里埃府上做客,都小心谨慎地避免提及这个女人,想起她来毕竟还是痛苦的。从百合花那方面来说,认为对他说埃及姑娘还活着一点都不聪明。弗比斯还以为可怜的埃及姑娘死了,已有一二个月了。加之卫队长好一阵子思绪极乱,想到这漆黑的夜晚,想到这非人般的丑陋,想到这古怪送信人阴惨惨的话语,想到此时已过半夜,街上空无一人,就跟碰到野僧的那天晚上一样,还想到他的马看着卡齐莫多直打鼻响。

"埃及女人!"卫队长近于恐惧地嚷道,"什么,难道你是从地狱里来的?"

话音一落,他马上将手搁在短剑的手柄上。

"快,快,"聋子用力拖马,说道,"从这儿走!"

弗比斯朝他的胸口猛踢了一脚。

卡齐莫多眼冒金星。他往前跳了一下,想冲向卫队长。但他却挺直身子对弗比斯说:"啊,有人爱着您,您多么幸福!"

他把"有人"这个字眼说得很重,然后放开马缰,"您去吧!"

弗比斯咒骂着策马离去,卡齐莫多眼睁睁见他消失大街的夜雾中。"啊!"可怜的聋子低声道。"竟然拒绝这等好事!"

他回到圣母院,点上灯,又登上塔楼。和他原来想的一模一样,吉卜赛姑娘一直待在原处。

她老远就瞥见他,马上朝他跑过来。"就你一个人?"她痛苦地合起美丽的双手,大声说。

"我没有找到他。"卡齐莫多冷冷地说。

"你该等他天亮才对呀!"她生气地说。

他看见她愤怒的手势,知道了她在斥责他。"我下次盯紧点。"他低下头嚅道。

"滚开!"她喊。

他走了。她对他不满意。可他宁愿受她冷待也不愿让她痛心。他宁愿自己承受全部痛苦。

自从这天起,埃及少女再没有见到他。他不到她的小屋里来了。至多她有时瞥见了敲钟人在一座钟楼顶上忧郁地注视着她。可是,她一看见他,他就马上无影无踪了。

可知道,可怜的驼背有意不来,她并不怎么伤心。她心底里倒很感激他不来。不过,在这方面,卡齐莫多并不抱有什么想法。

虽然她没有再看见他,可是她感到有个善良的精灵就在她身旁。有一只看不见的手每天在她睡觉时送来新的食物。一天清晨,她发现窗口有放着一只鸟笼。她的小屋上面有一尊雕像,叫她看了害怕。她在卡齐莫多面前不止一次地说过此事。一天清晨(因为所有这些事都是在夜间做的),她看不到这雕像了。有人将它打碎了。这个一直爬到雕像上的人一定是冒了生命危险啊!

有时,晚上,她听到钟楼屋檐下有个声音,仿佛给她催眠似的唱着一支忧伤奇怪的歌曲。那是一支没有韵律的诗句,正如一个聋子所能写出来的那样。

> 不要光看脸蛋是否美丽,
> 姑娘啊,要看人的心灵。
> 英俊少年的心常常丑陋。
> 有的人的爱情留不住。
> 姑娘啊,松柏不好看,
> 没有白杨那么美丽,
> 可冬天它却枝叶翠绿。

唉！说这个有何用！

不美丽生来就不该；

美貌只爱美貌，

四月背对着一月。

美是完整无瑕，

美可以无所不能，

美是唯一不会只有一半的东西。

乌鸦只在白天飞，

猫头鹰只在夜里飞，

天鹅白天黑夜飞。

有一天早上，她醒来时发现窗口有两只插满花的花瓶。一只是水晶瓶，非常美丽，鲜艳夺目，可是有裂纹。灌满的水都漏掉了，里面的花也凋谢了。另一只是陶土壶，粗制滥造，普通平凡，但存满了水，花朵依然鲜丽红艳。

不知道这是否有人故意所为，但见爱斯梅拉达拿起凋谢的花束，整天把它捧在胸前。

那天，她没有听到钟楼下面的歌声。

她对此不太在乎。她一天到晚抚爱佳丽，注视贡德洛里埃府的大门，低声唠叨着弗比斯，把面包撕成碎片喂燕子。

从那以后，她再也看不见卡齐莫多，再也听不到他的声音了。可怜的敲钟人好像从教堂消失了。可是有一天夜里，她没有睡着，想着她那英俊的卫队长，她听到小屋旁边有人在叹息。她惊恐万分，赶紧起身，借着月光瞥见一个丑陋的人影横躺在门前。看见卡齐莫多正睡在那边一块石头上。

五 红门的钥匙

可是,埃及姑娘究竟以何种奇特的方式获救的,公共舆论使副主教明白了。当他得知这事时,他心中的酸甜苦辣什么滋味都有,他自己也道不清说不明。他本来已经接受了爱斯梅拉达死了这一说法。这样他倒也平静下来了,因为他已经痛苦到极顶了。人类心灵(堂·克洛德曾思考过这些问题)能够包容失望的痛苦是有一定限度的,海绵浸满了水,海水尽可以从上面流过,但无法再渗进一滴水了。

爱斯梅拉达死了,就像海绵已吸饱了水,对堂·克洛德来说,世上的万物都已经成定局了。可是如今却知道她还活着,弗比斯也活着,于是各种折磨,各种打击,何去何从的抉择,生不如死的痛苦,全又都死灰复燃了。而克洛德对这一切已经厌倦疲乏了。

得知这个消息,他把自己关在隐修院的密室里。他既不出席教士会议,也不参加宗教祭礼。他对所有人,甚至对主教也都闭门不见。他就这样把自己封闭了几个星期。人们都认为他病了。他也果真病了。

他这样为什么把自己关在屋里?这个不幸的人是在怎么样的思想情况下进行挣扎呢?他是否为抗拒可怕的情欲而进行最后的挣扎吗?是否在筹划把她毁掉,也同时毁灭自己的计划吗?

他的约翰,那亲爱的弟弟,那娇纵的孩子,有一回又来到他门口,敲门、咒骂、恳求,不断地自报名字,克洛德就是不愿开门。

整整几天以来,他每天从早到晚都把脸贴在窗玻璃上往外看。从隐修院的这扇窗子,能看到爱斯梅拉达的住处,他常常看到她和她的山羊在一起,有时也和卡齐莫多在一起。他注意到这个可恶的聋子对埃及姑娘百依百顺,关怀备至,无微不至,俯首帖耳。他回忆起——因为他记性很好,而回忆却是折磨嫉妒汉的——他想起某一天晚上敲钟人瞅看跳舞女郎的那种独特目光。他反复想,究竟是什么动机驱使卡齐莫多去救了她。他目睹了吉卜赛姑娘和聋子之间千百次接触的小场面,从远处看去,用他情欲的眼光加以评价,他觉得那一幕幕哑剧无不充满深情。他对女人奇特的天性是很信不过的。于是,他隐隐约约感到,发现自己萌发出一种万万没有想到的嫉妒心理,叫他自己都要羞惭和愤慨得面红耳赤。"那个队长还说得过去,可这一位呀!"这种念头叫他心慌意乱。

每天夜晚,他受尽可怕的煎熬。自从他知道埃及姑娘还活着,曾经阴魂不散地种种鬼魂和坟墓的冰冷念头已不存在了,可是肉欲又回来刺激着他。想到那棕褐皮肤的少女离他是那么近,不由得在床上扭动不已。

每天夜晚,凭借他那疯狂的想象力,爱斯梅拉达的千姿百态又历历在目,更加使他全身的血都在沸腾。他看见她直挺挺地倒在被捅了一刀的弗比斯身上,双眼紧闭,裸露着的漂亮胸脯溅满了弗比斯的血,就在那销魂荡魄的时刻,副主教在她苍白的嘴唇上印了一个吻。不幸的姑娘即使半死不活,却仍感到那灼热的亲吻。他又看到刽子手粗蛮的大手把她的衣服剥掉,露出她的小脚、优雅而嫩白柔软的膝盖,浑圆的小腿,并将她的脚装进用螺丝绞紧的铁鞋。他又看见那比象牙还白的腿孤零零地伸在托特吕的可怕刑具之外。最后他想象着那少女穿着内衣,脖子上套着绞索,双肩赤裸,双脚赤裸,几乎赤身裸体,就像他最后一天看见她时那样。这些淫荡的形象都使他攥紧拳头,一阵战栗顺着脊椎骨遍及全身。

有天夜里,这些形象是那样残酷地作践着他,他血管里流动着的血一下子发热起来,欲火中烧,只得咬紧枕头,蓦地跳下床,往衬衣上一披罩衫,提着灯,半裸身子,魂不守舍,眼冒欲火,冲出了小室。

他知道哪儿可以找到从隐修院通往教堂的那扇红门的钥匙。大家都知道,他总是随身带着一把钟楼楼梯的钥匙的。

六　红门的钥匙(续)

那一天晚上,爱斯梅拉达抛开一切痛苦,带着希望和温馨的心情,在小屋里睡着了。她已睡了一会儿,像往常一样。老梦见弗比斯,忽然,似乎听到周围有什么东西在响。她向来睡眠十分警觉,睡得不稳,像大鸟儿一般,一有动静就惊

图文珍藏版

醒了。她睁开眼睛，屋里一团漆黑，可是，她看到窗口有一张面孔在瞅她，因为有一盏灯照着这个人影。这人影一发现被爱斯梅拉达察觉，便把吹灭了灯。不过姑娘还是瞥见他了。她害怕地闭上眼睛，用微弱的声音喊道，"啊！是那个教士？"

她经受过的一切灾难，一下子像闪电似的又浮现在她脑际。顿时浑身冰冷，立即又瘫倒在床上。

过了一会，她觉得自己的身子挨着另一个人，不由一阵战栗，猛地惊醒了，怒冲冲地坐了起来。

那教士刚才偷偷摸摸溜到了她身边，用双臂抱住她。

她想叫喊，却叫不出声来。

"滚开，杀人犯！滚开，魔鬼！"她又愤怒又惊恐，却只能用颤抖而微弱的嗓音说道。

"行行好！行行好！"教士一边喃喃说道，一边将嘴唇印在她裸露的肩膀上。

她双手扯住他秃头上仅有的一点头发，竭力避开他的吻，仿佛那是蝎螯蛇咬。

"行行好！"不幸的人反复说道。"要是你知道我对你的爱情有多深，那该有多好！我对你的爱，是烈火，是融化的铅，是插在我心头的千把刀啊！"

话音一落，他以惊人的力量抓住她的双臂。她吓得魂飞魄散，喊道："放开我，否则，我要啐你的脸！"

他松开手，说："骂吧，打吧，撒泼吧！你要怎么样都行！可是可怜可怜我吧！爱我吧！"

她马上像小孩子生气似的揍他。她伸出美丽的手去抽他的脸："滚蛋，魔鬼！"

"爱我吧！爱我吧！可怜可怜我！"可怜的教士大声吼道，同时滚倒在她身上，用不安分抚摸来回答她的捶打。

猛然间，她感到他的力大无比，只听见他咬牙切齿地说："该完结啦！"

她在他的拥抱下被制服了，悸动着，浑身无力，由他摆布。她感到有一只淫荡的手在她的身上乱摸。她奋力挣扎,大喊起来:"救命!快来救我!有个吸血鬼!吸血鬼!"

没人赶来。只有佳丽醒了,着急地咩咩直叫。

"闭嘴!"教士气喘吁吁地说。

埃及少女挣扎着在地上爬着,她的手碰到了一个冰凉的,金属的东西。原来是卡齐莫多留下的口哨。她顿生希望,激动得痉挛起来,抓住口哨,拿到嘴边,用使劲全身力气猛劲吹了一下,口哨便发出清晰、刺耳、尖锐的声音。

"这是什么玩意?"教士道。

刹那间,他觉得被一只有力的臂膀提了起来,像抓小鸡似的;小屋里一片阴暗,他看不清楚是这样谁抓住他;但听到来人愤怒得把牙齿咬得咯咯响,在黑暗中刚好有稀落的微光,可见一把短刀在他的脑袋上闪闪发亮。

教士认为自己瞥见了卡齐莫多的身影。他猜想那只可能是他。他想起刚才进来时,在门外被横卧着的一包东西绊了一下。何况这人一声不吭,他更确定无疑了。他抓住那只手持短刀的胳膊喊道:"卡齐莫多!"在这生死攸关的瞬间,他竟忘记了卡齐莫多是聋子。

说时迟那时快,教士被打倒在地,感到有一只沉重的膝盖顶在他的胸口上。从这嶙峋的膝盖形状,他认出了卡齐莫多。这可怎么办呢?怎能设法让卡齐莫多认出自己呢?黑夜使聋子变成了瞎子。

他完蛋了。姑娘好似一只愤怒的母老虎,毫不怜悯,绝不来救他。短刀越来越逼近了他的头。此刻真是千钧一发。忽然间,他的对手似乎一阵犹豫,以沙哑的声音说道:"别把脏血溅到她身上!"

果真是卡齐莫多的声音。

这时,教士感到有只粗大的手拽住他的脚,拖他出了小屋。他大概就要死在那里。算他走运,月亮已升起一会儿了。

他们刚跨出小屋的门,惨淡的月光正好落在教士的脸上。卡齐莫多正面看了他一眼后,不由得直打哆嗦,于是放开教士,向后倒退了几岁。

埃及少女跨过了小屋的门槛,发现这两个人忽然调换了角色,惊诧不已。此刻是教士咄咄逼人,卡齐莫多却苦苦哀求。

教士用愤怒和斥责的动作来吓唬聋子,粗暴地挥手要他立刻滚出去。

聋子低下头,随后,他跪在埃及少女的门前,声音低沉,无可奈何地说道:"大人,您先杀了我吧,以后您爱怎么干随您的便!"

他这样说着,把短刀递给教士。教士怒不可遏,一下子扑了上去,但姑娘比他更快,一把抢过卡齐莫多手上的刀,疯狂地纵声大笑,对教士说:"过来吧!魔鬼。"

她将刀举得高高的。教士犹豫不决,心想她真的会砍下来。她怒吼道:"您不敢靠近不是,你这胆小鬼!"随后,她以毫不怜悯的口气又添上一句,深知这比用千百块铬铁穿透教士的心还要厉害:"啊!我知道弗比斯没有死!"

教士一脚把卡齐莫多踢翻在地,狂怒地抖动着,又重新钻入楼梯的拱顶下。

他走后,卡齐莫多捡起刚才救了埃及姑娘的那只口哨。把口哨交给她,说道,"它锈了。"随后,留下她一个人,离开了。

刚才这一猛烈的情景,使姑娘惊魂未定,筋疲力尽,一下子瘫软在床上,大声地呜咽起来。她的前景又变得阴惨惨的。

教士呢,则摸索着回到了他的小室。

事情就这样了结了。堂·克洛德嫉妒卡齐莫多!

他若有所思,反复着那句致命的话:"谁也休想得到她!"

第十卷

一　格兰古瓦妙计连生贝纳尔丹街

自从皮埃尔·格兰古瓦亲眼看见了整个事件怎样急转直下，这出喜剧的两个主角将会如何遭到绳索、绞刑和其他麻烦，他就不再想插手此事了。他一直认为，说到底，那些流浪汉是巴黎最好的伙伴，所以他依然留在他们之中，流浪汉们倒是一直关注埃及少女的命运。他觉得这是简单不过的事情了，因为这帮流浪汉都像她一样，将来无非是落入夏尔莫吕和托特吕的手里，而不像他那样能天马行空乘着缪斯的双翼飞马佩加索斯，遨游于理想之邦。从他们的交谈中得知，自己的那位以摔罐成亲的妻子躲进了巴黎圣母院，他也就自由自在了。可他居然连想去看她也不想。他偶尔想起小山羊，如此而已。再说，白天他必须要些卖力气的把戏挣口饭吃，夜里还得刻苦撰写控告巴黎主教的诉状，由于他牢牢记住主教的磨坊的轮子曾溅了他一身水，他为此耿耿于怀。他也致力于评论诺瓦永和图尔内尔的主教波德里·勒·鲁热的杰作《论石头雕琢》，这使他对建筑艺术产生了十分浓厚地的兴趣；这种意趣在他心中替代了对炼金术神秘学说的激情，再说，那只是一种自然而然的结果，因为在炼金术和营造术之间有一种内在的联系。格兰古瓦无非从热爱一种观念转为热衷于这种观念的形式罢了。

有一天，他停在圣日耳曼—奥克塞鲁瓦教堂附近。这教堂坐落在一座称为主教法庭的府邸的拐角处，这府邸正与另一座叫作国王法庭的府邸相对。主教法庭里面有 14 世纪一座别致的小礼拜堂,正殿前部面临街道。格兰古瓦满怀着虔诚的心情,仔细观看着其外部的雕刻。此时,他像艺术家那样,眼中世界就是艺术,艺术包含着世界,尽情独自享受着莫大的乐趣,不容他人分享一二。忽然间,他觉得有只手沉甸甸地落在他肩上,扭过 头一看,原来是他的老朋友,也就是昔日的老师,副主教大人。

他一下子不知所措了。他很久没有见到副主教了,而堂·克洛德是那种既严肃又热情的人,碰见他总会叫一个怀疑派哲学家感到心理不平衡的。

副主教沉默了好一阵子,格兰古瓦恰好可以趁着这空隙对他打量一下。他发现堂·克洛德与以前相比判若两人,脸色如同冬天的阳光那样苍白,双眼深凹,头发几乎都白了。还是教士最终打破沉默,声调平静而冷冷地,说道:"皮埃尔君,身体可好?"

"问我的身体嘛?"格兰古瓦应道,"嘿嘿! 马马虎虎,可以说还过得去吧。总的说是好的。我做什么都不过度。您知道吗,老师? 健康的奥秘,用希波克拉特的话来说,也就是:饮食、睡眠、爱情、一切都须克制。"

"那么,您是无忧无虑啦,皮埃尔君?"副主教盯着格兰古瓦又说。

"确实,我无忧无虑。"

"那您现在做什么事?"

"这您是看见的,我的老师。刚才我正在查看这些石头的雕琢的这幅浮雕的手法。"

教士微微一笑,那是一种苦苦的笑,只是有一边嘴角往上翘起。"您觉得那好玩吗?"

"那真是天堂啊!"格兰古瓦喊道。话音一落,随即俯身细看雕刻,不禁喜形于色,俨然一个讲解员,津津有味地解说一些活生生的现象:""嘿,比方说,这浮雕刻得如何灵巧、精美和耐心,难道您不觉得其有味吗? 您再看看这小圆柱,哪里能见比它柱头上叶饰的刀法更柔和、更含情的吗? 瞧,这儿是让·马伊文的三个圆浮雕。虽然称不上是这个伟大天才的最佳作品,但个个人物面部天真、那温和的表情,姿态和衣褶的欢畅明快,以及连所有瑕疵都带有难以言传的那种快感,这一切使得小雕像个个神采飞扬,栩栩如生,或许犹有过之。难道您认为这还不够令人赏心悦目吗?"

"当然是的。"教士道。

"要是您再看看小教堂的内部,那该有多好!"诗人带着热情的饶舌口气继续往下说。"里面到处都是雕像,就跟白菜心那样重重叠叠!半圆形后殿异常肃穆,独具一格,我可是在别处从未见过!"

堂·克洛德打断话头:"这么说,您一定过得很开心啦?"

格兰古瓦兴奋地应道:

"倒也不假!我最初爱女人,后来爱动物。现在,我爱石头。石头跟小动物和女人一样十分认人开心,而且不那么负心。"

教士把手放在额头上,这是他平常惯有的动作,说道:"确实如此!"

"唷,"格兰古瓦说道,"各人各有其享乐的方法!"他挽起教士的胳膊,教士也任由他挽着。他把教士带到主教法庭楼梯的小塔下面。"这才称得上是座楼梯!我每次一看,就感到衷心的喜悦。这是全巴黎最简单、最罕见的阶梯。每一梯级的底面都是斜凿的。它的优美和简洁就在于一个个石级都宽一尺左右,彼此交错、镶嵌、套入、契合、交切,彼此咬合得严严实实的,真是美不胜收!"

"那您无所企求啦?"

"是的。"

"那您也无所懊悔吗?"

"既不懊悔,也不企求。我的生活已全部安排好了。"

"人所安排的,世事常会把它搅乱。"克洛德说道。

"我是一个怀疑派哲学家,因此我能保持一切平衡。"格兰古瓦应道。

"那您如何为生呢?"

"依然随时写些史诗和悲剧;不过收入最多的,还是老师您知道的那种功夫,牙齿上摞椅子叠的金字塔。"

"这种职业对一个哲学家来说真是太粗俗了。"

"这也是一种平衡,"格兰古瓦说。"一个人一旦有了一种思想,在任何事情当中都可以发现这种思想的存在。"

"我知道。"副主教答道。

一阵沉默之后，教士继续说，"可是，您还相当贫苦吧？"

"穷，倒不假；苦，却并不苦。"

就在这时，传来了一阵马蹄声，我们这两位正在谈话的人看见街尽头出现一队御前弓手，高举长矛，由一个军官率领着，浩浩荡荡，策马而来。这支马队灿烂夺目，马蹄声在石板街街上震响。

"瞧您老盯着那个军官看。"格兰古瓦对副主教说道。

"我认识那个人。"

"他叫什么名字？"

"我想，他叫弗比斯。德。夏托佩尔。"克洛德说道。

"弗比斯！好一个怪名字！有个叫弗比斯的，是伏瓦的伯爵。我记得我认识一个迷上弗比斯的姑娘。"

"你过来一下，我有话要向你讲。"教士道。

自从这支队伍经过以后，副主教冰冷的外表流露出几分烦躁。他拔腿就往前走。格兰古瓦一贯对他言听计从，于是跟着他往前走。任何人一旦接触了这个具有影响力的人物，也都会这样做的。他们默默走到人烟稀少的贝纳尔丹街，堂·克洛德才停下来。

"您有什么话对我说，老师？"格兰古瓦问他。

"难道您没有发现,"副主教答道,显出一副思考的模样。"我们刚才看见的那些骑兵的服装比您我的漂亮得多。"

格兰古瓦摇了摇头:"真的!与那些钢铁鳞片相比,我反倒更喜欢这一身半黄半红的罩衣。真是妙不可言,一边走一边发出响声,就跟地震时废铁沿河街的声响一样!"

"如此说来,格兰古瓦,难道您从未羡慕过那些身穿战袍的英俊小伙子?"

"有什么可羡慕的,副主教大人?是羡慕他们的力气,还是他们的甲胄,或是他们的纪律?身穿破衣烂衫,专攻哲学又能独立自主,岂不更好?我宁可做苍蝇脑袋,也不愿意做狮子尾巴。"

"这想法倒是很独特。"教士沉思道。"漂亮的军服毕竟是漂亮。"

格兰古瓦看到他若有所思,于是走开径自去欣赏旁边一幢宅第的门廊。他高兴地拍着手回来。"副主教大人,假如您不那么一心只想着武士的漂亮服装,我想请您去观赏那道门廊。我一直认为,奥布里大人宅第的大门是世上最华贵的。"

"皮埃尔·格兰古瓦,您把那个埃及小舞女怎么啦?"副主教说。

"是爱斯梅拉达吗?您的话题转得挺忽然的。"

"她不曾经是您的妻子吗?"

"是的,是摔罐成亲的。婚期四年。"格兰古瓦说到这里,注视着副主教,带着半嘲讽的神情又加上一句。"对啦,这么说来,这件事您老是挂在心上啦?"

"那您呢,您不再想啦?"

"很少去想了,我事情多着呢!……我的上帝啊,那只小山羊可真美丽!"

"那个吉卜赛女人不是救了您命吗?"

"确实如此。"

"那好,她现在怎么啦?您把她怎么办啦?"

"说不来。我想他们将她绞死了。"

"您真的相信?"

"我不能一定。那天我看见他们要把人绞死,我就从这个把戏中脱身出来了。"

"这就是您知道的所有一切情况?"

"等一等。听说她躲进圣母院避难去了,她在那里很安全,我很高兴,可我没能打听到小山羊是否也跟她一起逃脱了。我知道的只有这么多。"

"让我来告诉您更多的情况吧。"堂·克洛德嚷道。他的嗓门,在此之前一直低沉缓慢,几乎有些沙哑,这时变得响亮起来。"她确实躲进了圣母院。可是再过三天,司法机关就要去那人重新逮捕她,她就要在河滩广场被绞死。大理院它做出了裁决。"

"这可真是倒霉。"格兰古瓦说。

教士转瞬间又变得冷漠和平静了。

诗人接着说,"是哪个坏家伙为寻开心,居然重新去请求逮捕令?难道就不能让大理院清静清静吗?一个可怜的姑娘躲在圣母院拱扶垛下,在燕巢旁栖身,这碍他什么事?"

"世上总有些魔鬼吧。"副主教说。

"活见鬼,这事真是阴差阳错,糟透了。"格兰吉瓦接了一句。

副主教停了一会儿,继续说,"说究竟,她不是救了你一命吗?"

"那是在我那帮流浪汉好朋友的住处。我差点被吊死。如果被吊死了,他们今天会后悔莫及的。"

"您就不想替她做点什么?"

"我正求之不得呢,堂·克洛德。可是那样做,如果万一把一件讨厌的事情揽上身,该怎样办?"

"那有何相干!"

"唔!有何相干!您说得倒轻巧,您,老师!我已有两部巨著开了头呐。"

教士拍拍额头。尽管他故作镇定,可是不时做出某种剧烈动作,这说明他内心的骚动,"怎样救她呢?"

格兰古瓦对他说道:"我的老师,我要回答你;Ilpadelt,这在土耳其语中意思是说:上帝就是我们的希望。"

"怎样搭救她呢?"克洛德考虑着又说了一遍。

格兰古瓦也拍拍额头。

"听我说，老师。我想象力不错，我给您出谋划策……可不可请求国王开恩？"

"请求路易十一，开恩？"

"为什么不？"

"那无异于在老虎身上取骨头！"

格兰古瓦开始寻思新的解决办法。

"啊！有了！您看可以不可以向接生婆提个请求，说姑娘怀孕了。"

教士一听，深陷的眼睛闪闪发光。

"怀孕了！坏家伙！你是不是知道些什么东西？"

格兰古瓦看他那副神态，吓了一跳，连忙解释道："呃！不是我干的！我们的婚姻纯粹是有名无实的门外婚。我始终待在门外。可是，说究竟或许可以获得缓刑。"

"无耻！荒唐！闭嘴！"

"您发火就不对了。"格兰古瓦嘟哝着，"获得缓刑，这对谁都有也处，还可以让接生婆子挣得四十巴黎德尼埃，他们可都是些穷人呀。"

教士并没有听他的话，喃喃自语："总得设法救她出来。大理院的决定三天内就将执行！本来是不会有什么决定的，都怪这个卡齐莫多！女人都是不行！"他提高嗓门："皮埃尔君，我认真思考过了，也只有一种办法能救她。"

"哪一种办法？我看不行。"

"听我说，皮埃尔君，您可记住，您的命是她救的，我要直率地说出我的看法。教堂日日夜夜都有人监视。只有被看到进去的人才能出来。所以，您可以进去。您去了以后，我带您去找她。您同她换穿一下衣服，她穿您的短上衣，您穿她的裙子。"

"这办法说到这里还行，然后呢？"哲学家提醒他说道。

"然后？她穿着您的衣服出来；您穿上她的衣服留在里面。人们或许会将您处死，可是她却得救了。"

格兰古瓦搔搔耳朵，神情极为严肃。

"晦！"他说，"这个办法我是无论如何也想不出来的。"

听了堂·克洛德这莫名其妙的建议,诗人那张开朗、和善的面孔猛然阴沉了下来,仿佛意大利明媚的风光,忽然刮起一阵逆时的狂风,把一块乌云摔碎在太阳上。

"喂,格兰古瓦,这个办法您认为怎样?"

"我说,老师,我或许能逃过绞死的命运,可她一旦被抓住必是被绞死无疑。"

"这不关我们的事。"

"该死!"格兰古瓦说道。

"她救过您的命,这可是一笔你要偿还的情呀。"

"有许多别的债,我也是不还的!"

"皮埃尔君,这笔债务必须还清。"

副主教的语气不容置疑。

"听我说,堂·克洛德,"诗人沮丧地说,"您坚持这个意见可就错了。我不明白,我凭什么要代替另一个人去被绞死。"

"这么说,一定有许多事使您怀念生命罗?"

"不错! 有千百种理由!"

"哪些呢,可以说出来的吗?"

"哪些? 天空啦、空气啦、清晨啦、夜晚啦、月光啦,我那些流浪汉好朋友啦,我们和娘儿的调情啦,巴黎的漂亮建筑有待研究啦,三大部书要写啦,其中一部将是控告主教及其磨坊的,我说也说不清! 阿纳克萨哥拉斯说过,他生在世上就是为了赞颂太阳。再说,我很有福分,从早到晚跟一个天才人物共度时日,这个天才就是我自己,这可真是愉快极了。"

"真是可以当响铃摇的脑袋瓜!"副主教嘟哝着,"那好吧! 你说,你今天为什么有这样美妙的生活,是谁给你保留下来的呢? 你能呼吸这样的空气,看见美丽的天空,还能让你那云雀般的简单脑袋瓜有心尽说废话,尽干蠢事,这些应归功于谁呢? 如果不是她,你如今会待在什么地方呢? 由于她的搭救你才活着,可你却要她死? 这个尤物,温柔,美丽,令人爱慕,世界光明所需要她,比上帝还神圣,你却要她去死! 而你呢,半聪明半疯癫,什么也算不上的废物坯子,某种自以为会行走、会思考的草木,将接着从她那里窃取来的生命活下去,这生命不就同中午的烛光一样毫无用处吗? 得啦,发点慈悲吧,格兰古瓦! 该你表示慷慨大方的时候了。是她开始先这样做的。"

教士情绪激烈。格兰古瓦听着,先是犹疑不定,继而被说动了,最后做了一个鬼脸,表情悲怆,灰白色的脸孔顿时像一个患了腹绞痛的婴儿。

"您真的话是感人肺腑。"他揩去一滴眼泪说道,"好吧! 我考虑考虑。……您想出这个主意真是太可笑了。……说究竟,"他停顿了一下,又说,"谁知道呢? 或许他们不会绞死我。订了婚的人不一定都要成亲的。等到他们发现我在这间小屋里打扮得那么滑稽可笑,穿着袍子而又戴着假发,或许会哈哈大笑。……再说,要是他们把我绞死,那又怎样! 绞死,也是一种死法,与别的死法相同,或者,更确切地说,它不同于别的死法。这样的死是与终生游移不定的智者很相称的;这种死,非肉非鱼,正像真正怀疑派的思想,这样的死打上怀疑和犹豫的烙印,介乎天地之间,让您悬挂着。这是哲学家的死法,或许我的命中注定如此。如同生时就那样死去,那该是多么壮丽呀。"

教士打断了他的话,问道:"那么你答应了?"

"归根究竟,死是什么?"格兰古瓦接着激动地说道,"无非是一个恶劣的时刻,是一道通行关卡,是从些微到虚无的过渡。有人曾问过梅加洛博利斯的塞尔西达斯,他是否情愿死去,他应道:'干吗不呢? 因为我死后,可看到那些伟人,如哲学家中的毕达哥拉斯,历史学家中的赫卡特乌斯,音乐家中的奥林普,诗人中的荷马。'"

副主教向他伸出手去,说:"那就说定了,您明天来。"

看到这个动作,格兰古瓦立刻回到现实中来了。

"啊! 一定不!"他说道。那口气如大梦方醒,"被绞死! 这简直太荒唐了。我不干。"

"那么再见吧!"话音一落,副主教又低声加上一句,"我还会来找你的!"

"我才不要这个鬼头鬼脑的讨厌家伙再来找我哩。"格兰古瓦心里想着;随即跑去追赶堂·克洛德。"喂,副主教大人,老朋友,别生气么! 您关心这个姑娘,我是说关心我的妻子,这本来是个好主意。您想出一个妙计,让她安然无恙从圣母院出来,可您这办法对我格兰古瓦来说,极为不利。……我要是另有良策就好了。我可以告诉您,刚才我忽然灵机一动,计上心来。……如果我有个妙计,既能让她摆脱险境,又不至于用细细的活结连累我的脖子,您说怎么样? 难道这对您还不够吗? 非得让我被绞死,你才称心如意吗?"

教士不耐烦地扯着身上道袍的纽扣,说道:"废话真多! 你有什么方法呢?"

"是的,"格兰古瓦自言自语继续说,并用食指碰了碰鼻子,表示在思考,"有了! ……流浪汉都是勇敢的小子。……全埃及部落都喜欢她。……只要一声令下,他们就会愤然而起。……再简单不过了。……发动快攻……趁着混乱,轻而易举把她搭救出来。……就明天晚上……他们才求之不得呢。"

"办法! 快说。"教士摇晃着他,说。

格兰古瓦威严地朝他转过身去,说道:"放开我! 您不是看见我正在出谋划策吗!"他又思考沉思了半天。随后对自己的计谋大加赞赏,拍着手喊:"太棒了! 一定成功!"

"快说说办法!"克洛德愤怒地又说。

格兰吉瓦立即容光焕发。

"过来,我小声说给您听。这是一个反阴谋,非常巧妙,它可以使我们大家全都脱身。啊! 这下您得同意我不是傻瓜吧。"

他停顿了一下,又说:"哎呀! 小山羊跟她在一起吗?"

"是的。快见鬼去吧!"

"就是说他们也要绞死它,是吗?"

"这关我什么事情?"

"不错,他们会把它也绞死。上个月他们就绞死一头母猪。刽子手喜欢这样。随后他们可以吃肉,要绞死我美丽的佳丽! 可怜的小羊!"

"该死!"堂·克洛德大嚷道,"刽子手就是你。你究竟想出了什么挽救办法,混蛋? 难道要用产钳方能叫你生出主意来。"

"太妙了,老师! 我马上说给你听。"

格兰古瓦欠身凑近副主教耳边,悄悄地对他说着,一边提心吊胆地侦察着街道的两头,其实并没有人走过。他一说完,堂·克洛德抓住他的手,冷漠地说道:"那好,明天见。"

"明天见,"格兰古瓦又说一遍。副主教从一边走开,他则从另一边走开,小声自言自语:"这可是一桩值得骄傲的事情,皮埃尔·格兰古瓦先生。管它呢。不能因为人渺小,就害怕大事业。比顿肩上就扛着一头大公牛;白鹤、黄莺、石头还能飞过海洋哩。"

二 您当流浪汉去吧

副主教回到隐修院,看见约翰他的弟弟磨坊站在小室门口等着他,为了解解闷,用一块炭在墙上画了他哥哥的侧面像,还特地加上一个硕大无比的大鼻子。

堂·克洛德几乎瞅都不瞅他弟弟一眼。他正在想着别的心事。这张喜笑颜开的小坏蛋面孔,他的容光焕发往常曾多少次使教士阴沉的面容开朗起来,此刻却怎么也无力驱散这个恶臭、堕落、呆滞的灵魂上日益浓重的云雾。

"哥哥,"约翰胆怯地叫道,"我看您来了。"

副主教连眼皮都没有抬一下,回答道:"还有什么事?"

"哥哥,"虚情假意的弟弟又说,"您对我那么好,给我的教导真是金玉良言,因此我一直想着您。"

"还有什么吗?"

"唉!哥呀,您的确说得有道理,您曾对我这样说:约翰呀!约翰!师惰教,生之过。约翰,你要学乖点;约翰,你要努力多学点;约翰,没有合法机会,不经老师批准,千万别到校外过夜。别打皮卡迪人,别像目不识丁的驴趴在教室地上的稻草上;约翰,你须听从老师的处罚;约翰,你每天晚上要去礼拜堂,唱首赞美歌,用经文和祷告赞美光荣的圣母玛利亚。唉!这一切可全是至理名言啊!"

"还有什么吗?"

"哥哥呀,现在站在您面前的是一个罪人,一个罪犯,一个可怜虫,一个浪荡鬼,一个穷凶极恶的人!亲爱的哥哥,约翰把您的忠告当作稻草和粪土踏在脚下。我就真的受到了惩罚,仁慈的上帝是极非常公正的。我一有钱,就大吃大喝,放荡不羁,寻欢作乐。唉!放荡的生活,从正面看挺好看的,从背后看却又令人生厌又丑恶!现在我一分钱也没有了,连桌布、内衣、擦手毛巾都卖掉了,快乐的生活不复存在了!灿烂的蜡烛熄灭了,只留下可恶的油脂烛芯直薰我的鼻子。婊子都嘲笑我。我只能靠喝水度日了。痛恨和债主正一起折磨着我。"

"还有什么吗?"副主教说。

"咳!最最亲爱的哥呀,我真想过一种正常的生活。我来看您,心中充满了悔过。我悔悟了。我忏悔。我狠狠捶打胸膛。您希望我能成为学士,当上托尔希学堂的副训导员,您这种想法确实很有道理。现在我感到充当这个职务是一种崇高的天职;可我没有墨水了,也得去再买;没有羽毛笔了,得去再买;没有纸,没有书,全得去再买。要买,我得有点钱才行。为此,哥哥啊,我来见您,心中充满了悔恨的心情。"

"讲完了吗?"

"讲完了,"学子说,"给我点钱吧。"

"没有。"

学子马上神色一变,既庄重又果断地说道:"那好,哥哥,我只得对您说实话了,但有人向我提出非常好的建议。您不愿给,是不是?……不给?……这样的话,我就去当流浪汉。"

这可怕的话儿说出口,他就摆出一副阿雅克斯的神情,猜测他哥哥准会大发雷霆,疾风骤雨就要劈头盖脸打下来。

可是没想到副主教却冷冷地说:"那就当您的流浪汉去吧。"

约翰向他深深地鞠了一躬,打着呼哨就重新走下隐修院的楼梯去了。

正当他从庭院里他哥哥的居室窗下走过时,忽然听到窗子打开了,抬头一看,只见副主教严峻的面孔从窗口探了出来。"滚远点!"堂·克洛德喊道,"拿去,这是你能从我这里得到的最后一笔钱啦。"

教士边说边向约翰扔出一个钱袋,在学子额头上砸了个大肿块。约翰拾起来就跑,既愤怒又高兴,像一只狗被人用带着骨髓的骨头穷追猛打一样。

三　欢乐万岁

　　读者或许没有忘记,奇迹宫廷有一部分是被城郭的旧墙包围着的,城市墙上的许多塔楼早在这个时期就开始沦为废墟了。其中的一座被流浪汉改成了娱乐地点。底层的大厅被作为酒馆,其余的都在上面几层。这座塔楼是丐帮最为热闹、因而也是最为污秽的聚合点。它像可怕的蜂窝,日夜嗡嗡作响。每天夜间,当丐帮其他所有多余的人都沉睡了,广场四周各个屋面上墙上的窗户不再有灯光了,那居住着盗贼、娼妓以及偷来的孩儿或私生子的蚁窝般的房屋不再发出喊叫声,这时候,只要听到塔楼发出的喧闹声,完全只要看见从塔楼的通风孔、窗子、墙壁的裂缝,可以这么说,从他所有的毛孔透出来的猩红色灯光,就可以认出这个花天酒地的塔楼来。

　　其实地下室就是小酒馆。要到下面去,得先经过一道矮门,再沿着一道像古典亚历山大诗体一样古板的楼梯走下去,门上有幅奇特的涂鸦充当招牌,上面画着几枚新铸的钱币索尔和一只杀死的小鸡,下面写着一句谐音双关语:欢迎死者的敲钟人。

　　有天晚上,巴黎所有钟楼正敲响灯火管制的钟声,这时候,巡逻队的巡捕,要是被允许进入那可怕的奇迹宫廷,是会发现,流浪汉小酒馆比平常更加嘈杂。大家酒喝得更多,咒骂也更凶了。外面空地上,许多人三五成群地低声交谈,仿佛在策划一个重大计划,这里那里,都有流浪汉蹲着,在街石上磨着十分凶恶的刀刃。

　　可是,就在小酒馆里面,饮酒赌博却大大分散了流浪汉们对今晚所关注事情的注意。因此想要从饮酒的人话中去猜想将发生什么事,那可太难了。只见他们比往常更加快活,个个双腿之间夹着闪亮的武器,斧头、镰刀、双刃大刀或是一把旧火枪的枪托。

　　大厅呈圆形,非常宽大,可是桌子紧挨着桌子,喝酒的人又那么多,因此小酒馆所容纳的一切,女人啦,男人啦、长凳啦、啤酒罐啦,睡着的,喝着的,赌着的,身强力壮的,断腿缺臂的,看上去全乱七八糟堆地集在一起,如有什么秩序与和谐可言,可以说那就像一堆牡蛎壳一般。大厅里的桌子上点了几支蜡烛,其实小酒馆里真正起照明作用的,起着歌剧院大厅分枝吊灯作用的,却是那炉火。这个地下室因非常潮湿,哪怕是盛夏酷暑,炉火也从不熄灭,这是一座带有雕刻炉台的巨大壁炉,上面横七竖八地搁着铁打的柴架和炊事用具,炉里燃着木头和泥炭,熊熊烈火,这样的火好似夜间在村庄街道上,把铁匠炉口那光怪陆离的魔影,照映在对面的墙壁上面,显得格外通红。炉灰里蹲坐着一条大狗,装模作样地在炭火前转动着一根串满肉片的烤肉铁扦。

不管里面多么混乱,只看过第一眼,就可以在这群人中区分出三大堆人,紧紧围着读者已经认识的三个人物。其中一个打扮得十分奇怪,贴着许多充金东方的铜片,那是埃及和波希米亚公爵,马西亚·恩加迪·斯皮卡利,这个无赖坐在桌子上,跷着二郎腿,伸出一只手指弹向空中,滔滔不绝地高声讲述他那黑白魔法的学问,周围的人每个人都听得目瞪口呆。另一堆喧哗的人群围着我们的老朋友、勇敢的狄纳王。这个克洛德·特鲁伊甫全身披挂,神情十分严肃,嗓音低沉,正在处理面前抢来的一大桶武器,大桶已被劈开,从里面倒出大量的长剑、铁盔、斧头、锁子甲、铁甲、梭镖、弩弓和旋转箭,象征丰收的牛角,还有源源不断的苹果和葡萄。人人从成堆的武器中随意自取,有的拿剑,有的拿高顶盔,有的拿十字形刀柄砍刀。孩子们也自行武装,甚至有的断腿人身披甲胄,穿护胸甲,从喝酒的人的大腿中间穿过去,活像大金龟子。

最后是第三堆听众,人数最多,吵得最猛,也最快活,把桌凳全都占满了。当中有个人声音如笛子那么尖,正在高谈阔论,同时又破口大骂;这个人全副武装,从头盔直至马刺,穿戴着整套沉甸甸的甲胄,全身都隐没在戎装里,只露出一只不知羞耻、向上翘起的辣椒鼻子,一头棕色的卷发,一双充满胆大包天的眼睛,一张淡红的嘴巴。他的腰带插满匕首和短刀,腰侧佩着一把长剑,左手执着一张生锈的大弩,面前摆着一只大酒罐,右手搂着一个袒胸露乳的胖墩墩的妓女。他周围所有的人都咧着嘴在笑,在哭,在骂,在喝。

还有二十来个次要的团伙;头顶着酒罐,来回奔跑,给人斟酒的许多姑娘和小伙子;蹲着赌博的人;有玩跳珠子的,有玩弹子的,有掷骰子的,有玩小母牛的,有玩投圈子热烈把戏的;这个角落有人吵架,那个角落有人接吻。加上所有的这一切,你大体上对这整体有某种印象,而在这整体上摇曳着一堆的熊熊火焰,酒馆的墙上也就欢跳着许许多多巨大无比和奇形怪状的人影在晃动。

至于声音,那就像置身于一口震天价响的大钟里面。

还有只盛油锅,烧烤滴下的油脂有如雨点滴,噼啪直响,这响声正好弥补了大厅两头东呼西应和无数交叉对话的空隙。

在酒馆的深处,在这片喧闹声中,在壁炉内侧的凳上坐着一个哲学家,他双脚埋在炉灰里,眼睛盯着没有燃尽的柴火,聚精会神地正在沉思。此人就是皮埃尔·格兰古瓦。

"加油,赶紧,快,快武装好!一个钟头后就要出发!"克洛潘·特鲁伊甫向黑帮的人嘱咐道。

有个姑娘哼唱着:

晚安,我的父亲我的母亲!

最后走的人要把火熄灭掉。

那两个玩牌的人争执不休。"奴才!"其中吵得脸红耳赤的一个朝另一个伸出拳头大声嚷嚷道,"我要在你身上打出梅花印子来,那你就可以在国王陛下的牌局中代替梅花 J 了。"

"哎呀!"一个诺曼底人吼叫着,这从他那重鼻音中可以听得出来。"这里挤得像卡约维尔的圣像一样。"

"孩子们,"埃及公爵假声假气地对他的听众说道:"赶法国女巫去赴群魔会,既不骑扫帚,也不乘座骑,不涂油脂,只不过念几句咒语。意大利女巫总有一只公山羊在门口等着她们。她们都不得不从烟囱里出去。"

有个从头到脚全身武装的小伙子高喊着,他的声音盖过了全场的喧闹声。"绝了!真是绝了!今天是我头一次全身武装!流浪汉!我是流浪汉,基督的肚子呀!给我倒酒喝!……朋友们,我是磨坊的约翰·弗罗洛!出身贵族。在我认为,假若上帝是禁卫骑兵,他也一定会当强盗的。弟兄们,我们就要去进行一次壮丽的远征了。我们都是勇敢的战士。我们将围攻教堂,攻进大门,救出那个美丽的姑娘,从法官的虎口中救出她来,把她从教士手中救出来;拆毁隐修院,把主教烧死在主教府内,我们顷刻间就能大功告成,连一个镇长喝一匙汤的工夫都不要。我们的事业是正义的,我们要把圣母院一抢而空,那就把一切都。我们要吊死卡齐莫多。你们认识卡齐莫多吗,小姐们? 圣灵降临节的一天,你们见过他吊在大钟上直喘气吗? 圣父的角! 真是妙不可言! 仿佛一个魔鬼骑在兽嘴上。……朋友们,听我说,我心底里是流浪汉,灵魂中是黑帮,生来就是乞丐命。我曾经有一阵很有钱,财产都给我吃喝光了。我母亲本来要我当军官,父亲要我当副祭司,姑妈要我当审讯评议官,姑奶奶要我当穿短袍的司库,祖母要我当王上身边的红衣主教。我呀,却成了流浪汉。我把这事说给父亲听,他朝我劈头盖脸就是一顿大骂。告诉了母亲,老太太放声痛哭,一把鼻涕一把眼泪,就像壁炉上这根木柴似的。欢乐万岁! 我是个真正的祸星! 酒店老板娘,给我换另一种酒来! 我还付得起账。不要再喝苏雷斯纳酒了,呛得我的喉咙难受。他妈的! 还不如吮只蓝子润喉咙来得过瘾呢!"

此时,嘈杂的人群哈哈大笑,鼓掌喝彩。学子看到身边的喧闹声有增无减,接着大叫起来:"嗬! 多么好听的声音! 群群情激奋!"他于是唱起歌来,目光好像迷离恍惚,声调活像议事司铎唱晚祷:"多么美妙的颂歌! 多么动听的乐器! 多么好听的歌声! 多么悦耳的音律! 管风琴奏着颂歌,歌声如蜜一般甜,旋律像天使般柔和,真是令人赞叹的圣歌中的圣歌"他停顿了一下转口叫道:"女掌柜的,给我把吃的弄点来。"

有一阵子近乎沉默,只听到埃及公爵的尖嗓门正在教导吉卜赛人"……鼬叫阿杜伊纳,狐狸叫蓝脚或林中奔跑者,熊叫老头或祖父,狼叫灰脚或金脚。……地鬼的帽子可以隐身,却可以看见隐形的东西。……你要给蛤蟆洗礼的话,必须给它穿上红色或黑色天鹅绒衣服,脖子上挂个铃铛,脚上也系一个铃铛。教母提着它的后部,教父抓住它的脑袋。……魔鬼西德拉加苏姆有魔力叫姑娘们一丝不挂地跳舞。"

"以弥撒的名义!"约翰插嘴说,"我保证我愿意做魔鬼西德拉加苏姆。"

同时,流浪汉们在酒馆的另一头接着武装,低声地交头接耳。

"这个可怜的爱斯梅拉达!"一个吉卜赛人说道,"她是我们的姐妹。……我们一定要把她从那里救出来。"

"她真的一直待在圣母院吗?"一个像犹太人面容的卖假货的问。

"当然,错不了!"

"那好! 弟兄们,"卖假货的叫道,"到圣母院去! 尤其是在圣徒弗吕西翁和弗雷奥尔的小礼拜堂里有两座雕像,一座是圣让·巴蒂斯特,另一座是圣安东尼,两座全是黄金的,总共重 17 金马克 16 埃斯特林,镀金的银底座重 17 马克 5 盎司。我很了解,因为我是金银匠。"

这时有人给约翰端来晚饭。他往后一仰,全身倚在旁边一个姑娘的胸前,大声嚷嚷道:

"以圣弗尔特·德·吕克,就是民众称作圣高格吕的名义起誓,我真是太兴奋了。我面前有一个傻瓜蛋,光溜溜的脸蛋活像个屁股蛋,正盯着我看。左边又有个笨蛋。牙齿长得把下巴也遮住了。还有,我就像围攻蓬杜瓦兹的古埃元帅,右边靠在一个女人的奶头上。穆罕默德的肚子呀! 伙伴们! 你看上去像个卖蛋的商贩,你竟过来坐在我身旁! 我是贵族,朋友,商人和贵族是不能相提并论的。给我滚开去。……嗬啦嘿! 你们这班人! 别打啦! 如何,你这专啄呆鹅的巴蒂斯特,你的鼻子可真美丽,竟拿它去跟那莽撞汉的大拳头硬拼! 笨猪! 并不是人人都有鼻子的。……你真神,啮耳朵雅克琳娜! 你没有头发真是遗憾。嗬啦! 我叫约翰·弗罗洛。我哥哥是副主教。让他见鬼去吧! 我跟你说的全是事实。当了流浪汉,我心甘情愿地放弃了我哥哥许诺给我的天堂府邸的一半所有权,天堂的半边房子。我引用的是原话,我在蒂尔夏普街有一采邑,所有女人都爱上我,这是千真万确的,正如巴黎这个华都的五大行业是制革,正如圣埃洛瓦是一个优秀的金银匠,鞣革,绶带制作,钱袋制作和苦力,正如圣洛朗是用蛋壳烧的火烧死的。伙伴们,我向你们发誓:

> 假如我在此说谎,
> 一年内不喝黄汤!

迷人的姑娘,月光正是明亮,你就从通风孔看一看那边,风儿如何弄皱云彩! 就像我这样搓揉你的胸罩。……姑娘们! 擤掉孩子的鼻涕吧,剪掉烛花吧。基督和穆罕默德呀,我这吃的是什么!朱庇特!哎呀!老婆子!这里骚娘们头上看不到头发,头发全他妈的跑到你的煎鸡蛋里来了。老婆子!我喜欢秃头的炒鸡蛋。让魔鬼把你变成塌鼻子!……你这美丽的客栈真是魔鬼别西卜开的,骚娘们在这里正用餐叉梳头哩!"

话音刚停,他将盘子摔在地上,声嘶力竭地唱起来:

我没有,我将

以上帝的血起誓

没有信仰,没有法律

没有炉火,没有住宅

没有国王

没有上帝。

这时,克洛潘·特鲁伊甫已经发完武器,向那个看上去正想入非非,脚踩在柴架上的格兰古瓦走去。"皮埃尔君,"狄纳王道,"你在想什么鬼点子?"

格兰古瓦朝他转过身,忧郁地笑了笑:"我喜欢火,亲爱的大人。这倒不是因为火可以暖我们的脚或煮我们的汤这一简单的道理,而是因为它能发出火星。有时候,我一连几个小时观察着那些火星。我从漆黑的炉膛里闪耀着的那些火花中看到了许许多多的事物。每一个火花就是一个世界。"

"我要是能懂得你在说些什么,那就让我雷打电劈!"流浪汉说,"可你知道现在几点?"

"不知道。"格兰古瓦回答道。

克洛潘走近埃及公爵。

"马西亚伙计,时辰可不好。听说国王路易十一正在巴黎呢。"

"那就更有理由把我们的妹妹从他的魔掌中解救出来。"老吉卜赛人答道。

"你这话真是男子汉说的,马西亚。"狄纳王说,"再刚,我们会干得干脆利落。教堂里,没有什么抵抗可担心的。那班议事司铎都是些兔崽子,·而我们人多势众。大理院明天会派人来抓她。就会束手待擒!教皇的肚肠!我可不愿让人把那美丽的姑娘绞死。"

刚把适说完,克洛潘就走出了小酒馆。

这时,约翰用嘶哑的嗓门叫道:"我喝,我吃,我醉了,我是朱庇特!……啊!屠夫皮埃尔,你再这样看着我,我不教你吃几个响栗子,弹掉你鼻子上的灰才怪呢!"

格兰古瓦从沉思中已醒过来,开始观察周围这狂热嘶叫的场面,低声嘟噜道:"酒乱性,醉狂器。咳!我不喝酒真有道理,圣勃鲁瓦说得真好:酒甚至可以叫智者迷住心窍。"

这时,克洛潘走了回来,张开雷鸣般的大嗓门嚷道:"午夜十二点啦!"

这句话就像给正在休息的部队下令备鞍上马一般,所有流浪汉、女人、男人、孩子,闻声成群集队,冲到小酒馆外面,武器和铁器的碰撞声响成一片。

月光早就暗淡下去了。

奇迹宫廷里一团漆黑,没有一丝亮光,但绝不是荒无人烟。能辨别得出里面一群男女在低声说话。听得见他们嗡嗡嘤嘤,看得见他们的各种武器在黑暗中闪闪发光。克洛潘登上了一块大石头,大声喊道:"入列,黑帮!入列,埃及!入列,加利列!"黑暗中一阵骚乱。大队人马看起来在排成纵队。二分钟后狄纳王又提高嗓门说:"现在,悄悄穿过巴黎!口令是:小刀在闲荡!到了圣母院才许点火把!出发!"

十分钟后,长长的一队黑衣人,哑然无声穿过弯弯曲曲的大街小巷从各个方向潜入菜市场巨大的街区,朝兑换所桥走下去,把巡逻队骑兵吓得到处逃窜。

四　一个帮倒忙的朋友

这天晚上,卡齐莫多没有睡。他刚刚在教堂里巡察了最后一圈。接着就在他关上教堂各道大门的时候,没有注意到副主教看见他小心翼翼地插上巨大铁杠门闩,锁上挂锁,几扇大门好似铜墙铁壁般坚固,脸上所流露出来的一丝不悦的神情。堂·克洛德看起来比平常更加心事重重。再说,自从那天夜间摸进爱斯梅拉达的小屋经受那场遭遇一后，他常常拿卡齐莫多出气，但不管怎样粗暴对待他，甚至好几次动手揍他，丝毫也改变不了这忠心耿耿的敲钟人那种百般忍受、俯首帖耳和逆来顺受的脾性。侮辱也罢、威胁也罢、拳打脚踢也罢，凡是来自副主教的一切他都忍受了，没有一声责难，也没有半句怨言。顶多是看见副主教爬上钟楼楼梯时，心神不定地密切关注着他的举动。不过，副主教倒是主动不再在埃及少女眼前露面。

一旦说到这天夜里，卡齐莫多朝玛丽亚、雅克琳、蒂博德这些被丢弃的可怜大钟瞅上一眼，随后一直登上北边钟楼的顶上，把密不通风的手提灯搁在檐边水溜口上，眺望起巴黎城来。那天夜晚，我们上文已经交代过，天黑得伸手不见五指。在那些日子里，巴黎可以说是还没路灯照明的。呈现在眼前的是一大堆模糊的黑影，这里那里，被塞纳河那微白色的弧线形河道把这黑影割裂开来。卡齐莫多在楼顶只看见圣安东桥那边，远处有座建筑物阴暗模糊的侧影高踞在所有的屋顶之上，那座建筑物有扇窗户发出亮光。那里也有个人彻夜不眠。

敲钟人任凭自己的独眼随意扫视这雾茫茫和夜沉沉的天空，内心里却感到有一种难以言传的不安。几天来他一直警惕着。他不断看见教堂周围有一些面目可憎的人在游荡着，目不转睛地注视着那少女避难的小屋。心里想到，多半是在策划什么阴谋以危害那避难的不幸姑娘。他想，民众都仇恨她，如同憎恨他一样，很可能马上就要发生什么事。所以，他坚守在钟楼上，虎视眈眈，如拉伯雷所说，在梦中左顾右盼，一会儿看看姑娘的小屋，一会儿望望巴黎，像一只忠实的狗，疑心重重，以保万无一失。

他那只独眼，大自然仿佛要对他的丑陋作为一种报偿，使之能洞察秋毫，几乎可以代替卡齐莫多所缺的其他一切器官。正当他用这只独眼仔细观察巴黎这座大都市，忽然看见老皮货沿河街的侧影有些异常，好像有什么动静。堤岸栏杆衬映在泛白的河水上的乌黑剪影的线条，而不像别处的堤岸那么笔直而平静，看起来像在波动，犹如河水的起伏波涛，又像一群一群的人走动时脑袋的攒动。

他觉得这有些蹊跷，于是倍加注意。那运动的方向似乎是朝老城走来。不过没有一点亮光。移动在堤岸持续了一阵，接着像流水似的渐渐流过去，仿佛那流经过去的什么东西进了城岛里面,随后完全停止了,堤岸的轮廓又恢复笔直静止了。

在卡齐莫多绞尽脑汁百思不得其解的时候,他觉得那动着的东西又在教堂前庭街上出现了,这条街在老城垂直地一直延伸到圣母院的正面。最后,虽然夜色浓重,他还是看见有一支纵队的前列从这条街涌出,只一眨眼的工夫,一群人在广场上四处散开,当然在黑暗中什么也分不清,只见黑压压的一群。

这一场景真是惊心动魄。这支奇特的行列似乎最关注的是躲藏在最阴暗的地方,并尽可能保持肃静。可是,总会弄出一点声响来,即使只是轻微的脚步声。不过,这种声响甚至还未传到我们这个聋子耳中就消失了。这一大群人,他几乎看不见,根本也听不见,却在他鼻子底下攒动行进,他觉得那好像是一群人,无声无息,不可触摸,消失在雾霭之中。他仿佛看见一阵浓雾朝他扑来。浓雾中人影幢幢,又似乎看见一群鬼影在黑暗中移动。

他马上心里又恐惧起来,心里于是又想起有人刻意要谋害埃及姑娘。他隐约地感到一场风暴迫在眉睫。在这危急关头,他自己打着主意,其推理又快又准,人们根本不会想到这个如此不健全的脑袋瓜所能想得出来的一切。该不该叫醒埃及姑娘呢! 该不该叫她逃跑呢? 从哪里逃呢? 街道被堵住,教堂陷于背水的绝境。没有渡船! 没有出路! ……只有一种办法,就是死守圣母院大门,

至少抵抗一阵，直到救兵到来，如果真有救兵来的话，就不要去打扰爱斯梅拉达的睡眠。不幸的姑娘非死不可的话，什么时候醒来也不会迟的。这个主意一定，他便更加冷静地观察起敌军来了。

教堂广场的人群好像时时刻刻都在增多。只不过卡齐莫多推测，他们一是只发出他轻微的声响，因为街上和广场四周人家的窗户仍然紧闭着。忽然，一道亮光闪耀，转瞬之间，七八支点燃的火炬在众人头顶上晃动，在暗影中团团火焰摇曳不定。卡齐莫多这下子明明白白地看见教堂广场上宛如波浪起伏，一大群可怕的男男女女，全是衣衫褴褛，手执长镰、梭镖、柴刀、槊，其千百个尖头闪闪发光。这里那里，高举着乌黑的钢叉，远望过去，他们一张张丑陋的脸上都仿佛长了角一般。他隐约想起这群乌合之众，相信认出了几个月前拥护他为狂人教皇的所有那些面孔。有个男人一手执火把，一手执砍刀，爬上一块界碑，好像在发表什么演讲。与此同时，这支奇怪的大军进行了几次调动，仿佛在占领教堂周围的阵地。卡齐莫多捡起灯往下走，来到两座钟塔之间的平台上，就近进行观察，并琢磨防御的办法。

克洛潘·特鲁伊甫已经部署手下的部队做好了战斗准备，他来到圣母院的高轩大门前。虽然他预料不会遭到任何抵挡，但作为谨慎的将领，他还是想保持队伍的秩序，以便一旦急需，随时可以抵抗巡逻队或 220 个弓弩手的忽然袭击。他于是把部队排列成梯队。如此一来，从高处和远处看，您会说是埃克诺姆战役的罗马人三角阵，亚历山大大大帝的猪头阵或居斯塔夫—阿道尔夫的著名楔形阵。这个三角形的底边正是广场的尽头，正好堵住教堂前庭街；一个斜边朝着主宫医院，另一斜边对着牛市圣彼得街。克洛潘·特鲁伊甫和埃及公爵、我们的朋友约翰以及那些最胆大的乞丐恰好站在这三角形的顶点。

类似流浪汉们此刻企图攻打圣母院这样的举动，在中世纪的城市里，并不是什么稀罕的事儿。今日所称的警察当时还没有。在人口众多的城市，尤其在各国京都，并不存在着一个起控制作用的中央政权。封建制度把这些大市镇建造得离奇古怪。一个城市就是千百个领主政权的集合体，把城市分割成形形色色、大小不一的格子般的藩地。由此出现了千百个互相有矛盾中突的治安机构，也就没有治安可言了。譬如，在巴黎，除了 141 个领主声称有权收贡税之外,还有 25 个自称做拥有司法权和征收贡税的领主,其中大至拥有 105 条街的巴黎主教,小至拥有 4 条街的田园圣母院的住持。所有这些拥有司法权的封建领主,仅仅在名义上承认国王的君主权。这些领主人人都有权征收路捐,个个各行其是。对这座封建制度的大厦,路易十一恰是个不知疲倦的工匠,广泛着手地加以拆除,继而黎希留和路易十一为了王权的利益又进一步加以拆毁,最后米拉波才加以彻底完成以便利于人民的利益。路易十一煞费苦心,试图撕破覆盖巴黎的这张封建领主网,曾采取激烈的措施,下了二三道谕旨,推行全面的治安,比如 1465 年,命令居民入夜之后要用蜡烛照亮窗户,并把狗关起来,违者处以绞刑;就在这一年,又下令晚上用铁链封锁街道,并禁止夜间携带匕首或攻击性武器上街。可是不知什么时候,所有这些市镇立法的尝试都行不通了,市民们听任夜风吹灭窗台上的蜡烛,听任他们的狗四处游荡;铁链只在戒严时才拉起来的;禁止携带凶器也没有带来什么变化,只不过将割嘴街改名为割喉街,这倒是一个明显的进步。封建司法机构这一古老的脚手架依然屹立;典吏裁判权和领主裁判权庞大的堆积,在城市形成相互交叉,互相妨碍,相互纠缠,相互嵌套,相互遮掩;巡逻队、巡逻分队、巡逻检查队如丛林密布,却毫无用处,明火执仗进行抢劫、掠夺和骚乱,依然横行无阻。在这种混乱之中,一部分贱民在人口最稠密的街区抢劫宫殿、住宅、府邸,并不是什么罕见的事件。在大多数情况下,邻居是不管这种事情的,除非抢劫殃及他们家里,他们对火枪声充耳不闻,关闭自家的百叶窗,堵住自家的门户,听凭打劫自行了结,管它有没有巡逻队干预。第二天,巴黎人互相传告说:"昨天夜里,埃蒂安纳·巴贝特被抢劫了","克莱蒙元帅被捉走了,等等。"这样一来,不仅诸如司法宫、卢浮宫、巴士底宫、小塔宫这类王室的府邸,就是小波旁宫、桑斯公馆、昂古莱姆府邸等等领主住宅,围墙上都筑有雉堞,大门上都设有门垛子。教堂于是神圣,是幸免于劫的,不过其中也有一些教堂是设防的,圣母院不在其中。圣日耳曼一德一普瑞修道院如同男爵府邸也筑有雉堞,用于造臼炮的铜比用于铸钟的还要多,1610 年还可以看见这座要塞,今天差不多只剩下教堂本身了。

言归正传,再说一说巴黎圣母院吧。

克洛潘的命令丝毫不爽,一个个悄悄得到了执行,这帮流浪汉纪律之严明,真应表彰。当初步部署一完毕,这个名不虚传的丐帮首领就登上前庭广场的矮墙,面向圣母院,提高沙哑的粗嗓门,挥着火把,只能看光焰被风吹得摇曳不定,时刻隐没在烟柱里,圣母院被映红的正面也随之时显时隐。克洛潘提高嗓门说道:

"告诉你,巴黎主教,大理院法庭的推事路易·德·波蒙,我,狄纳王,克洛潘·特鲁伊甫,丐帮大王,狂人的主教,黑帮亲王,我告诉你:我们的姐妹,因莫须有的行妖罪名而受到判决,躲进了你的教堂,你必须给予保护;可是,大理院法庭要从你的教堂里把她重新抓获,你居然同意,致使她明天就会在河滩广场被绞死,要是上帝和流浪汉不在那里的话。所以我们特来找你,主教。如果你的教堂是神圣的,那么我们的姐妹也是神圣的;如果我们的姐妹不神圣,那么你的教堂也不神圣。所以责令你把那姑娘还给我们,如果你想拯救教堂的话;否则,我们要把姑娘抢走,并洗劫你的教堂。那就太好了。为了这件事,我在这里立旗为誓。愿上帝保佑你吧,巴黎主教!"

这些话带有某种隐沉、粗犷的威严口吻,可惜卡齐莫多听不见。一个流浪汉于是把手中的旗帜献给克洛潘,克洛潘立即庄严地将它插在两块铺路的石板中间,其实这就是在一杆长柄叉齿上吊着的一块滴着血的腐肉。

插好旗帜,狄纳王转身环视他的军队。这一群人凶神恶煞,个个目光炯炯,几乎和长矛一样光芒四射。他停顿了片刻,随又大声喊道:"前进,孩子们!干吧,好汉们!"

30个壮汉,膀大臂粗,一副锁匠的长相,应声出列,肩扛铁钳和撬杠、大锤。只见他们奔向教堂的正门,爬上石阶,接着在尖形穹窿下蹲下来。用铁钳和杠子撬那道大门。一群流浪汉也跟着过去,有的观望,有的帮忙。大门前11级台阶挤得水泄不通。

可是,大门岿然不动。一个说:"活见鬼!还挺坚实而顽固的!"另个说:"它老了,骨头也变硬了。""伙计们,加油!我敢拿我的脑袋赌一只拖鞋:还没等到教堂执事醒过来,你们早就打开大门,抢出姑娘,把主坛洗劫一空。干吧!我相信,大锁撬开啦。"

正在这时,他身后忽然发出一声可怕的巨响,打断了他的话。他回头一看,原来是一根巨大的屋梁从空中坠下来,砸烂了教堂台阶上十来个流浪汉,并在地面石板上滚跳着,发出炮弹般的轰响,还把乞丐群中一些人的腿压断了。叫花子们惊恐万状,呼天抢地,四处逃散。转瞬间,前庭围墙之内空无一人。撬锁的硬汉们尽管有大门的拱护住,还是放弃大门逃走了,克洛潘本人也立刻退到离教堂很远的地方。

"我差一点送了命!"约翰大声说道,"我感到有阵风刮下来,牛的头! 可是酒馆老板皮埃尔被砸死了!"

这根大梁落在这帮强盗的身上所引起的惊恐,现在真是难以言表。他们直愣愣地傻站在那里,目光定定地望着天空,足有好几分钟之久,这根木头,比二万王家弓手更叫他们胆战心惊。埃及公爵嘟哝着:"撒旦! 这里头一定有妖法!"红脸安德里说:"是月亮朝我们扔下这根柴火棍的。"弗朗索瓦·香特勃吕纳接过话头道:"这么说来,月亮是圣母的知交啦!"克洛潘大声吼道:"胡说八道! 你们个个都是大傻瓜!"可是,他也无法解释这根巨梁坠落的缘由。

这时,教堂的里面什么也看不清,火把的亮光照不到它的顶部。那一根沉重的厚梁横在前庭中间,只听见最先被击中,腹部在石阶角上被拦腰截为两段的那些不幸者的呻吟声。

狄纳王惊慌初定,终于找到一种解释,听起来倒非常有道理:"上帝的鸟嘴! 难道是议事司铎们在抵抗不成? 那就放手洗劫吧! 洗劫!"

"洗劫! 洗劫!"嘈杂的人群发出愤怒的欢呼声,叫道。弓弩、火炮接着全部同时向教堂正面发射。

这阵爆炸声,把邻近住宅的居民都惊醒过来了。许多窗户打开了,窗口上出现了戴睡帽的头和持蜡烛的手。"朝窗子射击!"克洛潘叫道。窗子立刻又被关上了,可怜的市民还没来得及朝这个火光闪烁、喧闹震天的场面投去惊恐的一瞥,就连忙缩了回去,吓了一身冷汗回到妻子的身旁,琢磨着此刻圣母院广场上是不是在举行巫魔夜会,或像64年那样勃艮第人又打进来了。于是,做丈夫的想着会遭抢劫,做妻子的想着会遭强奸,个个都被吓得直发抖。

"洗劫!"黑帮一再喊道。可是谁也不敢靠近。他们望望教堂,望望木梁。木梁一动不动。建筑物看起来依然十分安宁,没有一个人影,却有什么东西使

世界十大名著

图文珍藏版

流浪汉们手脚冰凉。

"动手吧,硬汉们!"特鲁伊甫叫道:"强行攻门!"

可是谁也不敢朝前走一步。

"酒囊饭袋!"克洛潘嚷着。"瞧这些家伙,连一根椽子也害怕!"

一个老硬汉对他发话了:"头领,叫我们棘手的不是木椽,而是大门,全被铁条封得死死的,铁钳根本不顶用。"

"那你需要什么才能攻破大门呢?"克洛潘问。

"嗯!要一根攻城锤。"

狄纳王真是好样的,跑到那根可怕的木梁跟前,一只脚踩在上面,喊道:"这里恰好有一根。是议事司铎给你们送来的。"说着朝教堂那边怪模怪样地鞠了一躬,说:"多谢了,议事司铎!"

这种胆大包天的行为马上立竿见影,大梁的魔力解除了。流浪汉们重新鼓起勇气;刚挥一阵子,200只粗壮有力的臂膀把那根沉重的大梁像托羽毛一样抬起来,猛烈地对着人们曾经企图撼动而未能奏效的教堂大门撞去。流浪汉手中疏疏落落的火把把广场照得半暗半明,这群汉子抬着这根长大梁飞奔,迅速向教堂撞去,见此情景,还以为是一头千足怪兽埋着头向那石头巨人发起进攻。

在木梁的撞击下,那道半金属的教堂大门如同巨鼓发出巨响。然而大门一点也没有裂开,整座教堂却抖动了,只听得建筑物幽深的内部轰隆直响。就在这时,许多大石头从教堂正面的高处像雨点般向攻击者身纷纷上落下来。约翰叫道:"活见鬼!一定得钟楼摇晃得连栏杆都倒塌了,石头才砸在我们头上不成。"但是,此时士气方兴,气可鼓而不可泄,狄纳王以身作则,说有定是主教在抵抗,遂更加凶猛地攻打大门,顾不得左右两边落下的石头,砸得脑袋开花。

这些石头虽然是一个一个落下来,却又非常紧密,这可真是了不得。黑帮几乎个个同时挨二块石头,一块落在腿上,一块砸在头上。很少有人没有挨砸的,被砸死的和砸伤的已倒了一大片,在攻击者的脚下流着血,喘着气。进攻者现在怒不可遏,前仆后继。长长的大梁仍然撞门不止,一下下均匀的撞击,好似钟锤撞钟一般。石如雨下,大门怒吼不已。

读者也许万万没有想到,这激起流浪汉们怒不可遏的意料不到的抵抗竟来自卡齐莫多!

说来也真是晦气,由于偶然的原因,倒帮了这个正直聋子的大忙。

且说卡齐莫多刚才来到两座钟楼中间的平台,脑子里乱成一团乱麻,不知该怎么办。从平台上看到下面成群的流浪汉密密麻麻,正准备向教堂猛冲过来,急得他发疯似的沿着柱廊来回狂奔了一阵子,祈求魔鬼或上帝能挽救埃及姑娘的性命。他先是想爬上南面钟楼去敲响警钟,但是他转念一想,等他摇动大钟,等那口玛丽大钟的洪亮的大嗓门发出一声怒吼,教堂的大门恐怕早被攻破十次都不止呢?因为那时正是硬汉们带着撬锁的器械向大门冲过来的时刻。他如何是好呢?

忽然,他想起,泥水匠白天忙了一整天,修葺南面钟楼的墙壁、屋架和屋顶。但这是一线光明。墙壁是石头的,屋顶是皮铅的,屋架是木头的。那奇异的屋架,木头那么密集,故被人称作森林。

卡齐莫多于是向这座塔楼跑去。塔楼下面的那些房间里果然堆满了建筑材料:有成堆的砾石、成筒的铅皮、成捆的板条、已锯好的粗大桁条,一堆堆瓦砾。真是一个应有尽有的武器库。

刻不容缓。下面流浪汉用铁钳和锤子正在撬门。卡齐莫多感到危在旦夕,猛然间力气猛增十倍,抱起一根最重最长的木梁,从一个老虎窗伸出去,然后从钟楼外抓住,搁在平台栏杆的角上让它往下滑,猛然一松手由它落下深渊去。这根硕大的屋梁,从160尺高空往下坠落,不仅撞坏了墙壁,打碎了雕像,在空中翻转了几个来回,如同风车的一翼,自由自在穿空而降。最后,它撞到地面,一阵可怕的尖叫随之而起,而这根乌黑的木梁在石板地上蹦跳着,宛若一条蟒蛇在游动。

卡齐莫多看到流浪汉在巨梁坠落时,向四处散开来,活像小孩子吹灰一般到处都中。当他们惊魂未定,用迷信的目光盯着这自天而降的大棒,当他们乱箭齐发,乱扔霰弹,毁坏门廊上诸圣石像的眼睛的时候,卡齐莫多乘机在掷下大梁的栏杆边上,偷偷堆积碎石、瓦砾、石头,甚至瓦工一袋袋的工具。

所以,他们一开始攻打大门,石头就像冰雹般纷纷落下。似乎觉得教堂自行崩溃而砸在他们头顶上。

　　谁要是此时看见卡齐莫多，谁都会被吓坏的。他除了在栏杆上堆积投掷物，在平台上也堆了一大堆石头。栏杆外缘上的石头一用完，接着从平台上去取。他不断弯腰、直起、再弯腰、再直起，其行动之敏捷简直不可思议。他那侏儒的大脑袋从栏杆上一伸，一块大石头立即落下，随后又是一块，紧继续又是一块。他不断用那只独眼目送着一块巨石落下，每当击中了，嘴里就哼一声。

　　但是，乞丐们并没有灰心丧气。他们接着奋力攻击那道厚厚的大门。百把来人齐心协力，增强了橡木羊角钢锤的冲力，大门已经被震动了20多次了。门上的镶板破裂了，镂刻炸成碎片四处飞溅，每震动一次，户枢就在羊角螺钉上跳动一次。门板摇晃了，铁筋之间的木头也被撞成碎末纷纷掉落下来。对卡齐莫多来说，幸运的是大门的构造铁筋比木头还多得多。

　　但是，他还是感到大门在摇晃。虽然他耳聋听不见，但撞锤每撞击一次，教堂的腔孔和五脏六腑都一齐发出强烈的回响。他从高处往俯视，看见流浪汉们得意扬扬，怒气冲天，对着教堂昏暗的正面挥舞着拳头，他真是恨不得为了埃及姑娘和自己，也能像从他头顶上空飞走的猫头鹰那样长出两只翅膀来。

　　虽然石如雨下，但并不能击退流浪汉的进攻。

　　正在这万分紧急的关头，他忽然发现就在他扔下石头砸黑话帮的栏杆下一点点，就立即会有两道石头雨溜，槽口直泻教堂大门的上方，内孔通向石板的平台上面。他不由灵机一动，计上心来，于是跑到他那敲钟人的窝里去找来一个柴火，又在柴火上放上他从没使用过的大量"弹药"，即许许多多捆板条和许许多多卷铅皮，把这样一大堆柴火在两道雨溜的人口放好以后，便就着灯笼把火点燃了。

　　在这段时间内，石头不再落下了，流浪汉们也不再仰天张望了。那班盗贼气喘吁吁，好似一群猎犬逼近野猪藏身的洞穴，乱哄哄紧紧围着教堂的大门，大门尽管被撞得完全走了形，却仍然不动。盗贼们兴奋得直颤抖，正期待着最后一次重撞，期待着大门被开膛破腹。他们个个争先恐后挨近大门，都想等大门一旦打开，抢先冲进这座富裕的大教堂，冲进这个聚积三个世纪财富的巨大宝库。他们欣喜若狂，馋涎欲滴，狼嚎虎啸，鬼哭狼嚎相互提醒教堂里有精美的银十字架，有华丽的锦缎道袍，有美丽的镀金墓碑，还有唱诗班各种珍贵的璀璨物品,以及各个使人眼花缭乱的节日,诸如烛台高照的圣诞节,阳光灿烂的复活节,所有这些辉煌的盛大庆典上堆满祭坛上各种各样圣物盒、烛台、圣礼盒、圣体盒、圣柜,形成一层黄金和钻石的表面。的确,在这样美好的时刻,叫花子和假伤残者也好,穷凶极恶的坏蛋和假装烧伤者也好,心里算计的是如何洗劫圣母院而不是如何挽救那位埃及少女。我们甚而至于宁愿相信,他们当中许多人来搭救爱斯梅拉达只不过是一个借口,假如盗贼打家劫舍也需要什么借口的话。

他们聚集起来,围着攻城槌,个个屏住呼吸,绷紧肌肉,使出浑身力气,正要对教堂大门进行决定性的一次撞击。就在这时候,突然听见了他们当中的一些人发出一片嚎叫声,比原先木梁砸下时脑袋开花、灵魂出窍的那种惨叫声还更凄厉恐怖。没喊叫的人,还活命的人,睁眼一看,只见两道熔化的铅水从教堂高处倾泻下来,落在这帮乌合之众最稠密的人堆里。沸腾的金属直泻而下,这片汹涌的人海马上像潮水般退下,两道铅水落下之处,在人群中造成两个黑洞,直冒浓烟,好像滚烫的开水泼在雪地上一般。那几乎被烧焦的些垂死的人蠕动着,痛苦万分,惨叫不迭。在这两道喷泉般的溶液四周,可怕的雨滴飞溅着洒落在进攻者的头上,火焰就像锐利的钻子,锥进他们的脑袋。正是这沉重的地燃之火,洒落无数的霰粒,在这些苦难者身上打千百个窟窿。

吼叫声撕心裂肺。不论是最胆大的还是最胆小的,都纷纷逃散,把那根巨梁扔在了尸体上,教堂前又空无一人了。

所有的眼睛都望着教堂的高处,呈现在大家眼前的是一片非常奇异的景象。只见在最高柱廊的顶上,在中央玫瑰花形的圆窗上端,熊熊烈火从两座钟楼中间腾起来,火星飞溅。这狂乱的烈火被风一刮,不时有一团火焰化成浓烟,随风飘散。在这烈焰下面,在那被烧得乌黑的梅花形的石栏杆下面,两道承溜形如妖怪巨口,连续地喷出炽烈的铅水,银白色的铅液衬托着教堂下方非常昏暗正面墙壁,显得格外分明。两道铅液越是接近地面,越是扩展开来,形成一条条束状的细流,俨若从喷壶的千百个细孔中喷射出来。两座巨大钟楼的正面,一座红彤彤,一座黑黝黝,反差生硬而分明。在烈焰的上方,这两座钟楼庞大的阴影直投向天空,显得更加巍峨。钟楼上那无数鬼怪和巨龙的雕刻,面目狰狞,映着闪烁不定的火光看上去全活动起来了。吞婴蛇怪似乎正在哈哈大笑,檐槽口的鬼怪好像在汪汪吠叫,蝾螈好像在吹火,怪龙好像在浓烟中打喷嚏。冲天的烈焰,鼎沸的喧闹,把这些妖魔鬼怪从沉睡石头中全惊醒了。而在这些鬼怪当中,有一个在不停地走动,只见其身影不时从柴堆烈焰前闪过,就仿佛一只蝙蝠从烛台前掠过一般。

这座离奇古怪的灯塔,也许连远处比塞特山岗的樵夫也会被惊醒的,当他眯眼看见圣母院两座钟楼的巨大影子在山岭的灌木丛上面摇晃,准会吓得魂飞魄散。

流浪汉全都惊呆了,马上一片死寂。在这寂静中只听见各种响声;也有被关在修道院里,比马厩里着了火的马还更惊恐的司铎们呼天唤地的惊叫声;有附近窗户急匆匆地偷偷打开、随后又一下子关上的悄悄启闭声,有四周房屋和主官医院里传来的乱哄哄声;有风卷火焰的怒吼声有垂死者临终的喘息声;还有那铅液落在石板上连续不断的劈啪声。

些时,流浪汉的头目已经退到贡德洛里埃府邸的门廊下,共商对策。埃及公爵坐在一块界石上,诚惶诚恐地仰望着二百尺高空中那火光闪耀的幻景般的柴堆;克洛潘·特鲁伊甫怒发冲冠,咬着自己粗大的拳头,低声嘟哝道:"我们冲不过去!"

"简直是一座具有魔法的老教堂!"老吉卜赛人马西亚·恩加迪·斯皮卡里嘟哝着。

"教皇的胡子!"一个曾经服过兵役、头发花白的老滑头接过话头说道:"瞧这些教堂沟檐铅水直喷,真比莱克图尔的城墙突堞的弹雨还要厉害得多。"

"那个在火堆前走来走去的魔鬼,你们看见了吗?"埃及公爵大叫。

"天啊,是那个该死的敲钟人,是卡齐莫多。"克洛潘说道。

那个吉卜赛人摇了摇头,说:"我可要告诉你们,那是塞纳克的阴魂、大侯爵、主管城堡要塞的恶魔。他的形体像全副武装的士兵,长着狮子的脑袋。有时候他骑上一匹丑马。他会将人变成建造钟楼的石头。他统领50个军团。那正是他。我一看就认出来了。有时候他身着一件华贵的饰金袍子,花纹是土耳其式样的。"

"星星贝尔维尼在什么地方？"克洛潘问道。

"他死了。"一个女乞丐应道。

红脸安德里傻笑地说："这下子可叫主宫医院有得忙啦。"

"真的没有方法攻破这道门啦？"狄纳王跺着脚直嚷道。

埃及公爵伤心地向他指着两道滚滚铅水，就仿佛两只长纺锤，纺出磷来，把教堂黑黝黝的正面划满横七竖八的线条。

"这样自我保护的教堂倒是见过啦。"他叹气说道，"40 年前君士坦丁堡的圣索菲亚教堂，摇晃着其圆顶脑袋，曾连续三次把穆罕默德的新月旗打倒在地。这座教堂是巴黎的纪约姆建造的，他但是个魔法师呀。"

"难道真该像大路上的仆役那样，可怜巴巴地四处逃命？难道就这样把我们的妹子丢在这儿一点儿不管，让那些披着人皮的恶狼抓去明天绞死吗？"克洛德说道。

"圣器室还有几大车黄金呢！"一个流浪汉插嘴说道，可惜我们不知其名字。

"穆罕默德的胡子呀！"特鲁伊甫嚷道。

"再试一试吧。"那个流浪汉继续说。

马西亚·恩加迪摇了摇头，说："从大门是进去不了的。必须找到教堂这妖婆中的防卫弱点，比如一个洞，一条暗道，一个随便什么接合处都可以。"

"谁去找呢？"克洛潘说。"还是我去摸一下底细吧。……对啦，那个浑身披挂的小个学子约翰到什么地方去了。"

"可能死了。"有人应道。"不再听到他笑了。"

狄纳王皱了皱他的眉头。

"那就算了吧。在他那副披挂下面却是一颗勇敢的心呀。……皮埃尔·格兰古瓦君呢？"

"克洛潘队长，我们刚走到兑换所桥，他就溜走了。"红脸安德里说道。

克洛潘跺脚道："上帝的鸟嘴！是他教唆我们来到这里的，而他半路上就扔开我们不管啦！……专讲大话的胆小鬼！用拖鞋当头盔的可怜虫！"

"克洛潘队长，"红脸安德里嚷道，他正望着教堂前庭街，"瞧，那个小个学子在那儿。"

"赞美冥王普鲁托!"克洛潘说道,"但是他身后拖着什么鬼东西?"

果然是约翰,一身游侠的沉甸行头,好样地在石板地上拖着一架长梯,竭力奔跑,气喘吁吁,就是一只蚂蚁拖着一株比它长20倍的草儿,也不像他那样子会喘吁吁。

"胜利!赞美神恩!"学子嚷道,"看,圣朗德里码头卸货工的梯子。"

克洛潘朝他走过去。

"孩子!用这个梯子,你想干啥,上帝的角!"

"我弄到了梯子,"约翰上气不接下气地答道,"我知道它放在哪儿。……就在司法长官府邸的库棚下面。……那儿有个我认识的姑娘,她觉得我像朱庇特一样俊朗。……为了弄到梯子,我利用了她一下,梯子就到手了。天啊!……可怜的姑娘只穿内衣就过来给我开了门。"

"干得好。"克洛潘道,"可你拿这梯子有什么用呢?"

约翰流露出一副调皮而又精明的神情,望了望他,手指弹得像响板一样吧嗒直响。他此时真是气吞万世。只见他头戴15世纪那种装饰过度的头盔。盔顶各种稀奇古怪的饰物就足以吓敌人得魂飞魄散。他这顶头盔还竖起十个铁尖角,这样一来,约翰完全可以跟荷马笔下的内斯托尔战舰争夺十个冲角这一可怕的称呼了。

"你问我要做什么事情,显赫的狄纳王?你没有看见那边三道大门上方,那一排傻瓜似的雕像吗?"

"看见的,那又怎的?"

"用是法兰西列王的柱廊。"

"这跟我有何相干?"克洛潘说道。

"且慢!这长廊的尽头有一道门,向来只插着门闩,用这个梯子我就能爬上去,进到教堂里去了。"

"孩子,让我先上。"

"不,好伙计,梯子是我的。来,您上第二个。"

"让鬼王别西卜把你掐死才好!"性情粗暴的克洛播道,"我绝不在任何人后面。"

"那好，克洛潘，你自己去找个梯子吧！"

约翰拖着梯子，拔腿跑过广场，一边叫道："小的们，跟我来！"

顷刻之间，梯子竖了起来，靠在一道侧门上端的下层长廊的栏杆上。那群流浪汉欢声雷动，纷纷挤到梯子下面准备登梯。但是约翰不让，第一个将脚踩上梯档。从下往上爬，距离十分长。法国列王长廊如今距离地面约莫 60 尺。当时还有 11 级台阶，高度更增加了。约翰穿着沉重的盔甲，一手持弩，一手扶梯，相当难爬，上得很慢。爬到梯子中间，他伤心地朝遍布石阶上的那些可怜巴巴的黑话帮死者瞥了一眼，说："唉！这一大堆尸体真值得载入《伊利亚特》第五篇章呀！"话音一落，继续向上攀登。流浪汉紧跟其后。每一梯级上都有一个人。看到这一行披肩戴甲的背影在阴暗中涌动着往上升，好像是一条钢鳞的蟒蛇贴着教堂昂首竖立。约翰排在最前头，打着呼哨，使得这种幻象更加逼真了。

学子终于触到了柱廊的阳台，在全体流浪汉的喝彩声中十分麻利地一步跨了上去。就这样他成了这要塞的主人，高兴得喊叫起来，但是忽然又停住，呆若木鸡。原来他发现了在一座国王雕像后面，卡齐莫多躲在黑暗中，那只独眼中闪闪发光。

还没等第二位围攻者能踩上长廊，那令人害怕的驼背一下子跳到梯顶上端，一声不吭，突然伸出那双有力的大手，一把抓住两根梯挺的一头，把梯子掀离墙壁，在一阵焦急地喊叫声中，从高到低，把上上下下爬满流浪汉的无可依傍的长梯摇晃了一阵子，突然，他用一种超凡的力量一推，把这串人扔下广场去。有片刻工夫，即使最果断的人，也心怦怦直跳。梯子被往后一推，直挺挺地竖立一会儿，好像犹豫不决，然后晃了晃，紧继续忽然画了一个半径为 80 尺的可怕圆弧，满载着那班强盗向地面倒下去，比铁索断了的吊桥还更急速。只听见一阵震天价响的咒骂声，随后一切无声无息了，只有几个断臂残腿的可怜虫爬出了死人堆。

围攻者中间先是一阵胜利的欢呼，接踵而至的却是一阵痛苦和愤怒的叫骂声。卡齐莫多却无动于衷，两肘撑在栏杆上，俯视着下面。那副神情就像一个长发的老国王在凭窗眺望。

约翰·弗罗洛,他正处在千钧一发的情势之中。他孑然一身,在长廊里正面对着那凶神恶煞的敲钟人,脚下是一堵80尺高的陡墙,将他和他的同伴们隔绝开来。就在卡齐莫多拿梯子作耍时,学子冲向那道他以为开着的暗门。其实不是。聋子走进柱廊时把身后的门关死了。约翰于是躲藏在一座国王石像的后面,大气都不敢出,盯着那魔鬼似的驼背,吓得魂都没了,仿佛有个人向动物园看守人的妻子求爱,有天晚上去赴幽会,爬错了墙,忽然发现正与一只白熊撞了个正着。

一开头,聋子并没有注意到他。但是末了,一回头,猛然挺起身子。原来他瞅见了那学子。

约翰准遭受到猛烈的打击,但是聋子却纹丝不动,不过转身盯着学子。

"嗬!嗬!"约翰说道,"你干吗用这种忧伤的独眼看着我呢?"

这样说着,小滑头暗中准备着他的弩。

"卡齐莫多!"他嚷道,"我要给你改个绰号,以后你就叫瞎子吧。"

箭射了出去。羽箭呼啸,直射驼子的左臂。卡齐莫多无动于衷,就仿佛法拉蒙国王石像被蹭破了点皮。他伸手抓住箭杆,把箭从手臂上拔出来,不动声色地往那粗壮的膝盖上磕,折成了两段丢下,准确地说,是把两段扔到地上。但是,约翰来不及射第二次箭了。箭一折断,卡齐莫多喘了口粗气,蚱蜢般一蹦,一下子扑到学子身上,学子被一幸去中,护胸甲碰到墙上撞扁了。

于是,在火炬光飘忽不定、若明若暗的映照下,依稀可以看见一件可怕的事情发生了。

卡齐莫多用左手一把揪住约翰的两只手臂。约翰觉得已经完蛋了,不再作反抗。聋子又伸出右手,不声不响,慢悠悠,凶狠狠,把学子的全身披挂,剑啦,匕首啦,头盔啦,护胸甲啦,臂铠啦,一件一件剥了下来,俨如猴子剥核桃那般。卡齐莫多把学子的铁外壳,一块一块地扔在脚下。

学子看到自己落在这双可怕的手掌中,被解除武装,剥去衣服,自己软弱无力,赤身裸体,便不想与这个聋子说什么,只是厚着脸皮冲着聋子的脸孔狂笑起来,并且以他16岁少年那种百折不挠和无忧无虑的精神,唱起当时非常流行的一支歌曲。

康布雷城市

她穿戴整齐

马拉分将她劫洗……

他还没有唱完。只见卡齐莫多站在长廊的栏杆上,用一只手抓住学子的双脚,把他向投石那样,在深渊上凌空旋转。随后传来一种声响,就像一只骨制的盒子碰在墙上爆裂一般,看到有什么东西坠落下来,在中途下坠三分之一时,被建筑物一个凸角挂住了。原来是一具死尸挂在那个地方,身子拆成两截,腰部摔断,脑袋裂开了。

流浪汉群中响起一阵惊慌的喊叫。克洛潘叫道:"要报仇!"群应众声答道:"抢呀! 冲啊! 冲啊!"于是人群中爆发出一阵奇妙的咆哮,其中交织着各种语言,各种口音,各种方言。可怜学子的死在这人群中激起一阵愤怒的狂热。一驼子竟把他们阻止在教堂门前这么久,束手无策,他们不由感到又羞耻又恼怒。狂怒的人群找来一架架梯子,增加一支支火把,不一会儿,疯狂的卡齐莫多看见这可怕人群,蚂蚁般从四面八方一齐涌上,向圣母院发起猛攻。没有梯子的人就用打结的绳索,没有绳索的人就攀附在雕像的突出部分往上爬。他们前后彼此攘着破衣裳。这一张张非常可怕的脸孔,有如上涨的潮水,汹涌而上,势不可挡。由于愤怒,这些狂野的脸膛红光焕发,泥污的脑门汗如雨注,眼睛闪耀着光芒。所有这些丑类,所有这些鬼脸,都一起围攻卡齐莫多,仿佛某一其他的教堂把它的蛇发女妖、山怪、猛犬、最荒唐古怪的雕像,一股脑儿都派来攻打圣母院了。这真是在教堂正面那些石雕的鬼怪上面又加上了一层活生生的鬼怪。

这时广场上千盏火把星罗棋布。这一混乱的场景在此之前一直隐没于黑暗中,忽然间被火光照得通亮,仿佛着了火一般。教堂广场火光闪耀,一道光辉直射天空。高高的平台上点燃的柴堆一直熊熊燃烧,远远地照亮了城市。两座塔楼的巨大剪影,远远地投射到巴黎屋顶上,在这片亮光上打开了一个庞大的阴影缺口。城市好像骚动起来了。远方的警钟悲鸣。流浪汉们吼叫着,喘息着,攀登着,诅咒着,而卡齐莫多无力对付这么多敌人,只是为埃及姑娘担惊受怕,眼见那一张张狂怒的脸孔越来越靠近他所在的长廊,不由得祈求上天显现一个奇迹,他绝望地舞双臂。

五　法兰西路易大人的祈祷室

读者或许没有忘记,卡齐莫多在瞥见那帮夜行的流浪汉之前不久,从钟楼顶上眺望巴黎,看到的只是一道灯光在闪亮,像星星一样在圣安东门旁边一座高大、阴暗建筑物的最顶层的一扇玻璃窗上闪烁,这建筑物便是巴士底。这星光就是路易十一的烛光。

其实,路易十一国王到巴黎已两天了。第三天他该启程返回蒙蒂兹·莱·图尔的城堡。他在惬意的巴黎城一向难得露几次面,而且时间极其短暂,总觉得住在巴黎,身边的绞架、陷阱和苏格兰弓手都不够多。

那天晚上,他来到巴士底下榻。他在卢浮宫那间五图瓦兹见方的大卧室,那只刻着 12 只巨兽和 13 个高大先知的大壁炉,还有那张 12 尺长、11 尺宽的大床,都感到无聊至极。在这种种宏大气派之中,他觉得不知所措。这个有着市民习性的国王,倒更喜欢巴士底的小房间和小床。再说,巴士底比起卢浮宫来也坚固多了。

国王在这座有名的国家监狱里为自己保留的这个小房间,还是十分宽敞的,占据着嵌入城堡主塔的一座塔楼的最高层。这是一间圆形的小室,四面张挂着发亮的麦秸席,天花板横梁上饰有镀金的锡制百合花,梁距之间色彩纷呈,镶着华丽的细木护壁板的墙壁,板面点缀着白锡的小玫瑰花图案,用雄黄和靛青混合而成的一种颜料漆成明快的鲜绿色。

房间只有一扇带着铜丝网和铁栅条的长拱形的窗户。除此之外,还有华丽的彩色玻璃窗(每一块玻璃就值 22 索尔),绘着国王和王后的纹章,因而房间里显得很幽深。

只有一个入口,是一道当时很时髦的门,呈扁圆拱形,门后装饰着壁毯,外面是爱尔兰式的木门廊,由精雕细刻的细木构成的,玲珑剔透,这种门廊 150 年前在许多老式房屋中还屡见不鲜。索瓦尔曾哀叹说："尽管这类门廊有碍观瞻，妨碍进出，我们的先辈却不肯弃掉，不顾任何人干涉，依然保留下来。"

在这个房间里，凡是布置一般住宅的家具都见不到，没有长凳，没有搁凳，没有垫凳，没有箱状的普通矮凳，也没有每只值四索尔的柱脚交叉的美丽短凳。只有一只可折叠的扶手椅，十分华丽，木头漆成红底，画着玫瑰花案，椅座是朱红色羊皮面，坠着长丝流苏，钉着许许多多金钉子。这张孤零零的座椅表明，只有一个人有权坐在这房间里。椅子旁边，紧靠窗户，有张桌子，铺着绣有各种飞禽的桌毯。桌上有只沾了墨迹的墨水瓶。几支羽毛笔、几张羊皮纸，还有一只玲珑剔透的高脚银酒杯。再过去一点，是一只猩红丝绒的跪凳，一只炭盆，装饰着小圆头金钉。最后，在最里面，是一张简朴的床，铺着黄色和肉色的锦缎，没有金属饰片，也没有金银线的边饰，只有随随便便的流苏。这张床因为路易十一曾在上面睡眠或者度过不眠之夜而著称，200 年前人们还可以在一个国事咨议官家中观瞻。在《希鲁斯》中以阿里齐迪和道德化身的名字出现的老妪皮鲁就曾在咨议官家里见过。

这便是人们称为"法兰西路易大人的祈祷室"。当在我们把读者带进这间祈祷室的时候，小室里漆黑一团。夜禁的钟声已敲过一个钟头，天早已黑了，只有放在桌子上的一支摇曳的蜡烛，照着分散在房间里的五个人物。

烛光照到的第一个人是个老爷，衣着华丽，穿着短裤和有银色条纹的猩红半长上衣，罩着绘有黑色图案的金线呢绒的半截袖。这套华服，映着闪耀的烛光，好像所有褶痕均闪着火焰的光泽。穿这套服装的人衣襟上用鲜艳色彩绣着他的纹章：一个人字形图案，尖顶上有只奔走的梅花鹿。盾形纹章右边有支橄榄枝，左边有支鹿角。此人腰间佩一把华丽的短剑，镀金的刀柄镂刻成鸡冠状，柄端是一顶伯爵冠冕。他一脸凶相，神态傲慢，趾高气扬。第一眼望去，他的表情是目空一切，再看，是诡计多端。

他光着头，手执一卷文书，站在那张扶手椅后面。椅子上坐着一个穿得邋里邋遢的人，身子佝偻成两截，不堪入眼，跷着二郎腿，手肘撑在桌子上。人们不妨想象一下，在那张富丽堂皇的羊皮椅上面，有两只弯曲的膝盖，两条可怜巴巴穿着黑色羊毛裤的瘦腿，上半身裹一件里子是毛皮的丝绵混织的大氅，看得见毛皮里子的毛不及皮板多。这样还嫌不够,还来一顶油污破旧的低劣黑呢帽,帽子四周还加上一圈小铅人。再加上一顶不露毫发的肮脏圆帽,这就是从坐着的那人身上所看到的一切。他的脑袋奄拉到胸口,他那被阴影盖着的脸根本看不见,只看得见他的鼻尖,一缕光线正好落在上面,可能是一只长鼻子。从他那只满是皱纹的瘦手来判断,可猜想得到这是个老人。这就是路易十一。

在他们身后稍远的地方,有两个穿着弗朗德勒服装式样的人正低声交谈,他们没有完全隐没在阴影中,因而去看过参加格兰古瓦奇迹剧演出的人自会认出,他们是弗朗德勒御使团的两个使臣:一个是足智多谋的根特的领养老金者纪约姆·里姆,而另一个是威望极高的袜商雅克,科珀诺尔。看官记得,这两个人都染指了路易十一的政治密谋。

来了,屋子尽头,房门边,有个壮汉站在黑暗中,纹丝不动,活生生地一尊雕像,四肢粗短,全副盔甲,穿着绣有徽章的外套,四方脸膛,暴眼睛,大阔嘴,平直的头发像挡风板似的从两边压下来,遮住了耳朵,遮住脑门,看上去像狗又像虎。

大家都摘掉帽子,国王例外。

紧挨着国王的那位大人正在念一长篇账单之类的东西,国王仿佛很注意听着。两个弗朗德勒人在纷纷地交头接耳。

"他妈的!"科珀诺尔咕噜道,"我站累了,难道这里没有椅子?"

里姆摇了摇头,小心地微微一笑。

"他妈的!"科珀诺尔又说,他被迫这样压低嗓门,确实感到不幸,"身为袜商,我真想屁股往地上一坐,盘起腿来,卖袜子似的,像在我店里坐着那样。"

"千万不要这样,雅克大人!"

"哎哟!纪约姆大人!这里难道就只能站着吗?"

"跪着也行。"里姆附和着。

这时国王开了口。他们便马上不作声了。

"仆人的衣袍50索尔,王室教士的大氅12利弗尔!这么多!把金子成吨往外运!难道你疯了,奥利维埃!"

这样说着,老人抬起了头。只看见他脖子上圣米歇尔项饰贝壳状的金片闪闪发光,蜡烛正好照着他那瘦骨嶙峋和闷闷不乐的侧面,他一把把卷宗从另一个人手中了抢过去。

"您是要叫朕倾家荡产!"他大声叫道,无神的目光扫视着卷宗,"这到底是怎么回事?难道朕用得着这样一座豪华的住宅吗?礼拜堂的两个神父,每人每月 10 利弗尔,还有礼拜堂的一个僧侣 100 索尔!一个侍从,每年 90 利弗尔!4个司膳,每人每年 120 利弗尔!以及一个烧烤师,一个汤羹师,一个腊肠师,一个厨子,一个卸甲师,两个驼马侍从,这些人都是每月 10 利弗尔!厨房两个小厮每人 8 利弗尔!还有马夫和他的两个助手,每个月 80 利弗尔!搬运夫一个,糕点师一个,面包师一个,赶大车的二个,每人每年 60 利弗尔!马蹄铁匠 120利弗尔!还有账房总管,1200 利弗尔;账房审核,500 利弗尔!……还有什么名堂,我怎会知道?这简直是疯狂,我们仆人的工钱,简直要把法国抢劫一空!卢浮宫的所有金银财宝,也将在这样一种耗费的烈火中融化殆尽!朕就只好变卖餐具度日啦!第二年,倘若上帝和圣母(说到这里,他抬了抬帽子)还允许朕活着,朕就只能用锡罐子喝汤药了。"

说这话时,他朝桌上闪光的银盏投去一瞥,咳嗽一声,接着说道:

"奥利维埃君,身为国王和皇帝,统辖广褒国土的君主,在不该在其府第里滋生这种骄奢淫逸之风的;因为这种火焰会蔓延到外省。……所以,奥利维埃君,务必记住这话。我们的花费逐年增加,这可不好。怎么那,帕斯克一上帝!直到 79 年,还不超过 36000 利弗尔;80 年,达到 43619 利弗尔;……数字都在我的脑子里;80 年,竟达到 66680 利弗尔;而今年,我敢打赌!会达到 80000 利弗尔呢!4 年中竟翻了一番!简直是咄咄怪事!"

他气喘吁吁地停住,随后又气呼呼地说:

"我的周围尽是靠德养肥他们自己的人,难怪我消瘦!你们从我每个毛孔里吮吸的是都金币!"

大家默不作声,这样的怒气只好任其发泄。他接着说道:

"正如法国全体领主用拉丁文写的这份奏章所说的,我们必须重新确定一下他们所说的王室的沉重负担!确实是负担!不堪忍受的负担!啊!大人们!你们说朕算不上国王,当政既无司肉官,又无司酒官!朕要叫你看一看,帕斯克一上帝！朕究竟是不是国王！"

刚说到这里，他意识到自己的势力，不由露出笑容，怒气也就消了，于是转向两个弗朗德勒人说：

"纪约姆伙伴，您看见了吧？宫廷面包总管、司酒总管、侍寝总管、御膳总管，都顶不上小小的奴仆。……清记住这一点，科珀诺尔伙伴；……他们没有用处。他们这样在国王身边毫无用处，觉得就像王宫大钟钟面周围的四个福音传道者，刚才菲利浦·布里伊还得去把钟拨到9点呢。这四个雕像全是镀金的，可并不指时；时针根在可以用不着它们。"

他凝神沉思了一会，摇着老迈的脸孔，加上一句："嘀！嘀！以圣母的名义起誓，我不是菲利浦·布里伊，我可不会再给那些大侍臣镀金的。我赞成爱德华国王的观点：救救百姓，宰掉领主。……继续念吧，奥利维埃。"

他指名道姓的那个人双手接过卷宗，又大声地念起来：

"……巴黎司法衙门的印章年久破损，不能再使用，需铸刻翻新，交给印章掌管人亚当·特农为支付新印章的镌刻费12巴黎利弗尔。"

"付给纪约姆·弗莱尔的款项4利弗尔4索尔巴黎币，作为他在今年一月、二月和三月哺育、喂养小塔公馆两鸽巢的鸽子所费辛劳和工钱，又为此供给7塞斯提大麦。"

"付方济各会一个修士，为一个罪犯举行忏悔，4个巴黎索尔"

国王默默地听着，时常咳嗽几声。接着又把酒杯送到嘴边，做个怪相喝了一口。

"今年一年内，奉司法之命，在巴黎街头吹喇叭，共举行56次通谕。……账目还需结算。"

"在巴黎和其他地方搜寻据传埋藏在某些地点的金钱，却毫无收获；——45巴黎利弗尔。"

"为了挖出一个铜子，埋进一个金币！"国王说道。

"……为了在小塔公馆放铁笼的地方安装6块白玻璃板，付13索尔。……奉谕在鬼怪节制作并呈交王上四个周围饰有玫瑰花冠的王徽，6利弗尔。……王上的旧紧身上衣换两个新袖子，20索尔。……为王上的靴子置办的鞋油一盒,15 德尼埃。……为了国王那群,黑猪新建猪舍一座,30 巴黎利弗尔。……为了关养狮子在圣彼得教堂附近,支付若干隔板、木板和盖板,22 利弗尔。"

"可真是金贵的野兽!"路易十一说道,"'没关系,这是王者的豪华气派。有一头红棕色的雄狮,优雅可爱,最中我意。……您见过了吗,纪约姆君?……君主应当养这类古怪的野兽。我们这些为君王者,以老虎代替猫,应该以雄狮代替狗。强者为王。在信奉朱庇特的异教徒时代,民众献给教堂百头牛和百只羊,帝王就赐给百只狮子和百只老鹰。这说起来很凶蛮,却非常有趣。法国历代君王宝座周围都有猛兽的这种吼叫声。只不过,后人会给我公正的评价。我在这上面比他们花费少,用于豹、狮、熊、象等的费用,我节省得多。……往下念吧!奥利维埃君。我们只不过说给我们的弗朗德勒朋友听一听。"

纪约姆·里姆深鞠一躬,而科珀诺尔,满脸怒气,恰似陛下谈到的狗熊。国王却没有放在心上;嘴唇刚伸进杯里呷了一口,接着又赶紧吐出来,说道:"呸!这草药汤真恶心!"正在朗读卷宗的那一位接着念道:

"有个拦路抢劫犯在剥皮场牢房里关押了 6 个月,等候着发落,其伙食,6 利弗尔四索尔。"

"什么?"国王打断话头。"喂养该绞死的东西!天啦!休想我会再给一文钱供这种饭食的。……奥利维埃,此事您去跟埃斯杜特维尔大人商量一下,今晚就替我做好准备,叫那个风流鬼与绞刑架结婚吧。念下去。"

奥利维埃在念到拦路抢劫者那条时,用大拇指做了个记号,然后跳了过去。

"付给巴黎司法极刑执行官亨利埃·库赞 60 巴黎索尔,该款项是奉巴黎司法长官大人之命,偿付奉上述司法长官大人之命购买一把宽叶大刀,供因违法而被司法判处死刑者斩首之用,具备刀鞘及一件附件;同时已将处斩路易·德·卢森堡大人时开裂并缺损的那把旧刀修复和整新,今后可的充分表明……"

国王插嘴说:"得了。我心甘情愿降旨花这笔钱。这样的开销我不在乎,花这种钱我从不心疼。……继续往下念吧。"

"新造了一只大囚笼……"

"啊!"国王双手按住椅子的扶手,说道,"我就知道,我来这座巴士底会有什么玩意儿的。……等一等,奥利维埃君。我现在要亲自去看一看囚笼。我一边看,您一边给我念好啦。弗朗德勒先生们,你们也来看看。挺有意思的。"

话音刚落,他就站起身来,倚在奥利维埃胳膊上,示意那个站在门口像哑巴一样的人在前面带路,又示意两个弗朗德勒人跟在后面,然后走出了房间。

在小室门口,御驾又增加了披盔带甲的武士和手擎火炬的瘦小侍从。在主塔内部的楼梯和走廊都是从后墙开凿而成的,王上在黑暗的主塔里面走了一会儿。巴士底的总监走在前头,下令给年老多病、边走边咳嗽、弯腰曲背的老国王打开各个小门。

每过一道小门,所有人都必须低下脑袋,除开那个由于年老而驼背的老头,他的牙齿全掉光了,透过牙龈说道:"哼!我们都准备好进坟墓的大门了。过矮门,就得弯腰而过。"

最后,最后一道小门锁上加锁,重重叠叠,花了一刻钟才打开。走过这小门,里面是一间又高又宽的拱形大厅,借着火把的亮光,可以辨认出正中有个铁木结构的厚实的大立方体,里面是空心的。这就是用来关禁国家要犯的有名囚笼之一,被称为国王的小姑娘。有两三个小窗子笼子侧壁上,窗上的粗大铁栅密密麻麻,连玻璃也看不见了。门是一块平滑的大石板,就像墓门那样。这种门只能进不能出。只是里面的死者是活的。

国王围着这个小建筑物缓步走起来,一边仔细地察看,跟在他后面的奥利维埃却大声地念着账单。

"新造一个巨大的笼子,承梁、梁木、方材均用粗壮的木料,笼长9尺,宽8尺,顶板与底板高7尺,榫接并用粗大的铁螺栓铆合,该笼子置于圣安东城堡作为塔楼之一的房间里,笼内奉旨监禁原先关在残旧囚笼里的一个犯人。……这个新囚笼用了52根竖梁,96根横梁,10根各为三图瓦兹长的承梁;17个木匠在巴士底庭院内劳作了12天,砍削、加工、刨光这些木料。

"不错的橡树心。"国王边说边用拳头敲了敲囚笼构架。

"……这个囚笼,"奥利维埃接着念道,"用去220根粗大的铁螺栓,每根89尺长,其余的中等长度,还有用于固定螺栓的盖帽,垫片和压衬,上述各项共用铁3700斤重;外加8根大铆钉用来固定上述笼子,连同铁抓和铁钉,共重218斤,还不包括囚笼所在房间的窗户铁栅,房门上的铁杠而其他等等……"

"为了关一个没几斤重的人竟用了那么多的铁呀!"国王说道。

"……总共 317 利弗尔 5 索尔 7 德尼埃。"

"帕斯克一上帝!"国王喊叫起来。

听到路易十一这句粗俗的口头禅,仿佛囚笼里有个人醒了过来,只听得铁链叮叮当当撞着底板的响声,有个好似从坟墓里发出来的细细声音响起来:"陛下!陛下!求你开恩吧!……"只听见说这话的声音,却看不见其人。

"317 利弗尔 5 索尔 7 德尼埃!"路易十一继续往下说。

听到囚笼里发出来的哀声,所有在场的人不由得直打寒战,连奥利维埃亦不例外。只有国王一个人仿佛没有听见。奥利维埃奉命接着往下念,王上冷漠地接着察看囚笼。

"……除此的外,一个泥瓦工凿洞安放窗栅,并因为囚笼太重,其所在房间的地板难以支撑而得加固,共付 27 利弗尔 14 巴黎索尔……"

囚笼里又呻吟了起来:

"开恩吧!王上!我向您发誓,反叛的是昂热的红衣主教大人,而不是我。"

"这个泥瓦匠够狠的!"国王说道,"继续念,奥利维埃。"

"一个木工制作床铺、窗子、马桶打洞等等,付 20 利弗尔 2 巴黎索尔……"

那声音接着在呻吟:"唉!王上!您不听我说的话吗?我向您保证,给德·纪延大人写告密信的并不是我,而是拉·巴律红衣主教大人。"

"木工也够贵的!"国王说道,"念完了吗?"

"没有,陛下。……一个玻璃工安装上述房间的玻璃,付予 46 索尔 8 巴黎德尼埃。"

"饶恕我吧,陛下!餐具给了托尔西大人,我的全部财产都给了审判我的法官们,藏书给了皮埃尔·多里奥尔老爷,挂毯交给了卢西永的总管,难道这还不够吗?我是冤枉的。我在铁笼子里已经哆哆嗦嗦已 14 年了。开开恩吧,陛下!您会在天国得到报答的。"

"奥利维埃君,"国王说道,"总共多少?"

"367 利弗尔 8 索尔 3 巴黎德尼埃!"

"圣母啊！"国王嚷道。"这真是贵得吓人的囚笼啊！"

他从奥利维埃手中一把夺过卷宗，扳着手指自己计算起来，一会儿又查看文书，一会儿仔细察看囚笼。正在这个时候，从囚笼里传出囚犯的呜咽声。这声音在黑暗中是那么悲惨，大家的脸孔变得煞白，面面相觑。

"14年了！陛下！已经14年了！从1469年4月算起。看在上帝的圣母面上，陛下，就听我诉一诉衷肠！在这整个时期里，您一直享受太阳的温暖。我呢，体弱多病，难道我再见不到天日吗？开恩吧，陛下！发发慈悲吧。宽容是君王的一种美德，因为宽宏大量可平息怒气。陛下，难道您认为，到死了时，一个君王由于对任何冒犯都从不放过难道会感到是一种巨大的快乐吗？况且，陛下，我并没有背叛陛下；背叛的是昂热的红衣主教大人。我脚上拖着沉重的铁链，链头还拖着个大铁球，重得不符常理。唉！陛下，求你可怜可怜我吧！"

"奥利维埃，"国王摇了摇头说道，"我发现有人向我报价每桶灰泥20索尔，其实只值12索尔。您把这份账单重新改一下。"

刚一说完，接着从囚笼转过身去步出那个房间。可怜的囚犯眼见火把耳听人声远去，一定国王走了。"陛下！陛下！"他绝望地喊道。房门又关上了，他再也看不见什么，再也听不见什么了，就只有狱卒沙哑的歌声，在他耳边回荡。

    让·巴律老公

再看不见了

他的主教区；

凡尔登大人

一个主教区也没有了；

两个一起完。

国王默不作声，又上楼回到他的小室去，他的随从跟随其后面，全都被犯人最后的呻吟吓得魂不附体。冷不防陛下转身问巴士底的总管道："喂，那囚笼里曾有个人是吗？"

"没错！陛下！"总管听到这问话，马上目瞪口呆，应答道。

"那是谁？"

"是凡尔登的主教大人。"

国王比任何人都心中有数。但是，明知故问是一种癖好。

"啊！"他说，做出一副天真状，仿佛是头一回想起来似的。"纪约姆·德·哈朗库，红衣主教拉·巴律大人的朋友。一个十分不错的主教！"

过了片刻，小室的门又开了，看官在本章开头见过的那五个人走进去之后，接着又关上。他们各自回到原来的位置，保持原来的样子，低声接着谈话。

国王刚才不在的时候，有人在他桌上放了几封紧急信。他亲自一一拆封，立刻一一批阅，示意奥利维埃君——好像在王上身边充当文牍大臣——拿起羽毛笔，并不告诉他信函的内容，就开始低声口授回复，奥利维埃跪在桌前，十分地不舒服，忙着笔录。

纪约姆·里姆注意观察着。

国王说得很低，两位弗朗德勒人一点儿也听不见他口授什么，只有断断续续地听到让人难以理解的片言只语，诸如"……以商业维持富饶地区，以工场维持穷困地区……""让英国贵族看我们四门白炮：伦敦号、布莱斯镇号、勃拉汉特号、圣奥美尔号……""大炮是目前战争更合理的根由……""致我们朋友布莱随尔大人……""没有贡赋军队是无法维持的……"等等。

有一，他提高了嗓门："帕斯克一上帝！西西里国王大人竟跟法国国王一样用黄火漆密封信件，我们允许他这么做，或许是错了。连我那勃艮第的表弟当年的纹章都不是直纹红底子的。要保证名门世家的威严，只有维护其特权的完整性。立即记下这句话，奥利维埃伙伴。"

又有一回，他说道："噢！这封信口气真大！我们的皇兄向我们提出什么要求呀？"他一边浏览书信，一边不断发出赞叹："当然，意志如此强盛、伟大，简直让人难以置信。可别忘了这句老谚语:最美的伯爵领地是弗朗德勒;最美的公爵领地是米兰;最美的王国是法兰西。对不对,弗朗德勒先生们?"

这一次,科珀诺尔同纪约姆·里姆一起鞠了一躬。袜商的爱国心受到了奉承。

看到最后一件信函,路易十一不由直皱眉头,喊叫道:"这是怎么一回事?控告我们在庞卡底的驻军,还请了愿! 奥利维埃,急速函告鲁奥特元帅大人。……就说军纪松弛;近卫骑兵一被放逐的贵族,自由弓手,侍卫对平民胡作非为。……军士从农夫家里掠夺其财富还嫌不够,或用棍打鞭抽,迫使他们到城里去乞讨酒、香料、鱼及其他许许多多东西。……国王了解这一切。……朕要保护其平民,让他们免遭骚扰、偷窃和抢劫。……以圣母的名义起誓,这是朕的意志! ……另外,就说朕不喜欢任何理发师乡村乐师或军队侍役,像王侯一样穿什么天鹅绒和绸缎,戴什么金戒指。……这种虚荣浮华是上帝所怨恨的。……吾人身为贵族,也满足于每 1 巴黎码 16 巴黎索尔的粗呢上衣。……那些随军侍役先生们,也完全可以将就嘛。就照这样颁诏下旨。……致我们的朋友鲁奥特大人。……行。"

他高声口授这封信,语气铿锵有力,说得时紧时慢。口授正要结束,房门一下子打开了,又来了一个人,慌慌张张冲进来喊道:"陛下! 陛下! 巴黎发生民众暴乱。"

路易十一的严肃面孔一下子紧缩起来;不过,他不安中所流露出来的某是种明显表情,俨如闪电转瞬即逝。他克制了自己,冷静而认真地说道:"雅克伙伴,您来得太突然了!"

"陛下! 陛下! 叛乱了!"雅克伙伴上气不接下气地又说道。

国王站了起来,突然抓住他的胳膊,抑住怒火,目光瞟着两位弗朗德勒人,咬着雅克耳朵,只让他一个人听见,说道:"住口,要不然就给我小声点!"

新来的人心领神会,战战兢兢地低声叙说起来,国王平静地听着。正在这时候,纪约姆·里姆叫科珀诺尔注意看了看新来者的面容和衣着:毛皮风帽。黑绒袍子,短披风,这表明他是审计院的院长。

此人刚把事情的前因后果向国王做了些说明,路易十一便哈哈大笑起来,大声说道:"真的!库瓦提埃伙伴,大声说吧!您为什么要这样小声?圣母知道的,我们没有什么可向我们弗朗德勒好朋友隐瞒的?"

"但是,陛下。"

"大声一点说!"

这位"库瓦提埃伙伴"依然吃惊得说不出话来。

"究竟怎么样,"国王接着说,"说呀,先生,我们心爱的巴黎城发生了平民骚动。"

"是的,陛下。"

"您说,这骚动是针对司法官典吏大人的吗?"

"看样子是的,"这位伙伴结结巴巴地应道,他对王上刚才突如其来的莫名其妙的思想变化,依然摸不着头脑。

路易十一接着又说:"巡逻队在哪儿遇到乱党的?"

"从大丐帮街走向兑换所桥的路上。我本人也遇见,是我奉命来这里的途中。我听见其中有几个人连声喊道:'打倒司法官典吏!'"

"他们对典吏有过什么仇恨?"

"啊!"雅克伙伴说,"典史是他们的领主。"

"真的!"

"是的,陛下。那是奇迹宫廷的一帮无赖。他们是典吏管辖下的子民,对他不满由来已久。他们拒不承认他有审判权和有路政权。"

"得啦!"国王说道,情不自禁地露出满意的笑容,尽管他竭力掩饰。

"在他们对大理院提出的诉状中,"雅克伙伴接着说,"他们声称只有两个老爷,即陛下和上帝。我想,他们所说的上帝,其实是魔鬼。"

"嘿!嘿!"国王说。

他擦着双手,心里发笑,脸上容光焕发。他掩饰不住内心的喜悦,虽然他不时竭力地装出襟情自若的样子。谁也搞不明白是怎么回事,连"奥利维埃君"也弄不明白。国王半晌一声也没有吭,看上去若有所思,却又喜形于色。

"他们人多势众吗?"他忽然问道。

"是的,当然,陛下。"雅克伙伴回答。

"共有多少人？"

"至少6000人。"

国王情不自禁说了声："好极了！"接着又加上一句："他们都有武器吗？"

"有长镰、火枪、十字镐长矛。各种很厉害的武器。"

对于这种大肆渲染，国王仿佛一点儿也不在意。雅克伙伴认为应该添上一句，于是说道："若是陛下不立即派人救援典吏，可就完蛋了。"

"要派的。"国王装出严肃的样子说："好。一定要派。典吏大人是我们的人。6000人！都是些亡命之徒。大胆虽然值得赞叹，但我们感到气恨。但是今夜朕身边没有任何人。……明早还来得及。"

雅克伙伴又叫道："立即就派，陛下！明早派的话，典吏府早遭抢劫无数次了，领主庄园早遭蹂躏，典吏也早被绞死了。看在上帝的分上，陛下！请在明天早上之前派兵吧。"

国王正面瞅了他一眼，说："朕对你说了，就是明天早上。"

他那种目光是叫人回嘴不得的。

沉默了一会，路易十一再次抬高了嗓门。"雅克我的伙伴，你应该明白这件事了吧。往昔……"他改口说："现在典吏的封建裁判管辖区如何。"

"陛下，司法官典吏拥有压布街，一直到草市街，拥有圣米歇尔广场和俗称之为'炉风口隔墙'的地方，坐落在田园圣母院教堂旁（这时路易十一抬了抬帽檐）。那里府邸共13座，加上奇迹宫廷，再加上称为郊区的麻风病院，还再加上从麻风病院到圣雅各门的整条大路。在这很多地方，他既是路政官，又是高级、中级、初级司法官，全权领主。"

"哎唷！"国王用右手搔搔左耳说道。"这可占了我城市的好一块地盘呀！啊！典吏大人过去就是这一整个地盘的太上皇了。"

这一次他没有再改口。他一副沉思默想的模样，接着说道，好像在自言自语："妙哉！典吏先生！您嘴里可咬着我们巴黎的好一大块呵！"

忽然间，他暴跳如雷："帕斯克一上帝！在我们国家里，这些自称路政官的人、司法官、主宰者，动辄到处收买路钱，在百姓当中到处滥施司法权，各个十字路口都有他们的刽子手，究竟是些什么样的人？他们倒行逆施，结果使得法国人看见有多少绞刑架，就以为有多少国王，就像希腊人认为有多少泉水就有多少神明，就像波斯人看见有多少星星就以为有多少神。够了！这真是太糟透了，我讨厌因而造成的混乱。我倒要弄个明白：是不是上帝恩典，在巴黎除了国王之外还有另一个路政官？！除了大理院还有另一个司法衙门？！在这个帝国除了朕居然还有另一个皇帝？！天理良心！法兰西只有一个国王，只有一个领主，一个法官，一个斩刑的人，正如天堂里只有一个上帝，我确信这一天终会到来！"

他又举了举帽子，一直沉思着往下说，其神情和语气就像一个猎手因激怒放纵其猎犬一般，"好！我的民众！勇敢些！砸烂这班假领主！动手干吧！快呀！快呀！抢劫他们，绞死他们，把他们打得落花流水！……啊！你们想当国王吗，大人们？干吧！百姓们！干吧！"

说到这儿，他忽然打住，咬咬嘴唇，仿佛要抓住已溜走了一半的思想，锐利的目光轮流注视着身边的五个人，忽然用两手抓紧帽子，盯着帽子说："噢！你要是知道我脑子里想些什么，我就把你烧掉。"

随后，他活像偷偷回到巢穴的狐狸那样，用惶恐不安的目光仔细环视四周："让它去吧！我们还是要援救典吏先生。可惜这时候我们这里兵马太少了，对抗不了那么多民众，非得等到明天不可。明天要在老城恢复秩序，凡只要是捕获者统统绞死。"

"对啦，陛下！"库瓦提埃伙伴说。"我开头一阵忙乱，倒把这事忘了：巡逻队抓住那帮人中两个掉队的。陛下要是想见这两个人，他们就在那儿。"

"我想见他们！"国王大叫，"怎么！帕斯克一上帝！这样的事你都忘了！快快，你，奥利维埃！去把他们找来。"

奥利维埃君走了出去，过了一会，带进来两个犯人，由禁卫弓手押解着。头一个长着一张大脸，傻头傻脑，醉醺醺的，惊慌失措。他衣衫褴褛，走起路来，屈着膝盖，步态蹒跚。第二个面孔苍白，笑眯眯的，读者已认识。

国王打量了他们一会儿，一声不吭，随后冷不防地问第一个人：

"你叫什么名字？"

"日夫罗瓦·潘斯布德。"

"职业呢?"

"流浪汉。"

"你参加那十恶不赦的暴乱,用意何在?"

他望了望国王,摇晃着双臂,一副傻头傻脑的模样。这是奇形怪状的脑袋,其智力受到的压抑,俨如熄烛罩下之烛光。

"不知道。"他应道,"人家去我也去。"

"你们不是要去悍然攻打和抢劫你们的领主司法宫典吏大人的吗?"

"我只明白,他们要到某人家里去拿什么东西。别的就不知道了。"

一个兵卒把从流浪汉身上搜到的截枝刀递交王上审视。

"你可认得这件武器?"国王问道。

"认得,是我的截枝刀,我是种葡萄园的。"

"那你认得这个人是你的同伙?"路易十一添了一句,一面指着另一个囚犯说。

"不,我不认识他。"

"可以啦。"国王道。接着用手指头示意我们已提醒读者注意的那个站在门边一动不动、默不作声的人,又说:

"特里斯丹伙伴,这个人就交给您办了。"

隐修士特里斯丹鞠了一躬,低声命令两个弓手把那可怜的流浪汉带走。

此时,国王已经走到第二个犯人跟前,此人满头大汗。

"你的名字?"

"陛下,我叫皮埃尔·格兰古瓦。"

"干什么的?"

"哲学家,陛下。"

"坏家伙,那你怎么竟敢去围攻我们的朋友司法宫典吏先生,你对这次平民骚乱,有什么事情要交代的?""陛下,我并没有去围攻。"

"喂喂!淫棍,难道不是在那一伙坏蛋当中被巡逻队逮住你的吗?"

"不是,陛下,是误会,也是在劫难逃。我是写悲剧的。陛下,我请求陛下听我禀告。我是诗人,夜里爱在大街上行走,那真是从事我这行职业的人的毛病。

今晚我正好经过那里,这纯属偶然,人们却不问明白就把我抓起来了。我在这场平民风暴中是清白无辜的。乞求陛下明察,那个流浪汉并不认识我,我恳求陛下……"

"闭嘴!"国王饮了一口煎草汤,说道,"我都被你说晕了。"

隐修士特里斯丹走上前去,指着格兰古瓦道:"陛下,把这一个也绞死吗?"

这是他大声说的第一句话。

"呸!"国王漫不经心地应道,"我看没有什么不可。"

"我看,千万不可。"格兰古瓦道。

这时,我们这位哲学家的脸色比橄榄还要绿。看到王上那冷淡、漠然的神色,深知别无他法逃生,除非用感人肺腑的什么言词来打动圣上的心,于是一骨碌便扑倒在路易十一跟前,顿首捶胸,呼天抢地:

"陛下! 万望圣上垂怜容禀,陛下啊! 请勿对我这不足挂齿的小人天威震怒。上帝的神威霹雳,是不会落在一颗莴苣上的。圣上是无比强大、威震四海的君主,请可怜可怜一个老实人吧,要他这样的人去煽动暴乱,那比要冰块发出火花还难! 无比仁爱的圣上,温厚宽容是雄狮和国君的美德。严厉只会吓跑有才智之士;北风呼啸,只能使行人将身上的大衣裹得更紧;太阳发出光芒,逐渐温暖行人的体肤,才能使其脱下外套。圣上呀,您就是太阳! 我至高无上的主宰者,我向您保证,我不是流浪汉,不是小偷,不是放荡之徒。叛乱和抢劫绝非阿波罗的随从。去投入那爆发为骚乱的乌合之众的,绝不会是我。在下是圣上忠实的子民。丈夫为了维护妻子的荣誉而怀有的嫉妒心,儿子为了孝敬父亲而怀有的疾恶如仇之情,作为一个善良的子民,为了圣上的光荣,应该兼而有之;他必须呕心沥血,满腔热情维护王上的宗室,竭尽所能报效圣上。如有其他任何热情使他不能自持的,那只能是疯狂。陛下,这就是我的最高座右铭。因此,请千万别根据在下的衣服肘部磨破了就判定在下是暴徒和抢劫犯。如蒙圣上开恩,陛下,我将早晚为陛下祈求上帝保佑,磨破双膝也在所不辞。咳! 在下不是腰缠万贯的富翁,这是千真万确,甚至还有点穷困。然而并不因此就作恶多端。贫穷不是在下的过错。人人都明白:巨大财富并不是从纯文学中就可取得,满腹经纶之士并不总是冬天有取暖之火。唯有使用狡诈的手段能攫取全部的收获,而只把稻草留给其他科学职业。有关哲学家们身穿破洞的外套,就至少有四十句绝妙的谚语。啊!陛下!宽容是唯一可以照耀一颗伟大灵魂深处的光辉。宽容擎着火炬,在前面指引着其他一切德行。假如没有宽容,人们就成了摸索着寻找上帝的盲人。仁慈和宽容是同一的,仁慈博得人民的爱戴,也就成了君王本人举世无双的卫队。陛下如日照中天,光芒四射,万民不敢仰视。在地上多留一个穷人,这对圣上又有何妨?一个可怜无辜的哲学家,囊空如洗,饥肠辘辘,在灾难深渊中苟延残喘,留着他又有何碍?况且,圣上呀!在下是个文人。伟大的君王无一不把保护文人作为他们皇冠上的一颗珍珠。赫尔库斯没有轻视缪萨盖特斯这个头衔。马西亚·科尔文疼爱数学桂冠让·德·蒙特罗瓦亚尔。但是话说回来,绞死文人,这是保护学术的一种极坏方式。亚历山大若是下令绞死亚里士多德,那是何等的污点呀!这一行为不会是颗美人痣,增添点什么光彩给他可爱的脸上,而会是一个恶瘤,将毁掉他可爱的容颜。陛下!我写了一部十分得体的祝婚诗,献给弗朗德勒公主和威严盖世的王太子殿下。这不会是出自一个唯恐天下不乱的煽风点火者之手。请陛下明察,在下并非一个蹩脚作家,以往学业优异,天生能言善辩。乞求圣上饶恕吧!陛下这样做,就是为圣母做了一件善举。在下向您发誓,在下想到要被绞死,就被吓得魂不附体。”

如此说着,悲痛万分的格兰古瓦不停吻着国王的拖鞋,纪约姆·里姆低声对科珀诺尔说道:“他在地上爬,这一招真绝。凡是国王都像克莱特的朱庇特,耳朵只长在脚上。”袜商可不管什么克莱特的朱庇特,他脸上带着傻笑,眼睛盯着格兰古瓦,说道:“呃!千真万确!我以为听见掌玺官寸雨戈奈向我求饶哩。”

格兰古瓦住口了,气喘吁吁,战战兢兢抬头望着国王。国王正用指甲刮着紧身长裤膝部的一个污斑。随后他端起高脚杯喝起煎草汤来。而且,他一声不吭,这种沉默叫格兰古瓦大气不敢出。国王终于瞥了他一眼,说道:“这家伙真是烦死人!”随后又转向隐修士特里斯丹说:“唔!放掉他!”

格兰古瓦一屁股跌坐在地上,变得惊呆了。

“放掉!”特里斯丹小声嘀咕道。“陛下不要叫他在笼子里蹲一蹲?”

"伙伴，"路易十一接过话头说："你以为我们花费三百六十七利弗尔八索尔三德尼埃造的笼子是为了这样的鸟人吗？立即放掉这个淫棍。"（路易十一偏爱这个词，连同帕斯克一上帝，是表示他快活的基本词儿），"你们用拳头把他轰出去！"

"喔唷！"格兰古瓦大声嚷嚷道："真是一个伟大的国君！"话音刚落，只恐王上撤销原旨，急忙转身向门口冲去，特里斯丹相当不情愿地给他开了门。兵士同他一起出去，在后面用拳头狠狠捶他，撵着他走，这一切格兰古瓦俨然作为名副其实的斯多噶派哲学家全都忍受了。

自从听说反对典吏的叛乱以后，国王的心情一直很好，这从各个方面都流露出来。这种异乎寻常的宽容，并不是无足轻重的一种迹象。隐修士特里斯丹待在他原来的角落里，脸色不快，就仿佛一只看门狗，看得见人走过却咬不着。

这时，国王兴奋地用手指头在座椅扶手上敲打奥德梅尔桥进行曲的节奏。这是一位不露声色的君王，不过他掩饰痛苦的本领，远远胜过掩饰喜悦。不论听到任何好消息，那种喜形于色的表现，有时实在太夸张了，例如：获知鲁莽汉查理的死讯，他还许愿给图尔的圣马丁教堂捐造银栏杆；获悉自己登上王位，甚至把传谕安葬亡文也忘了。

"喂！陛下！"雅克·库瓦提埃忽然大喊起来。"陛下传谕要我来看那种疾病，现在怎么样了？"

"啊！"国王说道。"我确实十分难受，我的朋友，我耳鸣，就像老有笛音叫；胸口痛，老是像火把在刮。"

库瓦提埃捏住国王的一只手，以专家的神态给他把脉。

"科珀诺尔，您看呀！"里姆轻声道。"它一边是库瓦提埃，另一边是特里斯丹。这就是他的整个朝廷。一个医生是给他自己的，一个刽子手是给其他人的。"

库瓦提埃给国王把脉，按着按着，脸上流露出惊慌的神色。路易十一有点不安地盯着他。库瓦提埃的脸色很明显地阴沉下来了。这个正直的人没有别的生财之道，唯一的办法就是王上龙体欠安了，他便使出全身解数大捞一把。

"啊！啊！确实很严重。"他终于自言自语道。

"当真?"国王不安地问道。

"脉跳急速、间歇、有噪音、不规则。"医生继续说道。

"帕斯克一上帝!"

"不出三天,这就会要他的命。"

"圣母啊!"国王叫了起来。"那怎么治呢,朋友?"

"我正在考虑,陛下。"

他让路易十一伸出舌头来瞧了瞧,摇摇头,扮了个鬼脸。就在这让人心急火燎的当儿,他忽然说道,"真的,陛下!我得禀告圣上,有个主教空缺,其教区收益权由王上代管,我恰好有个侄儿。"

"我把我的收益职权交给你的侄子就是了,雅克朋友。"国王应道。"可你得赶快把我的心火治好才行。"

"既然圣上如此宽宏大量,"医生接上一句,"想必对在下在圣安德烈一德一阿尔克街建造住宅,不会不愿帮助一点。"

"嗯!"国王道。

"我财力有限。"医生继续说。"要是住宅没有屋顶,那可真是太可惜了。倒不是为了那栋房子,它很简单,完全是平民住宅的样式,而是为了布置约翰·富尔博的那些画,因为这些画可以使护壁板赏心悦目。其中有一幅画的是狄安娜在空中飞翔,可真是精美绝伦,神态那么含情脉脉,那么优雅动人,动作那么天真纯朴,头发梳得那么整齐,头上环绕月牙儿,胴体细嫩白皙,谁要是过分好奇观看,都会受到诱惑。还有一个塞莱斯,也是一个绝色女神,坐在秸垛上,头戴麦穗花冠,点缀着婆罗门参和其他花儿。没有什么能比她的眼神更充满爱意,比她的腿更圆润,比她的神态更高雅,比她的裙子更多褶裥的了。这是画笔所能画出来的最纯朴、最完美的美人之一。"

"刽子手!"路易十一嘟哝着。"你还有个完没有?"

"在下得盖个屋顶把这些油画盖起来,陛下,但是,虽说是鸡毛蒜皮的小事,我却没有钱了。"

"盖你的屋顶,要多少钱?"

"……一个铜屋顶,饰有铜像,镀金,顶多不过二千利弗尔。"

"啊！这杀人犯！"国王叫道。"要是我的牙是钻石的,他不拔我的牙才怪呢!"

"我可以盖屋顶吗?"库瓦提埃接着问道。

"行! 见鬼去吧,可你得把我的病治好!"

雅克·库瓦提埃深深鞠了一躬,说道:"陛下,一帖消散剂就能使龙体大安。我们要在圣上腰部敷上用蜡膏、亚美尼亚粘土、蛋白、油和醋制成的大药膏。陛下接着喝您的煎草汤。陛下的康安包在在下的身上。"

一支发光的蜡烛会招引来的不仅仅是一只小飞虫。奥利维埃君,看到国王正在慷慨的时候,觉得机不可失,时不再来,于是也凑上前去,说:"陛下……"

"又有什么?"路易十一说道。

"陛下,圣上知道,西蒙·拉丹大人死了吗?"

"那又怎样呢?"

"他在世时是王上的御库司法长官。"

"怎样?"

"陛下,他的职位空缺着。"

这样说着,奥利维埃的高傲面容马上由傲慢换成低三下四的神情。这是朝臣面部表情独一无二的变换了。国王紧盯着他瞅了一眼,硬硬地回答说:"知道。"

国王继续说道:

"奥利维埃君,布西科提督曾经说过:'赏赐只来自国王,大鱼只在大海。'朕看您跟布西科先生一脉相承。现在好好听着。朕记性可好得很。68 年,朕让您当了内侍;69 年,当了圣克鲁桥行宫的主管,禄俸一百利弗尔图尔币(您想要巴黎利弗尔);73 年 11 月,颁诏热若尔,封您为樊尚林苑的主管,替换了马厩总管吉尔贝·阿克尔;75 年,封您为当鲁弗莱-雷-圣-克鲁森林的领主,代替了雅克·勒梅尔;78 年,颁发双重绿漆密封诏书,恩赐您和您的妻子坐收圣日耳曼学堂附近的商人广场的年利十巴黎利邦尔;79 年,封您为富纳尔森林的领主,取代了那个可怜的约翰·戴兹;然后,罗舍城堡的总管;然后,圣康丁的总督;然后,默朗桥的总管,您就此要人称您为伯爵。理发匠给人刮胡子所交的五索尔罚金，其中有三索尔归您，剩下的二索尔才归朕。您原来姓'莫维'，朕慨然应允把它改了，因为它太像您的尊容了；74 年，朕不管贵族们极大的不满，授给您五颜六色的各种纹章，让您挂满胸，像孔雀那般骄傲。帕斯克——上帝呀，难道您还不满足？难道您捞的鱼还不够美妙不够神奇的吗？难道不怕再多捞一条鲑鱼，您的船就会被他打沉吗？朋友，是骄傲把您毁掉的？跟随着骄傲接踵而来的，总是毁灭和耻辱。好好掂量掂量吧，闭上您的嘴。"

国王说这番话，声色俱厉，奥利维埃满脸不高兴的表情马上又恢复了傲慢的神色。他几乎高声嘟哝道："那好，陛下今天是病了，这是明摆着的；什么好处都赏给了医生。"

路易十一听到这冒犯的话儿，非但没有气恼，反而露出几分和颜悦色，继续说："噢，朕倒忘了，还曾派您出使根特，作为驻玛格丽特皇后宫廷的御使。"继续转向两位弗朗德勒人加了一句："一点不假，大人们，此人当过御使。"随后又对着奥利维埃接着说道："喂，朋友！别生气啦，我们都是老交情了。天色已晚，公事也办完了。快给朕修面吧。"

读者大概必须等到现在才恍然大悟，认出奥利维埃君就是那个理发匠，由于上天这个编剧高手的绝妙安排，使他在路易十一那漫长而血淋淋的喜剧中，饰演了那位可怕的费加罗角色。我们无意在这里就这个稀奇古怪的角色进行一番描述。国王的这个理发师有三个名字：宫中人们客气地称他为"公鹿奥利维埃"，群众称他为"魔鬼奥利维埃"，而他真正的姓名是"坏人奥利维埃"。

"坏人奥利维埃"就在那里孜丝不动，正对国王生闷气，而且斜着眼睛瞄着雅克·雅瓦提埃，低声嘀咕道："行！行！医生！"

"呃！是的，医生。"路易十一继续说，脾气好得出奇，"医生比你更有声望吧。说来很简单。朕的整个身家性命都掌握在他手里，而你只有把朕的下巴挑住而已。行啦，我可怜的理发师，机会今后有的是。希佩立克国王经常一只手捋着胡须，如果我像他那样是个了不起的国王，那么你还有什么戏唱？你那份饭碗还能混得下去吗？算了，朋友，干你的正事儿吧，快给我刮胡子，去拿你必需的工具吧。"

奥利维埃看见王上决意想要开心，甚至连惹他生气的法子也没有，只好嘟嘟哝哝出去奉旨寻工具了。

国王站起来,走到窗前,忽然激动起来,突然推开窗户,拍手叫道:"噢! 真的! 老城上空一片红光! 真是典吏府在熊熊燃烧。只能如此。啊! 我的好人民! 你们果然终于帮我来摧毁领主制度!"

话音一落,接着转向弗朗特勒人说:"诸位,过来看看,难道那不是一片红色火光吗?"

两个根特人走上前来。

"是一片大火。"纪约姆·里姆说。

"啊!"科珀诺尔接上去说,两眼忽然闪光。"这使我想起了焚烧亨贝库尔领主府邸的情景,那边一定发生了一场大骚乱。"

"您这样认为吗,科珀诺尔君?"路易十一好像与袜商同样流露出兴奋的目光。

"真是势不可挡,难道不是吗?"

"他妈的! 陛下! 陛下的兵马碰上去,恐怕也得损失许多人马!"

"啊! 我那是另一回事,"国王又说道。"只要我愿意! ……"

袜商大胆应道:

"这次暴动要是像是我设想的那样,就是陛下愿意也不管用,陛下!"

"朋友,"路易十一说道,"只要我的御林军去两支人马,加上一阵蛇形炮同时轰炸,那帮乱民根本就不在话下。"

袜商不顾纪约姆·里姆向他暗意,看样子横下一条心要与国王顶撞究竟。

"陛下,御前侍卫也是贱民出身。勃艮第公爵大人是一个了不起的贵族,他压根儿不把这帮贱民放在眼里。在格朗松战役中,陛下,他高喊:'炮手们! 向这班下流坏开火!'他还以圣乔治名义破口大骂。但是司法官夏尔纳奇塔尔,手执大棒,带领他的民众,向英俊的公爵猛冲过去;同皮厚得像水牛般的乡下人一交手,亮闪闪的勃艮第军队就像玻璃被石头猛烈一砸,立刻爆裂成碎片,当场有许多骑士被贱民杀死了。人们发现勃艮第最大的领主,夏多——居旺大人在一小片沼泽草地上同他的大灰马一起被打死了。"

"朋友,"国王又说道。"您谈的是一个战役。现在这里是一场叛乱。我什么时候高兴皱一皱眉头,就可以战而胜之。"

科珀诺尔冷静地反驳道:

"这是可能的,陛下。要是这样,那是因为人民的时代尚未到来。"

纪约姆·里姆认为自己不得不开口了,说道:"科珀诺尔君,您可要知道,跟您说话的是一个强大的国王。"

"我明白,"袜商严肃地回答。

"让他说吧,我的朋友里姆大人,"国王说道。"我喜欢十分这种坦言。我的父亲查理七世常说,忠言病了,我自己以为,忠言死了,根本没有找到忏悔师。科珀诺尔君却使我认识到自己想错了。"

说到这里,路易十一亲切地将手搭在科珀诺尔的肩上。

"您说,雅克君?……"

"我说,陛下,您或许是有道理的;贵邦人民的时代还没有到来。"

路易十一目光敏锐地看了他一眼。

"那么这一时代何时到来呢?"

"您一定会听到这一时刻的钟声的。"

"是哪个时钟,请问?"

科珀诺尔始终态度冷静而憨厚,请国王走近窗口。他说:"陛下您听我说!这里有一座主塔,一只警钟,一些大炮,还有市民和兵卒。一旦警钟鸣响,炮声隆隆,主塔轰隆倒塌,市民和士兵吼叫着互相杀戮,那个时辰就敲响了。"

路易脸色阴沉下来,若有所思。他沉默了一会,随后轻轻地用手拍打着主塔的厚墙,仿佛抚摸战马的臀部似的。他说道:"啊!不!你是不会如此容易倒塌的,是不是,我心爱的巴士底?"

他又突然地转身朝向那个大胆的弗朗德勒人说:"您曾见过叛乱吗,雅克君?"

"何止见过,我亲自搞过。"袜商回应道。

"搞叛乱,您是怎么干的?"国王问道。

"啊!"科珀诺尔应道,"这并不很难。方法是很多的。首先需要城市人心怀不满。这是常有的事。其次是居民的性格。根特的居民生性容易起来叛乱。

他们总是喜欢君王的儿子,而从来不喜欢君王本人。那好吧!假如某天早上,有人到我店里来对我说:科珀诺尔老爹,如此……这般……,弗朗德勒的公主要想保全她的那班宠臣,大典吏要把盐捐增加一倍,诸如此类。你要怎么说都行。我一听,把手头的活计一扔,走出袜店,到街上大喊大叫:抢劫!随时随地都找得到破木桶的,我跳上去,想到什么就大声说什么,全讲出压在心里话;只要你是人民的一分子,陛下,心头总压着什么的。于是大家走到一起,高声喊叫,把警钟敲得震天价响,解除士兵们的武装拿来武装平民,市场上的人也参加进来,于是就干起来了!而且,只要领地上还有领主,市镇上还有市民,乡下还有农民,就会永远是这样的。"

"那你们这样造谁的反?"国王问道,"造你们典吏的反?造你们领主的反?"

"有时候是这样的。看情况。有时也造一下公爵的反。"

路易十一走过去又坐下,微笑着说道,"啊!在这儿,他们还只是造典吏的反!"

正在这时,公鹿奥利维埃回来了。后面跟着两个拿着国王梳洗用具的侍从;但是使路易十一震惊的是,另外还跟着巴黎司法长官和巡逻队骑士,这两个人看上去都神色惊慌。满腹牢骚的理发师脸上也同样惊慌失措,不过心里却有点幸灾乐祸。他先发话:"圣上,请陛下原谅在下带来不幸的消息。"

国王在座位上急忙转身,椅脚把地板的垫席刮破了,问道:"什么意思?"

"陛下,这次民众暴乱不是冲着司法宫典吏而来的。"公鹿奥利维埃应声道。他说这话时阴阳怪气,就像将出拳猛击而暗自高兴那种模样。

"那么冲着谁呢?"

"冲着陛下。"

老国王一听,从椅子上一跃而起,身体挺得非常直:"你给说说明白,奥利维埃!你得给我讲明白!当心你的脑袋,我的朋友,因为我以圣洛的十字架发誓,要是你在这种时刻撒谎,那么砍断卢森堡大人脖子的刀并没有残缺得连你的脑袋也锯不断!"

这一誓言令人毛骨悚然,路易十一以圣洛的十字架起誓,一生中恐怕只有二次。

奥利维埃张开嘴巴想要辩论："陛下……"

"给我跪下！"国王粗暴地打断了他的话头。"特里斯丹，看住这个家伙！"

奥利维埃跪下来，冷冷地说道："陛下，一个女巫被圣上的大理院法庭判了死刑。她躲进了巴黎圣母院，民众想强行用武力把她劫走。要是在下说的不是实话，司法长官大人和巡逻骑士大人刚从暴乱的地方来，可以揭露我的谎言。民众围攻的是圣母院。"

"真的！"气得浑身哆嗦，国王面色煞白，低声说道。"圣母啊！他们到圣母的大教堂围攻圣母——我慈爱的女主人！……起来吧，奥利维埃。你说得对。我把西蒙·拉丹的职位赏赐给你。你

是对的。……人们袭击我，女巫在教堂庇护下，而教堂在我的庇护下。可我原来一直以为是反对典吏！现在才明白是反对我来的！"

于是，由于怒不可遏他显得年轻了，开始踱起步来。他不笑了，神情可怕极了，走过来走过去，狐狸变成了豺狼，好像透不过气，连话都说不出来。只见他双唇在抽动，消瘦的拳头紧攥。他突然一抬头，深凹的眼睛好像充满光芒，嗓门像号角般响亮，说道："下手吧，特里斯丹！狠狠收拾这帮坏蛋！去吧，我的朋友特里斯丹！杀！杀！"

这阵暴怒发作之后，他又坐了下来，勉强压住怒气，冷冷地说道：

"过来，特里斯丹！……在这巴士底，我们身边有吉夫子爵的五十名长矛手，这抵得上三百匹马，您带去。还有夏托佩尔大人率领的御前弓手队，您带去。您是巡检，您把您有的您手下的人马，您带去。在圣波尔行宫有太子新卫队的四十名弓手，您也带去；您带上全部这些人马，马上前往圣母院。……啊！巴黎的平民老爷们，你们竟然这样作乱，竟敢与法兰西王室较量，与圣洁的圣母

较量,与这个公众社会的安宁较量!……斩尽杀绝,特里斯丹!统统斩尽杀绝!不要漏掉一个人,除非送到鹰山去处决。"

特里斯丹鞠了一躬,应道:"领旨,圣上!"

停了一下,又说道,"那个女巫,怎样处置?"

国王对此思索了一下,应声答道:

"啊!女巫!……埃斯杜特维尔大人,民众要拿她怎么处置呢?"

"陛下,"巴黎司法长官答道:"在下设想,既然民众来把她从圣母院庇护所揪出去,那是因为他们对她免受惩处感到愤愤不平,要把她抓去绞死。"

国王略一思虑,随后对隐修士特里斯丹说:"那好吧!伙伴,杀绝民众,绞死女巫。"

里姆悄声对科珀诺尔说:"这办法可真绝妙:民众因表达意愿而得受惩罚却又按民众的意愿行事。"

"行,陛下!"特里斯丹应道,"不过,女巫还躲在圣母院里,是不是该不顾避难所,进去抓她呢?"

"帕斯克——上帝!避难所!"国王搔了搔耳朵说道,"这个女人必须绞死。"

说到这里,仿佛灵机一动,计上心来,他冲过去跪在椅子跟前,摘下帽子放在座位上,虔诚地望着帽子上一个铅护身符,合掌说道:"啊!巴黎的圣母呀,我的仁慈的主保女圣人,请你饶恕我吧,我只干这一回。必须惩罚这个女罪犯。我向您保证,仁慈的女圣人圣母啊,是这个女巫,不值得您仁爱的保护。您知道,圣母,为了上帝的荣誉和国家的需要多少非常虔敬的君王,擅越了教堂的特权。英国的主教圣胡格,允许爱德华国王进入教堂去捉一个魔法师。我的先辈法国的圣路易,为了相同的目的,侵犯了圣保罗大人的教堂;耶路撒冷国王之子阿尔封斯殿下,甚而至于侵犯过圣墓教堂。所以就请原谅我这一回吧,巴黎的圣母。我永远不会再这样做了,我要为您塑造一尊可爱的银像,同我去年献给圣埃库伊斯圣母院的那尊像从一个模子里画出来的。阿门。"

他划了个十字,站起来,戴上帽子,对特里斯丹说道:"急速前往,我的朋友。把夏托佩尔大人带去。叫人敲警钟。快把民众镇压下去。绞死女巫。就这么说定了。我要您亲自动手，做好行刑前的一切准备。您要亲自向我报告。……来吧，奥利维埃，今天夜里我不睡了。快替我刮胡子。"

隐修士特里斯丹鞠了一躬，告退了。然后，国王挥手向里姆和科珀诺尔道别："上帝保佑你们，我的好友弗朗德勒先生们。去休息一下。夜深了，天快要亮了。"

两人退出去，由巴士底的队长领路，到他们各自的卧室去。科珀诺尔对纪约姆说："哼！这个国王老是咳嗽，真叫我讨厌！我见过勃艮第的查理醉醺醺的，可他也不像身染重病的路易十一这样坏呀。"

"雅克君，"里姆应道，"那是因为国王喝的酒不像喝药汤那么厉害吗！"

六 小刀在闲荡

出了巴士底，格兰古瓦像一匹脱缰的马，飞快地沿圣安东街往下跑。到了博杜瓦耶门，他一直向这个广场中间的石头十字架走去，在黑暗中隐约能辨认出一个坐在十字架下台阶上身着黑衣、头戴黑帽的男人的面孔。"是您吗，老师？"格兰古瓦说道。

黑衣人站起身来说："死亡和痛苦呀！我等你等得都快，格兰古瓦。圣日耳曼钟楼上的报时人刚叫过凌晨一点半。"

"啊！"格兰古瓦又说。"这不能怪我，要怪巡逻队和国王。我刚刚捡了一条命！差一点儿就要被绞死。这是我命该如此。"

"你什么都差一点点。"黑衣人说道："咱们还是快走吧。你有口令吗？"

"您最好想一想，老师，我见到国王了。刚从他那儿回来。他穿着毛绒短裤。真是一次奇遇。"

"啊！废话少说！你的奇遇与我有什么关系？你有流浪汉的口令吗？"

"有。放心。小刀在闲荡。"

"好。不然的话，我们就进不了教堂了。流浪汉堵塞了各条街道。真幸运，他们仿佛遭到了抵抗。我们也许还能及时赶到。"

"是的,老师。我们如何进圣母院呢?"

"我有钟楼的钥匙。"

"可我们又如何出来呢?"

"隐修院后面有一个小门,通向滩地,从那里就到了塞纳河。我拿来了小门的钥匙,今早我在那里系了一条船。"

"我真是侥幸,我几乎就被绞死了!"格兰古瓦又说。

"喂,快点!走!"黑衣人说道。

两个人便迈开大步朝老城走下去。

七 夏托佩尔援救来了!

读者也许记得,我们丢开卡齐莫多不提时,他正处于极度危急之中。这个老实正直的聋子,遭到四面八方的进攻,尽管没有丧失全部的勇气,至少不再抱任何希望能救出埃及姑娘,而不是救出他自己,他把自己生死置之度外。他在柱廊上狂奔乱跑。眼看流汉就要把圣母院给攻陷了。突然,一阵巨大的马蹄声响彻邻近的街道,只见火把如长龙,龙骑兵密密麻麻,横戈伏鞍,浩浩荡荡冲向前来;那狂呼怒吼的嘈杂声,仿佛暴风骤雨,席卷广场:"法兰西!法兰西!把贱民碎尸万段!夏托佩尔援救来了!巡检使!巡检使!"

流浪汉们惊慌失措,连忙掉头。

卡齐莫多听不见喊声,却看到刀剑出鞘,火把通明,戈矛闪亮,整个骑兵队,他认出为首的是弗比斯队长;还看到流浪汉一片混杂,有的人惊恐万状,连最勇敢的也恐慌不已。他从这意外救援中又重新鼓起勇气,把已经跨上柱廊的头一批进攻者扔到教堂外面去。

果真是国王的军队突然赶来了。

流浪汉英勇抵抗,拼死自卫。侧面有从牛市圣彼得教堂街过来的敌人的进攻,尾部有从教堂前庭街过来的敌人包围,他们被逼退到圣母院前,接着攻打圣母院,而卡齐莫多还接着守卫着。这样,流浪汉们既是围攻者,又是被围攻者。

他们正处在一种尴尬的境地,后来 1640 年著名的围攻都灵之战,亨利·达尔库尔伯爵既围攻萨瓦的托马斯亲王,却又被勒加奈侯爵包围封锁,正像他的墓志铭所说的,既是都灵的围攻者,又是被围攻者。

这场混战,鬼哭神嚎,就像马太神父说的,狗牙狼肉。国王的龙骑兵——其中弗比斯·德·夏托佩尔表现得挺好样的——穷凶极恶,毫不留情,乱砍乱杀,刀尖未刺死的,利剑再劈。流浪汉们,装备极差,怒气冲天用口撕咬。女人、男人、孩子个个奋不顾身,扑向马背,冲到马胸前,用牙齿和手指甲像猫似的紧紧抓住不放,有的人抡起火把猛戳弓手的脸,还有的人用铁钩狠刺骑兵的脖子,用力地往下拉,被拖下马的马上碎尸万段。

其中有个流浪汉手执一把明晃晃的长镰,见到马腿就砍,一直砍个不停。真是厉害极了。他拖着鼻音哼着一支歌,挥镰不懈,收镰不止。大镰一挥,砍断的马腿在他的身边四周的地上丢下一大圈。他就这样在骑兵量密集的地方大肆砍杀,沉着冷静,缓缓前进,就像一个庄稼汉开镰收割麦田那样晃着脑袋,均匀喘气。他就是克洛潘·特鲁伊甫。然而,火枪一响,他应声倒地,再也没有爬起来。

这时候,四周的窗户又打开了。附近的居民们听到国王的人马的喊杀声,也加入了战斗,各层楼房上弹如雨下,朝流浪汉们射来。前庭广场上硝烟弥漫,火铳射击划出一道道火光,依稀可见圣母院的正面和破旧的主宫医院,从医院屋顶窗洞上张望着的几个苍白消瘦的病人。

流浪汉终于溃退了。疲惫不堪,缺乏精良武器,遭到突然袭击所引起的恐惧,从窗口射来枪弹,国王兵马的肆意冲击,所有这一切把流浪汉们压垮了。他们突破了进攻者的防线,向四面八方逃散,前庭广场上尸横遍野。

卡齐莫多一刻也没有停止战斗,突然看到流浪汉们溃逃,不禁跪倒在地,举手向天;随后,欣喜若狂,如癫似醉,仿佛鸟儿一般飞速奔跑,爬上那间他曾那样视死如归、不许人进犯的小屋。此刻他只有一个念头,就是跪倒在他刚再次搭救的那个姑娘面前。

进小屋一看,里面却空无一人。

第十一卷

一　小鞋

流浪汉进攻教堂时,爱斯梅拉达正在睡梦中。

不一会儿,圣母院周围的喧闹声越来越大,小山羊先惊醒了,惊恐不安,咩咩叫着,把爱斯梅拉达从睡梦中吵醒了。她一骨碌翻身坐起,听一听,看一看,给火光和喧嚣声吓坏了,就一头冲出小屋,跑到屋外看个究竟。只见广场上一片恐怖景象,那晃动的人影,那混乱的搏斗,那在黑暗中依稀可见,如同一大群青蛙那样腾挪跳跃的丑恶人群,那乌合之众的哇哇喊叫声,那在黑暗中飞奔穿插的宛若夜间雾霭弥漫的鬼火似的许多通红的火把,所有这一切情景马上使她觉得眼前是巫魔会的鬼魂正在跟教堂的石头妖怪进行一场神秘的战斗。从儿时起,她满脑子就充满了吉卜赛部落的迷信思想,所以首先想到的是撞见了夜间才出没的怪物正在兴风作浪。于是,不由吓得魂不附体,连忙奔回小屋,躲在她那张破床上,缩成一团,寻求不像这样骇人的一个噩梦。

然而,逐渐地,最初因恐惧而产生的疑团渐渐消失了;她听到嘈杂声慢慢增大,又辨认出其他一些迹象,渐渐明白围攻她的不是鬼,而是人。于是她的恐惧虽没有增加,却已经转化了。她想可能是民众叛乱,要把她从避难的地方抢走。但转念一想,如此一来,她始终对未来憧憬的生活、希望、弗比斯,可能再次化为乌有,想到自己是那样软弱无力,无依无靠,走投无路,被人遗弃,孑然一身,这种种想法和其他千百种忧虑,使她身心交瘁。她跪倒下去,头伏在床上,双手合掌抱着脑袋,惶恐不安,浑身颤抖。虽说她是埃及姑娘,异教徒,偶像崇拜者,此时也哭泣着祈求基督教的仁慈上帝的恩典,并向庇护她的圣母祈祷。这是因为,一个人即使毫无宗教信仰,但一生中也会有某些时刻,总要归向他身边的庙堂所信奉的宗教的。

她就这样在地上匍匐了许久许久,哆哆嗦嗦,其实战栗多于祈祷,随着狂怒群众的喘息越来越逼近,她心灰意冷,对群众的这种狂怒百思不得其解,他们暗中在策划什么,他们在干什么,他们想要干什么,这一切她全都不知,却预感到这一切将导致十分可怕的结局。

正在这样忐忑不安的时候,忽听到跟前有脚步声。便扭头一看,只见有两个男人,其中一个提着一盏灯,刚走进她的小屋。她不由发出一声微弱的惊叫。

"别怕,是我呀。"一个她似曾相识的声音说。

"谁? 您是谁?"她问。

"皮埃尔·格兰古瓦。"

听到这个名字,她放下心来,抬头一看,果真是诗人。但是,他旁边有一个从头到脚被黑袍遮住的人影,沉默不语,她顿感心惊。

"啊!"格兰古瓦以责怪的口气继续说,"佳丽倒先认出我来了!"

小山羊确实没有等到格兰古瓦自报姓名就认出他来了。他一进门,小山羊就一下子蹦了过去,温柔地在他的膝上擦来擦去,挨着他的身子蹭来蹭去,把他沾满了白毛,因为它正在换毛哩。格兰古瓦也亲热地抚摸着它。

"跟您在一起的是谁?"埃及姑娘低声地问道。

"放心好了。"格兰古瓦应道。"是我的一个朋友。"

这时,哲学家把灯放在地下,在石板地上蹲下来,抱住佳丽,热情地喊的道:"啊! 一只温柔的山羊,值得称赞的可能是它的洁净,而不是它的个子高大,而且像个语法学家,聪明,敏锐,有学问。来,佳丽没有忘记你那些巧妙的戏法吧? 雅克·夏尔莫吕大人怎么来着?⋯⋯"

黑衣人没等他说完,走过去,狠狠推了他一下肩膀。格兰古瓦站起来,说道:"真的,我倒忘了时间紧迫。⋯⋯不过,尊敬的老师,这不成为一个理由可以这样粗暴对待人呀。⋯⋯我亲爱的小美人,您有生命危险,佳丽也是一样。有人要把您重新抓去吊死。我们是您的朋友,救您来的。快跟我们走。"

"当真?"她不知所措,大声喊道。

"是的,千真万确,快跟我们走!"

"原来是这样。"她吞吞吐吐地说道,"可您的这位朋友为啥不说话呢?"

"啊! 这是因为他父母生性古怪,养成了他沉默寡言的脾气。"

她对这样的解释也只得将就了。格兰古瓦挽起她的手,他的那个同伴捡起灯笼,走在前面。姑娘由于恐惧,晕头转向,任凭他们随便带着走。山羊跟在后面,蹦蹦跳跳,它重新又见到格兰古瓦,真是欢天喜地,随时把犄角伸到他两腿中间,使得格兰古瓦走起路来跟跟跄跄。这位哲学家每当差点摔跤,便说,"生活就是这样子的,绊我们栽筋斗的常常是我们最要好的朋友!"

他们迅速走下钟楼的楼梯,穿过教堂。教堂里一片漆黑,没有一人,回荡着喧闹声,形成一种可怕的对照。他们从红门走进隐修院的庭院。隐修院也不见人影,议事司铎们早就全躲到主教府一齐做祷告去了;庭院里空荡荡的,只有几个吓得魂飞魄散的仆役缩成一团,躲在黑暗的角落里。格兰古瓦他们向庭院通往"滩地"的小门走去。黑衣人用他随身带的钥匙开了门。读者知道,"滩地"是一条狭长的河滩,向着老城的这一边有墙围着,它归圣母院教务会所有,形成圣母院后面老城岛的东端。他们发现这块围起来的滩地一片凄凉。在这个地方,那震天价响的喧闹声已减弱了,流浪汉进攻的怒吼声也比较模糊,不那么刺耳了。顺流的清风把滩地尖岬上那颗孤树的枝叶吹得簌簌作响。然而,他们的处境还是岌岌可危。主教府和教堂近在咫尺。可以看得一清二楚,主教府内乱成一团。里面的灯光如流星般从一个窗户转到另一个窗户,时时在主教府黑沉沉的庞大阴影上形成一道道光痕,就好像刚烧完的纸,留下一堆焦黑的灰烬,其中仍有火星闪烁,形成无数道闪动的奇异光流。旁边,圣母院两座高大的钟楼,就这样从背后望去,连同钟楼基于其上的主教堂那长方形的中堂,衬托着前庭广场上冲天的火光,其黑黝黝的轮廓,显得十分分明,仿佛是希腊神话中独眼巨人的火炉里两个巨大的柴火架。

放眼四望,巴黎看起来在明暗混合中摇曳不定。伦勃朗的画中就常常有这样的背景。

那个持灯者直接向滩地尖岬走去。那儿,紧靠水边有一排钉着板条的木桩,被虫蛀得残缺不全,一棵矮葡萄的几根瘦不溜秋的藤蔓在上面攀挂着,看上去就仿佛张开五指的手掌。后面,就在这排木栅的阴影里藏着一只小船。那人做了个手势,叫格兰古瓦及其女伴上船。小山羊跟着他俩后面也上了船。那人最后才上船。接着割断缆绳,用篙杆一撑,船就离开了岸边;然后抓起双桨,坐在船头,拼命向河中间划去。塞纳河在这地方水流湍急,他费了好大的劲才离开这老城岛的尖岬。

格兰古瓦上了船,首先是谨慎翼翼地把山羊抱在膝上,坐在了后边,而姑娘呢,由于那个陌生人使她产生了一种难以表达的不安心情,也过来坐下,依傍在诗人的旁边。

我们的哲学家感到船在摇晃,于是高兴得拍着手,吻了一下佳丽的额头,说道:"哎呀!我们四个总算得救了。"紧继续,又摆出思想家一副莫测高深的神态说:"伟大事业的圆满结局,有时取决于时运,有时刚取决于计谋。"

船徐徐向右岸荡去。姑娘心里怕得要命,一直悄悄观察着那陌生人。他早已把哑灯的光线细心地遮盖起来。黑暗中只能隐隐约约看见他坐在船头上的身影,好像一个幽灵。他的风帽一直耷拉着,脸上好像戴了面具似的:每划一桨,双臂半张,甩动着黑袍的宽大袖子,就像蝙蝠的两只翅膀。再说,他还没有说过一句话呢,还没有喘息过一声。船上只有来来回回划桨的声响,混合着船行进时激起的千重浪的沙沙声。

"用我的灵魂发誓!"格兰古瓦突然喊叫起来,"我们就像猫头鹰一样轻松愉快!但是我们却默不作声,活似毕达哥拉斯的信徒那样缄默,或者像鱼类那般沉寂!帕斯克一上帝啊!朋友们,我倒真想有谁跟我说说话儿。……人说话的声音,在人的耳朵听起来,是听一种音乐。这话不是我讲的,而是亚历山大城的狄迪姆说的,真可谓是名言呀!……

显然,亚历山大的狄迪姆不是一个庸俗的哲学家。……说句话吧,美丽的小姑娘!您和我说句话儿,我求求您。……对啦,您过去常常喜欢噘着小嘴,又可笑又奇特;您现在还常常这样吗?我的心肝宝贝,大理院对所有庇护所都拥有任何的司法权,您躲在圣母院的小屋里太冒险,您知道吗?唉!这不同于小蜂鸟在鳄鱼嘴里筑窝呀!……老师,月亮又出来了。……但愿我们不会被其他人看见! ……我们救小姐是做了一件值得称赞的好事,但是,我们要是被逮住,人家就会以国王的名义吊死我们。唉! 人类的行为都可以作两面观:人们指责我的地方,正是赞美你之处。谁赞美恺撒谁就责备卡蒂利纳。对不对,老师? 您对这哲理的看法如何? 我掌握哲学,是出自本能,宛如蜜蜂会几何学。……算了! 谁也不理睬我。瞧你们两个心情是多么糟糕! 只好我独自一个人说了。这在悲剧中叫作'独白'。……帕斯克一上帝! 我告诉你俩,我刚看见到了路易十一,这句口头禅是从他那里学来的。……真是帕斯克一上帝! 他们在老城还在一直咆哮不已。这个国王卑鄙,狠毒,老朽。全身上下严严实实裹着裘皮。但是一直拖欠我写的祝婚诗的酬金,今晚差一点下令把我绞死,要是绞死了,我也就讨不了债啦。他对贤良之士真是个吝啬鬼,一毛不拔,真该好好读一读科隆的萨尔维安《斥吝啬》那四卷书。千真万确! 就他对待文人而言,他是个心胸狭窄的国王,暴行累累,极其野蛮。他好比是一块海绵,吸尽老百姓的钱财。他的聚敛有如脾脏,身体其他各部分越消瘦,它就越膨胀。所以,时世艰难,怨声载道,也就变成了对君主的怨言。在这个所谓温和笃诚的君王统治下,绞刑架上吊满了绞死的人,斩刑砧上溅满了腐臭的血,监牢里关满了囚犯,好像撑得太满的肚皮都快炸裂了。就是这个国君,一手夺钱,一手要命。加贝尔夫人和吉贝大人的起诉人就是他。大人物被剥夺了荣华富贵,小人物不断遭受压榨欺凌。这是一个贪得无厌的君主,我不喜欢这样的君主。您呢,尊师?"

黑衣人听任爱嚼舌头的诗人东拉西扯,唠叨个没完没了。风紧浪急,他依然奋力与湍流拼搏。在急流的冲击下,小船掉转了方向:船头朝向老城,船尾朝向我们今天称为圣路易岛的圣母院岛。

"对啦,老师!"格兰古瓦突然又说,"刚才,我们从那些狂怒的流浪汉中间穿过,来到堂前广场时,您那个聋子在列王柱廊的栏杆上把个小鬼的脑袋砸得稀巴烂,法师大人是不是注意到那可怜的小家伙呢? 我视力不太好,看不清他是谁。您知道会是哪个人吗?"

陌生人不回答,可他突然停止了划桨,两只胳膊像折断似地低垂了下来,脑袋耷拉到胸前,爱斯梅拉达听到他一阵阵的叹息声。她不禁得打了个寒噤:这种叹息声她曾经听到过。

小船没有人驾驶,一时随波漂荡。不过黑衣人最终振作起来,又抓紧双桨,又重新溯流而上。小船绕过圣母院岛的尖岬,向草料港的码头驶去。

"啊!"格兰古瓦说道,"看呀,那边就是巴尔博府邸。……

喂,老师,看那片黑压压的屋顶,屋角千奇百怪,那儿上空,云堆低垂,云朵稀稀拉拉,污秽不堪,月亮在云里就像被压破的鸡蛋,蛋黄溢流。……那但是一座可爱的府宅。有座小礼拜堂,拱形小屋顶,精雕细刻,装饰富丽。顶上有个钟楼,玲珑剔透。还有一个花园,真叫人赏心悦目,里面还有一个池塘、一座鸟棚,一道回声廊,一座迷宫,一个木槌球场,一处猛兽房,许多花草茂盛的小路,叫爱神维纳斯都感到心旷神怡。还有一棵流氓树,因为某位著名的公主和一位多情而才气横溢的法兰西大司马曾在这里寻欢作乐,因此被称之为色徒。……我们这些可怜的哲学家,我们比起一个大司马来,简直就像卷心菜和杨花萝卜比之于卢浮宫御园。但是,说究竟,这又算什么呢?人生,对于显赫人物和我们这种人,都一样是鱼目混珠,善恶掺杂。痛苦总是同欢乐相伴,扬扬格总与扬抑抑格相伴。……

老师,巴尔博府邸的故事,有必要讲给您听。结局是悲惨的。那是在1319年,法国最长的国王菲利浦五世的统治时期。这个故事的寓意是,肉体的欲望是恶毒的、有害的。邻居的老婆,不管其姿色是多么诱人,逗得我们心头上奇痒无比,也不应老盯着她看。私通是非常放荡的念头,通奸是对别人淫欲的好奇。……呃哟!那边喧闹声更加响了!"

圣母院四周的喧哗声确实更厉害了。他们倾听着。胜利的欢呼声可以听得相当明白。突然,教堂上上下下、柱廊上、钟楼上、扶壁拱架下,许多火把齐明,把武士的头盔照得闪闪发亮。这些火把好像正在四处搜寻什么。不一会儿,远去的这些喧哗声明白地传到这几个逃亡者的耳边,只听见叫道:"抓女巫!抓埃及女人!处死埃及女人!"

那不幸的姑娘一下子垂下头来,用手掩住脸,而那个陌生人拼命划起桨来,朝岸边划去。这时,我们的哲学家正在暗暗思量紧紧抱住小山羊,悄悄从吉卜赛女郎身边挪开了,她却益发依偎着他,好像这是她仅有绝无的庇护所了。

很显然,格兰古瓦正处在进退两难的极度困惑之中。他正在想,根据现行法律,小山羊再被逮住,就得被绞死,那可真是莫大的遗憾呀,可怜的佳丽!可他又思忖,两个因犯都这样依附着他,这未免太多了:最后,还有,他那个同伴巴不得照看埃及姑娘呐。他左思右想,正进行激烈的思想斗争,就像《伊利亚特》中的朱庇特一样,在埃及姑娘和小山羊之间权衡得失利弊。他含着泪花,瞅瞅这个,瞧瞧那个,讷讷道:"一齐救你们两个出去,我可没有那个能耐!"

小船晃动了一下,他们知道船终于靠岸了。老城那边,始终喧闹不止,令人毛骨悚然。陌生人站起身,朝埃及姑娘走了过来,伸手要挽住她的胳膊,扶她下船。她一把推开了他,紧紧攥住格兰古瓦的袖子,而格兰古瓦一心照管着小山羊,几乎一下子就把她推开去。于是,她独自跳下船去,心慌意乱,连自己要做什么,要到何处去,全都茫然。她就这样稀里糊涂,呆呆地站了一会儿,望着流水出神。等她稍稍清醒过来,发现只剩下自己一个人和陌生人一起待在码头上。看来格兰古瓦趁下船之机,已牵着山羊溜走,躲到水上谷仓街的那片密密麻麻的房屋中去了。

可怜的埃及姑娘一看只有自己跟这个男人待在一起,不由得浑身直打哆嗦。她竭力想要说话、要叫喊、要呼唤格兰古瓦,舌头却在嘴里动弹不了,连一丁点儿声音也发不出来了。突然间,她发觉陌生人的一只手搁在她的手上。这只手冰凉而有力。她马上上下牙齿咯咯直打冷战,脸忽无血色,比洒在她身上的月光还惨白。那个男人一语不发,紧拽住她的手,迈开大步向河滩广场走去。这时,她迷迷糊糊感到命运是一种不可抗拒的力量。她再也无力抵抗了,任凭他拖着,他迈步走,她拔腿跑。这里,码头的地势是沿坡而上,可她却好像觉得是沿着斜坡往下滑去。

她向四下里张望,却不见一个行人。河岸一片荒凉,听不到一点儿声响,感觉没有人走动,只有塞纳河一水之隔的老城那边喊声震天,火光通红,在那阵阵高喊声中,可以听得见要处死她而嚷叫她的名字。此外,巴黎城在她四围四处扩散开去,只见黑影幢幢。

但是而,陌生人仍然缄默不语,照样急步前进,一直拖着她往前蹿。她眼下行走的地方,在她记忆中想不起曾此外到过。在经过一扇亮着灯光的窗户前,她奋力挣扎,猛然地挺直身躯,使劲高喊:"救命呀!"

窗子里面住着的那个居民听到叫喊声，打开了窗户，穿着衬衣，提着灯，出现在窗前，愣头愣脑地看了一下河岸，嘀咕了几句她听不清楚的话儿，接着又把窗板关上了。最后一线希望也熄灭了。

黑衣人一声不作，紧紧抓住她，越走越快起来。她不再抵抗了，紧跟着他，筋疲力尽。

她时不时集中一点力气，问道："您是谁？您是谁？"石板路上高低不平，跑得她气喘吁吁，她说话的声音断断续续。对她的问话，陌生人毫不作答。

就这样子，他们沿着河岸走，来到了一个相当大的广场。月色渐明。这是河滩。只见广场中央耸立着一个黑黝黝像十字架的东西，那是绞刑架。她认出了这一切，明白自己身在何处了。

那男子停住了脚步，转身向她，掀起他头上的风帽。她一看，早就吓得魂飞魄散，张口结舌，说，"呃！我早已经料到又是他！"

正是教士。他看上一点也不像个活人，而是他的灵魂。这是月光映照的原因，因为在月光下，我们看任何事物，都好像见到其幽灵似的。

"听我说，"他开口道。这种阴郁的声音，她已好久没有听到了，不由得浑身打战起来。他接着往下说，语气急促，断断续续，气喘吁吁，这说明他内心惊惶不安，颤震动荡："听我说，我们就在这里了。我有话要对你说。这是河滩广场。这里是个终点。命运把我俩彼此交付给了对方。我即将决定你的生死；你即将决定我的灵魂。你瞧，这儿是一个广场，现在是个黑夜，越过斯时斯地，便什么也看不见了。所以你要好好地听我讲。我要对你说的……首先，别向我提起你的弗比斯。（他说这话时，就像一个片刻也不能安静的人那样，来回走动，并拖着她跟他走。）千万不要跟我谈他。听见了吗？你要是说到这个名字，我不知道会做出什么事来，但一定是十分可怕的。"

说完，他像个恢复其重心的物体，又静止不动了。尽管这样，她的话语仍然流露出其烦躁不安。他的声音也就越来越低了。

"别这样转过脸去。听我说，这是一件事事关生死的事情。首先，事情的来龙去脉是这样的……这一切都不是开玩笑的，我向你发誓。……我说了什么来的？提醒我一下！啊！……

大理院做出了判决，把你送上断头台。我刚刚把你从他们手中救了出来。但是他们正在追捕你，你瞧！"

他伸出手臂指向老城。确实，搜捕看上去还在接着，喊叫声越来越近了。在河滩广场的对面，刑事长官府邸的塔楼那边，灯火通明，人声嘈杂，可看见许多士兵举着火把，在河对岸跑来跑去，叫声不迭："埃及女人！埃及女人在哪里？绞死！绞死！"

"你看清了吧，他们正在追捕你，我并没有骗你。我呀，我爱你。最好别说话，别开口，假如你只是想对我说你恨我，我已经横下一条心来，绝不再听了。……我把你刚救了出来。……先让我把话说完……我是完全可以搭救你，现在就看你乐意不乐意。只要你愿意，我就能够做到的。"

说到这里，他突然停下。接着又说："不，要说的不是这回事。"

话音刚一落，他拔腿就跑，也攮着她跑——因为他始终没有松开她的手臂——径直向绞刑架跑去。他指着绞刑架，不客气地对她说："你在我和它之间抉择吧。"

她挣扎着摆脱出他的手中，一下子扑倒在绞刑架下，拥抱着那根阴森可怖的支柱。然后，把秀丽的脸蛋转过半边来，看了教士一眼，如同跪在十字架脚下的圣母。教士依然一动也不动，手指头一直指着绞刑架，自始至终保持着这一姿势，俨如一尊雕像。

埃及少女终于对他说道："它令我厌恶的程度，还远远不如你呢。"

听到这话，教士只好慢慢放开她的胳膊，垂头丧气，盯着地面上的石板，说道："假如这些石头会说话，一定会说这儿有个多么不幸的人呀！"

他接着往下说。少女跪在绞刑架前，长发低垂，遮没全身，任凭他去说，不加理会。这时候，他的语调哀怨而温柔，同他面容的粗暴和高傲，恰好形成痛苦的鲜明的对比。

"我，我爱您。啊！这就是千真万确的呀！这燃烧着我心灵的烈火，但一丁点儿也没有表露出来！咳！姑娘，夜以继日，是的，日日夜夜，这火在我心中熊熊燃烧，难道一丁点儿也不值得你可怜吗？这是朝朝暮暮，日夜眷恋的爱情，我可以一定告诉您，这是一种酷刑的折磨！……噢！可怜的孩子！我的痛苦太大啦！……我得说，这是值得同情的事。您看，我跟您讲话，柔声细气，真希望您不要再这样讨厌我。……说到底，一个男人钟爱一个女人，这并非他的过错！……啊！我的上帝呀！怎么！您却永远不能原谅我吗？您一直对我怀恨在心！这可就完蛋了！正由于这样，我才变坏了。您看！连我自己都厌恶自己！……您甚至连看都不看我一眼！我站在这儿跟您说话，站在死亡线上心惊胆战！而您大概另有所思！……特别不要和我谈起那个军官！……什么！我真想扑倒在您膝下，什么！我真想吻一吻……不是吻一吻您的脚，那样做您是决不会同意的，而只是吻一吻您脚下的泥土！什么！我真想如个小孩那样大哭一场，我要从胸膛里掏出的不是言词，而是我的心肝，我的腑脏，好向您表明：我爱您。但是，这一切都无济于事，这一切！……，您灵魂中只有深情和宽恕，别无其他；您充满柔情蜜意，整个人儿善良、仁慈、妩媚、温馨。咳！可您只对我一个人狠毒！啊！何等的晦气啊！"

说到这里，他用手掩住脸。少女听到他在哭泣。这可是破天荒头一遭。这样如雕塑般站立着，哭得全身抖动，真比跪下来哀求还更可怜，还更真切。他就这样抽泣了好一阵子。

"罢了！"他头一阵眼泪流过之后，接着说道，"我已经无话可说了，原本倒是想了许多要对您说的话儿。现在我浑身颤抖，战栗不已，在紧急的时刻撑不住了，觉得我们被某种神威的东西紧紧裹住，所以我说起话来结结巴巴了。啊！假如您不可怜可怜我，也不可怜可怜你自己，我马上就会倒在地上丧命。我们切勿把对方都置于死地。假使您知道我多么爱您，那该有多好！我的心是怎样的一颗心啊！咳！我不顾一切，背叛任何德行！我不顾一切，自暴自弃！身为饱学之士，但却拿科学开玩笑；身为贵族，却给自己的姓氏抹黑；身为教士，却把弥撒书当作淫荡的枕头；我所做的一切，是在给我的上帝脸上吐唾沫！但这一切全是为了你，你这迷惑人的巫女！这一切也是为了使自己更配得上进入你的地狱！但你并不要我这下地狱的罪人！啊！让我把一切都倾吐出来！还有很多，还有更骇人听闻的，呵！更加骇人听闻！……"

他说到最后几句时，模样儿看起来已经彻底精神错乱了。停顿了片刻，又自言自语似地接着往下说，不过声音却很大了："加恩，你把你弟弟怎么了？"

又是一阵沉默,随后又说道:"天主啊!我是怎么对待他来的呀?我收留他,我哺育他,我喂养他,疼爱他,崇拜他,可我却把他杀害了。是的,天主啊,刚才就当着我的面,在您屋子的石头上,他的脑袋被砸烂了,而这一切都是由于我,由于她的缘故,由于这个女人……"

他眼神惊恐不安。嗓音越来越微弱,机械地翻来覆去说了好几遍,每遍的间隔相当长,就好像一口大钟的余音似的延绵不绝:"……由于她……由于她……"尔后,他的舌头再也发不出清晰的声响,却只见他的嘴唇一直翕动不已。突然,他两腿一软,像什么东西一下子垮下来似的,一头栽倒在地,脑袋埋在双膝之间,一动也不动了。

少女把脚从他身下抽了出来,这样微微一动,他醒过来。他举手慢慢抚摸了一下凹陷的双颊,惊奇地望了好一会儿他那沾湿的手指,呢喃地说:"怎么了!我哭了!"

话音刚一落,他突然然转身对着埃及少女,脸上焦虑的神色难以言表,只听他说:

"唉!您就这般冷冰冰地看着我哭泣!孩子啊!这滴滴眼泪是熔浆,你可知道!对待你所恨的人,死活都不能打动你的心,难道这竟然是真的?你情愿眼睁睁看着我死,而且还在一旁欢笑。啊!但是我呀,我不愿看着你死!说句话,只要说句宽恕的话儿!用不着说你爱我,只要说声情愿就行了,那样我就可以救你了。否则……嗬!时间在飞快地流失,我以一切最神圣的东西恳求你,你不要磨蹭,等我重新变成顽石,就像这同样需要你的绞刑架一样!好好想一想,我手里掌握着我俩的命运:想想,我精神失常了,这太可怕了,我可以放弃所有的一切,我们脚下就是万丈深渊,不幸的人儿,我将跟着你堕下这深渊去,永无终期!请你说句好话吧!一句!只要一句!"

她刚张开口要搭腔。他赶忙跪倒在她面前,毕恭毕敬地聆听她的话语,说不定从她口中说出来的是一句情意缠绵的话语。但她只说:"您是个杀人犯。"

教士疯也似的把她紧紧抱住,纵声大笑起来,那笑声使人毛发悚然。他说道:"那又怎么样,是的!杀人犯!我一定得到你不可。那你将得到我做你的主人,假如你不要我做你的奴隶。我一定要把你弄到手。我有个巢穴,我要把你拖到那里去。你将跟我走,也只能乖乖跟我走不可,否则,我就把你交出去。美人儿,你只有两条路可选择:要么属于我!要么死!属于这教士!属于这叛教者!属于这杀人犯!从今天晚上起,你就属于我,听见了吗?来!尽情欢乐吧!来!吻我吧,你这疯女人!要么进坟墓,要么就进我的床帏!"

因为淫秽的念头,因为狂怒,他眼睛里闪闪发光。色狼的嘴唇印红了少女的嫩颈。她在他的怀抱中拼命挣扎着,他满口白沫,已吻遍她的全身。

"不许咬我,你这魔鬼!"她嚷叫起来,"唔!你这可憎的臭僧侣!放开我!我要揪下你丑恶的白头发,大把大把地扔到你脸上!"

他脸上红一阵白一阵,随后松开了她,神情抑郁地望着她。她觉得自己胜利了,继续说道:"我告诉你,我属于我的弗比斯,我爱的是弗比斯,弗比斯才美丽呢!然而你,神父,你老啦!你是丑八怪!快滚开!"

他吼叫一声,如同一个不幸的人被烧红的铁烙印了一下。他咬牙切齿说道:"你死定了!"她看到他可怕的目光,想要逃走。他却一把抓住她,拼命摇晃她,将她推倒,攥住她秀美的双手,把她在地上拖着,急步朝罗朗塔的拐角跑去。

一到那里,他转过身,问她:"最后一次问你,你愿不愿跟从我?"

她使劲应道:"决不!"

然后,他大声叫道:"古杜尔!古杜尔!埃及女人在这儿!你报仇吧!"

姑娘感到手肘忽然被人抓住,一看,是一只从墙上窗洞口伸出的瘦骨嶙峋的胳膊,如同一只铁手把她紧紧抓住。

"抓牢!"教士道,"她就是逃跑的埃及女人,别松开她。我去找捕快,你就要看见她被绞死啦。"

作为回答这些带血腥味话语的,是从墙那边传出来一阵发自咽喉的朗笑声:"哈!哈!哈!"埃及姑娘看到教士朝圣母院桥的方向跑去,那边传来马蹄的嘈杂声。

少女认出了凶狠的隐修女,吓得直喘气,竭力挣扎,扭动身子,痛苦和绝望地蹦了几蹦,但是,隐修女用一种前所未闻的力量死死抓住她,瘦削、肮脏的手指深深掐进她的肉里,并在周围合拢起来,好像这只手是被铆接在她的胳膊上。这甚至不仅仅是一条铁链,不单单是一个枷锁,不单单是一道铁环,而是从墙上伸出来的一只有生命、有智慧的大钳。

姑娘筋疲力尽，瘫靠在墙上，这时，死亡的恐惧攫住了她。她想到青春，想到人生的美好，天空的景色、大自然的千姿百态，想到爱情、弗比斯以及消逝的和即将临近的一切，想到告发她的教士，就要到来的刽子手、耸立在那里的绞刑架。此时，她觉得恐惧感渐渐增加，一直伸到了头发根。她听到了隐修女悲惨的笑声，低声对她说道："你就要被绞死啦！"

她有气无力地转向窗洞口，透过铁栅，看到麻衣女恶狠狠的面孔，说道："我对你怎么了？"她差不多像死了一般。

隐修女没有回答，只是用一种愤怒、歌唱和嘲笑的腔调嘟哝起来："埃及娘儿！埃及娘儿！埃及娘儿！"

不幸的爱斯梅拉达又耷拉下脑袋，披头散发，知道自己同其打交道的并非一个人。

突然，隐修女大嚷起来，好像过了老半天埃及少女的问话才传到了她的大脑里："你对我怎么了？你说！……啊！你对我怎么了，你这埃及婆娘！那好！听着。……我曾有过一个孩子，我！你懂吗？我曾有过一个孩子！一个孩子，老实跟你说！……一个美丽的小女孩！……我的宝贝阿妮丝，"她魂不附体，在黑暗中吻着什么东西，继续说："那好！你可知道，埃及娘儿？有人夺走了我的孩子，偷走了我的孩子，吃掉了我的孩子。这些都是你干的。"

姑娘如同那只小羊羔一样应道："哎呀！可能我也许还没出生呢！"

"啐！不对！"隐修女又说道，"你准出生了。你是其中的一个。她假如要是活着，也该你这么大了！就是这样！……我在这里已十五个年头了，我受了十五年的苦，祈祷了十五年，十五年以来不断把头往墙上撞。……我告诉你，是那些埃及婆娘把她偷走的，你听明白了吗？是她们用利齿把她吃掉的。……你有没有良心吗？你可以想象一下，一个吃奶时的孩子，一个玩耍时的孩子，一个睡觉时的孩子，那是什么模样儿！何等天真烂漫呵！唉！正是这样一个孩子，他们把她夺走了，杀害了。慈悲的上帝全明白！现在，轮到我了，该我来吃埃及女人的肉了。啊！假如不是铁栅挡住，我要狠狠地咬你几口。我头太大了，伸不过去！可怜的小宝贝！是在她睡着的时候！话讲回来，即使她们抢走时把她弄醒了,她哭叫也是没有用的,我那时并不在家! 啊! 埃及婆娘们,你们吃掉了我的孩子! 现在就来看看你们的孩子的下场吧。"

于是,她哈哈大笑起来,或者说是咬牙切齿,在这张愤怒的脸上,两者一模一样。天刚开始破晓,灰白色曙光隐隐约约照着这一场面。绞刑架在广场上越发清晰了。另一边,向圣母院桥那个方向,可怜的女囚似乎听到骑兵的马蹄声越来越逼近了。

"太太!"她头发蓬乱,魂不附体,恐惧若狂,跪下双膝,合掌叫道,"太太,求你可怜可怜吧。他们来了。我没有做过任何对不起您的事。难道您乐意看见我惨死在您眼皮底下吗? 您心肠好,我深信不疑。这太可怕了。放我逃走吧。松开我! 行行好! 我不愿意这样死去!"

"还给我的孩子!"隐修女说。

"行行好! 行行好!"

"还给我的孩子!"

"松开我,看在上帝的面上!"

"还给我的孩子!"

再一次,少女筋疲力尽,全身骨头像散了架,一下子瘫倒了,目光已模糊,就像一个垂死的人那样。她结结巴巴地说:"哦! 您在找您的孩子。我,我在找我的父母。"

"还我的小阿妮丝!"古杜尔接着说道。"你不知道她在哪儿? 那你就去死吧! ……我来告诉你,我当过妓女,有过一个孩子,人家把我的孩子抢走了。……那是埃及女人干的。你现在可明白了,你必须去死。当你的埃及母亲来要你回去时,我就告诉她:'你这个母亲,就看那个绞刑架吧。'……

否则你就还我的孩子。……你是知道我的小女儿在哪儿? 瞧,我指给你看。这是她的小鞋,她唯一留下来的东西。你知道同样的一只在哪儿,要是你知道,就请告诉我,哪怕是在世界的另一头,我也会膝行去找她的。"

她这样说着,用伸在窗洞外面的另只手臂指着小绣鞋给埃及姑娘看。此时,天色已明,可以看明白鞋的形状和颜色。

"把小鞋给我看看。"埃及姑娘颤抖着说,"上帝啊! 上帝啊!"同时,她用空着的一只手，连忙打开戴在脖子上那只装饰着绿玻璃片的小袋子。

"去！去。"古杜尔讷讷着。"掏你什么魔鬼的护身符！"突然，她打住了话头，浑身颤抖，用一种发自肺腑的声音，大喊一声："我的女儿！"

原来埃及姑娘刚从小袋里掏出一只完全一样的小鞋。这小鞋上缝着一张羊皮纸，上面书写着谶语：

当同样的一只小鞋重新找到

母亲就会伸出双臂将你拥抱

在疾如闪电的一瞬间，隐修女已将两只鞋做了对比，读了羊皮纸上的文字，立即欢天喜地，把容光焕发的脸孔贴在窗洞口铁栅上，放声叫道："我的孩儿呀！我的孩儿呀！"

"妈妈！"埃及姑娘回答道。

此情此景，这里我们就不打算再多加描述了。

墙和铁栅横在她们二人之间。"啊！这墙！"隐修女叫道！"啊！看得见却不能拥抱她！你的手！你的手呢！"

少女把伸进窗洞里面去，隐修女扑向这只手，将嘴唇贴在上面，沉浸于这亲吻中，就这样待着不动，不再有别的生命迹象，只有哭泣使她的背部不时起伏。可是，她在阴暗中静静地泪如泉涌，如同瓢泼的大雨下个不停。可怜的母亲，十五年来心中的辛酸苦楚，全化作了泪水一滴滴渗透，汇成又黑又深的旧井，这时汹涌澎湃，全倾泻在这只可爱的手上。

突然，她直起身来，把披在额头上的花白头发往两边撩开，缄默不语，比母狮子还凶猛，用双手狠命摇撼小屋窗洞上的铁栅。可铁栅纹丝不动。于是，转身到屋角去，找来一块平日化为枕头的大石板，用尽浑身的力气，用劲向铁栅砸去，只见火花四溅，一根铁条给砸断了，又砸了一下，拦住窗洞口的那古老的十字铁栅完全掉了下来。就在这个时候，她用手把铁栅生锈的残段短截，全都一一弄断，统统拔掉。有时候，一个女人的双手也具有超人的力量！

不到一分钟的时间，通道便打通了，她拦腰抱住了女儿，把她拖到小室里来，喃喃说道，"来！让我把你从深渊救出！"

等她女儿进了小室，她轻轻地把她放在地上，随后又把她抱起来，仿佛这始终是她的小阿妮丝,紧紧抱在怀里,在狭小的小室里走来走去,疯癫了,陶醉了,兴高采烈,又是叫,又是唱,对女儿又吻又说,一会儿放声大笑,一会儿泪流满面,所有这一切都交织在一起,而且兴奋不已。"孩儿啊!我的孩儿!"她说道,"我终于找到女儿了!就在这里。仁慈的上帝把她还给我了。嘿,你们!你们大家都来看呀!这里有没有人看见我又找到了女儿呀?我的耶稣啊,她长得多俊!我仁慈的上帝呀,您让我等了十五年,就为了还给我这样一个美人儿。埃及女人并没有把她吃掉!这是谁乱说的?我的小乖乖!我的小宝贝!吻我一下吧!那些好心的埃及女人!我喜欢埃及女人。……确实,就是你。怪不得你每次打从这里经过,我的心就怦怦直跳。可是我把这错当成仇恨!宽恕我,亲爱的阿妮丝,宽恕我吧!你觉得我很凶狠恶毒,是不是?我是爱你的。……你脖子上的小黑痣还在吗?让我看一看。是的,还在。啊!你真美丽!是我给了你这双大眼睛的,小姐儿。亲一亲我,我是多么爱你呀!别的母亲有孩子,我才不在乎哩,现在我压根儿不把她们放在眼里。让她们过来看就是了。这是我的孩子,看一看她这脖子,这头秀发,这双眼睛,这只手。像她这样秀丽的人儿,你们找来给我看看!哦!我敢说,这样的人儿,将许许多多的人都会钟爱她!我哭了十五年,我的美貌姿色全都离开了我,全到她身上去了。吻一吻我吧!"

她口若悬河还给她说了许多荒唐的话儿,其语气声调说有多美就有多美:她弄乱可怜少女身上的衣服,把她的脸都羞红了;用手抚摸她那丝一般的秀发,还吻她的脚丫、膝盖、额头、眼睛,这一切都使她这个做母亲的心醉神迷。少女任她爱抚,不时以无限的温柔,轻轻地一而再,再而三地喊道:"妈妈!"

"你看,我的孩儿,"隐修女继续说,说完一句就吻一下,"你看,我会好好疼爱你的。我们将从这里逃出去。我们就会很幸福。我在我们家乡兰斯继承了一点遗产。宝贝,你知道吗?啊!不,你不知道,你那时太小了!你四个月时长得美丽极了,要是你知道就好了!一双小脚丫了多逗人喜欢,有人好奇,还从二三十里外的埃佩奈赶来看呢!我们就有一块田地,一座房子。我要你睡在我床上。上帝呀上帝!这有谁会相信呢?我找到了我的女儿了!"

"噢!母亲!"少女兴奋不已,可终于有了力气说话了。"埃及女人早对我说过了。我们当中有个心地善良的埃及女人,一直如同奶妈一样照顾我,去年去世了。是她把这个袋子挂在我脖子上,常对我说:'小宝贝,留神把这个精巧的东西保存好。但这是个珍宝呀!凭它,你将来有一天会……找到你的生母。这无异于把你的母亲随身带在脖子上。"她真是未卜先知,这个埃及女人!"

麻衣女又把女儿紧紧抱在怀里。"过来,让我亲亲你!你说得多可爱。等我们回到故乡,就把这双小鞋拿去教堂给圣婴穿。这一切我们都得感激仁慈的圣母。我的上帝呀!你的声音是多么甜美呀!你刚才跟我说话时,就如一曲音乐那么好听!啊!我主上帝呀!我终于找到了我的孩子!这样离奇的故事,难道可信吗?人是不会无缘无故就死的,我并没有因为高兴就送了命。"

然后,她又是大笑,又是拍手,又是喊叫:"我们就要过幸福日子啦!"

就在这时候,小屋里回响着兵器的撞击声和奔驰的马蹄声,这马蹄声好像是从圣母院桥驰来,从河岸上越来越近了。埃及少女惊恐不安,一头扑进麻衣女的怀抱里。

"救救我!救救我!母亲!他们来了!"

隐修女顿时脸色煞白。

"噢,天啊!你说什么?我都忘了!那你干了什么呢?他们追捕你!"

"我不知道,"不幸的孩子应道,"但是我已被判处了死刑。"

"死刑!"古杜尔好像遭到雷打电劈,打了个趔趄。然后,目光定定地盯着女儿,缓慢地又说:"死刑!"

"是的,母亲,"少女魂不守舍,应道。"他们要杀死我。他们正要抓我来了。那个绞刑架就是为我准备的!救我!救救我吧!他们来了!救救我!"

隐修女半晌一丝不动,仿佛变成了一块石头。尔后她摇了摇头,深不以为然,并且突然纵声大笑,又恢复了她原先那种让人害怕的狂笑声。只听见她说:

"嗬!嗬!不!你所说的只是一场梦。啊!是的!这又怎么会呢,我失去了她,长达十五年之久,然后找到了她,但只有短短的一分钟!现在他们又要把她从我身边抢走!如今她长大了,水灵灵的,跟我说话,爱我,但正在这个时候,他们却要来把她夺走,在我这个当母亲的眼皮底下!啊,不!这种事是绝对不行的。仁慈的上帝是不会容忍这样做的。"

此时,马队似乎停了下来,只听见远处有个人说:"从这边走,特里斯丹大爷！教士说的，到老鼠洞可以找到她。"马蹄声又响了起来。

隐修女一下子站起来，悲痛欲绝，大声喊叫："快逃！快逃！我的孩子！我全想起来了。你说得对。是要你的命！可怕呀！该死！快逃跑！"

她将脑袋探出窗洞口，然而很快又缩了回来。"留下！"她低声说道，语气简短而又阴郁，痉挛地抓住半死不活的埃及姑娘的手。"留下！别作声！到处都是兵，你出不去。天已经大亮了。"

她的眼睛干涩，如火在燃烧。她半晌没有说话，只在小屋里走过来走过去，不时停下来，揪下一把把花白的头发，又用牙齿咬断。

突然，她说道："他们过来了。我去跟他们说说。你躲在这个角落里。他们不会看见你的。我就跟他们说你逃掉了，是我把你放了，真的！"

她本来一直抱着女儿，此时把她放在石屋的一个角落里，在外面是看不见的。她让她蹲着，谨慎翼翼地把她安顿好，不让她的手脚露在阴影外面；还将她乌黑的头发披散开来，遮住她的白袍子，把她遮盖得严严实实的，还在她面前摆上唯一的家具，就是罐和权当枕头用的那块石板，以为这两样东西就可以把她掩盖住。安顿就绪后，她放心多了，这就跪下来祈祷。天才亮，老鼠洞里还有许多地方依然是阴影重重。

正在这时，教士那恶魔似的声音在小室近旁喊："这边走，弗比斯·德·夏托佩尔队长！"

听到这个名字，这个声音，蜷缩在角落里的爱斯梅拉达禁不住地悸动了一下。"别动！"古杜尔说道。

话音一落，就听见刀剑声、人声、马蹄声一片嘈杂，在小屋周围停住了。母亲立刻立起身来，跑去站在窗洞前，把它堵起来。她看到一大群全副武装的人，有的徒步，有的骑马，排列在河滩广场。指挥他们的人刚一下马，就朝河滩走了过来。"老太婆，"这个人说道，凶相毕露："我们正在搜捕一个女巫，要把她绞死。听说，她在你这里。"

可怜的母亲竭尽所能，装出若无其事的样子，答道："您说些什么，我不懂"。

对方又说："上帝脑袋呀！乱弹琴，那魂不附体的副主教胡说些什么？他在什么地方?"

"大人,"一个兵卒说:"他不见了。"

"喂喂,疯老婆子,"指挥官继续说:"别骗我,有人把一个女巫交给你看管。你把她怎么了?"

隐修女不好全盘否定,免得引起怀疑,遂用一种真诚但又生硬的口吻答道:"要是您说的是刚才有人硬塞给我的那高挑个儿的姑娘,我可以告诉您,她咬了我,我只好放开手。就是如此,别再打扰我。"

指挥官大失所望,做了一个鬼脸。

"休想骗我,老妖怪!"他接着说道:"我叫隐修士特里斯丹,我是国王的老朋友。隐修士特里斯丹,你明知道吗?"他看着周围的河滩广场,又添上一句。"在这里,这但是一个掷地有声的名字。"

"即便你是隐修士撒旦,"古杜尔又萌发了希望,答道:"我既没有别的话跟你说,我也不怕你。"

"上帝脑袋呀!"特里斯丹说,"你这个嚼舌头的老太婆! 啊! 巫女溜跑啦! 往哪儿跑?"

古杜尔心不在焉地答道:

"从绵羊街,我想是这样的。"

特里斯丹转过头,向他的人马打了个手势,让他们准备重新上路。隐修女松了一口气。

"大人,您得问问老巫婆,她窗洞上的铁栏杆怎么拆成这样子的?"一个弓手突然说道。

听到这个问题,可怜的母亲心里又焦急万分,但她并没有失去清醒的头脑,于是结结巴巴应道:"过去向来就是这样子。"

"呵! 直到昨天,那些铁栅还是个美丽的黑十字架形,非常虔诚的样子。"那个弓手又说道。

特里斯丹斜者了隐修女一眼。

"我看这老婆子慌了手脚了。"

不幸的女人认为,一切取决于她是否能泰然自若,于是将生死置之度外,冷笑起来。做母亲的都有这种力量。她道:"呸！这家伙喝醉了。一年多以前,有辆载石头的大车,尾部撞到了窗洞上,将铁栅撞坏了。我还把驾车的骂得狗血喷头呢!"

"一点不假,我当时在场。"另一个弓手插嘴道。

现实中到处总有一些无所不知的人。这个弓手所做的出乎于意料之外证词,激起了隐修女的勇气。对她来说,这场盘问就如踏着刀刃的吊桥越过万丈深渊那样艰险。

但是,她注定要忍受忽而惊惶失措、忽而满怀希望这两种情绪不断交换的熬煎。

"要是大车撞的,撞断的铁条应当是向内拐的,但这些断铁条却是向外倒的。"头一个弓手又发难了。

"嘿！嘿！特里斯丹对这个兵卒说,"你的鼻子倒真灵,比得上小堡的调查官……老婆子,快快回答他的话!"

"我的上帝呀!"她陷于绝境,不由得喊叫起来,声音里禁不住地带着哭腔,"我向您发誓,大人,确实是大车把铁栅撞断的。那个人说曾亲眼看见,这您是听到的。而且,这跟你们要找的那个埃及女子又有何关系?"

"嗯!"特里斯丹呻吟了一声。

"见鬼!"那个受到巡检大人夸奖而得意忘形的弓手又说:"而且铁条的断痕还全是新的!"

特里斯丹点了点头。隐修女一下子脸无血色:"您说说看,大车撞的,有多久了?"

"一个月,也许半个月……大人。我,我记不大明白了。"

"她开头说一年多。"那个弓手指出。

"这里头有蹊跷。"巡检大人说道。

"大人!"她叫道,身子一直贴在窗洞前,战战兢兢,生怕他们起疑心,把头伸到小室里来张望。"大人,我向您发誓,这个栅栏确实是大车撞坏的。我向您起誓以天堂众圣天使的名义。假使不是大车,我宁愿永远下地狱,我就是大逆不道,背弃上帝!"

"你发誓倒挺起劲的呀!"特里斯丹说道,带着审问的目光瞧了她一眼。

可怜的女人觉得自信心越来越小了,已经到了胡言乱语的地步,惊恐地意识到了自己所说的恰恰是不该说的。

就在这节骨眼上,有个兵卒喊叫着跑过来:"大人,老巫婆撒谎。巫女并没有从绵羊街逃走。封锁街道的铁链整夜都原封未动的拉挂着,看守的人也没有看见任何人经过。"

特里斯丹的面容越来越阴沉,他质问隐修女道:"你做何解释?"

真是一波未平一波又起,她还竭尽全力顶住:"大人,我不知道,我可能搞错了。我可能她其实过河去了。"

"那是对岸。"巡检大人说道,"并没有什么明显的痕迹说明她情愿回到老城去,老城那边到处正在搜捕她。你扯谎,老婆子!"

"再说,河两岸都没船。"头一个兵卒说。

"她可能游水过去。"隐修女寸步不让,反驳说。

"女人也会游水吗?"那兵卒问。

"上帝脑袋呀!老婆子!你撒谎!你骗人!"特里斯丹火冒三丈说道:"我真恨不得把那个巫女搁一边,先把你吊起来。只要一刻钟的刑讯,也许不得不钱都道出真情来。走!跟我们走?"

她如饥似渴,紧紧抓着这些话不放:"随您的便,大人。干吧!干吧!刑问,我情愿。那就把我带走。快,快!马上就走吧。"她嘴里这么说,可心中却想到:"这期间,我的女儿就可以逃脱了。"

"天杀的!"巡检大人说道,"真是好胃口,竟要尝尝拷问架的滋味!我真不明白这个疯婆子想干什么。"

正在这个时候有个满头花白的巡逻队老捕快从队伍中站出来,对巡检大人禀告:"大人,她确实疯了!如果说她让埃及女人溜走了,那不能怪怨她,因为她最讨厌埃及女人。我干巡逻这行当已经十五年了,每天晚上都听见她对流浪女人破口大骂,骂不绝口。要是我没有标错,我们追捕的是带着小山羊跳舞的那个流浪女,却正是她最痛恨的了。"

古杜尔振作一下精神,道:"我看最恨的就是她!"

巡逻队众口一词向巡检大人作证,证实老捕快所说的话。隐修士特里斯丹,见在隐修女口里掏不出任何东西来,已不再抱任何希望,就转过身去;隐修女心如火燎,焦急万分,看着他慢慢向坐骑走去,只听见他咕噜道:"好吧,出发!接着搜寻!不把埃及女人抓住并吊死,我绝对不睡觉!"

但是,他还犹豫了一会儿才上马。他就像一只猎犬,嗅到猎物就藏在身旁,不肯离开,满脸狐疑的表情,向广场四周东张西望。这一切古杜尔全看在眼里,真是生死攸关,心扑通扑通直跳。末了,特里斯丹摇了摇头,翻身一跃上马。古杜尔那颗紧揪起来的心,这才像石头落地。自从那队人马来了以后,她一直不敢看女儿一眼,这时才看了她一下,低声地说道:"得救了!"

可怜的孩子一直待在角落里,连大气也不敢出,动也不敢动,脑海里想着一个念头:死神就站在她前面。古杜尔与特里斯丹唇枪舌剑的交锋情景,她一点儿也没有放过,她母亲焦虑万状的每一言行,全在她心中回响。她听见那根把她悬吊在万丈深渊之上的绳子接连不断发出断裂声,好几次仿佛觉得那绳子眼见就要断了,好不容易终于寻到了喘息的机会,觉得脚踏实地了。正在这当儿,她听到有个声音向巡检说:

"撮鸟!巡检大人,绞死女巫,这不是我这行伍的人的事儿!乱民已经完蛋了。我请您一个人去吧。想必您会觉得我还是回到我的队伍去为好,免得他们没有队长,什么都乱了套。"

这声音,正是弗比斯·德·夏托佩尔的声音。埃及少女一听,思绪翻腾,难以言表。这样说,他就在这儿!她的心上人,她的靠山,她的保护人,她的庇护所,她的弗比斯!她一跃而起,母亲还没有来得及阻拦,她已经冲到窗洞口,大声叫道:"弗比斯!救救我,我的弗比斯!"

弗比斯已不在那儿。他策马才绕过刀剪街的拐角处。可是特里斯丹却还没有走开。

隐修女大吼一声,扑向女儿,一把掐住女儿的脖子,拼命把她往后拉,活如一只护着虎仔的母虎,再也顾不了那么多了。但,为时已晚,特里斯丹早已经看见了。

"呵!呵!"他张口大笑,上下两排牙齿的牙根裸露,整张脸孔活像龇牙咧嘴的恶狼,"哈哈一只捕鼠器逮着两只耗子呀!"

"正如我所料。"那兵卒道。

特里斯丹拍了他一下肩膀,说:"你真是一只好猫!"又加上一句:"来呀!亨利埃·库赞在哪儿?"

只见一个人应声出列,衣着和神色都不像是行伍中的人。他只穿着一件半灰半褐的衣服,平直的头发,皮革的袖子,粗大的手上拿着一捆绳索。这人老与特里斯丹形影不离,特里斯丹总与路易十一形影不离。

"朋友,"隐修士特里斯丹说道。"我猜想,我们搜寻的那个巫女就在这个地方。你去替我把这东西吊死,你带梯子来了没有?"

"柱子阁的棚子里有一架。"这人应道。接着指着石柱绞刑架问道:"我们就在那刑台办事吗?"

"是的。"

"嘿嘿!"那人继续说,并放声大笑,笑声比巡检的还要蛮横不知多少倍,"那我们就没有必要走许多路了。"

"快!你过后再笑吧!"特里斯丹说道。

且说隐修女自从特里斯丹发现她女儿,原来满怀希望破灭以后,一直沉默不语。她将把半死不活、可怜的埃及少女扔回洞穴里的那个角落,接着返身又到窗洞口一站,两只手就如兽爪似地撑在窗台角上。她就以这样的姿势,凛然地环顾面前的所有兵卒,目光又如以前那样凶蛮和狂乱。看见亨利埃·库费走近山屋,她立即眼睁怒目,面目狰狞,把他吓得直往后退。

"大人,要抓哪个?"他回到巡检面前,问。

"年轻的。"

"太好了。这老婆子仿佛不大好对付。"

"可怜的带山羊跳舞的小姑娘!"巡逻队老捕快说道。

亨利埃·库赞重新靠近窗洞口。母亲横眉怒目,把他吓得低下眼睛,畏畏缩缩地说,"夫人……"

她接着打断他的话语,声音低沉而愤怒:

"你要什么?"

"不是要您,而是另外一个。"他回答道。

"什么另一个?"

"是年轻的那个!"

她摇着头喊道:"没有人!没有人!没有人!"

"有人!"刽子手继续说,"这您很明白。让我去抓那个年轻的。我不想与您过不去,您!"

她怪异地冷笑了一声,说道:"哎呀!你不想跟我过不去,我!"

"把那个人交给我,夫人;巡检大人命令我这样了做的。"

她好像疯癫似的,反复说过来说过去:"没有人!"

"我说就是有!"刽子手回嘴道:"我们大家都看到了,你们是两个人嘛。"

"那最好就瞧一瞧吧!"隐修女揶揄地说道,"把头从窗洞口伸进来好了。"

刽子手仔细看了看母亲的手指甲,哪敢造次。

"快点!"特里斯丹刚部署好手下人马,将老鼠洞围得水泄不通,自己则骑马站在绞刑架旁边,高声嚷道。

亨利埃再次回到巡检大人的跟前,样子真是狼狈不堪。他将绳索往地上一扔,一副呆子相,把帽子拿在手里转过来转过去,问道:"大人,从哪儿进去?"

"从门呗。"

"没有门。"

"从窗户。"

"太小了。"

"那就打大些呗,你不是带镐子来了吗?"特里斯丹说,怒气冲天。

母亲一直警惕着,从洞穴底中注视着外面的动静。她不再抱什么希望了,也不知道自己想干什么,但绝不愿意人家将夺走她的女儿。

亨利埃·库赞从柱子阁的棚子里去找来绞刑时垫脚用的一只工具箱,还从棚子中拿来一架双层梯子,接着将它靠在绞刑架上。巡检大人手下五六个人带着鹤嘴镐和撬杠,和特里斯丹向窗洞走来。

"老婆子,立刻把那个女子乖乖交给我们!"巡检声色俱厉地说。

她望着他,好像听不懂似的。

"上帝脑袋!"特里斯丹又说,"圣上有旨,要绞死这个女巫,你为何要阻拦?"

可怜的女人一听,又如往常那样狂笑了起来。

"我干吗? 她是我的女儿!"

她说出这个字的声调,真是掷地有声,连亨利埃·库赞听了也禁不住打个寒噤。

"我也感到遗憾,但这是王上的旨意。"特里斯丹继续。

她可怕地狂笑得更厉害了,喊道:"你的王上,跟我何干! 老实告诉你,她是我的女儿!"

"捅墙!"特里斯丹下令。

要凿一个够大的墙洞,只要把窗洞下面的一块基石挖掉就可以了。母亲听见鹤嘴镐和撬杠在挖她那堡垒的墙脚,不由得大声地怒吼一声,让人心惊胆战,接着在洞里急得团团直转,快如旋风,这是类似猛兽长期关在笼子里所养成的习惯。她一言不发,但两眼炯炯发光。那些兵卒个个心底里冷似寒冰。

突然,她抓起那块石板,大笑一声,双手托起,向挖墙的那些人狠狠掷去。但因为双手发抖掷歪了,一个也没砸到,石板骨碌碌直滚到特里斯丹马脚下才停住。她气得咬牙切齿。

这时,太阳虽还没有升起,天已大亮,柱子阁那些残旧虫蛀的烟囱,染上了玫瑰红的可爱朝霞,也显得悦目了。此时正是巴黎这座大都市一清早就起床的人们,神清气爽,推开屋顶上天窗的时候。河滩广场上开始有几个乡下人,另外还有几个骑着毛驴去菜市场的水果商贩陆续走过。他们看见老鼠洞周围麇集着那队兵卒，不由得停下片刻，惊奇地察看了一下，就径自走了。

隐修女来到女儿身旁坐了下来，在她前面用自己的身体护住她，目光呆滞，听着一动也不动的可怜孩子一再喃喃地念着："弗比斯！弗比斯！"拆墙好像在进展。随着它不断的进展，母亲也不由自主地直往后退，将女儿越搂越紧，直往墙壁上靠。突然，隐修女看见那块石头（因为她一直望着，目不转睛地盯着它）已经松动了，又听见特里斯丹给挖墙的人打气鼓劲的声音，从某个时候起，她就身心交瘁，这时振作起精神，大叫起来。说话的声音忽而像锯子声那样刺耳，忽而结结巴巴，仿佛嘴上挤压着万般的咒骂，一齐同时迸发出来一样。只听见她叫叫："嗬！嗬！嗬！简直是坏透了！你们是一伙强盗！你们果真要绞死我的女儿吗？我告诉你们，她是我的亲骨肉！噢！胆小鬼！噢！刽子手走狗！猎狗不如的兵痞！杀人凶手！救命！救命！救命！他们就这样想抢走我的女儿吗？"所谓仁慈的上帝，究竟在哪里呢？"

于是她像一头豹子那样趴着，目光迷离，毛发倒竖，口吐白沫，冲着特里斯丹咆哮着：

"走近些，过来抓我的女儿吧！我这个女人告诉你，她是我的女儿，难道你真的听不懂吗！你究竟明白不明白，有个孩子是什么意思？唉！你这豺狼，难道你从来没有跟你的母狼睡过？难道你们从来没有狼崽吗？要是你有崽子，你听到它们嗥叫时，难道你就无动于衷，不觉得肚子里在翻腾吗！"

"使劲撬那块石头，它已经松动了。"特里斯丹冷冷地说道。

好几根撬杠一起掀起那块沉重的基石。以前说过，这是母亲的最后屏障。她扑了上去，使劲想顶住，用指甲紧抓那块石头，可是那么巨大的一块石头，又有六条壮汉子拼命撬着，她哪能抓得住，一脱手，只见它顺着铁撬杆渐渐滑落到地上。

一见人口已打通，母亲干脆横倒在洞口前，用身体去堵塞缺口，双臂扭曲，头在石板上撞得直响，嗓门由于筋疲力尽而嘶哑得几乎听不清，叫道："救命呀！救火！救火！"

"现在，去抓那女子！"特里斯丹说，始终无动于衷。

母亲瞪着兵卒，样子叫人望而却步，他们宁可后退，也不肯往前一步。

"怎么啦!"特里斯丹叫道,"亨利埃·库赞,你上!"

没有一个人敢往前一步。

特里斯丹骂道:"基督脑袋! 还算是武士? 一个娘们就把你们吓得屁滚尿流!"

"大人,您把这叫作个娘们?"亨利埃说道。

"她长着一头狮鬃!"另一个继续说。

"行啦!"特里斯丹又说,"洞口足够大了,三个人一齐进去,就像攻打蓬图瓦兹时的突破口一样,赶快了结,死穆罕默德! 谁先退后,我就把他砍成两段!"

巡检和母亲都是如此地咄咄逼人,兵卒们夹在中间,一时不知道怎么办,终于横下心来,向老鼠洞进发。

隐修女见此情景,突然跪了起来,拨开垂在脸上的头发,两只擦伤的瘦手一下子又垂落在大腿上。于是,泪水夺眶而出,大滴大滴的泪珠顺着面颊的皱纹扑簌簌往下直流,好像冲刷出河床的湍流一样。与此同时,她张口了,可是声音那样哀婉,那样顺从,那样温柔那样让人心碎,叫特里斯丹周围那些连人肉都敢吃的老禁头听了,也不止一个在揩眼泪。

"各位大人! 各位捕快先生,请听我一言! 这件事我非向你们倾诉不可。这是我的女儿,知道吗? 是我从前丢失的小不丁点儿的亲骨肉! 请听我说吧。这事说来话长。你们想一想,诸位捕快先生我是很熟悉的。以前,因为我生活放荡,孩子们常向我扔石头,那时候捕快先生们向来对我都是很好的。你们知道吗? 当你们知道底细以后,你们会把我的孩子给我留下的! 我是十分一个可怜的卖笑女子。是吉卜赛女人把她偷走的。但我把她的一直保存了一只小鞋十五年。喏,就是这只鞋。她那时就这样小的脚。在兰斯! 花喜儿! 苦难街! 这一些你们可能全知道。那就是我。那时候,你们还年轻,正是美好的时光。那段日子过得是多么轻松愉快。你们会可怜可怜我的,是不是,各位大人? 吉卜赛女人偷走了我的女儿,把她藏了整整十五个春秋。我过去一直以为她死了。想想看,我的大好人们,我还以认为她死了呀! 我在这里度过了十五个年头、就在这个地洞里,冬天连个火取暖都没有。这,可艰难呀! 可怜的亲爱的小鞋! 我呼天唤地,慈悲的上帝终于听到了。昨天晚上,上苍把我的女儿还给我啦。这真是仁慈上帝显示的奇迹呵！我的女儿没有死。你们不会把她抓走的，我对比深信不疑。再说，要是换上我，我一言不发，但是她，一个十六岁的孩子啊！她来日方长，让她见见天日吧！……她有什么对不住你们的地方呢？丝毫也没有。我也没有。我只有她这点血脉了，我已经老了，她能回到我身边，这是圣母恩赐给我的福分，你们要是能设身处地地代我想一想，就好啦。再说，你们大家都是大好人！你们本来知道她是我的闺女，现在你们知道了。啊！她是我心头上的肉呀！巡检大老爷，我宁可我的肺腑被捅上一个大窟窿，也不愿看见她的手指头擦破一点皮！看您的样子是个和善的大老爷！我对您说的这一切，已经把事情的底细向你们解释明白了，难道还会骗你？啊！您也有母亲，大人！您是长官，就求您把我的孩子留下吧！您瞧，我跪着求您，就好像祈求一个耶稣基督那样！我并不向任何人乞求什么，我是兰斯人，各位老爷，我有一小块田地，是我的舅舅马伊埃特·勃拉东留给我的。我并不是叫花子。我都不要任何东西，只要我的孩子。啊！我要留住我的孩子！仁慈的上帝，他是万物之主，不是无缘无故就把孩子还给我的。国王！您说王上！就是杀了我的小女儿，这也并不能给他增添许多快乐！况且国王是仁慈的！这是我的女儿！她是我的女儿，是我的！而不是国王的！也不是您的！我愿意离开！我们愿意离开！说究竟，只不过是两个过路的女子，一个是女儿，一个是母亲，让她俩过去不就得了！求求你们放我们过去吧！我们是兰斯人。啊！你们都是好人儿，捕快老爷们！我喜欢你们大家。请你们别抓走我的爱女，那是绝对不行的！难道这是一点做不到的吗？我的孩子！我的孩子！"

她的手势，她的声调，她吞泣饮泪的倾诉，合掌绞扭的动作，叫人伤心的微笑，泪水盈眶的目光，辛酸的叹息，撕心裂肺的惨叫，痛苦的呻吟，颠三倒四和语无伦次的诉说，所有的这一切，我们不想细述了。她不再作声了，隐修士特里斯丹紧蹙眉头，那却是为了掩饰他虎视眈眈的眼睛中滴溜直转的一颗泪珠。但是他抑制了这种软弱心肠，口气生硬地只说了一句："这是王上的旨意。"

接着，他俯身靠近了亨利埃·库赞的耳边，轻声说道："赶快干完了事！"这位威风凛凛的巡检也许觉得，连他自己也心软了。

这个刽子手和捕快们闯进小屋里。母亲没有做任何的抵抗，只是向女儿爬了过去,奋不顾身扑上去。埃及少女看所见兵卒走过来,死亡的恐惧使她振作起来,高声喊道:"妈妈! 我的妈啊! 他们来了! 快保护我呀!"其声调的悲怆难以形容。"来了! 我的心肝宝贝! 妈来保护你!"母亲应道,声微气弱,一把将她紧紧抱住,拼命吻她,吻遍她全身。母女俩就这样躺在地上,母亲伏在女儿的身上,此情此景,真的是催人泪下。

亨利埃·库赞把手伸到了少女美丽的肩膀下面,把她拦腰抱住。她一感觉到这只手,立即"呃"了一声,便晕死过去。刽子手也情不自禁地眼泪直淌,一大滴一大滴地洒落在少女的身上,他要把她抱走,拼命地想把母亲拉开,但是,母亲可以说双手紧扣住女儿的腰间,抱得那样死紧的至于要分开她是不可能的。亨利埃·库赞只得把少女拖出了洞穴,顺带着把在少女的身后的母亲也拖了出来。母亲也同样紧闭着眼睛。

此时,太阳冉冉升起,广场上已聚集了一大群人,远远望着这边在石板地面上拖着什么一团东西向绞刑架走去。因为这是特里斯丹行刑的方式,他有一种癖好,不允许看热闹的人靠近。

周围的窗户没有一个人。只是远远可以望见圣母院钟楼顶上一个俯临河滩的窗口,有两个身穿黑衣的人影,在晨曦的映照下好像在向这边张望。

亨利埃·库赞拖着母女俩,来到绞刑架脚下并停了下来。心中不胜怜悯,连大气都喘不过来。他把绞索套在少女那令人爱慕的脖颈上。不幸的孩子一接触到那可怕的麻绳,抬起眼睛,看见头顶上方石头绞架伸着那好似瘦骨嶙峋的臂膀,不禁得摇晃了一下身子,迸发出了撕心裂肺的喊声:"不! 不! 我不!"母亲一直把头埋在女儿的衣服里面,一声不响,魂飞魄散;只看见她浑身直打哆嗦,只听见她拼命吻她的孩子。刽子手趁机急速松开母亲紧紧抱住女犯人的双臂。也许因为筋疲力尽,也许由于心如死灰,她任凭刽子手摆布。然后,刽子手把少女扛在肩上,这可爱的人儿,身子优美地折成两截,垂落在刽子手那宽大的头颅上,紧继续,刽子手踏上梯子,往上攀登。

就在此时,蹲在石板地上的母亲一下子瞪大眼睛,不喊不叫,神色骇人,突然一跃而起,如同猛兽扑食,向刽子手猛冲过去,狠狠咬住了他的一只手。真是快如闪电。刽子手痛得哇哇直叫。人们跑上前去,好不容易才把他那只血淋淋的手从母亲的牙齿中间拔了出来。她一直不说话。人们狠狠地推开她，只见她的脑袋耷拉下去，重重地砸在石板地上，再把她拉起，她又倒下了。原来她已死了。

刽子手自始至终没有放下那个姑娘，随又攀着梯子继续爬上去。

二 可爱的白衣少女

卡齐莫多发现小室里空无一人，埃及姑娘不见了，就在他保护下被人劫走了。这一瞧，把他气得双手直扯自己的头发，惊慌和痛苦地直跺脚。紧接着，他疯狂地在教堂上下奔跑，到处寻找他的吉卜赛姑娘，向每个墙角狂呼乱叫，石板地上全是他洒落的红头发。下在此刻，御前弓手们正以胜利者姿态进入圣母院，也在搜寻着埃及姑娘。卡齐莫多帮助他们寻找，可怜的聋子，压根儿就没有想到他们恶毒的用心。还以为流浪汉是埃及姑娘的敌人哩。他亲自给隐修士特里斯丹带路，到一切可能藏身的地方去寻找，给他打开一个个秘密门道，打开祭坛的地板夹层和圣器室的暗室。假如不幸的姑娘还在教堂里，他一定要把她交出去的。特里斯丹为人是不会轻易善罢甘休的，此时也由于一无所获，疲惫不堪而泄气了，卡齐莫多于是一个人接着寻找。他数十次、上百次地把教堂找了一遍又一遍，从高到低，上上下下，从纵到横，狂奔乱跑，乱喊乱叫，嗅嗅闻闻，东张西望，到处搜寻，把火炬举到一处处穹拱下，把脑袋伸进一个个洞里，悲痛欲绝，疯疯癫癫，如一只雄兽失去其母兽，咆哮不已，丧魂落魄，也不过如此。最后，他认定，确信她已经不在教堂里，一切全完了，有人把她从他手里抢走了，才逐渐顺着钟楼的楼梯往上爬。就是这一座楼梯，在他抢救她的那天，他攀登时是何等狂奋，何等得意呀！现在再经过相同的地方，却脑袋低垂，没有声音，没有眼泪，几乎连呼吸也没有了。教堂重又冷冷清清，再次坠入往常的死寂。弓手们早离开了教堂，到老城追捕巫女去了。这广大的圣母院刚才还被围得人声鼎沸，水泄不通，现在只剩下卡齐莫多独自一人留在里面，随又向小室走去，埃及姑娘在他的保护下曾经在那里睡了好几个星期。他一边想着，一边走着，说不定就可以看见她又在小室里。拐过俯临低处屋顶的柱廊，瞥见那间斗室及其小窗和小门，隐伏在一个大拱扶垛下，如同一个鸟巢藏在树枝下，可怜的人，马上勇气全消,连忙靠在一根柱子上,才没有跌倒。他想象,也许她已经回来了,说不定有个善良的守护神把她送回来,这间小屋如此幽静,如此迷人,如此安全,她是不可能不待在里面的。他不敢再向前迈进一步,生怕自己的幻想破灭了。他暗自想道:"是的,她也许睡得正香,也许正在祈祷,还是别打扰她吧。"

临了,他鼓起了勇气,踮起脚尖向前走,望了望,走了进去。依然空无一人!小室一直是空的。不幸的聋子慢慢地在室内转圈,掀起床垫,仔细察看,仿佛她会躲在床垫与石板之间似的。接着,摇摇头,呆若木鸡。突然间,他狠狠用脚把火炬踩灭,没有叹息一声,没有说一句话,急速一冲,拿头朝墙壁猛撞,一下子晕倒在石板上不省人事了。

他苏醒过来,旋即扑倒在床铺上打滚,狂热地吻着姑娘睡过的余温尚存的地方,仿佛快要断气似的,好一阵子躺在那里一动不动。然后翻身起来,汗流如注神志不清,气喘如牛,把脑袋瓜往墙上直撞,那节奏均匀的有如他敲钟时的钟锤那决心之大有如一个人执意要把头颅撞碎。最后,再次跌倒在地,筋疲力尽。他屈膝爬出室外,一副惊慌失色的姿态,在房门对面蜷缩着。他就这样待了个把时辰,一动也不动,眼睛定定地盯着那空寂的小室,就是一个颓然坐在空了的摇篮和装了死婴的棺材之间的母亲,也不像他那样思绪交错,神情阴郁。他一声不吭,只是每间隔一段长时间,不时发出一声呜咽,全身猛烈抖动。但是,这种没有眼泪的呜咽,恰似夏天没有雷声的闪电。

就在此刻,他痛苦地搜肠索腹,寻思有谁这样出乎意料地劫走了埃及姑娘,这时才想起了副主教来。只有堂·克洛德一个人有一把通往小室的楼梯门道的钥匙;还想起副主教曾两次在夜里试图要对埃及姑娘胡作非为,头一回是卡齐莫多自己帮了他的忙,第二回是他加以制止了。他还联想到其他许多细节来,刹那间疑团顿消,副主教抢走了埃及姑娘,那是毋庸置疑的了。但是,他对这位教士是那样的毕恭毕敬,对此人感恩戴,满怀敬爱,忠心耿耿,这种种情感在他心中根深蒂固,甚至就是在此时,嫉妒和绝望的利爪都奈何不得的。

他想着此事必定是副主教干的。如果是换上任何别的人干的,卡齐莫多定会感到不共戴天的愤恨,非用鲜血和死亡不足以泄愤,现在却是克洛德·沸罗洛,可怜聋子内心的这种愤恨就化作不断增长的痛苦。

当他的思想集中在教士身上时，晨曦把扶拱垛涂上了灰白色，卡齐莫多突然看见圣母院顶层，有个人影在环绕半圆形后殿的外栏杆的拐角处走动。这个人影向他这边走来。他一眼认出来了：正是副主教。克洛德的脚步，庄重而缓慢，他走着，眼睛并不朝前面看。他向北边钟楼走去脸孔却转向另一边，朝着塞纳河右岸，而且头扬得高高的，仿佛尽力想越过屋顶观看什么东西似的。他的这种侧斜的姿势活像猫头鹰：它飞向某一点，却看着另一点。教士就这样从卡齐莫多头顶上面经过而没有看见他。

这幽灵突然出现，惊呆了聋子，浑如木雕泥塑一般。聋子看见他钻进北面钟楼的楼梯门道里，看官知道，从这座钟楼上是可以看得见河滩广场，即现今的市政厅。卡齐莫多遂站起身来，跟踪副主教去了。

卡齐莫多爬上了钟楼的楼梯，只是想弄明白教士为什么要爬上楼去。话说回来，可怜的敲钟人，他，卡齐莫多，究竟想干什么，想要什么，想说什么，他心中全然不知。他满腔怒火，也满怀畏惧。副主教和埃及姑娘在他内心里水火不相容，正在相互撞击。

他来到了钟楼的顶上，首先谨慎翼翼地察看了教士在哪里，才从楼梯的阴影里出来，走到平台上。教士背朝着他。钟楼平台的周围环绕着一道透空雕刻的栏杆，教士伏在向着圣母院桥的那面栏杆上，全神贯注地向外城眺望。

卡齐莫多轻手轻脚地从他身后走过去，看看他这样聚精会神在张望什么。教士是那么全神贯注望着别处，连聋子从他身边走过去都没有听见他的脚步声。

巴黎，尤其是在夏日黎明时分的清新霞光映照下，这时的巴黎，从圣母院的钟楼顶上眺望，景色真是绚丽迷人，灿烂多彩。这一天，或许是在七月里。晴空万里，数颗残星，疏疏落落，逐渐熄灭，其中有一颗光亮耀眼，正在最明亮的天际升起。旭日喷薄欲出，巴黎开始活跃起来了。东边鳞次栉比的无数房舍，映着非常洁白和纯清的晨曦，其万般的轮廓显得分外分明。圣母院钟楼的庞大阴影，逐渐从这个屋顶移到另一个屋顶，从这广袤的城市的一端移到另一端。有些街区已经人声、嘈杂声可闻。那儿一声锤响，这儿一声钟鸣，远处大车滚动的嘈杂碰击声。在这片屋宇的表面上，已有零零落落的炊烟袅袅升起，好像从巨大火山口的缝隙中冒出来的一般。塞纳河流水，在一个个小岛尖岬处，在一座座桥拱下，泛起重重波纹，银白色的涟漪，波光闪耀。城市四周，极目向城垣外远眺，只见云雾中依稀可以辨认出那一溜无际的平川和连绵起伏的山丘。万般喧闹声，在这座半醒半睡的城市上空飘荡消散。晨风吹拂，从山丘间那羊毛似的雾霭中扯下几朵云絮，只见这朵朵云絮随风飘过天空，向东飘去。

教堂广场上，有几个端着牛奶罐子的老大娘，看到圣母院大门前那残破的奇异景象以及砂岩裂缝间那两道凝固的铅流，十分诧异，指指点点。这是昨夜骚乱所留下的痕迹。卡齐莫多在两座钟楼中间点燃的柴堆早已经熄灭。特里斯丹也派人清扫过广场，将死尸扔进了塞纳河。像路易十一这样的国王，总是很注意在大屠杀之后，迅速把现场地上冲洗干净的。

钟楼栏杆外面，正好在教士停下脚步的那个地方下方，有道石头檐槽，雕刻得奇形怪状，这在哥特式建筑物上是屡见不鲜的，从这檐槽的裂缝中长出两株可爱的紫罗兰，鲜花绽开，在晓风吹拂下，摇摇曳曳，活像两个人儿在互相问候，彼此逗乐。钟楼上空，高处，浩渺的天顶上，传来啁啾的鸟叫声。

但是，对这良辰美景，教士什么也不听。在他这种人心目中，什么清晨呀，花朵儿，鸟儿呀，全不存在。他置身在这景象万千的广漠天际之中，只有聚精会神地凝视着某一点，别的都视而不见了。

卡开莫多心如火燎，急想问他弄埃及姑娘到哪里去了，但副主教此刻好像魂飞天外。显而易见，他正处在生命激烈动荡的时刻，即使天崩地裂，也感觉不到的。他两眼始终紧盯着某个地点，默默无言，呆立不动，但这种沉默，这种静止，却有着某种使人生畏的东西，就是粗蛮的敲钟人见了也不敢贸然造次，不寒而栗。但是，还有另外一种打听的方式，那就是顺着副主教的视线，看他在看什么，这样一来，不幸的聋子的目光便自然落在河滩广场上了。

就这样，卡齐莫多看见了教士在关注什么了。在那常备的绞刑架旁边已经竖起梯子；广场上聚集了一些民众，还有许多士兵。有个汉子在地上拖着一个白色的东西，这东西的后面又拽着一个黑乎乎的东西。这个汉子走到绞刑架下停下来。

那里发生了什么事，卡齐莫多没有看得很明白。但这并不是他的独眼没能看得那么远,而是一大堆兵卒挡住他的视线,也无法看清一切。再说,此时,旭日东升,地平线上霞光万道,巴黎的一切尖顶,诸如尖塔、人字墙、烟囱,都沐浴在光的洪流中,宛如全一齐燃烧起来。

这时候,那个汉子开始爬上梯子,卡齐莫多这一下子看得一清二楚了。那个汉子肩上扛着一个女子,一个身着白衣的少女,这个少女的脖子上套着一个绳结。卡齐莫多终于辨认出来了:这是她!

那个汉子就这样爬到了梯子的顶端,站在上面调整了一下绳结。在这边,教士为了看得更清楚,爬上栏杆跪了下来。

突然,那个汉子用脚后跟猛地踹开梯子,已有半晌连气都透不过来的卡齐莫多,马上看见那不幸的孩子吊在绞索的一端,离地几乎有一支两尺高,左右摇动,而那个汉子蹲坐着,把两脚踩在她的肩膀上。绞索转了几转,卡齐莫多看见埃及姑娘全身可怕地抽搐了几下。而教士呢,伸长着脖子,眼睛圆睁,眼珠儿快要蹦出来似的,凝视着那使人毛骨悚然的一对:那个刽子手和那个少女,即蜘蛛和苍蝇。

就在这惨绝人寰的最恐怖一瞬间,教士脸色铁青,猝然地迸发出一声魔鬼般的狞笑,这只有当人已非人时才能发出这种笑声。卡齐莫多听不见笑声,但却看出来了。这个敲钟人在副主教背后后退了几步,突然间,疯狂地向他猛扑过去,用两只巨掌从教士的后背狠命一推,一下子把魔鬼般的堂·克洛德推下了他正欠身俯视的万丈深渊。

教士大喊一声"该死",就立即掉了下去。

他往下坠时,他原来所站的地方下边那道檐槽,恰好把他挡了一下。他赶紧伸出双手,垂死挣扎,一把拼命抓住。正当他开口要叫第二声时,猝然看见头顶上方,栏杆周围上,正探着卡齐莫多那张可憎的复仇的面孔。他于是不再吱了。

他下面就是深渊。一摔下去有两百多尺深,而且底下是石板路面。在这可怕的处境中,副主教没有呻吟一声,没有说半句话,只是使出前所未有的力气,攀住檐槽扭动着身子,拼命想再爬上去。但是他的双手在花岗石上找不到攀附之处,双脚在黑溜溜的墙壁上划了一道道痕迹,却踩不到什么支撑点。凡上过圣母院钟楼的人都知道,正在顶层栏杆的下方,正好有块石头隆突出来。可怜的副主教就在这凹角上挣扎,渐渐筋疲力尽了。他面对的不是陡峭的墙壁,而是在他脚下向后倾斜的墙壁。

只要卡齐莫多一伸手,就可以把他从深渊中拖上来,但是他连看都不看他一眼。他凝视着河滩,凝视着绞刑架,凝视着埃及少女。聋子双肘撑在栏杆上,就在副主教刚才站过的地方,目不转睛地死瞪着此刻他在世界上唯一的目标,无声不息,纹丝不动,就像遭雷打电劈似的。他那只独眼在此之前还只流过一滴眼泪,此时却默默地泪流如河。

这会儿,副主教上气不接下气,指甲在石头上抠得鲜血直淌,秃脑门上大汗淋漓,膝盖在墙上磨得皮肉绽开。他听见挂在檐槽上的身上道袍,随着自己的每一摆动,撕裂声咯啦咯啦直响。更加倒霉的是,这道檐槽的末端是一根铅管,在他身体的重压下逐渐弯了下去。副主教感觉到这根铅管慢慢弯曲。这可怜虫心想,等到道袍撕碎,等到双手疲软,等到铅管弯曲,他一定坠落下去,想到这里,肝肠寸断,心惊胆战。有几次,他魂不附体,望着身下十尺左右的地方,有个因雕刻起伏不平而形成的狭小平台,于是他从悲痛的心灵深处乞求上帝,让他在这两尺见方的平台上了结此生,哪怕他还可以活上一百年。还有一次,往身下的深渊望了一眼,往身下的广场,连忙抬起头来,两眼紧闭,头发也直立起来。

这两个人都默不作声,是有点叫人毛骨悚然。副主教就在卡齐莫多身下若干尺处,如此可怕地垂死挣扎着,卡齐莫多则痛哭流涕,紧望着河滩广场。

副主教看到自己每次一晃动,他唯一仅存的脆弱支撑点便摇晃得更加厉害,遂打定主意不再动弹了。他就这样悬吊在那里,抓牢檐槽,几乎大气不出,连动也不再一动,只有腹部还机械地痉挛着,好像一个人在睡梦中觉得自己往下坠落时所体验到的那样。目光无神,惊恐地直翻着白眼,睁得老大。但是,逐渐地,他支持不住了,手指头在檐槽上滑动,感到双臂越来越酸软无力,身体越发沉重,支撑着他的铅管本来就已弯曲,这时分分秒秒都一点一点地往深渊弯斜下去。他往下一看,真是惊心触目,圆形圣约翰教堂的屋顶小得像一张折成两半的纸牌。又一个接一个地望着钟楼上那些毫无表情的雕像,一尊尊都像他一样悬吊在深渊上空,但是它们并不为自己存亡有半点恐惧,也不为他生死有一点怜悯。他的周围除石头还是石头,眼前,是张开大口的石头妖怪;下面,最底下,是铺着石板的广场;头顶上,是哭泣的卡齐莫多。

教堂广场上聚集着一些看热闹的人,三五成群,平心静气地尽力猜想,这如此别出心裁寻开心的疯子究竟是谁。他们说话的声音一直传到他耳边,清晰而尖细,只听见他们说:"他不摔得粉身碎骨才叫怪哩!"

卡齐莫多一直哭泣不停。

终于,副主教吓得半死,气得发狂,明白这一切全是徒劳的。但他还是不遗余力,作最后一次挣扎。他吊在檐槽上把身子一挺,双膝猛力推墙,双手抠住石头的一道缝隙,挣扎着,总算向上攀缘了一尺左右。但是,经过这一猛烈的挣扎,使得他赖以支撑的铅管一下子弯垂下去,道袍也一下子裂开了。于是他感到身下失去了依托,什么也没有了,只唯有两只僵硬和乏力的双手还抓住什么东西,不幸的人便把眼睛一闭,手松开檐槽,一下子掉了下去。

卡齐莫多看着他朝下坠落。

从这么高的地方跌下去,是很难垂直往下坠的。副主教向空间抛落下去,先是头朝下,双臂伸开,然后旋转了几下。风把他吹到一座房子的屋顶,不幸的人骨头撞断了,但是仍没有死。敲钟人看见他还想拼命用手扣住山墙,但山墙的剖面太陡峭,况且他一点力气也没有了,只见他像块脱落的瓦片,急速地从屋顶上滑落下去,摔在石板地面上弹了一下,就在那儿,再也一动不动了。

卡齐莫多于是再抬眼望着埃及姑娘,只见她的身子远远悬吊在绞刑架上,在白衣袍的下面,微微颤抖,那是临终前最后的战抖。紧继续,又垂目俯视副主教,只见他横尸在钟楼下面,已不成人形。此时,他泣不成声,凹陷的胸脯鼓起,说道:

"天啊!这就是我所深深爱过的一切呀!"

三　弗比斯成亲

就在当天傍晚时分,主教的司法官们来到了教堂广场,将副主教支离破碎的尸体从石板地上抬走,卡齐莫多却从此时圣母院失踪了。

这件奇闻轶事,众说纷纭。但目前有点看法是相同的,大家丝毫不怀疑,按他俩之间的协约,卡齐莫多即魔鬼带走克洛德即巫师的日子已经来到了。大家猜测,卡齐莫多摄走克洛德灵魂时,先砸烂其肉体,就似猴子吃核桃,先要把核桃壳敲碎一样。

为此,副主教没有被葬人圣地。

第二年,1483 年 8 月,路易十一命归黄泉。

至于皮埃尔·格兰古瓦,他煞费苦心,终于救下了小山羊,并在悲剧创作上成就斐然。他在尝试过哲学、建筑学、点金术、星相学、各种荒唐不经的行当之后,看样子又回到了悲剧上面来,因为他以为悲剧是一切荒唐中最荒唐的了。这就是他所谓的造成一个悲剧的结局。不妨请看一看,他在戏剧方面的成就,早在 1483 年,御库账目上就有这样的记载:"鉴于约翰·马尔尚和皮埃尔·格兰古瓦,即木匠和剧作者,在教皇特使大人莅临之际,制作和创作了在巴黎小堡上演的奇迹剧,并安排了角色,各按该剧所需要的穿着打扮,同时搭起所需的戏台,因此,特赏赐一百利弗尔。"

邦比斯·德·夏托佩尔也造成一个悲剧性的结局:他结婚了。

四 卡齐莫多成亲

上文曾提到,在副主教和埃及姑娘死去的那天,卡齐莫多无影无踪了。的确从此没有人再见到他,也没有人知道他的下落。

爱斯梅拉达被吊死的那天夜里,收尸的差役将其尸体从绞刑架上解下来,并按常规,移尸鹰山地窖。

鹰山,像索瓦尔所说,乃是"王国最悠久、最华美的绞刑台"。在圣殿和圣马丁两个城郊之间,约距离巴黎城垣三公里处,离四舍花园几箭之遥,有个微微隆起的小山丘,坡平地缓,但方圆几里之内均可望得见;山顶上有座建筑物,形状古怪,颇像克尔特人的大石圈,那里也杀牲献祭。

大家可以想一下,在一座石灰石的山岗顶上,有一座平行六面体的粗大建筑物,高十五尺,宽三十尺,长四十尺,有一道门,一个平台,一排外栏杆;平台上耸立着十六根粗糙的大石柱,每根高三十尺,从三面环绕着支撑着它们的平台,排列成柱廊形,柱子顶端之间架着坚实的横梁,横梁上每间隔一段距离悬挂着一条条铁链;这些铁链上都吊着一个个骷髅;附近的平原上,屹立着一个石十字架和两个较小的绞刑架,看上去好像从树干上生长出来的两个枝丫;在这一切之上,天空中一直有乌鸦在盘旋。这就是所说的鹰山。

十五世纪末,这座始自 1328 年的可怕的绞刑台,已经斑驳不堪,横梁被虫蛀蚀一空,铁链锈迹斑斑,柱子全长满了青苔。方石砌成的墙基,接缝已经完全开裂,无人涉足的平台杂草丛生。这座庞大的建筑物衬托着天空,其剪影实在可怕,特别是夜间,当微明的月色照着那一个个头颅白骨,或是当晚间寒风把铁链和骷髅吹得轻轻作响,而且在阴暗中摇来摇去时,那真是叫人毛骨悚然。这座绞刑台就设在那里,就足以使周围成为阴森森的地狱。

作为这座丑恶建筑物基础的石头平台,底下是空空如地。里面挖了一个宽大的地穴,用一道破旧的铁栅门关闭着,丢在这里的不但是从鹰山铁链上解下来的遗骸,而且还有巴黎各常备绞刑架上所有不幸被处死者的尸体。在这地下堆尸处里,有多少尸骸,多少罪行,一块儿腐烂;世上许多伟人和许多无辜者先后一个接一个来到此地,也留下了他们的尸骨。上至第一个在鹰山首先遭惨祸的正人君子昂格明·德·马里尼,下至最后一个在这里被害的另外一个正人君子科利尼海军元帅。

卡齐莫多神秘失踪了,我们对此所能发现的只有如下而已:

在这篇故事结束那些接连不断发生的事件之后大约两年或一年半,有人到鹰山地穴里来寻找两天前被绞死的公鹿奥利维埃的尸体,因查理八世允许他移葬于圣洛朗,埋在比较善良的死者当中。就在那些丑恶的残骸中,人们发现有两具骷髅,一具搂抱着另一具,姿势非常古怪。这两具骷髅中有一具是女的,身上还残存着几片白色衣袍的碎片,脖子上则挂着一串用念珠树种子制成的项链,上系着装饰有绿玻璃片的小绸袋,袋子打开着,里面空无一物。这两样东西不值分文,刽子手可能不要才留下的。紧拥着这一具的另一具骷髅,是男的。见他脊椎歪斜,头颅在肩胛里,一条腿比另一条短。而且,颈椎丝毫没有断裂的痕迹,很明显他不是被吊死的。所以可以断定,这具尸骨生前那个人是自己来到这里,且并死在这儿的。人们要将他从他所搂抱的那具骨骼分开来时,他顿时化为了尘土。